KB010810

시와 진실 2

부클래식
051

시와 진실 2

요한 볼프강 폰 괴테

박광자 옮김

부북스

일러두기

본 역서에서 번역의 기준으로 삼은 판본은 Johann Wolfgang von Goethe: Goethes Werke in 14 Bänden, Hrsg. von Erich Trunz, Bd. 9/ Bd. 10, München(1973)이다. 각주는 Trunz의 주에 역자의 주를 추가했고, 인터넷의 정보를 이용하기도 했다.

차례

제3부

나무는 하늘까지 자라지 않게 되어 있다

제11장

제젠하임의 정자에서 평범한 것과 특이한 것이 그럴듯하게 뒤섞인 이야기를 끝내자 열심히 듣던 여성들이 유별난 내 이야기에 몹시 매혹된 것을 보았다. 그들은 나중에 자기들이 읽고 남들에게 읽어줄 수 있도록 그 이야기를 글로 써달라고 부탁했다. 그렇게 하면 그곳을 자주 방문할 구실도 되고 더 가깝게 친해질 기회도 생길 것 같아서 나는 흔쾌히 약속했다. 일행은 잠시 헤어졌는데 낮에 그렇게 신 나게 시간을 보냈기 때문에 저녁에는 맥이 다소 빠질 것 같았다. 이런 걱정에서 친구가 나를 구해주었다. 철저하게 공부하는 부지런한 대학생인 그가 다음 날 아침 일찍 슈트라스부르크에 도착하도록 그날 밤을 드루젠하임에 가서 자야겠다고 작별인사를 청한 까닭이었다.

우리 두 사람은 아무 말 없이 숙소에 도착했다. 나는 나대로 마음속에 걸리는 것이 있었고, 친구는 친구대로 다른 생각이 있었는데 숙소에 도착하자마자 그가 이렇게 말하는 것이었다. "자네가 그 이야기를 생각해 낸 것은 정말 잘했어. 그 이야기가 특별한 감명을 준 것을 알고 있지?" — "물론이지."라고 내가 대답했다. "몇 군데에서 언니가 지나치게 웃었고 동생이 고개를 내저으며 의미심장하게 쳐다보았고 자네는 거의 정신을 잃은 것 같았는데 내가 그것을 몰랐을 리 없지. 나 자신도 거의 제정신이 아니었다는 것을 부인하지 않아. 그런 이야기를 하지 않은 것이 더 나았을 것 같아. 이야기에 장난꾼이 등장해서 남자에 대해 나쁜 인상을 그들에게 만드는 바보 같은 이야기를 내가 한 것이 어리석었다는 생각이 머리를 스치거든." —"절대로 그렇지 않아."라고 친구가 대답했다. "자네는 몰라. 자네가 알 리가 없지. 그 선량한 어린애들은 자네가 생각하듯이 그런 일을 전혀 모르지 않아. 왜냐하면, 주변 친구들 덕택으로 여러 가지를 생각할 기회가 있는데다가, 과장해서 꾸민 이야기처럼 자네가 말하긴 했지만 실제로 라인 강 너머에는 그 이야기와 똑같은 부부가 살고 있거든. 남편은 거구에다 험악하고 무뚝뚝한데, 아내는 남편이 손바닥에 올려놓을 수 있을 정도로 작고 사랑스럽다네. 부부간의 다른 여러 상황이나 내력까지도 자네의 이야기하고 똑같아서 아가씨들은 자네가 그 부부를 알면서 장난삼아 놀린 것이 아닌지 나한테 물었다네. 나는 아니라고 단언했지. 자네는 그 이야기는 쓰지 않는 것이 좋겠어. 시간을 끌면서 구실을 만들다 보면 무슨 핑계든 댈 수 있을 거야."

나는 몹시 놀랐다. 라인 강 이쪽이든 저쪽이든 내가 어떤 특정한 부부를 생각하면서 했던 이야기는 아니었다. 도대체 내가 어떻게 해서 그런 얘기를 생각해 낸 것인지 알 수가 없었다. 나는 별생각 없이 그런 재미있는 이야기를 머릿속에서 상상하기를 좋아했고, 그런 이야기를 들려주면 남들도 좋아할 것으로 생각한 것뿐이었다.

시내로 돌아와 일을 시작하고 보니 전보다 힘이 더 드는 것 같았다. 천성이 활동적인 사람은 분에 넘치는 계획을 세우고 일에서 허덕이기 때문이다. 일이 잘 진행되는 듯하다가도 육체적 또는 심리적 장애가 일어나고, 결국은 계획보다 능력이 부족한 것이 확연히 밝혀지는 까닭이다.

어느 정도 우수한 성적으로 박사 학위를 받기 위해서 나는 필요한 만큼 열심히 법학을 공부했다. 의학에 대해서도 많은 관심을 가졌는데, 의학이 모든 방면에서 자연을 해명해 주지는 못해도 자연을 인식하게 하여 주는 까닭이었다. 그리고 나는 사교나 생활습관 때문에 의학과 연관이 있었다. 나는 사교 모임에도 어느 정도 시간과 관심을 할애하지 않으면 안 되었는데, 여러 집안에서 많은 사랑과 존경을 받았기 때문이었다. 만약 헤르더가 나에게 요구하는 것이 계속 짐이 되지 않았더라면 나는 모든 것을 그대로 참으면서 계속했을 것이다. 헤르더는 독일 문학의 빈곤함을 가린 장막을 찢어버렸다. 그는 나의 여러 가지 선입견을 무자비하게 걷어버렸다. 그는 조국의 하늘에 극히 소수의 찬란한 별만을 남겨두고 나머지는 모두 흘러가는 유성(流星)으로 취급했다. 그로 인해 나 자신에 관해 가지고 있던 희망과 환상이 조각나서 나는 스스로 능력에 대해서 실망하기 시작할 정도였다. 그러나 헤르더는 그가 걸어가고자 하는 찬란한 길로 나를 이끌었고 나의 관심을 그가 좋아하는 작가들, 스위프트,[01] 하만[02] 같은 작가에게로 나를 이끌고 갔다. 그리고는 나를 강력한 힘으로 뒤흔들어 놓았다. 이러한 여러 가지 혼란에다 이번에는 나를 삼켜 버릴 것 같은 열정의 싹이 트기 시작했다. 결국 그런 위험한 상태에서 벗어나기는 했지만 그리 수월한 일은 아니었다. 신체의 이상까지 겹쳤는데 식후에 목이 눌리는 것 같은 증상으로, 하숙집에서 자주 마시던 적포도주를 끊자 사라졌다. 이러한 고통이 제젠하임에 가면 없어지기 때문에 나는 그곳에서 즐거움을 이중으로 맛보았다. 그러나 다시 시

---

01 Jonathan Swift (1667-1745): 풍자작가로 대표작은 《걸리버 여행기》이다.

02 Johann Georg Hamann (1730-1788): '북방의 마법사'로 불리던 독일의 사상가.

내로 돌아와 식사하면 다시 속이 거북해지는 것이었다. 이 모든 것이 나를 생각에 잠기게 하고 무뚝뚝하게 만들었는데, 외모 역시 내면과 비슷한 사정이었다.

식사하고 나면 고통이 심하므로 나는 어느 때보다도 불쾌한 기분으로 임상학 강의에 참석하고 있었다. 교수가 우리를 이 병상에서 저 병상으로 데리고 다니면서 보여주는 명랑함과 쾌활함, 여러 가지 증상에 대한 설명, 질병의 경과에 관한 진단, 이론은 없지만, 지식을 뛰어넘어 체험에서 우러나온 히포크라테스식의 처치방법,[03] 수업의 끝을 장식하는 결론의 강의, 이 모든 것이 나를 그 교수에게 이끌어 갔고, 겨우 틈 사이로 들여다보고 있는 전공 이외의 이 학과가 점점 더 매력적이고 좋아 보였다. 치료, 즉 인간의 형상과 본성의 회복을 가능한 것으로 보게 되자 환자에 대한 나의 혐오감은 많이 줄어들었다. 교수는 나를 특별한 사람으로 보고 유별난 관심을 두고 있어서 내가 수업에 출석하는 것을 예외적으로 허용하고 있었다. 그런데 어느 날 여느 때처럼 질병에 관한 학설로 강의를 마치는 것이 아니라 다음과 같이 쾌활하게 말하는 것이었다. "여러분, 얼마 동안 방학을 하게 됩니다. 그동안 기분 전환을 하십시오. 연구란 심각하고 근면한 것만을 요구하지는 않습니다. 유쾌하고 자유로운 정신으로 해야 합니다. 걷거나 말을 타고 이 지방을 돌아다니면서 몸을 단련시키십시오. 이 고향 사람들에게는 낯익은 풍경들이 즐거울 것이고, 타지에서 온 학생들은 새로운 것을 느끼게 되어 좋은 추억거리가 될 것입니다."

03 괴테는 1796년경에 특히 히포크라테스 의학에 관심을 가졌으며 《빌헬름 마이스터의 편력시대》에서는 주인공이 의사가 된다.

이런 권고가 해당하는 것은 우리 두 사람뿐이었다. 나는 친구에게도 나처럼 이 처방이 귀에 들어가기를 바랐다. 마치 하늘에서 소리가 들리는 기분이었다. 나는 서둘러 말을 준비하고 말쑥한 차림새를 했다. 바일란트에게 사람을 보냈지만, 그는 없었다. 그렇다고 내 결심을 꺾을 수는 없었다. 하지만 떠날 채비를 하느라고 시간이 오래 걸렸기 때문에 바라던 만큼 일찍 출발하지는 못했다. 열심히 말을 달렸지만 이미 밤이 이슥해지고 있었다. 나는 길을 제대로 찾았다. 달이 나의 정열적인 이 계획에 길잡이가 되었다. 바람이 불고 음산한 밤이었지만 나는 그녀를 만나는 것을 다음 날 아침까지 미루지 않도록 급히 말을 달렸다.

제젠하임에 도착해서 말을 마구간에 넣을 때에는 이미 밤이 깊었다. 여관 주인에게 목사님 댁에 아직 불이 켜져 있는지 묻자 그는 아가씨들이 지금 막 집에 돌아왔고, 오늘 저녁에 손님이 온다는 얘기를 한 것 같다고 말했다. 나한테는 별로 좋은 얘기가 아니었다. 혼자서 손님이 되고 싶었던 까닭이었다. 나는 적어도 첫 번째 손님이 되고 싶어서 발길을 서둘렀다. 자매는 현관 앞에 앉아 있었는데 별로 놀라는 기색이 아니었다. 나는 프리데리케가 올리비에의 귀에다 대고 나한테 들릴 정도로 "맞잖아. 왔잖아!"라고 말하는 것을 들었다. 두 사람은 나를 실내로 인도했다. 거기에는 간단한 간식거리가 준비되어 있었다. 모친은 나를 오랜 친구처럼 맞아들였다. 언니는 불빛에서 나를 다시 보더니 큰 소리로 웃음을 터뜨렸다. 그녀는 감정을 별로 자제하는 성격이 아니었다.

처음에는 이런 식으로 좀 별나게 나를 맞아주었지만, 이야기는 곧 자유스럽고 유쾌하게 이어져 갔다. 그리고 그날 밤에 비밀이었던 것을 나는 다음날에 알게 되었다. 프리데리케가 내가 올 것이라고 예언을 했다는 것이다. 예언이 적중하면 그것이 슬픈 내용이라도 누구나 즐거운 법이다. 어떤 예감이라도 사건과 일치하면 사람들은 남보다 뛰어나다고 생각하는 법이다. 즉 자신은 멀리 떨어져 있는 관계를 알아낼 수 있을 정도로 감각이 예민하고, 필연적이지만 애매한 관계를 감지했으니 스스로 감수성이 예민하다고 생각하게 되는 법이다. 올리비에가 웃은 이유도 비밀이 벗겨졌다. 그녀는 내가 이번에 모양을 한껏 내고 훌륭한 옷차림을 하고 온 것이 재미있다고 말했다. 반면 프리데리케는 그런 차림이 허영심 때문이 아니라 그녀의 마음에 들고 싶은 생각으로 한 행동으로 좋게 해석하고 있었다.

아침 일찍 산책하러 나가자고 프리데리케가 나를 불렀다. 어머니와 언니는 여러 손님을 맞을 채비로 바빴다. 나는 사랑스러운 아가씨 곁을 걸으며 존경하는 헤벨[04]이 우리에게 보여준 시골의 아름다운 아침 풍경을 즐겼다. 그녀는 나한테 오늘 올 손님들에 관해 이야기했고 모든 오락에 될 수 있는 대로 함께하여 제대로 진행되게 도와 달라고 부탁했다. 그녀가 말했다. "대개는 각자 흩어져요. 재미있는 이야기를 해도 게임을 해도 잠깐이에요. 결국, 한쪽에서는 카드놀이를 하고, 다른 쪽에서는 정신없이 춤을 추게 되거든요."

우리는 어떤 것을 식사 전에 하고 어떤 것을 식사 후에 할 것인지 계획을 세우고 새로운 놀이에 관해 서로 얘기를 나누면서 즐거운 기분으로 이야기를 나누었고, 교회의 종소리가 들리자 돌아왔다. 교회에서도 그녀의 곁에 앉아 있었기 때문에 아버지의 재미없는 설교

---

04 Johan Peter Hebel (1760-1826): 여기서는 그의 시 〈일요일 아침 Sontagsfrühe〉를 말하고 있다.

도 지루한 줄을 몰랐다.

사랑하는 사람의 곁에 있으면 시간이 짧게 느껴지는 법이다. 그러나 그 시간 동안 나는 특별한 생각에 잠겨 있었다. 그녀가 조금 전에 솔직하게 보여준 장점들, 즉 분별 있는 명랑성, 자각 있는 소박함, 선견지명이 있는 쾌활함, 서로 조화되기 어려운 성격들이 그녀에게서는 조화롭게 어우러져 있으며 그것이 그녀의 외모를 우아하게 만들어 주고 있다는 사실이었다. 나 자신에 관해서도 진지하게 생각을 하게 되었는데, 그것은 거리낌 없는 명랑성을 침해할 정도로 진지한 것이었다.

그 열정적인 아가씨[05]가 내 입술에다 저주를 내리고 동시에 성스럽게 만들어 준 이래 (왜냐면 봉헌이라는 것은 자고로 이 두 가지 의미가 있는 까닭이다) 미신이긴 하지만 나는 엄청난 정신적 타격을 상대방에게 주게 될 것을 걱정해서 나는 누구에게도 키스하는 것을 삼가 왔다. 젊은이들로 하여금 아름다운 여성에게서 많든 적든 사랑을 얻지 않고는 견디지 못하게 만드는 욕망을 나는 극복하고 있었다. 그러나 극히 점잖은 모임에서도 고통스러운 시련은 나를 기다리고 있었다. 쾌활한 청년들이 모여 의기투합하게 되면 이른바 사소한 놀이에도 벌칙이 있기 마련이고 대개는 벌칙으로 키스가 중요한 자리를 차지하는 법이다. 아무튼, 나는 어떤 경우에도 키스하지 않기로 하고 있었다. 부족한 점이나 문제가 있으면 평소와 다른 행동으로 드러나는 경우가 있는데 나는 그런 상황을 극복하기 위해서, 그리고 모인 사람들에게 이익이 되지 손해가 되지 않도록 내 재능과 기

---

05 제9장에 언급된 댄스교사의 딸 루친데를 말한다.

지를 모조리 짜냈다. 벌칙으로 시(詩)가 필요하면 사람들은 나한테 부탁했다. 나는 항상 준비되어 있었기 때문에 대개는 나에게 다정하게 해 준 부인이나 아가씨를 칭송하는 시를 읊을 수가 있었다. 나에게 키스의 벌이 오는 경우에는 누구든 수긍할 만한 방식으로 그것을 모면했다. 그런 것에 대해서 미리 생각해 둘 만한 여유가 있었고 내겐 재주도 많았지만 역시 제일 환영을 받는 것은 즉흥적인 말이었다.

우리가 집에 돌아와 보니 곳곳에서 온 손님들이 유쾌하게 들끓고 있었다. 프리데리케는 손님들을 모아서 아름다운 장소로 산책을 권하며 안내했다. 거기에는 먹을거리가 준비되어 있었는데 재미있는 놀이를 하면서 점심시간을 기다릴 생각이었다. 내 비밀을 알리지 않은 채로 나는 프리데리케의 동의를 얻어 게임을 하되 벌칙이 없거나 있더라도 키스는 제외하도록 만들어 놓았다.

내가 전혀 모르는 손님들은 나와 이 사랑스러운 처녀와의 관계를 눈치채고 내가 피하려고 남몰래 노력하고 있는 그 벌칙을 온갖 술책을 쓰면서 요구했기 때문에 나는 갖가지 기술과 묘안을 짜내지 않으면 안 되었다. 대개 이런 모임에서는 젊은 사람들이 애정이 발각되면 사람들은 그들을 당황하게 하거나 더욱 사이가 깊어지도록 만드는 법이다. 그러다가도 사이가 정말로 깊어지면 사람들은 이번에는 떼어 놓으려고 애를 쓴다. 사교를 좋아하는 사람들한테는 재미만 있으면 되지 이로운지 해로운 일인지는 신경을 쓰지 않는 까닭이다.

그날 아침 나는 어느 정도 주의를 기울여 프리데리케의 모든 성격을 알 수 있게 되었다. 그녀는 언제나 변함이 없었다. 그녀에게 친절하고 특별하게 인사하는 것만 보아도 그녀가 농부들에게서 호감을 얻고 있다는 것을 알 수 있었다. 집안에서는 언니가 어머니를 도왔고 육체적으로 부담되는 일은 프리데리케에게 시키지 않았다. 사람들 말로는 그녀의 마음을 걱정해서 그녀를 아껴준다는 얘기였다.

여성에 따라서는 실내에서 보아야 특히 마음에 드는 여성이 있는가 하면 야외에서 더 잘 어울리는 여성도 있다. 프리데리케는 후자에 속했다. 그녀의 태도나 모습이 비탈진 샛길을 걸어갈 때보다도 더 매력적인 때는 없었다. 동작의 아름다움은 꽃이 만발한 대지와 같았고, 티 하나 없는 얼굴의 쾌활한 빛은 푸른 하늘과 겨룰 만했다. 그녀는 자신을 감싸고 있는 이 신선한 정기(精氣)를 집에까지 가지고 갔다. 분규를 잠재우며 사소한 사건에서 오는 불쾌한 기분을 쉽게 씻어낼 줄 아는 점도 곧 눈에 띄게 되었다.

사랑하는 사람에게서 우리가 느끼는 가장 순수한 기쁨은 그녀가 다른 사람을 기쁘게 하는 것을 보는 것이다. 모임에서 프리데리케의 태도는 항상 친절한 것이었다. 산책하러 나가면 그녀는 생기를 주는 정령처럼 이리저리 뛰어다니면서 여기저기에 나타나는 빈틈을 재빨리 채울 줄 알았다. 동작의 민첩함은 이미 칭찬했지만, 그녀는 뛰어다닐 때가 제일 사랑스러웠다. 새끼사슴은 싹이 트는 들판을 넘어 경쾌하게 뛰어다닐 때 천성을 남김없이 발휘하는 법이다. 그녀 역시 잊어버린 물건을 가지러 갈 때라든가, 분실물을 찾을 때, 또는 멀리 떨어져 있는 한 쌍을 불러 모을 때나 필요한 것을 말하기 위해서 들판과 언덕을 넘어 경쾌하게 달려올 때 성격이나 태도를 가장 선명하게 드러냈다. 그럴 때에도 그녀는 결코 숨을 헐떡이는 법이 없이 언제나 침착했다. 따라서 마음에 담은 부모의 지나친 걱정은 많은 사람들한테는 과장된 것으로 보였다.

때로 아버지가 우리와 함께 들판을 걸었는데 말 상대가 없어서 내가 주로 상대를 했다. 그는 좋아하는 화제를 반복해서 얘기했으며 특히 계획 중인 목사관 건축에 관해 이야기하고 싶어 했다. 그는 공들여 제작한 설계도를 가져와 보수할 것을 검토하고 싶지만 그렇게 할 수 없는 것을 한탄했다. 나는 설계도를 바꾸는 것은 쉬운 일이라고 말하고 무엇보다도 급한 것이 기본도면이니까 그것을 만들어드리겠다고 말했다. 만족해서 그는 필요한 측량에는 교사의 힘을 빌리는 게 좋겠다면서 측량용 자를 다음 날 아침 그에게 일찍 준비시키기 위해서 부랴부랴 사라졌다.

부친이 가버린 후 프리데리케가 말했다. "당신은 정말 좋은 분이세요. 아버님의 약점을 감싸주시고 그 이야기에 싫증이 난 다른 사람들처럼 아버지를 피하거나 말머리를 돌리지 않으니 말이에요. 그렇지만 솔직히 말씀드리면 우리 다른 사람들은 건축하는 것을 원치 않고 있습니다. 그 일은 교구에도, 우리에게도 힘겨운 일입니다. 새집, 새 가구! 하지만 손님들에게는 새집이라고 특별히 좋을 것이 없어요. 그분들은 이미 낡은 집에 익숙하니까요. 지금의 집에서도 손님을 충분히 접대할 수 있어요. 새집에서는 공간은 넓어도 오히려 마음이 편하지 못할 거예요. 사정이 그렇답니다. 하지만 친절하게 해드리세요. 정말 고맙습니다."

우리와 어울렸던 어떤 여성이 프리데리케에게 몇 권의 소설을 언급하면서 그것을 읽어 보았느냐고 물었다. 그녀는 안 읽었다고 대답했는데 독서를 잘 하지 않는 편 같았다. 프리데리케는 즐겁고 인습적인 인생의 즐거움 가운데서 자라났으며 거기에 걸맞게 교육을 받아왔다. 나는 '웨이크필드'[06]라는 말이 혀끝에 맴돌았으나 그 책을 언급하지는 않았다. 상황의 유사성이 너무도 묘하고 의미심장했다. ― "내가 좋아하는 소설은," 그녀가 말했다. "비슷하게 되고 싶은 아름다운 사람들이 많이 나오는 소설이에요."

다음날 집의 측량이 이루어졌다. 이런 일에는 내가 교사보다 훨씬 뒤떨어져서 시간이 상당히 많이 걸렸다. 드디어 괜찮은 설계도가 완성되었다. 선량한 부친은 자신의 계획을 나에게 말했고 내가 설계 도안을 도시로 가지고 가서 좀 더 잘 살펴보겠노라고 하면서 며칠 여유를 달라고 하자 만족스러워했다. 프리데리케는 즐거운 마음으로 나를 환송해 주었다. 그녀는 나의 애정을 확신하고 있었고 나도 그녀의 애정을 믿고 있었다. 그리고 6시간 거리는 별것이 아니었다. 급행 마차로 드루젠하임까지 가서 다시 보통이든 특급이든 마차로 연결하는 것은 쉬운 일이었다. 운반하는 일은 게오르게가 하기로 했다.

도시에 도착하자마자 나는 아침 일찍부터 설계도 일로 바빴다. 늦잠은 생각할 수도 없었다. 나는 그것을 될 수 있는 대로 깨끗하게 그렸다. 그동안에도 그녀에게 책을 보내고 짤막하고 다정한 말도 함께 적어 보냈다. 답장은 금방 왔는데, 그녀의 경쾌하고 아름답고 정성 어린 필체는 나를 기쁘게 했다. 내용도 문체도 자연스럽고, 선량하고, 사랑스럽고, 진심에서 우러나온 것이어서, 전에 그녀에게서 받은 좋은 인상은 조금도 변함이 없었고 날로 새로워졌다. 그녀의 아름다운 천성은 나를 기쁘게 했으며 가까운 장래에 이번에는 더 오래 만나보고 싶은 희망이 간절해졌다.

---

06 Oliver Goldsmith(1730‒1774)의 소설 《웨이크필드의 시골 목사》(1766)를 연상하고 있다.

훌륭한 교수의 권고는 더는 필요치 않게 되었다. 적절한 시기에 나를 완치시켜 주었기 때문에 교수도 그의 환자도 다시 만나 볼 생각이 없었다. 프리데리케와의 편지 교환은 날로 빈번해졌다. 그녀는 모임에 나를 초대했는데, 라인 강 너머의 친지들도 온다는 얘기였다. 나는 전보다 더욱 오래 머물 채비를 했다. 준비하고 나는 든든한 여행 가방을 우편마차에 실었다. 몇 시간 뒤에는 벌써 그녀 곁에 가 있었다. 나는 한 떼의 유쾌한 사람들을 만났다. 그리고는 부친을 조용히 만나 설계도를 전해주었다. 설계도를 보고 부친은 매우 기뻐했다. 나는 설계도를 만드는 동안 머릿속에 생각했던 것들을 이야기해 주었다. 그는 너무나 기뻐서 어쩔 줄 몰라 했으며 특히 도면이 깨끗한 것을 칭찬했다. 제도는 내가 어렸을 적부터 배워온 것이었으며 이번에는 최고급 용지에다 특별히 공을 들여서 그린 것이었다. 그런데 너무도 기쁜 나머지 내 충고를 듣지 않고 설계도를 여러 사람한테 내놓는 바람에 선량한 이 집주인의 기쁨은 순식간에 엉망이 되고 말았다. 그가 기대했던 관심과는 동떨어지게 어떤 사람들은 이 소중한 작품에 조금도 관심을 두지 않았고, 이 방면에 무언가를 안다고 자부하는 사람들은 더욱더 한심스러웠다. 그들은 설계도가 제대로 된 것이 아니라고 생각하고 노인이 잠시 부주의한 사이에 이 깨끗한 설계도를 초안으로 취급하고 누군가가 부드러운 종이 위에다 딱딱한 연필로 자기의 개량 안을 그렸기 때문에 처음의 깨끗함은 되찾을 수 없게 되고 말았다.

기쁨을 무참하게 파괴당해 매우 격분한 그분에게 나는 이 설계도는 초고로 생각했을 뿐이며 함께 이야기를 나눈 뒤에 다시 제도할 생각이었다고 아무리 말해봤자 위로가 되지 않았다. 그는 이 말을 들은 척도 하지 않고 화가 나서 나가버리고 말았다. 프리데리케는 나에게 아버지에 대한 배려와 손님들의 무례함에 대한 참을성에 대해서 감사했다.

그러나 나는 그녀가 곁에 있었기 때문에 아무런 고통도 불쾌감도 느끼지 않았다. 손님들은 젊고 시끄러운 사람들이었는데, 그중 나이가 든 한 사람은 남들보다 더 나은 것처럼 보이려고 굴어서 남들보다 더 이상해 보였다. 아침 식사 때부터 포도주가 아낌없이 나왔다. 잘 차린 점심에도 부족한 것이 하나도 없었다. 더운 날씨에다 모두 적당히 몸을 움직인 뒤여서 모두 맛있게 먹었다. 나이 지긋한 관리가 지나치게 행동했지만, 젊은이들 역시 그에 못지않았다.

나는 프리데리케의 곁에서 끝없이 행복했다. 말이 많고 신이 나서 기지를 부리고 시끄러웠지만, 감정과 존경과 애정으로 절제했다. 그녀도 마찬가지로 솔직하고, 쾌활하고, 적극적으로 모든 일에 끼어들었다. 우리는 모인 사람들을 위해 움직이고 있는 것처럼 보였지만 실은 서로 두 사람만을 위해서 신경을 쓰고 있었다.

식후에는 그늘을 찾아가 사교적인 게임을 시작했고, 벌칙놀이 차례가 되었다. 벌칙을 주자 갖가지 행동이 심해져 갔다. 따라 움직이기, 남 흉내 내기, 수수께끼 등 모두 다 금기가 없는 무모한 장난이었다. 나도 장난을 하면서 이 요란한 오락을 부채질했고 프리데리케 역시 익살맞은 생각으로 단연 두각을 나타냈다. 프리데리케는 전보다도 더 사랑스럽게 보였다. 우울증에서 나오는 모든 미신적인 고민은 나에게서 사라지고 말았다. 그래서 나의 사랑스러운 연인에게 진심으로 키스할 기회가 왔을 때 나는 그것을 놓치지 않았다. 그리고 이 기쁨을 반복하는 것도 전혀 주저하지 않았다.

음악을 듣고자 하는 사람들의 희망이 드디어 이루어졌다. 음악이 들려오자 모두 춤을 추기 시작했다. 음악은 처음부터 끝까지 독일 무도곡, 왈츠, 윤무뿐이었다. 왈츠는 누구나 어려서부터 배워온 것이었다. 나는 내 여교사의 명예를 충분히 살렸으며, 걷고 뛰고 달리면서 춤을 추고 있는 프리데리케는 내가 능숙하게 춤을 추자 매우 기뻐했다. 우리는 계속 둘이서 추었는데 사방에서 그녀에게 무리하지 말라고 충고하는 바람에 곧 중지하지 않으면 안 되었다. 대신에 우리는 손에 손을 잡고 단둘이 산책을 했다. 우리는 조용한 장소에 가서 열렬히 포옹했으며 진심으로 서로 사랑하고 있음을 확인했다.

놀이에서 일어나서 나온 나이 든 사람들이 우리를 끌고 갔다. 저녁 식사 때에도 사람들은 자제를 몰랐다. 밤늦게까지 춤을 추었으며 점심때와 마찬가지로 건강을 위해 또는 다른 이유로 술잔을 들었다.

두세 시간 정도밖에 깊은 잠을 자지 못한 채 나는 끓어오르는 흥분된 혈기로 잠에서 깨어났다. 그런 시간에는 근심과 후회가 누워있는 사람에게 몰려오는 경우가 많다. 나의 상상력은 눈앞에서 마치 현실의 모습을 보고 있는 것 같았다. 루친데가 열렬하게 키스를 하더니 성급하게 나에게서 멀어져 갔다. 볼은 뜨겁고 눈길은 불타는데 그녀는 저주의 말을 하고 있었다. 그녀의 동생에게 하는 말이지만 아무것도 모르는 죄 없는 사람까지도 겁이 날 정도였다. 프리데리케가 그녀와 마주 서 있는 것이 보였다. 이 광경에 놀라 프리데리케는 몸이 마비되고 창백해져서 아무것도 모르는 이 저주의 결과를 두려워하고 있었다. 나는 중간에 서 있었는데 불행을 예고하는 키스도, 이 이상한 사건의 정신적인 충격도 피하지 못하고 있었다. 프리데리케의 연약한 몸은 절박한 불행을 재촉하고, 나에 대한 그녀의 사랑은 불행을 예언하는 것 같았다. 나는 산을 넘어 멀리 달아나고 싶었다.

그러나 더 큰 고통이 내 마음속에 자리 잡고 있었음을 숨기지 않겠다. 그런 미신 가운데는 일종의 자만심이 숨어 있었는데, 정화되었든 저주를 받았든 간에 내 입술이 전보다 더 의미 깊은 것으로 생각된 것이다. 적지 않은 즐거움을 포기해서 매혹적인 우월감을 유지하는 한편 나의 단념으로 순진한 여성에게 상처를 주지 않도록 한 것에 대해 나는 자부심에 찬 만족감을 느꼈다.

하지만 이 모든 것은 사라졌고 나는 돌이킬 수 없게 되고 말았다. 나는 평범한 위치로 되돌아오고 말았다. 나는 사랑하는 여성에게 상처를 주고 회복하기 어려운 피해를 주었다고 생각했다. 나는 결국 저주에서 벗어나지 못하고 말았다. 저주가 나의 입술로부터 내 마음속까지 회오리치고 있었다.

이런 생각이 사랑과 열정, 술과 춤으로 흥분된 내 혈관 속에서 들끓었으며 나의 머릿속을 어지럽히고 나의 마음을 괴롭혔다. 전날의 그 흐뭇한 환희와는 반대로 나는 끝없는 절망의 구렁텅이 속으로 빠져드는 느낌이었다. 다행히도 덧문 틈새로 아침 햇살이 비치고 있었다. 떠오르는 햇살은 밤의 마력을 꺾어버리고 나를 일어나게 하였다. 나는 밖으로 나와 곧 원기를 회복했다.

미신이 우리의 허영심을 부채질하는 대신에 방해하거나 괴롭히게 되면 다른 여러 망상처럼 미신은 곧 그 힘을 잃어버리게 된다. 따라서 마음먹기에 따라서는 미신을 떨쳐 버리는 것이 어렵지 않다고 생각할 수 있다. 미신에서 우리가 취한 것이 자신에게 이로울수록 미신에서 벗어나는 일은 쉽다. 프레드리케의 모습, 그녀의 사랑 감정, 그녀를 둘러싸고 있는 쾌활함, 이 모든 것들이 내가 행복한 나날의 한가운데 있으면서도 불길한 밤의 새(鳥)를 품고 있음을 비난했다. 이제 나는 그런 것들을 영원히 쫓아냈다는 생각이 들었다. 사랑하는 여성이 점점 거리감 없이 대하는 태도는 나를 아주 기쁘게 했다. 이번에 작별할 때 그녀가 다른 친구들이나 친척들에게 하듯 거리낌 없이 나에게 키스한 것은 나를 무척이나 행복하게 만들어 주었다.

시내에서는 많은 일거리와 오락 거리가 나를 기다리고 있었다. 이제 나는 연인과의 정기적인 편지왕래를 통해 일에서 벗어나 그녀를 생각하게 되었다. 편지에서도 그녀는 한결같았다. 새로운 이야기를 하든, 알고 있는 사건을 이야기하든, 가볍게 묘사를 하든, 지나가는 말처럼 회상하든 그녀는 펜을 손에 들고 경쾌하고도 안전하게 왔다 갔다 달려갔다 뛰어갔다 하는 것이었다. 나도 즐겨 그녀에게 편지했다. 그녀의 장점을 구체화하고 있노라면 그녀가 곁에 없는데도 애정은 두터워만 갔기 때문에 직접 만나서 얘기하는 것보다 오히려 더 즐겁고 소중하게 느껴졌다.

왜냐하면, 미신을 완전히 퇴치해야 하기 때문이었다. 미신이란 과거의 추억에 그 기틀을 두고 있어 시대의 정신, 청년들의 민첩함, 냉정하고 이성적인 사람들과의 교우, 이런 것들이 모두 미신과는 상극이었기 때문에 과거의 미신은 완전히 자취를 감추었다. 내 주위에서 나의 망상을 고백하면 웃음거리로 만들지 않는 사람은 찾아보기 힘들었다. 하지만 무엇보다도 나쁜 것은 이러한 망상은 그것이 사라진 뒤에도 청년으로 하여금 자신의 때 이른 애정이 지속적이가 힘들다는 생각을 심어 준다는 점이다. 나를 이런 오류에서 벗어나도록 도와주는 사람이 없었기 때문에 이성(理性)이나 사고는 더욱 나쁜 결과를 가져왔다. 그 뛰어난 여성의 가치를 더 알게 되면 될수록 나의 열정은 더욱 타올랐지만 그렇게도 사랑스럽고 선한 여성을 영원히 잃어버리지 않으면 안 되는 시기가 다가오고 있었다.

우리는 한동안 조용히 그리고 편안한 기분으로 지내고 있었다. 그러던 어느 날 친구 바일란트가 장난을 했다. 그는 《웨이크필드의 시골 목사》를 제젠하임으로 들고 와서 낭독 얘기가 나오자 별생각 없이 책을 내놓았다. 나는 당황하지 않고 될 수 있는 대로 명랑하고 솔직하게 낭독을 했다. 듣는 사람들의 얼굴도 곧 명랑해졌다. 서로 비교를 해보는 일이 그들에게는 별로 불쾌한 일이 아닌 것처럼 보였다. 라이몬트와 멜루지네에게서 우스꽝스러운 자신의 모습을 봤던 그들은 이번에는 전혀 추하지 않은 거울에 자신을 비춰보았다. 생각이나 감정이 서로 닮은 사람이 움직이고 있음을 공공연히 말하지는 않았지만, 이들은 그것을 부정하지도 않았다.

훌륭한 성품을 가진 사람은 학식을 쌓아감에 따라 자신이 이 세상에서 이중의 역할, 즉 현실상의 역할과 관념상의 역할을 해야 한다는 것, 그리고 이런 감정이야말로 모든 숭고한 것의 근간임을 깨닫게 된다. 그런데 우리가 현실적으로 어떤 역할을 맡고 있는가에 대해서는 확실하게 감지할 수 있지만, 두 번째의 역할은 명확히 하기가 힘들다. 숭고한 사명을 지상에서 구하든, 하늘에서 구하든, 현재에서 구하든, 미래에서 구하든, 인간이란 항상 내적으로 동요하기 마련이다. 외부로부터 항상 방해가 들어오기 때문에 자신에게 가장 적당한 것을 찾아내 결정하기까지는 동요하기 마련이다.

자신을 소설의 주인공과 비교해 보는 젊은이들의 본능은 스스로, 더욱 숭고한 것에 동화시키거나 보다 대등하게 되어보려는 순진한 생각이다. 이런 것은 매우 순진한 것으로 간혹 나쁘게 보는 사람이 있을지 모르지만 실제로는 전혀 해가 없는 것이다. 그런 것은 우리가 너무 무료해서 지칠 때나 너무 열정적으로 재미에 빠져들 때 우리를 즐겁게 만들어준다.

사람들은 빈번히 소설의 해독에 관해서 이야기하지만 정숙한 처녀나 아름다운 청년이 자기보다 행복하거나 불행한 사람들의 입장에다 자신을 대치시켜 보는 것이 무슨 불행스런 일이란 말인가. 도대체 인간이 자신의 아름다운 요구를 모두 물리쳐야 할 정도로 시민 생활이란 것이 그렇게나 가치가 있는 것이며, 일상의 요구가 인간을 송두리째 집어삼켜도 좋단 말인가?

가끔 세례를 주는 목사들의 빈축을 사지만 종교적인 세례명 대신 독일 교회에 침투한 역사적, 문학적 세례명은 소설이나 시의 세계에서 유래한 사소한 부산물이다. 자기 아이에게 듣기 좋은 이름을 지어주어 그 아이의 품위를 높게 만들어주고자 하는 이런 욕구는 좋은 것이며, 그런 식으로 상상의 세계를 현실 세계와 결부시킴으로써 아이의 생애에 우아한 빛을 더해줄 수도 있다. 우리가 베르타라는 아름다운 이름으로 부르는 아이를 우르젤브란디네라는 이름으로 불러야만 한다면 그것은 아이를 모욕하는 것으로 볼 수도 있다. 특히 학식 있는 사람, 게다가 연애하는 사람이라면 그런 이름을 입에 올리기를 주저할 것이다. 상상의 세계를 우스꽝스럽고 배척해야만 하는 것으로 생각하는 냉혹하고 편협한 세상을 비난할 필요는 없지만 인간다움이 어떤 것인가를 생각하는 사람은 이러한 것의 가치를 제대로 알 필요가 있다.

어떤 장난꾼이 연인들의 마음에 불러일으킨 이런 비교는 아름다운 라인 강가에서 사랑에 취해 있는 연인들에게 매우 좋은 결과를 가져왔다. 우리는 거울을 보면서 자신을 생각해보지는 않아도 자신을 느끼고 받아들인다. 정신적인 면을 거울에 비춰볼 때도 마찬가지다. 그것을 통해 우리는 자신의 관습, 성향, 습관, 성격을 마치 그림자를 보듯 알게 되고 형제처럼 가깝게 포옹하게 된다.

함께인 습관은 점점 더더욱 굳어져 갔고, 모두 나를 그 집 식구로 생각하고 있었다. 나중에 어떻게 될지는 생각하지 않았고 모두 되어 가는 대로 내버려 두고 있었다. 어떤 부모도 딸이나 아들이 한동안 이런 불안정한 상태에 있는 것을 내버려두고 되어가는 대로 놔두는 수밖에 없다. 그러다가 우연히 일생을 결정할 일이 생기고 그것이 오랫동안 꿈꾸어온 계획을 실현할 수 있는 일이라면 더욱더 좋은 법이다.

사람들은 프리데리케의 성품이나 나의 진실성을 믿고 있었다. 내가 아무렇지도 않은 애무마저도 이상할 정도로 절제하고 있기 때문에 사람들은 더욱 나에 대해 호감을 느끼고 완전히 믿을 만한 사람이라고 생각했다. 그곳의 풍습대로 당시 아무도 우리를 감시하지 않았다. 따라서 몇몇 친구들과 근교를 산책하거나 여럿이 놀러 다니든 혹은 이웃에 있는 친구들을 방문하든 우리 마음대로 할 수 있었다. 우리는 라인 강의 양쪽 기슭에 있는 하게나우, 포르루이, 필립스부르크, 오르테나우 등 예전에 제젠하임에 모였던 사람들이 흩어져 사는 마을을 찾아다녔다. 그들은 모두 다정한 주인으로 우리를 환대했으며 부엌이든 술 창고, 정원, 포도밭 할 것 없이 전부 개방해서 접대해 주었다. 라인 강의 섬들도 여러 번 우리들의 뱃놀이에 목적지가 되곤 했다. 거기에서 우리는 맑은 라인 강의 싱싱한 물고기들을 잡아서 무자비하게 냄비에, 석쇠에, 펄펄 끓는 기름에 요리해서 먹었다. 몇 시간 뒤에 끔찍스런 라인 강의 모기 떼가 우리를 쫓아내지만 않았더라면 우리는 편안한 어부들의 막사에 더 오래 머물렀을 것이다. 이 여행의 결과 사랑하는 사람 간의 애정이 더욱 두터워지게 되는 등 모든 것이 성공적이었는데 그 용서할 수 없는 침입자들이 나타나 바보처럼 계획보다 빨리 돌아오지 않을 수 없게 된 것에 대해서 나는 선량한 목사 아버지 앞에서 신을 비방하며 불평을 토로했다. 즉 모기를 보면 선하고 현명하신 하느님께서 이 세상을 창조했다는 생각이 달아나게 된다고 말한 것이다. 여기에 대해서 경건한 노인은 반박하면서 모기나 그 밖의 해충은 태초 인류의 타락 뒤에 생겼거나 적어도 우리의 조상들이 낙원에 있었을 때에는 아무 해도 끼치지 않고 윙윙거리기만 했지 물지는 않았을 것이라고 나를 설득했다. 나는 금방 화가 풀리는 것을 느꼈다. 화난 사람을 달래는 데에는 웃도록 만들기만 하면 되는 까닭이었다. 그러나 나는 원죄를 범한 부부를 낙원에서 쫓아내는 데에는 번쩍이는 검을 든 천사는 필요 없었을 것이며 그들을 몰아낸 것은 티그리스 강이나 유크라테스 강의 모기떼였다고 상상해도 목사님은 용서하셔야 한다고 말했다. 이렇게 해서 나는 다시 그분을 웃게 하였다. 그 선량한 분은 익살을 이해하거나, 최소한 용서할 수 있는 분이었다.

이런 아름다운 시골에서 나날을, 그리고 계절을 즐기는 것은 마음을 가다듬게 하고 정신을 고양시켜 주었다. 맑게 갠 하늘, 풍요로운 대지의 장관, 온화한 저녁, 사랑하는 사람의 곁에서 또는 가까이에서 보내는 포근한 밤, 이 모든 것을 즐기기 위해서는 다만 현재에 몸을 내맡기기만 하면, 되었다. 순수한 정기(精氣)로 가득 찬 맑은 아침이 몇 달씩 우리를 행복하게 해주었으며 이슬은 대지를 적시고 하늘은 찬란하게 빛났다. 그리고 이러한 경치가 너무 단조롭게 보이지 않도록 멀리 떨어진 산봉우리에서 때로는 이쪽, 때로는 저쪽에서 뭉게구름이 일어나곤 했다. 구름은 며칠씩, 때에 따라서는 몇 주일씩 맑은 하늘을 가리지 않은 채 꼼짝도 하지 않았다. 때로 지나가는 소낙비가 대지에 활기를 주면서 녹색을 더한층 짙게 만들었고, 이슬이 마르지도 않은 녹색의 초원은 다시 햇살 속에서 빛을 발했다. 회색의, 거의 검은빛의 하늘에 영롱한 빛깔로 떠오른 쌍무지개는 내가 보았던 어떤 무지개보다 더욱 화려하고 아름답고 영롱했지만 그만큼 더 빨리 사라지고 말았다.

이러한 분위기에 젖어 있으니 오랫동안 잊고 지내던 창작 의욕이 어느새 되살아났다. 나는 프리데리케를 위해서 여러 편의 시를 써서 잘 알려진 멜로디에 붙였다. 그 시들은 시집 한 권이 될 정도였다. 그중 남아 있는 것은 몇 편 되지 않는데, 이 시들은 현재 남아 있는 내 시집에서 쉽게 찾아낼 수 있을 것이다.

특이한 공부와 다른 사정 때문에 내가 자주 시내로 돌아가야 했기 때문에 우리들의 애정은 새로운 생명감을 불어넣을 수 있었고, 애정 관계에서 불쾌한 결과로 이어지기 쉬운 언짢은 일들을 피할 수 있었다. 떨어져 있는 동안 그녀는 나를 위해서 일을 했으며 내가 돌아가 보면 무엇인가 새로운 일을 생각해 놓고 있었다. 떨어져 있는 동안 나도 그녀를 위해 신경을 많이 썼는데 새로운 선물이나 새로운 아이디어로 그녀에게 항상 새로운 느낌을 줄 수 있었다. 그림을 그린 리본이 당시 유행이었다. 이번에는 생각보다 오래 도시에 머물러야 했기 때문에 나는 리본 두 개에 그림을 그려 짤막한 시와 함께 그것을 미리 그녀에게 보냈다. 그리고 부친에게서 부탁받았던 완벽한 새 설계도를 약속한 것보다 훨씬 훌륭하게 만들기 위해서 젊은 건축 전문가에게 그 일을 부탁했다. 그는 나에 관해 호의를 갖기도 했지만, 설계도 자체에 대해서도 큰 관심을 가졌으며 점잖은 가정의 환대를 받을 수 있을 것이라는 희망으로 매우 열성적이었다. 그는 집의 설계도, 평면도, 단면도를 그렸고 뒤뜰과 정원도 잊지 않았다. 그리고 그 거대하고 호사스런 계획을 실현할 가능성에 대비해서 상세한 견적서까지 첨부했다.

우정이 넘치는 이 수고의 결과로 우리는 극진한 환대를 받았다. 부친은 우리가 호의를 가지고 있는 것을 보고 한 가지를 더 부탁했다. 아름답기는 하지만 단색인 그의 경마차에 꽃무늬와 장식을 넣어 달라고 부탁한 것이다. 우리는 쾌히 응낙하고 물감과 붓, 그 외에 필요한 물품은 가까운 시내에 있는 상점과 약국에서 사왔다. 그런데《웨이크필드》에서와 같은 실수가 여기에서 또 일어났다. 즉 온 정성을 다해서 색칠을 다 해 놓고 난 후에야 우리는 아무리 기다려도 마르지 않는 엉터리 니스를 사용했다는 것을 알았다. 햇빛을 쏘여도 바람에 말려도 날이 맑아도 흐려도 아무 소용이 없었다. 그동안 낡은 마차를 사용하는 수밖에 없었다. 결국, 우리는 칠할 때보다도 더 힘을 들여서 니스를 벗겨 내는 수밖에 도리가 없었다. 마차의 본바탕이 상하지 않도록 천천히 조심해서 일해달라고 딸들이 부탁하는 바람에 이 일은 한층 더 힘이 들었다. 그러나 아무리 작업을 해도 마차의 원래 광택은 되찾을 수 없게 되어 버리고 말았다.

우리는 프림로우즈 박사[07]와 그의 사랑스러운 가족과 마찬가지

07 《웨이크필드의 시골 목사》의 주인공.

로 이런 언짢은 사소한 사건으로 유쾌한 생활에 방해를 받지는 않았다. 예기치 않던 행운이 우리에게, 친구들에게, 이웃에게 찾아온 까닭이었다. 결혼, 유아세례, 상량식, 재산상속, 복권당첨 등의 소식이 번갈아 날아왔고 우리는 기쁨을 함께 나누었다. 이 모든 기쁨을 우리는 서로 자기 것처럼 나누어 가졌으며 그것을 온 마음과 사랑으로 고양할 수 있었다. 나는 한창 번성한 사교모임이나 가정에 발을 들여 놓은 적이 한두 번이 아니었으며 그러한 시기를 빛나게 하는 데 얼마간의 공헌을 했노라고 자부할 수 있지만 바로 그런 이유로 그런 행복한 기간이 훨씬 더 빨리, 더 일찍 사라지게 하였다는 데 대해서 자책을 피할 수 없다.

이제 우리들의 사랑은 이상한 시련을 겪게 되었다. 시련이라는 말이 맞는 말은 아니지만 나는 시련이라고 부르고 싶다. 내가 친숙하게 지내던 이 시골 가정은 도시에 친척들이 있었는데 명망도 높고 재산도 많은 사람이었다. 도시에 사는 친척 중에서 젊은 사람들은 자주 제젠하임을 방문했다. 그러나 나이가 든 분들, 즉 어머니뻘이나 이모뻘이 되는 분들은 거동이 불편하므로 시골의 생활이나 딸들이 점점 아름답게 자라나는 것, 내가 그 집안에서 환대를 받고 있다는 얘기를 듣고는 나를 만나보고 싶어 했다. 내가 몇 번 방문해서 환대를 받았는데도 이분들은 시골 집안사람들에게 예의를 갖추기 위해서라도 그들을 대접할 의무가 있다고 생각하고 모두를 한자리에서 만나기를 바랐다.

한동안 이 일에 관해서 이야기가 진행되었다. 모친은 집안일을 내버리고 갈 수가 없다고 말했고 올리비에는 자기에게 맞지 않는 도시생활을 싫어했고 프레드리케 역시 별로 가고 싶은 마음이 없었다.

이런 사정으로 자꾸 연기되었는데 내가 마침 두 주일 동안 시골에 갈 수 없는 사정이 생기게 되자 드디어 결정을 보았다. 서로 만나게 되지 못할 바에야 무리해서라도 도시에서 만나 보기로 한 것이었다. 결국, 나는 시골의 풍경에서만 보아왔던 이 여성들을, 즉 살랑거리는 나뭇가지, 졸졸 흐르는 시냇물, 꽃이 만발한 초원, 머나먼 지평선을 배경으로 보아왔던 그들의 모습을 처음으로 비록 넓은 방이기는 하지만 도시의 협소한 장소에서, 카펫, 거울, 벽시계, 도자기 인형들 사이에서 만나보게 된 것이다.

사랑하는 대상에 대한 관계는 절대적인 것으로 거기에 환경은 그다지 큰 영향을 미치지 않는다. 그러나 감정은 그에 어울리는 자연스럽고 익숙한 환경을 요구한다. 나는 특히 현실에 대한 감각이 예민했기 때문에 순간적인 모순에 잘 순응할 수가 없었다. 모친의 은근하고 품위 있는 태도는 도시의 분위기에도 잘 어울렸으며 다른 부인들과 조금도 차이점이 없었다. 이와 반대로 올리비에는 물 밖으로 나온 물고기처럼 안절부절못하고 있었다. 그녀는 시골에서 특별히 할 얘기가 있을 때 정원에서 큰 소리로 나를 부르거나 들판에서 나를 곁으로 오라고 눈짓하던 식으로 여기서도 나를 창가로 끌고 갔다. 자신도 그것이 여기서는 어울리지 않는다는 것을 알고 있었기 때문에 당황하고 어색한 태도였다. 그녀는 내가 이미 다 알고 있는, 중요하지도 않은 얘기를 늘어놓더니 자기는 이곳이 괴로우니까 라인 강가로 나가거나 라인 강 너머, 터키 같은 곳이라도 가고 싶다고 했다. 한편 프리데리케는 이러한 환경에서도 정말 놀랄 만했다. 원래는 그녀도 이러한 곳에 어울리지 않았지만, 주위 환경에다 자기를 적응시키려고 하지 않고 무의식중에 주변을 자신에게 적응시키도록 만들고 있었다. 그녀는 여기서도 시골 모임에서와 똑같이 행동했다. 그녀는 매 순간을 활기 있게 만들 줄 알고 있었다. 조금도 소란스럽게 하지 않으면서 만사를 처리했고 그렇게 하면서 모임을 편안하게 만들었다. 지루하면 뒤숭숭해지는 법이다. 그녀는 시골의 게임이나 오락을 소파에 앉아서 하면서 한 번이라도 만나보고 싶어 했던 도시 아주머니들의 소원을 충족시켜 드렸다. 이 일을 충분히 하고 난 다음에는 의복이나 장신구나 도시풍의 프랑스식 복장을 한 조카들의 모습을 별로 선망하는 기색도 없이 감탄하며 바라보고 있었다. 나에 대해서도 프리데리케는 평소처럼 스스럼없이 대했다. 그녀는 자기 생각이나 희망을 다른 누구에게보다도 나에게 먼저 알렸으며 나를 자신의 심부름꾼으로 인정하면서 어떤 특별한 대우도 하지 않았다.

이 심부름꾼의 역할을 그녀는 며칠 뒤 신뢰하는 마음으로 나에게 요구했다. 그것은 아주머니들이 낭독하는 것을 듣고 싶어 한다는 것이었다. 이 집안의 딸들이 거기에 관해서 자주 얘기를 한 까닭이었다. 제젠하임에서 나는 사람들이 요구하면 언제나 낭독을 하곤 했다. 나는 당장에 준비했다. 그리고 몇 시간 동안 조용히 하고 귀를 기울여 달라고 부탁했다. 사람들은 응낙했다. 그래서 나는 어느 날 저녁에 《햄릿》[08] 전편을 쉬지도 않고, 작품의 의미에 열중하여 청년다운 힘과 열정을 다하여 읽었다. 나는 굉장한 박수를 받았다. 프리데리케는 때로는 깊은 한숨을 쉬었으며 뺨이 붉어지기도 했다. 외모에서 보이는 명랑성과 침착성과는 딴판으로 쉽게 감동하는 이러한 모습은 나에게는 낯선 것이 아니었으며 낭독에서 내가 바라던 유일한

---

08 1762-66년에 빌란트에 의해 독일어로 번역되었다.

보상이기도 했다. 그녀는 자신으로 인해 내가 받게 된 감사를 기쁜 마음으로 받아들였으며 나로 인해, 나를 통해 얻게 된 자그마한 자부심을 그녀식의 사랑스러운 태도로 표시했다.

도시의 방문은 오래 예정한 것이 아니었는데 출발이 지연되고 있었다. 프리데리케는 사교 모임에서 자신의 의무를 다했으며 나 역시 마찬가지였다. 그러나 시골에서는 그렇게도 풍부했던 오락 거리도 이곳 도시에서는 곧 바닥이 나고 말았다. 그리고 언니가 점점 더 갈피를 잡지 못하게 되었기 때문에 상황은 날이 갈수록 괴로워졌다. 두 자매만이 모임에서 독일식 복장을 하고 있었다. 프리데리케는 다르게 옷을 입는 것은 생각도 하지 못했고 아무렇지도 않게 생각하고 있었다. 그녀는 남하고 자신을 비교하지도 않았다. 그러나 올리비에는 그렇게 훌륭하게 차린 모임에서 하녀처럼 눈에 띄는 옷을 입고 있는 것을 참을 수가 없었다. 시골에서는 남들의 도시 복장이 거의 눈에 띄지도 않았으며 그런 옷을 입을 생각도 하지 않았다. 그런데 도시에서는 시골 복장을 참을 수가 없었다. 여기에다가 완전히 대조적인 환경에서 오는 도시 여자들의 사소한 일까지 겹쳐서 열정적인 그녀의 가슴을 들끓게 했기 때문에 나는 프리데리케의 간청도 있고 해서 그녀를 달래기 위해서 매우 세심하게 신경을 쓰지 않으면 안 되었다. 나는 괴로운 장면이 벌어지지 않을까 걱정되었다. 나는 그녀가 내 발밑에 엎드려 제발 이 상황에서 구해 달라고 애걸하는 장면을 상상했었다. 그녀는 자기 생각대로 일이 진행될 때에는 더할 나위 없이 선량했다. 그러나 누군가가 강요를 하면 금방 불쾌해지고 절망적인 상태가 되는 것이었다. 그래서 모친도 올리비에도 그것을 원하고 프레드리케도 반대를 하지 않았기 때문에 나는 서두르기로 했다. 나는 언니와는 전혀 다른 프리데리케를 칭찬하지 않을 수 없었다. 나는 그녀가 아무런 변화 없이 이러한 분위기에서도 나뭇가지에 앉은 새처럼 자유로운 것을 보니 기쁘다고 그녀에게 말했다. 그녀는 사랑스럽게도 내가 여기에 있으니 내가 곁에 있는 한 자기는 나가거나 들어올 필요가 없다고 대답하는 것이었다.

드디어 그들이 떠나는 것을 전송하고 나니 마음속에서 짐이 덜어지는 기분이었다. 왜냐하면, 나의 감정은 프리데리케와 올리비에가 반반인 까닭이었다. 나는 올리비에처럼 그렇게 못 견딜 정도는 아니었지만 그렇다고 프리데리케처럼 편하지도 않았던 까닭이었다.

내가 슈트라스부르크에 간 것은 학위를 받기 위해서였기 때문에 주목적을 부수적인 것으로 생각하고 있는 것은 내 생활의 무질서 탓이었다. 시험에 대해서는 걱정이 별로 없었지만, 논문에 대해서는 생각을 해야 하였다. 왜냐하면, 프랑크푸르트를 떠나올 때 나는 논문을 쓰겠다고 아버지와 약속을 했었고 나 자신도 굳게 결심을 하고 온 까닭이었다. 아무리 여러 가지를 할 수 있는 사람이라 할지라도 자기가 모든 일을 할 수 있다고 생각하는 것은 잘못이다. 그러나 젊은이들은 흔히 이런 잘못을 저지르게 되고, 그런 잘못을 통해 사람이 된다. 나는 법학 및 법률 방면의 모든 전문서적을 훑어보았으며 개개의 법률문제에 대해서도 상당한 흥미를 갖게 되었다. 나는 훌륭한 라이저[09]를 본보기로 삼고 있었기 때문에 나의 적은 지식으로도 좋은 성과를 얻을 수 있으리라고 믿었다. 법학에서도 일대 운동이 일어나고 있었다. 더욱 공정한 재판이 이루어져야 한다는 것이었다. 그리

---

09 August Freiherr von Leyser (1683~1752): 헬름슈테트와 비텐베르크에서 법학 교수를 했다.

고 모든 관습법은 날이 갈수록 위태로워지고 있었다. 특히 형법제도에서는 대변화가 예견되었다. 내 공부에 관해 이야기하자면 전부터 하는 법학 논제를 완성하려면 너무나도 부족한 것이 많음을 나 스스로 알고 있었다. 지식이 부족할 뿐만 아니라 마음속의 생각 역시 이런 대상하고는 거리가 멀었다. 거기다가 외부로부터의 자극도 없었고 오히려 전혀 다른 분야로 나를 몰아가고 있었다. 내가 흥미를 느끼기 위해서는 거기에서 수확을 얻을 수 있는 것, 즉 나에게 실제로 이익이 되며 기대를 하게 하는 것, 전망이 있는 것이라야만 했다. 나는 몇 가지 논제를 생각하고 자료도 수집해 놓고 있었다. 그리고 발췌본을 만든 다음 내가 주장하려는 것이나 각 부분을 정리할 때 필요한 형식 등에 관해서도 생각을 해두었다. 한동안 나는 이런 식으로 공부를 해 나갔다. 그러나 얼마 못 가서 이런 식으로 계속할 수는 없다는 것, 특수한 논제를 다루려면 특수하고도 지속적인 노력이 필요하다는 것, 일반적으로 대가(大家)는 아니라도 적어도 전문가 정도는 되어야 그런 특수한 논제를 성공적으로 수행할 수가 있다는 것을 알게 되었다.

내가 당황한 사실을 털어놓았더니 친구들은 나를 비웃었다. 그들 말로는 명제 역시 논문만큼, 아니 논문보다도 더 훌륭하게 논술할 수 있으며 슈트라스부르크에서는 그런 일은 흔히 있는 일이라는 것이었다. 나는 이 출구를 택하고 싶었다. 그러나 내가 이런 생각을 편지에 써서 보냈더니 부친께서는 일반적인 논문을 원한다고 했다. 부친의 견해로는 내가 마음만 먹고 시간만 들인다면 그런 논문을 충분히 쓸 수 있으리라고 생각한다는 얘기였다. 그래서 나는 일반적인 것 중에서 내가 할 만한 것을 선택해야 할 필요를 느꼈다. 나는 세계사보다는 교회사에 더 정통했다. 그리고 공공연히 인정된 교회의 기구인 교회가 양쪽에서 갈등을 겪고 있으며 그 갈등이 미래에도 계속되리라는 것이 내 흥미를 끌었다. 교회는 국가보다도 상위를 차지하려고 하는 까닭에 국가와 계속 갈등을 겪고 있으며, 다른 한편으로 개개인들을 모두 자기 산하에 모으려고 하므로 개인과도 갈등을 겪고 있었다. 국가는 국가대로 주권을 교회에 넘겨주지 않으려고 하고, 개인 역시 교회의 강권에 대응하고 있다. 국가는 공적이고 보편적 목적을 위해서 모든 것을 요구하며, 개인은 가정적이며 감정적, 내적인 목적을 위해 모든 것을 요구한다. 나는 어려서부터 목사들이 한편으로는 상부(上部)와, 다른 한편으로는 교구와 마찰하면서 일으키는 동요를 보아왔다. 어린 생각에도 나는 입법자인 국가가 종교에 관한 일을 규정할 권한을 가지고 있으며, 종교인들은 그에 따라 교훈을 주고 행동해야 하며 한편 속인들 역시 외적으로, 공적으로 거기에 따라 행동해야 한다고 생각해 왔다. 각자가 혼자서 어떻게 생각하고 느끼며 마음먹는가 하는 것은 여기에서 문제가 되지 않는다는 생각이었다. 이렇게만 하면 나는 모든 갈등이 일시에 해소될 것으로 생각했었다. 나는 이러한 주제의 전반부를 내 논문으로 택했다. 즉 입법자는 일정한 법칙을 정해 놓을 권리가 있을 뿐만 아니라 의무도 있는데, 종교인도 속인도 모두 그것에 따라야 한다는 것이었다. 나는 이 주제를 일부는 역사적으로 일부는 논리적으로 전개했는데, 모든 공인된 종교가 국가의 원수, 왕 또는 권력자들에 의해 도입된 것이며 기독교 역시 마찬가지 경우라고 설명했다. 신교의 예가 바로 눈앞에 있었다. 이 논문은 오로지 부친을 만족하게 해 드리기 위해서 쓴 것으로 심사에 통과되지 않았으면 하는 것이 나의 간절한 소원이었기 때문에 더욱더 대담하게 논문을 썼다. 나는 베리시 사건 이후 내 글이 인쇄되는 것에 대해서 참을 수 없는 반감을 품었으며, 헤르더와의 교제를 통해 자신의 미숙함을 너무나도 뚜렷이 느끼고 있었다. 나는 거의 자신을 불신할 정도였다.

이 작업은 나 혼자 했는데 라틴어는 상당히 잘 쓰고 말할 수 있는 수준이었기 때문에 이 논문을 쓰면서 보낸 시간은 매우 즐거운 시간이었다. 그 논제는 적어도 근거가 있었다. 서술은 강연체로 썼는데 나쁘지 않았고 전체적으로 보아 원만했다. 논문을 끝내자 나는 라틴어 학자와 함께 다시 검토해 보았다. 그는 나의 문체를 전반적으로 고쳐 주지는 못했지만 현저한 오류를 손쉽게 고쳐 주어 발표해도 될 만한 논문이 만들어졌다. 나는 깨끗이 정서한 논문 한 부를 부친에게 발송했다. 부친은 전에 계획했던 문제들이 하나도 취급하지 않았기 때문에 찬성하지 않았지만, 완전히 신교도적인 사상을 가진 부친으로는 이 대담한 작업에 충분히 만족스러워했다. 나의 기발한 착상은 용서를 받았고, 노력에 대해서도 칭찬을 들었다. 부친은 이 논문이 발표되면 훌륭한 반응을 얻게 될 것으로 기대했다.

나는 논문을 학부에 제출했다. 다행히도 학부에서는 현명하고도 친절하게 취급해 주었다. 매우 분별 있는 학장은 우선 내 논문에 찬사를 보낸 다음 문제가 되는 점으로 넘어갔는데 차츰차츰 위험한 부분을 지적하면서 박사 학위 논문으로 이것을 공개하는 것은 바람직하지 않을 것 같다고 말했다. 그는 지원자는 장래가 유망한 젊은이라고 학부에 말을 해 주었다. 이 문제를 지연시키지 않도록 학부에서 하나하나의 명제에 관해 나와 토론하기를 희망한다고 피력했다. 내가 훗날 이 논문을 원래 그대로든, 혹은 수정을 해서 라틴어든 다른 언어로든 출판하는 것이 좋을 것이고, 그것은 나 개인 자격으로든, 또는 신교도의 자격으로든 얼마든지 쉬운 일이며 그렇게 되면 지금보다도 더 순수하고 폭넓은 갈채를 받게 될 것이라고 그는 말했다. 그의 충고로 해서 내가 얼마나 마음의 짐이 덜어졌는지를 그 친절한 분에게 숨길 수가 없었다. 그의 거절로 내가 슬퍼하거나 분노하지 않도록 그는 하나하나의 논거를 제시했다. 그래서 나의 마음도 더욱 가벼워졌다. 내가 뜻밖에 그분의 논거를 반박하지 않고 오히려 타당하다고 말하면서 그의 충고와 지도에 따라 행동하겠노라고 약속하자 그 역시 마음이 가벼워졌다. 나는 다시 지도교수의 지도를 받아 몇 개의 논제를 뽑아서 인쇄에 부쳤다.[10] 구술시험은 나의 식탁 친구들을 반대론자로 삼고 이루어졌는데 매우 유쾌하고 경쾌하게 진행되었다. 과거 《로마법전》을 뒤질 때의 수업이 도움되었고, 내가 열심히 공부하는 학생으로 인정을 받았던 까닭이었다. 관례대로 훌륭한 잔치로 이 행사는 막을 내렸다.

부친은 내 글이 논문으로 정식으로 인쇄되지 않은 것에 매우 불만이었다. 왜냐하면, 부친은 내가 프랑크푸르트로 돌아갈 때 그것이 나에게 명예를 가져올 것으로 생각하고 있었던 까닭이었다. 그런 이유로 부친은 논문을 특히 출판시키고 싶어 했다. 그러나 나는 논문이 윤곽만 되어 있기 때문에 나중에 더 완성을 시켜야 한다고 말씀드렸다. 부친은 원고를 소중히 보관했다. 나는 몇 년 후에도 그것이 부친

---

10 이 학위논문은 〈1770년 8월 6일 슈트라스부르크 대학에서 프랑크푸르트 출신 요한 볼프강 괴테가 취득한 법학 학위 논문 Positiones juris gaus … in alma Argentineai die VI. August MDCCLXXI…pubhice defendet Johannes Wolfgang Goethe Moeno-Fran-cofurtensis, Augentorati〉으로, 라틴어로 쓰였는데 56개의 논제를 담고 있다.

의 서류와 함께 보관된 것을 보았다.

1771년 8월 6일에 나는 박사 학위를 받았다. 그 다음 날 쇠프린[11]이 75살의 나이로 세상을 떠났다. 특별한 접촉은 없었지만, 그는 나에게 큰 영향을 끼쳤다. 왜냐하면, 같은 시대를 사는 탁월한 인물은 유난히 큰 별과도 비교될 수 있는 까닭이다. 그 별이 지평선 위에 있는 동안 우리의 시선은 그곳으로 향하기 마련이며, 그러한 인물이 이룩한 것을 섭취하면서 힘을 얻고 학식도 얻게 되는 까닭이다. 자비로운 자연은 쇠프린에게 훌륭한 풍채를 주었다. 날씬한 체구, 친절한 눈, 이야기를 좋아하는 입, 이 모두가 철저히 유쾌한 모습이었다. 자연은 또한 사랑하는 사람에게 정신적인 능력도 아낌없이 주었다. 이 모든 것이 타고난 것이며 자연스럽게 이루어진 것이라는 점이 그의 행운이었다. 그는 과거를 현재와 합일시킬 수 있는 사람, 즉 역사 지식을 삶의 관심사에다 연결할 수 있는 행복한 사람이었다. 바덴에서 태어나 바젤과 슈트라스부르크에서 교육을 받았던 그는 풍성한 혜택을 받은 조국의 땅, 아름다운 라인 계곡 사람이었다. 그는 역사적 대상이나 고고학의 대상에 관심을 가졌으며 그러한 대상을 풍부한 상상력으로 파악하여 뛰어난 사고력으로 섭취했다. 그는 연구하는 것도 가르치는 것도 똑같이 열성적이어서 연구와 실생활이 나란히 진척됐다. 그는 계속해서 단연 두각을 나타내게 되었으며 학계와 시민사회에서 지위를 확보했다. 그의 역사지식은 어디를 가도 환영을 받았으며 그의 사교성은 어디서나 사람들을 사귀게 하였기 때문이다. 그는 독일, 네덜란드, 프랑스, 이탈리아를 여행하며 당대의 모

11 Johann Daniel Schöpflin (1694-1771): 슈트라스부르크 대학의 역사 및 웅변학 교수.

든 학자와 접촉했다. 그는 또한 제후들과도 이야기를 나누었다. 단지 그의 다변으로 해서 연회나 접견시간이 길어지는 경우가 많았기 때문에 조정에서는 귀찮은 존재였다. 그러나 그는 정치가들의 신임을 받았으며 그들을 위해서 완벽한 해설을 해주기도 하면서 곳곳에 자신의 재능을 발휘하는 무대를 갖고 있었다. 여러 곳에서 그를 붙잡았지만, 그는 슈트라스부르크와 프랑스 왕실에 대한 충성을 고수했다. 변함없는 그의 독일식 성실성은 여기에서도 인정을 받았고 그를 속으로 적대시하고 있던 유력한 대법관 클링그린에 대해서까지도 사람들은 쇠프린을 두둔했다. 천성적으로 교제와 이야기를 좋아했던 그는 학식이나 일에서와 마찬가지로 교제 역시 그 범위가 넓었다. 여성을 싫어하는 그의 성격은 일생 변함이 없었기 때문에 여성들과 교제하는 사람들이 즐겁게 낭비하는 많은 시간이 절약되었다는 것을 모른다면 그가 어디서 그렇게 시간을 많이 낼 수 있는지 알 수 없을 것이다.

특히 그는 대중 연설가이면서 저술가로서 일반인들에게 인기가 있었다. 특별한 행사가 있는 날이면 그의 연설이나 발언이 맨 먼저 진행되었다. 그의 대작《알자스 해설서》는 실생활과 연관된 책으로 그는 이 저서에서 과거의 인물들에게 생기를 불러 넣어, 조각된 다듬어진 석상(石像)에 다시 생명을 부여했고 마멸되고 파괴된 비명(碑銘)을 다시 독자들의 눈앞에, 마음에 심어 주었다. 그는 알자스와 그 주변에 관한 이러한 작업을 이룩했다. 또한, 그는 바덴과 팔츠에서 고령에 이르기까지 끊임없는 영향력을 발휘했고, 만하임에다 학술원을 설립하고 세상을 떠날 때까지 그 원장을 맡았다.

그를 위해 횃불 행진을 했던 밤을 제외하면 나는 이 탁월한 인물

곁에 다가가 본 적이 없다. 역청으로 만든 우리들의 횃불은 보리수나무로 덮인 수도원의 뜰을 밝게 비추기는커녕 온통 연기로 뒤덮이게 하고 있었다. 요란한 음악이 끝나자 그는 내려와서 우리에게로 왔다. 거기야말로 그에게는 잘 어울리는 장소였다. 날씬하고 체격이 좋은 쾌활한 이 노인은 자유로운 태도로 우리 앞에 품위 있게 선 채로 우리를 존중하면서 과장하거나 현학적인 흔적은 하나도 없이 아버지처럼 다정하게 연설을 했다. 그는 자주 초대를 받아 참석하던 왕이나 귀족들을 대하듯이 우리를 대했기 때문에 우리는 마치 대단한 인물이 된 기분이었다. 나팔소리와 북소리가 울려 퍼졌고, 학생들은 즐겁고 희망에 차서 마음이 흐뭇한 가운데 집으로 돌아갔다.

나는 그의 제자이며 동료인 코흐[12]와 오베를린[13]과는 오래전부터 친근한 사이였다. 고대의 유물에 대한 나의 애착은 강렬했다. 그들은 알자스에 관한 쇠프린의 대작의 밑받침이 되었던 자료들이 소장된 박물관을 나에게 여러 번 구경시켜 주었다. 그의 저서에 관해서 나는 고대의 유물을 실제로 현지에서 구경하고 온 지난번 여행을 하고 난 후에야 비로소 자세히 알게 되었다. 그 후 나는 크고 작은 답사 때마다 로마의 점령지인 라인 계곡을 눈앞에 생생하게 그려볼 수 있게 되었고, 깨어 있는 상태에서도 과거의 여러 가지 꿈을 눈앞에 그려볼 수 있게 되었다.

내가 이 방면에 관해서 어느 정도 이해하기 시작했을 때 오베를

---

12 Christoph Wilhelm von Koch (1737-1813): 쇠프린의 제자로, 슈트라스부르크 대학의 공법학 교수였다.

13 Jeremias Jacob Oberlin (1735-1806): 쇠프린의 제자로, 슈트라스부르크 대학의 교수가 되어 알자스의 문화, 예술사를 연구했다.

린은 나를 중세의 기념물 쪽으로 인도했다. 그는 중세의 폐허나 유물, 인장, 문헌에 관한 지식을 나에게 주었다. 그는 또한 소위 중세의 연애 시인이나 영웅 시인들에 관해서도 내가 관심을 두도록 애를 썼다. 이 성실한 사람에게도, 코흐 씨에게도 나는 신세를 많이 졌다. 만약에 그들의 의도나 소망대로 일이 진행되었더라면 나는 그들 덕택에 일생의 행복을 맛보게 되었을 것이다. 그러나 사정은 다음과 같이 달라지고 말았다.

일생 국법에 관한 높은 지위에서 활약하면서 그런 학문이나 유사학문의 연구로 유능한 인물들을 궁정이나 내각에서 보았던 쇠프린은 민법학자에 대해서는 참을 수 없는, 거의 부당한 반감을 품었다. 그는 이러한 자기 생각을 주변 사람들에게도 주입했다. 그러나 잘츠만의 친구였던 앞의 두 사람은 나에게 호감을 느끼고 있었다. 외적인 대상을 열정적으로 파악하고 그 대상의 장점을 끌어내어 거기에 독특한 가치를 부여하는 나의 서술법을 그들은 나 자신보다도 오히려 더 높게 평가하고 있었다. 나의 부족한, 아니 빈약하기 짝이 없는 민법의 연구를 그들이 모를 리가 없었다. 그들은 내가 얼마나 남들과 잘 어울리고 있고, 대학생활의 재미를 비밀로 하지도 않는다는 것까지 잘 알고 있었다. 그들은 처음에는 지나가는 말로, 나중에는 더욱더 철저하게 나를 역사, 국가법, 웅변술로 끌고 가려고 노력했다. 슈트라스부르크에는 장점이 많았다. 베르사유에 있는 독일 사무국에 들어갈 수 있는 전망도 있었으며, 쇠프린이 보여주었던 업적은 따라가기는 거의 불가능한 것으로 보이지만 젊은이들을 분발시키기에는 충분한 것이었다. 이러한 것은 비슷한 재능을 가진 사람들, 즉 그 재능을 자랑으로 삼는 사람들이나 그 재능을 자신을 위해 이용하려는 사람들 모두에게 유용한 것이었다. 이들 나의 후원자들은 잘츠만과 더불어 기억력 및 언어의 의미를 파악하는 나의 능력에 큰 가치를 부여했으며 그것을 자신들의 의도나 제안에 대한 근거로 삼으려고 하고 있었다.

그런데 내가 왜 그렇게 되지 않고 프랑스 쪽에서 독일 쪽으로 다시 넘어가게 되었는가 하는 것을 여기서 이야기하려고 한다. 이 이야기로 넘어가기 위해서 종전처럼 일반적인 필요사항 몇 가지를 설명하는 것을 용서해 주기 바란다.

개인의 순수하고, 평온하고 일관된 발전을 서술할 수 있는 전기는 극히 드물다. 우리들의 생애는 우리가 속해 있는 총체와 마찬가지로 자유와 필연이 이상한 방법으로 얽히어 있다. 우리들의 의지라는 것은 우리가 어떠한 상황에서라도 무엇을 이루고 말겠다는 것을 예시하는 것에 불과하다. 그런데 상황이라는 것은 독특한 방식으로 우리를 덮쳐 온다. '무엇'은 우리 내면에 존재하고 있다. '어떻게'는 우리 소관이 아니다. 우리는 '왜'라는 질문은 해서는 안 된다. '왜'라는 질문은 비난을 받아 마땅하다.

나는 어릴 적부터 프랑스어를 좋아했다. 프랑스어를 나는 실생활 가운데서 배웠으며 프랑스어를 통해서 실생활을 알게 되었다. 프랑스어는 문법이나 수업에 의해서가 아니라 사교와 실습으로 제2의 모국어처럼 내 것이 되었다. 나는 그것을 더욱더 자유자재로 구사하고 싶었기 때문에 두 번째 대학도 다른 대학을 제외하고 슈트라스부르크를 택했던 것이었다. 그러나 나는 그곳에서 유감스럽게도 내 희망과는 정반대의 것을 경험하게 되어 프랑스어나 프랑스 풍습과는 오히려 등을 돌리게 되었다.

예의를 존중하는 프랑스 사람들은 프랑스어로 말을 거는 외국인들에 대해서 관대했으며 틀리는 경우에도 조소하거나 비난하거나 하지는 않았다. 그러나 그들은 자기 나라말을 틀리게 말하는 것을 참을 수는 없었기 때문에 조금 전에 말한 것과 똑같은 것을 다른 표현으로 반복해서 말해주거나 올바른 표현 방식을 보여주어 총명한 사람들과 주의 깊은 사람들을 정확하고 타당한 어법으로 이끌어 갔다.

충분히 자기를 부인할 수 있을 정도로 진지한 사람이나 자신을 학생으로 생각하는 사람은 얻는 것도 있고 발전도 하지만 항상 어느 정도 굴욕감을 느끼는 것도 사실이다. 또 어떤 문제를 이야기할 때 너무 자주 중단당하거나 말머리가 돌려지면 짜증이 나서 대화를 중단하는 일이 일어나게 된다. 이런 일은 나한테 자주 일어났는데 내가 항상 무언가 재미있는 이야기를 하고 있다고 생각하거나 매우 중요한 얘기를 듣고 있다고 생각하고 있었기 때문에 표현에는 신경을 쓰지 않고 있는 까닭이었다. 프랑스어는 다른 외국어보다 훨씬 복잡하게 배웠기 때문에 나한테는 그런 일이 자주 일어났다. 나는 하인, 시종, 보초, 젊은 혹은 나이가 든 배우들, 연극 애호가들, 농부, 용사(勇士)들에게서 말투와 억양을 배웠다. 그런데 이 혼란된 말투는 내가 프랑스인 개혁파 목사의 설교를 듣기 좋아했고 설교를 듣는다는 이유로 일요일이면 보켄하임까지 산책하는 것이 허락되어서 자주 그 교회를 찾아갔었기 때문에 더욱더 혼란스러워졌다. 그것만이 아니었다. 나는 청년 시절에 16세기의 독일문화에 애착이 있었는데 이 애착은 그 빛나는 시대의 프랑스인들에까지 연장되어 몽테뉴,[14] 아미

---

14 Michael Eyquem de Montaigne (1533-1592): 괴테는 특히 그의 《수상록 Essais》과 《이탈리아 여행기 Journal du Voyage en Italic》를 높이 평가했다.

요,[15] 라블라,[16] 마로[17] 등은 나의 친구가 되었으며 내 마음속에 흥미와 경탄을 일으켰다. 따라서 내 말 속에 이 가지각색의 요소가 복잡하게 뒤섞여 있었고 그 기발한 표현으로 인해서 듣는 사람으로 하여금 내 말의 의도를 놓쳐 버리게 하는 수가 많았다. 그뿐만 아니라 어느 학식 있는 프랑스인은 점잖게 내 말을 고쳐주는 것이 아니라 맞대고 비난하며 마치 선생 같은 태도로 굴었다. 라이프치히에서도 비슷한 일을 겪었지만 단지 이곳에서는 다른 지방의 말은 어느 정도 바보처럼 말해도 괜찮다는 내 고향의 권리를 주장하지 못한 채 타향 땅에서 그곳 풍속을 따라가지 않을 수가 없었다.

만약에 악령이 우리 귀에다 대고 다음과 같이 속삭이지만 않는다면 우리는 참고 견디어 나갈 수가 있었을 것이다. 외국인들이 프랑스어로 말하려고 아무리 애를 써도 소용이 없다, 프랑스인의 가면을 쓰고 있어도 숙달된 귀는 독일인인지 이탈리아인인지 영국인인지 구별해낼 수가 있다, 참아줄 수는 있어도 고유한 언어의 성전의 내부에는 결코 들어갈 수가 없다고 말이다.

소수의 몇 사람 예외는 인정할 만했다. 폰 그림[18]이 거기에 속한다. 쇠프린은 아주 숙달되지는 못했었다고 한다. 그러나 일찍이 프랑스어로 자신을 표현해야 할 필요성을 알고 있었으며 다른 사람과, 특히 위대하고 귀한 사람들과 대화를 나누기를 좋아하는 그의 성격은

---

15 Jacques Amyot(1513-1598): 롱고스와 플루타코스의 텍스트를 프랑스어로 번역했다.

16 Francois Rabelair (1495-1553): 장편소설 《가르강튀아 Gargantua》의 작가이다.

17 Clément Marot (1459-1544): 서정시인.

18 Friedrich Melchior Freiherr von Grimm (1723-1870): 파리에 체류하면서 1753년부터 독일궁정에 정기적으로 《통신 correspondance》을 보냈다. 프랑스 혁명 후 1790년 고타로 이주했고, 괴테는 그를 개인적으로 여러 번 만났다.

호응을 받았다. 그가 자신이 등장한 무대에서 그 지방 언어를 자기 것으로 만들려 했고 자신을 프랑스식 사교가, 웅변가로 만들어 보려고 부단히 노력한 것은 칭송을 듣기까지 했다. 그러나 그가 모국어를 부인하고 외국어를 위해 바친 노력은 별 소용이 없었다. 아무한테도 그것은 의미가 없었다. 사회에서는 그를 허영심이 있다고 했다. 마치 자의식도 자부심도 없이 다른 사람에게 말을 하는 사람 취급을 당했다. 반면 세상사와 언어에 정통한 사람들은 그가 대화하는 것이 아니라 반박하고 논거하고 있을 뿐이라고 말했다. 반박이나 논거는 독일인들의 유전적인 근본적 결점이며 대화는 프랑스인들의 중요한 장점이라고 일반적으로 알려졌었다. 그는 공개석상의 연설가 이상은 되지 못했다. 왕이나 귀족에 관해 그가 한 훌륭한 연설도 인쇄되어 나오면 신교도인 그를 못마땅하게 보는 예수회파에서는 표현의 비(非)프랑스적인 요소를 지적하고 나서는 것이었다.

이런 것을 보고 스스로 위로하거나 이 수척한 노인이 받는 비난을 젊은이로서 참는 대신 우리는 이 옹졸하고 부당한 태도에 대해 실망을 하고 있었다. 그리고 이러한 현저한 예를 통해서 우리는 프랑스인들이 너무나도 외적 상황에 집착하기 때문에 그 일은 아무리 노력을 해보아도 허사에 불과하다고 생각하게 되었다. 그래서 우리는 프랑스어를 완전히 배척하고 전보다도 더 열심히, 진지하게 모국어에 관심을 두기로 정반대의 결심을 하게 되었다.

실생활에서도 이 점은 기회가 얼마든지 있었다. 알자스는 프랑스에 예속된 지 별로 오래되지 않았기 때문에 아직도 젊은이나 늙은이는 과거의 제도, 풍속, 언어, 복장에 연연하고 있었다. 정복을 당한 사람들은 존재의 방식을 상실했더라도 나머지 반을 스스로 포기하

는 것을 치욕이라고 생각한다. 그래서 지나간 행복했던 시절을 기억
나게 하고, 행복한 시절이 다시 돌아오는 희망을 불러오게 하는 것
에 대해서 무슨 일이 있어도 그것을 꼭 붙잡고 놓지 않는 법이다. 슈
트라스부르크의 주민들은 특이한, 내적으로는 서로 연결된 서클을
이루고 있었는데, 이들은 프랑스의 주권 아래에서 상당한 토지를 가
지고 있는 독일 영주들의 주민에 의해서 나날이 증가하고 보충되고
있었다. 왜냐하면, 부친의 세대이건 아들 세대이건 대학의 공부 또는
사업상의 이유로 장기간, 혹은 단시일 동안 슈트라스부르크에 체류
를 하게 되는 까닭이었다.

　우리 식탁에서도 독일어 이외에는 사용하지 않았다. 잘츠만은
프랑스어를 매우 훌륭하고 품위 있게 말했지만, 성격이나 태도를 보
면 두말할 나위 없는 독일인이었다. 마이어 폰 린다우는 훌륭한 프
랑스어를 쓰려고 애를 쓰지 않았고 독일어로 천천히 말하고 있었
다. 그 외에도 프랑스의 언어와 풍습에 마음이 쏠리고 있는 사람들
이 꽤 있었지만, 우리와 함께 있는 동안은 전체의 분위기에 따라 처
신하고 있었다.

　우리는 언어에서 국가의 상황으로 시선을 돌렸다. 우리의 법률
에는 별로 자랑할 만한 것이 없는 것이 사실이었다. 법은 온통 오용
되고 있지만 그래도 프랑스의 현행법보다는 나아 보였다. 프랑스의
법은 원칙 없는 오용으로 문란하기 그지없는데 정부는 쓸데없는 데
에 힘을 낭비하고 있어 전체적으로 개혁하려고 해도 전망이 캄캄할
뿐이라는 소리만 공공연하게 듣고 있었다.

　이와는 반대로 북쪽을 바라보면 거기에는 프리드리히의 광채가
마치 북극성처럼 우리를 비추고 있었다. 독일, 유럽, 아니 세계가 그

의 주변을 돌고 있는 것처럼 보였다. 프리드리히 왕이 탁월하다는 사실은 프랑스 군대가 프로이센식 훈련방식을 택하고, 프로이센의 군 간부까지 채용한 사실로 역력히 드러나고 있었다. 그러므로 우리는 외국어에 대한 그의 지나친 애착을 용서해 주었다. 그러나 그가 프랑스의 시인, 철학자, 작가들을 싫어하고 그들을 침입자로 생각하고 그렇게 행동해야만 한다고 우리는 생각하고 있었다.

하지만 우리를 무엇보다도 프랑스인에게서 멀어지게 만드는 사실은 그들이 독일인은 전부 다, 프랑스 문화를 사랑하는 군주들까지 모두 몰취미하다는 주장을 계속하기 때문이었다. 거의 후렴처럼, 비난할 때마다 따라다니는 이 언동을 우리는 무시해버리기로 했다. 그리고 이 사실은 규명하기가 매우 어려운 과제였다. 프랑스 작가들은 다른 것은 다 가지고 있어도 안목만은 갖고 있지 못하다고 메나제[19]도 언명한 바 있으며, 우리는 당시 파리로부터 요즘의 저술가들은 모두가 안목이 부족하며 볼테르조차 이러한 비난에서 모면하기 힘들다는 얘기를 듣고 있는 까닭이었다. 옛날부터 자연을 따르도록 계속 가르침을 받았던 우리는 감정의 진실성과 소박성, 감정의 솔직하고 소박한 표현만을 인정하려고 했다

우정, 사랑, 동포애, 이런 것은
저절로 우러나는 것 아닌가?[20]

이 말은 우리 소수의 대학생이 자신을 의식하고 고무시키는 구

---

19 Gilles Menage (1613~1692): 프랑스 작가.
20 《초고 파우스트 Urfaust》 197행에 등장하나 《파우스트》에는 삭제되었다.

호이며 함성이었다. 이 구호는 우리들의 모든 모임의 기본이었다. 그런 모임에서는 우리들의 친구 미헬[21]이 반드시 독일 복장을 하고 나타났다.

이런 이야기를 듣고 그것은 극히 외적인 우연한 일이며 개인적인 사건이라고 생각하는 사람이 있을지 모르지만, 프랑스 문학은 거기에 다가가려고 노력하는 청년을 끌어들이는 것이 아니라 배척하는 듯한 성격을 가진 것이 사실이었다. 물론 프랑스 문학은 연륜이 있고 품격이 있다. 하지만 이 두 가지는 삶의 즐거움과 자유를 갈구하는 청년에게는 만족을 주지 못한다.

16세기 이래 프랑스 문학의 발전은 한 번도 완전하게 중단된 적이 없었다. 내부의 정치적, 종교적 동요 및 외부의 전쟁은 문학의 발전을 오히려 촉진했다. 사람들은 흔히 프랑스 문학이 이미 백 년 전에 그 전성기에 도달했다고 말한다. 유리한 상황으로 해서 프랑스 문학은 일시에 풍성한 수확을 거두어들였고 성공적으로 그 일을 이루었기 때문에 18세기의 대가들은 겸손하게 떨어진 이삭을 줍는 것만으로도 만족할 정도였다.

그러나 시대에 뒤떨어진 것이 많았다. 특히 희극이 제일 심각했는데 대개가 졸작으로 새로운 흥미 거리를 추가하고 생활이나 풍속에 맞는 개작이 필요했다. 비극은 대부분 극장에서 사라지고 말았다. 볼테르는 자기에게 주어진 기회를 놓치지 않고 코르네유의 작품을 출간했지만[22] 그것은 단지 선배인 코르네유가 얼마나 결점투성이인지 드러내 보여주는 셈이 되고 말았다. 하지만 볼테르가 코르네유를

21 독일적 소시민성과 옹졸함에 대한 비유.
22 볼테르의 주해가 달린 코르네유의 작품은 1764년 발간되었다.

쫓아갈 수 없다는 것이 일반적인 평가였다.

그가 거의 1세기를 고무해 오고 다스려온 문학과 마찬가지로 당대의 기적인 볼테르가 늙고 말았다. 다소 활동적이고 젊은 작가들이 볼테르의 곁에서 헛된 노력을 계속했으나 그들도 하나씩 사라지고 말았다. 모임이 작가에게 끼치는 영향은 점점 많아졌다. 왜냐면 명문 출신, 고관, 부유한 사람들로 이루어진 상류사회는 중요한 오락으로 문학을 택했고 그 결과 문학은 완전히 사교적이고 귀족적인 것이 되고만 까닭이었다. 상류층 사람들과 작가들은 서로서로 영향을 주고받았지만, 그것은 악영향일 뿐이었다. 왜냐하면, 고귀하다는 것은 원래가 배타적이기 때문에 프랑스의 비평 역시 배타적이고, 부정적 비방이 가득한 것이었던 까닭이다. 상류층 사람들은 비판 정신으로 작가들을 대했다. 그리고 점잖지 못한 작가들은 자기네들뿐만 아니라 후원자들에게까지 그런 태도를 보였다. 대중을 설득시키지 못하는 경우에는 대중을 놀라게 하려 했고 아니면 자신을 비하함으로써 환심을 사려고 했다. 그리하여 교회와 국가의 내부를 뒤흔든 동요 이외에도 한쪽으로는 문학적 동요가 일어나게 되었는데 여기에서 볼테르는 조류에 휩쓸려 일반에게 무시당하지 않기 위해서 자신의 전력과 우세한 위치를 이용했다. 그는 늙은 고집쟁이 어린애라고 불리고 있었다. 그의 부단한 노력을 사람들은 노인의 헛된 노력으로 보고 있었다. 사람들은 그가 일생 고집해 왔고 생애를 바쳐가면서 보급했던 기본원리를 이제는 높게 평가하지도 존경하지도 않았다. 신앙고백을 통해서 일체의 무신론적인 사상과 연관이 없다고 주장한 볼테르의 신에 관해서까지도 사람들은 이제 인정하려 하지 않았다. 결국, 선조이며 족장인 볼테르는 마치 새파란 경쟁자와 마찬가지로 매 순간에 마음을 졸이면서 새로운 후원자를 물색하는 한편 친구들에게는 지나친 호의를, 적대자들에게는 지나친 악의를 표시하게 되었다. 그는 열렬하게 진리를 위해 노력하는 것처럼 굴면서 진실하지 않은, 부당한 행동을 할 수밖에 없게 되었다. 만약에 생애가 초기보다도 더 예속적인 상태로 끝맺음하게 된다면 활동적인 위대한 일생이 무슨 가치가 있단 말인가? 그런 상태가 얼마나 참을 수 없으리라는 것을 그의 뛰어난 두뇌와 섬세한 감수성이 포착하지 못했을 리가 없다. 그러나 그는 때때로 궤도를 벗어난 방법으로 울분을 풀었고 기분 내키는 대로 행동했으며, 그가 정도를 벗어난 공격술을 사용할 때면 친구들이건 적이든 불쾌감을 느꼈다. 아무도 그를 용서할 수 없었지만, 그에게 앙갚음할 수는 없는 일이었다. 노인들의 판단에만 귀를 기울이는 대중은 까닥하면 건방져지게 되는 까닭이다. 미숙한 두뇌에 받아들여지는 원숙한 판단보다 더 미숙한 것은 없다.

독일적인 자연애와 진리애를 가지고 있으며 자신과 타인에 대한 성실성이야말로 생활이나 공부의 최선의 지침이라고 생각하고 있는 우리 청년들에게는 볼테르의 파벌적인 불성실성과, 많은 귀중한 대상을 왜곡시키는 태도가 날이 갈수록 마음에 들지 않았다. 그는 또한 종교와 종교의 근간이 되는 성서를 소위 승려 나부랭이들을 비난하기 위한 목적으로 끝없이 비방했는데 이것도 나에게는 불쾌하게 생각되었다. 게다가 그가 노아의 홍수 이야기를 전혀 근거 없는 것으로 만들기 위해서 모든 조개 종류의 화석을 부인하고 그것을 자연의 장난으로밖에는 생각지 않는다고는 말을 했기 때문에 나는 그에 대한 신뢰감을 완전히 잃고 말았다. 왜냐하면, 바스트 산에서 해저였으나 이제는 지면이 된 지대에서 내가 조개껍데기를 뚜렷이 본 적이 있는 까닭이었다. 그렇다 그 산은 전에는 바다로 뒤덮여 있었다. 노아의 홍수 이전이냐 이후냐 하는 것은 나한테는 중요하지 않았다. 라인 계곡이 거대한 호수, 끝없는 만이었다는 사실이면 충분했다. 나한테 아무리 설득해보려 해도 소용없는 일이다. 육지나 산악에 관한 연구를 나는 더 해볼 생각이었다. 무슨 결과가 나올지 두고 볼일이었다.

프랑스 문학은 그 자체가, 그리고 볼테르를 통해서 노숙하고 고상해졌다. 이 뛰어난 인물에 관해서 몇 가지 더 관찰하기로 하자. 활동적이며 사교적인 생활, 정치, 대규모의 수입, 세속의 큰 인물들과의 관계와 그 관계를 이용하여 자신을 세속의 큰 인물로 만드는 일, 볼테르는 젊어서부터 이러한 것을 희망했으며 그렇게 노력해 왔다. 자립하기 위해서 그만큼 남에게 의존했던 사람도 드물다. 그는 다른 사람의 마음을 사로잡는 데 성공했다. 온 나라가 그의 수중에 있었다. 그의 적들이 온갖 재주를 다 하고 무섭게 미워해도 아무 소용이 없었다. 어떤 것도 그에게 손상을 끼칠 수 없었다. 그는 궁정과 화해할 수 없었지만, 그 대신 외국의 왕들이 그를 후대했다. 카타리나,[23] 프리드리히 대왕, 스웨덴의 구스타프, 덴마크의 크리스티안, 폴란드의 포니아토브스키, 프로이센의 하인리히, 브라운슈바이크의 카를 왕들이 그의 신하임을 공인했다. 교황들까지도 그를 순종시키기 위해서는 어느 정도 양보해야 한다고 생각할 정도였다. 요젭 2세[24]가 그와 거리를 두었지만 그렇다고 해서 결코 명성을 높이지는 못했다. 그렇게 분별력 있고 훌륭한 마음씨를 가졌던 그가 조금만 더 현명하

23 러시아의 에카테리나 2세.
24 1777년 프랑스 여행 시 볼테르와 만나는 것을 피했다.

고, 훌륭한 인물을 조금만 더 제대로 평가할 줄 알았더라면 그 자신이나 그의 일에 손해를 덜 입었으리라는 얘기였다.

내가 지금 요약을 하고 어느 정도 연결을 지어 말하고 있는 내용은 당시로는 일시적인 풍문으로, 영원히 어우러지지 않는 소리처럼 들려왔을 뿐이며 우리 귀에는 요령부득의, 전혀 알아들을 수 없는 소리였을 뿐이다. 계속 들리는 것은 선조들에 대한 칭송의 말뿐이었다. 사람이란 좋은 것, 새로운 것을 요구하지만. 항상 제일 새로운 것을 요구하지는 않는 법이다. 오랫동안 마비상태에 있던 극장에서 어느 애국자가 프랑스의 감동적인 작품을 공연하여《칼레의 진영》[25]이 열광적인 갈채를 받았다. 하지만 곧 같은 작품이 다른 프랑스의 작품과 함께 아무 의미도 없는 작품으로, 아무리 보아도 쓸모없는 작품이라는 평을 받기도 한다. 내가 소년 시절에 좋아했던 데투슈[26]의 자연묘사를 사람들은 미약하다고 말했으며 이 훌륭한 작가의 이름은 잊히고 말았다. 다른 작가들의 이름도 입에 올릴 수가 있는데, 최신의 문학 동향에 관해 관심 있는 사람 앞에서 그런 작가의 이름이나 작품에 관해서 이야기했다가는 촌뜨기 같은 소리를 한다고 비난이나 당한다.

그리하여 우리는 다른 독일인들에게는 점점 매력 없는 존재가 되고 말았다. 우리들의 품성이나 천성은 대상에 관한 느낌을 확인한 다음 서서히 연구하여 그것을 될 수 있는 대로 천천히 진행하도록 하는 것이었다. 우리는 계속 관심을 기울이고 그것에 몰두함으로써 사물에서 무엇인가를 얻을 수 있으며 부단한 노력을 통해서 비판도

---

25 Pierre Laurance Buyrette de Belloy(1727-1775)의 작품.

26 Philipp Nericault Destouchnes (1680-1754).

하고 비판의 근거도 댈 수 있는 수준에 도달하는 것이라고 알고 있었다. 우리는 위대하고 찬란한 프랑스의 세계가 우리에게 많은 장점과 이득을 준다는 것을 모르지 않았다. 루소[27]에 대해서 우리는 모두 그를 인정하고 있었다. 그러나 그의 생애나 운명을 들여다볼 때 그가 이룩한 모든 것에 대한 보상은 결국 남의 눈에 띄지 않고 잊힌 채로 파리에서 살지 않으면 안 되었다는 것밖에는 없다.

백과사전파들[28]이 말하는 것을 듣거나 거창한 그들의 저술의 한 권을 펼칠 때면 우리는 커다란 공장에서 계속 움직이는 무수한 실꾸러미와 직조기 사이를 지나가는 듯한 기분이 든다. 그것은 한 조각의 천이 완성되는 것을 보기 위해서 요란스럽게 덜커덩거리는 기계의 잡음, 눈과 머리를 혼란시키는 기계의 원리, 또는 서로 복잡하게 얽혀 있는 도저히 이해할 수 없는 설비 사이를 지나가다 보면 자신이 입고 있는 옷에 대해서까지 역겨운 느낌이 드는 것과 마찬가지다.

디드로는 우리와 흡사할 정도로 가까웠다. 그가 프랑스인들에게서 비난당하는 부분을 보면 그는 진정한 독일인이었다. 그러나 그의 관점은 너무나도 고차원적이고, 그의 시각은 너무나도 광활해서 우리는 감히 그의 곁에 서거나 곁에 앉을 수 없을 정도였다. 그러나 그가 고도의 재능으로 선택하고 유명하게 만든 사생아[29]는 우리를 매우 즐겁게 만들었으며 그의 작품에 등장하는 밀렵자나 밀수꾼들은 그 후 독일 문학계에 자주 등장하게 되었다. 그는 루소와 마찬가지로

---

27 Jean Jacque Rousseau는 괴테가 슈트라스부르크에서 대학에 다닐 때 이미 그 명성이 전 유럽에 달했다.

28 파리에서 1751~1772년 사이에 나온 28권짜리 백과사전의 공동작업자들.

29 Diderot의 《사생아 Le fils naturel》를 말한다.

사교생활에 대해 혐오를 가지고 있었으며, 모든 현존하는 것을 파멸시킬 거대한 세계개혁[30]을 예고한 사람이기도 했다.

그러나 이런 이야기는 뒤로 미루고 우선 앞서 언급한 두 작가가 문학에 어떤 영향을 주었는지 이야기하는 것이 온당한 일일 것이다. 이들은 우리를 예술에서 자연으로 이끌고 갔다.

모든 예술의 최고 과제는 가상을 통해서 더 높은 실재에 대한 환상을 갖도록 하는 것이다. 거기서 가상의 세계를 지나치게 현실화시킴으로써 결국 상식적인 현실만 남게 하는 것은 잘못된 일이다.

관념적인 장소로서 무대는 뒤에 일렬로 세워진 무대세트를 원근법으로 이용해서 큰 효과를 보았다. 그런데 사람들은 이 효과를 포기하고 무대의 측면을 막아 실제로 방의 벽을 무대 위에 만들려고 했다. 이런 무대 장치에 어울리기 위해서는 거기에 맞는 새로운 희곡과 새로운 연기법, 다시 말해 완전히 새로운 연극이 생겨나지 않으면 안 되었다.

프랑스 배우들은 희극에서 예술적 진실의 최고봉에 달해 있었다. 파리에 사는 것, 궁정 사람들의 외모에 관한 관찰, 연애사건을 통해 남녀 배우들이 상류사회와 연결된 것, 이 모든 것들이 사교생활을 매우 흡사하고 뛰어난 솜씨로 무대 위에 재현시킬 수 있게 만들었다. 자연을 사랑하는 사람들도 이것을 비난하지는 않았지만, 그들이 서민 생활의 진지하고도 비극적인 소재를 작품화하고 산문으로 훌륭하게 표현하여 부자연스러운 낭독법이나 동작을 요구하는 부자연스런 운문을 서서히 몰아내 버린다면 커다란 발전을 이룰 것으

---

30 프랑스 혁명을 의미한다.

로 생각했다.

　엄격하고 운율적이며 정교한 비극이 당시에 혁명과 함께 위협을 받고 있다는 사실은 주목할 만한 사실이었으나 일반적으로 아직 감지되지 않고 있었다. 그런 혁명을 피할 수 있었던 것은 위대한 재능과 전통의 힘뿐이었다.

　고양되는 힘찬 연기, 자연스럽고 일상적인 것과는 동떨어진 연기로 연극계에서 명성을 얻고 있던 르켕[31]에 맞서서 오프레느[32]라는 남자가 모든 부자연스러운 것에 대해서 선전포고를 했다. 그는 비극적인 연기를 통해서 최고의 진실을 표현하려 했다. 그런 연기는 파리의 다른 연극인들의 연기와는 어울리지 않았다. 그가 혼자였던 반면 다른 배우들은 서로 결속해 있었다. 끝까지 자기의 생각을 고집했던 그는 결국 파리를 떠나 슈트라스부르크까지 오게 되었다. 우리는 여기서 그가 《시나》[33]의 아우구스투스와 미트리다트[34] 등의 역을 진실되고 자연스러운 기품을 가지고 연기하는 것을 보았다. 그는 키가 큰 미남으로 건장하기보다는 후리후리한 편이었고, 원래 위엄이 있는 편은 아니지만 고상하고 호감이 가는 사람이었다. 그의 연기는 신중하고 조용했지만 차갑지 않았으며 필요할 때에는 매우 강렬했다. 그는 매우 노련한 배우로 예술적인 것을 자연으로, 자연을 예술로 변화시킬 수 있는 소수의 사람 중의 하나였다. 이들이 가진 장점은 오해를 받고, 언제나 자연스러움에 관한 그릇된 학설을 촉발시킨다.

31　Henric Louis Lecain (1728-1778): 프랑스의 연극배우.

32　Jean Rival Aufrene (1729-1806): 코르네유 극의 배우.

33　Cinna: 코르네유의 작품.

34　Mitbridat: 라신느의 동명 희곡의 주인공.

나는 짤막하나 새로운 시대를 열게 한 어떤 작품에 관해 이야기 하고자 한다. 그것은 루소의 《피그말리온》[35]이다. 이 작품에 관해서 는 많은 얘기를 할 수 있을 것이다. 왜냐하면, 이 신기한 작품은 예술 을 자연 속에 용해하려는 잘못된 노력으로 자연과 예술 사이에서 동 요하고 있는 까닭이다. 여기에서 우리는 완벽한 것을 이루었지만 자 기의 이념을 외부로 예술적으로 표현하여 더 높은 생명을 불어넣는 것에 만족하지 못한 예술가를 보고 있을 뿐이다. 아니다, 이념 역시 지상의 그에게로 내려와야 한다. 그는 정신과 행동이 이루어낸 최고 의 것을 감각이라는 극히 평범한 행위로 파괴하고자 했다.

우리에게 영향을 끼친 모든 이러한 것들과 다른 것들, 즉 올바른 것, 어리석은 것, 진실한 것, 반쯤 진실한 것 등이 개념을 혼란스럽게 만들었다. 우리는 여러 번 잘못된 길과 우회로를 방황했다. 여러 면 에서 독일 문학은 혁명이 진행되고 있었다. 그 혁명에 우리는 목격 자였으며 의식적이건 무의식적이건, 자발적이건 아니든 계속 거기 에 발을 들여놓고 있었다.

우리는 철학을 통해서 깨우침을 받거나 격려를 받고 싶은 충동 도 애착도 갖고 있지 않았다. 종교 문제에 대해서 우리는 스스로 많 은 것을 알고 있다고 생각하고 있었다. 그래서 프랑스의 철학자들과 종교인들 간의 분쟁에 관해서는 관심이 없었다. 소각 명령을 받은 금 서들이 당시 큰 물의를 일으키고 있었지만 우리에게는 아무런 영향 도 끼치지 못하고 있었다. 많은 책 중에서 우리가 호기심으로 손에 들게 된 《자연의 체제》[36]에 관해서 이야기해 보겠다. 우리는 왜 그런

---

35 Pygmalion: 루소의 멜로드라마로 1762년 작.

36 《자연의 체제 Systeme de la Nature》는 Paul Heinrich Dietrich Freiherrn von Hoch-

책이 위험한지 이해할 수가 없었다. 이 책은 너무나도 음산하고 무시무시해서 참고 읽기가 힘이 들었고 마치 유령이 눈앞에 나타난 것처럼 몸서리가 날 정도였다. 저자는 책의 서문에서 이제 목숨이 다한 노인으로 무덤에 한 발을 내딛으면서 동시대인들과 후손들에게 진리를 알려주고자 한다면서 자신의 저술을 소개하고 있다.

우리는 그를 비웃었다. 노인들은 세상에서 소중하고 아름다운 것에 대해서 전혀 그 가치를 모른다고 생각한 까닭이었다. "낡은 교회는 유리창이 어둡다. 버찌나 딸기 맛이 어떤지는 아이들과 참새한테 물어봐야 안다." 이런 말들을 우리는 즐겨 버릇처럼 말하곤 했다. 그래서 늙음에 대한 진수인 그 책이 우리한테는 재미없고, 불쾌하기까지 했다. 그 책에 따르면 모든 것은 필연적이며 신은 존재하지 않는다는 주장이었다. 그렇다면 신이 존재할 필연은 왜 안 되는가, 라고 우리는 반문했다. 물론 우리는 낮과 밤, 계절, 기후의 변화, 육체적, 동물적 상태라는 필연성을 회피할 수 없다는 것은 인정하고 있었다. 그러나 한편으로 우리는 우리 내부에 완전히 자율적인 것이 있으며, 다시 이 자율적인 것에 대항하려고 하는 무엇인가가 또 있음을 느끼고 있었다.

더욱더 이성적으로 되어 자신을 외부의 사물로부터, 그리고 자신으로부터 독자적으로 만들고자 하는 희망을 우리는 버릴 수가 없었다. 자유라는 말은 너무나도 아름다운 말이어서 설령 그것이 오류를 범하게 된다더라도 그것 없이는 살 수가 없을 것 같았다.

우리 중에 아무도 이 책을 통독한 사람이 없었다. 그 책을 펴들었

---

bach의 저술로 1781년 출간되었다. 라인팔츠 태생의 저자는 프랑스에서 저술가로 활동했는데 이 저서에서는 특히 프랑스 계몽주의에 대한 분석이 주목할 만하다.

을 때 기대감이 어그러지는 것을 느낀 까닭이었다. 자연의 체계가 소개되었는데, 우리는 우리의 우상인 자연에 관해서 무엇을 알게 되기를 기대했다. 물리, 화학, 천문 및 지리학, 자연사(自然史), 해부학 등은 우리를 수년 전부터 계속 아름다운 대우주에 관심을 두도록 만들고 있었다. 우리는 태양, 별, 유성, 달, 산, 계곡, 강, 바다 등에 관해서, 그 속에서 살고 움직이고 있는 모든 것에 대해서 일반 지식과 좀 더 상세한 지식을 원하고 있었다. 일반인에게는 해롭고 종교인에게는 위험해 보이고 국가로서는 용납할 수 없는 것들이 쓰여 있지만, 이 책자는 의연하게 이런 불의 시련을 견디어 냈다고 우리는 생각했었다. 그러나 이 책의 황망하고 무신론적인 어둠은 우리를 얼마나 암담하고 공허하게 만들었는지 모른다. 온갖 형상들로 이루어진 지구가, 수많은 별로 가득 한 천체가 사라져 버리고 말았다. 이 책의 내용은 물질은 영원히 존재하며, 영겁에서부터 움직이고 있으며, 좌우 상하로 움직이는 이 운동으로부터 모든 존재의 무한한 현상이 나타난다는 것이었다. 만약에 저자가 그가 말하는 소위 움직이는 물질로 우리 눈앞에서 세계를 만들어 보였더라면 우리는 그의 말에 만족했을 것이다. 그러나 저자 역시 자연에 관해서 우리보다 나을 것이 없었다. 왜냐하면, 몇 가지 일반적 개념을 심어 놓고는 곧 그것을 무시하고 있었는데, 자연보다 더 높은 것, 또는 자연 속에 더 높은 자연으로 모습을 드러내는 것을 물질적이며, 무겁고, 움직이고는 있지만, 방향도 형체도 없는 자연으로 바꿔 놓으려 하기 때문이었다. 그리고 그렇게 함으로써 많은 것을 해결했다고 스스로 생각하고 있었다.

하지만 이 책이 우리에게 해를 끼친 것이 있다면 그것은 우리가 모든 철학, 특히 형이상학에 진심으로 염증을 느끼게 된 것이다. 반면 우리는 생생한 지식, 경험, 활동, 창작에 더욱 열심히, 열정적으로 몰두하게 되었다.

그리하여 우리는 프랑스 국경에서 모든 프랑스적인 것으로부터 완전히 탈피, 해방되었다. 그들의 생활양식은 너무도 틀에 박힌 것으로 너무 고상하게 보였으며, 그들의 문학은 너무 냉정했고 비평은 부정적이었으며 철학은 난해하고 불충분한 것으로 보였다. 그래서 만약에 오래전부터 다른 영향이 더 높고, 더 자유롭고, 진실하면서도 시적인 세계관과 정신적인 즐거움에 대한 기틀을 마련해 주지 않았더라면, 그리고 이 영향이 처음에는 암암리에, 차츰 공공연하고도 강력하게 우리를 지배하지 않았더라면 우리는 최소한 시험 삼아서 거친 자연에 자신을 맡기고 말았을 것이다.

두말할 필요도 없이 나는 지금 셰익스피어에 관해 이야기하고 있다. 여기에 관해서는 사실 더 이상의 설명이 필요하지 않다. 셰익스피어는 다른 어느 나라에서보다도, 아니 조국 영국에서보다도 독일에서 더 인정을 받았다. 우리는 서로 웬만해선 우리 사이에서도 나타내지 않는 모든 정당한 평가와 타당함, 관대함을 그에게 보내주었다. 탁월한 인물들이 그의 정신세계를 아름다운 조명 속에 드러내 보였고, 나도 그의 명예나 그에게 이익이 되는 일, 그를 변호하는 일에 언제나 찬동했다. 이 비범한 인물이 나에게 끼친 영향에 관해서는 이미 언급한 적이 있다.[37] 나는 그의 업적에 관해서 연구했으며 사람들의 호응을 받기도 했다. 그의 위대한 업적에 관한 연구 내용을 여기에 삽입하고 싶은 유혹도 있지만 내 말을 듣고 싶어 하는 사람들에

---

37 《빌헬름 마이스터의 수업시대》를 말한다.

게 그것을 이야기할 만한 때가 올 때까지 우선 여기서는 일반적인 설명으로 만족해야 할 것 같다.

우선 내가 어떻게 그를 알게 되었는가를 상세히 말하고자 한다. 그것은 이미 오래전의 일로, 라이프치히에서였는데 도드[38]의 《셰익스피어의 미》라는 책에서였다. 작가들에 관해서 단편적으로 소개하는 이런 선집에 반대하는 사람도 있지만, 이 선집은 많은 좋은 영향을 가지고 왔다. 실제로 우리는 작품 전체를 원래의 가치 그대로 섭취할 수 있을 정도로 침착하지도 현명하지도 못하다. 우리는 책에서 자기에게 직접 관계가 있는 부분에 줄을 긋는다. 완벽한 지식을 갖추지 못한 청년들이 훌륭한 부분에서 흥분하는 것은 잘못된 일이 아니다. 나는 앞서 선집이 내게 큰 영향을 끼친 청년기를 나의 일생에서 가장 아름다웠던 시대로 기억하고 있다. 뛰어난 개성, 위대한 격언, 적절한 묘사, 유머 등은 모두가 강력하게 내 마음을 사로잡았다.

그때 빌란트의 번역본이 나왔다.[39] 모두 이것을 순식간에 읽고 친구들이나 아는 사람들에게 알리고 추천했다. 우리 독일인들은 외국의 저명한 작품들이 쉽고 간단하게 최초로 번역되는 장점을 가지고 있다. 처음에 빌란트의 번역으로, 후에 에셴부르크[40]에 의해서 산문으로 번역된 셰익스피어는 누구나 알기 쉽고, 어떤 독자에게도 적합한 것으로 큰 파문을 일으켰다. 나는 리듬과 운(韻)을 존중한다. 이 양자를 통해서 시는 비로소 시가 되는 것이다. 그러나 근본적으로 깊

---

38 William Dodd (1729-1777): 영국의 셰익스피어 연구가.

39 빌란트의 8권짜리 셰익스피어 번역본은 1762년에서 1766년 사이에 출간되었다.

40 Johann Joachim Eschenburg (1743-1820): 작가이자 비평가로 13권짜리 셰익스피어 번역본 (1775-1782)이 있다.

게 작용하는 것, 진실로 우리를 감화시키고 감동하게 하는 것은 산문으로 번역되어도 그대로 남아 있다. 그렇게 해도 순수하고 완벽한 내용은 남는다. 빛나는 외양만 있고 내용이 없는 경우에는 그럴듯해 보이기는 하지만 어떤 경우에는 그것이 내용을 가려서 안 보이게 만드는 수도 있다. 그래서 나는 청년을 교육하는 초기에는 운문을 그대로 두는 것보다는 산문으로 번역하는 것이 더 유익하다고 생각한다. 왜냐하면, 모든 것을 익살로 이용하지 않고는 못 견디는 소년 시절은 말의 음향이나 음절의 고저(高低)에 흥겨워서 모방의 형식으로 고상한 작품의 깊은 내용을 파괴하는 경우가 많은 까닭이다. 그래서 나는 호메로스도 산문으로 번역해야 하지 않을까 하고 생각하고 있다. 하지만 그 번역은 현재의 독일 문학의 입지와 부합되는 것이라야만 한다. 그러나 나는 이런 문제와 앞서 말한 문제 등에 관해서는 존경하는 교육자들에게 일임하고자 한다. 그들은 광범위한 경험을 여기에 가장 훌륭하게 이용할 수 있을 것이다. 단지 내 제안을 더 설명하자면 루터의 성서 번역을 상기하라는 것이다. 이 탁월한 인물이 여러 가지 문체로 엮어져 있는 저서와 그 저서의 문학적, 역사적, 설교적, 교훈적인 문체를 마치 한 줄로 꿴 것처럼 우리에게 전해 주었던 것은 그가 원전의 개개 특성을 하나하나 모방하여 번역하는 것보다 더 큰 공헌을 종교계에 했다. 그 후 욥기나 시편 또는 다른 찬미가를 원래 시의 형태로 우리에게 감상시키려고 애쓴 사람들이 있었지만 그런 시도는 허사로 돌아가고 말았다. 대중에게 영향을 끼치려면 단순한 번역이 가장 훌륭한 번역이 되는 셈이다. 원작과 경쟁해 보려는 비판적인 번역은 학자들이 하는 오락밖에 되지 못한다.

슈트라스부르크의 친구들 사이에서 셰익스피어는 번역 또는 원서를 통해서, 단편적 또는 전체적으로, 부분적 또는 개괄적으로 많은 영향을 끼쳤기 때문에 마치 성서에 정통한 것처럼 점점 셰익스피어에 정통하게 되었다. 우리는 그를 통해서 알게 된 그 시대의 장단점을 우리들의 대화 속에서 인용했으며 그를 모방하면서 최대의 기쁨을 맛보았고, 번역을 통해서 또는 원전을 멋대로 고치면서 그와 경쟁을 하기도 했다. 나는 누구보다도 셰익스피어에 열광했었기 때문에 이런 일에서 큰 역할을 했다. 무엇인가 고차원적인 것이 나의 머리 위에서 떠돌고 있는 것 같다고 하는 나의 유쾌한 고백은 나의 친구들에게도 전염되어 모두 이러한 생각에 젖게 되었다. 우리는 셰익스피어의 업적을 더 상세히 알고 이해하며 식견을 가지고 비판할 수 있다고 알고 있었지만 그러한 일은 훗날로 미루고 있었다. 당시로써는 우리는 즐겁게 그의 작품을 읽고, 비슷하게 모방을 하려고 하고 있었다. 우리에게 즐거움을 가져다준 이 인물에 대해서는 연구를 한다거나 흠을 집어내는 것이 아니라 실컷 즐기면서 무조건 숭배하는 것에 우리는 열중했다.

이 활기 찬 모임에서 우리가 무엇을 생각하고 이야기 나누고 토론했는지를 직접 알고 싶은 사람은 《독일의 특성과 예술에 관하여》[41]라는 저서 중의 셰익스피어에 관한 헤르더의 논문이나 《사랑의 헛수고》의 번역본에다가 렌츠[42]가 쓴 〈연극평론〉를 읽으면 될 것이다. 헤르더는 셰익스피어의 본질을 가장 깊이 파고 들어갔으며 그것을 훌륭하게 서술했다. 렌츠는 연극의 전통에서 우상파괴에 관해 설명하면서 셰익스피어적인 방법으로 그것을 취급하고 있다. 이제 이 재능

---

41 Von deutscher Art und Kunst: 헤르더가 1773년에 발행한 논문서.

42 Jacob Reinhold Lenz (1751~1792)의 〈Anmerkungen übers Theater〉.

이 풍부하고 기발한 인물에 관해 언급하는 자리가 되었으므로 렌츠에 관해서 얘기하는 것이 괜찮을 것이다. 나는 슈트라스부르크에 체류하는 마지막 시기에 그를 알게 되었다. 그의 교제범위는 나와는 달랐기 때문에 우리는 만나기가 힘들었다. 그러나 우리는 서로 상면할 기회를 만들었으며, 동시대의 청년들로서 비슷한 생각을 하고 있었기 때문에 서로 가까워졌다. 그는 몸집이 작았지만 보기에 좋았고, 자그마한 얼굴의 품위 있는 생김새는 약간 둔해 보이는 용모와 잘 어울렸다. 그는 푸른 눈에 금발로 북쪽 지방 청년들에게서 흔히 볼 수 있는 타입이었다. 조용하고 조심스러운 걸음걸이와 유창하지는 않으나 듣기 좋은 말씨, 소극적으로 보이기도 하고 수줍어하는 것같이 보이기도 하는 그의 태도는 청년으로서 아주 훌륭한 태도를 하고 있었다. 그는 짤막한 시를 매우 잘 낭독했는데, 특히 자신의 시를 자주 낭독했으며 글씨도 달필이었다. 그의 성품은 영어로 'whimsical'이라는 말이 딱 어울리는 말이었다. 이 말은 사전에서 보듯이 여러 가지 특성을 하나의 단어에 담고 있는 말이다. 셰익스피어적인 천재성의 파격과 힘을 그보다 더 예리하게 느끼고 모방할 수 있는 사람은 없었다. 앞서 언급한 번역이 그 증거이다. 그는 원작자를 매우 자유롭게 취급하였으며 너무 답답하고 충실하게 군다거나 하지 않았다. 그러나 그는 선조의 갑옷이나 우스꽝스러운 갑옷까지도 몸에 꼭 맞게 입을 줄 알았으며 몸짓도 똑같이 흉내 낼 줄 알았기 때문에 그런 일을 좋아하는 사람들로부터 반드시 박수갈채를 받았다.

어릿광대 같은 실없는 행동이 특히 우리를 흥겹게 했다. 우리는 공주의 화살에 맞아 쓰러진 사슴의 비문을 다음과 같이 훌륭하게 쓴

렌츠를 탁월한 인물이라고 칭찬했다.[43]

아름다운 공주님이 활을 쏘아,
아기 사슴의 목숨을 앗아갔다.
아기 사슴은 곤한 잠에 떨어져
불고기가 된다.
사냥개는 멍멍 짖누나. 사슴에
L자 하나 보태면 아기 사슴이 되고,
사슴에 로마자 L을 보태면
오십 마리의 사슴이 된다.
나는 L을 두 개 보태서
사슴 백 마리를 만들어 낸다.[44]

장난기는 청년 시절에는 숨김없이 밖으로 드러나기 마련인데, 나중에 시간이 지나면 완전히 없어지지는 않아도 차츰 줄어들기 마련이다. 그러나 당시 우리는 한창나이로, 원작을 가지고 장난을 하면서 우리의 위대한 작가를 찬양하려 했다. 예를 들어 사나운 말을 타고 가다가 상처를 입은 기병을 노래하는 다음과 같은 시를 친구들 앞에 내놓고 우리는 환호를 받았다.

이 집에 기병이 사는데,

---

43 셰익스피어의 《Love's Labour's Lost》의 4막 2장에 나오는 사슴의 비문을 개작한 것임.
44 Hirsch(사슴)에 l을 첨가하면 Hirschel(아기 사슴), L을 첨가하면 Hirschell이 되지만 로마자 L은 50을 뜻하기 때문에 두 개의 l을 백으로 장난한 것이다.

그로 말하면 대장이다.

두 단어로 꽃다발로 엮으면,

기병대장이 탄생한다.

그가 기병의 대장이라면

그런 이름 가져도 되지만,

그가 대장에게 못되게 굴면,

그와 후손에게 고생일 뿐.[45]

이런 노래가 광대에게 어울리는지 아닌지, 정말로 바보의 생각에서 나온 것인지 아닌지, 혹은 감성하고 지성이 부적당하고 허용되지 않는 방식으로 혼합된 것이 아닌지를 진지한 토론이 있었다. 이런 기발한 생각은 레싱이 《연극론》에서 최초의 신호를 울려 주었기 때문에 점점 더 확산하여 갔고 더욱더 많은 사람의 관심을 끌게 되었다.

쾌활하고 신 나는 친구들과 함께 나는 북 알자스로 자주 여행을 갔다. 그러나 바로 그런 이유로 특별한 것은 배우지 못하고 돌아왔다. 그런 유쾌한 여행에서 샘솟아 올라 우리의 여행을 즐겁게 만들어 주었던 짧막한 시들은 남아 있지 않다. 몰스하임 수도원 회랑의 창에서 우리는 조각유리로 만든 색채화에 경탄했으며, 콜마와 슐레트슈타트 사이에 있는 비옥한 지대에서는 케레스[46]에게 바치는 별난 찬가를 불렀으며 그렇게 많은 곡물이 나오는 데에 대한 설명과 자랑도 들었다. 그리고 자유거래와 보호거래에 관한 토론에 열심히 참여하

---

45 Ritt(승마)와 대가/대위(Meister)를 합치면 Rittmeister(승마대장/대위)가 되지만, 띄어서 쓰면 승마가 대가를 못살게 군다는 단어 놀이.

46 곡물의 여신.

기도 했다. 엔지스하임에서 우리는 성당에다 커다란 운석[47]을 걸어 놓은 것을 보았는데 당시에는 의심이 많았기 때문에 그것을 보고 사람들의 경솔한 신앙심을 비웃었다. 공중에서 생겨난 그런 운석은 비록 우리들의 밭에 떨어졌다고 하더라도 진열장 안에 모셔두어야 할 물건이라는 것을 전혀 알지 못한 까닭이었다.

나는 오틸리엔베르크 수도원[48]으로, 수백 명, 아니 수천 명의 신자와 함께 성지순례 갔던 일을 아직도 즐거운 마음으로 기억하고 있다. 로마 성벽의 기초 석이 아직도 남아 있는 그곳에서 아름다운 백작의 딸[49]이 폐허와 암석 사이에서 경건한 마음으로 살았다고 한다. 순례자들을 감동하게 하는 성당에서 멀지 않은 곳에 있는, 그녀가 물을 긷던 샘터도 구경했으며 여러 가지 아름다운 이야기도 들었다. 내 마음속에 새겨진 그녀의 모습과 이름은 깊은 인상을 주었다. 이 모습과 이름을 나는 오래도록 마음속에 간직했다가 만년에, 그렇지만 젊었을 적 못지않게 사랑했던 딸[50]에게 부여했는데, 그녀는 경건하고 순결한 마음을 가진 사람들에게 아름답게 받아들여졌다.

그 산정에서 내려다보면 아름다운 알자스의 풍경이 언제나 같으면서도 동시에 항상 새로운 모습으로 내려다보였다. 어디에 앉든 관중 전체가 내려다보이는 원형극장과 비슷했다. 특히 바로 곁이 가장 뚜렷하게 내려다보였는데 멀리 또는 가까이에 있는 숲, 암석, 언덕, 삼림, 밭, 초원, 촌락 등이 한눈에 내려다보였다. 지평선 끝에 바

---

47 1492년에 떨어진 운석은 무게가 250파운드나 되었다고 한다. 괴테는 운석에 관해서 관심이 많았다.

48 오틸리엔베르크 수도원은 슈트라스부르크 서남방 30km 지점에 있다.

49 성녀 Odilia를 말한다.

50 괴테의 《친화력》(1809)에 등장하는 오틸리에를 뜻한다.

젤까지도 보인다지만, 보았다고 단언할 수는 없다. 그러나 멀리 떨어진 푸른 스위스의 산들은 우리에게 위력을 발휘하고 있었다. 우리를 그리로 오라고 손짓하고 있는데 그 충동에 따를 수가 없었기 때문에 안타까운 심정이었다.

내가 이러한 놀이나 유흥에 더욱더 몰두하여 결국 그것에 도취할 정도가 된 것은 그때 프리데리케에 대한 나의 애정 관계가 서서히 마음을 괴롭히기 시작했기 때문이었다. 젊은이의 그런 무모한 사랑은 밤하늘에 던져진 불꽃과도 같은 것으로, 이 불꽃은 부드러운 광채의 선을 그리며 하늘로 올라가 별 사이에 섞여 한순간 완전히 별 사이에 머물러 있는 것처럼 보이지만 다음 순간에는 다시 전과 같은 궤도를 그리면서 반대방향으로 떨어져 마지막에는 파멸을 가져오게 된다. 프리데리케는 달라진 것이 없었다. 그녀는 이 관계가 가까운 장래에 끝날지도 모른다는 것을 생각하지도, 생각하려 하지도 않는 것 같았다. 올리비에는 내가 떠나는 것을 섭섭하게 생각했지만 프리데리케 만큼은 아니었다. 그녀는 훨씬 앞을 내다보고 있었고 솔직했다. 그녀는 앞으로 다가오고 있는 이별에 관해서 이야기했으며 자기 자신이나 동생에 대해서 스스로 마음을 달래려고 애쓰고 있었다. 애정을 고백했던 남자를 여성이 단념하는 경우, 같은 경우의 청년이 당하는 만큼 괴로움을 당하는 경우는 드물다. 청년은 괴로운 역할을 하게 된다. 왜냐하면, 성인이 되어 가고 있는 청년은 자신의 상황에 대한 구별능력을 어느 정도 가지고 있어야 한다고 사람들이 생각하는 까닭이다. 경솔한 태도는 용서되지 않는다. 그러나 아가씨가 뒤로 물러나는 경우에는 어떤 이유도 타당하다고 말한다. 남자들이 갖다 대는 이유는 타당성이 없다.

그러나 아름다운 열정이 우리를 어디로 이끌고 갈지 어떻게 예상할 수 있단 말인가? 왜냐하면, 완전히 단념했다고 생각되는 경우에도 종종 그것을 완전히 버릴 수가 없기 때문이다. 비록 방식은 바뀔망정 우리는 그 사랑스러운 습관을 즐긴다. 내 경우도 그랬다. 프리데리케와 함께 있으면 불안하지만, 곁에 없을 때 그녀를 생각하거나 그녀와 이야기를 나누는 것만큼 즐거운 일은 없었다. 나는 좀처럼 찾아가지 않았지만, 그 대신 우리들의 편지는 더욱더 활기를 띠었다. 그녀는 상황을 재미있게, 감정을 우아하게 표현할 줄 알았다. 나는 그녀의 장점을 사랑과 열정을 다해 눈앞에 그려보았다. 그녀가 눈앞에 없으니까 마음이 자유로웠다. 그리고 멀리 떨어져 이야기를 나눌 때 나의 사랑은 더욱더 타오르게 되었다. 그런 순간이면 나는 미래에 관해 아무런 생각도 하지 않았지만, 시간이 지나고 일이 절박해감에 따라 마음이 혼란스러웠다. 당시 나는 현재에 관한 것, 눈앞의 일에만 관심을 쓰면서 많은 성과를 이룰 수가 있었는데 흔한 일이지만 마지막에 만사가 한꺼번에 밀어닥치는 것이었다.

게다가 사소한 사건 때문에 마지막 며칠을 빼앗기게 되었다. 나는 어느 시골 별장에서 명망 있는 사람들 모임에 참석하고 있었다. 거기에서는 대사원의 전면과 그 위로 솟아 있는 탑이 매우 장엄하게 바라다보였다. 누군가가 이렇게 말했다. "사원이 완성을 보지 못했고, 탑도 하나뿐인 것이 유감스러운 일이로군." 그 말에 나는 이렇게 덧붙였다. "이 탑이 제대로 완성되지 못한 것이 유감입니다. 네 개의 나선형 장식을 보면 아주 뭉뚝하게 되어 있는데 그 위에다가 네 개의 상석을 세우려고 했었던 것 같습니다. 그리고 십자가가 서 있는 중앙에도 더 높은 상석을 세울 계획이었을 것입니다."

내가 평상시처럼 유쾌하게 이러한 의견을 말하자 자그마한 어느 쾌활한 남자가 나에게 이렇게 묻는 것이었다. "그런 얘기는 누구한 테서 들으셨습니까?" ― "탑한테서 들었습니다. 내가 탑을 오랫동안 주의해서 관찰하면서 깊은 애정을 기울이자 탑이 공공연한 그 비밀 을 저에게 말하더군요."라고 나는 대답했다. ― "탑이 한 그 말은 모 두 맞습니다."라고 그 사람이 말했다. "내가 거기에 관해서는 가장 잘 알고 있는 사람입니다. 그 건축물 담당자이거든요. 우리의 서고에 원 래 도면이 있는데 거기에도 그렇게 되어 있습니다. 그것을 보여줄 수 도 있습니다." ― 떠날 날짜가 촉박했기 때문에 나는 어서 그런 호의 를 베풀어 달라고 말했다. 그는 그 귀중한 도면을 보여 주었다. 나는 건축물에는 빠진 상석 부분을 재빨리 기름을 먹인 종이에 그렸다. 그 리고 이렇게 귀중한 보물에 대해서 좀 더 일찍 알지 못했던 것을 유 감스러워했다. 관찰과 고찰을 통해 드디어 사물에 대해서 개념을 파 악하게 되는 일을 나는 자주 겪었다. 만약 누군가가 나에게 개념을 전해주었더라면 그런 것은 내 마음을 끌지도 못하고 풍성한 결실도 보지 못했을 것이다.

이렇게 분주하고 혼란한 가운데에서도 다시 한 번 프리데리케를 만나보는 일을 단념할 수 없었다. 기억에 남아 있지는 않지만, 나에 게는 괴로운 나날이었다. 말을 타고 앉아 손을 내밀었을 때 그녀의 눈에서는 눈물이 흐르고 있었고, 나는 마음이 아팠다. 나는 사잇길로 드루스하임으로 향했는데 그때 이상한 예감이 나를 엄습했다. 나는 내 쪽을 향해서 이쪽으로 말을 타고 오고 있는 나 자신을 보았다. 육 안(肉眼)이 아니라 심안(心眼)으로 본 것이었다. 더군다나 그때까지 한 번도 입어 보지 않은 약간 금빛이 섞인 뿌연 회색 옷을 입고 있었다. 내가 이 꿈에서 깨어나자 그 모습은 금방 사라지고 말았다. 그러나 8년 뒤에 나는 꿈에서 보았던 이 옷을, 선택한 것이 아니라 우연히도 그 옷을 입고 이 길을 지나 프리데리케를 만나러 가게 되었다. 아무튼, 어떻게 해서 그런 환상을 보게 되었는지는 모르지만, 그 신기한 환상은 이별의 순간에 나에게 어느 정도 위로가 되었다. 아름다운 알자스를, 내가 거기서 얻은 모든 것들과 더불어 영원히 이별하는 고통은 어느 정도 덜어졌다. 나는 드디어 이별의 혼란된 심정에서 벗어나 평온하고 상쾌한 기분으로 발길을 재촉했다.

만하임에 도착한 뒤 나는 호기심을 가지고 유명한 고대미술관[51]을 구경하러 갔다. 이미 라이프치히 시절에 나는 빙켈만이나 레싱의 저서를 통해서 이러한 중요한 미술품에 관해서 얘기는 많이 들었지만 본 적은 한 번도 없었다. 라이프치히의 미술관에는 아버지 라오콘[52]과 캐스터네츠를 들고 있는 파온[53]밖에는 주조물이 없었던 까닭이었다. 외저가 이런 조각에 관해 이야기하던 이야기는 수수께끼처럼 생각되었었다. 초심자에게 어떻게 예술의 궁극에 관한 개념을 심어 줄 수가 있단 말인가.

페르샤펠트[54] 관장은 나를 친절하게 맞아주었다. 직원 한 사람이 나를 진열실까지 안내해 문을 열어 주고 마음껏 구경하도록 해주었

---

51 Karl Theodor von der Platz가 조각가 Peter von Anton Verschaffelt를 만하임으로 초빙해 만든 고대미술품 전시관을 말한다.

52 '아버지'라고 한 것은 주변에 아들들의 조각은 없었기 때문이다. 라오콘은 아들과 함께 뱀에 물려 죽은 트로이의 신관(神官)이다.

53 오늘날에는 〈춤추는 파온 Tanzender Faun〉이라고 불리는 조각품. 파온은 흔히 판 (Pan)이라고 불리는 목신(牧神)이다.

54 Peter Anton Verschaffelt(1710-1793): 1769년부터 만하임 고대미술관 관장이었다.

다. 나는 이 뛰어난 작품들과 마주 서게 되었다. 진열실은 넓고 네모진 방으로 천정이 높은 거의 정육면체의 방이었는데 박공 밑의 창문을 통해서 채광이 잘 되고 있었다. 고대의 우수한 조각품들이 벽 앞에 진열되어 있을 뿐만 아니라 실내 전체에 가득했기 때문에 조각품으로 숲을 이루고 있었으며 수많은 이상적인 인간상들이 무리 지어 있었다. 그 사이로 지나가려면 힘이 들 정도였다. 이 훌륭한 조각품들은 커튼을 올렸다 내렸다 하면서 가장 적합한 조명으로 볼 수가 있었으며, 받침대 위에서 움직일 수 있게 놓여 있어서 마음대로 방향을 돌리고 회전시킬 수 있었다.

이 뛰어난 조각품들에서 받은 최초의 감격을 어느 정도 진정한 다음에 나는 가장 마음에 드는 조각품 앞으로 다가갔다. 벨베데레의 아폴로[55]가 적당한 크기와 날씬한 체격, 자연스러운 동작으로 우리의 감각을 제압하여 단연 승리를 거두고 있는 것을 아무도 부인할 수 없을 것이다. 다음에 나는 처음으로 아들들과 함께 서 있는 라오콘[56]으로 발길을 돌렸다. 나는 라오콘에 관해서 전에 사람들이 언급하고 토론했던 것들을 될 수 있는 대로 기억해 보고 내 독자적인 관점을 가져 보려고 했지만, 우왕좌왕하기만 할 뿐이었다. 죽어가는 투사의 상[57]은 오랫동안 나의 발길을 묶어 놓았으며 특히 논란이 많았던 소중한 유물인 카스토르와 폴룩스 상[58] 앞에서 나는 매우 행복한 순

---

55 15세기 말에 발견되어 괴테시대에는 가장 중요한 고대 미술작품으로 평가받던 조각품.

56 1506년 로마에서 발견된 조각품으로 후대의 조각 및 예술이론에 막대한 영향을 끼쳤음.

57 Der sterbende Fechter. 로마 카피톨 박물관 소장품으로 헬레니즘 시대 조각품의 모조품으로 밝혀졌다.

58 Kastor und Pollix:. 오늘날 이데폰소의 청년상(Junglingsgruppe von Idefonso)라고

간을 맛보았다. 나는 즐거운 기분으로 감상하면서 그것을 즉석에서 해석하는 일은 불가능하다는 사실을 모르고 있었다. 나는 자신을 자책했다. 그러나 나는 명확한 설명을 할 수는 없어도 이 많은 수집품 하나하나를 다 이해할 수 있었으며 각 작품이 다 자연스럽고 모두가 중요한 작품이라는 것만은 느끼고 있었다.

나의 최대의 관심은 라오콘이었다. 그가 왜 비명을 지르지 않는가, 라는 유명한 질문에 대해서 나는 그가 비명을 지를 수가 없었던 것이라고 설명함으로써 질문에 대한 해결을 지었다. 세 조각품의 모든 자세와 몸짓이 이 군상(群像)에 대한 최초의 착상으로 설명된다. 주인공의 강력하고도 예술적인 자세는 두 가지 이유에서 그렇게 된 것으로, 하나는 뱀에 대항하는 것이며 또 하나는 곧 물리는 것에서 피하려는 것이다. 이런 고통을 억제하기 위해서는 하체를 움츠려야 하므로 비명을 지르는 것이 불가능했다. 작은 아들은 아직 뱀에게 물리지 않은 것으로 나는 보았으며 이 조각의 예술적인 면을 해석해 보려고 노력했다. 이 점에 관해서 나는 외저에게 편지를 보냈는데 그는 나의 해석에 특별한 관심은 두지 않았으며 나의 호의에 대해서 일반적인 격려의 말로 대답했을 뿐이다. 그러나 나는 이상과 같은 나의 견해를 굽히지 않았고 그것을 나의 모든 경험 및 신념과 결합하여 후에 《프로필레엔》[59]을 간행할 때 이 견해를 피력했다.

수많은 이런 귀한 조형예술품을 열심히 관찰한 후 나는 고대건축에 대한 관심도 소홀히 하지 않았다. 나는 로톤데[60]의 기둥머리의

불리는 조각품으로, 18세기에는 로마에 있었으나 현재는 마드리드에 있다.
59 Propyläen: 1798년에 괴테가 발행한 잡지.
60 흔히 로툰다(Rotunda)라고 하는데, 원형 또는 타원형 평면 위에 돔 지붕을 올린 건물

모형을 거기서 보았다. 이 거대하고 우아한 아칸더스식 잎 모양의 장식을 보게 됨으로써 북구 건축에 대한 나의 신앙이 약간 동요하기 시작한 것을 부인하지 않겠다.

이 중대하며 전 생애를 통해서 영향을 끼친 청년 시절의 조각 감상은 그 직후 큰 영향을 미치지는 않았다. 나는 이러한 서술로 한 장(章)을 끝내기보다는 오히려 새로운 장을 시작하고 싶은 심정이다. 이 훌륭한 진열실을 나와서 문이 닫히자마자 나는 자신으로 돌아오기를 원했으며, 그 조각품들이 부담스럽게 생각되어 내 상상력에서 멀리하고자 하는 생각마저 들었다. 내가 그 세계로 다시 돌아가게 된 것은 한참 동안 우회(迂廻)를 거듭하고 나서야 이루어진 일이다. 하지만 분석적인 비판을 삼가고 즐거운 기분으로 수용하는 이런 식의 감상이 눈에 띄지 않으나 얼마나 풍부한 수확을 가져오게 하는지 모른다. 탁월하고 훌륭한 대상을 젊은이가 비판적인 태도를 보이지 않고, 연구나 분석을 하지 않고 그대로 영향을 받아들이게 한다면 이와 같은 최대의 행복을 맛볼 수가 있다.

혹은 내부 공간이다.

제12장

방랑자인 나는 드디어 첫 번째에서보다 더 건강하고 쾌활해져서 집에 돌아왔지만, 전체적으로 과민한 상태였고, 그것은 정신적인 건강 상태가 완전하지 못하다는 것을 의미했다. 고향에 돌아오자마자 나는 어머니를 어려운 처지에 처하게 만들었는데, 그것은 아버지의 엄청난 질서의식과 복잡하고 정상에서 벗어난 내 성격 사이에서 어머니가 여러 가지 일을 조절하거나 무마하지 않으면 안 되는 까닭이었다. 마인츠에서 하프를 타는 어떤 소년이 몹시 마음에 들어 마침 박람회도 박두했으니 프랑크푸르트로 오라며, 그리고 숙소도 마련해 주고 여러 가지로 도와주겠다고 나는 약속했다. 이 일에서도 일생 나에게 큰 피해를 가져오게 한 바로 그 단면이 드러났다. 나보다 어린 사람이 내 주위에 모여들어 나와 가까워지는 것을 좋아해서, 결국에는 그들 때문에 짐을 짊어지게 되는 경우가 많았다. 타고난 이 천성은 여러 번의 불쾌한 경험에도 불구하고 억제하기가 힘들었고, 결과가 뻔해 오늘날까지도 나를 궁지에 빠뜨리는 수가 많다. 어머니는 나보다 현명하므로 박람회장을 돌아다니는 떠돌이 악사가 명망 있는 집에서 나와서 여관이나 주막으로 빵을 벌기 위해 다니는 것을 보면, 아버지께서 얼마나 이상하게 생각하실지 알았기 때문에 그 소년의 침식을 이웃 사람들에게 부탁했다. 나는 그를 내 친구들에게 추천했다. 소년은 편안하게 지냈다. 하지만 몇 년 뒤에 그를 다시 만났을 때에 그는 훨씬 자랐으나 더 무례해졌고 음악도 별로 나아지지 않았다. 조정하고 무마하는 첫 번째 실험에서 좋은 결과를 가져온 현명한 어머니는 만족스러워했지만, 그 이후에도 그런 기술이 계속 필요할 것이라고는 생각지도 못하고 있었다. 만년에 취미생활과 활동으로 만족스러운 생활을 하는 아버지는 많은 걸림돌과 장애에도 불구하고 자신의 계획을 수행하면서 느긋한 생활을 하고 계셨다. 나는 학위를 받았고 전도양양한 생활에 첫발을 내딛고 있었다. 내 논문은 아버지의 칭찬을 받았다. 부친은 논문을 정독했고 앞으로 그것을 출판하려고 바쁘게 지내고 있었다. 알자스에 체류하는 동안 나는 짤막한 시, 논문, 여행기, 많은 메모를 썼다. 이것을 항목별로 나누어 정리하고 완성하라고 재촉하는 일이 부친에게는 즐거운 일이었다. 아버지는 내가 그것 중 하나라도 인쇄하기를 싫어하는 완강한 반감이 언젠가는 사라질 것이라는 기대를 하고 있었다. 누이동생의 주변에는 분별 있고 사교적인 여성들의 모임이 있었다. 주도적으로 행동하지는 않았지만, 누이동생은 어느 틈엔가 남들 사이에서 중심인물 역할을 하고 있었다. 동생은 총명하여 모든 일을 개관할 수 있었고, 좋은 마음씨를 가져 많은 일을 조정할 수 있었다. 거기다가 동생은 경쟁자가 되기보다는 항상 친구가 되려고 하였다. 나보다 나이가 많은 친구나 아는 사람들 가운데 나는 호른[61]을 나의 변함없는 친구이자 유쾌한 상대로 생각했다. 리제[62]하고도 가까웠는데, 그는 끊임없이 반박하면서 내가 빠져들기 쉬운 독단적인 열광에 대해서 의문과 부

---

61 Johann Adam Horn (1749-1806): 라이프치히에서 괴테와 함께 법학을 공부했고 후에 법률가가 되었다.

62 Johann Jacob Riese (1746-1827): 법률가.

정을 제기하여 나의 분별력을 시험하고 연마하지 않고는 못 배기는 사람이었다. 다른 사람들도 모임에 나타났지만, 거기에 관해서 나중에 언급하도록 하겠다. 그러나 내 고향 생활을 즐겁고 유익하게 해주었던 사람들 가운데 누구보다도 슐로서 형제[63]가 제일이었다. 형인 히에로니무스는 학식이 깊고 점잖은 법학자였으며, 법률고문으로 널리 신뢰를 받고 있었다. 그는 책과 서류가 가득하고 정돈이 잘된 방에서 일하고 있었다. 그 방에서 항상 쾌활하고 친절한 모습으로 나를 맞이했다. 모임에서도 그는 항상 즐겁고 유쾌한 사람이었는데, 광범위한 독서를 통해서 고대의 온갖 아름다운 정신으로 그의 정신을 가득 채운 까닭이었다. 기회만 있으면 그는 재능이 넘치는 라틴어 시를 가지고 모인 사람들의 흥을 돋우곤 했다. 그가 쓴 여러 가지 풍자적인 2행시를 나는 가지고 있는데, 그것은 내가 프랑크푸르트의 유명인들을 그린 캐리커처 아래에다가 그가 적어 넣은 것이었다. 나는 때로 나의 인생행로와 활동방향에 관해서 그와 얘기를 나누었는데, 만약에 여러 방면에 쏠린 나의 관심, 열정, 취미에서 내가 그 길에서 이탈하지 않았더라면, 그는 나의 가장 훌륭한 길잡이가 되었을 것이다.

나이로 보면 동생인 게오르크가 나와 훨씬 가까웠다. 그는 뷔르템베르크의 오이겐 공작 밑에서의 근무를 사퇴하고 트레프토브에서 이곳으로 돌아온 사람이었다. 그는 세계지식이나 실무 능력에서 뛰어났고, 독일 문학이나 외국 문학에 대한 지식도 그에 못지않

---

63 형 Hieronymus Peter Schlosser는 변호사였다가 후에 시장이 되었고, 동생 Johann Georg Schlosser(1739-1799)는 변호사로 1773년에 괴테의 동생 코르넬리아와 결혼했다.

왔다. 그는 전처럼 여러 나라 언어를 사용하는 것을 좋아했는데 그 것은 별로 내 마음에 들지 않았다. 왜냐하면, 나는 독일어에만 관심이 있었고 외국어는 뛰어난 작가의 작품을 어느 정도 원서로 읽을 수 있는 수준밖에 되지 못한 까닭이었다. 그의 반듯한 성격은 세상을 더 알게 된 후 자기 생각을 더욱더 확고하게, 완고할 정도로 고집하도록 만들었다.

이 두 친구를 통해서 나는 메르크[64]를 알게 되었는데, 그에 관해서는 슈트라스부르크에서 헤르더가 상당히 좋게 말해준 바 있었다. 내 생애에 큰 영향을 미친 이 독특한 인물은 다름슈타트 태생이었다. 젊었을 적에 그가 어떤 교육을 받았는지는 잘 모른다. 학업을 마친 뒤 그는 어느 젊은이와 함께 스위스로 가 그곳에서 한동안 머물다가 결혼을 하고 돌아왔다. 내가 그를 알게 되었을 때 그는 다름슈타트의 국방 재무관이었다. 지성과 재능을 갖춘 그는 특히 근대문학에 관해 탁월한 지식을 가지고 있었는데, 모든 시대와 지역에 걸쳐서 세계사와 인류사에도 통달한 사람이었다. 정확하고 예리한 판단을 내리는 것이 그의 천부적 재능이었다. 사람들은 그를 과감하고 용단 있는 사무가로, 완벽한 재무가로 높이 평가하고 있었다. 그는 어디에나 기꺼이 나타났는데, 신랄한 성격을 두려워하지 않는 사람들에게는 유쾌한 사람이었다. 그는 키가 크고 말랐으며 앞으로 튀어나온 뾰족한 코가 특히 눈에 띄었다. 하늘색, 아니 회색이라고 할 수 있는 눈은 예리하게 이리저리 움직일 때면 시선이 마치 호랑이 같았

---

64 Johann Heinrich Merck (1741-1791): 저술 및 번역가로, 괴테를 슐로서 형제에 소개했다. 사업실패와 질병으로 1791년에 자살했다.

다. 라바터[65]의 《골상학》이 그의 옆모습을 우리에게 보존해 주고 있다. 그의 성격은 이상할 정도로 부조화를 이루고 있었다. 즉 천성적으로는 성실하고 고상하고 신뢰할 수 있는 인간이지만 세상에 대해 분노하고 있었으며 그러한 울분이 마음속에 들끓고 있어서 무뢰한, 아니 악한이 되고자 하는 억누를 수 없는 충동을 느끼고 있었다. 어느 순간에는 이해심 많고 점잖지만 다른 때에는 마치 촉각을 세우고 있는 달팽이처럼 남의 기분을 상하게 하고 때로는 해를 입히기도 했다. 그러나 사람이란 위험하지 않다고 생각하면 위험한 것에 다가가기를 두려워하지 않는 법이다. 나도 그가 나쁜 면을 나한테 향하지 않으리라고 생각했기 때문에 함께 지내면서 그의 좋은 면에 더욱더 큰 애정을 가질 수 있었다. 그러나 이처럼 도덕적으로 불안정한 그의 정신이나 타인에게 악의적이고 심술궂게 대하고자 하는 그의 충동은 한편으로는 그의 사회생활을 망치게 하였고, 조심스럽게 마음속에 간직하고 있는 또 다른 불안이 내적 평온과 갈등을 일으켰다. 그는 아마추어적인 창작의욕을 느끼고 있었으며 거기에 몰두했는데, 그것은 산문이건 운문이건 그가 자유롭고 솜씨 있게 표현할 수 있었고 당대의 문인들 사이에서 상당히 큰 역할도 할 수 있는 까닭이었다. 나는 그가 쓴 몹시 대담하고 격렬하며 스위프트식의 분노에 가득 찬 운문의 편지를 가지고 있다. 이 편지는 인물이나 사건에 관한 독창적인 견해가 매우 우수하지만, 타인을 손상하는 필치로 쓴 것이기 때문에 그것을 공개할 생각은 없다. 그것을 없애버려야 할지 아니면 독일 문학의 숨은 알력의 귀중한 기록으로 후세를 위해서 보관해

---

65 Johann Kaspar Lavater (1741-1801): 스위스 태생의 신학자이자 목사로 관상학의 대가.

야 할지 모르겠다. 아무튼, 그는 무슨 일에 있어서나 부정적이고 파괴적인 태도로 임했기 때문에 자신에 관해서도 행복할 수가 없었다. 그는 구상하거나 묘사하는 기쁨에서 우러나는 나의 천진난만한 표현욕이 부럽다고 말했다.

만약 그가 기술직이나 사업방면에 진출하려는 억제할 수 없는 충동이 없었더라면 문학에 관한 그의 아마추어적 관심은 해보다는 이익이 되었을 것이다. 자신의 능력에 대해 한계를 느끼거나 창작욕을 충분히 천재적으로 실현할 수 없어서 마음이 산란해지면 그는 이내 미술이나 문학을 포기하고 재미있고 동시에 돈벌이도 되는 기술직이나 사업방면으로 방향을 전환했다.

다름슈타트에는 학식 있는 사람들이 모여 있었다. 태수령(太守領)의 장관인 참사관 폰 헤세,[66] 페터젠,[67] 벵크 학장,[68] 이 도시 출신의 사람들, 낯선 이웃 도시의 사람들과 여행객들이 계속 모여들고 있었다. 폰 헤세 참사관 부인[69]과 처제인 플라흐스란트 양[70]은 뛰어난 능력과 소질을 가진 여성이었으며, 특히 헤르더의 약혼자인 플라흐스란트 양은 자신의 개성뿐만 아니라 그렇게 훌륭한 남성에게 애정을 품고 있다는 점에서 이중으로 사람들의 흥미를 끌었다.

이 사람들이 나를 얼마나 즐겁게 해 주고 격려해 주었는지는 이

---

66 Andreas Peter von Hesse (1728-1803): 참사관으로 헤르더의 처남이었다.

67 Georg Wilhelm Petersen (1744-1816): 궁정 가정교사이자 궁정목사.

68 Heinrich Bernhard Wenck (1739-1803): 신학자이며 역사학자. 잡지 발행인.

69 Friederike von Hesse (1745-1801).

70 Demoiselle Flachsland (1750-1809): 1770년에 헤르더와 약혼하고 1773년 결혼. 1776년에 헤르더와 함께 바이마르로 갔고, 남편 사망 후 전집을 발간했다. '양'으로 번역한 드무아젤은 귀족의 미혼여성에게 쓰는 칭호였다.

루다 표현하기 힘들다. 그들은 완성한 작품이나 새로 시작한 작품을 내가 읽어 주면 열심히 귀를 기울였다. 내가 마음속에서 계획하고 있는 것을 터놓고 자세히 이야기해 줄 때에는 나를 격려해 주었으며, 내가 새로운 구상이 머리에 떠올라 전에 시작했던 것을 뒤로 밀어버리는 경우에는 나를 비난했다. 《파우스트》는 진척 중이었고 《괴츠 폰 베르리힝엔》도 조금씩 머릿속에서 자리를 잡아가고 있었다. 나는 15세기와 16세기의 연구에 몰두했으며, 대성당의 건축물이 매우 진지한 인상을 주었기 때문에 그것을 이런 작품의 배경으로 사용할 수 있었다.

  나는 그 성당에 관해서 생각하고 언급했던 것을 기록해 두었다. 내가 특히 주장한 것은 그 건축물은 '독일식'으로 불러야지 '고딕식'이 아니라는 것, 그것은 외국식이 아니라 독일식이라는 내용이었다. 그리고 둘째로 그리스인이나 로마인들의 건축은 완전히 다른 원칙에서 생겨난 것이어서 독일의 건축을 그들의 건축과 비교해서는 안 된다는 것이었다. 그들은 우리보다 날씨가 좋으므로 기둥 위에다 지붕만 얹으면 되었고, 그 결과 벽면이 별로 중요하지 않았다. 그러나 날씨에 대해서 철저한 보호책을 마련해야 하고 주위를 온통 벽으로 둘러야만 하는 우리가 육중한 벽면에 다양한 변화를 주고 겉으로는 벽면이 잘린 것처럼 보이면서도 넓은 벽면으로 우리의 눈을 즐겁고 엄숙하게 만드는 건축방식을 만들어낸 그 천재성은 칭찬해야 한다. 첨탑도 마찬가지인데, 내부에서 천정을 만드는 것이 아니라 외부에서 하늘을 향해 솟아올라 발밑에 있는 성전의 존재를 멀리 일대에 알리는 것이어야 했다. 이 장엄한 건축물의 내부는 문학적인 통찰력과 경건한 마음으로만 이해할 수 있다.

내가 지금도 그 가치를 부인하지 않는 이러한 견해를 만약에 명확하고도 확실하게 정확한 필치로 〈독일 건축술. 에르비니아 슈타인바흐 박사에게 바치는 논문〉[71]이라는 논문은 이미 당시에 큰 영향을 미쳤을 것이고, 독일 건축 애호가들의 주목을 더 빨리 환기시킬 수 있었을 것이다. 그러나 하만이나 헤르더의 문체를 흉내 내고 있던 나는 이러한 간단한 생각이나 관점을 기이한 단어와 문구로 뭉게구름 속에다 은폐해서 내 마음속에 떠오른 빛을 나나 타인에게 어둡게 만들어 버리고 말았다. 그래도 이 논문은 좋은 반응을 얻었으며 헤르더가 편찬한《독일의 특성 및 미술에 관하여》라는 책에 다시 한 번 수록되었다.

나는 한편으로는 취미로, 다른 한편으로는 문학적 또는 다른 목적을 위해서 독일의 고대에 많은 관심을 갖게 되었고 그것을 정리해 보려고 했지만, 종종 성서연구나 종교적인 감동으로 인해서 관심이 다른 곳으로 향하게 되었다. 16세기에서 찬란한 광채를 발하고 있는 루터의 생애와 업적은 나로 하여금 성서와 신앙 및 종교에 관한 연구로 이끌어갔다. 성서를 서서히 만들어진, 시대와 함께 수정이 가해진 종합적인 저술로 보는 견해는 내 작은 자부심을 들뜨게 했다. 물론 그러한 견해는 당시까지는 지배적인 견해가 아니었고, 내가 속해 있는 친구들 사이에서도 받아들여지지 않고 있었다. 나는 성서의 테마에 관해서는 루터를 따랐으며 세부사항은 슈미트[72]의 직역을 참조로 했다. 그리고 나의 미미한 히브리어 지식도 될 수 있는 대로 이용하려고 했다. 성서 속에 모순이 있는 것은 아무도 부정

---

71 Ervinia Steinbach: 슈트라스부르크 대사원 건축에 관여한 건축가.

72 Sebastian Schmid (1671-1690): 슈트라스부르크 대학 신학 교수.

할 수 없었는데 사람들은 이러한 것을 가장 중요한 부분을 기초로 정확하지 않은 부분을 거기에 접합시키려고 노력했다. 하지만 나는 그와 반대로 어떤 부분이 상황의 의미를 가장 잘 표현하고 있는가를 자세히 검사하여 그 부분을 택한 다음에 다른 부분은 변조된 것으로 파기시켰다.

왜냐하면, 당시 내 마음속에는 이미 어떤 근본적인 사상이 자리를 잡고 있었기 때문이었다. 이런 생각이 외부로부터 흘러들어온 것인지 마음속에서 저절로 생겨난 것인지는 알 수가 없는데, 그 생각은 다음과 같은 것이었다. 즉 우리에게 전승되어 온 것, 특히 문자로 전해 내려오고 있는 것 중에서 중요한 것은 그 기초, 내용, 의미, 방향이며 거기에 근원적인 것, 신적인 것, 살아 움직이는 것, 침해할수 없는 것, 파괴할 수 없는 것이 들어 있어서 어떠한 시간도, 외부의 영향도, 상황도 그 내적 본질에는 손을 댈 수 없다는 것이었다. 그것은 육체의 질병이 훌륭한 정신을 제대로 침범할 수 없는 것과 마찬가지다. 따라서 언어, 방언, 특성, 문체, 문자는 정신적인 저술에서 육체로 보아야 하며, 이런 것들은 내적인 것과 밀접한 관련이 있긴 하지만 쉽사리 파멸과 파괴의 위험에 직면하고 있다는 것이다. 전승되어 내려오는 것은 운명적으로 순수하게 보존되어 전해올 수 없으며, 설사 순수하게 보존되어 있다고 하더라도 시대가 변하기 때문에 완전히 이해될 수가 없다. 순수하게 보존이 되지 못하는 것은 그것을 보존하는 도구가 완벽하지 못한 까닭이며, 완전한 이해가 불가능한 것은 시대와 공간의 차이, 특히 인간의 능력과 사고방식의 차이에서 유래하는 것이다. 그러므로 해석자들은 절대로 의견이 일치될수가 없는 법이다.

특히 우리들의 마음에 드는 저술의 본질이나 특성을 규명하는 것은 각자에게 달려있다. 이때 우리 자신의 내부와 그 저술이 어떤 관계가 있는가, 우리의 생명력이 그 저술이 가진 생명력에 의해 어느 정도 자극받고 영양을 취할 수 있는지를 고려해야 한다. 반면 우리에게 아무런 영향도 주지 않는, 의문의 여지가 있는 외부적 요소는 전부 비판자에게 맡기면 된다. 비판이란 것은 전체를 토막 내고 해체할 수는 있어도, 우리가 소중하게 생각하는 그 작품의 기본정신을 탈취해 갈 수 없고 우리가 가진 신뢰감을 조금도 흔들리게 할 수 없다.

신앙과 직관에서 유래한 이러한 확신은 우리가 중요하다고 인식하는 모든 경우에 적용되어 더욱더 강력해지는 것으로, 이것은 나의 도덕적, 문학적 삶의 구조에 있어 기초를 이루고 있다. 어떤 경우 잘못 적용되는 수가 있긴 하지만 나는 이런 것이야말로 확실하고, 풍부한 자원이라고 생각한다. 이런 생각에서 보면 성서야말로 나에게는 귀중한 것이었다. 나는 성서를 신교도들이 종교 교육받을 때 하듯이 몇 번이고 통독했다. 신교도들과 마찬가지로 이곳저곳을 선택해서 읽기도 하고 앞에서 뒤로, 또는 거꾸로 읽기도 했다. 구약의 순박한 자연스러움과 신약의 부드러운 소박함이 특히 내 마음에 들었다. 전체적으로는 제대로 파악하기가 힘들었지만 나는 성서의 다양한 각 부분의 특성을 알게 되었다. 나는 각 편의 의미를 순서대로 정확하게 이해하게 되었으며, 성서에 너무도 마음을 빼앗겨 거기에서 벗어날 수 없을 정도였다. 이런 감정에 있어 나는 모든 조롱을 무시했는데, 그런 것이 진지한 것이 아니라는 것을 아는 까닭이었다. 나는 성서에 대한 조롱을 싫어할 뿐만 아니라 격분하기도 했다. 어린애 같은 열광적인 격분에 휩싸인 나는 만약에 볼테르를 붙잡을 수만 있었다면 그의 작품 《사울》[73] 때문에 그를 교살했을지도 모르는 일이다. 반면에 성실한 연구라면 어떤 것이라도 나는 기쁜 마음으로 받아들였는데 동방의 지방이나 풍속에 관한 설명을 나는 기쁜 마음으로 받아들였고, 귀중한 성서에 대한 통찰력을 기르는 일도 소홀히 하지 않았다.

내가 일찍이 창세기가 묘사하고 있는 태초의 세상에 관해 많은 관심을 가진 것은 이미 알고 있을 것이다. 이제 나는 단계를 밟아 질서 있게 생각을 가다듬기 위해서 오랫동안 중단을 하고 난 뒤에 〈출애굽기〉를 손에 들었다. 그런데 너무나도 격차가 많았다. 즐거웠던 어린 시절이 이제는 내 인생에서 사라진 것과 마찬가지로 〈출애굽기〉는 창세기와는 무한한 심연을 두고 갈라져 있었다. 지나간 시대가 완전히 잊었다는 사실이 다음과 같은 몇 마디 말로 역력히 드러나 있었다. "그때 애굽에는 요셉을 모르는 새로운 왕이 나타났다."는 구절이 그것이다. 하늘의 별처럼 수많은 백성도 별이 총총한 밤에 여호와가 그들의 선조에게 했던 약속을 거의 다 잊어버리게 된 것이다. 신명기를 말할 수 없는 노력과 부족한 지침서와 부족한 실력으로 독파하고 난 뒤 나는 묘한 생각에 빠지게 되었다. 나는 십계가 석판에 새겨져 있지 않다는 것, 이스라엘들이 사막을 방황한 것은 40년이 아니라 훨씬 짧은 기간이었다는 것, 그리고 모세의 성격에 관해서도 전연 새로운 해석을 내리게 되었다.

나의 검토 아래에서 신약성서 역시 안전하지 못했다. 분석 욕심

---

[73] 볼테르가 1763년에 쓴 희곡으로 성경의 소재를 비판적으로 변형시켰는데 예를 들면 사무엘은 이해관계를 추구하는 광적인 승려계급으로, 사울은 탐욕스런 호색한으로 표현했다.

으로 해를 입히지는 않았지만, 애정과 호의를 가지고 나는 "복음서 그 자체에만 모순이 없으면 복음 사가들이 서로 모순이 되는 것은 상관이 없다."[74] 는 유익한 말에 동의했다. 나는 신약에서도 여러 가지 사실을 발견하리라고 믿었다. 성령강림절 축제에 영광과 광명을 주는 언어의 마술에 관해서도 꽤 깊은 생각을 하고 있었지만 나는 많은 찬동자를 얻지는 못했다.

루터교의 중요한 교리 중의 하나이며 헤른후트파에 의해서 더욱 강화된 사상, 즉 인간에 있어 죄의 문제를 가장 원초적인 것으로 생각하는 주장에 나도 생각을 합치시키려고 했지만 이렇다 할 성공을 거두지는 못했다. 그러나 이러한 교리의 개념을 내 것으로 만들 수는 있었다. 나는 이 술어를 어느 시골 목사가 새 동료에게 보내는 것처럼 가공의 어느 편지에다 사용했다. 이 글의 주제는 당시의 유행이었던 '관용'이라는 말이었는데, 이것은 우수한 사람들 사이에서 큰 의미를 가진 말로 받아들여지고 있었다.

계속해서 쓴 이런 글들을 대중들에게 시험해 보기 위해서 나는 자비로 이러한 글들을 출판해서 기증하거나 가능하면 팔아 볼 생각으로 아이헨베르크 서점에 넘겼지만 별 이득은 없었다. 여기저기에서 이 글에 관해 비판이 있었고 호평도 악평도 받았었지만, 곧 그것마저 잠잠해지고 말았다. 아버지께서는 이러한 글들을 조심스럽게 서고에 보관해 두었다. 그렇지 않았더라면 나는 한 부도 갖고 있지 못했을 것이다. 이 글들을 나는 아직 출간되지 않은 다른 글들과 함께 나의 신간 전집에다 추가시킬 예정이다.

---

74 레싱의 종교 저술에서 나타나고 있는 사상으로 인용부호가 있지만 여기서는 그를 인용한 것이 아니라 괴테의 말로 추정된다

내가 이러한 글들을 신비한 문체로 쓰게 되고 그것을 출판하게 된 것은 하만[75]의 영향이므로 이 자리에서 감화력이 풍부하고 존경할 만한 이 인물을 추억해 볼 필요가 있다고 생각된다. 당시 그는 우리에게 수수께끼 같은 존재였으며 아직도 마찬가지이다. 그의 저서 《소크라테스 회상록》은 눈길을 끌었으며 특히 요란한 시대정신에 융합하지 못하는 사람들에게서 사랑을 받았다. 사람들은 이 저서에서 세계와 문학에 관해서 정통한 지식을 가지고 있으며 신비적인 것, 탐구하기 힘든 것을 연구하여 그런 것을 완전히 독자적인 방식으로 해석하고 있는 사색적이며 학식이 풍부한 인물을 만나볼 수가 있었다. 그는 당대의 문학을 지배하고 있는 사람들에게는 난해한 몽상가로 이해되고 있었지만, 청년들에게 있어서는 매력적인 존재였다. 그뿐만 아니라 반은 농담, 반은 진담으로 시골의 은둔자들이라고 불리던 사람들, 어떤 종교단체에도 속하지 않고 스스로 눈에 보이지 않는 교회를 쌓아 올리고 있는 경건한 사람들까지 그를 주목하고 있었다. 클레텐부르크나 그분의 친구인 모저에게도 이 "북방의 마법사"[76]는 환영을 받았다. 사람들은 가정생활에서 고통을 받으면서도 이처럼 아름답고 훌륭한 사상을 가지고 있는 그와 가까이 지내려고 했다. 주 장관(州長官)이었던 모저의 영향력이라면 이렇게 욕심 없는 인물에게 평범하고 안락한 생활을 주선해 주는 것은 어려운 일이 아니었을 것이다. 이 일은 실제로 잘 진행이 되어 서로가 의견이 개진되어 하만이 쾨니히스베르크에서 다름슈타트를 향해 먼 여행을 떠나오게

---

75 Johann Georg Hamann (1730-1788): 《소크라테스 회상록》(1759)으로 시선을 끌고 있었는데 괴테는 슈트라스 부르크시절부터 그에 대해서 비상한 관심을 가졌다.

76 Magnus aus Norden: 모저가 문학 논평집에서 하만을 칭한 말.

되었다. 그러나 그가 도착했을 때 우연히도 모저가 부재중이었다. 그러자 이 괴상한 남자는 무슨 이유였는지는 알 수 없지만, 곧장 되돌아가 버리고 말았다. 그래도 친밀한 편지왕래만은 두 사람 사이에서 계속되었다. 나는 쾨니히스베르크에 살던 그가 자기의 후원자에게 보낸 두 통의 편지를 가지고 있는데[77] 이것은 편지를 쓴 사람의 경탄할 만한 위대성과 성실성을 증명하고 있다.

그러나 이러한 좋은 관계는 별로 오래 계속되지 못했다. 신앙심 깊은 사람들은 나름대로 그를 신앙심 있는 사람으로 생각하여 북방의 마법사인 그를 정중하게 대했고, 그가 품위 있는 태도를 지킬 것으로 생각하고 있었다. 그러나《구름, 소크라테스 회상록의 후편》[78]에서 이미 어느 정도 반감을 일으키고 있던 그는 이제 다시《문헌학자의 십자군 원정》[79]을 출간했다. 이 책의 속표지에는 뿔이 돋친 판신의 옆모습이 보일 뿐만 아니라, 앞쪽의 어느 페이지에는 닭이 발가락에 악보를 낀 채로 늘어서 있는 병아리들 앞에 서서 박자를 맞추고 있는 우스꽝스러운 목판화 그림도 눈에 띄었다. 이런 그림을 통해서 저자는 자신이 인정하지 않는 교회 음악을 농담조로 취급하려 했다. 그 결과 호의를 가졌던 사람들, 예민한 사람들 사이에서 불만이 일어났고 그것을 저자에게 알리기도 했으나 그는 나아지기는커녕 그들과의 친밀한 관계마저 끊고 말았다. 그러나 하만에 대한 우리의 관심은 헤르더 덕택에 활기를 띠게 되었다. 헤르더는 자기 약혼자

---

77 하만이 모저에게 1733년 12월 1일에 보낸 편지와 1774년 2월 24일에 보낸 편지는 현재 바이마르에 보관되어 있다.

78 Wolken, ein Nachspiel sokratischer Denkwürdigkeiten (1761).

79 Kreuzzüge des Philologen (1762).

나 우리 하고 계속 소식을 전하며 지냈는데 이 묘한 인물에 대해서는 무슨 일이 일어나든 즉시 우리에게 알려 주었던 까닭이다. 그중에는 《쾨니히스베르크 신문》에 실렸던 평론, 서평도 있는데 모두 특색 있는 것들이었다. 나는 그의 저술에 대해 거의 완전한 전집과 언어의 발생에 관해서 헤르더가 쓴 현상논문에 관해서 그가 육필로 쓴 원고를 가지고 있는데, 이러한 글들은 매우 독특한 방법으로 놀라운 섬광을 우리에게 던져주고 있다.

나는 하만의 작품 출판을 내가 주선하거나 적어도 알선할 희망을 버리지 않고 있다. 이 중요한 문서가 다시 대중의 눈앞에 그 모습을 드러낼 때야말로 저자의 성품과 본질에 관해서 더 자세히 언급할 수 있다고 생각된다. 그러나 나는 여기에서 그에 관해 몇 마디만 더 첨가하려고 한다. 그에 관해서 호의를 가지고 있는 사람들이 아직도 생존해 있기 때문에 그들의 지원과 편달이 있으면 매우 기쁜 일이기 때문이다. 하만의 모든 발언의 결론은 다음과 같다고 생각된다. "인간이 이루려고 하는 모든 일은 행동이나 말을 통해서 이루어졌든 여타 다른 방법으로 표현된 것이든 모두 총체적인 힘의 결집에서 나와야 한다. 분산된 것은 모두 배척해야 한다." 얼마나 훌륭한 말인가! 물론 그대로 따르기는 쉽지가 않다. 생활 및 예술에서는 타당한 말이다. 그러나 반대로 단어를 통한 전달, 문학적이지 않은 전달에서는 커다란 어려움이 나타난다. 왜냐하면, 말이란 무엇인가를 말하고 의미하기 위해서는 분해되고 개체화되지 않으면 안 되는 까닭이다. 인간은 무엇을 말할 때에는 순간적으로 편파적이 되지 않을 수 없다. 선별이 없이는 어떠한 의견 표명도, 학설도 있을 수 없다. 그러나 하만은 이러한 분산을 단호히 거부하고 그가 전체로 느끼고 상상하고 생각한 것을 그렇게 말하고자 했으며 같은 것을 남들에게도 요구했다. 그 결과 그는 자신의 고유한 문체나 다른 사람들이 만들어내는 모든 것에 대립할 수밖에 없었다. 그는 이 불가능한 것을 성취하기 위해서 온갖 수단을 다 해 보았다. 자연과 정신이 조화롭게 만나는 심오하고 신비스러운 직관, 그러한 결합을 통해 분출되는 빛나는 지성의 섬광, 이러한 세계 속에서 모습을 드러내는 의미 깊은 형상, 종교인과 속인 저술가들의 신랄한 경구, 그 외에 유머러스하게 첨가될 수 있는 것, 이 모든 것이 그의 문체와 그의 표현의 신비로운 전체를 형성하고 있었다. 그래서 만약에 우리가 심원 한가운데서 그와 친해질 수 없고 산봉우리에서 그와 함께 걸을 수 없으며 그의 눈앞에 떠오르는 형상들을 파악할 수 없거나 무한히 광범위한 그의 저술 가운데에 잠시 암시되고 있는 부분의 의미를 찾아낼 수 없는 경우에는 그를 연구하면 할수록 주위가 더욱 희미해지고 어두워질 것이다. 게다가 그의 풍자는 생활이든 문학에 관한 것이든 당대의 일정한 사건에 관해 이루어지고 있는 것이기 때문에 이 암흑은 더욱더 짙어지기만 한다. 내가 수집한 것 중에는 그의 교정본이 몇 개 있는데 거기에보면 그는 여백에다가 자필로 자신이 염두에 둔 원전을 인용해 놓고있다. 그 부분을 보아도 이미 이중적인 의미가 담겨 있다. 그것은 매우 흥미롭게 보이긴 해도, 어쨌든 우리가 이해라고 부르는 것은 이 경우에도 단념하지 않으면 안 된다. 그의 저술은 자체만으로 이해될 수 있는 것이 아니라 우리가 그의 예언 속으로 도피해 들어가야 하므로 그런 이유로 주술적이라고 부르는 것이 타당하다. 그러나 그의 글은 어느 행에서도 우리를 여러 가지 방법으로 감동하게 하고 흥분시키기 때문에 책을 펼쳐 볼 때마다 항상 새로운 것을 발견하게 된다.

나는 하만을 만난 적이 없고 편지를 통한 직접적인 교섭도 없었다. 내가 볼 때 그는 생활이나 친교관계에 있어 분명한 것 같았고, 사람 사이의 관계나 자기 자신에 관해서 확실한 감정을 가지고 있는 것 같았다. 내가 본 그의 편지들은 훌륭했으며 그의 저작보다 훨씬 명료했다. 그것은 편지에서는 시대 및 상황에 관한 관계, 개인적인 관계가 더욱 뚜렷하게 나타나는 까닭이다. 내가 편지로 알 수 있었던 것은 그가 소박하게 자신의 선천적 재능의 우월성을 믿고 늘 자신이 상대방보다 어느 정도 현명하고 똑똑하다고 생각하기 때문에 편지를 받는 사람에게 진심으로 대하기보다는 빈정대는 태도를 보였다는 점이다. 개인적으로만 그렇다고 생각할지 모르지만 내가 볼 때는 대부분 편지가 다 그렇게 보인다. 내가 그와 가까이 지낼 생각을 별로 하지 않은 이유도 여기에 있다.

반대로 헤르더와 우리 사이에는 편지 왕래가 활발하게 계속되었다. 단지 이 관계가 한 번도 평온하고 순수하게 유지되지 못한 것만은 유감이다. 헤르더는 조롱과 힐책을 중지하지 않았다. 메르크는 조금만 자극해도 매우 격분했고 나도 거의 인내력을 잃어버릴 정도였다. 헤르더는 작가 중에서 스위프트를 제일 존경하는 것처럼 보였기 때문에 스위프트와 마찬가지로 수석 사제라고 불렀는데[80] 이것은 많은 오해와 불쾌한 일을 자아내는 동기가 되었다.

그럼에도 불구하고 우리는 헤르더가 뷔르템부르크로 초빙된다는 소식을 듣고 기뻐했다. 이것은 그에게는 이중으로 명예로운 일이었는데 그것은 그의 새 후원자[81]가 기인이긴 해도 학식 있고 뛰어난

---

80 스위프트는 성 패트릭 성당의 수석 사제였다.

81 Graf Wilhelm zu Schaumburg-Lippe를 말한다. 그는 헤르더를 1770년에 궁정 사서

인물로 명성이 높았던 까닭이었다. 선임자는 토마스 압트[82]였고 이 복무로 세상에 널리 이름을 떨쳤다. 조국은 그의 죽음을 애도하였으며 후원자가 그를 위하여 기념비를 세운 것을 기뻐했다. 이제는 세상 떠난 압트의 뒤를 이어서 헤르더가 이 요절한 선임자가 일으켰던 희망을 충족시켜야 했다.

당시에 그와 같은 초빙은 이중의 영광과 가치를 가진 것이었다. 왜냐하면, 독일 귀족들의 대다수가 폰 리페 백작의 뒤를 따라 학식 있고 실무에 능숙한 인물뿐만 아니라 재능 있고 전도유망한 인물들을 자리에 임명하기 시작한 것이다. 클롭슈톡[83]은 바덴의 변경(邊境) 태수인 카를의 초빙을 받았는데 실무를 행하기 위해서라기보다는 그가 거기에 있음으로써 상류사회의 품위와 편익을 드러내기 위해서였다. 이 초빙으로 유익한 것, 아름다운 것에 관심을 가진 훌륭한 제후의 명성이 높아진 동시에 클롭슈톡에 대한 존경심도 적지 않게 높아진 까닭이다. 그가 쓴 모든 작품은 사랑을 받았으며 귀중한 대우를 받았다. 우리는 그의 송가나 비가(悲歌)를 누군가가 가지게 되면 정성껏 베껴두었다. 헤센 다름슈타트의 백작부인인 카롤리네가 클롭슈톡 작품집을 편찬했을 때 얼마 안 되는 부수 중의 한 권이 우리 손에 들어와 우리가 가진 작품집을 보완하게 되었을 때 우리는 매우 기뻤다. 우리에게는 초기 작품들이 가장 소중하게 생각되었다. 작가 자신이 후에 파기해버린 그의 시들을 우리는 다시 읽으

로 임명했다.

82 Thomas Abbt (1738-1766): 신학자이자 철학자.

83 클롭슈톡은 Karl Friedrich von Baden 백작의 초빙으로 1774년에 칼스루에로 여행했지만, 초빙을 받아들이지는 않았다.

면서 기뻐했다. 아름다운 영혼에서 흘러나오는 생명은 비판을 통해서 전문화되는 일이 적으면 적을수록 그만큼 더 자유롭게 영향을 끼치게 되는 까닭이다.

성품과 행동을 통해서 클롭슈톡은 자기 자신과 재능 있는 다른 사람들을 위해서 명성과 품위를 부여할 줄 알았는데, 이번에는 그뿐 아니라 일상생활의 안정과 개선에서도 그의 덕을 보게 되었다. 즉 출판업자들은 전에는 중요한 학술적인 전문서적은 별로 사례금을 많이 주지 않는 출판목록으로 생각했었다. 문학작품의 출판은 신성한 것으로 간주하여 거기에 대해 보수를 받거나 보수를 올리거나 하는 일은 성직매매처럼 여겨지고 있었다. 작가와 출판업자는 묘한 상호관계를 맺고 있었다.[84] 흔히 이들 양자는 보호자와 피보호자의 관계로 생각하고 있었다. 작가는 재능 있는 인간일 뿐만 아니라 도덕적으로 뛰어난 사람으로 대중에게 존경을 받으면서 정신적인 우위를 차지하고 있었으며 작품이 성공하는 것을 그 보상으로 생각하고 있었다. 출판업자는 두 번째 지위를 차지하고서 막대한 이익을 취하고 있었다. 그렇게 되다 보니 재력이 부유한 출판업자를 빈곤한 시인보다 상위에 올려놓게 하는 결과를 낳게 되었다. 하지만 만사가 훌륭하게 균형을 유지하면서 서로가 관용과 감사한 마음으로 대하는 경우도 꽤 있었다. 브라이트코프와 고췌드는 일생을 함께 지냈다. 인색함, 비열함, 특히 저작권 침해 같은 일은 아직 일어나지 않고 있었다.

그런데도 불구하고 독일의 저술가들 사이에는 광범위한 운동이 전개되었다. 그들은 아주 빈곤하다고는 할 수 없지만, 보통밖에 안

---

[84] 괴테의 창작시기는 독일에서 출판업계가 큰 도약을 하던 시기로, 출판사 전업 작가가 생겨나던 시대였다.

되는 그들의 경제상황과 저명한 출판업자들의 재산을 비교해 보았다. 그들은 겔레르트나 라베너 같은 작가들의 명성이 얼마나 높은가를 생각하면서 독일 작가들이 다른 수입으로 생활하지 않는 한 궁색한 생활에서 벗어나지 못하고 있는 것을 알게 되었다. 중류 정도의 작가들 역시 자신의 상황을 개선하고 출판업자로부터 독립하고자 하는 강한 욕구를 느끼게 되었다.

이때 클롭슈톡이 나타나서 그의 《지식인 공화국》[85]에다 예약제를 도입했다. 그의 《메시아》 후편은 내용이나 취급방식에서 순수한 시대에 나왔던 전편보다 영향력은 없었지만, 이 작품 출간으로 많은 사람의 마음을 빼앗았다. 그에 대한 명성은 전과 조금도 다름이 없었다.

호의를 갖고 있던 많은 사람 중에는 영향력이 큰 사람들도 적지 않았는데, 1 루이돌[86]로 가격이 정해진 예약금 지급에 응했다. 책에 대해서 돈을 지급한다기보다도 그런 기회에 조국 작가의 공로에 보답하는 것은 타당한 일이라고 생각한 까닭이었다. 누구나 이 일에 참여했는데, 별로 여유가 없는 젊은이들은 저금통을 열었고, 남자건 여자건 상류계급이건 중류층이건 이 신성한 회사에 참여해 결국 예약자들이 천 명 정도 되었다. 모두 기대를 하고 신뢰감은 말할 수 없이 컸다.

그런데 이 책은 출판되자 묘한 결과를 가져왔다. 물론 큰 가치가 있는 것이지만 일반의 흥미에는 맞지 않았다. 거기에는 클롭슈톡이

---

85 《지식인 공화국 Gelehrtenrepublik》은 1774년 발표되었는데 '지식인'이라는 말은 18세기에는 문필업에 종사하는 사람들을 일컫는 말이었다.

86 Louisdor 프랑스 금화 (1640-1795).

시와 문학에 관해 생각하고 있는 것들이 고대 독일의 드루이드[87]형식으로 서술되어 있었는데, 참된 것과 거짓된 것에 대한 그의 주장이 간결한 격언식의 문구로 암시되어 있었지만 이상스런 형식 때문에 많은 교훈적 내용이 희생되지 않으면 안 되었다. 이 작품은 작가나 문필에 종사하는 사람들에게 매우 귀중한 것이었고, 지금도 그렇지만 그런 사람들 사이에서만 영향력이 있고 유용한 것이었다. 스스로 사고를 하는 사람은 이 사상가를 따라갈 수가 있고, 참된 것을 찾고 소중히 여길 줄 아는 사람이면 이 심오하고 성실한 인물에게서 많은 것을 배울 수 있지만, 일반 애호가나 독자들은 이 책에서 아무런 도움도 받지 못했다. 그들에게는 이 책이 봉해져 있는 것과 다름없었는데, 그런 책이 많은 사람의 손에 들어가게 된 것이다. 사람들은 누구한테나 충분히 쓸모 있는 책을 기대했었지만, 대다수는 아무런 흥미도 없는 책을 받았다. 많은 사람이 실망했지만, 저자에 대한 존경이 너무 컸기 때문에 아무런 불평이나 불만은 일어나지 않았다. 젊은 사람들은 손실을 감수했으며 고가로 산 책을 농담해가면서 남에게 선물했다. 나도 친절한 여성들로부터 여러 권 선물 받았지만 지금 남아있는 것은 한 권도 없다.

작가에게는 성공이었으나 독자들에게는 실패로 돌아간 이 계획은 그 후 얼마 동안 예약제나 예약금 같은 것은 더는 생각할 수 없게 만드는 나쁜 결과를 가져왔다. 그러나 그러한 희망은 일반에게 너무도 널리 퍼져서 그런 계획은 언젠가는 다시 시도해 볼 만한 것이었다. 이번에는 데사우 서점이 이 계획을 대규모로 세웠다. 이번에는

---

87 예언자, 시인, 재판관, 마법사를 겸했던 고대의 사제.

학자와 출판업자가 단단히 단결하였고 기대되는 이익을 양쪽이 적당하게 나눌 계획이었다. 이런 계획에 대한 필요성을 많은 사람이 통감하고 있었기 때문에 큰 기대를 걸었지만, 이번에도 오래가지 못한 채 유감스럽게도 관계자들은 서로 손해를 보고 헤어졌다.

그러나 문학애호가들 사이는 서로 긴밀하게 연결되어 있었다. 《연간 시 선집》[88]은 젊은 작가들을 결속시켰으며[89] 잡지가 시인들을 다른 저술가들과 연결하고 있었다. 나는 창작에 대한 욕망은 끝이 없지만 이미 창작해 놓은 것에 관해서는 관심이 없었다. 친구들 모임 같은 데서 낭독할 때만 그것에 애착을 느낄 뿐이었다. 많은 사람이 나의 대소 작품에 관해 관심을 두었다. 왜냐하면, 나는 다소라도 창작에 관해 관심이 있고 능력이 있는 사람은 나름대로 독자적으로 써 보는 것이 필요하다고 말했고, 나 자신도 남들한테서 창작과 집필에 대해 독촉을 받았던 까닭이었다. 이와 같은 과도한 촉구와 격려는 각자에게 나름대로 좋은 영향을 끼쳤고, 아무런 이론적 지도도 없이 자유로운 심정을 지닌 수많은 젊은이가 각자의 천성대로 아무런 거리낌 없이 이루어진 암중모색과 창작, 상호 협동, 이런 식의 주고받기에서 명예와 불명예가 서로 교차하는 유명한 문학의 한 시대가 생겨난 것이다. 이 시기에는 한 떼의 천재적인 청년들이 나타나 그들의 나이에 걸맞은 대담한 태도로 온 힘을 다하여 많은 즐거운 일, 좋은 일을 만들어 내기도 했지만, 그 힘이 남용되어 갖가지 불쾌한 일과 좋지 않은 일도 일어났다. 바로 이 원천에서 솟아났던 작용과 반작용

---

88 Musenalmanache: 1766년에 나온 이 선집의 영향으로 독일문학계에서는 시뿐 아니라 산문 역시 매년 선집이 유행이었다.

89 18세기 독일에서는 잡지들이 쏟아져 나왔다.

을 서술하는 것이 제12장의 주제라고 볼 수 있다.

만약에 사랑이, 또는 가슴속에 끓어오르는 감정이 젊은이의 마음속에 생생하게 움직이고 있지 않다면 도대체 그들은 어디에서 최대의 관심사를 찾아내며 어떻게 동년배들의 관심을 끌 수 있단 말인가. 나는 잃어버린 사랑을 탄식하고 있었다. 그것은 나의 마음을 부드럽게 만들고 너그럽게 만들어 주었다. 그래서 내가 부족한 점이나 실수를 인정하지 않고 완전히 멋대로 날뛰던 그 화려한 시절보다도 친구들과 어울리면서 더 안정되었다.

작별편지에 대한 프리드리케의 답장은 나의 마음을 산산조각으로 만들었다. 그것은 나를 답습하는, 내가 가르쳐 준 필적이고 사상이며 감정이었다. 나는 그녀가 당한 손실을 느끼고 있었지만, 그것을 보상해 주거나 덜어줄 가능성은 없었다. 나는 그녀의 모습을 생생하게 떠올릴 수 있었다. 그리고 그녀가 나를 그리워하고 있으리라는 것도 알고 있었다. 가장 괴로운 일은 내가 나의 불행을 용서할 수 없다는 것이었다. 그레트헨은 빼앗겼고 아네테는 나를 버렸지만, 이번에는 처음으로 죄가 나에게 있었다. 나는 아름다운 마음을 가진 사람에게 깊은 상처를 주었다. 마음을 들뜨게 하는 사랑하는 대상도 없이, 우울한 후회만이 계속되는 이 시기는 정말로 괴로웠으며 견디기 힘들었다. 그러나 사람이란 살기를 원한다. 나는 남들의 일에 열심히 관여하여, 그들 사이의 어려운 일을 해결해 주고 나와 같은 길을 걷지 않도록 서로 헤어지려고 할 때에는 그들을 결합하기 위해 노력했다. 그래서 나는 '상담원'이라 불렸고, 근방 일대를 잘 돌아다녔기 때문에 '방랑자'로도 불렸다. 야외, 계곡, 언덕이나 들, 숲에서만 마음의 위로를 얻을 수 있었다. 프랑크푸르트라는 위치가 나에게는 가장 적합했다. 이 도시를 가운데 두고 다름슈타트와 홈부르크가 있었는데, 이 두 도시는 양쪽 궁정이 서로 친척 관계여서 서로 가까웠다. 나는 길에서 살다시피 했으며 마치 심부름꾼처럼 산과 들을 왕래하면서 지냈다. 혼자서, 혹은 친구들과 함께 나는 내 고향을 마치 아무 인연도 없는 곳처럼 지나쳐 갔으며 파르가세의 주막에서 식사하고 계속해서 더 넓은 세계와 자유로운 자연 속으로 발길을 향했다. 나는 도중에 신기한 찬가(讚歌)나 송가(頌歌)를 읊었는데 그중 하나인 〈방랑자의 폭풍 노래〉라는 제목의 시가 남아있다. 도중에 무서운 폭풍을 만나 그 속을 뚫고 가게 되었을 때 나는 이 정신없는 시를 노래하며 지나갔다.

나의 마음은 아무런 감동도, 열중할 일도 없었다. 나는 여성들과의 교제를 의식적으로 피했다. 그 때문에 눈에 띄지 않게, 모르는 사이에 사랑의 정령이 살며시 날고 있는 것을 모르고 있었다. 어느 사랑스러운 여성이 나를 남몰래 사모하고 있었으나 내가 눈치를 전혀 채지 못하고 있었기 때문에 그녀와의 즐거운 교제가 더욱더 명랑하고 편안했다. 여러 해 뒤에 그 여성이 세상을 떠난 뒤에야 이 비밀스러운 아름다운 사랑을 알게 되었고 몹시 감동하지 않을 수 없었다. 나에게 죄가 없었기 때문에, 나는 이 죄 없는 여성을 순수하고 성실한 마음으로 추도할 수 있었다. 특히 이러한 사실을 알게 된 시기가 아무런 열정에 휩쓸리지 않은 채 나 자신과 나의 정신적 선택에 따라서 생활할 수 있던 시기였기 때문에 더욱더 아름다운 마음으로 애도할 수가 있었다.

프리데리케가 처한 슬픔이 나를 괴롭히던 시절에 나는 전과 마찬가지로 창작을 통해서 도움을 받으려고 했다. 나는 자책하는 참회를 통해서 내적으로는 면죄를 받기 위해서 일종의 문학적인 고백을 시작했다.《괴츠 폰 베르리힝엔》과《클라비고》에 나오는 두 명의 마리와 그들의 애인 역할을 하는 두 사람의 악한은 이러한 참회의 결과라고 말할 수 있다.

하지만 청춘 시절의 상처나 질병은, 유기적인 생명인 건강한 조직이 병이 든 조직을 대신하면서 건강을 회복할 여유를 주기 때문에 금방 회복이 가능하다. 나 역시 좋은 기회가 많이 생겨서 신체운동을 많이 했기 때문에 유익했다. 나는 활발한 기운을 되찾고 새로운 삶의 기쁨과 향락을 되찾게 되었다. 어슬렁거리면서 걷는 우울하고, 힘만 들고 속도도 나지 않고 목적도 없는 방랑을 서서히 승마가 물리쳤다. 그래서 훨씬 빠르고 유쾌하고 쉽게 목적지에 도달할 수 있게 되었다. 우리 젊은이들은 펜싱을 다시 시작했다. 겨울에 접어들면서 완전히 새로운 세계가 전개되었다. 나는 한 번도 해보지 않았던 스케이팅을 해보기로 하고 연습을 했다. 끈기 있게 매달려서 남보다 뛰어나려고 하지는 않았지만 즐겁고 신 나는 스케이트장에서 함께 즐길 만한 수준까지는 되었다.

이러한 새롭고 즐거운 일을 시작하게 된 것은 클롭슈톡 덕택이었으며 이러한 유익한 운동에 대한 그의 열광 때문이었다. 여기에 대해서는 그의 편지들이 증명되고 있으며 그가 쓴 송가[90] 역시 의심할 여지가 없는 증거가 되어 주고 있다. 지금도 뚜렷하게 기억이 나는데 서리가 내린 맑은 아침에 나는 잠자리에서 일어나면서 그의 시 구절을 읊어 본 적이 있다.

---

90 클롭슈톡 역시 괴테처럼 운동을 중시했던 작가로 스케이트, 승마, 수영을 좋아했으며 이러한 육체의 감정을 문학으로 표현했다.

활기찬 기분으로 마음이 즐거워

호수 저 아래까지 미끄러져 내려가

수정 같은 얼음판에 하얀 줄을 그려놓았네.

……

밝아오는 겨울의 햇살이

호수를 비친다. 별처럼 반짝이는 서리를

호수 위에다 밤이 뿌려놓았네!

꾸물거리면서 결정을 못 내린 채 동요하다가 나는 즉시 결정을 내리고 내 나이의 초보자가 연습을 할 수 있는 곳으로 달려갔다. 멋진 일이었다. 이 운동은 클롭슈톡이 추천할 만한 운동이었다. 이 운동은 우리를 친구들과 만나게 하였으며, 관절을 마음대로 움직여 청년들로 하여금 노년이 되어 관절이 굳어지는 것을 방지하도록 하게 해 주었다. 우리는 이 즐거움에 끝없이 몸을 내맡겼다. 우리는 쾌청한 대낮을 온종일 얼음판에서 보내고도 밤늦게까지 스케이팅을 계속했다. 다른 운동이 육체를 피곤하게 하는 것과는 달리 이 운동은 육체에 새로운 생기를 계속 불어넣어 주기 때문이었다. 얼어붙어 빙판이 된 넓은 들판에 나타나는 보름달, 질주하는 우리들의 육체를 스쳐 가는 밤바람, 물이 줄어들어 얼음이 꺼지는 천둥 같은 소리, 우리들의 동작에서 나오는 이상한 여운, 이 모든 것이 오시안[91]의 장면을 그대로 재현하고 있었다. 이 친구 저 친구 누구나 할 것 없이 클

---

91 당시에 3세기경 고대 켈트족의 시인인 오시안은 젊은 층에서 매우 인기가 있었는데, 그는 북구 밤 풍경을 자주 등장시켰다. 오시안의 시들은 1762년 스코틀랜드의 시인 제임스 맥퍼슨에 의해 발견되었고 독일에는 클롭슈톡을 통해 소개되었다.

롭슈톡에게 부치는 송가를 반은 절규하듯이 소리치고 있었다. 먼동이 틀 무렵에 모이면 이러한 기쁨을 알게 해 준 그에 대한 끝없는 찬가가 울려 나왔다.

> 달리는 말에서도 느낄 수 없고
> 무도회장에서도 맛볼 수 없는
> 이 건강과 기쁨을 우리에게 가르쳐준
> 그대는 영원하리라.

이러한 감사는 세속의 행동을 정신적인 관심을 통해 순화시키고 훌륭하게 보급할 줄 아는 사람만이 받을 수가 있다.

어려서 이미 놀랄 만큼의 지능이 발달한 재능 있는 소년도 허락되면 지극히 단순한 어린애의 놀이로 다시 돌아가는 것과 마찬가지로 우리는 모두 진지한 일에 대한 우리의 직무마저 잊게 할 정도였다. 그런데 때로는 외로운 이 운동, 경쾌하게 허공을 떠다니는 듯한 이 운동이 한동안 잠든 나의 내적 요구를 다시 자극했다. 나는 그런 시간의 덕택으로 전부터 나의 계획을 한층 더 신속하게 완성할 수 있게 되었다.

독일 역사의 어두운 수 세기는 전부터 나의 지식욕과 상상력을 자극해 왔다. 괴츠 폰 베르리힝엔을 시대 환경과 함께 희곡화해 보려는 생각은 나에게 매우 소중하고 가치가 있는 것이었다. 나는 문헌을 열심히 읽었으며 다트[92]의 《공안법》에 많은 관심을 기울였다. 나

---

92 Johann Philipp Datt (1954-1722): 법학자.

는 이 책을 매우 열심히 읽었고 이상한 부분은 될 수 있는 대로 명백히 밝혀 놓았다. 그런데 도덕적이며 문학적인 목적으로 시작했던 이 일을 나는 다른 방면에도 이용할 수 있게 되었다. 나는 베츨라로 가게 되었는데 역사지식이 충분히 준비된 셈이었다. 그곳의 고등법원은《공안법》의 결과로 생긴 것으로, 그곳의 역사는 독일의 혼란한 사건들을 해결하는 데 있어 가장 중요한 실마리가 되는 까닭이었다. 재판소와 군대의 상태를 보면 나라의 상태에 대해서 가장 정확한 판단을 내릴 수 있다. 흔히 재정에 대해서 그 영향력을 사람들은 높이 평가하지만 사실 그것은 그리 중요한 것이 아니다. 만약 전체에게 재정이 부족할 경우에는 개인이 꾸준히 모아서 가지고 있는 것을 걷어가면 국가는 절대 가난해지지 않는 법이다.

베츨라의 상황이 어떠했는가는 그리 중요한 것은 아니지만 내가 그곳에 도착했을 당시의 상황이 얼마나 좋지 않았었던가를 상상할 수 있게 하려고 고등법원의 짤막한 역사를 알아보는 것도 흥미로운 일이 될 것이다.

지상에서 군주들이 탁월한 인물이 될 수 있던 것은 그들이 전시에는 용감한 사람들과 대담한 사람들을, 평화시에는 가장 현명하고 공정한 사람들을 주변에 모을 수 있었기 때문이다. 독일 황제의 궁정에는 그런 사람들로 이루어진 재판소가 있었고, 그들은 황제가 순찰할 때에는 언제나 따라다녔다. 그러나 이러한 조처도, 남독일에서 적용되던 슈바벤 법[93]도, 북독일에서 적용되던 작센 법도, 이런 법률

---

93 작센 법은 동부 독일과 북부 독일에서, 슈바벤 법은 주로 남부 독일에서 통용되던 법이었다.

을 위해서 임명된 재판관도, 동등한 자격자들의 중재재판[94]도, 계약으로 승인된 중재자도, 종교인들이 알선하는 온건한 화해도 기사들 간의 반목을 진정시키지 못했다. 반목감정은 독일에서는 외국 원정, 특히 십자군 원정과 재판소의 판례에 의해서 조장되고 조성되어 드디어는 습관이 되고 말았다. 황제에게도, 그 외의 귀족들에게도 분쟁은 몹시 불쾌한 것이었다. 이것으로 소시민 상호 간에도 그렇지만 서로 단결이 필요한 경우 귀족들도 골칫거리였다. 외부에 대한 온갖 힘은 마비상태였으며 내부에도 질서가 무너져 있었다. 거기다 비밀재판 제도가 조국을 압박하고 있었다. 그것이 얼마나 끔찍했는가는 그것이 비밀경찰로 타락해서 결국 개인의 수중에 들어간 것을 보면 알 수 있을 것이다.

이와 같은 해독을 조금이라도 막아보기 위해서 많은 노력을 했지만, 소용이 없었다. 드디어 독자적인 재판소를 만들 것을 직능대표 의회가 긴급 제안했다. 하지만 이런 제안은 선의에서 나온 것이라고 해도 결국 의회의 권한 확장과 황제의 권력 축소를 의미하는 것이었다. 이 과제가 프리드리히 2세 치하에서는 지연되었지만, 아들 막시밀리안은 외부의 압력에 양보했다. 황제는 재판소장을 임명하고 의회는 배석판사를 파견했다. 배석판사 숫자는 24명이었지만 초기에는 12명으로 만족하는 수밖에 없었다.

인간이 일을 진행하면서 범하는 일반적인 오류가 이 고등법원의 최초이자 영원한 오류가 되었는데, 그것은 목표가 어마어마한 이 일에 쓸 만한 수단이 부족하다는 것이었다. 배석판사의 수는 너무나도

---

94 14세기 이후 계층 간의 갈등을 이곳 중재재판소가 해결해 왔다.

적었다. 그 인원으로 어떻게 그 힘들고 엄청난 문제를 해결한단 말인가! 그러나 제도를 보완하려는 사람은 없었다. 자기에게 이득보다는 해가 되기만 하는 이 제도를 황제가 후원할 리 없었다. 그는 오히려 자신의 재판소, 즉 추밀원(樞密院)[95]을 만들었다. 의회 쪽의 의원들로는 출혈이 멈춘 것만 문제가 될 뿐, 상처가 치료되었는지는 별 관심이 없었다. 게다가 새로운 지출 명목이 생긴 것이다. 좋은 목적이긴 해도 이 기관을 위해 신하를 증원해야 한다는 것을 군주들이 처음에는 확실하게 알지 못했다. 아무리 꼭 필요하다고 해도 돈 내는 것을 누가 좋아하겠는가? 사람이란 유용한 것을 얻고 나면 그것으로 만족하는 법이다.

배석판사는 처음에는 수수료로 생활했고 나중에는 의회에서 수당을 받았는데, 둘 다 약소한 금액이었다. 그러나 이 훌륭하고 귀한 일을 하기 위해서 유능하고 근면한 사람들이 모여들어 재판소가 이루어졌다. 이들이 악을 뿌리 뽑는 것이 아니라 줄이는 것만으로 만족했었는지, 혹은 이럴 때 흔한 일이지만 노력은 조금하고 업적을 많이 올리는 것으로 좋아했는지 단언하기 힘든 상황이 되었다. 재판소는 철저하게 부정을 방지하지는 못한 채로 치안방해자들을 처벌하는 데 도움이 될 뿐이었다. 그런데도 재판소는 성립과 동시에 자체내에서 일종의 힘이 생기게 되었고, 거기에 속하는 사람들은 스스로 높은 지위를 가진 것으로 생각하고 자신의 정치적 중요성을 인식하게 되었다. 그들은 뛰어난 활동으로 확고한 명성을 얻으려고 노력했다. 그들은 간단한 처벌이 가능하고 그럴 필요가 있는 사건을 민첩

---

95 황제 휘하의 재판소로 빈에 설치되었다.

하게 처리해서 자신이 능력 있고 훌륭한 인물이라는 인상을 모든 사람에게 주려고 했다. 반면에 곤란한 내용을 가진 사건, 즉 본래의 소송사건은 지연되었다. 그렇다고 해서 나쁠 것도 없었다. 국가로서는 소유권이 안전하고 확실한 것만이 중요하지 그 소유가 정당한 것인가 아닌가에 대해서는 별로 상관이 없는 까닭이었다. 결국, 재판이 늦어지는 일이 계속 증가하여 막대한 숫자에 달하게 되었지만, 국가가 손해를 입는 것은 없었다. 폭력을 행하는 자에 대해서는 즉각 처분할 수 있었다. 그러나 법률상의 소유권을 다투는 사람들은 생활을 해나가면서 능력껏 향락을 누리거나 궁핍을 맛보거나 했고, 사망하거나 파멸하거나 화해했다. 그러나 이 모든 것은 개개 가족의 행, 또는 불행일 뿐으로 국가는 점점 더 편안해졌다. 고등법원에 항소인에 대한 법적 권한이 주어져 있었기 때문이었다. 파문을 선고할 권한이 있었다면 고등법원은 영향력이 더 컸을 것이다.

그 후 배석판사의 수가 늘기도 하고 줄기도 하여 재판이 자주 중단되고 재판 장소가 이리저리 옮겨 다니는 바람에 미결사건이나 서류는 한없이 늘어나게 되었다. 전쟁[96]을 피하고자 슈파이어 문서 일부가 아샤펜부르크로, 보름스로 이송되었으며, 일부는 프랑스인들의 수중에 들어가게 되었다. 프랑스인들은 국가의 문서를 손에 넣었다고 생각했지만, 나중에는 누가 운반만 해준다면 그 서류뭉치를 처분해 버리고 싶을 지경이었다.

베스트팔렌 평화회담에 참석했던 유력한 인사들은 이 시시포스의 짐을 치우는 데 지렛대가 필요하다는 것을 알았다. 그래서 50명

---

96 1688년 프랑스의 팔츠 점령.

의 배석판사를 임명하기로 했지만, 이 숫자가 채워진 적은 한 번도 없었다. 경비가 너무 많이 들기 때문에 반수로 만족하는 수밖에 없었다. 그런데 만약 이해관계가 있는 사람들이 이 일에서 받게 될 이익을 알았더라면 전부라도 지급했을 것이다. 25명의 배석판사에게 급료를 주려면 약 10만 굴덴이 필요했는데 독일로서는 그 액수의 배라도 지급할 수 있었다. 교회 재산에서 걷은 돈을 고등법원에 내주자는 제안은 통과되지 못했다. 양쪽 교파가 그런 희생을 감수할 리가 없지 않은가! 구교는 더는 내놓으려고 하지 않았고, 신교는 얻은 것을 모두 내부 목적에 사용하고자 했다. 국가가 두 종파로 갈려져 있는 것이 이번에도 여러 면에서 몹시 나쁜 결과를 가져오게 하였다. 결국, 의회는 그들이 만들어 놓은 이 재판소에 대해서 점점 관심을 두지 않게 되었다. 권력이 있는 측에서는 협약에서 탈퇴하려고 애를 썼다. 고등법원에다 공소하지 않겠다는 면소장이 점점 더 많아졌다. 힘 있는 측에서는 지급을 지연했고, 명부에 들어 있기 때문에 그렇지 않아도 손해를 보고 있다고 생각하는 미력한 측에서는 될 수 있는 대로 지급을 늦추고 있었다.

지급일이면 급료의 부족액을 조달하는 일은 무척 힘이 들었다. 이 일로 다시 일거리가 생겨서 고등법원은 또다시 시간을 손해 보게 되었다. 처음에는 매년 감사가 이 일을 맡아서 했다. 군주가 몸소, 또는 그들의 참사관들이 몇 주일 또는 몇 달 동안 재판소의 소재지에 가서 금고를 검열하고 체납액을 조사하고 그것을 징수하는 일을 맡았다. 그들에게는 법률 및 재판사무가 교착상태에 빠지거나 부정이 개입되려는 경우에 이것을 제거할 수 있는 권한이 있었다. 그들은 재판소 제도의 결함을 발견하여 그것을 처리하는 임무를 갖고 있었다.

회원의 개인적인 범죄를 조사하여 처벌하는 것은 훗날에야 그들 의무의 한 부분이 되었다. 그러나 소송 당사자들이 희망의 호흡을 조금이라도 더 연장하려고 언제나 상급심을 요구했기 때문에 감사들은 다시 재심 재판소를 구성하게 되었다. 사람들이 처음에는 명백하고 확실한 사건에 관해서만 재심을 요구했으나 나중에는 분쟁의 해결이 지연되고 무기 연기가 된 사건에 대해서도 재심을 요구하게 되었다. 이 재심재판소의 성립에 이바지한 것은 제국의회의 상고와 두 종파 간의 알력이었다. 두 종파는 서로 제압하려 하지는 않았지만, 최소한 서로 상대방과 균형을 유지하려고 애쓰고 있었다.

만약에 재판소가 이러한 장애도, 방해도, 파괴도 없는 상황이었더라면 그것은 상당히 놀랄만한, 중요한 것으로 발전되었을 것이다. 만약 처음부터 충분한 인원이 임명되고 그들에게 충분한 생활을 보장해 주었더라면 유능한 독일인들로 구성된 이 기관이 이룩했을 거대한 영향력은 거의 예측을 허락하지 않을 정도였을 것이다. 그랬더라면 수사적인 의미로만 그들에게 붙였던 암픽티오니아 회원[97]의 대표의원이라는 명예스런 존칭이 실제로도 어울렸을 것이다. 그들은 세력가이면서 동시에 회원인 중간세력으로 등장할 수가 있었을 것이다.

그러나 재판소는 이처럼 거대한 세력과는 동떨어진 채 카를 5세와 30년 전쟁 이전의 단기간을 제외하면 간신히 그 명맥을 유지해왔을 뿐이다. 왜 이처럼 벌이도 안 되고 형편없는 일에 종사하려는 사람들이 있었는지 때로는 이해가 힘들 정도였다. 그러나 인간이란

---

97 고대 그리스에서 각 도시국가의 범주를 뛰어넘는 신전, 축제 같은 문제를 해결하기 위해 모인 사람들.

매일 하고 있는 일은 설령 아무런 결과를 가져올 전망이 보이지 않아도 그 일을 할 수 있는 능력만 있으면 만족하는 법이다. 특히 독일인들은 그런 고집스러운 기질이 있다. 그래서 3세기에 걸쳐서 훌륭한 인물들이 업무와 문제에 종사해 왔다. 그런 사람들의 초상화를 모아 놓은 독특한 화랑이 있다면 아직도 사람들의 관심을 일으키게 하고 용기를 북돋을 것이다.

왜냐하면, 그러한 무정부 시대에야말로 유능한 인물들이 유난히 눈에 띄게 되고 선(善)을 행하려는 사람들이 나타나는 까닭이다. 예를 들면 퓌르스텐베르크[98] 휘하의 상급법원을 사람들은 아직도 감사한 마음으로 기억하고 있다. 그러나 이러한 탁월한 인물의 사망과 동시에 악습이 충만한 시대가 시작되었다.

모든 시대에 걸친 이러한 결함은 처음부터 시작된 유일한 결함, 즉 인원의 부족에서 온 것이었다. 배석판사는 정해진 순서에 따라 논고를 하게 되었다. 그들은 언제 자기 순서가 오는지, 해결해야 할 소송 중에서 어느 것이 자기에게 해당하는지 알고 있었다. 그러므로 미리 신경을 쓰고 준비도 할 수 있었다. 그러나 해결되지 못한 사건들이 산더미처럼 쌓이게 되자 이제는 중요한 사건을 선택해서 순서를 따지지 말고 심리할 것을 결정하지 않으면 안 되었다. 그러나 어떤 사건이 다른 사건보다 더 중요한가 하는 판단은 중요한 사건이 쇄도한 경우에는 결정하기가 곤란한 일이고, 선택이란 본래 편파적이다. 게다가 여기에 또다시 곤란한 일이 생겼다. 복잡하게 얽힌 사건이 그 자신과 재판소를 괴롭히고 있는데도 판결을 내리려 하지 않

---

98 Frobenius Ferdinand Fürstenberg (1664-1741) 고등법원 판사, 법원장.

는 것이었다. 원고와 피고는 화해하거나, 서로 대적하거나 사망하거나 생각을 바꾸는 수밖에 없었다. 그렇게 되자 독촉을 해야만 사건이 해결되는 사태가 오게 되었다. 원고와 피고가 사건에 대해 계속 관심이 있는지가 중요하게 되었고, 이것이 결과적으로 커다란 피해를 초래하게 되었다. 사건을 부탁하려면 아무래도 부탁할 대상을 찾아야 하는데 누구보다도 사건 담당자에게 부탁하는 게 제일이었다. 법대로 이것을 비밀에 부치는 것은 불가능한 일이었다. 많은 동료가 들어서 알고 있는데 어떻게 그것을 숨길 수가 있단 말인가? 그리고 신속한 처리를 부탁하는 마당에 자기에게 유리하게 부탁하는 것은 당연한 일이다. 사건을 재촉하는 것부터가 스스로 정당하다는 것을 공포하는 것이기 때문이다. 이런 일을 직접 나서서 할 수는 없으니까 우선은 하급관리를 통해야 했다. 이렇게 해서 온갖 술수와 매수가 시작되었다.

요젭 황제는 자기 생각과 프리드리히의 예를 따라 눈을 우선 군대와 사법부로 돌렸다. 그는 고등법원을 주목했다. 관습적인 부정과 최근에 만들어진 법의 악용에 관해서 그는 알고 있었다. 이것을 뒤집어엎고 뒤흔들어 바로잡아야만 했다. 그것이 자신에게 유리한지 불리한지 불문에 부친 채로, 성공의 가능성을 타진해 보지도 않은 채 그는 감사 제도를 제안하여 실행을 서둘렀다. 그때까지 160년 동안 감사제도는 정식으로 운영된 적이 없었다. 17명의 배석판사로는 도저히 서류를 처리할 수가 없었기 때문에 미결서류가 산더미처럼 쌓여 있었으며 2만 건의 사건이 밀려 있었지만 매년 60건밖에는 처리가 되지 않았다. 그런데도 한편으로는 그 배가 되는 건수가 늘어나고 있었다. 결국, 미결건수는 5만 건에 달할 지경이었다. 여러 가지 악습이 재판의 진행을 막고 있었다. 뒤에서 이루어지는 몇몇 배석판사들의 개인적 범죄는 그중에서도 가장 한심스러운 것이었다.

내가 베츨라로 가게 되었을 때는 감사제도가 이미 수년 전부터 도입되어 부정한 관리는 정직을 당하여 조사 중이었다. 독일의 국법에 관해서 아는 사람들, 대가들이 그들의 의견을 발표하여 공공의 이익에 도움이 되도록 노력하고 있었기 때문에 기본적이며 친절한 저서들이 많이 출간되어 약간의 예비지식만 있는 사람이면 이러한 저서들을 통해서 제대로 배울 수가 있었다. 이 기회에 제국헌법이나 그것을 논술한 저술을 살피게 되었는데, 눈에 띄는 사실은 학자들이 제일 관심을 가진 것이 거의 기적적으로 목숨을 부지해 온 병든 시체와도 같은 그 끔찍스런 상황으로 밝혀졌다. 연구의 성과보다는 하나하나를 수집하고 정리하는 일에 대한 독일인들의 존경할 만한 근면성이 여기에서도 새로운 일거리를 발견했다. 제국과 황제를, 약한 계층과 강한 계층을, 구교도와 신교도를 대립시키면서 학자들은 관심의 차이에 따라 필연적으로 견해 차이를 보였고 계속 새로운 논쟁거리와 반박 거리를 만들어 냈다.

나는 이런 전후의 사정을 생생하게 알고 있었기 때문에 베츨라 체류에 별로 즐거움을 기대하지 않았다. 위치는 좋지만 작고 형편없이 지어진 도시에서 이중적인 세계를 발견할 전망은 별로 없었다. 낡은 인습적인 세계에서 사는 그 지방 태생의 사람들, 그들을 예리하게 검사할 임무를 띠고 있는 외부인들, 심판하고 동시에 심판을 받기도 하는 재판소, 언제 범죄에 관한 조사를 받게 될지 모른다고 생각하고 있는 주민들, 오랫동안 훌륭한 인물로 존경을 받다가 가장 파럼치한 죄를 저지른 것으로 불명예스러운 형벌을 받고 있는 사람들, 이런 모든 것이 매우 비참한 모습을 하고 있어서 그 자체가 복잡하기만 했고, 온갖 범죄로 혼란스러워 보이는 일에 더 깊게 관여하고 싶지 않은 기분이었다.

지식에 대한 탐구욕보다는 환경을 바꿔 보려는 생각에서 약간 주저하다가 이 지방으로 오게 되었을 때 나는 여기서는 독일의 민법과 국법 이외에는 학문적인 것과 접촉할 기회가 없으리라고, 그리고 문학적인 교제도 없을 것으로 예상했었다. 그런데 따분한 사람들을 만난 것이 아니라 세 번째의 대학생활을 하게 되었을 때 나는 얼마나 놀랐는지 모른다. 나는 어느 커다란 식당에서 젊고 쾌활한 공사관원 전원과 함께 자리하게 되었다. 그들은 나를 친절하게 맞이했다. 첫날에 이미 나는 그들이 점심때면 함께 모여서 낭만적인 기분으로 떠들썩하게 구는 것을 알아차렸다. 그들은 온갖 재주와 재간을 다 해서 마치 기사의 식탁 같은 분위기를 만들어 내고 있었다. 상좌에는 사령관이, 옆에는 수상, 다음에는 요직의 신하들이 앉고 그다음에 기사들이 선임 순서대로 앉아 있었다. 외부인은 말석을 감수해야 했다. 외부인은 그들의 대화를 이해하기 힘들었는데 왜냐하면 이들 모임에서의 용어는 기사들의 용어이거나 아니면 빗대서 하는 말인 까닭이었다. 누구나 기사식의 이름을 가지고 있었다. 별명도 있었다. 그들은 나를 성실한 인물 괴츠 폰 베르리힝엔이라고 불렀다. 괴츠라고 불린 것은 내가 강직한 이 독일의 조상에 대해 흥미를 느꼈기 때문이었고, 성실한 자라고 불린 것은 사귀게 된 그 훌륭한 사람들에게 내가 진심으로 호감과 존경심을 표시한 까닭이었다. 베츨라 체류 중에 나는 킬만젝[99] 백작에게서 많은 은혜를 입었다. 그는 누구보다도 건실하며 재능이 풍부하고 믿을 만한 사람이었다. 반면 폰 구에[100]는 본성을 이해할 수 없는, 형용하기 힘든 인물이었는데 억세고, 어깨가 넓고, 하노버사람처럼 보이는 체구를 한, 생각에 잠기기를 좋아하는 사람이었다. 그는 재능에서 부족한 것이 없었다. 사생아라는 소문이 있었는데 일종의 신비스러운 행동을 좋아했고, 자신의 진심이나 계획을 여러 가지 이상한 행동으로 은폐하고 있었다. 사령관 자리를 차지하려고 애쓰지는 않았지만, 사실상 그는 이 별난 기사단의 중심인물이었다. 마침 기사단의 우두머리 자리가 비게 되었는데도 그는 오히려 다른 사람을 그 자리에 선출되도록 하고 그 사람을 통해서 자신의 세력을 행사했다. 그는 사소한 우발적인 사건을 중대한 것처럼 보이게 하고, 그것을 묘한 방식으로 이끌어 나갈 수 있는 사람이었다. 그러나 이러한 그의 모든 행동에는 진지한 의도를 찾아볼 수가 없었다. 그가 하는 행동은 진척되지 않는 업무에서 자신이나 동료들이 느끼는 지루함을 풀어주고, 텅 빈 방을 거미줄로나마 채우는 식이었다. 게다가 이 어처구니없는 장난은 겉으로는 매우 진지하게 진행되었기 때문에 방앗간이 성으로, 방앗간 주인이 성주로 취급되고 《하이몬의 네 아이들》[101]이 모범적인 작품으로 소개되어, 행사 중에 그중의 몇 구절을 엄숙하게 낭독해도 우습게 생각해서는 안 되었다. 기사의 임관식도

<hr />

99 Christian Albrecht Freiherr von Kielmannsegg (1748-1811): 훗날 귀스트로의 법원장을 역임했다.

100 August Siegfried von Goué (1742-1789): 베츨라 공사관 서기관.

101 Die vier Haimonskinder: 중세 프랑스의 통속 문학서로 1550년부터 독일에서 인기가 높았다.

여러 기사단에서 빌린 전통적인 상징물을 사용하여 거행되었다. 특히 이런 장난의 특징은 공공연한 것을 비밀로 취급하는 일이었다. 일은 공공연하게 진행하되 그것에 대해서는 침묵을 지켜야 했다. 이 기사단원의 명단은 마치 제국의회의 연감처럼 위엄 있게 인쇄되어 있었다. 만약에 어떤 가족들이 이 일을 조소하거나 어리석고 가소로운 일이라고 말을 하는 경우에는 별로 그 가족의 가장이나 친척을 설득시켜 기사단에 가입시켜 임관식을 하게 될 때까지 계속 온갖 음모를 계속하는 것이었다. 나머지 식구들이 화를 내는 것을 보고야 짓궂은 쾌감을 느끼는 것이었다.

이 기사단에는 또 하나의 묘한 결사대가 끼어 있었는데, 철학적이고 신비적인 이 결사대는 명칭을 갖고 있지 않았다. 제1단계를 과정(過程)이라고 부르고 제2단계를 과정의 과정, 제3단계를 과정에 대한 과정의 과정, 제4단계를 과정의 과정에 대한 과정의 과정이라고 불렀다. 이러한 연속적 단계의 높은 의미를 이해하는 것이 단원들의 의무였는데, 이것은 인쇄된 책자와 비례했다. 이 책자는 기묘한 말들을 더욱 기묘하게 설명하거나 혹은 오히려 부연하고 있었다. 이러한 일을 하는 것이 그들에게는 가장 즐거운 오락 거리였다. 베리쉬의 어리석음과 렌츠의 광기가 여기에 결합하였다. 하지만 되풀이해서 말하지만 이러한 가면 밑에는 목적이라고는 전혀 찾아볼 수가 없었다.

나는 이러한 익살에서 상담역을 하기도 하고 처음에는 《하이몬의 네 아이들》 중에서 설교 부분을 발췌해서 모임이나 행사 때 어떻게 낭독해야 하는가를 제안하기도 했다. 스스로 강세를 붙여서 낭독할 줄도 알았는데, 그런 일은 전부터 싫증이 나도록 많이 해 본 까닭이었다. 내가 프랑크푸르트나 다름슈타트와 같은 분위기를 그리

위하고 있을 때 고터[102]를 알게 된 것은 기쁜 일이었다. 그는 진정한 우정으로 나와 가까워졌으며 나 역시 마음에서 우러나오는 호의로 그에게 보답했다. 그는 온순하고 명랑하며 쾌활한 마음의 소유자였는데, 그의 재능은 연마되고 절제된 것이었다. 그는 프랑스식의 우아함을 추구했으며 영문학의 도덕적이며 유쾌한 부분을 좋아했다. 우리는 즐거운 시간을 함께 많이 보냈다. 그리고 많은 지식과 계획과 우정을 주고받았다. 그는 나에게 짤막한 글을 써보라고 권했는데, 그것은 그가 당시 괴팅엔 시인그룹과 가까웠기 때문에 보이에[103]의《연간 시 선집》에다 내 시를 실을 계획인 까닭이었다.

이런 일로 해서 나는 젊고 재능 있고 후에 여러 방면에 걸쳐 활약하게 되는 괴팅엔의 시인들과 접촉하게 되었다. 슈톨베르크 백작 형제, 뷔르거, 포스, 휠티 등[104]이 종교, 사상 면에서 클롭슈톡을 중심으로 해서 모였다. 클롭슈톡의 영향은 다방면에 미치고 있었다. 이렇게 계속 그 범위를 확대해 가던 독일 시인들의 서클에서는 문학적인 다방면의 수확과 더불어 하나의 다른 사상이 무르익어 가고 있었다. 이 사상에는 적합한 명칭을 붙이기가 힘든데, 독립에 대한 갈구라고 부를 수 있을지 모르겠다. 이런 것은 평화시에, 예속적이 아닐 때 생겨나는 것이다. 사람이란 전시에는 폭력을 잘 참을 수가 있다. 그럴 때는 육체적으로나 경제적으로는 손상을 느낄지 몰라도 도덕적으로는 절대 느끼지 않는 법이다. 압력을 받아도 치욕이

---

102 Friedrich Wilhelm Gotter (1746-1799): 베츨라 주재 작센-고터 공사의 비서로 작가이며 번역가.

103 Heinrich Christian Boie (1744-1806): 1769년부터 〈연간 시 선집 Musenalmanach〉을 괴팅엔에서 간행했다.

104 이들은 모두 〈연간 시선집〉에 글을 싣는 작가들이었다.

라고 느끼지 않고, 시대를 따르는 것이 수치스런 일도 아니다. 적에게, 친구에게서 고통당하는 것이 습관이 되어서 원하는 것은 있을지 몰라도 생각은 없다. 그와는 반대로 평화시에는 인간에게 있어서 자유정신은 점점 더 고양된다. 자유로울수록 사람은 더욱더 자유를 원하고, 자신을 억누르는 것을 참을 수 없다. 우리는 압박당하는 것을 원치 않으며 누구도 압박을 당해서는 안 된다. 거의 병적이라고 할 수 있는 이 아름다운 감정은 아름다운 정신 속에서 정의감이라는 형태로 모습을 드러낸다. 이러한 정신과 마음은 그 당시 곳곳에서 나타났는데, 사람들은 극히 소수의 사람이 압박을 당하는 경우에도 그들을 그런 우발적인 압박으로부터 해방하려고 했다. 그리하여 일종의 윤리적 투쟁이 일어났는데 그것은 주권에 대한 개인의 간섭이었으며, 처음에는 훌륭한 것이었지만 결국 많은 불행한 결과를 초래하게 되었다.

볼테르는 칼라스 일가[105]를 보호함으로써 시선을 끌고 명성을 얻었다. 독일에서는 태수에게 저항한 라바터의 사건이 더욱 중요하고 시선을 끄는 사건이었다.[106] 미적 감각은 청년의 혈기와 합쳐서 더욱 고무되었다. 얼마 전까지도 사람들은 관직에 취직하기 위해서 대학을 다녔지만, 이제는 관리의 감독자가 되려고 나섰다. 그리고 극작가나 소설가는 작품 속의 악한을 대신이나 관리 속에서 찾아내기를

---

105 개신교도인 툴루즈의 상인 칼라스의 아들이 자살했는데, 아들이 가톨릭으로 개종하려 하자 아버지가 살해한 것이라는 누명으로 교수형에 처했다. 부인은 스위스로 도피하여 볼테르에게 억울함을 호소하였고, 볼테르는 1763년 《관용에 관하여》라는 글을 발표, 그 결과 칼라스의 무죄가 입증되었다.

106 라바터는 퓌슬리와 함께 태수 펠릭스 그레벨의 부정을 탄핵하다가 자리에서 물러나게 되었다.

좋아하는 시대가 나타났다. 여기에서 반은 공상적이며 반은 실제적인, 운동과 반동의 세계가 생겨났으며, 그 후 우리는 이 운동과 반동의 세계 속에서 신문이나 잡지의 집필자들이 정의의 깃발 아래 일종의 격분에 휘말려서 일으킨 격렬한 고발 및 선동을 경험하게 되었다. 그들은 대중을 설득하여 진정한 법정은 대중에게 있다고 믿게 한 다음에 더욱더 대담하게 일을 진행했다. 그것은 어리석은 짓이었다. 왜냐하면, 대중이란 집행권이 없고, 분열된 독일에서 여론은 아무에게 이익도 해도 되지 않는 까닭이었다.

이러한 부당한 경향은 우리 젊은이들 사이에서는 아직 나타나지 않았지만, 그와 상당히 비슷한 생각이 우리를 압도하고 있었다. 그것은 시와 도덕과 선의(善意)가 융합된 것으로, 해가 되는 것은 아니지만 그렇다고 쓸모가 있는 것도 아니었다.

클롭슈톡은 《헤르만의 전투》[107]를 통해서, 그리고 이 작품을 요젭 2세에게 바침으로써 굉장한 자극을 주었다. 이 작품에는 로마인들의 압박을 물리친 독일인들이 매우 훌륭하고 힘차게 묘사되어, 그 모습이 민족의 자존심을 각성시키는 데 적합했다. 그러나 애국심이란 평화시에는 각자 자신의 자리로 돌아가 직책을 다하며 일과를 충실히 하여 가정을 행복하게 하는 것으로, 클롭슈톡이 말하는 애국심은 그것을 발휘할 대상이 없었다. 프리드리히는 연맹국에 맞선 독일인들의 명예심을 어느 정도 구해 냈고, 국민들 각자는 이 위대한 군주에게 박수와 갈채, 경의를 보냄으로써 승리의 기쁨을 함께 나누어 가졌다. 그런데 그 격양된 승리의 감정을 어떻게 처리한단 말인가?

---

107 클롭슈톡의 《헤르만의 전투 Hermannsschlacht》는 1769년에 출간되었다.

그것을 어떤 방향으로 이끌고 가며, 어떤 일을 하도록 유도해야 한단 말인가? 처음에는 단지 시적 형태로만 그 모습이 나타났지만, 그 후 이러한 충동과 자극으로 수많은 음유시가 나타났는데[108] 그런 것들은 나중에는 비난과 조소의 대상이 되었을 뿐이다. 투쟁할 만한 외부의 적이 없자 사람들은 폭군을 만들어 냈다. 그렇게 되다 보니까 군주나 신하들의 모습은 처음에는 일반적이었던 것이 날이 갈수록 특수한 모습으로 바뀌게 되었다. 그리하여 문학이 내가 앞서 비판했던 사법권에 많은 간섭을 하게 되었다. 당시의 시들이 하나도 빼놓지 않고 군주이건 귀족이건 간에 모두가 상위층을 배격하는 정신으로 쓰인 것은 주목할 만한 일이다.

나는 여전히 창작을 감정이나 기분의 표현으로 이용하고 있었다. 〈방랑자 Der Wanderer〉 같은 짤막한 시가 이 시대에 쓰여서 《괴팅엔 연간 시 선집》에 수록되었다. 시대의 질병이 나에게도 전염되었는지 모르지만 나는 얼마 뒤 《괴츠 폰 베르리힝엔》을 통해서 그런 경향에서 벗어나려고 했다. 이 작품에서 나는 어려운 시기에 법과 행정권을 맡게 된 건실하고 정직한 남자가 신망 높은 원수(元首)에게 두 개의 마음으로 반역음모를 꾸몄다는 혐의를 받아 절망에 빠지는 과정을 보여주었다.

클롭슈톡의 송가를 통해서 독일 문학에 들어온 것은 북구의 신화보다는 이들 신의 명칭이었다.[109] 나는 나에게 주어지는 것은 언제나 잘 이용했지만, 이 명칭들만은 이용할 생각이 나지 않았다. 그리

---

108 오시안에서 영향을 받은 애국시들을 일컫는다.
109 1767년부터 클롭슈톡은 〈내 친구들에게 An meine Freunde〉 같은 송가에 북구의 신을 등장시켰다.

고 다음과 같은 이유도 또 있었다. 나는《에다》[110]의 이야기를 오래전에 말레[111]의《덴마크 역사》서문에서 알게 된 후 그것에 관해 많은 것을 알게 되었고, 그 이야기들은 내가 모임에서 남들에게 들려주던 이야기 중에서도 가장 좋아하는 메르헨[112]이었다. 헤르더는 나에게 레제니우스[113]의 저서를 주어 나로 하여금 영웅전설에 관한 지식을 풍부하게 만들어 주었다. 그러나 이런 것들은 내가 그 가치를 존중하기는 했지만, 나의 창작능력 안으로 받아들일 수가 없었다. 그것들은 매우 훌륭하게 상상력을 자극하기는 했지만, 감각적인 직관과는 거리가 먼 까닭이었다. 반면 그리스 신화는 세계의 위대한 예술가들에 의해서 눈으로 볼 수 있고 쉽게 상상할 수 있는 형태로 변형되어 우리 눈앞에 남아 있었다. 나는 일반적으로 작품 속에다 신들을 등장시키지 않았는데, 그들이 사는 곳은 내가 묘사할 수 있는 자연계의 밖인 까닭이었다. 내 문학 속에 어떻게 주피터 대신 보탄[114]으로, 마르스 대신에 토르[115]로 대치하고, 명확한 남국의 형상 대신 몽롱한 형상을, 그저 음향만을 끌어올 수 있단 말인가? 북구의 신들은 오시안에서 볼 수 있는 형체 없는 영웅들과 일맥상통하는데, 그들보다 더

---

110 Edda: 고대 아이슬란드 전설집.

111 Paul-Heinri Mallet(1730-1807): 코펜하겐대학 교수로 덴마크 역사서를 쓰면서 에다를 소개했다.

112 메르헨(Märchen)은 동화로, 혹은 민담으로 번역되고 있다. 있을 수 없는 이야기, 전해오는 옛이야기의 의미로 앞서 제2장에서는 어린이용의 꾸며낸 이야기이기 때문에 역자 역시 〈동화〉로 번역했지만, 여기서는 오히려 전설의 의미가 강하다.

113 Johannes Petrus Resenius(1625-1688): 덴마크의 학자로 고대 북구어를 라틴어로 옮겼다.

114 북유럽 신화에서 제우스에 해당하는 주신(主神).

115 북유럽 신화에서 천둥의 신.

거칠고 영웅적이었다. 거기에서 나는 차라리 유쾌한 메르헨 쪽으로 마음이 끌렸다. 모든 북구의 신화를 관통하고 있는 유머러스한 특징이 마음에 들었던 까닭이었다. 북구의 신화는 자신을 희롱하는 유일한 신화처럼 생각되었는데 여기에는 훌륭한 신들의 왕가(王家)에 모험을 좋아하는 거인, 마술사, 괴물들을 대적시키고 있는 까닭이었다. 이들은 통치하고 있는 최고의 인물들을 현혹하고 농락하다가 결국에는 수치스럽고 불가피한 몰락을 당하게 된다.

인도의 우화에 대해서는 나는 똑같지는 않지만 비슷한 흥미를 느끼고 있었다. 나는 인도의 우화를 다퍼의 여행기[116]를 통해서 알게 되었는데 즐거운 마음으로 그것을 나의 메르헨의 세계 속으로 끌어들였다. 특히 람의 제단[117]은 내가 사람들에게 그 얘기를 들려줄 때마다 좋아했다. 메르헨의 등장인물들은 다양했지만, 그중에서도 원숭이 하누만[118]은 언제나 청중들의 사랑을 받았다. 하지만 이렇게 기형적이고 초대형의 괴물들을 나를 문학적으로 만족하게 하지는 못했다. 이들은 내가 항상 마음속으로 추구하고 있는 리얼한 것과 너무 거리가 멀었다.

그러나 가장 훌륭한 힘으로 나의 미적 감각은 모든 이러한 비예술적인 괴물로부터 보호받았다. 과거의 위대한 작품들이 재발견되어 일반에게 보급되는 것은 다행스러운 일로, 그런 작품들은 우리에게 완전히 새로운 영향을 끼치는 까닭이다. 호메로스의 빛이 우리를

---

116 Oliver Dapper: 몽골과 인도를 여행하고 여행기를 썼는데(1672) 독일어로 1681년에 번역되었다.

117 '람의 제단'은 다퍼가 자주 사용하는 용어로 신의 현현 또는 강신을 뜻한다. 비슈누 신은 라마의 형상으로 지상에 내려오는 것으로 되어 있다.

118 바람의 신의 아들인 하누만은 라마를 돕는 역을 한다.

향해 다시 떠올라 왔다. 그것은 이 같은 출현을 극히 필요로 하던 시대의 정신과 부합되었다. 당시의 사람들에게는 계속 자연의 가르침이 큰 영향을 끼쳤기 때문에 고대의 작품까지도 그런 면에서 해석할 줄 알게 된 까닭이었다. 성서를 해명하기 위해서 많은 여행자가 했던 작업을 이제 사람들은 호메로스에 관해서 했다. 이 일은 기스[119]에 의해 시작되어 우드[120]에 의해 비약적으로 발전되기 시작했다. 당시로써는 매우 귀한 원본에 대한 괴팅엔에서 나온 서평을 보고 우리는 그런 일들이 진행되고 있는 것을 알게 되었고, 그런 시에서 무시무시하고 거만한 영웅이 아니라 고대의 현실이 반영된 진실을 보았다. 우리는 이 진실을 우리에게 수용하려고 했다. 그러나 우리는 호메로스가 말하고 있는 자연을 제대로 알기 위해서는 미개인들과 그들의 풍속을 알아야 한다는 당대 여행가들의 주장을 완전히 받아들일 수가 없었다. 왜냐하면, 호메로스의 시에서 보면 유럽인이든지 아시아인이든지 이미 높은 문화수준에 도달해 있었으며, 트로이 전쟁 때의 문화보다도 훨씬 높은 문화수준에 있던 것을 부인할 수 없었기 때문이다. 그러나 앞서 주장들은 당시의 지배적인 자연존중 사상과 일치하는 것이었고, 그런 뜻에서 우리는 그것을 인정하려 했다.

내가 고차적인 의미에서 인류학, 그리고 가장 밀접하고 애호하는 그리스 문학에 열중하고 있을 때에 나는 매일 내가 베츨라에 체류하고 있다는 사실을 실감하지 않으면 안 되었다. 감사대상의 상황에 관한 토의, 점점 늘어만 가는 장애물, 계속 눈에 띄기 시작하는 결함에

---

119 Pierre Augustin Guys(1720~1799): 그리스 여행기를 썼다.

120 Robert Wood (1717~1771): 《독창적 천재성과 호머의 저술에 관한 에세이 Essay on the Original Genius and Writings of Homer》를 썼다.

관한 소리가 계속 귀에 들려왔다. 번드레한 오락을 위해서가 아니라 심각한 사무 처리를 위해서 신성로마제국을 다시 집합했다. 그러나 나는 그 자리에 초대를 받고도 자신의 신분이 너무나 높아 거기에 임석하지 않았던 과거 대관식 날의 반쯤 공석이던 식탁풍경을 떠올리지 않을 수 없었다. 사람들은 이번에 참석했지만, 전보다도 더 좋지 못한 징조가 나타났다. 전체적인 불화와 각자의 반목이 계속 드러났고, 영주들이 이 기회에 군주에게서 무엇인가를 탈취하고자 하는 의도를 드러내 놓는 것이 이제는 비밀도 아니었다.

직무의 소홀과 태만, 부정, 수뇌에 대한 세세한 이야기가 선(善)을 원하며 그것으로 자신의 마음을 수양하려고 하는 젊은이에게 얼마나 불쾌한 인상을 주었을지는 성실한 사람이면 누구나 느낄 수 있을 것이다. 이런 사정인데 어떻게 법률이나 판사에게 존경심이 일어난단 말인가! 감사제도의 효과에 절대적인 신뢰를 한다고 해도, 감사제도가 고도의 사명을 완수할 것이라고 믿는다고 해도 쾌활하고 진취적인 청년에게 이곳은 전혀 바람직한 곳이 될 수 없었다. 소송의 형식에만 집착하는 것이야말로 모든 일을 지연시키는 원인이었다. 다소라도 영향력이 있는 중요한 인물이 되기 위해서는 부정한 자, 즉 피고의 편이 되어 몸을 돌리면서 칼날을 살짝 피하는 검술의 재주를 가진 자가 되어야만 했다.

이처럼 산만한 상태에서는 예술의 창작이 가능할 것 같지 않아 나는 예술론으로 기울어졌다. 사실 이론이라는 것은 창작력이 부족하거나 막히는 것에 불과하다. 처음에는 메르크와, 나중에는 고터와 더불어 창작에서 원리를 찾아내 보려고 했다. 그러나 이 일은 나도 그들도 성공하지 못했다. 메르크는 호의적이며 절충적인 인물이었지만, 고터는 자기 마음에 드는 예만 주장하려고 했다. 줄처[121]의 이론이 나왔지만, 그것은 예술가보다는 예술애호가들에게 맞는 것이었다. 그의 견해에 의하면 도덕적인 효과가 무엇보다도 중요한 것이라는 의견이었지만 그런 경우에는 창작하는 계층과 그것을 받아들이는 계층 사이에 분열이 생기게 된다. 왜냐하면, 위대한 예술작품은 도덕적이며 도덕적인 효과가 있지만, 예술가에게 도덕적인 목표를 요구하는 것은 작품을 망치게 하는 까닭인 때문이다.

이러한 중요한 문제에 관하여 옛날 사람들이 말한 것을 나는 몇 년 전부터 열심히 읽고 있었다. 연대적으로 읽은 것은 아니지만 그래도 이것저것을 읽었는데 아리스토텔레스, 키케로, 퀸틸리아누스, 롱기노스 등을 한 사람도 소홀히 하지 않았다. 그러나 아무 도움도 되지 않았다. 왜냐하면, 이들이 전제로 하는 체험이 나에게는 낯선 까닭이었다. 이들은 문학의 무한히 풍부한 세계로 나를 인도하고 뛰어난 시인과 웅변가들의 업적을 우리에게 보여 주었다. 그러나 그들은 대개가 이름만 남아 있을 뿐이었으며, 여기서 나는 어떤 대상에 관해 고찰하기 전에 그 대상을 충분히 경험해 봐야 한다는 것, 우리가 자신의 능력이나 남의 능력을 알기 위해서는 스스로 시도해 보고 실패까지도 해 봐야 한다는 것을 확신하게 되었다. 내가 과거 시대의 훌륭한 작품에 관해서 아무리 안다고 해도 그것은 학교에서 글로 배워 아는 것으로, 전혀 살아있는 지식이라고는 할 수 없었다. 이유는 유명한 웅변가들의 경우에도 그들 예술의 특성을 얘기하기 위해서는 개인적인 특성부터 얘기하지 않고는 안 되는 까닭이다. 시인

---

121 Johann Georg Sulzer (1720-1779): 《순수 예술의 일반론 Allgemeine Theorie der schönen Künste》이라는 안내서를 펴냈다.

의 경우에는 이런 경향이 좀 덜 하지만, 일반적으로 자연과 예술은 인생을 통해서만 접촉할 수 있다. 그러므로 나의 모든 사색과 통찰 역시 내면 및 외부의 자연을 연구하고 그것을 훌륭하게 모방하여 그에 따르고자 하는, 이미 과거부터 갖고 있던 생각을 확인하는 것 이상은 되지 못했다.

이러한 것들이 별로 영향력을 끼치지 못했던 반면에 두 가지 커다란, 거창하다 할 수 있는 소재가 내 앞에 놓여 있었다. 내가 이 풍성한 소재를 제대로 다루기만 한다면 꽤 의미 있는 작품이 나올 것처럼 보였다. 그 하나는 괴츠 폰 베르리힝엔이 살았던 과거의 시대였고, 다른 하나는 최근의 시대로 그 불행한 열매가《베르터》에 묘사되어 있다.

첫 번째 작품에 대한 역사적인 준비에 관해서는 이미 언급했다. 두 번째 작품의 윤리적인 동기에 관해서 지금 이야기하려고 한다.

나의 내적 자연을 특성에 따라 움직이게 하고 외적 자연으로 하여금 특성에 따라 나에게 영향을 끼치도록 하려는 내 생각은 나를 신비스런 상태로 몰고 갔다. 이런 상태에서《베르터》가 구상되고 창작되었다. 나는 내적으로는 모든 낯선 것으로부터 나를 해방한 채 외부세계에 대해서는 애정을 가지고 관찰하고 있었다. 그리하여 인간을 위시한 모든 사소한 존재에 이르기까지 적어도 파악할 수 있는 모든 존재가 나름대로 나에게 영향을 끼치도록 만들었다. 그러자 자연계의 각각의 대상과 신기한 친화관계가 성립되고, 전체에 대한 공명, 또는 공감이 형성되었으며 그 결과 주거지나 지역의 변화, 밤과 낮 및 계절의 변화를 위시한 모든 변화가 나의 심금을 울리게 되었다. 화가의 눈이 시인의 눈과 결합하였다. 정다운 강이 있어 더욱 생생하게 살아 있는 풍경은 고독에 대한 나의 애착을 더욱더 강하게 만들어 주었고, 모든 방향을 향한 나의 조용한 눈길을 축복해 주었다.

제젠하임의 가족모임과 그 후 프랑크푸르트와 다름슈타트의 친구들과 헤어진 후 내 가슴속에는 메울 수 없는 공허가 남아 있었다. 애정이 조금이라도 그 모습을 가리고 나타난다면 나는 나도 모르는 사이에 다가가 모든 선량한 결심을 무너뜨릴 처지였다.

이제 글쓰기 작업이 이 단계까지 진행되어 오니 처음으로 마음이 가벼워지는 것을 느낀다. 왜냐하면, 이제부터가 이번 장(章)의 본래 내용인 까닭이다. 이 장은 독립된 것이 아니라 한 작가의 생애에서 틈새를 메우고, 끊어진 것을 다시 잇고, 잃어버리고 사라진 모험의 추억을 보존하는 것이다. 그러나 과거를 다시 반복할 수는 없는 법이다. 작가가 우둔해진 기억력을 아무리 가다듬어 보려 해도 소용이 없고, 라인 계곡의 추억을 그다지 아름답게 장식해 주었던 정다웠던 친교를 다시 눈앞에 떠올리려고 해도 소용이 없다. 다행히도 수호신이 일찍이 이 일을 염려해서 시인으로 하여금 아직도 그럴 능력이 있는 청년 시대에, 지나간 추억을 되돌리고 좋은 기회에 대담하게 발표하도록 만들어 주었다. 여기서 《베르터》를 말하고 있는 것은 거듭 얘기할 필요도 없다. 이 작품 속에 묘사된 인물과 거기에 서술된 사상에 관해서 천천히 이야기를 시작하고자 한다.

공사관에 파견되어 장래의 경력을 위해서 수습 중인 젊은이 가운데 우리가 간단히 신랑[122]이라고 부르는 사람이 있었다. 조용하고

---

122 Johann Georg Christian Kestner(1741-1800)로 여기서는 의도적으로 이름을 언급하지 않고 있다. 서간 소설 《베르터》에 로테로 등장하는 Charlotte Buff (1753-1828)의 약혼자이다.

변함없는 태도, 명확한 의견 표명, 말이나 행동이 정확한 사람이었다. 그는 쾌활한 행동과 근면함으로 윗사람들의 촉망을 받고 있었으며 곧 마땅한 자리에 임명될 것으로 기대되고 있었다. 자격이 충분히 갖추어진 그는 성격이나 희망에 어울리는 어느 여성과 약혼할 결심을 했다. 그녀는 어머니가 세상을 떠난 뒤 많은 동생을 돌보면서 주부의 역할을 맡아 부지런하게 일을 하면서 혼자가 된 아버지를 돌보고 있었다. 장래의 신랑 역시도 자기 자신과 자식들에게 바로 그런 것을 원하고 있었기 때문에 미래 가정의 행복을 확신할 수가 있었다. 그러나 이러한 생활의 목적을 도외시하더라도 그녀가 매우 훌륭한 여성이라는 것은 누구나 인정하고 있었다. 격렬한 열정을 일으키게 하는 타입은 아니지만, 그녀는 누구나 호감을 느끼게 하는 여성이었다. 날씬하고 귀여운 몸매, 순수하고도 건강한 성품, 거기에서 나오는 명랑한 일상의 생기, 매일의 용무를 거침없이 처리할 줄 아는 능력 등을 그녀는 가지고 있었다. 이러한 성품을 가진 사람을 바라보는 것은 나에게 즐거움이었으며 나는 그런 성격을 가진 사람과 교제하기를 좋아했다. 그런 사람들에게 실제로 도움을 줄 기회가 많지는 않았지만 나는 젊은이들 주변에 넘쳐나는, 별로 힘들이지 않고도 얻을 수 있는 소박한 기쁨을 누구보다도 이런 사람들하고 나누기를 좋아했다. 여성이란 서로 보이기 위해서 치장을 하고, 서로 경쟁하면서 아무리 치장을 해도 지칠 줄을 모르는 법이지만 나는 소박하고 깨끗한 차림으로 애인이나 신랑이 될 사람에게 자신이 몸치장하는 것이 오로지 당신만을 위해서이며 일생 그렇게 해 나갈 것이라는 무언의 보증을 해 주는 여성을 정말로 아름다운 여성이라고 생각한다.

이런 여성들은 자기 일에만 그렇게 열심인 것이 아니다. 그들은 외부세계를 관찰할 시간도, 그 세계를 따라가면서 뒤지지 않을 여유도 가지고 있다. 이들은 노력하지 않아도 현명하고 분별 있는 사람이 되며 그들은 학식을 위해서 책이 별로 필요 없다. 약혼녀는 그런 사람이었다. 신랑은 정직하고 솔직한 성품이어서 존경하는 사람은 누구나 약혼자에게 소개했고 자신은 낮 대부분을 열심히 직무에 종사했기 때문에 약혼녀가 집안일을 마치고 사람들과 이야기를 나누거나 남녀 친구들과 소풍이나 야외로 나가 즐겁게 노는 것을 보고 기쁘게 생각했다. 그녀의 이름은 로테였다. 로테는 이중의 의미에서 편안한 대상이었다. 첫째로 천성적으로 그녀는 특수한 애정보다는 일반적인 호의의 대상이었으며, 둘째로는 그녀에게는 이미 약혼자가 있고, 잘 어울리는 약혼자가 일생을 함께하겠다고 공표까지 해 놓고 있는 까닭이었다. 그녀의 주위에는 명랑한 바람이 불고 있었다. 부모가 어린아이들에게 끊임없이 주의를 기울이고 있는 것을 바라보는 것은 즐거운 일이지만 형제자매 사이에서 똑같은 광경을 보는 것은 더 즐거운 일이었다. 전자의 경우에는 본능과 시민적 관습을 보는 것 같지만, 후자에 있어서는 더욱더 선택과 자유의지가 눈에 띄는 까닭이다.

모든 속박에서 완전히 해방되어 이곳에 온 지 얼마 안 되는 나는 이미 약혼을 했기 때문에 아무리 친절하게 해도 구애라고 생각하지 않고 그것을 기쁘게 받아들일 그녀 곁을 조용히 지나치려고 했다. 그러나 나는 곧 그녀에게 사로잡힌 몸이 되고 말았다. 더구나 두 사람에게서 신뢰를 받고 친절한 대접을 받았기 때문에 더욱더 어찌할 바를 몰랐다. 현실에서 조금도 만족을 느끼지 못하고 있었기 때문에 우울하고 몽상적이던 나는 나에게서 결핍된 것을 어느 여성에게서 발견했다. 그녀는 내내 살고 있으면서도 마치 한순간만을 사는 사람처럼 보였다. 로테는 즐겨 나의 동반자가 되었으며 나는 그녀의 곁을 떠날 수가 없게 되었다. 왜냐하면, 그녀는 일상생활에 있어 중개역할을 하는 까닭이었다. 그리하여 우리는 야외에서 일하면서 밭이나 초원에서, 채소밭이든 정원에서든 서로 떨어질 수 없는 동료가 되었다. 업무가 허용하는 한 약혼자도 함께 참여했다. 그래서 우리 세 사람은 결국 어느 틈엔가 서로 붙어 다니게 되었는데, 어떻게 해서 그렇게 되었는지는 우리 자신도 이해가 안 될 정도였다. 이렇게 우리는 아름다운 여름철을 보냈다. 그것이야말로 완전한 독일식의 목가(牧歌)였다. 풍요한 토지가 이 목가에 산문을 주었고, 순결한 사랑이 시를 제공했다. 우리는 무르익은 밭 사이를 걸으면서 이슬에 젖은 아침 공기에 상쾌함을 느꼈다. 종달새의 노랫소리, 산새의 우짖는 노래는 마음을 즐겁게 하는 음악이었다. 더운 날씨가 이어지고 무서운 폭풍우가 닥쳐와도 서로의 마음은 가까워지기만 했다. 가정의 사소한 불쾌한 일들도 계속된 애정으로 가볍게 사라지고 말았다. 이렇게 함께 보내는 나날이 지나갔다. 그날그날이 매일 축제일 같았다. 달력 전체가 빨갛게 인쇄된 것 같았다. 《신 엘로이즈》[123] 속의 행복하고도 불행했던 친구에 관한 예언, 즉 "연인의 발밑에 앉아 그는 행복한 세월을 보낼 것이다. 오늘도, 내일도, 모레, 아니 일생 내내 그는 행복할 것이다."를 기억하는 사람은 내 말의 뜻을 이해할 것이다.

나는 이제 그 이름이 자주 입에 오르내리게 된 한 청년에 관해서

---

123 루소의 소설 《La Nouvelle Héloise》: 1761년에 출간되어 큰 반향을 일으키고 있었다.

필요한 만큼은 설명해야 할 것 같다. 이름은 예루살렘[124]인데 그는 자유롭고, 사색적인 어느 신학자의 아들이었다. 그 역시 어느 공사 밑에서 일을 하고 있었는데 용모가 호감을 주는, 중키에 체격이 좋은 젊은이였다. 얼굴은 갸름하기보다는 둥근 편이었고 부드럽고 조용한 용모였는데 아름다운 금발이 잘 어울리는 청년이었다. 그의 푸른 눈은 말을 한다기보다는 사람을 매혹하는 눈이었다. 복장은 북독일식으로, 영국식을 따르고 있었는데 푸른 연미복에 갈색 조끼와 바지를 입고 거기에 갈색으로 장식 테를 두른 장화를 신고 있었다. 나는 그를 방문한 적이 없으며 내 집에서 그를 만난 적도 없다. 가끔 친구들 집에서 그를 만났을 뿐이다. 이 청년은 말이 적은 편이지만 호감을 주는 형이었다. 그는 여러 가지 창작에 관심이 많았는데 특히 쓸쓸한 풍경을 적막한 분위기와 함께 보여주는 그림이나 스케치를 좋아했다. 그런 그림 이야기가 나오면 그는 게스너의 동판화를 얘기하면서 그것을 모범삼아 배우도록 애호가들을 독려했다. 그는 기사단이라든가 가면 놀이 같은 것에는 거의, 아니 전혀 관심이 없었고 홀로 자기 생각 속에 파묻혀 살고 있었다. 사람들은 그가 친구의 부인에게 열렬한 열정을 품고 있다고 말했다. 그러나 두 사람이 공개적으로 함께인 것을 본 사람은 아무도 없었다. 그에 관해서는 영국 문학에 몰두해 있다는 것 이외에는 사람들이 별로 아는 사실이 없었다. 넉넉한 집안의 자손이었기 때문에 구구하게 일에 구애될 필요도 없었고, 서둘러 취직하려고 애쓸 필요도 없었다.

　　게스너의 동판화는 시골 생활에 대한 흥미와 관심을 일으키게

---

124 Karl Wilhelm Jerusalem (1747-1772): 브라운슈바이크 공사의 비서로 1772년 자살했다.

했다. 그리고 가까운 친구들 사이에서 열광적으로 환영을 받았던 짤막한 한 편의 시 역시 그때부터 우리로 하여금 다른 것에 대해서는 더는 관심도 두지 않게 만들었다. 골드스미스[125]의 〈황폐한 마을〉은 우리와 같은 지식인들이나 우리와 같은 사고방식을 가진 사람들에게는 누구나 마음에 드는 것이었다. 거기에는 우리 청년들이 눈으로 보고자 하는 것, 사랑하고 존중하며 열심히 참여하기 위해 현재 열렬히 찾고 있는 것, 이런 모든 것이 생생하고 힘차게 묘사된 것이 아니라 이제는 지나간, 사라진 것으로 묘사되어 있었다. 시골의 축제일, 성당의 축성일, 장날, 보리수 밑에 모인 동네 어른들, 젊은이들의 춤이 시작되면 점잖은 사람들까지 거기에 참여한다. 이러한 오락을 성실한 시골 목사가 적당하게 조절한다. 그는 지나친 일이나 싸움, 불화를 일으킬 만한 일을 조정하고 진압시킨다. 이 시에서 우리는 정직한 웨이크필드를 낯익은 친구들 사이에서 찾아낼 수 있었지만, 그는 현실의 모습이 아니라 비가(悲歌)의 시인이 애조를 띤 목소리로 불러낸 환상의 모습이었다. 순박한 과거를 우아한 애수로 표현하려는 생각부터가 멋있는 것이었다. 그리고 이러한 생각을 이 영국작가는 매우 훌륭하게 실현하고 있었다. 나는 좋아하는 이 시에 대한 열광을 고터와 나누었다. 그래서 둘이서 이 시의 번역을 시도했는데 그가 나보다 더 나았다. 나는 원작의 미묘한 의미를 너무 조심스럽게 독일어로 살리려고 했기 때문에 개개의 부분은 괜찮았지만, 전체적으로는 잘 어울리지 않았다.

　사람들이 흔히 말하듯이 그리움 속에 최대의 행복이 있고 참된

---

125 1770년에 나온 Oliver Goldsmith (1728~1774)의 〈황폐한 마을 The deserted
　　Village〉은 인기가 높았다.

그리움은 결코 도달할 수 없는 대상에 대한 그리움이라면, 우리는 잘못된 길을 간 이 청년을 가장 행복한 죽음을 맞이한 사람으로 생각할 수도 있을 것이다. 임자가 있는 여성에 대한 애정, 뛰어난 외국 문학을 국내의 문학에 도입하여 그것을 우리의 것으로 만들려는 노력, 자연의 대상을 언어로뿐 아니라 별다른 기교도 없이 오로지 연필과 붓으로 표현해 보고자 하는 시도, 이 모두가 마음 설레게 하고 가슴 조이게 하는 것들이었다. 그런데 행복한 고민 속의 이 청년을 이런 상태에서 낚아채 새로운 불안 속으로 몰아넣는 다음과 같은 일이 일어나게 되었다.

기센에 회프너[126]라는 법학 교수가 있었다. 그는 자기 분야에서 정통한 인물이었는데, 사색적이고 유능한 사람으로 슐로서와 메르크는 그를 인정하고 존경했다. 나는 전부터 그를 만나보고 싶었기 때문에 두 친구가 문학상의 문제를 논의하기 위하여 그를 방문할 계획을 세우자 그 기회에 기센으로 따라가 볼 생각이었다. 즐겁고 평온한 시절에는 기운이 넘쳐서 흔히 하는 일이지만, 우리는 일을 곧장 진행하지 않고 이 진지한 용건을 가지고도 어린애 같은 장난을 해볼 생각을 했다. 나는 낯선 사람으로, 전혀 모르는 사람으로 변장하여 등장하고자 하는 욕망을 여기서도 꺾지 않았다. 화창한 어느 날 아침에 해가 뜨기 전에 나는 베츨라를 떠나 란 강을 따라 아름다운 계곡을 향해 걷기 시작했다. 여행은 나를 매우 행복하게 해주었다. 이야기를 만들고 연결해 창작하면서 나는 조용히 혼자서 즐겁고 명랑한 기분이었다. 나는 영원한 모순의 이 세계가 서툴고 혼란스럽게

---

126 Ludwig Julius Friedrich Höpfner (1743-1797): 1771년부터 기센대학 법학 교수.

내게 떠맡긴 것을 정리할 수 있었다. 목적지에 도착하자 나는 회프너 교수의 집을 찾아 서재를 노크했다. 그가 "들어오십시오."라고 말하자 나는 공손한 모습으로, 공부를 끝마치고 고향으로 돌아가는 길에 유명 인사를 한번 만나보려는 대학생의 모습으로 그에게 나타났다. 나에 관해서 그가 자세한 것을 물었지만 나는 만반의 준비가 되어 있었다. 그럴듯하게 꾸며댔더니 그는 만족한 것처럼 보였다. 내가 법과대학 학생이라고 말했더니 그는 좋아했다. 나는 그가 법학에 큰 업적을 세웠으며, 특히 자연법에 관심이 있는 것을 알고 있었다. 대화는 여러 번 중단되었는데, 그는 방명록에 인사말을 쓰거나 내가 어서 하직 인사를 고하기를 고대하고 있는 것 같았다. 하지만 나는 계속 꾸물거렸다. 슐로서가 정확하다는 것을 아는 까닭이었다. 그가 나타나 친구인 회프너의 환영을 받았는데 나를 힐끗 쳐다보기만 하고 모르는 척했다. 회프너는 나를 그들의 대화 속으로 함께 끌어넣었는데 그는 정말 인정 있고 선량한 사람이었다. 나는 작별 인사를 하고 여관으로 달려가서 메르크와 몇 마디 말을 나누어 뒷일에 관해서 약속했다.

친구들은 회프너와 크리스티안 하인리히 슈미트[127]를 함께 식사에 초대할 계획이었다. 슈미트는 낮은 역할이기는 하지만 독일 문학에서 역할을 하는 사람이었다. 그날 계획의 목표는 슈미트였는데, 그가 범한 많은 잘못에 대해서 재미있는 방법으로 벌을 줄 생각이었다. 손님들이 식당에 모이자 나는 웨이터에게 나도 함께 저쪽 분들과 합석해도 되는지 물어봐 달라고 부탁했다. 엄숙한 표정이 잘 어울리는

---

127 Christian Heinrich Schmid (1746~1800): 기센대학 웅변학 교수.

슐로서는 자기들의 다정한 모임이 제삼자 때문에 방해받고 싶지는 않다고 하면서 거절했다. 그런데도 웨이터가 부탁하는데다가 회프너가 나를 방해가 되지 않을 사람이라고 보증하는 바람에 합석을 허락받았다. 식사가 시작된 처음에 나는 겸손하고 얌전한 사람처럼 굴었다. 슐로서와 메르크는 조금도 거리낌 없이 마치 낯선 사람이 없는 것처럼 여러 가지 문제에 관해서 공공연하게 떠들어 댔다. 문학계의 중요한 사건과 저명인사들이 화제가 되었다. 나는 다소 대담한 태도를 보이기 시작했다. 슐로서가 진지한 태도로, 메르크가 조소하는 듯한 태도로 나를 힐책했지만, 나는 조금도 구애받지 않고 공격의 화살을 슈미트에게 돌렸다. 내가 잘 알고 있는 그의 급소를 예리하고 정확하게 공격했다.

나는 식사용의 약한 포도주를 한 홉 정도로 조금만 절제하고 있었다. 그들은 고급 포도주를 주문하면서 나에게도 권했다. 여러 가지 시사 문제를 이야기한 후 화제는 일반적인 것으로 옮겨가서 작가가 있는 한 언제나 반복되는 질문, 즉 문학에 융성기와 쇠퇴기가 있는지 문학에도 진보와 후퇴가 있는가 하는 문제에 관해서 이야기를 나누게 되었다. 노인과 청년, 신진과 퇴역 사이에서는 특히 의견일치를 볼 수 없는 이 문제에 대해서 우리는 열심히 토론을 나누었지만, 거기에 관해 명확한 결론을 내릴 생각은 아무도 갖고 있지 않았다. 드디어 내 차례가 되자 나는 이렇게 말했다. "제 생각에는 문학에도 계절이 있어서 자연의 경우와 마찬가지로 서로 교체하고, 어떤 현상을 일으키게도 하며, 하나씩 반복되게 하는 것 같습니다. 그래서 나는 문학의 어떤 시대를 전체로 높이 평가하거나 비난하는 것은 마땅치 않다고 생각합니다. 특히 저는 시대가 만들어낸 어떤 재사가(才士家)

들을 높이 칭찬하고 반면에 다른 사람들을 비난하거나 경시하는 것은 좋게 생각하지 않습니다. 봄이 오면 나이팅게일의 목소리는 아름다워지는 것이며 뻐꾹새 역시 마찬가지입니다. 눈을 즐겁게 해주는 나비도, 우리를 짜증 나게 만드는 모기도 다 같이 태양열에 의해서 나타나는 것뿐입니다. 이 점에만 유의하면 똑같은 비난을 10년마다 새로 듣지 않아도 될 것입니다. 그리고 이것저것 불만의 뿌리를 조절시키려고 쓸데없는 노력을 하지 않게 될 것입니다." 사람들은 어디에서 그런 지혜와 관용을 갖게 되었는가 하고 경탄하면서 나를 쳐다보았다. 나는 아주 침착하게 이야기를 계속하면서 문학계의 현상과 자연계의 현상을 비교했다. 어떻게 해서 내가 연체동물까지 생각해내서 거기에서 온갖 기묘한 것까지 끌어내게 되었는지는 나도 알 수가 없다. 나는 얘기하기를 제대로 형체는 없지만 그런 것 역시 창조물이며 일종의 생명체이며, 그러나 뼈가 없으므로 어떻게 할 수가 없고, 따라서 그것은 살아있는 점액이라고밖에 할 수가 없지만, 바다는 그런 주민도 받아들여야 한다고 말했다. 내가 그런 지나친 비유를 한 것은 그 자리에 있던 슈미트나 그 비슷하게 아무런 개성도 없는 문학자들을 지적하기 위한 것이었지만, 너무 지나친 비유는 쓸모가 없다는 비난을 당했다. "그러면 지상으로 돌아가기로 합시다."라고 나는 말했다. "담장이 덩굴 얘기를 하기로 하죠. 연체동물이 뼈가 없듯이 이 식물은 그루터기가 없습니다. 그러나 어디나 기어 올라가 거기에 달라붙어 주인 노릇을 합니다. 이 덩굴은 못 쓰게 된 낡은 담에나 붙어 있어야 합니다. 새 건물에는 못 기어 올라가게 해야 합니다. 이 덩굴은 나무의 양분을 전부 다 흡수합니다. 그러나 가장 참을 수 없는 것은 말뚝에 기어 올라가서는 자기가 둘러싸고 있는 것이 살아있는 나무줄기라고 우기는 것입니다."

내 비유가 애매하고 맞지 않는 것이라고 비난을 하는데도 나는 모든 기생충 같은 인간들에게 더욱 공격을 퍼부었고 자연계에 관한 내 지식을 총동원해서 멋지게 공격했다. 마지막으로 나는 자주적인 사람들에게 만세를, 철면피한 사람들에 대해선 저주를 퍼부은 다음 식사가 끝난 뒤 회프너의 손을 잡고 힘차게 악수를 하면서 그를 이 세상에서 가장 멋진 사람이라고 부르고 마지막으로 그와 그 외의 친구들을 포옹했다. 정직한 새 친구는 꿈이라도 꾸고 있는 것 같았다. 그러자 슐로서와 메르크가 이 수수께끼를 풀었다. 비밀이 밝혀지자 이 장난에 모두 웃음을 터뜨렸고, 슈미트 자신도 여기에 호응했다. 슈미트의 실질적인 업적을 우리가 인정하고 그의 문학애호 정신을 인정했기 때문에 그도 분노를 가라앉혔다.

이러한 재치 있는 시작은 애초의 목표인 문학에 관한 논의를 한층 더 활기 있게 만들고 즐겁게 하기 위한 것이었다. 예술가이면서 문학가이고 사업가이기도 한 메르크는 사상이 온건하고 식견이 풍부하며 여러 부문에 지식이 넓은 슐로서로 하여금 그 해에 《프랑크푸르트 학술 소식지》[128]를 발간하도록 독려했다. 그들은 기센에서는 회프너와 다른 대학교수들, 다름슈타트에서는 훌륭한 교육자인 벵크 학장을 위시한 저명인사들과 가까운 사이였다. 이들은 각자 자기 분야에서 역사적, 이론적인 지식을 충분히 가지고 있었다. 그리고 시대정신이 이들을 하나의 정신에 따라 활동하게 하고 있었다. 이 신문의 초기 2년 동안 (그 이후 신문은 다른 사람의 손에 넘어갔다.)

---

128 Frankfurter Gelehrte Anzeigen: 메르크, 슐로서, 회프너, 괴테 등에 의해 1772년에서 1773년까지 발행되었다.

그 견해가 얼마나 폭넓었으며, 개관이 얼마나 순수했으며, 함께 일하던 사람들의 의지가 얼마나 성실했는지는 경탄할 만한 증거를 제시하고 있다. 인도적인 것, 세계 시민적인 것을 그들은 추구했으며 유능하고 명실공히 저명한 인물들은 온갖 간섭으로부터 보호를 받았다. 적으로부터도, 악습을 악용하여 교수들을 해치려는 학생들로부터도 그들은 보호받았다. 다른 잡지들, 예를 들어 베를린에서 나오는 《문고》라든가 《독일 소식통에 관한 비평》은 가장 흥미로운 것들이었다. 그 많은 전문분야에 대한 박식과 식견과 공정성은 참으로 경탄할 만한 것이었다.

나에 관해서 말하자면 그들은 내가 본격적인 비평가가 되기에는 모든 것이 부족하다고 보고 있었다. 나의 역사지식은 종합적인 것이 아니었으며 세계사나 학문 및 문학의 역사는 단지 일정한 시대가 내 관심을 끌었을 뿐이며, 대상 그 자체는 부분으로, 또는 덩어리로 흥미를 느끼고 있을 뿐이었다. 그러나 사물의 연관성을 모르고도 생생하게 파악하고 표현할 줄 아는 능력은 나로 하여금 어느 세기나, 학문의 어느 부문에서나 그 전후에 관한 아무 지식이 없어도 조금도 불편하지 않게 만들어 주었다. 또한, 이론적이고도 실제적인 나의 감각은 사물에 대해서 그것이 과거에 어떠했는가보다 현재 어떠해야 하는가에 관해서 설명을 더 잘할 수가 있었다. 물론 내 설명은 철학적인 연관은 없는 것으로 비약이 많은 것이긴 했다. 그러나 나는 쉽게 사물을 이해하는 능력과 타인의 의견도 내 생각과 정면으로 모순되지 않는 이상 호의로 수용할 줄 아는 힘이 있었다.

이 문학단체는 자주 편지 왕래가 있었고 서로 주소가 가까웠기 때문에 자주 개인적으로 이야기할 수 있어서 편했다. 책을 맨 처음

읽은 사람이 평을 썼는데, 대개는 거기에 보조인이 나타났다. 일을 주제로 토론하고 관련성을 찾아냈는데 최후로 결론이 나면 한 사람이 작성했다. 그 결과 우리의 평론은 활기 있고 건실했으며 완전하면서도 명쾌한 것이었다. 기록하는 일은 대개 내게 맡겨졌다. 내가 그들이 쓴 글에 풍자를 삽입하거나, 유독 자신 있고 관심 있는 문제에 관해 독자적인 견해를 피력하는 것을 그들은 허락해 주었다. 만일 이 신문의 2년 치가 가장 확실한 기록을 내게 전해주지 않았다면 그 시대의 참된 정신과 감각을 내가 묘사하거나 고찰하여 재현하려 애를 쓴다고 해도 헛수고에 불과할 것이다. 내가 쓴 것으로 볼 수 있는 글의 발췌는 유사한 다른 논문들과 함께 훗날 적당한 지면에 발표할 예정이다.

이렇게 지식과 견해와 소신을 열심히 교환하는 동안 나는 어느새 회프너와 매우 친근해졌으며 그를 좋아하게 되었다. 두 사람끼리만 있을 때면 우리는 나의 전공인 동시에 그의 전공에 관해 이야기를 나누었고, 많은 설명과 가르침도 받았다. 당시 나는 책이나 대화에서는 배울 수 있지만, 대학 강의에서는 배울 수 없는 것이 있는 것을 모르고 있었다. 책은 한곳에 오래 머무를 수도 있고 지나간 페이지를 돌이켜 볼 수도 있지만, 입으로 하는 강의나 교사는 그것을 허락하지 않는다. 때로는 강의 초에 어떤 생각에 사로잡혀 거기에 몰두하다가 그다음 강의 내용을 놓쳐 전혀 의미를 파악할 수 없는 적도 있었다. 법학 강의도 마찬가지였다. 그래서 나는 회프너와 이야기를 나누는 기회를 빈번히 가졌다. 그는 나의 의문이나 의혹에 관해 설명해 주기를 좋아했으며, 내 지식의 부족을 메어 주었다. 그래서 나는 기센의 그 사람 집에 체류하면서 베츨라에 있는 친한 사람들과도 너무 멀리 떨어지지 않은 곳에서 그의 가르침을 받고 싶은 생각을 하게 되었다. 나의 이러한 생각에 대해서 두 친구는 처음에는 눈에 띄지 않게, 나중에는 드러내놓고 반대를 했는데, 그것은 그들 자신도 그곳을 떠나려고 서두르고 있는데다가 나를 그 지방에서 끊어낼 생각을 하는 까닭이었다.

슐로서는 자기가 나의 누이동생과 처음에는 친구, 나중에는 더 가까운 관계가 되었으며 내 동생과 결혼하기 위해서 서둘러 직장을 찾고 있다고 고백했다. 이 고백은 나를 약간 당황하게 했다. 이런 일은 누이동생이 편지로 먼저 알렸어야 하는 까닭이었다. 그러나 우리는 흔히 우리가 가지고 있는 좋은 생각을, 그것이 손상될까 봐 그대로 지나쳐버리게 하는 법이다. 나는 내가 동생에 대해서 질투를 하는 것을 느꼈다. 이러한 질투의 감정은 내가 슈트라스부르크에서 돌아온 이후 우리들의 관계가 한층 더 친밀해졌기 때문에 더욱 숨길 수 없었다. 우리는 그동안 일어난 사소한 감정의 문제나 연애 및 기타 사건에 관해서 서로 소식을 알리면서 얼마나 많은 시간을 소비했는지 모른다. 그리고 상상의 세계에서 새로운 세계가 눈앞에 떠오르면 항상 동생도 그리로 인도해갔다. 또한, 나 자신의 창작이나 널리 보급된 세계문학을 하나씩 하나씩 동생에게 소개해 주었다. 나는 호메로스 중에서 동생이 우선 흥미를 느낄만한 부분을 즉석에서 번역해 주었다. 그리고 클락[129]의 번역본도 열심히 독일어로 읽어 주었다. 나의 낭송은 장단과 각운을 갖게 되고 형상을 생생히 그려내는 것이었기 때문에 배어법(配語法)이 바뀌는 데서 오는 온갖 장애를 극복할 수

---

129 Samuel Clarke (1675-1729): 호메로스의 작품을 라틴어로 번역했다.

있었다. 내가 열심히 낭송했기 때문에 동생도 감동해서 듣고 있었다. 우리는 이런 식으로 대부분 시간을 보냈다. 그 대신 동생의 친구들이 모일 때면 이구동성으로 늑대 펜리스[130]와 원숭이 하누만을 불러냈다. 그래서 나는 토르와 그의 신하들이 마술사인 거인에게 조롱당하는 이 유명한 이야기를 늘 반복해야만 했다. 이러한 시들은 나에게 매우 좋은 인상을 남겨 놓았기 때문에 지금도 내가 기억할 수 있는 가장 귀한 것에 속해 있다. 나는 누이동생을 다름슈타트의 친구들에게도 데리고 갔다. 나의 방랑이나 이별은 우리들의 사이를 더욱 긴밀하게 묶어 놓기만 했는데, 그것은 내가 겪은 모든 일을 동생에게 편지로 알리고 아무리 짧은 시도 그것이 감탄부에 지나지 않을 정도로 간단한 것이라도 동생에게 적어 보냈으며 내가 받은 모든 편지와 그것에 대한 회신도 동생에게 하나도 빼놓지 않고 보여준 까닭이었다. 그러나 이런 열렬한 감정은 내가 프랑크푸르트를 떠난 후에는 중단되었다. 그런 즐거움은 베츨라에 머무는 동안에 거의 없어지고 말았다. 아마도 로테에 대한 관심이 여동생에게 신경 쓰는 것을 방해했던 것 같다. 여동생은 아마도 고독을 느꼈던 것 같고, 아마도 자신이 소홀하게 취급당하고 있다고 생각했는지도 모른다. 그래서 더욱 쉽게 인품 있는 남자의 성실한 구애를 받아들였을 것이다. 그 남자는 엄숙하고 말이 적고 신뢰할 만한 소중한 인물로, 지금까지 아껴오던 온갖 애정을 동생에게 쏟았다. 물론 나도 거기에 따르지 않으면 안 되었고 친구에게 행복을 빌어주어야만 했다. 그러나 나는 만약에 오빠인 내가 집에 있었더라면 그 친구가 그렇게까지 일을 진행하지는 못했을

---

130 북구 신화에 나오는 이야기.

것이라고 속으로 자신 있게 말하지 않을 수 없었다.

친구이며 장차 매제가 될 그는 내가 집으로 돌아가기를 원하고 있었다. 그렇게 되면 내가 중개역할을 해서 그가 자유롭게 교제할 수 있게 될 까닭이었다. 이것이야말로 뜻하지 않게 사랑에 빠지게 된 그가 절실히 원하는 것이었다. 얼마 뒤 그곳을 떠나게 되자 그는 나도 곧 뒤를 따라가겠다는 약속을 하도록 만들었다.

나는 한가한 시간이 많은 메르크가 기센 체류를 연장하기를 바랐다. 그렇게 되면 나는 하루의 몇 시간을 회프너와 보낼 수 있고 그 동안 메르크는 《프랑크푸르트 학술 소식지》일을 할 수 있는 까닭이었다. 그러나 그를 움직이게 할 수가 없었다. 애정이 매제를 이 도시에서 쫓아낸 것처럼 이번에는 증오가 그를 대학에서 쫓아낸 것이었다. 사람이란 누구나 타고난 반감이 있는 것으로 어떤 사람은 고양이를 못 참는가 하면, 다른 사람들은 다른 이런저런 것이 마음에 반감을 일으킨다. 메르크는 당시 기센에서 매우 거칠게 행동하고 있던 대학생들과 불구대천의 원수지간이었다. 나는 그들하고 괜찮았다. 나는 그들을 사육제에서 가면을 쓴 등장인물로 이용할 정도였다. 그러나 메르크는 낮에는 그들을 바라보기만 해도, 밤에는 그들의 소란스런 소리만 들어도 기분이 불쾌해졌다. 그는 청춘 시절의 아름다운 시절을 프랑스령 스위스에서 지냈고 그 후에도 궁정 사람들이나 사교계의 사람들, 실업가, 또는 교양이 있는 문학가들과 유쾌한 교제를 해왔다. 그리고 문화에 많은 관심을 가진 무리도 그를 찾아왔다. 그는 이렇게 일생을 교양 있는 사람들 사이에서 보낸 사람이었다. 그러므로 그런 난폭한 행동이 그를 화나게 한 것도 이해는 된다. 그러나 학생들에 대한 그의 반감은 분별 있는 사람으로는 지나칠 정도였다. 그는 학생들의 이상한 외모나 행동을 기지를 부리면서 흉내 내서 나를 웃게 한 적이 많았다. 회프너의 초대나 내 설득도 아무런 소용이 없었다. 될 수 있는 대로 서둘러 나는 그와 더불어 베츨라를 향해 떠날 수밖에 없었다.

나는 메르크를 로테에게 소개해 줄 때까지 참을 수가 없었지만, 그가 그 모임에 나타난 것은 나에게는 별로 즐거운 일은 되지 못했다. 메피스토펠레스가 어디에 나타나건 별로 축복을 가져오지 못하는 것과 마찬가지로 그 역시 그 사랑스러운 사람에게 냉담한 태도를 보였다. 그것은 나를 동요시키진 않았지만 적어도 즐거운 일은 아니었다. 주변에 즐거움을 만들 뿐, 그 이상은 아무런 요구도 없는 날씬하고 아름다운 사람이 메르크에게는 별 매력이 없다는 것을 내가 기억하고 있었더라면 나는 이 일을 예견했을 것이다. 그는 로테의 친구 중에서 쥬노[131]처럼 기품 있는 여성을 택하고서 자신은 더는 친밀한 관계를 맺을 시간이 없지만 내가 그렇게 훌륭한 여성에게 관심을 가지지 않은 것을 비난했다. 그 여성은 아직 아무하고도 교제가 없는 자유로운 사람이라는 점을 들어 더욱더 나를 비난하는 것이었다. 그는 나더러 이해타산을 모르는 사람이라고 하면서, 이번 일로 말하자면 시간을 낭비하는 내 나름의 독특한 도락이라 보기에도 기분이 안 좋다고 말했다.

친구 역시 애인에게 매력을 느껴 탐을 내게 될지도 모르는 일이기 때문에 친구에게 애인의 장점을 알려주는 것은 위험스러운 일이될 수도 있다. 반면에 친구가 반대해서 우리를 혼란에 빠지게 만들

---

131 주피터의 아내.

수도 있으니까 그 반대의 위험성도 꽤 많다. 그러나 나는 사정이 달랐다. 그녀의 사랑스러운 모습은 쉽사리 지워질 수 없을 만큼 내 마음속에 자리 잡고 있는 까닭이었다. 하지만 친구가 거기에 나타나서 하는 충고는 나로 하여금 드디어 그곳을 떠날 결심을 하도록 만들었다. 그는 이번에 아내와 아들과 함께 라인 강 여행을 할 예정이라고 말하면서 라인 강 여행에 관해 여러 가지 재미있는 이야기를 들려주었다. 전에도 라인 강 여행에 관해서 이야기를 들은 적이 많았기 때문에 나는 이번에야말로 직접 구경해 보고 싶은 욕심이 생겼다. 그래서 그가 떠난 뒤에 나는 샤를로테와 이별을 했다. 프리데리케보다는 순수한 마음으로 작별했지만 그래도 괴롭지 않을 수 없었다. 이번의 관계도 습성과 호감 때문에 내 쪽에서 필요 이상으로 열정적이었다. 반면에 그녀와 그녀의 약혼자는 더는 아름답고 정다울 수 없을 정도로 쾌활하게 대해 주었다. 그리고 거기에서 얻게 되는 안정감은 나로 하여금 모든 위험을 잊어버리게 했다. 그러나 이 모험에 이제 종말이 다가오고 있는 것은 숨길 수 없는 사실이었다. 왜냐하면, 이 사랑스러운 아가씨의 결혼은 다가오고 있고 젊은이의 승진을 기다리고 있을 뿐이기 때문이었다. 인간이란 어느 정도 결단력이 있으면 어쩔 수 없는 일은 스스로 받아들이려고 하는 법이다. 그래서 나는 괴로운 일을 당하고 밀려나기 전에 자진해서 떠날 결심을 했다.

제13장

메르크와는 아름다운 계절에 코브렌츠의 라 로쉬 부인[132] 댁에서 만나기로 약속했다. 짐을 프랑크푸르트로 부치고, 가는 길에 필요한 물건들을 란 강을 내려가는 배편에 보낸 뒤 나는 경치가 굽이굽이 아름답고 변화가 다채로운 강줄기를 따라 걸었다. 마음은 자유로웠지만, 감정은 아직도 복잡했는데, 조용히 생기를 주는 자연 덕택에 나름 행복할 수 있었다. 그림 같은, 아니, 그림보다도 더 아름다운 경치를 알아볼 줄 아는 나의 눈은 원근(遠近)의 풍경과 관목이 우거진 바위, 햇살을 받고 있는 우듬지, 습한 계곡, 우뚝 솟은 성, 멀리서 유혹하는 푸른 산봉우리에 넋을 잃을 지경이었다.

나는 강기슭 우측을 걷고 있었다. 발밑에서 조금 떨어진 곳에선 강의 일부분만 우거진 버드나무에 가려 그늘진 채, 햇빛을 받으며 흐르고 있었다. 그러자 이러한 대상을 멋있게 묘사해 보고자 하는 옛날의 소원이 다시 마음속에 떠올랐다. 우연히 나는 왼손에 좋은 주머니칼을 갖고 있었는데, 그 순간에 마치 명령처럼 내 마음속에서 다음과 같은 소리가 들려왔다. 그 칼을 어서 강에 던져라. 수면에 떨어지는 칼을 볼 수 있으면 예술가로서의 소망이 이루어지는 것이고, 만

---

132 Sophie von La Roche (1731-1807): 빌란트와 약혼했다가 파혼, 1754년에 게오르크 폰 라 로쉬와 결혼했다. 그녀의 《슈테른하임 아가씨 이야기 Geschichte des Fräuleins von Sternheim》는 독일 최초의 여성소설이다.

일 물에 떨어지는 칼이 우거진 버드나무에 가려 보이지 않을 때는 희망도 노력도 버려야 한다. 이런 생각이 머릿속에 떠오르자마자 나는 그것을 실행했다. 그 칼은 여러 가지 장치가 달려서 쓸모는 있었지만 그런 것은 무시하고 나는 칼을 들고 있는 왼손을 치켜들어 강을 향해 힘껏 던졌다. 그러나 여기서도 고대(古代)의 많은 사람을 불행하게 만들었던 신탁의 허위 가득한 모호성을 경험하지 않으면 안 되었다. 강에 떨어지는 칼은 버드나무 가지에 가려 보이지는 않았지만, 칼이 떨어지며 반동으로 용솟음치는 샘물처럼 공중에 튀어 오르는 것을 두 눈으로 똑똑히 본 것이다. 이 일을 나는 별로 좋게 해석하지 않아, 그 결과 마음속에 의혹을 품어 연습을 중단하고 소홀히 하여, 그렇게 함으로써 신탁의 예언이 맞도록 만들었다. 적어도 나는 한동안 밖의 세상에 염증을 느껴 나의 상상력과 감정 속에 파묻힌 채 멋진 곳에 있는 성이나 바일부르크, 림부르크, 디츠, 나사우의 경치들을 무심히 지나쳤다. 대개는 혼자였고, 간혹 잠깐씩 다른 사람과 길동무가 되기도 했다.

　며칠 동안 이렇게 즐겁게 여행을 하고 나서 나는 엠스에 도착했다. 거기에서 몇 번 기분 좋게 온천을 하고 나서 거룻배를 타고 강을 내려갔다. 유서 깊은 라인 강이 눈앞에 전개되었다. 오버란슈타인의 아름다운 풍경이 나를 황홀하게 만들었다. 그러나 무엇보다도 훌륭하고 장엄하게 보인 것은 완전무결하게 구축되어 위풍당당하게 서 있는 에렌브라이트슈타인 성이었다. 그와 대조를 이루면서 강가에는 아름다운 촌락들이 있었는데 탈이라는 곳이었다. 여기에서 나는 추밀 고문관인 라 로쉬 씨 댁을 쉽게 찾을 수 있었다. 메르크가 미리 알렸기 때문에 가족들은 나에게 매우 친절했고, 곧 나를 가족의 한 사람으로 취급했다. 그 집안의 어머니[133]와는 문학적, 또는 감상의 경향에서 친밀해졌고 아버지와는 쾌활한 세계관에서, 딸들과는 내가 젊은이라는 점에서 친하게 되었다.

계곡의 맨 끝, 강보다 약간 높은 곳에 있는 이 저택에서는 강의 하류까지 한눈에 들어왔다. 방은 천정이 높았고 벽에는 화랑처럼 그림들이 연이어 걸려 있었다. 사면으로 나 있는 창문은 부드러운 햇살을 받아 마치 생생한 자연의 풍경을 담고 있는 풍경화와도 같았다. 나는 그렇게도 상쾌한 아침과 멋진 저녁을 본 적이 없었다.

나 혼자 손님으로 있는 기간은 얼마 되지 않았다. 예술을 위해서, 또는 친구 간의 애정을 위해서 열린 모임에 로이히젠링[134]도 초대를 받아 뒤셀도르프에서 왔다. 근대 문학에 정통한 그는 여행을 많이 했는데, 특히 스위스에 머무는 동안 많은 사람과 사귀었다. 그는 유쾌하고 사교적인 사람이었기 때문에 많은 사람이 좋아했다. 그는 여러 친구에게서 받은 친밀한 편지가 들어 있는 상자를 여러 개 가지고 있었다. 당시에는 편지를 공개하는 것이 일반적이어서, 한 사람에게 이야기한다든가 편지를 쓰는 일은 동시에 여러 사람에게 하는 것으로 생각한 때문이었다. 사람들은 자신의 마음을 엿보는 동시에 다른 사람들의 마음도 엿보았다. 정부는 이러한 편지왕래에 무관심했다. 탁시스 우편[135]은 신속했고 봉함편지의 안전은 보장할 만했다. 우편 요금도 염가여서 이러한 도덕적, 문학적 교신은 곧 널리 유행되었다.

---

133 앞서 언급한 라 로쉬 부인이다.

134 Franz Michael Leuchsenring (1746-1827): 다름슈타트의 Ludwig von Hessen 황태자의 가정교사였다.

135 Franz von Taxis에 의해 1500년에 빈과 브뤼셀사이에 정규 우편이 시작된 후, 제국 우편으로 성장, 1729년부터는 본사가 프랑크푸르트에 있었다.

그러한 편지들, 특히 저명인사들의 편지는 정성껏 수집되어 가까운 친구들 간의 모임이 있을 때는 발췌되어 낭독되었다. 정치문제에 관한 논쟁에는 별 흥미가 없는 반면 사람들은 폭넓은 교훈의 세계에 관해 많은 관심을 가졌다.

로이히젠링의 편지 상자는 이런 의미에서 많은 보물을 가지고 있었다. 율리에 본델리[136]의 편지들이 높이 평가되었는데, 그녀는 뛰어난 감각과 봉사정신을 가진 여성으로 특히 루소의 친구로 유명했다. 비범한 인물 루소와 다소라도 교제가 있는 사람은 누구나 루소가 발산하는 후광을 입었으며, 조용한 공동체는 그의 이름으로 폭넓게 퍼져가고 있었다.

이런 낭독이 있을 때 나는 기꺼이 참석했는데 그렇게 해서 미지의 세계를 알게 되고 최근 일어난 사건의 내막에 관해서도 알게 되는 까닭이었다. 물론 전부 다 귀중한 내용은 아니었다. 유쾌한 세속인이며 사업가인 남편 라 로쉬 씨는 가톨릭인데도 성직자나 수도자들을 조롱한 적이 있었다.[137] 그는 이러한 교제관계, 다시 말해 아무가치도 없는 사람들이 저명인사와 교제하면서 뽐내는 것은 그들에게나 이득이 되지, 저명인사하고는 아무 상관도 없는 일이라고 생각했다. 그래서 이 정직한 분은 편지상자가 열리면 대개 자리에서 일어났다. 그리고 편지 몇 통이 낭독되는 것을 듣게 되는 경우에도 언제나 신랄한 비평을 했다. 어느 땐가 그는 이런 말을 한 적이 있었다.

---

136 Julie Bondeli (1731-1778): 베른의 귀족가문 태생으로 루소, 라바터, 침머만, 빌란트, 조피 폰 라 로쉬 등과 가까웠다.

137 Frank von La Rouche: 1771년《사제제도에 관한 서신 Briefe über das Mönchwesen》을 발표하여 당대의 가톨릭을 비판했다.

여성들은 편지를 봉납하지 않아도 될 것 같은데, 핀으로만 봉해도 편지가 개봉되지 않고 상대방 주소에 도착할 것이 확실하기 때문이라는 것이었다. 그는 언제나 이와 같은 식으로 실생활이나 행동에 관해서 조롱했다. 이런 면에서는 그의 상관이자 교사였던, 마인츠 선제후국의 대신 슈타디온[138] 백작의 성격을 많이 닮았다. 백작은 이 소년의 세속적인 감정이나 냉정성을, 신비스런 것에 대한 경외감으로 균형을 잡아 주기에 적합하지 않은 사람이었다.

여기에서 백작이 가졌던 매우 현실적인 성격에 관한 일화를 얘기해야 할 것 같다. 백작은 부모를 잃은 소년 라 로쉬를 귀여워하여 제자로 택했을 때 백작은 아직도 어린 그에게 비서의 역할을 시켰다. 백작은 그에게 편지를 주어 답장을 쓰게 하고, 속달 편지를 쓰게 했다. 이런 문서를 소년은 정서하거나, 때로는 암호로 쓰기도 한 후에 봉함하여 보냈다. 소년인 그가 청년이 되어 이제는 일을 잘 처리하게 되었을 때, 백작은 그를 큼직한 책상으로 데리고 갔다. 책상 속에는 편지와 소포가 봉해진 채 수습 시절의 연습물인 상태 그대로 보존되어 있었다.

백작이 제자에게 시켰던 다른 훈련은 일반 사람들의 호응을 받지 못할 것이다. 라 로쉬는 주인이며 교사의 필적을 정확하게 모방해야 했는데, 그것은 백작이 자필로 편지 쓰는 수고를 덜어주기 위해서였다. 대필의 재능은 사무적으로 이용되었을 뿐만 아니라 연애 사건에서도 이 젊은이는 선생의 대역을 해야만 했다. 백작은 어느 고귀하고 재능 있는 여성과 열렬한 연애관계에 있었다. 백작이 밤늦게

---

138 Anton Heinrich Friedrich Stadion (1691-1768): 마인츠 선제후국의 첫 번째 재상으로, 폰 라 로쉬는 그의 사생아라는 소문이 있었다.

까지 그 여성과 함께 있는 동안 비서는 집에 앉아 열렬한 연애편지를 썼다. 백작은 그중에서 마음에 드는 것을 골라 그날 밤에 그것을 애인에게 보냈다. 그녀는 자기의 열렬한 숭배자가 꺼질 줄 모르는 열정에 불타고 있다고 굳게 믿었다. 하지만 젊은 시절의 이런 경험은 청년에게 연애편지에 관해 별로 좋은 생각을 하지 못하게 만들었다.

두 사람의 가톨릭 선제군주 밑에서 일을 했던 그는 종교와 관련하여 화해할 수 없는 증오가 뿌리 박혀 있었다. 사제들이 독일의 여러 지방에서 거칠고 상스럽고, 정신을 타락시키는 추태를 보이고, 그것으로 인해 교양을 방해하고 파괴하는 것을 본 것에서 온 것 같았다. 그가 쓴 《사제제도에 대한 서간》은 굉장한 인기를 끌었다. 그것은 모든 신교도, 그리고 꽤 많은 구교도한테서 갈채를 받았다.

라 로쉬는 감상(感傷)이라고 부를 수 있는 모든 것을 싫어했다. 자신도 그렇게 보이는 것을 피했는데 그러나 맏딸[139]에 대해서만은 아버지의 부드러운 애정을 숨기려 하지 않았다. 딸은 참으로 사랑스러웠다. 몸집은 크다기보다는 작은 편이었는데 청초한 모습으로, 우아한 몸매에다 검은 눈동자가 더할 나위 없이 깨끗하고 아름다운 얼굴이었다. 딸도 아버지를 따르고 있었는데 성격까지도 비슷했다. 활동적인 사업가인 아버지는 대부분 시간을 직무상의 일에 빼앗겼는데, 방문객들도 본래 남편보다 부인을 만나러 찾아오는 사람들이었기 때문에 그에게는 사교 모임이 별 즐거움을 주지 못했다. 그래도 그는 식탁에서 명랑하고 유쾌했고, 적어도 식탁에서는 감상적인 분

---

139 Maximiliane (1756~1793): 괴테와 친밀한 관계를 맺었지만 1774년에 프랑크푸르트의 은행가 브렌타노와 결혼, 훗날 그들의 딸 베티나와 아들 클레멘스는 독일 낭만주의를 대표하는 작가가 된다.

위기를 참아 넘겼다.

높은 나이와 많은 저작으로 독일인 누구에게나 존경을 받고 있는 로쉬 부인의 성격이나 사고방식을 알고 있는 사람들은 부인이 가정적으로 원만하지 못할 것으로 생각할 수도 있지만, 그것은 전혀 사실이 아니었다. 부인은 경탄할 만한 분으로, 나는 그녀와 비견될 만한 여성을 본 적이 없다. 날씬하고 우아하며 키가 큰 편이었는데 고령에 이르도록 모습이나 태도에 우아함을 지니고 있었다. 그것은 귀족 부인의 태도와 상류 시민사회 부인의 태도의 중간쯤 된다고 할 수 있다. 복장으로 말하자면 라 로쉬 부인은 수년 동안 같은 식이었다. 날개가 달린 모자는 작은 머리와 갸름한 얼굴에 잘 어울렸으며 갈색 또는 회색의 옷은 만나는 사람들에게 조용하고 위엄 있는 느낌을 주었다. 그녀는 이야기를 잘했는데, 자기가 하는 말에 감정을 섞어 언제나 의미심장하게 만들 줄 알았다. 태도는 누구에게나 똑같았다. 그러나 이런 것만으로 부인의 특성을 설명할 수는 없다. 그것을 말하는 것은 쉬운 일이 아니다. 그녀는 모든 것에 관심 있는 것처럼 보였으나 근본적으로는 아무것도 그녀에게 영향을 주지 못했다. 부인은 모든 것에 대해 온화하고 모든 것을 참을 수 있어서 고통을 당하는 법이 없었다. 남편의 농담에도, 친구들의 애정에도, 어린애들의 요구에도 모든 것에 똑같았다. 따라서 이 세상의 선이나 악에 대해서, 문학의 탁월한 작품이나 졸렬한 작품 어디에도 마음을 빼앗기는 법 없이 항상 자기 자신을 유지했다. 여러 가지로 슬프고 괴로운 운명에 부딪혔는데도 부인이 고령에 이르기까지 자주성을 유지할 수 있었던 것은 이런 성격 덕택이었다. 그러나 부인에 관해 정확하게 이야기하기 위해서 나는 그 당시에 황홀할 정도로 아름다웠던 두 아들에 대해서는 일상적인 부인의 태도와는 전혀 달랐다는 것을 언급해야겠다.

이처럼 매우 유쾌한 환경에서 며칠을 보내고 있는 동안 메르크가 식구들과 함께 도착했다. 그러자 여기에서 새로운 친화관계가 성립되었다. 두 부인은 서로 친했고, 메르크는 세상사와 사업에 정통하고 학식 있는 라 로쉬 씨와 가까워졌다. 사내애들은 사내애들끼리 어울렸고 딸들은 나에게로 왔다. 그중에서도 맏딸이 제일 내 마음에 들었다. 지나간 열정이 완전히 꺼지기도 전에 새로운 열정이 우리 마음속에 싹트기 시작하는 것은 매우 아름다운 감정이었다. 그것은 해가 떨어질 무렵에 반대편 하늘에서 달이 떠오르는 것을 보고 양쪽 하늘의 이중의 빛을 즐기는 것과 마찬가지다.

집 안에도 집 밖에도 여러 가지 오락 거리가 많았다. 우리는 근방을 돌아다녔다. 이쪽의 에렌브라이텐슈타인에도, 강 저쪽의 카르타우제[140]에도 올라가 보았다. 마을, 모젤 다리, 라인 강을 건네주는 나룻배, 이 모든 것이 우리에게 가지각색의 즐거움을 주었다. 새 성은 아직 축조되지 않았었다. 우리는 성이 세워질 예정지에 가보고 설계도를 구경했다.

하지만 이러한 유쾌한 상태 속에서도 내부에서는 부조화의 요소가 날이 갈수록 심해지고 있었다. 교양이 있는 사람들의 모임이건 교양 없는 사람들의 모임에서건 그것은 언제나 불쾌한 결과를 초래한다. 냉정하면서도 침착하지 못한 메르크는 얼마 안 가서 편지가 낭독되는 것을 더는 듣고 있지 못하고 그 속에 나오는 사건이나 인물, 또는 상황에 관해서 우연히 생각나는 말들을 입 밖에 내뱉기 시작했

---

140 Kartause: 코블렌츠 서남쪽에 위치한 산악지대로 라인 강이 내려다보인다.

는데, 이면의 이야기라고 하면서 나에게 몰래 여러 가지 놀라운 일들을 말해주었다. 정치적 비밀에 관한 것은 없었고 그런 것과 관련된 것은 아니었다. 그는 나로 하여금 별다른 재능도 없으면서 능숙하게 자신의 세력을 만들고, 여러 사람과 교제하면서 자신을 그럴듯하게 보이게 하려고 애쓰는 사람들에 주목하게 하였다. 그때부터 나는 그런 사람들에 관해서 관찰할 기회를 더 많이 얻게 되었다. 그런 사람들은 대개 이곳저곳으로 옮겨 다니기 때문에 새로운 것에 관해서 아는 것이 많아 호기심 어린 특별대우를 받는 경우가 많았다. 그러나 그런 것은 질투할 것도, 방해할 필요도 없었다. 왜냐하면, 돌아다니는 사람이 소식에 유리하고, 집에만 앉아 있는 사람은 불리하다는 것은 전부터 의례 그런 법인 까닭이었다.

그렇긴 하지만 우리는 혼자 여기저기 여행을 하면서 도시마다 체류하고 적어도 몇몇 가정에서 덕망을 얻으려고 애를 쓰고 다니는 이런 사람들에 대해서 불안하고 질투에 찬 관심을 갖게 되었다. 나는 이런 패거리 중에서 마음이 약하고 소심한 사람을 《파터 브라이》[141]에서, 좀 더 유능하고 거친 타입을 장차 소개할 사육제극 《사티로스 혹은 신이 된 숲의 악마》[142]에서 공정치는 못해도 적어도 따스한 유머를 가지고 묘사한 바 있다.

우리의 작은 모임의 훌륭한 인물들은 서로 조금씩 영향을 주었다. 우리는 각자의 습관이나 생활방식으로 서로 억제했으며 때로는 주부의 특별한 성격으로 서로 충돌을 면하게 되었다. 이 주부는 주

---

141 Pater Brey: 1774년에 나온 짤막하고 유머러스한 극.

142 Satyros oder vergötterte Waldteufel: 1773년에 쓰인 익살극으로 1817년에야 처음 출간되었다.

변에서 일어나는 일에는 별로 동요하는 법 없이 항상 정신적인 일에만 마음을 쓰며 다정하고 호의적인 말을 할 줄 알았기 때문에, 모임에서 일어나는 충돌을 완화하고, 평탄하지 못한 것을 평탄하게 만들 줄 알았기 때문이다.

메르크가 때맞춰 작별을 고했기 때문에 모두 좋은 관계 속에서 서로 헤어지게 되었다. 나는 메르크와 그의 가족들과 함께 마인츠로 가는 요트를 타고 라인 강을 거슬러 올라갔다. 이 요트는 워낙 속도가 느렸지만 우리는 뱃사공에게 빨리 달릴 필요가 없다고 말했다. 그리하여 우리는 화창한 날씨에 시시각각으로 더욱 아름다워지고, 형체도 아름다움도 끊임없이 변화하는 이 무한한 대상을 마음껏 즐겼다. 라인펠스, 성 고아르, 바하라흐, 빙엔 에펠트, 비브리히라는 이름만 듣고도 독자 여러분들이 이 지방을 회상할 수 있기를 바랄 뿐이다.

우리는 열심히 스케치했다. 그래서 적어도 그것으로 인해서 이 절묘한 강변의 천태만상의 변화가 더욱 깊게 우리의 인상에 남게 되었다. 이렇게 오랜 시간 함께 지내면서 여러 가지 일에 관해 흉금을 터놓고 이야기를 하다 보니까 우정은 더욱 깊어졌다. 메르크는 나에게 강한 영향을 남겼으며, 그에게 나는 좋은 동반자로 그의 유쾌한 생활에서 없어서 안 될 존재가 되었다. 자연을 통해서 더욱 예리해진 나의 눈은 다시 예술품 감상으로 향하게 되었는데, 거기에는 프랑크푸르트에 있는 훌륭한 회화와 동판화 미술관들이 좋은 기회를 마련해 주었다. 나는 에트링 씨와 에렌라이히 씨의 호의와 특히 훌륭한 노트나겔 씨에게서 많은 호의를 입었다. 예술 속에서 자연을 보는 것에 나는 너무나도 열중해서 그것이 한창 최고조에 달했을 때는 내가 다른 애호가들에게 정신 나간 사람처럼 보일 정도였을 것이다. 이런 취미를 기르는 데는 네덜란드의 걸작들을 계속 보는 것이 제일 좋았다. 노트나겔은 내가 마음껏 이런 일을 할 수 있도록 방 하나를 내주었다. 그 방 안에는 유화를 그리는 데 필요한 도구가 하나도 빠짐없었다. 나는 실물을 묘사해서 정물 몇 개를 그렸다. 그중의 하나, 거북 무늬 장식이 있고 은으로 만든 칼자루 그림은 한 시간 전에 방문했던 선생이 다시 돌아와서 몹시 놀라면서, 자기 제자 중 누군가가 그동안 옆에서 도와주지 않았느냐고 말할 정도였다.

이런 대상들에 대해 내가 계속 습작을 하고 광선이나 그림자, 표면의 특징을 파악하게 되었다면 실질 경험을 쌓고 한층 더 높은 수준에 올라갈 수 있었을 것이다. 그러나 나 역시 다른 아마추어들이 흔히 저지르는 잘못을 범해서 가장 어려운 것부터 시작하려 하고 불가능한 것까지 시도했다. 결국, 나는 큰 작품을 욕심내다가 거기서 막혀 버리고 말았다. 이유는 그것이 나의 기술적 능력을 초과하는 것이기도 하지만, 다른 한편으로는 섬세한 관심과 어느 정도 해내려면 초보자라도 꼭 필요한 부지런함을 내가 제대로 지켜나갈 수 없었기 때문이었다.

비슷한 시기에 고대 두상(頭像)의 훌륭한 석고 모형을 얻을 기회가 생겼기 때문에 나는 더 높은 경지로 올라갈 수가 있었다. 이탈리아인들은 훌륭한 모형을 가지고 대목장에 와서 형을 떠서 그것을 팔았다. 이렇게 해서 나는 라오콘의 상(像)과 그의 아들들의 상, 니오베 딸들의 상을 모을 수가 있었다. 그뿐만 아니라 어느 예술애호가의 유물 중에서 고대의 중요한 걸작을 축소한 모조품을 사들여 작은 박물관을 만들었다. 그리하여 나는 전에 만하임에서 받았던 강한 인상을 될 수 있는 대로 생생하게 되살려 보려고 했다.

나는 이렇게 나의 재능이나 취미나 내 마음속에 사는 특기 등을 육성하고 발전시키고 거기에 즐거움을 느끼는 동시에 아버지의 희망에 따라서 하루의 상당한 시간을 변호사 업무에 보냈다. 우연히도 그 방면의 업무에 무척 좋은 기회가 나타났다. 조부가 사망하신 뒤 외삼촌 텍스톨[143] 씨가 참사관으로 들어가게 되어 내 힘으로 할 수 있는 작은 사건들을 위임해 주었다. 슐로서 형제도 마찬가지였다. 나는 이런 서류들을 잘 알고 있었다. 아버지도 만족해서 서류들을 읽었다. 아들이 인연이 되어 오랫동안 중지하고 있던 업무를 다시 시작하게 된 까닭이었다. 우리는 함께 업무를 의논하고 손쉽게 필요한 문서를 작성했다. 우리에게는 숙련된 서기가 있었는데 그에게 재판소 관계의 일체 수속절차를 일임할 수 있었다. 이런 일은 나를 부친에게 한층 가깝게 만들었기 때문에 더욱더 즐거운 일이었다. 일에 있어 아버지는 나의 태도에 완전히 만족하고 있었으며 내가 곧 작가로서도 명성을 얻게 될 것을 열망하고 보살펴 주었다.

그런데 지배적인 견해나 사상은 어느 시대에나 여러 가지 방식으로 가지를 뻗는 법이고 모든 것은 서로 연관되기 때문에 법학도 차츰 종교나 도덕의 원리를 따르지 않을 수 없게 되었다. 소장 변호사 간에도, 노장 판사에게서도 인본주의가 퍼져서 경쟁하다시피 되었고, 법률문제도 될 수 있는 대로 인도적이 되려고 했다. 감옥은 개선되고 범죄는 많이 용서받았으며 형벌은 감해지고 사생아의 인정도 쉬워지고 잘못된 결혼에 대한 이혼도 간단해졌다. 우수한 변호인

---

143 Johann Jost Textor (1739-1792): 판사 역임.

중의 한 사람은 사형집행인의 아들을 의사협회에 가입시키는 데 성공하여 최고의 명성을 얻었다. 여러 단체와 협회가 반대했지만, 효과가 없었다. 둑은 하나씩 무너져 갔다. 종교 간의 관용도 말뿐 아니라 실제로 실행되었다. 유대인에 대한 관용이 이성과 판단력과 추진력을 가지고 이 관대한 시대에 권장되었기 때문에 시민법이 크게 위협을 받았다. 법적으로 취급해야 할 이러한 새로운 문제들이 법률과 관습의 밖에서 합리적인 판결과 따스한 온정을 요구하고 있었으며 더욱 자연스럽고도 활력이 넘치는 양식을 요구하고 있었다. 젊은이들에게는 신 나는 무대가 열렸고, 우리는 기운이 나서 활동을 하게 되었다. 황실고문관 대리인[144] 한 사람이 나에게 극히 정중한 격려의 편지를 보낸 것을 나는 아직도 생생하게 기억한다. 프랑스 변호인들의 변론은 우리들의 모범이며 자극제가 되었다.

이리하여 우리는 법률가가 아니라 훌륭한 변호인이 되려고 했다. 착실한 게오르크 슐로서는 거기에 대해서 언젠가 비난하는 말을 나에게 한 적이 있다. 내가 심혈을 기울여 작성한 변호문을 낭독해 주자 의뢰인이 매우 만족하더라는 이야기를 내가 그에게 한 적이 있는데, 그 말에 슐로서는 이렇게 말했다. "자네는 변호사보다는 작가인 셈이야. 문제는 그런 변호문이 소송의뢰인의 마음에 드는 것이 아니라 재판관의 마음에 드느냐 하는 것이야."

그러나 아무리 심각하고 긴박한 사무가 있어 낮 시간을 거기에다 허비한다고 해도 저녁에는 연극을 구경하러 갈 시간이 있는 법이다. 나 역시 마찬가지였다. 우수한 연극이 없었기 때문에 나는 어떻

---

144 Johann Wilhelm Liebholdt를 말한다.

게 하면 독일 극단에 실제로 도움을 줄 수 있을까 하는 것을 항상 마음에 두고 있었다. 18세기 후반 독일 연극계의 상태는 잘 알려졌고, 그것에 관해서 알아보고자 하는 사람은 어디서나 손쉽게 자료를 찾을 수가 있다. 따라서 나는 여기서 몇 가지 일반적인 사항만을 이야기하고자 한다.

연극의 성공은 작품의 가치보다 배우의 개성에 더 많이 달려 있었다. 모든 것이 희극배우의 유머와 재능에 달린, 절반이나 전체가 즉흥적인 작품은 더욱 그랬다. 이런 작품의 소재는 극히 일상적인 생활에서 가져와야 하고 관객인 대중의 생활 풍속에 어울리는 것이어야만 했다. 이런 소재를 어떻게 잘 이용하는가에 따라 관객의 갈채를 받을 수도 있게 된다. 이런 작품들은 남부 독일을 본거지로 하는 것으로 오늘날까지도 계속 보존되어 내려오고 있는데, 다만 시대에 따라 광대 역할의 등장인물에 약간의 변화를 주고 있을 뿐이다. 그러나 한편으로 독일의 연극은 독일 민족의 진지한 성격에 걸맞게 이내 도덕적인 방향으로 방향을 전향했고 그런 경향은 외부적인 요인에 의해서 더욱 촉진되었다. 다음과 같은 문제가 엄격한 기독교인들에게 제기되었는데, 즉 연극이라는 것이 무조건 우리가 피해야 할 좋지 못한 대상인가 아니면 좋은 사람들에게는 좋게, 나쁜 사람들에게는 나쁜 영향을 주는, 괜찮은 것인가 하는 문제가 제기된 것이다. 엄격하고 독실한 신자들은 후자를 부인했으며, 성직자들은 절대로 극장에 들어가서는 안 된다고 고집했다.[145] 극장이 해로운 곳이 아니라 유익한 곳이라고 말하지 않고는 그것을 강력하게 반박할 수가 없었다. 연

---

145 18세기 말, 특히 1770년경에는 성직자가 연극 관람을 해도 좋은가 하는 것이 커다란 이슈였다.

극이 유익한 것이 되기 위해서는 도덕적이어야만 했다. 북부 독일의 연극은 이러한 방향으로 발전되어 나아가 마침내 광대의 역할이 인기가 없어서 무대를 떠나게까지 되었다. 재능 있는 사람들이 광대 역할을 변호했음에도 결과는 마찬가지였는데 그것은 광대가 이미 독일적인 한스부르스트의 소박성에서 벗어나 이탈리아나 프랑스의 하를레킨의 속물성과 화려함에 빠져버린 까닭이었다. 스카팽이나 크리스팽[146]까지도 차츰 자취를 감추게 되었다. 내가 그것을 마지막으로 본 것은 고령의 코흐[147]가 연기한 크리스팽이었다.

리차드슨의 소설이 시민사회로 하여금 아름다운 도덕성에 관한 주의를 환기했다. 그의 《클라리사》[148]에는 여성의 탈선이 가져온 피할 수 없는 준엄한 결과가 잔인한 방식으로 묘사되어 있었다. 레싱의 《미스 사라 샘슨》 역시 같은 테마를 다루고 있었다. 또 《런던의 상인》[149]은 유혹당한 젊은이의 비참한 상황을 보여주었다. 프랑스의 희곡은 비슷한 내용이지만 정도가 극단적이지 않아 끝에 가서는 화해로 끝이 났다. 디드로의 《가장(家長)》을 위시해 《정직한 범죄자》, 《식초 장사》, 《무식한 철학자》, 《외제니》[150] 등의 작품들은 당시 점점 세

---

146 Scapin/ Crispin: 독일의 Hauswurst나 이탈리아의 Harlekin처럼 프랑스 희곡에 자주 등장하는 어릿광대.

147 Heinrich Gottfried Koch (1703-1775): 괴테가 라이프치히에서 대학 다닐 때 그곳에서 공연하던 배우.

148 Samuel Richardson의 소설 《Clarissa》(1748)는 독일에서 인기가 높았다. 이 소설에서 클라리사는 잘못된 선택으로 불행한 삶을 살게 된다.

149 《Der kaufmann von London》: Georg Lillo의 가정희극.

150 《L 'Honnétte Criminel》(F. de Falbaire 1768) , 《La Brounette de Vinaigrier》(Louis Sebastian Mercier 1775), 《Le Philosophe sans le savoir》(M, J. Sedaine 1765), 《Eugénie》(P. A Beaemarchais 1767).

력을 확장하기 시작한 훌륭한 시민정신 및 가정정신에 부합되는 것이었다. 독일에서는《은혜에 보답한 아들》,[151]《자식 사랑으로 인한 탈주》[152] 등의 작품들이 같은 길을 걷고 있었다.《대신》,《클레멘티네》등의 게블러[153]의 작품이나 게밍엔의《독일의 아버지》[154] 같은 작품은 모두가 중류 또는 하류계층의 진가를 훌륭하게 묘사하여 많은 관객을 매혹시켰다. 에크호프[155]의 고귀한 성품은 과거에는 볼 수 없었던 일종의 품격을 배우계급에 부여했는데, 성실한 인간인 까닭에 그는 성실한 배역을 더욱 완벽하게 표현할 수 있었다.

독일의 연극이 완전히 유약해져 가고 있을 때 작가인 동시에 배우인 슈뢰더[156]가 등장하여 함부르크가 영국과 교류를 갖게 된 것을 계기로 영국의 희극이 개작되었다. 하지만 소재를 원작에서 극히 일반적인 것밖에 이용할 수밖에 없었는데, 원작 대부분이 일정한 형식이 없이, 처음에는 훌륭하고 정연하게 시작이 되어도 결말에는 끝도 없이 흐려져 버리는 까닭이었다. 원작자들은 멋진 장면을 만들어 내는 데만 관심이 있는 것처럼 보였다. 그래서 내용 있는 예술작품에 습관이 된 사람들은 끝에 가서 터무니없는 결론을 내리는 것에 불만을 느끼게 되었다. 게다가 조야하고 비도덕적이고 야비한 요소가 참을 수 없을 정도로 깊숙이 침투해 있어서, 이런 단점을 각색이나 등

---

151 Der dankbare Sohn: Johann Jakob Engel의 작품(1770).

152 Der Deserteur aus Kinderliebe: Gottlieb Stephanie의 작품.

153 Der Minister/ Clementine: 이 두 작품은 Tobias Philipp Freiherr von Gebler의 작품.

154 Der deutsche Hausvater: Otto Heinrich von Gemmingen의 1770년 발표 소설.

155 Konrad Ekhof (1720-1778): 당대 독일 연극계에 큰 영향을 끼친 배우.

156 Friedrich Ludwig Schröder (1744-1816): 함부르크 극장의 관장으로 셰익스피어 연극을 열심히 소개했다.

장인물들로 제거하기가 힘들 정도였다. 이런 작품들은 거칠고 위험 스런 음식으로, 반쯤 타락한 대중만이 어느 정도 즐기고 소화할 수 있을 정도였다. 슈뢰더는 이러한 것에 보통 이상으로 손질을 가해 밑 바닥부터 개조했으며 독일 정신에 맞도록 단점을 축소했다. 그러나 그런 작품에도 여전히 조야한 요소가 남아있었다. 왜냐하면, 그런 작 품에서는 정당한 것이든 아니든 다른 사람을 괴롭히는 것을 웃음거 리로 삼고 있었던 까닭이었다. 이런 연극은 극장에서 널리 유행하였 는데, 그것이 너무도 우아한 도덕성에 대해서 눈에 띄지 않는 균형을 잡아주어 상호작용을 통해서 자칫하면 빠져들 수 있는 연극의 단조 로움을 방지하는 데 도움을 주었다.

천성이 선량하고 관대한 독일인들은 다른 사람이 부당한 대우 를 당하는 것을 싫어한다. 그러나 아무리 선량한 사람이라도, 그것 이 자기 취향에 어긋난다 해도, 희극이 관객을 만족시키기 위해서는 관객이 남의 불행을 재미있어한다고 생각하거나, 그런 생각을 유발 하기 때문에 결국은 이제까지 부자연스럽다고 생각했던 태도를 자 연스럽게 취하게 된다. 상류계급을 모욕하고 그들을 어쨌든 공격하 는 것이 그것이었다. 과거에 산문이나 운문의 풍자에서 궁정이나 귀 족을 대상으로 하는 것을 피해 왔다. 라베너[157]는 그런 쪽에는 풍자 를 삼가왔으며 하층 계급만을 대상으로 했다. 차하리에[158]는 시골귀 족을 취급하면서 그들의 취향이나 특성을 우스꽝스럽게 묘사했지만 멸시하지는 않았다. 튀멜[159]의 《빌헬미네》는 재미있는 소품으로 매

<hr />

157 Gottlieb Wielhelm Rabener: 풍자작가.

158 Gustus Friedrich Wilhelm Zachariä: 희극작가.

159 Moritz August Thümmel (1758-1817): 1764년에 《빌헬미네 Wilhelmine, ein pro-

우 유쾌하고 대담하여 갈채를 받았는데 그것은 귀족이자 궁정 사람인 작가 자신이 자기의 계급을 준엄하게 취급했기 때문이었다. 그런데 가장 결정적인 일보를 내디딘 것은 레싱의《에밀리아 갈로티》[160]였다. 여기에는 상류계급의 모든 정욕과 음모에 가득 찬 실정이 예리하고 신랄하게 묘사되었다. 이러한 모든 작품은 격앙된 시대정신과 완전히 일치하고 있었다. 그리고 지혜나 재능이 부족한 사람들까지도 이와 같은, 혹은 그 이상의 것을 할 수 있다고 믿게 되었다. 예를 들면 그로스만[161]은 맛도 없는《접시가 여섯 개뿐》에다 그의 하층민 부엌의 온갖 음식을 담아 남의 불행을 보고 좋아하는 관객 앞에 내놓았다. 정직한 사람인 궁중고문관 라인하르트는 이 재미도 없는 식탁에서 손님들을 위로하고 격려하기 위해서 집사의 역할을 했다. 이때부터 연극에서 악인 역할은 언제나 상류계급에서 선택되었고, 이런 역할을 품위 있게 보이게 하려고 시종이나 적어도 비서 정도는 되어야 했다. 가장 사악한 인물로는 궁정 또는 일반 사람 중의 최고 관리, 또는 장교가 선택되었다. 그리고 재판관이 제1급의 악인 지위를 차지하게 되었다.

그러나 여기에서 본론을 잊어버리기 전에 내가 생각해 오던, 연극의 계획에 손을 대보기로 한 충동에 관해 이야기하려고 한다.

셰익스피어 작품에 계속 흥미를 느낀 덕택으로 정신적인 시야를 넓히게 된 나는 중요한 것을 표현하기 위해서는 좁은 무대 공간

---

saisches komisches Gedicht)를 발표했다.

160 《에밀리아 갈로티 Emilia Galotti》: 질풍노도 시대인 1772년에 출간되었다.

161 Gustav Friedrich Wilhelm Großmann(1746-1796): 배우 겸 무대 감독, 희곡작가로 그의 《접시가 여섯 개 뿐 Nicht mehr als sechs Schüsseln》은 인기가 높았다.

이나 짧은 상연 시간으로는 아무래도 충분치 않다는 생각을 하게 되었다. 성실한 괴츠 폰 베르리힝엔 자신이 쓴 생애는 나로 하여금 사극을 쓰도록 독려했다. 나의 상상력은 무한히 뻗어 나가 내가 생각하는 희곡 형태는 모든 무대상의 한계를 벗어나 생생한 사건의 묘사에 점점 더 근접하게 되었다. 나는 계속 이 일을 추진하면서 동생과 의논했다. 누이동생은 이런 일에 많은 흥미를 느끼고 있었다. 그리고 내가 좀처럼 작품에는 손을 대지 않고 이야기만 되풀이하자 누이동생은 초조해져서 허공에 대고 말로만 할 것이 아니라, 눈앞에 상상하고 있는 것을 생생하게 종이 위에 써보라고 재촉했다. 이에 자극을 받아서 나는 아무런 계획도 초안도 잡지 않은 채 어느 날 아침에 쓰기 시작했다. 처음 몇 장면을 쓴 뒤 나는 누이동생에게 읽어 주었다. 동생은 박수갈채를 보냈지만 내가 계속 써 나갈 건지 의심하고 있었기 때문에 그 박수갈채는 조건부였다. 나한테 그럴만한 인내심이 있는지 동생은 의심하고 있었다. 그것이 나를 더욱 자극하여 나는 다음날도, 사흘째 되는 날도 계속해서 썼다. 매일 보고를 할 때마다 차츰 희망을 품게 되었다. 더군다나 소재가 철저하게 내것이었기 때문에 일보 전진함에 따라 모든 것이 더욱 생생하게 되었다. 이리하여 나는 작품을 중단하지 않고 계속 앞으로 나아가 뒤를 돌아본다든가 우왕좌왕하지 않고 계속 써 내려가 약 6주일 뒤에는 가철한 원고를 볼 수 있는 즐거움을 갖게 되었다. 나는 이 사실을 메르크에게 알렸다. 그는 이해심 있고 친절한 말을 해주었다. 헤르더에게 그것을 보냈더니 불친절하고 심한 말을 하더니 이 작품에 대해 모임에서 비방하는 시를 지어 나를 놀리는 일까지 서슴지 않았다. 나는 그런 일에 현혹되지 않았고, 나의 작품을 예리하게 관찰하고 있었다. 주사위를 이미 던졌으니까 이제는 장기판에 돌을 어떻게 놓을까 하는 일만이 남았다. 나는 이 일에 나에게 충고를 해줄 만한 사람이 없다는 것을 알고 있었다. 다소 시간이 지나간 뒤 내 작품을 마치 타인의 작품처럼 관찰할 기회가 생겼을 때 나는 시간과 장소의 통일을 포기하다가 더 중요한 다른 통일성까지 포기하는 피해를 보게 된 것을 알게 되었다. 계획도 초안도 없이 단지 내 상상력과 내적 충동에만 의지해서 글을 썼기 때문에 너무 주제에 집착했다. 처음 몇 막은 그런대로 괜찮았지만, 그다음 막들, 특히 끝 부분에 가서는 무의식중에 지나친 열정에 빠져버린 것이었다. 아델하이트를 사랑스럽게 그려내느라고 그녀에게 반해서 그녀의 운명에 관심이 지나쳐서 펜 끝이 그녀만을 위해서 바쳐졌고, 그 결과 끝 부분에 가서 괴츠는 별 활동이 없는, 단지 농민전쟁에 불운한 참가를 하기 위해서 되돌아온 것처럼 되고 말았다. 결과적으로 예술상의 모든 구속에서 벗어나 새로운 분야에서 실력을 시험해보려던 작가에게 매력 있는 여성이 괴츠를 쫓아내게 만든 결과가 되고 말았다. 나의 문학의 본능은 언제나 통일성을 추구하는 것이기 때문에 나는 이 결점, 이 잘못된 감정의 과잉을 알아차렸다. 그래서 나는 괴츠의 자서전이나 독일의 고대에 관한 저술 대신 나 자신의 작품에만 관심을 쏟고 거기에 역사적이고 민족적인 의미를 더욱 부가하며 공상적, 또는 열정적인 요소는 배제하기로 했다. 이 일에서 많은 것을 포기해야 했는데 예술상의 소신 때문에 인간적인 애정을 희생해야 했다. 예를 들어, 나는 무시무시한 밤의 집시 장면에서 아델하이트를 등장시켜 그녀의 아름다움으로 기적을 일으키게 한 것을 옳게 한 일이라고 생각하고 있었다. 그러나 자세히 검토한 결과 아델하이트는 빼고, 4막과 5막에 상세하게 묘사한 프란츠와 여주인과의 사랑의 장면도 단축해서 요점만을 표현하였다.

나는 초고를 ─ 이것을 아직도 보관하고 있다 ─ 수정할 것이 아니라 전체를 완전히 개작하려는 계획을 세웠다. 이 일도 부지런히 했기 때문에 몇 주 뒤에는 완전히 새로운 작품이 완성되었다. 이 두 번째 원고 역시 인쇄할 생각이 아니었고 그것 역시 많은 생각을 더 정성껏 기울여 만들려는 새 원고의 기초로 쓸 일종의 연습작품으로 생각했기 때문에 그만큼 신속하게 진행하였다.

내가 앞으로 시작하려는 여러 가지 구상을 메르크에게 얘기하자 그는 비웃으면서 도대체 끝없는 작업이니 개작이니 하는 것이 무슨 의미가 있느냐고 말했다. 작품은 그렇게 하면 다른 것이 될 뿐이지 절대로 좋아지는 것이 아니며 한 작품이 어떤 반응을 얻는지 보고 나서 다시 새로운 작품을 시작해야 한다고 말했다. ─"적당할 때 울타리에다 널면 기저귀는 마르게 되어있다."라는 속담 비슷한 소리를 하면서 그는 지체하거나 주저해 봤자 자신 없는 인간만 될 뿐이라고 말했다. 그 말에 대해서 나는 많은 애정을 기울인 작품을 출판사에 내놓았다가 혹시 거절하는 답장이라도 받게 되면 불쾌한 일이라고 대답했다. 젊고, 아직 무명인데다가 무모한 작가들을 그들이 도대체 어떻게 볼 것인가, 라고 나는 말했다. 내가 그런대로 괜찮다고 생각하고 있는《공범자들 Mitschuldigen》역시 인쇄에 대한 공포가 조금 사라지자 인쇄를 하고 싶은 생각이 있었지만, 관심을 가진 출판업자를 찾지 못하고 있었다.

그러자 내 친구의 기술적이고도 상업적인 욕망이 갑자기 움직였다. 프랑크푸르트 신문[162]을 통해서 그는 이미 학자나 출판업자들과 관계를 맺고 있었다. 그의 얘기는 이렇게 귀중하고 틀림없이 주목받게 될 이 작품을 자비로 출판하면 막대한 이익금이 들어올 것이라는 얘기였다. 다른 사람들과 마찬가지로 그 역시 출판업자들의 이익금을 계산하고 있었다. 많은 저작을 출판하면서 출판업자들에게 들어가는 이익금은 다른 저작으로 인한 손실 및 기타 거래상의 손실을 계산에 넣지 않는다면 거액이 된다는 계산이었다. 결국, 내가 용지를 조달하고 그가 인쇄를 맡기로 했다. 그리하여 어려운 일이 시작되었다. 내가 마구 쓴 희곡의 원고가 조금씩 깨끗한 본보기인쇄로 나오는 것을 보는 것은 결코 기분 나쁜 일은 아니었다. 원고는 훨씬 깨끗하게 인쇄가 되어 나왔다. 일은 끝났고 소포로 발송되었다. 그런데 얼마 가지 않아서 큰 소동이 일어났다. 그것이 일으킨 평판이 널리 퍼졌는데, 우리가 제대로 신속하지 못했기 때문에 책을 각 지방에 빨리 보내지 못한 동안 갑자기 복제본이 나타난 것이다. 발송한 책의 대금을 속히 받지 못했고 현금으로 받은 것이 별로 없었기 때문에 아직도 경제적으로 부모의 도움을 받고 있던 나로서는 금전 사정이 넉넉지 못한 처지에서 사방에서 주목을 받고 박수갈채를 받는 동시에 나의 천분(天分)을 이 세상에 알려준 이 용지대금을 어떻게 지급할지 당황스러웠다. 어떻게 해결해야 하는지 아는 메르크는 만사가 머지않아 해결되리라는 것을 알고 있었다. 그러나 나는 그런 것은 아무것도 모르고 있었다. 단지 나는 과거에 익명으로 출판한 작은 책자를 통해서 대중이나 비평가들이 어떤지를 톡톡히 알고 있었

---

162 《Frankfurter Gelehrten Anzeigen》을 말한다.

기 때문에 칭찬이나 비난에 대해서는 어느 정도 마음의 준비가 되어 있었다. 그리고 나는 내가 특히 주목하는 작가들을 사람들이 어떻게 대우하는지도 보아왔다.

당시에 나는 얼마나 많은 근거 없고, 일방적이며 제멋대로의 말들이 세상에서 터져 나오는지 보았다. 이제는 나도 똑같은 처지를 당하게 되었다. 만약 내가 어느 정도의 근거도 갖고 있지 않더라면 학식 있는 사람들의 논리에 무척 당황했을 것이다. 예를 들어《독일 메르쿠어》[163]지에는 견식이 부족한 인간이 쓴, 호의적이기는 하나 거리가 먼 비평이 실렸다. 나는 그의 비난에 동의할 수가 없었는데 특히 작품을 다른 식으로 썼어야 한다는 말에는 더욱 그랬다. 즉시 빌란트가 이 비평을 전체적으로 논박하면서 나를 위해 변론하는 명쾌한 글을 발표했을 때 나는 기뻤다. 어쨌든 그런 비판들은 인쇄되어 쏟아져 나왔고, 나는 교육도 받고 학식도 있는 사람들의 우둔한 사고방식의 일례를 보게 되었다. 그러니 일반 대중들은 어떤 모양이었겠는가!

이런 문제에 관해서 메르크와 이야기를 나누면서 지도를 받는 즐거움은 오래 계속되지 못했다. 왜냐하면, 식견 있는 헤센-다름슈타트 지방 태수의 부인이 페터스부르크로 가는 여행에 그를 수행원으로 동행하도록 한 까닭이었다. 그가 보내 준 자세한 편지로 나는 세상을 더욱더 넓게 바라볼 수 있었다. 게다가 친한 사람의 손으로 쓰인 것이기 때문에 더 잘 받아들일 수가 있었다. 그러나 나는 한동안 꽤 쓸쓸하게 지내지 않으면 안 되었는데, 중대한 시기에 내게 필

---

163 1773년 9월에 Heinrich Schmid가 쓴 서평이 실렸다.

요한 그의 정신적 도움을 받지 못하게 된 까닭이다.

군인으로 전쟁에 나가 위험이나 어려움을 용감하게 이겨내고 부상이나 고통, 또는 죽음까지도 감수할 결심을 한 경우에도 막연하게 일반적으로만 예측하던 재난이 실제로 자기에게 일어나 곤란을 당하게 되는 특별한 경우에는 당황하는 법이다. 이 세상에 과감하게 발을 들여 놓은 모든 사람은, 특히 작가는 그런 재난을 당하기 마련인데 나 역시 마찬가지였다. 대부분의 일반 독자들은 전개 방식보다는 소재에 흥미를 느끼는 법이어서 내 작품에 대한 젊은 사람들의 관심 역시 소재에 관한 것이었다. 그들은 이 작품에서 군기(軍旗)를 본 것으로 생각하고, 젊은이들의 가슴속에 살아 있는 난폭하고 야성적인 모든 것을 깃발이 전진하는 속에서 자기네 세상을 만난 것처럼 생각했다. 그와 비슷한 생각을 하고 있던 똑똑하다는 인물들은 완전히 압도당했다. 나는 탁월하며 여러 면에서 독특한 뷔르거라는 사람이 쓴 편지 하나를 아직도 가지고 있는데[164] 누구에게 쓴 편지인지는 알 수 없지만, 그 당시 내 작품이 일으킨 영향에 대한 증거물이 되고 있다. 반대편에서는 신중한 사람들이 내가 폭력의 힘을 너무 우호적인 색채로 묘사했다고 비난했다. 더군다나 내가 그런 무질서의 시대를 또다시 초래하려 한다는 비난까지 했다. 다른 사람들은 나를 학식 있는 사람으로 생각하고 건실한 괴츠의 이야기를 원전에 다시 주석을 달아 출판하기를 바라고 있었다. 그런 재주가 있다고 생각지 않았지만 나는 신판(新版)의 표제에 내 이름을 넣겠다는 요청에 승낙

---

164 바이마르에 있는 괴테 서고에는 Bürger라는 사람이 쓴 이 편지(1773년 7월 8일자)
　　가 보관되어 있다.

했다.[165] 사람들은 내가 위대한 인물의 꽃을 따는 기술을 아는 훌륭한 원예가로 생각했다. 그러나 한편으로는 나의 학식이나 전문지식을 의심하는 사람도 있었다. 어느 명망 있는 사업가가 뜻하지 않게 나를 방문했다. 나는 그의 방문을 대단한 영광으로 생각했다. 더구나 그는 대화 첫머리에 나의《괴츠 폰 베르리힝엔》과 독일 역사에 대한 정확한 지식을 칭찬했기 때문에 더욱 그랬다. 그러나 실제로는 그가 나에게 괴츠 폰 베르리힝엔은 프란츠 폰 지킹겐의 매부가 아니라는 것, 따라서 내 작품의 결혼관계는 역사적 사실과는 전혀 상반된다는 것을 알려주려고 왔다는 것을 알았을 때 몹시 당황했다. 나는 괴츠가 스스로 그렇게 불렀다고 변명했다. 그러나 그가 대답하기를 당시 매부라는 말은 비교적 친한 친구 관계를 나타내는 어법에 불과한 것으로, 마치 요즘 우리가 아무 혈연관계도 없는 우편마차의 마부까지도 매부라고 부르는 것과 마찬가지라고 설명했다. 나는 이러한 가르침에 대해서 최대의 감사를 표했으며 이제는 정정할 길이 없어서 유감이라고 말했다. 그 사람도 이 점을 유감이라고 하면서 독일의 역사와 법을 더 깊이 연구하도록 부탁했고 그러기 위해서 자신의 장서를 제공하겠다고 말했다. 그리하여 나는 후일에는 그 책들을 유용하게 사용하게 되었다.

이런 종류의 일 중에서 가장 즐거웠던 일은 어느 출판업자가 찾아와 명랑하고 솔직한 태도로 그런 작품을 한 다스 부탁하면서 충분히 사례하겠다고 약속한 일이었다. 이 일을 우리가 매우 재미있게 생각했으리라는 것은 상상이 갈 것이다. 더구나 그는 원칙상으로는 잘

---

165 개작한 제12판은 1731년에 나왔다.

못 생각한 것도 아니었다. 나는 사실 혼자서 독일 역사의 전환기 전후에 많은 관심이 있었으며 중요한 사건들을 같은 생각을 가지고 작품화해볼 생각을 하고 있었던 까닭이었다. 이 계획은 훌륭한 것이었지만 너무 빨리 흘러가는 시간 때문에 성사되지 못했다.

그러나 이 희곡을 고안하고 집필하고 개작하고 인쇄하여 배부하는 동안에 머릿속에 더 많은 형상과 계획들이 자리 잡게 되었다. 특히 희곡으로 다루려는 작품에 관해 가장 많이 생각하게 되었고, 거의 완성의 정도까지 되었다. 희곡이라고는 할 수 없지만, 그와 상당히 비슷한 표현양식으로 전환도 이루어졌다. 전환은 주로 필자의 성격에서 기인한 것으로, 그것은 독백까지도 대화로 바꿔보는 것이었다.

사람들과 함께 시간 보내기를 좋아하는 습성에서 나는 혼자만의 생각도 타인과의 대화로 바꾸어 보았는데 그것을 다음과 같은 방식으로 했다. 즉 혼자 있을 때 나는 아는 사람 하나를 머릿속에 불러들였다. 그 사람에게 자리에 앉으라고 한 다음에 그의 옆을 왔다 갔다 하면서 그 앞에 서서 내가 생각하고 있는 문제에 관해서 그 사람과 토론하는 것이다. 상대방은 내 말에 대답하기도 하고, 또는 평상시와 같은 몸짓으로 찬성 또는 반대의 뜻을 나타낸다. 대체로 이런 몸짓에는 누구나 특징이 있는 법이다. 이야기하는 쪽은 계속 말을 하는데, 손님이 좋아하는 것은 더욱 상세하게 이야기를 하고 손님이 수긍하지 못하는 것은 조건을 달아 더욱 의견 접근을 시도하지만, 끝에 가서 자신의 명제를 깨끗이 포기하기도 한다. 이 일에서 이상한 일은 비교적 친한 친구들이 선택되는 법은 결코 없으며 간혹 만나는 사람, 혹은 멀리 떨어져 살고 있어 일시적인 교제밖에 없던 사람들이 선택

된다는 점이었다. 이런 사람들은 남을 설득하기보다는 남을 수용하는 타입의 사람들로, 순수한 감정에서 자신이 이해하는 사물에 관심을 가진 사람들이었다. 때로는 반대 의견을 가진 사람들도 이 토론의 연습장에 불려 왔다. 이 초청에는 남녀노소나 귀천을 불문하고 불려 왔는데 그들은 자신들이 좋아하고 자신 있는 것에 관해 이야기를 나누기 때문에 만족스럽고 기쁜 마음으로 응했다. 많은 사람이 자기가 이러한 관념상의 유희에 늘 초청을 받았다는 것을 알면 아마도 굉장히 놀랄 것이다. 이들 대부분은 실제로는 초청에 응해서 오기가 어려운 사람들이었다.

이러한 정신적인 대화가 서신 왕래와 비슷하다는 것은 명백한 사실이다. 단지 편지에는 기대에 찬 습관적인 응답이 있지만, 전자에는 응답이 없고 항상 변화하는 새로운 것을 창조해 낸다는 것뿐이다. 그래서 곤궁에 빠지지 않은 인간이 인생에서 느끼는 권태감을 묘사하려는 경우 작가는 편지로 표현하지 않으면 안 된다. 모든 불만은 고독의 산물이며, 고독의 제자이기 때문이다. 불만에 사로잡힌 사람에게는 모든 것이 기분에 거슬린다. 유쾌한 모임보다도 그의 기분에 더 거슬리는 것은 없다. 다른 사람들의 삶의 즐거움은 그에게는 고통스러운 비난거리이며, 그것은 그를 밖으로 끌어내려 하므로 반대로 그는 오히려 자신의 내부로 더욱 침잠하게 된다. 만약 그가 이런 것에 관해 얘기를 꺼내려면 그것은 편지에서다. 글로 심정을 토로하는 경우 그것이 유쾌한 것이든 불쾌한 것이든 거기에 대고 직접 이의를 제기하는 사람이 없는 까닭이다. 반대를 제기하는 회답은 고독한 사람을 더욱 우울한 상태에 빠지게 하고 그를 더욱 완고한 상태로 만들게 한다. 이런 의미로 베르터의 편지들도 처음에는 그 내용이 몇몇 사람을 대상으로 한 일종의 정신적인 대화로 기술되었지만, 뒤에는 그 구성이 친구이자 관계자인 유일한 인물에게 보내는 편지 형식을 택했기 때문에 더욱 매력을 지니게 되었다. 논란이 많은 이 작품의 창작법에 관해 더는 이야기하는 것은 바람직하지 못할 것 같다. 내용에 관해서만 조금 더 언급하려고 한다.

인생에 대한 그와 같은 권태의 원인에는 육체적인 원인과 정신적인 원인이 있다. 전자는 의사들이, 후자는 도덕가들이 연구할 과제이다. 충분히 검토한 자료를 가지고 현상이 아주 뚜렷이 나타나는 중점문제에 대해서만 생각해 보기로 하자. 인생의 즐거움은 외부의 규칙적인 순환에 기초를 둔다. 밤과 낮, 사계절, 개화와 결실의 순환 등 시기에 따라 나타나고, 우리가 향유할 수 있고 또 향유해야 하는 것들이야말로 진정한 지상 생활의 원동력이다. 이러한 즐거움에 대해서 개방적이면 개방적일수록 우리는 더욱더 행복을 느낀다. 반면 우리가 소외되었는데 앞에서 이와 같은 각종 현상이 일어나고 사라지면, 그러한 아름다운 현상에 대해 무감각해지고, 최대의 불행과 질병이 나타나게 된다. 그럴 경우에 인생을 구역질 나는 짐으로 느끼게 된다. 더는 옷을 입고 벗기 싫어서 목매 죽었다는 영국인 이야기도 있다. 나는 넓은 공원을 관리하는 착실한 정원사를 알고 있는데 그가 이렇게 소리를 지른 적이 있었다. "왜 허구한 날 비구름은 서쪽에서 동쪽으로만 흘러가는가!" 우리나라의 어느 훌륭한 한 사람은 봄이 되어 다시 싹이 푸르게 나오는 것을 보고 한번 다르게 빨간색으로 나오는 것을 봤으면 좋겠다고 말한 적도 있었다. 이런 것은 인생의 권태에서 오는 징조로 이 권태가 자살로 이어지는 수는 적지 않다. 특히 사색적이고 내성적인 사람에게는 이런 일이 우리가 상상하는 것보다 훨씬 더 자주 일어난다.

그러나 이러한 권태를 일으키는 원인은 무엇보다도 사랑이 되풀이되는 것이다. 첫사랑이 유일한 사랑이라는 말은 옳다. 왜냐하면, 두 번째 사랑에서, 그리고 두 번째 사랑을 통해서는 사랑의 최상 의미가 이미 상실되는 까닭이다. 사랑을 시작하게 하고 그것을 유지하도록 만드는 영원하고 무한한 것의 개념은 파괴되고, 사랑은 모든 다른 대상과 마찬가지로 반복되는 무상한 것이 되고 만다. 문명사회에서 사랑과 욕망의 감정으로 나누는 감각적인 것과 도덕적인 것의 분리 역시 지나치면 좋은 결과를 가져오지 못한다.

비록 스스로 못 느끼더라도 젊은 사람은 다른 사람들을 보면서 도덕적인 시기가 마치 사계절처럼 교차하는 것을 알게 된다. 대가들이 보여주는 은혜, 세도가들의 총애, 활동가들의 격려, 대중의 호감, 개개인들이 보내는 사랑, 이런 것들은 모두가 나타났다가 사라지는 것으로 마치 해나 달이나 별과 같아 잡아 둘 수 없다. 그러나 이런 것은 단순히 자연현상만은 아니다. 우리 자신의, 혹은 다른 사람의 탓으로 혹은 우연과 운명에 의해서 이런 것들은 우리를 떠나간다. 계속 바뀌기 때문에 우리는 결코 이런 것들을 확실하게 잡아 둘 수 없다.

그럼에도 다감한 청년을 가장 괴롭히는 것은 우리 잘못의 끊임없는 반복이다. 우리가 장점을 기르면서 단점도 기르고 있다는 것을 알게 되는 것은 한참 후의 일인 까닭이다. 장점은 자기의 뿌리뿐만 아니라 단점도 토대로 하고 있다. 그리고 장점이 공공연히 뻗어 가는 반면 단점 역시 암암리에 뿌리를 뻗어 간다. 장점이 대개가 의지력과 의식에 의해 이루어지지만, 단점은 무의식중에 돌발하는 것이기 때문에 장점이 별로 기쁨이 되는 적이 드문 반면 단점은 언제나 우리에게 고통과 가책을 준다. 이 점에 자아인식을 거의 불가능하게 만드는 최대의 난점이 있다. 여기에다 뜨거운 청춘의 혈기, 어떤 대상에나 쉽게 균형을 잃어버리는 상상력, 나날의 동요를 생각한다면 이러한 괴로움에서 벗어나려는 초조한 노력을 조금도 부자연스런 것으로 생각하지 않게 될 것이다.

이런 우울한 생각은 거기에 빠지는 사람을 끝도 없는 곳으로 몰고 간다. 그러나 그런 생각도 만일에 외부의 동기가 독일 청년을 자극해서 비극적인 일을 저지르도록 자극하고 촉구하지 않았더라면 그렇게 결정적인 단계로까지 발전해 가지는 않았을 것이다. 이런 것의 시발점은 영국 문학, 특히 시에서 찾아볼 수 있다. 영국 시의 위대한 점은 그것을 읽는 사람이 누구나 느끼는 진지한 우수라고 할 수 있다. 현명한 영국인은 젊어서부터 자신의 모든 능력을 고무하는 위대한 세계에 둘러싸여 있음을 알고 있다. 그리고 그 세계와 화해하기 위해서는 자신의 이성을 전부 쏟아야 할 것임을 조만간 깨닫는다. 영국시인 중에서 젊어서 멋대로 방탕한 생활을 하지 않은 사람이 얼마나 되며 일찍이 현세의 공허함을 한탄하지 않은 사람이 얼마나 되겠는가! 그들 중 상당히 많은 사람이 세속의 일에 몸을 담았으며 의회, 궁정, 내각, 사신 등의 고위역할, 또는 하위의 역할을 하면서 국내의 소란이나 국가 및 정부의 개혁에 관여하고 그 결과 자기 자신뿐 아니라 친구나 후원자들에게까지 비극적인 체험을 하게 만들었다. 얼마나 많은 사람이 추방당했고 배척당하고 투옥당했으며 재산을 잃었는지 모른다.

이런 엄청난 사건의 구경꾼이라고 하더라도 인간은 진지해질 수밖에 없다. 그리고 결국 진지한 태도는 모든 지상의 일과 관련하여서 무상함과 무가치로 가는 통찰로 이끈다. 독일 사람들은 진지하므로 영국의 시[166]는 그들에게 매우 적합한 것이었다. 그런데다가 영국의 시는 고상한 심경에서 쓰인 것이어서 장엄했다. 영국의 시에는 위대하고 건실하며 노련한 이성, 깊고 우아한 감정, 탁월한 의지, 열정적인 행동력이 들어 있는데, 그런 점들이야말로 재능 있고 학식 있는 사람들이 가질 수 있는 훌륭한 특성이다. 그러나 이런 것들을 다 갖춘다 해도 시인을 만들어 낼 수는 없다. 진정한 시는 지상의 복음으로서, 우리를 누르고 있는 지상의 무거운 짐을 내적인 명랑성과 외적인 유쾌함으로 제거해줄 수 있어야 한다. 마치 경기구(輕氣球)와도 같이 시는 우리를 우리에게 매달려 있는 짐과 함께 드높은 차원으로 끌어 올려 지상의 복잡한 미로를 조감할 수 있도록 해 준다. 경쾌한 시도 진지한 시도 모두가 훌륭하고 재치 있는 표현으로 쾌락과 슬픔을 완화해 주는 목적을 가지고 있다. 이와 같은 의미에서 도덕적이며 윤리적인 영국 시를 들여다보면 시 대부분이 음울한 인생의 권태만을 보여주고 있음을 알 수 있다. 이러한 테마를 훌륭하게 보여주고 있는 영[167]의 시 〈야상 夜想〉뿐만 아니라 다른 명상적인 시들 역시 어느새 그런 슬픈 영역으로 빠져들고 만다. 이 문제는 지성으로 해결되지 않는 과제일 뿐이다. 왜냐하면, 지성이 종교를 만들어 냈다고 해도, 지성에 대해서 종교가 어떻게 손을 쓸 수 없는 까닭이다. 위에 언급한 무시무시한 시에 대한 주석으로도 완전히 책 한 권을 만

---

166 1770년대에는 번역을 통해서 영국의 문학이 독일에 많이 소개되었다.

167 Eduard Young (168~1765): 1751~52년에 번역, 소개된 영의 〈야상 Night-Thoughts〉는 독일에서 감상주의 붐을 일으키게 했다.

들어 낼 수 있을 정도다.

> 이제 늙음과 경험이 손에 손을 잡고,
>
> 그를 죽음으로 인도하여 그로 하여금
>
> 그다지도 괴롭고 긴 모색 후 깨닫게 해 준다.
>
> 그가 살아온 전 생애가 그릇된 것이었음을.

영국 시인들을 더욱더 인간 혐오자로 만들고 작품에서 모든 것에 대한 불쾌한 반감을 풍기게 하는 것은 그들의 국가가 여러 번 분열되었으며 누구나 전 생애는 아니라고 하더라도 인생의 전성기를 어느 당파에든 바치지 않으면 안 되었던 까닭이다. 그 결과 시인은 그가 몸을 맡긴 윗사람이나 신봉하는 일을 마음대로 찬양하거나 칭찬할 수 없었다. 만약 그랬다가는 질투와 반발을 사기 때문이다. 그래서 시인들은 적에게 될 수 있는 대로 포악하게 욕을 퍼붓고 풍자의 무기를 가능한 한 예리하게 갈고 독을 바르는 데 재능을 다 바쳤다. 이런 일은 양쪽에서 일어났다. 중간지대는 파괴되고 깨끗이 쓸려버려서 현명하게 처신하는 거대한 국민들은 아무리 관대하게 말한다고 해도 어리석음과 광기밖에는 아무것도 찾아볼 수 없게 되고말았다. 감미로운 시까지도 슬픈 일을 다루게 되었다. 버림받은 여성이 세상을 떠나는 시가 있는가 하면, 어떤 시에서는 연인을 향해 헤엄쳐 가고 있던 청년이 연인에게 다 가지도 못한 채 상어의 밥이 된다. 그레이[168] 같은 시인이 교회 묘지에 자리 잡고 저 유명한 노래를

---

168 Thomas Gray (1716~1771): 〈시골 묘지에서 쓴 엘레지 Elegy Written in a Coun-try-churchyard〉가 유명했다.

부르기 시작하면 그 주위에 우울한 동료들을 한 떼나 모을 수 있다. 밀턴의 〈쾌활한 사람〉[169] 역시 조용한 기쁨을 노래하기 전에 우선 격렬한 구절로 우울을 씻어내지 않으면 안 되었으며, 쾌활한 골드스미스[170]까지도 〈황폐한 마을〉에서 그의 '나그네'가 온 세상을 돌아다니면서 찾은 잃어버린 낙원을 아름답고도 슬프게 노래할 때 비가적인 감정에서 벗어나지 못한다.

반대의 증거로 유쾌한 작품이나 쾌활한 시를 제시하는 사람도 있을 것으로 생각한다. 그러나 그런 작품 대부분은 비교적 오래된 것들로, 그런 종류의 것 중에서 새로운 작품들은 모두가 풍자적이며 신랄하고 특히 여성들을 경멸하는 내용이다.

요컨대 이런 식으로 심각하고 인간의 본성을 매장하는 시들이 우리들의 애송시였다. 취향에 따라 비교적 가벼운 비가적인 시를 읽은 사람도 있고, 모든 희망을 단념케 하는 매우 우울한 시를 읽은 사람도 있다. 더욱 이상한 것은 명랑함을 전파시킬 수 있는 우리들의 아버지이자 스승인 셰익스피어까지 그런 식의 우울을 조장했다는 점이다. 햄릿과 그의 독백은 젊은이들의 가슴에다 어두운 그림자를 드리운 유령이었다. 누구나 그 중요한 대목을 암기하고 낭독하기를 좋아했다. 그런가 하면 아무도 망령을 보지 않았고 아버지의 원수를 갚아야 할 이유도 없는데 마치 덴마크의 왕자처럼 자신도 우울함에 잠길 이유가 있는 듯이 생각했다.

그런데 이러한 우수에다 완벽하게 어울리는 장소를 만들어 주려

---

169 John Milton (1608~1674): 〈쾌활한 사람 Allegro〉은 대표적으로 밝고 쾌활한 시이다.
170 Oliver Goldsmith의 〈나그네 The Traveller〉는 1764년에 나온 감상적인 시이다.

고 했는지 오시안[171]은 우리를 툴레[172]까지 끌고 갔다. 그곳에서 우리는 무시무시한 벌판에 이끼 긴 묘비가 늘어선 그 사이를 방황했고, 무서운 바람 속에 몸서리치는 주변의 언덕을 바라보고 무거운 구름으로 잔뜩 덮인 하늘을 바라보았다. 달빛 속에서 칼레도니아[173]의 밤은 밝아오기 시작했다. 영웅들은 사라지고 창백한 소녀들이 우리 주변에 모습을 드러내더니 로다[174]의 망령이 끔찍스런 모습으로 마치 현실처럼 모습을 드러냈다.

이런 분위기와 이런 환경에서 이런 취향과 관심을 가진 채 사람들은 이루어지지 않는 열정에 고민하고, 가치 있는 행동을 하도록 외부로부터 아무런 자극도 받지 못한 채 질질 끌려다니며 얼빠진 시민 생활에 매달려 있었다. 사람들은 불평을 일삼았고, 더는 견딜 수 없으면 마음대로 목숨을 끊을 수 있다는 생각을 하면서 하루하루의 우울과 권태를 견뎌내고 있었다. 이런 기분이 널리 펴져 있었기 때문에 《베르터》는 큰 반응을 얻었다. 이 작품이 모두의 감정에 호소하면서 병적인 청년의 망상의 내면을 솔직하고도 알기 쉽게 표현하였기 때문이었다. 이러한 슬픔을 영국인들이 얼마나 잘 알고 있었는가는 《베르터》보다 먼저 쓰인 다음과 같은 의미심장한 시구가 그것을 증명한다.[175]

---

171 1765년에 런던에서 출간된 두 권짜리 오시안의 시집은 프랑크푸르트의 괴테 생가에 남아 있다.

172 Thule: 북극에 있다는 전설상의 섬.

173 Caledonia: 스코틀랜드의 북부지대.

174 로다의 망령: 오시안의 〈카트 로다 Kath Loda〉 제1단락에 등장한다.

175 Thomas Warton의 시 〈자살 The Suicide〉에서 인용한 것이다.

비탄에 빠지기 쉬운 자는

자연이 주는 아픔보다 더 많은 아픔을 안다.

그의 환상은 슬픔의 모습을 실제가 아니라

어두운 가상의 색조와 공포로 그려낸다.

    자살은 어느 시대에나 논의되고 이야기된 인간 본성에 관한 일이며, 누구나 관심을 끌게 만드는 이야기이다. 몽테스키외[176]는 작품에서 영웅이나 위인들에게 마음대로 죽음을 택할 수 있는 권리를 부여했으며, 인생이라는 비극의 5막을 자기가 원할 때에 끝맺는 것은 각자의 자유라고 말한 바 있다. 하지만 여기서 내가 말하는 사람들은 의미 있는 인생을 열심히 활동하며 보내고 위대한 국가나 자유에 헌신하고 그들이 고무되었던 사상이 지상에서 사라지자 그것을 저 세상까지 따라가려는, 나쁘게 보이지 않는 그런 사람들에 관한 이야기가 아니다. 여기서 말하는 사람들은 극히 평화로운 상황에서 살고 있는데 행동력이 부족하며 자신에 부여된 과대한 요구로 인해 인생이 싫어진 사람들이다. 나 자신도 그런 상황에 놓여서 많은 고통을 당한 적이 있고, 그 고통에서 벗어나는 데 얼마나 많은 노력이 필요한 것인지 잘 알고 있기 때문에 여기서 사람들이 선택할 수 있는 죽음의 방법에 관해서 내가 알고 있는 것을 숨김없이 말해 보고자 한다. 인간이 자신에게서 벗어나, 상해만 입고 마는 것이 아니라 완전히 목숨을 끊기 위한 목적을 이루기 위해서 기계적인 방법을 택하는 것은

---

176 몽테스키외의 《로마인의 위대함의 원인에 관한 고찰 Considération sur les causes de la grandeur de Romains》의 제12장을 언급하고 있다.

매우 부자연스러운 일이다. 아이아스가 자신의 검에 쓰러졌을 때[177] 그에게 마지막 봉사를 한 것은 그의 체중이었다. 전사(戰士)가 자신의 신체를 적에게 넘기지 않도록 하는 의무를 병졸에게 지우는 것[178] 역시 외부 힘의 도움을 받는 것인데, 이러한 힘은 물리적인 힘이 아니라 도덕적인 힘이다. 여성들은 강물에 투신하여 절망을 식히기를 갈구하며,[179] 총이라는 극히 기계적인 도구 역시 최소한의 노력으로 신속한 처리를 가능하게 해 준다. 목을 매는 것은 고상하지 못한 죽음이기 때문에 사람들은 거기에 관해 말하기를 좋아하지 않는다. 그러나 영국에서는 어려서부터 많은 사람이 교수형 당하는 것을 보았고 그 형벌을 별로 불명예스런 것으로 생각지 않기 때문에 이 방법이 제일 흔한 방법이다. 독을 사용하거나 혈관을 끊어 서서히 생명을 끊는 사람도 있다. 독사를 이용하는 가장 세련되고 가장 신속하며 동시에 가장 고통이 적은 죽음은 일생을 부귀영화로 보낸 여왕에게나 어울리는 것이다.[180] 그러나 이 모든 것은 외적인 수단이며 적이다. 이들 적과 인간은 결속하여 자신에게 저항하고 있다.

이와 같은 모든 자살수단을 생각해 보고 역사 속에서도 계속 찾아볼 때 모든 자살자 중에서 오토 황제만큼[181] 정신의 위대성과 자유를 보이면서 그 일을 수행한 사람을 찾아볼 수 없다. 싸움에 패한 장군이긴 했지만, 아직 극단적인 상황까지는 가지 않았을 때 그는 자신

---

177 Ajax는 트로이 전쟁의 영웅으로 모욕감으로 자살했다.

178 《줄리어스 시저》에서 Cassius가 부하에게 자신을 찌르도록 한다.

179 《햄릿》의 오필리아를 연상시킨다.

180 클레오파트라를 말하고 있다.

181 로마의 황제 Marcus Salvius Otto는 네로를 제거하고 통치자가 되었지만 삼 개월만에 실각하고 자살했다.

의 수중에 있는 제국을 위해, 그리고 수많은 사람을 구하기 위해 세상을 떠날 결심을 했다. 그는 친구들과 즐거운 만찬을 나눈 뒤 그 다음 날 아침에 예리한 단도로 자신의 가슴을 찌른 채 발견되었다. 이행동만은 모방할 가치가 있는 것으로 생각되었다. 그래서 나는 자살을 할 때 오토 황제처럼 행동할 수 없는 사람은 스스로 마음대로 이세상을 떠나는 것은 용서받을 수 없다고 믿었다. 이런 생각으로 나는자살할 결심이나 아름다운 평화 시절에 나태한 청년의 마음속에 스며드는 자살의 망상에서 벗어날 수 있었다. 내가 가진 꽤 많은 무기중에는 귀하고 예리한 단도가 있었다. 나는 이 단도를 항상 침대 곁에 놓아두었는데, 불을 끄기 전에 예리한 칼끝으로 2, 3인치 가슴을찌를 수 있을까 실험해 보곤 했다. 하지만 한 번도 성공할 것 같지가않았고, 그래서 나는 자신을 조소하고 일체의 우울증적인 행동을 포기하고 살아나 갈 것을 결심했다. 그러나 삶을 즐겁게 만들기 위해서는 작가의 임무를 실행해야 했고, 그런 중요한 문제에 관해 느끼고 생각하고 공상한 것을 언어로 표현하지 않으면 안 되었다. 나는마음속을 사로잡았던 이런 문제에 관해 2, 3년간 자료를 모으고 나를 곤란하게 하고 불행하게 만든 일을 작품화해보려 했지만 하나도이루지 못하고 있었다. 이런 것을 구체화 시킬 수 있는 사건이나 이야기가 나에게는 없었다.

갑자기 나는 예루살렘이 사망했다는 소식을 들었고, 소문이 전해진 직후 그 사건의 정확하고 자세한 내막에 관해서 들었다. 그리고 그 순간《베르터》의 구상이 떠올랐다. 마치 빙점(氷點)에 있던 그릇 속의 물이 사소한 충격으로 단단한 얼음덩어리로 변하듯이 전체가 사방에서 모여들어 견고한 덩어리가 되었다. 이러한 귀중한 수확을 놓치지 않고, 그 소중하고도 다양한 내용을 가진 작품을 마음속에 구상화시켜 각 부분을 완성하는 것은 중요한 일이었다. 왜냐하면, 나 역시 별로 희망을 느끼지 못하는, 불쾌까지는 아니지만 우울한 감정에 파묻히는 고통스러운 상황에 다시 빠져들고 있는 까닭이었다.

낯선 새로운 관계 속으로 들어가는 것은 항상 불행한 일이다. 우리는 종종 우리의 의사와는 어긋나게 잘못된 관계 속에 빠져 그런 상태의 어중간한 상황 때문에 괴로움을 당하면서도 그런 상황을 개선할 방법도, 거부할 방법도 찾지 못하는 수가 있다.

장녀를 프랑크푸르트로 출가시킨 뒤 라 로쉬 부인은 자주 딸을 방문했다.[182] 그러나 부인 자신이 선택한 것인데도 그 가정의 상황은 마음에 들지 않았다. 마음을 편안하게 가질 수도 어떤 변화를 만들 수도 없으므로 부인은 불만이 많았다. 딸이 아무런 부족 없이 살고 있고 사위도 딸에게 아무런 불평도 하지 않기 때문에 사람들은 도대체 무엇 때문에 불행한지 알 수 없었지만, 아무튼 그 딸이 불행하다고 생각하지 않을 수 없는 상황이었다. 그런데 나는 그 가정에서 환대를 받았으며 그 결혼에 한몫했거나 그 가정의 행복을 빌고 있는 여러 사람과 어울리게 되었다. 성 레온하르트 수도원의 원장이었던 뒤메[183]는 나를 신뢰하고 우정까지도 아끼지 않았다. 그는 내가 가깝게 교제를 해 본 최초의 가톨릭 성직자로 매우 학식 있는 사람이었다. 고대 교회의 신앙과 풍습, 내외 사정 등에 관해서 그는 나에게 재미

---

182 딸 Maximiliane La Roche는 프랑크푸르트의 사업가 Peter Anton Brentano와 1774년에 결혼했다.

183 Friedrich Damian Dumeiz: 성 레온하르트의 수도원장으로 방대한 장서를 소유하고 있었다.

있고 자상한 설명을 해 주었다. 젊지는 않았지만, 매우 자태가 아름다웠던 세르비에르[184]라는 여성의 모습은 아직도 기억이 생생하다. 나는 알레지나-슈바이처[185] 가문이나 다른 집안과도 교제하게 되었는데 이 가족들의 아들들과는 그 후에도 오랫동안 우정을 나누게 되었다. 나는 갑자기 낯선 사람들과 친해지게 되었고, 그들이 하는 일이나 오락, 또는 종교적인 모임에 관해서도 관심 두게 되었다. 젊은 부인에 대한 나의 과거의 관계는 남매 같은 것이었으며 그것은 결혼 후에도 계속되었다. 그것은 부인이 나와 비슷한 나이인데다가 그녀가 어렸을 적부터 자라온 정신적인 분위기를 이해하고 있는 사람은 나 하나뿐이기 때문이었다. 우리는 서로 어린애처럼 신뢰하면서 교제를 계속했다. 우리들의 사귐에는 열정적인 것은 섞여 있지 않았지만 그럼에도 불구하고 상당히 고통스러운 것이었다. 왜냐하면, 그녀는 새로운 환경에 잘 적응할 줄 몰랐으며 유쾌한 타알-에렌브라이트슈타인으로부터, 즐거운 처녀 시절부터 재산은 많았지만, 음침한 사업가의 집안과 결혼해서 오게 된데다 몇몇 의붓자식들의 어머니로 처신해야 했기 때문이었다. 나는 이러한 많은 가족과의 관계에 별 관심을 두지 않았으며 함께 어울리지도 않았다. 서로 아무 일도 없을 때는 그것이 당연한 것 같지만, 불쾌한 사건이 일어나면 사람들은 나에게 그 일을 가져오곤 했는데, 열심히 해결한답시고 나는 대개 사태를 원만하게 만들기는커녕 악화시키는 경우가 더 많았다. 얼마 안

---

184 Maria Johanna Josepha Serviére (1731~1805): 남편이 프랑크푸르트에 향수 공장을 소유하고 있었다.

185 프랑크푸르트의 가톨릭 가문의 사업가 Franz Maira Schweitzer는 Paulina Maria Allesina와 결혼했다.

가서 나는 이런 상태를 참을 수 없게 되었고, 이렇게 어중간한 사태 해결에서 오는 생활의 불쾌감이 이중 삼중으로 나를 괴롭히기 시작했다. 그래서 여기에서 벗어나려고 새로운 굳은 결심을 하게 되었다.

친구의 아내를 향한 불행한 애정이 불러온 예루살렘의 죽음이 나를 꿈에서 깨웠다. 나는 나와 그에게 닥쳤던 그 사실을 조용히 바라보기만 한 것이 아니라 때마침 나에게 일어난 비슷한 사건으로 심한 타격을 받고 있었기 때문에 계획 중인 창작에 모든 정열을 퍼부었다. 거기에는 허구적인 것과 실제적인 것의 차별이 거의 없을 정도였다. 나는 외부와 인연을 완전히 끊고 친구의 방문까지도 거절했으며 내적으로도 거기에 직접 관계가 없는 것은 모두 옆으로 밀어 두었다. 반면에 내 계획과 조금이라도 관계가 있는 것은 전부 수집한 다음 그 내용을 아직 문학의 소재로 이용하지 않았던 최근의 내 생활을 다시 한 번 마음속에서 돌이켜 생각해 보았다. 이렇게 오랫동안 혼자서 준비를 한 다음에 나는 《베르터》를 4주 만에 썼는데, 전체의 구성이나 각 부분의 내용을 미리 종이에 하나도 써 놓지 않은 채였다.

완성된 원고는 수정이나 변경을 하지 않은 채 초고로 내 앞에 놓여 있었다. 나는 즉시 원고를 묶었다. 왜냐하면, 철을 한다는 것은 마치 그림에 액자와 같은 역할을 하는 까닭이다. 그렇게 하면 그것이 작품이 될 만한지 아닌지를 알 수 있다. 이 작품을 거의 무의식적으로, 마치 몽유병자처럼 썼기 때문에 나는 원고를 고치려고 다시 읽어 보았는데 감동했다. 하지만 어느 정도 시간이 흐른 뒤 일정한 거리를 두고 보면 여러 가지로 더 좋은 생각이 떠오를지도 모른다는 기대를 품고 이 작품을 후배들에게 읽게 했다. 평소와는 달리 내가 이 작품에 대해서 아무한테도 이야기하지 않았고 내 의견도 숨기고 있었기 때문에 이 작품은 더 큰 반응을 일으켰다. 여기서도 실제적인 영향을 끼치게 한 것은 소재였다. 그런데 그들은 나와는 전혀 상반되는 감정이었다. 왜냐하면, 나는 다른 어떤 작품보다도 이 작품을 쓰면서 폭풍과도 같은 상황에서 구제를 받았다. 나는 사실 나 자신의 죄와 타인의 죄 탓에, 우연적인 또는 고의적인 생활방식으로 인해서, 계획과 무모, 고집과 양보로 인해서 난폭하게 이리저리 쫓겨 다니고 있었다. 나는 마치 대참회를 하고 난 사람처럼 쾌활함과 자유스러운 기분을 느꼈으며 새 생활로 들어갈 권리가 있는 것처럼 느꼈다. 옛날의 치료약이 이번에도 훌륭한 역할을 한 것이다. 현실을 문학화함으로써 나는 마음이 가벼워지고 깨끗해진 기분이었지만, 친구들은 문학을 현실로 바꾸어 이런 소설을 모방하고 자살이라도 해야 하는 것으로 생각하게 되었다. 처음에는 소수의 사람 사이에서 일어났던 이런 일이 일반 대중에게도 일어나게 되자 나에게는 매우 유용했던 이 책이 몹시 해로운 것으로 악평을 듣게 되었다.

그러나 이 작품이 초래했던 모든 해독과 불행은 그 위험성이 이 작품이 완성된 직후에 사라졌을 수도 있었다. 그것은 다음과 같은 일이 있었기 때문이었다. 얼마 전에 메르크가 페터스부르크에서 돌아왔다. 그는 항상 바쁘므로 나는 그와 이야기를 나눌 시간이 없었고 내 마음속에 간직하고 있는 《베르터》에 관해서도 대략만을 얘기할 수 있을 정도였다. 어느 날 그가 나를 방문했는데 별로 할 이야기가 없는 것 같아서 내 작품을 들어봐 달라고 부탁했다. 그는 소파에 앉았다. 나는 사랑의 모험담이 담긴 편지를 읽기 시작했다. 한참을 읽었는데도 그가 칭찬하는 기미가 없었기 때문에 나는 더욱 감동적으로 읽었다. 그리고 잠깐 휴식을 하게 되자 그가 "응, 참 좋구먼"이란 말 한마디로 나를 무참하게 만들고 더는 아무 말 없이 가버렸을 때 내 마음은 이루 말로 표현할 수 없을 정도였다. 나는 당황했다. 이 작품에서 나는 기쁨을 느끼고 있었지만, 처음에는 판단력이 없었기 때문에 자신감이 없었고 주제나 분위기, 그리고 문체에 있어 내가 전부 잘못 생각했으며 완전히 형편없는 작품을 썼다고 생각한 까닭이었다. 곁에 벽난로라도 있었으면 나는 그 자리에서 작품을 불 속에 던졌을 것이다. 그러나 나는 다시 기운을 되찾고 괴로운 며칠을 보냈다. 그러자 메르크가 말하기를 당시 자기는 인간이 빠질 수 있는 가장 비참한 상태에 빠져 있었기 때문에 아무것도 보이지도 들리지도 않았기 때문에 내 원고가 무슨 이야기를 하는 것인지도 모르고 있었다는 것이었다. 사태는 그동안 다시 회복되었다. 메르크는 한창 원기 왕성한 나이였고 따라서 웬만한 일은 참아 넘길 수 있는 사람이었다. 그는 유머를 다시 찾았지만, 전보다 더 신랄해졌다. 그는 내가《베르터》를 개작하려는 계획을 나무라고 힐책하면서 그대로 인쇄하라고 말했다. 청서(淸書)를 한 원고는 내 수중에 오래 남아 있지 않았다. 누이동생이 게오르크 슐로서와 결혼하여 결혼잔치로 떠들썩하던 날 우연히도 라이프치히의 바이간트[186]한테서 원고 청탁 편지가 온 까닭이다. 나는 이런 우연을 길조(吉兆)로 생각하고《베르터》를 발송했다. 여기에서 받은 고료는《괴츠 폰 베르리힝엔》으로 지고 있던 빚을 충분히 갚을 정도였다.

이 책의 반응은 컸다. 정말 굉장했는데, 적당한 시기를 만났기 때

---

186 Christian Friedrich Weygand: 출판업자로 괴테의《베르터》,《클라비고》를 출간했다.

문에 더욱 그랬다. 강력한 지뢰를 폭발시킬 때 작은 도화선만 있으면 되듯이 대중 속에서 일어난 폭발은 이미 젊은 시대가 스스로 파괴되어 있었기 때문에 더욱더 강렬했다. 그리고 진동이 그렇게 컸던 것은 각자 자신의 극단적인 요구나 채워지지 않는 열정, 망상적인 고민을 폭발시킨 까닭이었다. 우리는 대중에게 정신적인 작품을 정신적으로만 받아들이도록 요구할 수 없다. 내 친구들에게서 이미 경험했듯이 실제로 주의를 끄는 것은 내용과 소재였다. 동시에 한편으로는 인쇄된 책이 가지는 품위에서 오는 선입감, 즉 거기에 교훈적인 목적이 있으리라고 생각하는 종전의 선입감도 작용했다. 그러나 참된 창작은 목적을 갖지 않는다. 그것은 긍정도 부정도 하지 않으며, 생각이나 행동을 그 순서에 따라 전개해서 깨달음을 주기도 하고 가르침을 주기도 한다.

나는 비평에 관해 별로 유념하지 않았다. 그 일은 나하고 상관없었다. 그 선량한 사람들이 작품을 어떻게 하든 상관없었다. 그러나 내 친구들은 이런 비평을 빠짐없이 수집했고 내 생각을 잘 알고 있었기 때문에 그런 것을 웃음거리로 삼았다. 니콜라이[187]가 쓴《젊은 베르터의 기쁨》은 우리에게 여러 가지 농담의 기회를 주었다. 성실하며 업적과 학식이 풍부한 이 사람은 편견이 심했기 때문에 자기 자신의 의견과 일치하지 않는 것은 모두 억압하고 배척했다. 나에 대해서도 그는 당장에 그런 시도를 해보았다. 그의 책자는 곧 우리 손에 들어왔다. 호도비에츠키[188]의 우아한 표지 그림은 내 마음에 들었

---

187 Chistoph Friedrich Nicolai (1733~1811): 계몽주의자로 1775년에《젊은 베르터의 기쁨 Freuden des jungen Werther》을 출간했다.

188 Daniel Niklaus Chodowiecki (1726~1801): 당대의 유명한 삽화가.

다. 나는 이 화가를 매우 존경하고 있었다. 그러나 그 서투른 작품 자체는 집에서 짠 거친 아마로 만든 것 같았고, 그나마 그런 거친 천을 만드는 데 온 식구들의 지식을 총동원한 것 같았다. 베르터의 청춘은 처음부터 치명적인 독충에 물려 있었기 때문에 달리 해결할 방도가 없다는 것을 이해하지 못한 채 저자는 내 작품의 214쪽까지는 인정을 한 다음에 혼돈 속에 빠진 주인공이 죽음을 맞을 준비를 하는 장면에서 현명한 정신과 의사가 환자에게 닭의 피가 장전된 피스톨을 내주도록 만들어 지저분한 장면이 연출되기는 해도 다행히 불행은 면하도록 해 놓았다. 결국에는 로테가 베르터의 아내가 되고, 만사가 누구에게나 만족스러운 해결을 보는 것으로 되어 있다.

이 정도까지가 내가 이 작품에 관해서 기억하고 있다. 왜냐하면, 그 책은 그 후 한 번도 내 앞에 다시 나타난 적이 없는 까닭이다. 표지 그림은 오려서 내가 좋아하는 동판화 밑에다 보관했다. 그 후 나는 혼자서 악의는 없지만, 일종의 복수로 〈베르터 무덤 위의 니콜라이〉라는 짧은 풍자시를 썼었는데, 발표하지는 않았다. 나는 전체를 희곡화하고 싶은 욕심이 생겼다. 그래서 로테와 베르터의 대화를 산문으로 써보았는데, 상당히 우스꽝스러운 것이 되었다. 베르터는 닭의 피로 인해 목숨을 건지지만, 결과는 좋지 않은 방향으로 흘러간다. 그는 목숨은 건지지만 자기 눈을 쏘았다. 그래서 로테의 남편은 되지만 그녀를 볼 수 없는 절망에 빠지게 된다. 촉각을 통해 확인할 수 있는 감미로운 부분보다는 전체의 용모를 바라보는 것이 그에게는 더 나았을 것이다. 그리고 누구나 알 수 있는 일이지만 로테에게 눈먼 남편은 달갑지 않은 존재가 된다. 그래서 쓸데없는 일에 끼어들었던 니콜라이는 점잖게 비난을 당하게 된다. 나는 전체를 유쾌한 기분으로 써내려갔는데 힘에 겨운 일에 간섭했던 니콜라이의 딱하고도 거만한 처사를 마음껏 묘사했다. 그런 일을 한 결과로 그는 결과적으로 자기 자신뿐 아니라 남에게도 불쾌감을 주었으며 결국은 업적이 그렇게 많은데도 불구하고 문학적 명성을 완전히 상실하고 말았다. 이 풍자적인 작품은 한 번도 청서를 하지 않았는데 없어진 지 벌써 여러 해가 된다. 그러나 나는 이 작품에 대해서 특별한 애착을 가지고 있다. 젊은 두 사람의 깨끗하고 열렬한 애정은 희비극적 상태로 인해 약화하기는커녕 오히려 강화되었다. 열렬한 애정이 작품 전체에 넘치고 있으며 적수인 니콜라이까지도 심하게 취급되지 않고 유머러스하게 취급되었다. 다만 언어 자체는 별로 점잖다고 말할 수 없었다. 그것은 과거의 각운을 흉내 내면서 이렇게 이야기하고 있었다.

저 주제넘은 자가
내가 위험하다고 떠들어 댄다.
수영도 할 줄 모르는 멍청이가
물을 탓하는 식이다.
베를린 추방이 나한테 무슨 상관이냐.
멍청한 바보 같으니!
나를 이해하지 못하는 자는
책 읽는 법이나 더 배워라.

《베르터》에 관해서는 온갖 비난을 각오하고 있었기 때문에 그 많은 비난이 하나도 불쾌하지 않았다. 그런데 나는 관심을 가진 친절한 사람들한테서 참을 수 없는 고통을 당하게 되리라고는 생각지 못하고 있었다. 내 작품 자체에 대해 친절한 말을 해 주는 사람은 찾아볼 수가 없었고, 모두 그 일이 사실인가에 관해서만 알고 싶어 하는 까닭이었다. 거기에 대해 나는 매우 화가 나서 극히 불친절하게 대답을 해주었다. 그런 질문에 대답하려면 그 많은 요소를 문학적으로 통일하기 위해서 내가 그렇게도 고심했던 작품을 다시 찢어서 형태를 부수지 않으면 안 되는 까닭이었다. 그렇게 하면 참된 구성요소가 파괴까지는 아니더라도 적어도 분산되어 흩어지게 된다. 하지만 자세히 들여다보면 일반의 그런 요구를 나쁘게만 생각할 수도 없었다. 예루살렘의 운명은 큰 이목을 끌었다. 진지한 신학자이자 저술가의 아들로 학식 있고 훌륭하여 나무랄 데 없는 젊은이가 건강하고 유복한데도 불구하고 별안간 별 이유 없이 이 세상을 떠난 것이었다. 그래서 누구나 어떻게 해서 그런 일이 일어났는지를 알고 싶어 했다. 그리고 불행했던 사랑에 대해서 알게 되었을 때 모든 젊은이는 상류사회에서 부딪치게 되는 사소한 불쾌한 사건에 관해 이야기를 나누었으며, 중류층까지도 흥분하고 누구나 더 자세한 것을 알고 싶어 했다. 그런데 《베르터》에는 그 청년의 생활이나 감정을 찾아볼 수 있게 하는 상세한 묘사가 있었다. 장소와 인물이 부합했고 표현도 매우 자연스러웠기 때문에 사람들은 이제는 완전히 알았다고 생각하고 만족스러워했다. 그런데 자세히 관찰하면 부합되지 않는 점도 많았기 때문에 진실을 찾는 사람들에게는 참을 수 없는 일이었다. 그 일을 분석적으로 비판하다 보면 수백 개나 되는 의혹이 생기는 까닭이었다. 그러나 사건의 근원은 아무도 찾아낼 수가 없었다. 왜냐하면, 내 생활과 고민 중에서 창작에 사용한 부분들은 눈에 띄지 않는 청년인 내가 비밀까지는 아니더라도 남의 눈에 띄지 않게 겪은 일인 까닭이었다.

　이 작품을 쓸 때 나는 비너스를 조각할 때 예술가가 여러 미인을 연구함으로써 매우 유익하게 작업을 할 수 있었던 사례를 알고 있었다. 그래서 나도 로테를 만들 때 중요한 특징은 애인에게서 따왔지만 많은 아름다운 소녀들의 용모와 성격을 따왔다. 그래서 탐색을 하는 독자들은 여러 여성의 유사점을 거기서 발견하곤 했다. 그 여성들에게는 자신이 로테처럼 보이는 것이 대수로운 일이 아니었다. 하지만 이처럼 많은 로테로 인해서 나는 많은 고통을 당했다. 왜냐하면, 나를 보는 사람마다 진짜 로테는 어디에 살고 있는지 확실히 가르쳐 달라고 조르는 까닭이었다. 나는 나탄이 세 개의 반지 이야기로 어려움을 모면한 것과 같이[189] 타개책을 모색해 보았지만, 그런 것은 고차적인 사람에게나 맞는 것이지 잘 믿는 사람이건 독자건 그런 것으로는 조금도 만족을 하지 못했다. 이러한 고통스러운 탐색이 얼마 지나면 사라질 것으로 기대했다. 그러나 그것은 일생 나를 따라다녔다. 남몰래 여행이라도 해서 피해 보려 했지만, 그것도 아무 소용이 없었다. 이리하여 이 소설의 작가는 다소 부당하고 해로운 일을 했다고 인정한다더라도 거기에 대해서 충분히, 거의 지나칠 정도로 괴로움을 당하면서 벌을 받았다.

　이런 식으로 나는 작가와 대중 사이에는 거대한 심연이 있으며 그것에 관해 쌍방이 아무것도 모르고 있다는 것을 알게 되었다. 아무리 머리말을 쓴다고 해도 의미 없다는 것을 나는 일찍이 알게 되었다. 왜냐하면, 작가가 의도를 밝히려고 하면 할수록 더욱 혼란만

---

189 레싱의 《현자 나탄 Nathan der Weise》에 등장하는 〈반지의 우화〉.

일으키는 까닭이었다. 작가가 서문을 써봤자 대중은 작가가 피하려고 하는 것에 대해서 결국 마찬가지 요구를 한다. 나는 독자들의 이 비슷한 특성에 관해서, 특히 자신의 비판을 출판까지 하는 사람들에 대해서 일찍부터 알게 되었다. 그들은 일종의 망상에 사로잡혀 창작하는 사람은 자기들의 채무자이고 늘 자신들이 바라고 원하는 것보다 훨씬 뒤떨어지는 사람이라고 생각한다. 그러나 그들은 실은 우리의 작품을 보기 전까지는 작품의 내용이 있을 수 있는 일이며 가능한 일이라는 것조차도 몰랐던 사람들이다. 이러한 일을 젖혀 놓으면 모든 사람이 그처럼 당돌하고 대담하게 나타난 젊은 작가를 알고 싶어 하는 것은 커다란 행복, 아니 불행이었다. 모두 그를 만나 이야기를 나누고 싶어 했다. 먼 곳의 사람들도 무엇인가를 알고 싶어 했기 때문에 나는 때로는 기쁘지만 때로는 불쾌한, 그러나 항상 번잡스런 사람들의 무리와 부딪치지 않으면 안 되었다. 착수해 놓은 일들이 많아서 애정을 기울여 열중한다고 해도 몇 년이 걸릴 정도였지만, 나는 순수하게 창작에 전념하는 데 필요한 적막과 어둠으로부터 대낮의 소란 속으로 끌려 나오고 말았다. 그런 곳에서는 관심과 냉대, 칭찬과 힐책에 현혹당해 다른 사람들 속에서 자기 자신을 잃어버리게 된다. 외적인 접촉은 결코 우리들의 내적 성숙의 시기와 일치하는 것이 아니므로, 그것은 이익이 되기는커녕 반드시 해가 되는 까닭이다.

그러나 외부의 이러한 복잡한 사정보다도 작가가 대작인 작품에 착수하여 완성하는 것을 더욱 방해하는 것은 당시 그런 사람들에게서 지배적이었던 사상, 즉 인생에서 어느 정도라도 중요한 것이 있으면 그것을 전부 희곡화해 보려는 생각이었다. 희곡화라는 용어가 (그것은 창작의 세계에서 쓰는 용어였다) 무엇을 의미하는지를 설명해야 할 것 같다. 유쾌한 날 재능 있는 사람들과의 모임에서 기분이 고조되면 대작을 만들려고 모아두었던 것을 일시적이고 짤막한 표현으로 토막을 내는 일이 흔했다. 돌발적인 사건, 소박하고 평범한 말, 오해, 역설, 재미있는 대사, 개인의 특징 또는 습관, 중요한 표정, 요란하고 시끄러운 인생에서 나타날 수 있는 온갖 일 등이 대화, 문답, 동작, 연극의 형태로 표현되었는데 그것은 산문인 경우도 있었지만, 운문으로 표현되는 경우가 더 많았다.

이러한 천재적이며 열정적인 습작을 통해서 문학적인 사고방식이 드러나게 된다. 여러 대상, 사건, 인물들을 독자적으로 또는 다른 것과의 연관 속에 세워 놓고 그것을 명확하게 파악하고 생생하게 표현하려고 노력했다. 모든 비판은 찬성이건 반대이건 보는 사람의 눈앞에서 생생한 형태로 감동을 일으켜야만 했다. 이러한 창작품을 경구라고 부를 수 있을지 모르겠다. 이 시들은 예리하거나 날카롭지는 않지만, 상황에 적중하는 단호한 특성이 있었다. 《박람회장》[190]은 이런 경구, 또는 경구 모음집이라고 할 수 있을 것이다. 이 연극에 등장하는 인물은 실제로 당대 사회에서 생활하던 사람들, 적어도 연관이 있거나 어느 정도 알려진 인물들이다. 그러나 이 수수께끼를 아는 사람들은 별로 없었기 때문에 모두 웃었다. 자신의 특징이 웃음거리가 되고 있다는 것을 알고 있는 사람은 별로 없었다. 《바르트의 최근 계시에 부치는 프롤로그》[191]는 다른 식으로 쓴 증거물이 되고 있다. 짤

---

190 Das Jahrmarktsfest zu Plundersweilern: 1773년 초에 쓴 것으로 추정되는 유머러스하고 풍자적인 희곡.

191 기센의 신학자 Karl Friedrich Bahrdt(1741~1792)가 1773년에 쓴 〈편지와 소설로 쓴

막한 몇 개의 시는 잡다한 다른 시들과 함께 남아 있지만 대부분 흩어져 없어지고 말았다. 남아 있는 시들도 발표하지 않는 것이 좋을 것 같다. 그중에서 인쇄되어 발표된 것은 대중들의 동요를 증가시켰을 뿐이며, 작가에 대한 호기심을 일으키게 했을 뿐이다. 손으로 써서 남들에게 읽게 한 것도 가까운 사람들에게 큰 반향을 일으키게 되었는데 이들 숫자는 날로 늘어만 갔다. 당시 기센에 살고 있던 바르트 박사가 나를 찾아왔다. 겉으로 보기에는 예의 있고 믿을 만한 사람처럼 보였다. 그는 나의《프롤로그》에 관해 농담하면서 친밀한 교제를 청했다. 그러나 우리 젊은이들은 여전히 모임이 있으면 남들의 특성을 찾아내어 그것을 우스꽝스럽게 흉내를 내면서 남몰래 짓궂은 즐거움을 느끼고 있었다.

젊은 작가가 문학계에서 혜성으로 경탄을 받게 되는 것은 결코 나쁜 일이 아니다. 그래서 겸손한 태도로 조국에서 가장 저명한 사람들에게 경의를 표시하려고 노력하고 있었다. 그중 가장 대표적인 사람은 유스투스 뫼저[192]였다. 이 탁월한 인물의 소논문들은 애국적인 내용을 담은 것들로, 몇 년째《오스나부르크 지성 잡지》에 실리고 있었다. 나는 당대에 조금이라도 가치가 있거나 특히 인쇄된 우수한 글은 결코 배척하는 법이 없는 헤르더를 통해서 뫼저를 알게 되었다. 뫼저의 따님인 포이그츠 부인[193]이 흩어진 이 글들을 수집하고 있었다. 출판은 기대하기 힘들었기 때문에 나는 일정한 범위의 사람들을

신의 최근 계시 Neueste Offenbarung Gottes in Briefen und Erzählungen〉를 반박하기 위해 괴테가 쓴 글.

192 Justus Möser (1720~1974): 역사가이며 정치평론가.

193 Jenny von Voights (1752~1814).

위해 쓰인 이 뜻있는 논문이 소재나 형식 면에서 모든 방면에 유익할 것이라는 적극적인 생각으로 부인과 왕래를 시작했다. 부인과 그녀의 부친은 아주 낯설지 않은 이 타향 사람의 말을 좋게 받아들였다. 부인이 갖고 있던 불안감도 내 설명으로 풀렸다.

하나의 사상을 바탕으로 쓰여 훌륭하게 전체를 이루고 있는 이 자그마한 논문들에서 가장 주목할 만하고 높이 평가할 만한 것은 시민의 본질에 관한 깊은 인식이었다. 우리는 여기에서 제도가 과거에 기초를 두고 있으면서도 한편으로는 생생하게 살아 움직이는 것을 알게 된다. 우리가 한편으로는 전통에 매달려 있지만 다른 한편으로 사물의 움직임이나 변화를 방해할 수는 없는 것이 사실이다. 그래서 사람들은 어떤 경우에는 유익한 개혁인데도 그것을 두려워하는가 하면, 또 어떤 경우에는 그것이 무익하고 유해하기까지 한데도 새로운 것에 대해서 흥미와 기쁨을 갖기도 한다. 저자는 아무런 편견 없이 각 계급 간의 상황을 국가, 시, 군, 읍이 서로 상호 간의 관계에 있는 것과 연결하여 해명하고 있었다. 우리는 이러한 국가제도가 어떠한 권한을 가졌는지 그것이 어떠한 법적 근거를 가진 것인지 알게 되고 국가의 기본재산 소재와 그것이 어떤 이익을 가져오는지에 대해서도 알게 된다. 또한, 소유권 및 그 이익, 그리고 반대로 조세와 각종 지출, 다양한 소득에 관해서도 알게 된다. 여기에서도 역시 구시대와 새로운 시대가 서로 대치되고 있다.

한자 동맹[194]의 일원이었던 오스나부르크가 구시대에는 상업 활동의 도시였던 것을 알 수 있다. 당시의 정세에서 이 도시는 주목할

---

194 13~17세기에 독일 북쪽과 발트 해 연안에 있는 여러 도시 사이에서 이루어진 연맹으로, 해상 교통의 안전을 보장하고 공동 방호와 상권 확장 따위를 목적으로 했다.

만한 좋은 위치에 자리 잡고 있었다. 농산물을 흡수할 수도 있었고 바다에서 멀리 떨어져 있지 않았기 때문에 해상무역에도 참여할 수 있었다. 그러나 그다음 시대에는 이미 육지 한가운데로 깊숙이 들어간 도시가 되어 버렸고 차츰 해상교역에서 멀어지고 제외되었다. 어떻게 해서 그렇게 되었는가에 대해서는 여러 방면에서 논의되고 있다. 영국과 해안 간의 분쟁, 항구와 육지 간의 분쟁에 관해서도 다방면으로 논의되었다. 해안에 사는 주민들이 큰 이익을 보면서도 육지의 주민 역시 같은 혜택을 받는 방법에 관해서도 진지한 제안이 나오고 있다. 또한, 상업과 수공업에 대해서도 다양한 지식을 얻게 된다. 어떻게 해서 큰 공장들이 넘치게 되고 소매상들이 망하게 되었는가 하는 것을 알게 되고, 여러 가지 이유의 결과로 나타나는 쇠퇴, 그리고 이러한 그 결과가 다시 부흥으로 이어져 성쇠가 영원한 순환을 이루고 있는 것에 대해서도 이해하게 된다. 그러나 성실한 시민이었던 저자는 이 순환에서 살아날 수 있는 명확한 길을 제시해 주고 있다. 저자는 특수한 상황에 대한 철저한 견해를 보여 주었다. 그러나 그의 제안이나 충고가 허공에 뜬 것은 아니라 할지라도 실행하기가 쉽지 않은 것이었기 때문에 그는 이 논문집을 '애국심에서 나온 공상'이라고 불렀다. 그러나 거기에 쓰인 것은 모두가 현실적이며 가능한 일들이다.

모든 공적인 것은 가족제도에 근거하고 있기 때문에 그는 그쪽으로도 시선을 돌렸다. 그의 진지하면서도 풍자적인 관찰의 대상은 도덕, 습관, 의복, 음식, 가정생활, 교육 등의 개혁이었다. 그가 취급한 대상을 주제로 충분히 논의하기 위해는 시민 세계 및 도덕 세계에서 일어나는 모든 일을 항목별로 나누어야 할 것이다. 그의 취급방식은 경탄할 만한 것이었다. 완전히 실무가인 그는 현명한 정부가 계획하고 실행하고 있는 것에 관해서 올바르게 이해시키기 위해서 이 주간지에다 글을 썼다. 그가 글은 설교하는 식이 아니라 매우 다양한, 거의 문학적이라고 부를 수 있는 필치였으며 좋은 의미에서 수사학적인 글이라고 부를 수 있었다. 그는 언제나 대상을 넘어 서 있었으며 극히 진지한 문제에 대해서도 쾌활한 면을 우리에게 보여줄 줄 알고 있었다. 때로는 가면 뒤에 반쯤 숨기도 하고, 때로는 자신의 모습을 드러내면서 그는 언제나 완전하고도 충분하게 논술했다. 그는 항상 유쾌하고 다소 풍자적이지만 정당하고도 우호적이었으며, 때로 거칠고 과격한 때도 있었지만 모든 것이 신중했기 때문에 누구나 필자의 사상, 지성, 경쾌함, 수완, 취향, 성격 등에 관해서 경탄하지 않을 수 없을 정도였다. 공익을 주는 대상을 선택하는 일, 깊은 성찰, 자유로운 사상, 수완 있는 처리능력 등에 미루어 볼 때 그 유쾌한 유머에서 그와 비견될 만한 사람은 프랭클린밖에 없다고 생각한다.

이러한 인물은 우리를 무한히 경탄시키며 훌륭한 것에 관해서 알고자 하고 그런 일을 하고자 하는 젊은이에게 큰 영향을 주었다. 그의 논술의 형식은 따라갈 수도 있을 것 같았다. 그러나 그처럼 풍부한 내용을 완전히 자기 것으로 만들어 서로 모순되는 대상을 그렇게 자유롭게 취급할 수 있는 것을 어떻게 기대할 수 있단 말인가.

하지만 우리가 존중하고 숭배하는 것을 될 수 있는 대로 자기 것으로 만들고 그것을 밖으로 끄집어내어 표현하고자 하는 생각이야말로 우리들의 가장 소중하고도 달콤한 공상이며, 그것이 아무리 큰 고통을 준다더라도 우리는 결코 그 일을 단념할 수가 없다.

제14장

독자들 사이에 일어난 이런 법석[195] 외에 내 주변에도 법석이 일어났는데, 주변의 것이 더 큰 의미를 가졌다. 원고를 보고 내 작품이 일으킬 파란을 이미 예감하고 그런 파란을 부분적으로 자기 일로 생각하던 손 위의 친구들[196]은 대담하게 장담했던 나의 성공을 기뻐했다. 그밖에 다른 친구들도 생겼는데,[197] 이들은 내면에 창작의 힘을 느끼고 그것을 고무하여 발휘하려는 사람들이었다.

전자 중에서는 렌츠[198]가 가장 활발했고 단연 두각을 나타냈다. 이 묘한 인물의 외모에 관해서는 이미 대충 설명을 한 적이 있으며, 유머러스한 그의 재능에 관해 회상하는 일은 즐거운 일이다. 하지만 여기서는 그를 묘사하는 것이 아니라 그의 성격의 결과에 관해 얘기하고자 한다. 인생행로의 굽이를 따라가며 그의 성품을 묘사하여 전달하는 것은 불가능한 까닭이다.

당시에는 자학 증세라는 것이 외부나 타인으로부터 아무런 괴로움을 당하지 않는 상황에서도 나타난다고 알려져서 탁월한 인물들을 불안하게 했다. 자신을 심각하게 생각하지 않는 평범한 사람들이

---

195 질풍노도 문학기의 격양된 감정을 일컫는다.

196 Merck, Herder, Lenz 등.

197 Klinger, Lavater, Jacobi 등.

198 요절한 작가 Jakob Michael Reinhold Renz(1751~1792)에 관한 서술이다.

라면 머릿속에서 일소에 부칠만한 일시적으로 괴로운 일들을 탁월한 사람들은 예민하게 받아들이고 생각해서 작품, 편지, 일기 속에 기록했다. 자신이나 타인에 대한 이러한 엄격한 도덕적 요구는 행동에서는 심한 나태감과 짝을 이루게 되었고, 어중간한 자기인식에서 자만심이 파생하여 괴상한 습관과 악덕을 만들어 냈다. 이렇게 자기 생각 속에 빠져드는 일을 가능하게 한 것은 당시 생겨난 경험 심리학이었다. 이 심리학은 비록 전부는 아니지만, 우리 마음속의 불안 요소를 유해하거나 몰아내야 할 대상으로 보지 않았다. 그리하여 영원히 해결되지 않는 갈등이 생겨났다. 이런 갈등을 앞장서서 끌고 나갔다는 점에서 렌츠는 모든 다른 비(非)활동가나 사이비 활동가들을 능가한다. 《베르터》의 이야기로 완전히 종식되어야 하는 당대의 시대정신으로 렌츠는 고민하고 있었는데, 그는 솔직하고 성실한 다른 사람들과는 완전히 달랐다. 그는 음모에 대하여 강한 애착을 가지고 있었고, 바로 음모 그 자체였다. 고유의 목표, 명백하며 주관적이며 성취 가능한 목표를 갖지 못한 채 그의 머릿속은 언제나 기발한 것으로 가득 차 있었다. 기발한 것은 그에게 끝없는 즐거움을 주었다. 그런 식으로 그는 일생 상상 속의 악한이었고, 사랑도 증오도 모두 상상의 것이었다. 그는 항상 무슨 일을 도모하고 싶어 했기 때문에 공상과 감정으로 일을 마음대로 처리했고, 좋아하는 일이나 싫어하는 일에 잘못된 수단을 통해서 현실성을 부여하려고 했다. 그러면서 자기 일을 계속 파괴해 나갔다. 사랑하는 사람에게 그는 한 번도 이익을 준 적도, 그렇다고 증오하는 사람에게 해를 끼친 적이 한 번도 없었다. 대체로 그는 자신을 벌하기 위해서 죄를 범하고, 낡은 이야기에 새 이야기를 충전시키기 위해서 음모를 계획하는 것처럼 보였다.

그의 재능은 깊은 내면에서, 무한한 창작력에서 나오는 것이었다. 예민한 것, 유동적인 것, 민감한 것이 그의 재능 속에서 서로 경쟁하고 있었다. 그리고 그런 모든 것은 아름다운 것이기는 하지만 병적이었다. 그런 재능은 비판하기가 참으로 곤란하다. 그의 작품에는 몇 가지 특성이 눈에 띄는데, 조잡하고 기괴하고 흉한 것 속에 극히 부드러운 감정이 흐르고 있다. 그것은 완벽하고 희귀한 유머, 그리고 도저히 용납할 수 없는 진정한 희극적 재능을 보여준다. 그의 나날은 허무로 가득했다. 그러나 그는 활동적인 성격이었고, 거기에다 어떤 의미를 부가할 줄 알았다. 기억력이 좋아서 독서를 통해서 항상 많은 수확을 얻었고, 여러 가지 소재로 독창적인 사고방식을 풍성하게 만들 수 있었기 때문에 그는 몇 시간이고 빈둥거릴 수 있었다.

리프란트 기병들과 함께 그는 슈트라스부르크로 파견되었다. 그러나 그런 사람을 상담자로 선택한 것은 적지 않게 불행한 일이었다. 남작인 형은 잠시 고향으로 돌아갔는데 굳게 언약한 애인을 남겨 두고 갔다. 그래서 렌츠는 그녀의 사랑을 구하고 있는 남작의 동생과 그녀를 사모하는 다른 사람들을 쫓아버리고 부재중인 친구의 소중한 애인을 지키기 위해서 자신이 그 아름다운 여성을 사랑하는 척하고, 상황에 따라서는 사랑할 각오를 했다. 이 여성을 이상화시키고 끈기 있게 집착함으로써 그는 자신의 논리를 구현하려 했다. 그는 다른 사람들처럼 자신이 그녀에게 농담이나 장난에 불과하다는 것을 인정하려 하지 않았는데, 그러는 편이 훨씬 나았을 것이다. 왜냐하면, 그것은 사실 장난으로, 그녀 쪽에서는 장난삼아 그에게 응하면서 때로 그를 가까이, 때로는 멀리했으며, 칭찬하기도 하고 무시하기도 하면서 이 장난을 길게 끌어가고 있기 때문이었다. 사람들은 그가 가끔 제정신이 들지만, 한편으로 이런 횡재를 즐거워하고 있다고 생각했다.

생도들과 마찬가지로 렌츠는 수비병 장교들과 같이 생활했기 때문에 나중에 《군인들》에서 보여주는 것과 같은 신기한 경험을 할 수 있었다. 이처럼 일찍이 군대를 접하게 된 것은 그에게 특별한 결과를 가져오게 했고 자신을 군사문제 전문가라고 생각하게 되었다. 실제로 이 분야를 그는 세밀히 연구했고, 몇 년 뒤에는 프랑스 국방대신에게 많은 보고서를 올리고 좋은 결과를 기대하고 있었다. 프랑스 군대의 결점은 꽤 잘 지적했다고 할 수 있지만, 시정방법은 우스꽝스럽고 실행 불가능한 것들이었다. 그러나 그는 그것으로 자신이 궁정에서 큰 세력을 갖게 될 것으로 기대했다. 청서를 하고 편지까지 첨부해서 정식으로 주소까지 쓴 그 공상적인 글을 친구들이 여러 가지 이유를 들어 극구 저지하면서 불태워버린 것을 그는 매우 불쾌하게 생각했다.

앞서 언급한 여성과의 복잡한 관계의 전모를 그는 말이나 편지에서 나에게 토로했다. 매우 평범한 일도 문학화할 줄 아는 그에게 나는 종종 경탄했다. 그래서 나는 이 요란한 모험의 내용을 멋지게 각색하여 소설로 써 볼 것을 간곡히 부탁했지만, 그런 일은 그가 할 일이 아니었다. 끝없이 사소한 일에 파묻힌 채 아무 생각 없이 실을 끝없이 짜는 것과 같은 일은 그에게 적당한 일이 아니었다. 이러한 전제를 토대로 해서 광증에 걸리기까지의 그의 생애를 어떤 방식으로든 서술하는 것은 아마 언젠가 이루어질 것이다. 지금은 관련된 간단한 문제에 관해서만 취급하고자 한다.

《괴츠 폰 베르리힝엔》이 출간되었을 때 렌츠는 나에게 긴 편지를 보내왔다. 그가 항상 사용하는 편지지에 쓴 것으로, 상하좌우로 조금도 여백 없이 빽빽하게 쓴 것이었다. 그 글에는 〈우리의 결혼에 관하여〉라는 제목이 붙어 있었다. 만일에 이 글이 지금도 남아 있다면 그의 존재에 관해서 훨씬 더 명확하게 설명할 수 있을 것이다. 이 긴 편지의 내용은 나의 재능과 그의 재능을 서로 비교하는 것이었다. 그는 자기를 내 아래에 놓기도 하고, 때로는 동등하게 놓기도 했다. 그러나 전체가 유머러스하고 우아한 필치로 쓰였기 때문에 그가 말하려 한 견해를 나는 기쁘게 받아들였다. 나는 그의 재능을 높이 평가했고, 무궤도한 방랑을 이제는 중지하고, 타고난 창작 재능을 예술가적인 자제력을 가지고 이용하기 바라기 때문에 기쁘게 생각했다. 그의 신뢰에 대해서 나는 친절한 답장을 보냈으며 그가 편지에서 매우 긴밀한 결속을 요구했기 때문에 (그 이상한 제목이 이미 말하고 있지만) 그 이후 나는 완성작품과 계획 중인 작품의 일체를 그에게 알려주었다. 거기에 대해 그 역시 하나씩 자신의 원고를 보내왔다. 플라우투스[199]를 모방한《가정교사》,《신(新) 메노차》,《군인들》과《연극론》의 부록으로 만든 영국 연극의 번역이었다.

그의 편지를 읽으면서 내가 약간 이상하게 생각한 점은, 규범적인 연극을 통렬히 비난하는 그의 논문을 이미 여러 해 전에 문학 모임에서 강연한 것이며 그것이 내가《괴츠》를 쓰기 이전의 일이라고 말한 점이다. 렌츠의 슈트라스부르크 시절에 내가 모르는 문학 모임이 있었다는 점은 이상한 일이다. 하지만 나는 그것을 불문에 부치고, 렌츠에게 그의 논문과 작품을 출판해 줄 사람을 소개해 주었다.

---

199 Titus Maccius Plautus: 로마의 희극작가.

그가 공상 속에서 나를 증오의 대상, 모험적이고 망상적인 박해의 대상으로 삼은 사실을 나는 조금도 예측하지 못하고 있었다.

순서에 따라 이번에는 비상한 재능을 가진 사람은 아니지만 손꼽을 만한 좋은 친구에 관해 이야기하고자 한다. 그는 슈트라스부르크, 그리고 뒤에 프랑크푸르트에서 우리들의 일원이 된 바그너[200]란 친구로, 지성과 재능과 학식을 갖추고 있었다. 노력가로 알려졌던 그는 우리들의 환영을 받았다. 믿을 만한 사람이었고, 게다가 나는 계획 중인 모든 작품에 관해 비밀에 부치지 않는 사람이었기 때문에 그에게도 다른 사람들에게 하듯이 《파우스트》에 관한 구성, 특히 그레트헨의 파국에 관해서도 이야기해 주었다. 그는 이 소재를 자신의 《영아 살해범》에 도용했다. 이것이 내 계획이 남한테 도용당한 최초의 일이었다. 불쾌했지만 나는 그를 나쁘게 생각하지는 않았다. 그 후에도 나는 여러 번 생각을 표절 당하거나 도용당했지만 나 자신이 계획한 것, 상상한 것을 마구 털어놓았었기 때문에 불평할 수도 없는 일이었다.

웅변가나 작가는 큰 효과를 내기 위해서 일부러라도 대조법을 이용하는 법인데 렌츠에 이어 클링어[201]에 관해 언급하게 되었으니 양자를 더욱 뚜렷하게 대조할 수 있게 된 것은 유쾌한 일이 아닐 수 없다. 이 두 사람은 동시대의 인물로 청년 시절에는 함께, 나란히 고생했다. 렌츠는 하늘을 스쳐 가는 유성처럼 독일 문학의 지평선 위로 순식간에 흘러갔고, 인생에 있어 아무런 흔적도 남기지 않고 홀

---

200 Heinrich Leopold Wagner (1747~1779): 법학을 공부, 후에 프랑크푸르트에서 변호사 개업.

201 Friedrich Maximilian Klinger (1752~1831): 대표적인 질풍노도 시대의 작가.

연히 사라졌다. 반대로 클링어는 영향력이 큰 작가, 근면한 실무가로 그 명성을 지금까지도 유지하고 있다. 두 사람에 관한 비교는 자연히 드러날 것이니 그에 관해 필요한 점만을 언급하고자 한다. 그의 여러 가지 업적이나 영향은 숨겨진 것이 아니라 가까운 사람에게든 먼 사람에게든 모든 것이 알려졌고 존경을 받고 있는 까닭이다.

클링어의 외모는 — 나는 이 얘기부터 시작하는 것을 좋아하는데 — 매우 호감을 주었다. 키가 크고 늘씬하며 체격이 좋고 용모도 단정하였다. 외모나 복장도 단정했다. 아마 우리 모임에서는 가장 외모가 좋은 인물이었을 것이다. 건방지지도 반발을 일으키지 않았고 속에서 울컥하지 않는 한 절도가 있었다.

여성의 경우 우리는 있는 그대로를 사랑하고, 청년의 경우에는 그가 예시하는 바를 사랑한다. 클링어를 알게 되자마자 나는 그런 식으로 그의 친구가 되었다. 순수한 마음으로 인해 그는 사람들의 호감을 샀고, 모두가 인정하는 착실한 성격 때문에 신뢰를 얻었다. 어렸을 적부터 그는 진지한 기질이었다. 그는 그에 못지않게 아름답고 선량한 누이동생과 함께 어머니를 도와야 했다. 과부인 어머니는 살아 가기 위해서 자식들의 도움이 필요했다. 그가 가진 것은 모두 자신의 손으로 만든 것이었다. 그의 행동에 나타나는 당당한 독립심을 나쁘게 보는 사람은 아무도 없었다. 모든 재능 있는 인물들이 공통으로 가지고 있는 빠른 이해력, 탁월한 기억력, 어학의 재능을 그는 소유하고 있었다. 그러나 이 모든 것보다도 그는 자신이 천성적으로 가지고 있는 확신과 자신감을 더 높이 평가하는 것 같았다. 이런 사실은 여러 경우를 통해서 증명되었다.

이러한 청년에게 루소의 작품이 특히 적합한 것은 당연한 일이었다. 그에게 《에밀》은 근간이 되는 기본 도서였다. 그는 당시의 어떤 지식 사회보다도 이 책의 사상에서 남들보다 훨씬 큰 영향을 받았다. 왜냐하면, 클링어 역시 자연아로, 하층계층에서 시작한 사람인 까닭이었다. 남들이 버리느라 애쓰는 것을 그는 처음부터 갖고 있지 않았다. 남들이 벗어나느라 고생하는 관계의 속박을 그는 한 번도 가진 적이 없었다. 우리는 그를 자연이라는 복음의 가장 순수한 사도(使徒)로 볼 수 있을 것이다. 그리고 그의 모든 진지한 노력과 인간이나 자식으로서의 행동을 생각해 볼 때 "자연의 손에서 나온 것은 모든 것이 좋다!"고 외칠 수 있을 것이다. 그러나 "인간의 손에 의해서 모든 것이 나빠진다!"는 그다음의 말은 그에게 불쾌한 경험이 되어 나타났다. 그는 자신과 싸우는 것이 아니라 자기 밖의 인습의 세계와 싸워야 했는데, 제네바의 인물 루소도 이 인습의 세계로부터 우리를 해방하려고 했다. 그러나 청년에게 있어서 이 투쟁은 어렵고 힘든 것이어서 그는 즐겁고 유쾌하게 학식을 쌓아가는 것보다 자신 속으로 침잠해 들어가고자 했다. 그러나 그는 돌진하고 돌파해 나가지 않으면 안 되었다. 그리하여 그의 성품에는 일종의 신랄한 면이 생기게 되었다. 이런 성격은 부분적으로 그가 조장하고 키운 점도 없지 않지만, 그것보다는 그가 투쟁하여 획득한 것이라고 말할 수 있다.

그의 작품에는 진지한 이성과 순진한 감성, 활발한 상상력, 인간의 다양성에 대한 뛰어난 관찰, 다양한 인간에 대한 특색 있는 묘사가 특징이었다. 그가 보여주는 소녀나 소년은 자유롭고 귀여웠으며, 청년은 정열적이고, 어른은 소박하고 총명했다. 그가 좋지 않게 묘사한 인물들도 지나칠 정도는 아니었다. 그는 쾌활함과 유쾌한 감정,

기지와 교묘한 착상 그 어느 것도 부족한 것이 없었다. 비유와 상징도 마음대로 구사했다. 그에게는 우리를 즐겁게 하고 만족하게 하는 재주가 있었는데, 만약 유쾌하고 의미 깊은 유머를 신랄한 악의로 사람들에게 상처를 주지 않았더라면 그 기쁨은 훨씬 더 순수했을 것이다. 하지만 이 점이야말로 그를 그답게 만들어 준 점이다. 누구나 이론에서는 인식과 오류 사이를, 실제에서는 행동과 파괴 사이를 이리저리 방황하는 법이고, 바로 그 점에서 생활인과 작가는 종류가 그렇게 다양해지는 법이다.

클링어는 자신의 정서와 지성으로부터 스스로 교양을 쌓아 외부세계로 나온 사람이었다. 그것은 꽤 큰 집단과 더불어, 그 집단 안에서 이루어졌다. 이런 사람들은 상호 이해가 되는 일반적이고 대중적인 사람들의 언어에서 힘과 영향력을 얻고 있기 때문에 조만간 모든 수업의 형식에 대해 반감을 품게 되었다. 특히 그것이 활기찬 출발점에서 벗어나 상투화되어 애초의 신선한 의미를 완전히 망각하자 더욱 그랬다. 이들은 새로운 견해, 사상, 체제뿐 아니라 새로운 사건, 큰 개혁을 만들고 실행하려는 탁월한 사람들에 대해서도 거부를 밝혔다. 이런 행동을 비난할 수 없는데, 그들은 자신의 존재와 학식의 기초를 만들어 준 것이 근본적으로 위기에 처하게 되었다고 생각한 때문이었다.

이러한 성실한 인물의 고집은 그것이 사회생활이나 실무생활에서 통용될 때, 즉 많은 사람에게 거칠고, 폭력적으로 보이는 일 처리 방식도 그것이 적당한 시기에 확실하게 목적을 달성하는 경우에는 가치 있는 것이 된다. 클링어에 있어서는 이런 일이 가능했다. 융통성은 (이것은 독일 국민의 천부적 덕성이 되지 못한다) 없지만 대신 그는 근면하고 견실하고 정직한 태도로 중직을 맡게 되었고 그 지위에 있으면서 최고 후원자의 갈채와 은덕을 받았는데, 그러면서도 그는 옛 친구나 과거에 자신이 걸어온 길을 절대 잃지 않았다. 그는 아무리 상대방이 자리에 없거나 떨어져 있어도 추억을 완전한 상태로 보존하려고 했다. 예컨대 그가 제2의 빌리기스[202]로서 훈장으로 장식을 한 문장(紋章)에다 어린 날의 모습을 영원히 새겨 넣은 사실은 기억될 만하다.

얼마 뒤 나는 라바터[203]와 알게 되었다. 동료에게 보낸 그의 《목사의 편지》를 읽고 부분적으로 동감하게 되었는데, 그의 생각과 일치하는 부분이 많기 때문이었다. 그의 바쁜 활동 가운데에서도 우리들의 편지 왕래는 매우 빈번해졌다. 그는 당시 대작인 인상학에 관한 저서를 준비 중이었는데 이 책의 서문은 이미 그 전에 발표되었다. 그는 모든 사람에게 스케치, 실루엣, 특히 그리스도의 그림을 보내라고 요구했다. 나는 소질이 없는데도 그는 나더러 내가 상상하는 그리스도 상을 그리라고 했다. 이렇게 그가 불가능한 일을 요구하는 것은 나에게 여러 가지 장난의 기회를 주었다. 그의 독특한 성격에 대해서는 내 성격대로 대응하는 수밖에 도리가 없었다.

인상학을 믿지 않는 사람이나 최소한 그것을 불확실하고 기만적인 것으로 생각하는 사람들 숫자는 상당히 많았다. 그리고 라바터에게 호의적이었던 많은 사람도 속으로 웃으면서 될 수 있는 한 장난

---

202 Willigis: 마인츠의 대주교로 수레바퀴를 만드는 사람이었던 부친을 기념하여 수레바퀴를 문장으로 삼았다.

203 Johann Kaspar Lavater (1741~1801): 스위스 태생의 신학자이자 목사로 인상학의 대가.

을 하고 싶어 했다. 프랑크푸르트에 있는 꽤 유명한 화가에게 라바터가 저명인사들의 프로필을 부탁한 적이 있었다. 발송자는 내 프로필 대신에 바르트의 초상화를 보내는 장난을 했다. 여기에 대해서 쾌활하지만 벼락같은 답장이 왔다. 그는 그 초상화가 내가 아니라고 단언했으며 그 기회에 인상학에 관해서 토로하고 싶은 말을 온통 쏟아 놓았다. 그 후에 보낸 내 초상화는 인정했지만, 이번에도 그는 화가 나 다른 사람들에 대한 자신의 반감을 토로했다. 그가 생각하기에 화가란 절대로 진실하고 정확한 제작을 할 수 없는데, 인간이란 많은 장점이 있지만, 인간성이나 인간에 대한 이념에 비하면 화가들은 훨씬 뒤떨어지기 때문에 각자를 개성 있는 인물로 만드는 개성을 어느 정도 포기할 수밖에 없다는 것이었다.

그의 마음속에서, 그리고 그의 인간성에 의해 형성된 인간에 대한 개념은 그가 마음속에 그리스도에 관해 지니고 있던 생각과 연관이 되는 것이었다. 그는 기독교인이 아니고는 인간이 살아 숨 쉴 수가 없다고 생각하고 있었다. 기독교에 관한 나의 관계는 감성적, 감정적인 것에 불과했기 때문에 라바터가 빠져있는 육체적인 친화감에 대해서는 조금도 이해가 되지 않았다. 그래서 총명하고 친절한 그가 나나 멘델스존 또는 그 외의 다른 사람들을 공격하면서 모두 자기와 함께 자기식의 기독교인이 되어야 하며 그렇지 않으려면 자기를 끌어당겨 평화로운 경지에 도달하게 만들어 보라고 주장하는 과격한 공박에 화가 났다. 이러한 요구는 내가 서서히 관심을 두기 시작하고 있는 자유로운 세계정신과 단적으로 대립하는 것이기 때문에 나에게 별 영향을 주지 못했다. 개종(改宗)시키려는 요구는 성공하지 못하는 경우 권유당하는 사람을 완고하고 냉혹한 사람이 되게 만든다. 라바터가 마지막에는 기독교도냐 아니면 무신론자냐 하는 과도한 논법을 내세웠기 때문에 나는 더욱 그렇게 되고 말았다. 거기에 대해서 나는 그가 만일 내 식의 기독교를 인정하지 않는다면 어차피 이 양자의 참된 뜻은 아무도 알 수 없으니까 나는 차라리 무신론을 택할 것이라고 말했다.

오가는 편지는 내용이 격렬했지만, 그것이 우리들의 좋은 관계를 파괴하지 않았다. 라바터는 놀라운 인내심과 끈기와 참을성을 가지고 있었다. 그는 자신의 학설을 확신하고 있었으며 자기의 소신을 세상에 보급하려는 굳은 결심을 하고 있었다. 그는 힘으로 이룰 수 없는 것은 시기를 기다려 온화한 방법으로 이루려고 했다. 그는 외적인 소명과 내적인 소명이 완전히 일치하고 젊은 시절의 학식이 계속 나중의 학식과 연관을 맺어 모든 능력을 자연스럽게 발전시킬 수 있는 소수의 행복한 사람 중의 한 사람이었다. 그는 예민한 도덕적 소질을 가지고 태어났으며 결국 종교인이 되었다. 필요한 지식을 습득했으며 다방면으로 능력을 나타냈다. 하지만 원래 학식이라고 부르는 교육은 별로 받지 못했다. 우리보다 훨씬 앞서 태어난 그는 모든 사람의 귀에 감미롭게 들렸던 시대의 자유정신이나 자연정신이라는 말에 사로잡혀 있었던 까닭이었다. 그는 외부로부터의 여러 가지 보조수단에 의하지 않고도 우리가 내부에 이미 소재와 내용을 충분히 갖추고 있으며 그것을 적절하게 발전시키는 것만이 중요하다고 생각했다. 목사의 의무, 즉 일상적인 뜻으로 도덕적이며 더 좋은 뜻으로 종교적으로 타인에게 영향을 끼치는 일은 그의 사고방식과 완전히 일치하는 것이었다. 자신이 느끼고 있는 성실하고 경건한 심정을 사람들에게 전하고, 혹은 그것을 사람들의 마음속에 불러일으키도록 하는 것이 청년 시절의 그의 강렬한 요구였다. 그리고 자신에게 그리고 마찬가지로 타인에게 관심을 두는 것 역시 그의 강렬한 요구였다. 자신에게 관심을 쏟는 일은 내면의 섬세한 감정에 의해서, 타인에게 관심을 두는 일은 외모에 대한 예리한 관찰을 통해서 쉬워지고, 강요당하기도 했다. 그러나 그는 사색에는 선천적으로 재주가 없었고, 참된 의미에서 볼 때 묘사의 재능도 갖추지 못했다. 오히려 그는 활동하고 남에게 영향을 끼치는 일에 온 힘을 쏟았다. 나는 그처럼 끊임없이 활동하는 사람을 보지 못했다. 그러나 어느 가정, 어느 계층, 조합, 도시, 국가, 그 어디에 속하더라도 우리 내부의 도덕적 본질은 외부의 여러 상황에서 구체화하는 법이다. 결국, 활동하기 위해서 그는 외부의 상황과 부딪히지 않으면 안 되었다. 그로 인해 많은 충돌과 갈등을 일으키게 되었다. 게다가 그가 태어난 국가[204]는 정확하고도 엄밀한 제한 가운데서 훌륭한 전통의 자유를 누리고 있었기 때문에 갈등은 피할 수가 없었다. 어렸을 적부터 공화주의자였던 그는 사회문제에 관해 생각하고 관여하는 것이 습관이 되어 있었다. 청년 시절 초기에 그는 직능조합원으로 공공 문제에 관해 투표권을 행사하면서 반대를 할 상황에 부닥친 적이 있었다. 공평하고 독자적인 판단을 내리기 위해서 그는 우선 동료들의 참된 가치를 확인해야 했고, 타인을 연구하면서 항상 자신의 내면으로 돌아가지 않으면 안 되었다.

일찍이 라바터는 이런 상황 속에서 활동에 시간을 많이 빼앗겼기 때문에 언어의 연구나, 그의 목적인 동시에 기초가 되는 분석적

---

204 스위스를 일컫는다.

비평에는 별로 관심을 두지 못했던 것 같았다. 후에 그의 지식과 견해가 무한히 확대되었을 때 그는 진담 겸 농담으로 자기는 학자가 아니라는 말을 자주 했었다. 성서의 문자, 성서의 번역에 몰두한 채 그가 모색하고 논하는 모든 것에 대한 양분이나 보조수단은 그것으로 충분하다고 생각한 것 때문에 더 깊은 연구를 할 수 없었던 것으로 보인다.

하지만 조합이나 협회의 느릿한 활동범위는 활발한 성격의 사람에게는 너무나 답답하게 느껴지기 시작했다. 공정하게 일을 처리한다는 것은 젊은이에게는 힘든 일이 아니었다. 순수한 사람은 자기가 범하지 않은 부정에 대해서는 증오를 느낀다. 어느 태수의 폭정이 시민들의 눈앞에서 폭로되었지만, 그것을 법정에 고소하는 것은 곤란한 일이었다. 라바터는 친구와 함께 익명으로 처벌을 받아야 할 그 사람을 위협했다.[205] 사건은 물의를 일으키게 되었고 결국 수사를 해야 하게 되었다. 죄를 진 사람은 처벌을 받았지만 이러한 재판을 일으킨 사람들 역시 욕까지는 아니지만, 비난을 당하게 되었다. 질서 있는 국가에서는 정당한 일이라도 부정한 방식으로 일을 처리해서는 안 되는 까닭이었다.

라바터는 독일을 여행할 때 학자나 사상가들을 만났지만, 더욱더 자신의 사상과 소신을 확고히 할 뿐이었다. 고향에 돌아가자 그는 더욱더 자유롭고 독자적으로 활동했다. 고귀하고 선량한 그는 인간성에 관해 고매한 개념을 가지고 있었으며 실제의 체험에서 이 개념에 모순되는 것, 어떤 사람이라도 완전성으로부터 멀어지게 만드는 일

---

205 라바터가 취리히의 태수인 그레벨에 맞선 일을 말한다.

체의 결함은 모두 신성(神性)이라는 개념으로 보완해야 한다고 생각했다. 과거의 초상과 완전하게 재현시키기 위해서 이 신성을 시대의 한가운데로, 인간의 본성으로 하강시켜야 한다는 것이었다.

이 기발한 인물의 초기에 관해서는 이 정도로 하기로 하고 우리 두 사람의 개인적인 만남과 교제에 대한 유쾌한 이야기로 넘어가기로 하자. 우리들의 편지왕래가 시작된 지 얼마 되지 않았을 때 그는 계획 중인 라인 강 여행길에 프랑크푸르트에 들르겠다는 소식을 나와 다른 사람들에게 전해왔다. 순식간에 사람들 사이에서 동요가 일어났다. 누구나 할 것 없이 그런 기발한 사람을 보고 싶어 했다. 많은 사람이 자신의 도덕적, 종교적 식견에 도움받기를 바랐다. 그의 학설을 믿지 않는 사람들은 유력한 반대 견해를 내놓아 명성을 떨치려 했고, 자신만만한 사람들은 자신의 소신을 통해서 그를 당황케 하고 모욕 주려고 했다. 온갖 즐거운 일과 불쾌한 일이 이 복잡한 세계에 들어오려는 저명인사를 기다리고 있었다.

우리들의 최초의 만남은 진심 어린 것이었다. 우리는 다정하게 포옹했다. 그는 많은 초상화를 통해서 보아 온 것과 같은 모습이었다. 나는 아직 본 적이 없으며 앞으로도 볼 수 없을 이 독특하고 탁월한 인물을 바로 눈앞에서 생생하게 만나 보게 된 것이었다. 그는 나를 다르게 상상했던 모양으로 처음 순간에 묘한 탄성을 질렀다. 여기에 대해서 나는 내 선천적, 또는 후천적 실재론(實在論)을 내세우며, 이렇게 생긴 것은 신과 자연의 뜻이니 우리는 받아들이는 수밖에 없다고 말했다. 곧 우리가 편지에서 의견의 일치를 보지 못했던 중요한 논점이 화제에 오르게 되었다. 이러한 문제에 관해서 자세하게 논할 여유는 없었지만 나는 이제까지 겪어 보지 못한 특별한 경험을 하게 되었다.

사상이나 감정에 관한 문제에 관해서 이야기할 때 우리는 대중에게서, 아니 친구들에게서도 멀어지는 것이 보통이다. 사고방식과 학식의 수준이 각기 다르므로 소수의 사람과도 서로 이해에 도달하기가 쉽지 않은 까닭이다. 그러나 라바터는 전혀 다르게 생각하고 있었다. 그는 자신의 영향력을 광범위하고 넓게 퍼뜨리고자 했다. 그는 대중 속에서 가르치고 그들을 즐겁게 하는 특수한 재능을 가지고 있었는데 그것은 관상에 대한 탁월한 기량에서 기인한 것이었다. 그는 사람들의 인간성과 생각을 식별하는 능력이 있었기 때문에 상대방의 심중을 신속하게 알아냈다. 게다가 그는 정직한 고백이나 성실한 질문에 대해서 풍부한 내적, 외적 경험으로 누구나 만족할 수 있는 적절한 대답을 할 줄 알았다. 그의 깊고 온순한 시선, 입가의 다정함, 고지 독일어식 억양을 가진 스위스 사투리 등 그의 특징을 나타내는 여러 가지 점이 상대방의 모든 사람에게 편안한 안도감을 주었다. 그리고 납작한 가슴, 앞으로 굽은 자세 또한 그와 대면할 때 받는 위압적인 느낌을 부드럽게 해주는 역할을 했다. 불손과 거만을 그는 침착하고 능숙한 태도로 받아넘길 줄 알았다. 피하는 듯하다가도 그는 우둔한 상대가 생각도 못 한 탁월한 견해를 다이아몬드 방패처럼[206]내세웠는데, 거기서 나오는 광채를 적당한 정도로 조절할 줄 알았기 때문에 상대방은 적어도 그의 앞에서는 감동하고 설득당하게 되었다. 이런 식의 접근은 많은 사람에게 큰 영향을 끼쳤다. 왜냐하면, 이기적인 인간은 사실은 선량한 인간인데, 씨앗을 둘러싸고 있는

---

206 타쏘의 《해방된 예루살렘 Befreites Jerusalem》에서 인용한 것이다.

딱딱한 껍질을 부드러운 작용으로 계속해서 부수기만 하면 모든 것이 해결되는 까닭이다.

반면 외모가 추한 까닭에 그에게 큰 고통이 되었던 것은 용모의 중요성을 강조하는 그의 학설에 확실한 적대감을 표시하는 인물들과 맞서지 않으면 안 될 때였다. 그들은 자기들의 인격을 모욕하는 듯이 보이는 이 학설을 무력화시키기 위해서 풍부한 지식과 온갖 재능과 재주를 모아 격렬한 반감과 보잘것없는 의심을 하면서 그에게 맞섰다. 못생긴 용모 때문에 더욱 훌륭한 도덕성을 갖추게 된 소크라테스 같은 인물은 찾아보기 힘들기 때문이었다. 적들의 이 같은 격렬함과 고루함은 그에게 괴로운 것이었다. 그에 맞서는 노력은 맹렬한 것이었다. 그것은 마치 용광로의 불길이 자기에게 대항하는 광석을 귀찮은 적으로 보고 불길을 뿜어대는 식이었다.

이런 사정 때문에 우리 두 사람에 관한 친근한 대화는 생각할 여유가 없었다. 나는 그가 인간을 어떻게 다루는가 하는 것을 관찰함으로써 많은 것을 배우게 되었지만, 지식을 넓힌 것은 없었다. 왜냐하면, 나의 상황은 그의 상황과는 전연 다른 까닭이었다. 도덕적인 문제로 활동하는 사람은 부단한 노력을 한다. 왜냐하면, 그들의 경우에는 씨 뿌리는 사람에 관해서 너무도 겸손하게 복음서에서 표현된 것보다 훨씬 더 많은 수확을 하게 되는 까닭이다. 그러나 예술의 세계에서는 만약 작품이 예술작품으로 인정되지 않는 경우에는 모든 것을 잃고 만다. 이제 사람들은 내 작품에 흥미를 느낀 독자들이 나를 얼마나 초조하게 만드는지, 내가 무슨 이유에서 그들과 이야기 나누는 것을 피하는지 알 수 있을 것이다. 나는 나와 라바터의 활동 영역 간의 거리를 너무도 실감했다. 그의 영향력은 눈앞에 나타나지만, 나의 영향력은 없는 데서 나타난다. 멀리 떨어져 그에게 불만을 가졌던 사람들도 가까이에서는 친밀감을 느꼈다. 그러나 내 작품을 읽고 나를 좋아하는 사람들은 완고하고 배타적인 인간과 만나게 되면 환멸을 느낄 것이다.

다름슈타트에서 돌아온 메르크는 곧 메피스토펠레스 역을 하기 시작했다. 그는 특히 여자들이 몰려드는 것을 비난했는데, 몇 여자들이 예언자 라바터를 위해 치워 놓은 방을 침실까지 샅샅이 구경하자 그는 "주님이 어디에 누우시는지 경건한 여인네들이 구경하고 싶어 한다." 라고 말했다. 그러나 다른 사람들과 마찬가지로 그 역시 라바터의 마법에서 벗어나지 못했다. 라바터와 함께 왔던 립스[207]가 그의 프로필을 다른 유명, 무명의 초상화와 함께 세밀하게 그려서 훗날 인상학의 대저술 속에 실리게 한 까닭이었다.

내게는 라바터와의 사귐이 매우 중대하고 유익한 것이었다. 왜냐하면, 그의 힘찬 자극이 나의 조용하고 예술적인 관조적 성격에 자극을 준 까닭이었다. 당시 나는 여러 가지 일에 산만하게 얽혀 있었기 때문에 그와의 교제가 당장 이익이 되지는 못했지만, 우리 사이에서는 여러 가지 문제가 화제가 되었기 때문에 나는 대화를 지속시키고 싶은 생각을 하고 있었다. 그래서 만약 그가 엠스로 간다면 동행을 할 결심이었으며 도중에 마차 속에 파묻혀 속세를 떠나 우리 두 사람이 서로 관심을 가진 문제에 관해서 터놓고 얘기해 보려고 생각했다.

그러나 나에게 무엇보다도 관심 있고 많은 수확을 가져온 것은 라바터와 클레텐부르크 여사와의 대담이었다. 철저한 기독교인 두

---

207 Johann Heinrich Lips (1758~1817): 동판 화가로 바이마르의 미술아카데미 교수를 역임했다.

사람이 마주 앉았다. 그리고 같은 신앙이 서로 다른 사람들의 사상에 따라 얼마나 그 모습이 달라지는가를 뚜렷하게 볼 수 있었다. 관용적인 시대에는 각자 나름대로 종교와 신을 숭앙하는 방식을 갖는다는 주장이 반복되었다. 나는 이런 주장을 전적으로 주장하지는 않지만, 남자와 여자는 각기 다른 구세주를 필요로 한다는 것을 인정하게 되었다. 클레텐부르크는 자신의 구세주에 대해서 무조건 헌신하는, 마치 애인을 대하는 태도였으며 모든 기쁨과 희망을 구세주에게 맡기고 아무런 주저도 의심도 없이 일생의 운명을 그에게 의탁하고 있었다. 반대로 라바터는 구세주를 친구로서, 아무런 시기심 없이 오직 깊은 애정만을 가지고 그를 모방하고자 하며, 업적을 인정, 찬양하며 그를 닮고자, 아니 똑같아지려고 노력하고 있었다. 이 두 가지 성향에는 무척 큰 차이가 있었다. 이것을 보아도 양성(兩性) 간의 정신적 요구가 일반적으로 드러난다. 여기에서 우리는 다음과 같이 설명할 수 있을 것이다. 즉 마음이 부드러운 남성은 여성적 아름다움과 덕의 상징인 성모(聖母)에게 의지하며 마치 사나차로[208]처럼 성모에게 생애와 재능을 바치고, 반면에 신의 아들에 대해서는 나중에야 함께 노는 친구로 대한다는 것이다.

이 두 사람의 나의 친지들이 서로 어떤 관계였으며 상대방을 어떻게 생각하고 있었는가 하는 것은 내가 그 자리에 동석했었을 뿐만 아니라 이 두 사람이 비밀리에 나에게 누설한 말을 통해서였다. 나는 두 사람 중 어느 쪽에도 완전히 동의할 수가 없었다. 왜냐하면, 나의 그리스도는 내 나름대로 독자적인 형체를 가진 까닭이었다. 그런데

---

208 Jacopo Sannazaro (1458~1530): 마리아에 관한 서사시 《동정녀의 출산 De Partu Virginis》에 40년간 매달렸다.

그들은 나의 그리스도를 인정하지 않으려고 했기 때문에 나는 온갖 독설과 극단론으로 그들을 괴롭혔다. 그들이 참을 수 없을 정도가 되면 나는 농담을 던지고 물러났다.

학문과 종교 간의 논쟁은 그 당시는 표면화되지 않았지만, 이 두 단어나 그와 연관되는 개념은 때때로 등장했는데, 정말로 세상을 조소하는 사람들은 이 두 가지가 다 신용할 수 없는 것이라고 주장했다. 나는 이 두 가지를 해명해 보려고 했지만, 친구들의 박수를 받지 못했다. 나는 주장하기를 신앙에서 중요한 것은 믿는다는 사실이며 무엇을 믿는가 하는 것은 중요하지 않다고 했다. 신앙은 현재와 미래를 위한 커다란 안정감으로, 이 안정감은 극히 위대하고 강력하며 파악할 수 없는 존재에 대한 신뢰에서 나오는 것이다. 이 신뢰에 대한 확고부동함만이 무엇보다도 중요하며 그 존재를 어떤 식으로 생각하고 있는지는 우리들의 여타의 능력에 달려있다는 생각이었다. 신앙은 신성한 그릇으로 사람들은 각자 자기 나름대로 감정, 지성, 상상력을 제물로서 채우는 것이지만, 학문은 정반대이다. 중요한 것은 안다는 것이 아니라 무엇을 아는가, 얼마나 잘, 얼마나 많이 아는가 하는 점이다. 따라서 학문에서는 많은 논의가 가능하다. 왜냐하면, 학문은 수정하고, 확충하고, 축소할 수가 있는 까닭이다. 학문은 개별적인 것에서부터 시작되며 무한하고 형태가 없으며 결코 총괄할 수 없는 것으로 기껏해야 공상적인 세계에서나 총괄이 가능한 것이다. 따라서 이런 점에서 신앙과는 정반대된다는 얘기였다.

이런 식의 어설픈 지식이나 거기서 파생되는 오류는 문학적으로 표현하면 자극도 되고 재미도 있지만, 실생활에서는 대화를 방해하고 어지럽힐 뿐이었다. 그래서 나는 라바터를 그의 곁에서 그와 더불어 신앙을 굳히고자 하는 사람들에게 일임해 버렸다. 그 대신 그와 떨어져 지냈던 그간의 손실을 엠스로 동행한 여행을 통해서 충분히 보상했다. 여름 날씨는 화창했으며 라바터는 명랑하고 유쾌했다. 그는 종교적이고 도덕적인 사람이어서 사람들이 삶의 여러 가지 일로 기분이 명랑하고 유쾌해하는 것에 결코 무감각한 사람이 아니었다. 그는 여러 가지 일에 관심이 있었으며 재치가 있고 위트도 있었으며 다른 사람들도 그러는 것을 좋아했다. 단지 그것이 예민한 그의 감정의 경계선을 넘어서는 안 되었다. 만약에 경계를 넘는 경우 그는 그 사람의 어깨를 두드리면서 염치없는 그에게 "진정하게"라고 말하면서 점잖은 태도로 돌아가도록 훈계했다. 이 여행에서 나는 많은 지식과 자극을 얻게 되었지만, 내 성격에 질서와 감화를 준 것보다는 그의 성격을 아는 데 더 큰 공헌을 했다. 엠스에서 그는 여러 사람한테 둘러싸였다. 나는 내 업무를 시작해야만 했기 때문에 업무를 그냥 버려둘 수도 없어서 프랑크푸르트로 되돌아왔다.

그러나 조용하게 지낼 수는 없는 처지였다. 바제도[209]를 만나 이번에는 또 다른 식으로 영향을 받게 된 까닭이었다. 이 두 사람처럼 뚜렷한 대조를 이루는 사람들은 보기 드물 것이다. 라바터의 얼굴은 바라보는 사람에게 소탈한 인상을 주었지만 바제도의 얼굴은 긴장되고 내면을 향하고 있는 듯한 얼굴이었다. 라바터의 눈은 넓은 눈꺼풀 아래에서 맑고 경건한 느낌을 주었지만 바제도의 눈은 움푹 들어가고 작고 검고 예리하며 거친 눈썹 아래에서 반짝이고 있었다. 라바터의 이마는 부드러운 머릿결로 덮여 있었다. 그리고 바제도의 쉰

---

209 Johann Bernhard Basedow (1723~1790): 교육학자로 1771년부터는 교육기관 설립에 몰두했는데, 그 비용을 조달하고자 라인 여행을 하고 있었다.

듯한 음성, 빠른 말투, 찌르는 듯한 언사, 조소하는 듯한 웃음, 대화를 급속히 돌려버리는 방법, 기타 그의 특징 모두가 라바터가 우리에게 친근감을 주던 특징이나 거동과는 정반대였다. 바제도 역시 프랑크푸르트에서 인기가 높았다. 그의 위대한 정신적 천분에 대해서는 많은 사람이 경탄했다. 그러나 그는 사람들에게 감명을 주거나 선동할 수 있는 사람은 아니었다. 그가 할 수 있는 유일한 일은 자신의 영역을 더 잘 개척해서 훗날 인류가 거기에서 더욱 편안하고 자유롭게 살 수 있는 거처를 만드는 일이었으며, 그는 단지 이 목적만을 위해서 돌진하고 있었다.

나는 그의 계획을 잘 알지 못했고 그의 의도에 관해서도 잘 알지 못하고 있었다. 그러나 모든 교육은 활기 있고 자연스럽게 이루어져야 한다는 그의 주장은 내 마음에 들었다. 고대의 언어를 현대에 맞도록 가르쳐야 한다는 것도 찬성할 만하다고 생각했다. 활동을 촉진하고 새로운 세계관을 촉진하기 위한 그의 계획에도 나는 찬성이었다. 그러나 내 마음에 들지 않았던 것은 그의 서술이 그 대상과 비교해 볼 때 지나치게 산만하다는 점이었다. 현실에는 있을 수 있는 일만이 있고 매우 다양하고 혼돈된 것처럼 보이지만 그래도 모든 부분이 질서를 지니기 때문이었다. 그런데 그의《입문서》는 모든 부분을 완전히 분열시키고 있었다. 즉 세계관에서 볼 때 전혀 일치하지 않는 것들이 단지 개념이 비슷하다는 이유로 서로 나란히 있었다. 그러므로 우리가 아모스 코메니우스[210]의 비슷한 저서에서 볼 수 있는 것 같은 극히 구체적 방법상의 장점을 그의 저서에서는 찾아볼 수가 없다.

---

210 Johann Amos Comenius (1592~1670): 체코의 교육자.

바제도의 학설보다도 더 이상한 것은 그의 행동이었다. 그는 이번 여행을 통해서 인격을 통해 그의 박애적인 사업을 위해 대중의 마음을 사로잡거나 인심을 얻으려는 것이 아니라 돈주머니를 채우려는 의도를 가지고 있었다. 그는 자신의 계획에 대해서 확고하고 자신만만하게 설득시키는 재주가 있었다. 그래서 많은 사람이 그의 주장에 찬성하게 되었다. 그러나 그는 이상한 방식으로 희사를 받으려는 사람들의 감정을 상하게 했으며 종교문제에 관해서 자신의 견해와 기우(杞憂)를 털어놓는 것을 침지 못하여 그들의 기분을 손상했다. 이 점에서도 그는 라바터와 대조가 되었다. 라바터가 성서를 문자 그대로, 내용 전부를, 단어 하나하나까지도 현대에 타당한 것, 응용할 수 있는 것으로 인정한 것과는 반대로 바제도는 모든 것을 혁신하고자 하는, 신앙의 교리나 형식적인 교회의 행사까지도 자신의 망상에 따라 개조시키려는 초조한 욕망을 가지고 있었다. 그러나 그가 냉혹하게, 앞뒤를 돌아보지 않으며 비판한 것은 직접 성서에서 나온 사상이 아니라 성서의 해석에서 나타나게 된 여러 가지 관념, 표현하기 곤란한 것을 명확히 하기 위해서, 또는 이단자와 논란하기 위해서 성직자나 종교회의에서 만들어 낸 표현, 철학적 용어, 또는 구체적인 비유에 대한 것이었다. 그는 강력하고도 무책임한 말투로 모든 사람에게 삼위일체야말로 불구대천의 원수라고 공언했으며, 일반적으로 인정된 이 신비스러운 일에 관해서 논박하는 일을 중단하지 않았다. 그와의 개인적인 대화에서 나 역시 이것 때문에 많은 괴로움을 당했으며 본질, 실체, 인격(Hypostasis, Ousia, Prosopon)같은 말을 그리스어로 몇 번이고 들어야 했다. 여기에 대해서 나는 역설의 무기를 사용해 그의 의견을 제압했으며 그의 뻔뻔스러움에 나 역시 뻔뻔스러움으로 대항했다. 이것이 나의 정신세계에 새로운 자극을 주었다. 바제도가 나보다 훨씬 박식한데다가 토론에서도 자연주의자인 나보다 솜씨가 능숙했기 때문에 논지가 중요하면 중요할수록 나는 더 신경을 곤두세우지 않으면 안 되었다.

가르침을 받는 것은 아니지만 단련하는 데 도움이 되는 이 기회를 쉽사리 놓쳐서는 안 되었다. 나는 급한 용무는 부친과 친구들에게 맡겨 놓고 바제도를 따라 다시 프랑크푸르트를 떠났다. 그런데 라바터의 인품에서 오는 우아함과 비교해 볼 때 얼마나 많은 차이를 느꼈는지 모른다. 라바터는 순수했기 때문에 주위에도 순수한 분위기를 만들었다. 그의 곁에서는 불쾌하게 건드리지 않기 위해서 사람들은 처녀처럼 굴었다. 반면에 바제도는 너무나도 내면에 침잠해 있었기 때문에 외양에 관심을 기울일 여유가 없었다. 계속 담배를 피우는 것만으로도 너무나도 괴로웠다. 더구나 한 대 피우고 나면 더럽고, 빨리 불이 붙기는 하지만 불쾌한 냄새가 나는 부싯깃으로 다시 불을 댕겼는데, 매번 담배를 빨 때마다 공기를 참을 수 없을 정도로 탁하게 만들었기 때문에 더욱 힘들었다. 나는 이 부싯깃을 바제도식 악취 부싯깃이라고 불렀고 그것을 자연 도감에다 넣었으면 좋겠다고 말했다. 그는 매우 재미있어하면서 구역질이 날 정도로 불쾌한 그 제조방법을 자세히 설명하면서 내가 싫어하는 것을 보고 짓궂게 좋아했다. 왜냐하면, 사람을 놀리는 것, 허물없는 사람을 짓궂게 놀려대는 것이야말로 이 탁월한 인물의 특징 중의 하나였던 까닭이었다. 그는 다른 사람을 조용히 내버려 두지 않았다. 쉰 듯한 목소리로 능글맞게 놀려대서 남을 격분시키거나 기발한 질문으로 당황하게 해 목적을 달성했을 때는 웃어댔다. 그는 상대방이 얼른 정신을 차려서 자기에게 응수하는 경우에는 만족스러워했다.

그래서 라바터에 대한 나의 그리움은 깊어만 갔다. 그도 나를 다시 만났을 때 기뻐하는 눈치였다. 그때까지 겪은 여러 가지 일을 이야기했으며 특히 함께 묵고 있는 사람들의 가지각색 성격에 관해서도 이야기를 해주었다. 그는 이미 그 사람 중에 많은 친구와 신봉자들을 만들어 놓고 있었다. 나 역시 그곳에서 옛 친구를 다시 만났다. 몇 년째 만나지 못했던 사람들을 통해서 청년기에는 우리가 오랫동안 몰랐던 사실을 알게 되었는데 그것은 남자는 늙고 여자는 변한다는 사실이었다. 친구들의 수는 날이 갈수록 늘었다. 연일 무도회가 열렸고 커다란 두 곳의 온천여관이 서로 가까운 거리에 있었기 때문에 가까운 친구들끼리 여러 가지 장난을 했다. 한번은 내가 시골 목사로 변장했다. 그리고 꽤 이름난 한 친구가 목사의 부인으로 분장했다. 우리는 지나치게 공손한 태도로 점잖은 좌중을 괴롭혔는데, 그것 역시 여러 사람을 유쾌하게 만들었다. 저녁, 한밤중, 아침까지 그런 장난을 했기 때문에 우리 젊은 측은 잠은 별로 자지 못할 정도였다.

이런 오락을 하면서도 나는 저녁 시간의 일부는 반드시 바제도와 함께 보냈다. 그는 침대에 눕는 적이 없었으며 끊임없이 구술(口述)시키고 있었다. 때때로 그가 자리에 누워 졸고 있을 때면 서기는 펜을 손에 든 채로 조용히 앉아서 졸던 주인이 다시 생각을 가다듬기 시작하면 즉시 받아 쓸 준비를 하고 있었다. 이와 같은 일이 모두 담배 연기와 부싯깃 연기가 자욱한 밀폐된 방에서 진행되고 있었다. 나는 무도가 한번 끝날 때마다 바제도에게로 달려갔다. 그는 여러 문제에 관해서 이야기를 나누고 싶어 했으며, 내가 잠시 뒤 다시 춤을 추러 달려나가면 나의 등 뒤에서 문이 닫히기도 전에 마치 아무 일도 없었던 것처럼 그는 논술의 실마리를 다시 조용하게 구술하기 시작했다.

우리는 근처 지역을 많이 돌아다녔고 성(城)이나 귀부인들의 저택도 방문했다. 이들 부인은 남성들보다도 정신적, 종교적인 것을 더 잘 받아들이는 경향이 있었다. 나사우에 있는, 일반 사람들의 존경을 받는 폰 슈타인 부인[211]댁에서 많은 사람과 만나게 되었다. 라 로쉬 부인도 와 있었으며 젊은 여성과 아이들도 있었다. 라바터는 여기서 인상학 실험을 하게 되어 있었다. 사람들은 우연한 모습을 원래의 모습으로 그가 착각하도록 온갖 수단을 다 써 보았지만, 그는 안목이 있는 사람이었기에 속지 않았다. 나는 《베르터의 고뇌》가 사실인가 하는 질문과 로테의 주소를 말하라는 질문을 받았지만, 이 무리한 요구를 억지로 피할 수 있었다. 그 대신 나는 아이들을 주위에 모아 놓고 잘 알려진 이야기를 주워 모아 신기한 동화를 들려주었다. 여기서 다행스러웠던 것은 청중의 누구 한 사람도 어디까지가 사실인지, 꾸며낸 얘기인지 귀찮게 묻는 사람이 없었다는 것이다.

바제도는 중대한 업무, 즉 청년교육의 개선을 제안했다. 그것을 위해서 그는 귀족과 부유한 사람들에게 거액을 기부할 것을 요구했다. 여러 가지 근거를 대고 열띤 웅변으로 그는 사람들을 설득하지는 못했을망정 어느 정도 호감을 샀다. 그런데 그는 또다시 반(反)삼위일체론의 악마에 사로잡혀 자기가 지금 어디에 있는지조차 잊어버린 채 이상한 연설을 시작했다. 그것은 그의 생각으로는 지극히 경

---

211 Henritte Caroline von Stein (1721~1783): 유명한 정치가인 Freiherr von Stien의 어머니.

건한 이야기였지만 다른 사람들의 신념으로 볼 때에는 듣기에 매우 곤란한 소리였다. 라바터는 온순하고 진지한 이야기를 통해서, 나는 말머리를 돌리는 농담으로, 부인들은 기분을 푸는 산책으로 이 재난에서 벗어나는 방법을 모색했다. 그러나 상한 기분은 돌이킬 수가 없었다. 라바터의 참석으로 사람들이 기대했던 기독교에 관한 이야기나 바제도에게서 기대했던 교육에 관한 이야기, 내가 하기로 마음먹은 감상적인 이야기가 갑자기 방해를 받고 사라져 버리게 되었다. 집으로 돌아오는 길에 라바터는 바제도를 비난했으며 재미있는 방법으로 그에게 벌을 주었다. 날씨가 더운데다가 담배 연기 때문에 바제도는 목이 말랐다. 그는 맥주 한 잔 마시고 싶어 했다. 저 멀리 국도 곁에 주막이 눈에 띄자 그는 마부더러 잠시 마차를 세우라고 말했다. 그러나 마부가 마차를 세우려고 하는 순간 나는 계속 달리라고 마부에게 소리쳤다. 바제도는 너무 놀라서 쉰 목소리로 항변할 사이도 없었다. 나는 더 심하게 마부를 몰아쳤고 마부는 내 말을 들었다. 바제도는 나를 욕하면서 주먹을 휘두를 태세였다. 나는 침착하게 그에게 이렇게 말했다. "하느님 아버지, 진정하십시오! 저한테 감사하셔야 합니다. 다행히도 술집 간판을 못 보았으니까요. 삼각형이 두 개 교차하고 있는 간판이었습니다. 삼각형을 하나만 보셔도 머리가 도시니까 그것을 두 개나 보시게 되면 우리가 당신을 쇠사슬에 묶어야 할 정도로 격분하실 겁니다." 이 농담에 그는 폭소를 터뜨렸다. 웃으면서도 그는 나를 꾸짖고 저주했다. 늙은 바보와 젊은 바보를 라바터는 꾹 참고 있었다.

7월 중순에 라바터는 출발을 준비했고, 바제도는 함께 가는 것이 유리하다고 생각했다. 나는 이 탁월한 인물들과 생활하는 데 습관이

들어서 그들과 헤어질 수가 없었다. 우리는 란 강을 배를 타고 내려가니 몸과 마음이 즐거웠다. 나는 신기한 옛 성의 폐허를 보고 〈낡은 탑 위에〉라는 시를 립스의 방명록에다 적어 놓았다. 이 시는 칭찬을 받았지만 그다음 페이지에다 내 나쁜 버릇대로 좋은 인상을 망치는 짤막한 크니텔 형식의 시와 우스갯소리를 써넣었다. 아름다운 라인 강을 다시 보게 되어 기뻤다. 이런 경치를 지금껏 보지 못했던 두 사람이 놀라는 것도 즐거웠다. 우리는 코블렌츠에 닿았다. 어디를 가나 사람들이 몰려들었다. 우리 세 사람은 각자 자기식으로 사람들의 관심과 호기심을 끌었다. 바제도와 나는 누가 더 무례한지 경쟁이라도 하는 것 같았다. 라바터는 사려 깊고 현명한 태도를 보이고 있었으나 내심을 숨길 수는 없었다. 그래서 그것 때문에 그의 순수한 의지에도 불구하고 평범한 사람들에게는 매우 이상스럽게 보였다.

코블렌츠의 어느 주막에서의 추억을 나는 크니텔 시 형식으로 남겨 놓았는데 나는 이런 시들을 비슷한 시들과 함께 내 새로운 전집에다 실으려고 한다. 나는 라바터와 바제도 중간에 앉아 있었다. 라바터는 시골 목사에게 요한 계시록의 비밀을 설명하고 있었고, 바제도는 완고하게 생긴 춤 선생에게 세례라는 것은 우리 시대에는 맞지 않는 낡아빠진 습관이라고 열심히 설명하고 있었다. 우리가 쾰른을 향해 길을 떠난 이야기를 기념첩에 다음과 같이 써넣었다.

에마우스로 향하듯 우리는 간다.
폭풍 같은, 불길과도 같은 걸음걸이로.
오른쪽에 예언자, 왼쪽에도 예언자.
가운데에는 세속의 아들.

다행히도 이 세속의 아들은 나름대로 하늘나라의 일을 해석하는 일면을 가지고 있었다. 이미 엠스에서 나는 쾰른에 가면 야코비 형제[212]를 만나리라는 이야기를 듣고 기뻤다. 그들은 다른 훌륭한 인물들과 함께 이 묘한 두 손님을 맞아 주었다. 나는 헤르더의 날카로운 유머에서 유발된 우리들의 대단한 무례에서 비롯된 사소한 잘못[213]에 대해서 용서를 빌고 싶었다. 글라임과 야코비가 서로 공공연하게 상대방을 찬양하고 있는 편지와 시는 우리에게는 여러 가지 장난 거리를 할 구실이 되었다. 유쾌한 기분을 가지고 있는 타인을 슬프게 만드는 것은 자기 자신이나 친구에게 과분한 호의를 베푸는 것과 마찬가지로 자만심에서 나온 것이라는 것을 우리는 알지 못했다. 그래서 라인 강 상류 사람들과 하류 사람들 사이에 서로 어색한 일이 생겼다. 그러나 그것은 대단한 일은 아니었기 때문에 쉽사리 해결될 수 있었는데, 이런 일에는 여성들이 제격이었다. 라 로쉬 부인이 우리에게 이 훌륭한 형제에 대해서 잘 설명해 주었다. 그리고 뒤셀도르프에서 프랑크푸르트로 옮겨 와 사는 팔머[214] 여사는 지극히 섬세한 마음씨와 훌륭한 정신적 식견으로 그녀가 자라난 사회의 가치를 여실히 증명하고 있었다. 그녀는 우리의 요란한 남부 독일의 버릇을 인내함으로써 차츰 우리를 부끄럽게 만들었고 관용 정신의 모범을 보여줌으로써 우리로 하여금 관용이 필요하다는 것을 느끼게 하였다. 야코비 여동생의 진심과 프리츠 야코비 부인의 쾌활한

---

212 Johann Georg Jacobi (1740~1814)와 Friedrich Heinrich Jacobi(1743~1819).

213 괴테가 쓴《야코비 형제의 불행》(1772)으로 이 풍자극은 남아있지 않다.

214 Johanna Fahlmer: 야코비 형제의 친척으로 프랑크푸르트에 살고 있어 괴테와 친분이 있었다.

성격이 우리의 마음을 더욱 그 지방으로 끌리게 하였다. 특히 프리츠 야코비 부인은 완전히 내 마음을 사로잡고 말았다. 그녀는 감상적인 기색이라고는 전혀 없이 사물을 정확하게 느꼈다. 쾌활한 말솜씨를 가진데다가 관능적인 면이 없는 착실한 성품이 루벤스 화폭의 여성을 연상시키는 멋진 네덜란드 여자였다. 이 여성들은 단기간이든 장기간이든 프랑크푸르트에 머물면서 내 누이동생과 무척 가까운 관계였는데, 덕택에 코르넬리아의 진지하고, 완강하고, 어느 정도 차갑기까지 하던 성격이 풀려서 명랑하게 되기도 했다. 프랑크푸르트에서도 우리는 정신이나 마음이 뒤셀도르프나 펨펠포르트[215]에 있는 기분이었다.

그래서 쾰른에서 처음 만났을 때에도 우리는 금방 마음을 터놓고 친해지게 되었다. 우리에 대한 여성들의 호감이 가정에 영향을 미친 까닭이었다. 나는 지금까지의 여행에서처럼 두 커다란 별을 따라다니는 심부름꾼 같은 대우를 받지 않았다. 사람들은 내게 관심을 두고 호의를 표시하려 했고 나에게도 호의를 기대하고 있는 것 같았다. 나는 여행 중 생각이나 감정이 무시당하는 불만을 속에 감추고 어리석은 짓이나 무례한 짓을 해왔었지만, 이제는 그것도 지친 상태였다. 이제는 내 마음속에 있던 것이 갑자기 힘차게 솟구쳐 오르기 시작했다. 내가 당시의 세세한 사건을 잘 기억하지 못하고 있는 것은 바로 그런 이유 때문인 것 같다. 머릿속으로 생각한 것이나 눈으로 본 형체는 지성이나 상상력으로 재현할 수가 있지만, 감정은 그렇게 되지 않는다. 우리들의 아름다운 감정은 반복시킬 수가 없다. 특히 황홀

---

215 야코비 가족의 별장이 있는 곳.

한 순간을 다시 눈앞에 구현한다는 것은 힘든 일이다. 그러한 순간은 뜻하지 않게 다가오는 것으로, 우리는 무의식적으로 거기에 몸을 맡기는 법이다. 그러므로 거기에 대해서는 그 순간에 우리를 관찰할 수 있었던 사람들이 오히려 더 명확하고 순수한 견해를 갖게 된다.

나는 지금까지 종교적인 이야기를 삼가왔다. 쉬운 질문을 받아도 겸손하게 대답한 적이 드물었는데 왜냐하면 그런 이야기는 내가 구하고 있는 것에 비해서 너무 협소하게 보인 까닭이었다. 만약 누군가가 나에게 내 작품에 관한 소감이나 견해를 강요하거나 특히 상식적인 요구로 나를 괴롭히거나 혹은 내가 이렇게 하면 좋겠고 저렇게 하면 안 된다는 식으로 강경하게 말하는 경우 나는 참을성을 잃어버렸고 이야기를 중단하기 때문에 나에게 특별히 좋은 감정을 가지고 헤어지는 사람은 드물었다. 그런 사람들에게는 더 친절하고 부드럽게 대하는 편이 좋았을 것이다. 그러나 내 감정은 선생처럼 구는 것을 싫어했고, 그런 것보다는 너그러운 호의를 가지고 참된 호감과 헌신적인 태도로 대해 주기를 원했다. 내 마음속에서 강렬하게 느끼면서도 뚜렷이 표현할 수 없는 나의 감정은 과거와 현재의 합일이었다. 즉 유령과도 같은 것을 현실화시키는 직감이었다. 이것은 나의 크고 작은 작품 속에 나타나 있는데 특히 시에서는 항상 효과적이었다. 하지만 그것이 직접 생활과 관련되어 나타나거나 생활 속에 나타나는 경우에는 누구에게나 기이하고 이해하기 힘든 것으로, 거의 불쾌한 것으로 보였을 것이다.

쾰른은 고대가 내게 그런 묘한 영향을 내게 줄 수 있었던 도시였다. 대성당의 폐허는 (미완성의 건축물은 폐허나 마찬가지다) 슈트라스부르크 시절 이후 늘 느끼던 감정을 일으켜 주었다. 나는 예술 감상을 할 수 없었다. 나에게 주어지는 것이 너무 많거나 너무 적은 까닭이었다. 이런 일은 오늘날 같으면 부지런하고 끈기 있는 친구들에게서[216] 기대할 수 있는 일이지만 그 당시에는 건축의 성과나 원래의 계획, 건축의 진행 및 초안, 이미 지어진 부분과 미완성 부분에 대한 미궁에서 우리를 구해 줄 사람이 한 사람도 없었다. 여럿이 바라볼 때는 신기한 회랑이나 원주에 감탄했지만 혼자서 볼 때면 이제 건축 도중이며 완성이 요원한 채로 굳어버린 이 세계적인 건축물을 나는 항상 불쾌한 기분으로 바라다보았다. 광대한 사상은 여기에서 구현을 이루지 못하고 있었다. 이 건축물은 많은 사람의 손으로 많은 시간을 소비해도 그것만으로는 아무것도 이룰 수 없으며, 예술이나 행동에서는 창조자의 머릿속에서 자라나 무기를 갖추고 튀어나온 미네르바[217]와 같아야만 무슨 일이든 이룰 수가 있다는 것을 말해주고 있었다.

기분을 돋아주기는커녕 우울하게 만드는 이 순간에 바로 근처에서 우아하고 아름다운 감정이 나를 기다리고 있는 줄은 모르고 있었다. 사람들은 나를 야바흐의 집[218]으로 안내했다. 나는 그곳에서 지금까지 마음속으로만 상상했던 것을 실제로 눈앞에서 보게 되었다. 이 집안은 이미 오래전에 대가 끊겼지만, 정원에 붙어 있는 아래층은 변한 것이 없었다. 자갈색 벽돌이 아름답게 깔린 바닥, 앉는 자리와 등받이에 수를 놓아 훌륭하게 조각된 소파, 묵직한 다리가 달린 정밀한 세공의 책상, 금속의 샹들리에에, 커다란 벽난로와 거기에 필요

---

216 고대 그림의 수집가인 Salpiz Boisserée와 Melchior Boisserée를 뜻한다.
217 미네르바(아테나)는 아버지인 제우스신의 머리에서 창과 방패를 들고 태어났다.
218 Sternengasse 25번지에 있었다.

한 화구(火具) 등 모든 것이 지난날을 말해 주고 있었으며, 우리 이외에는 새로운 것, 요즘의 것은 하나도 보이지 않았다. 그런데 이런 것들로 인해서 이상하게 흥분된 감정을 더욱 흥분시키도록 완전하게 만드는 것은 벽난로 위에 걸려 있는 가족들의 초상화였다. 거기에는 유복한 왕년의 이 집 주인이 아내와 어린아이들에 둘러싸여 앉아 있었다. 모두 오늘의 사람처럼 눈앞에 생생하게 살아 있는 것 같았지만, 그 사람들은 모두 이 세상을 떠난 사람들이었다. 그 원기 왕성하고 볼이 통통했던 소년들도 늙어버렸다. 예술을 통한 모사가 없었더라면 그들을 회상할 수 있는 것은 하나도 없는 셈이었다. 내가 이러한 감상에 압도되어 어떻게 행동했었는지는 말하기 힘들다. 나의 인간적 감정과 시인적 능력의 가장 깊은 근원이 무한한 감동으로 인해 덮개를 벗어젖히고 나의 감정 속에 숨어 있던 모든 선량한 것, 아름다운 것들이 폭발하듯이 솟아나는 것 같았다. 이 순간부터 나는 온갖 탐색과 모색을 집어치우고 그 훌륭한 사람들의 사랑과 신뢰를 일생 나누어 가지게 되었다.

누구나 가슴속에 사는 모든 것을 언어로 만드는 이러한 영혼이나 정신의 결합 상태에서 나는 최근에 쓴 담시를 낭송하겠다고 자청했다. 〈툴레의 왕〉과 〈뻔뻔한 애인〉은 호응이 좋았다. 이 시들은 아직 마음속에만 자리 잡은 채 입 밖으로 내놓은 적이 없었기 때문에 나는 더욱더 여유 있게 낭송을 했다. 내 앞에 있는 사람이 너무도 섬세한 나의 감정을 좋아하지 않는 경우 나는 방해받은 적이 많았다. 낭송할 때 나는 자주 틀렸는데 그렇게 되면 제 길을 찾지 못했다. 그 때문에 나는 고집이 세고 지나치게 변덕스럽다는 비난을 얼마나 많이 받았는지 모른다.

나는 문학적인 표현에 가장 관심을 가졌고 그것이 내 천성에도 적합했지만, 그 외에 다른 것에 관해서도 관심이 없지 않았다. 그래서 알 수 없는 대상에 대한 야코비의 독창적이고도 그의 성격에 걸맞은 사상은 나에게는 환영할 만하고 마음에 드는 것이었다. 야코비와의 사이에서는 라바터와의 사이에서 일어나는 기독교에 관한 논쟁이나 바제도와의 교육문제에 관한 논쟁 같은 충돌이 전혀 없었다. 야코비가 나에게 전해 준 사상은 직접 그의 감정에서 우러난 것이었다. 절대적인 신뢰감으로 가장 심오한 정신적 요구를 그가 나에게 숨김없이 고백했을 때 이상하게도 내 마음은 감동하였다. 이러한 욕구와 열정과 이념의 놀라운 결합에서 나는 훗날 더욱 확실하게 이해하게 될 무엇인가를 예감으로나마 느낄 수가 있었다. 그 방면에 학식은 없었지만, 다행히도 노력을 통해서 나는 비범한 인물의 존재와 사고방식을 받아들일 수가 있었는데, 불완전하고 마치 약탈해오는 식이었지만 그래도 나는 거기에서 큰 영향을 받았다. 엄청나게 큰 영향을 끼치고 내 사고 방식 전체에 영향을 준 인물은 스피노자[219]였다. 나는 이 특이한 존재에 대한 교재를 곳곳에서 구했지만 찾지 못하다가 드디어 그의 《윤리학》을 입수하게 되었다. 내가 이 책에서 어떤 의미를 읽어냈는지, 어떤 의미로 그 책을 읽었는지 설명하는 일은 불가능하다. 아무튼, 나는 이 책을 통해서 내 정열을 진정시킬 수 있었으며 감성적, 윤리적 세계에 대한 크고 자유로운 전망이 열리는 느낌을 받았다. 그러나 그에게서 가장 매혹을 느낀 것은 문장마다 빛나고 있는 무한한 사심 없는 태도였다. "신을 진실로 사랑하는 사람은 신이 자

---

219 Benedictus de Spinoza (1632~1677): 괴테에게 영향을 끼친 대표적인 철학자는 하만과 스피노자이다.

기를 사랑하기를 바라서는 안 된다."[220] 이 놀라운 말은 그 말의 바탕을 이루고 있는 모든 근본사상이나 거기서 나오는 모든 결론과 함께 나의 모든 사고를 가득 채우고 말았다. 그 어느 것에도 사심이 없는 것, 사랑과 우정에서 사심이 없는 것이 나의 최상의 욕구이며 강령, 실천사항이었다. 그래서 훗날의 저 과감한 말 "내가 그대를 사랑하는 것이 그대에게 무슨 상관이 있는가!"가 내 진심에서 우러나오게 된 것이다. 한 가지 더 확실히 해 두어야 하는 것은 가장 긴밀한 결합은 대립한 것에서 생긴다는 사실이다. 일체를 조화시키는 스피노자의 평화는 일체를 동요시키는 나의 행동과 대립했으며, 그의 수학적인 방식은 나의 시적인 감각방식 및 표현방식과는 정반대였다. 흔히 도덕적인 대상에 적당치 않다고 생각하는 그의 절제된 사고방식은 나를 그의 열렬한 제자로, 결정적인 숭배자로 만들고 말았다. 정신과 마음, 지성과 감각은 필연적인 친화력으로 서로 찾고 있었고, 이 친화력에 의해 서로 전혀 다른 존재들의 통합이 이루어졌다.

그러나 아직도 모든 것이 초기의 작용과 반작용 속에서 격동하며 불타고 있었다. 나를 이러한 혼돈 속으로 몰아넣은 최초의 인물은 프리츠 야코비였다. 나와 마찬가지로 본성이 심오한 곳에서 움직이고 있던 야코비는 나의 신뢰를 받아들여 같은 신뢰감으로 대해주었으며 나를 자신의 사상 속으로 끌어넣으려 했다. 그 역시 말로 표현할 수 없는 정신적 욕구를 느끼고 있었으며 남의 도움으로 그것을 진정시키려는 것이 아니라 스스로의 힘으로 거기서 벗어나고 그것을 설명하려 했다. 나는 나 자신의 심경에 대해서도 파악 못 하고

---

220 스피노자의 《윤리학》의 제5권 19장에 나오는 말이다.

있었기 때문에 그가 자신의 감정의 상황에 관해 이야기할 때 이해가되지 않았다. 하지만 철학적 사고나 스피노자 연구에 있어 나를 훨씬능가한 그는 나의 답답한 노력을 지도해 주고 깨우쳐 주려고 노력했다. 그런 정신적인 친화는 처음 겪는 일이었기 때문에 나는 더 많은얘기를 나누고 싶은 뜨거운 열정을 느꼈다. 밤에 서로 헤어져 침실로들어갔다가도 나는 다시 그에게로 갔다. 달빛은 드넓은 라인 강 수면에서 반짝이고 있었다. 우리는 창가에서 그 찬란한 성숙의 시기에 더욱 철철 흘러넘치는 사상을 서로 주고받는 일에 몰두했다.

그러나 이 형언하기 힘든 이 이야기를 생생하게 전하려는 것은 불가능한 일이다. 이런 것보다 더 확실한 것은 라인 강 오른쪽에 자리 잡고 있어서 훌륭한 전망을 즐길 수 있는 벤스베르크 사냥 별장[221]에 놀러 갔던 일이다. 거기에서 나를 열광시킨 것은 베이닉스[222]의 벽화였다. 사냥으로 잡을 수 있는 모든 동물이 마치 커다란 회랑의 받침돌 위에 놓인 것처럼 빙 둘러서 그려져 있었다. 그 너머로는 광활한 경치가 펼쳐져 있었다. 생명을 잃은 동물들을 살리기위해서 이 비범한 화가는 온갖 재능을 다 쏟았는데, 각종 동물의 표면, 수염, 털, 깃, 뿔, 발톱이 실물처럼 묘사되어 그 효과는 실물을 능가할 정도였다. 이 예술품에 전체적으로 경탄하고 나서 특히 그림을이렇게 교묘하고 기계적으로 그려 낼 수 있었던 솜씨에 대해서 생각해 보지 않을 수 없었다. 어떻게 사람의 손으로 이런 그림을 그렸으며 무슨 도구를 사용했는지 알 수가 없었다. 붓으로는 충분하지 않

---

221 Matteo Graff de Albetti가 선제 후 Johann Wieland의 뜻에 따라 지은 별장.

222 Jan Weenix (1640~1719): 네덜란드의 화가로 풍경이나 정물, 사냥장면, 죽은 동물들을 그렸다.

다. 이렇게 가지각색 동물을 그리기 위해서는 독특한 도구가 필요했을 것이다. 가까이에서 보나 멀리서 보나 경탄하지 않을 수 없었다. 재료와 효과가 모두 다 훌륭했다.

라인 강을 계속 내려가는 다음번 여행은 유쾌하고 행복했다. 강이 넓어질수록 마음도 저절로 넓어졌고 멀리 내다볼 수도 있게 되었다. 우리는 뒤셀도르프에서 내려 펨펠포르트로 갔다. 그곳은 매우 상쾌하고 아늑한 곳으로, 넓고 손질이 잘된 정원이 있는 널찍한 저택에는 슬기롭고 점잖은 사람들이 모여 있었다. 가족들은 숫자가 많았는데 이 호화스럽고 안락한 분위기를 좋아하는 손님들[223]도 와 있었다.

뒤셀도르프의 화랑[224]에서 나는 네덜란드 화풍에 대한 나의 사랑을 마음껏 발휘할 수 있었다. 힘차고 억세고, 자연스러움으로 광채를 발하고 있는 그림들이 화랑 가득했다. 판단력이 늘지 않았을지 몰라도 나의 지식은 풍부해지고 애호심은 더욱 강해졌다.

이 가정의 중요한 특징인 지극한 평온, 쾌적함, 안정감이 곧 손님 눈앞에 나타났다. 손님은 광범위한 효과가 이 집에서 외부로까지 미치는 것을 알 수 있었다. 이웃 도시나 마을의 활기나 부유함은 마음속의 행복감을 상승시키는데 적지 않은 역할을 했다. 우리는 엘버펠트[225]에도 가서 잘 손질된 공장이 활발하게 움직이는 것을 구경했다. 전에 코블렌츠에서 만난 적 있는 슈틸링이라고 흔히 불리는 융[226]을

---

223 야코비 형제와 그들의 여동생 레네와 로테, 프리츠 야코비의 아내인 베티와 그 아이들을 말한다.

224 뒤셀도르프 갤러리는 당시 대표적인 유럽 미술 수집품을 갖추고 있었다.

225 엘버펠트는 독일 최초의 산업도시 중의 하나였다.

226 Johann Heinrich Jung-Stilling (1740~1817): 자서전 《하인리히 슈틸링의 생애 Heinrich Stillings Leben》(1806)으로 잘 알려졌다. 융은 괴테와의 만남을 융은 《하인리히

거기서 다시 만났다. 그는 신에 대한 믿음과 인간에 대한 신뢰를 언제나 귀중한 반려로 삼고 있었다. 우리는 친구들과 같이 있는 그를 만나게 되었는데, 이 지상의 생업에 종사하면서도 천상(天上)의 보물에 대해서도 등한시하지 않는 그들이 보여주는 신뢰를 보고 기뻐할 수 있었다. 번창하고 있는 이 지역은 보기에도 좋았는데 여기에서는 모든 유용한 것들이 질서와 청결에서 이루어지는 까닭이었다. 우리는 구경을 하면서 행복한 나날을 보냈다.

나는 다시 야코비에게로 돌아가 진심으로 맺어진 우정의 황홀한 감정을 맛보았다. 우리는 함께 활동하는 데서 오는 즐거운 희망으로 흥분되어 있었다. 나는 그에게 마음속에서 격동하는 모든 것을 어떤 형식을 통해서든 강력하게 표현해 보라고 권했다. 그것은 나 자신이 여러 차례에 걸쳐서 혼돈에서 벗어났던 방법이었기에 그에게도 적용되리라고 기대했다. 그는 머뭇거리지 않고 과감하게 이 방법을 택했다. 좋은 것, 아름다운 것, 멋진 일들을 그는 얼마나 많이 이루어냈는지 모른다. 우리는 영원한 결합의 행복감 속에서 헤어졌는데, 우리의 노력이 서로 반대방향으로 흘러가게 되리라고는 당시 전혀 예측하지 못했다. 그것은 시간이 흘러가면서 뚜렷하게 나타나게 되었다.

라인 강을 올라가는 귀로에서 일어난 일들은 내 기억에서 완전히 사라지고 말았다. 원래 두 번째로 보게 되면 첫 번째 본 것과 머릿속에서 뒤섞이기 쉽기도 하지만[227] 내가 생각에 잠겨서 경험한 많은 일들을 정리하고 인상 받은 것을 되새겨 보려 했던 까닭이다. 여기서

슈틸링의 가정생활 Heinrich Stillings häuschliches Leben》에서 상세히 묘사하고 있다.
227 1774년의 편지에서 보면 실제로 이 여행의 회상은 서로 엇갈린 것이 발견되는데, 예를 들어 쾰른에서 야코비와 만난 것은 돌아오는 길에 이루어진 것이다.

는 나로 하여금 창작을 촉구하게 하여 몹시 바쁘게 만든 한 가지 중요한 결과에 관해서 이야기하고자 한다.

지나칠 정도로 자유로우며 아무런 목적도 계획도 없는 생활과 행동을 하고 있던 내가 라바터나 바제도가 세상의 목적을 위해 정신적, 종교적인 수단을 이용하고 있음을 모를 수 없었다. 재능과 시간을 무계획하게 낭비하고 있던 나에게는 이 두 사람이 각자 독특한 방식으로 가르치고 설득하는 데 노력하면서 모종의 의도를 이면에 숨기고 있는 것을 알아차리지 않으면 안 되었다. 그들에게는 자기의 의도를 실현하는 것이야말로 중요한 것이었다. 라바터는 온순하고 현명하게, 바제도는 과격하고 난폭하게 그리고 졸렬하게 일을 실행했다. 두 사람 모두 자신의 취향과 계획, 행동의 우월성을 너무도 확신했기 때문에 사람들은 그들을 진실한 사람으로 생각했고 존경하지 않을 수 없었다. 특히 라바터에 대해서는 그가 정말로 높은 목표를 가지고 있었으며 설사 세속적으로 행동했다 하더라도 목적은 수단을 신성화한다는 말을 믿어도 좋을 만한 사람이었다는 것을 그의 명예를 걸고 말할 수 있었다. 이 두 사람을 가까이에서 보고 그들에게 내 생각을 이야기하고 그들의 의견을 들으면서 나는 탁월한 인간은 자기 내면의 신적인 것을 외부로 퍼뜨리고 싶어 한다는 생각을 하게 되었다. 그러나 그렇게 할 때 그는 거친 세상과 마주치게 된다. 이 세상에다 영향을 끼치기 위해서는 세상과 같은 수준이 되지 않으면 안 된다. 그 결과 그는 자신의 탁월한 장점을 너무도 많이 포기하게 되고 결국 장점을 완전히 포기하게도 된다. 천상의 것, 영원한 것은 지상의 사고라는 전체 속에 묻혀 허무한 운명과 함께 휩쓸려가게 된다. 이러한 관점에서 두 사람의 운명을 생각해 보면 그들은 존경할 만한 사람들인 동시에 불쌍한 인간들로 생각되었다. 이 두 사람이 더 높은 것을 더 낮은 것 때문에 희생하지 않으면 안 된다는 것을 나는 예측한 까닭이었다. 이러한 생각을 극단화하고 그것을 협소한 나의 체험세계를 초월하여 역사에서 유사한 경우를 찾아본 결과 결코 기만자로 볼 수 없는 마호메트의 생애를 빌어 내가 현실에서 이렇게 확연하게 관찰한, 구원이 아니라 파멸로 이어지는 과정을 희곡화하고 싶은 생각이 일어나게 되었다. 바로 직전에 이 동방 예언자의 생애를 비상한 관심을 가지고 읽고 연구했었기 때문에 이 생각이 떠올랐을 때에는 나는 이미 준비가 상당히 되어 있었다.[228] 전체적으로는 내가 다시 관심을 가지기 시작한 전통형식에 가까웠다. 시간과 장소를 임의로 처리할 수 있는 연극에서의 자유는 제한적으로 이용되었다. 희곡은 마호메트가 청명한 밤하늘 아래에서 혼자 읊는 송가로 시작되었다. 그는 수많은 별과 수많은 신을 찬양한다. 그러자 다정한 별 가드(우리로 치면 주피터)가 떠올라 이 별만이 별 중의 왕으로 찬양을 받는다. 오래지 않아 달이 떠올라 기도자의 마음을 사로잡지만, 그는 다시 떠오르는 태양에 의해 새로운 힘을 얻고 새로운 찬양을 하게 된다. 그러나 이러한 숭배 대상의 변화는 즐겁기도 하지만 마음을 불안하게 만든다. 감정은 이제 다시 새로운 것을 찾아 일체의 유한하고 장엄한 사물들이 그들의 존재를 힘입고 있는 유일한 자, 영원한 자, 절대자인 신에게로 드높여진다. 이 송가를 나는 많은 사랑으로 만들었다. 지금은 없어지고 말았지만, 칸타타로 다시 써 보아도 좋을 것이다. 그것은 표현이 다양하므로 작곡가에게도 적당할

---

228 미완성의 《마호메트》는 1771/72년 사이에 쓰였다.

것이다. 당시에도 그렇게 생각했지만, 이 카라반의 지도자는 그의 가족 및 종족과 더불어 생각해야 하고, 음정의 변화나 합창의 효력도 세심하게 고려해야 한다.

마호메트는 개종한 뒤 자신의 감정과 의향을 가족들에게 알린다. 아내와 알리[229]는 그를 무조건 따른다. 제2막에서 마호메트는 이 신앙을 널리 종족들에게 전하려고 한다. 알리는 마호메트보다도 더 열렬하다. 사람들은 성격에 따라 받아들이기도 하고 거부하기도 한다. 알력이 생기고 투쟁은 격화되며 마호메트는 피난하게 된다. 제3막에서 그는 적대자들을 굴복시키고 자신의 종교를 공식적인 것으로 만들고 카바[230]에서 우상들을 몰아낸다. 그러나 모든 일을 힘으로만 할 수 없으므로 그는 계책의 도움을 받지 않을 수 없다. 이리하여 세속적인 힘이 증대하고 신적인 요소는 후퇴하며 혼탁해진다. 제4막에서 마호메트는 정복을 계속한다. 이제 교리는 목적이 아니라 구실이 된다. 그는 온갖 수단을 쓰지 않으면 안 되게 되어 잔인한 행동까지 하게 된다. 마호메트가 처형시킨 사람의 처가 그를 독살한다. 제5막에서 그는 독이 퍼지는 것을 느낀다. 초연한 태도, 자기 자신으로의 복귀, 더 높은 정신으로의 복귀는 그를 경탄의 대상으로 만든다. 그는 교리를 순화시키고 나라를 견고하게 만들고 세상을 떠난다.

이것이 내가 머릿속에서 오랫동안 구상하고 있었던 작품의 윤곽이었다. 나는 집필 전에 우선 마음속에서 생각을 해보는 것이 습관이었다. 나는 천재가 성격이나 정신에 있어 다른 사람들보다 능력이 뛰어남을 묘사하는가 하면 그들이 어떻게 승리하고 패배하는가를 묘

229 마호메트의 사촌이자 사위로 마호메트의 후계자가 된다.
230 Kaaba: 메카에 있는 회교도 성전.

사하려고 했다. 거기에 삽입될 다수의 시가 이미 만들어져 있었는데 그중에서 남아 있는 것은 〈마호메트의 노래〉가 시집에 실려 있을 뿐이다. 이 시는 극 중에서 성공의 절정에 달했을 때 스승을 찬양하는 것으로, 독약으로 인한 전환점 바로 직전에 부르는 것이다. 나는 각 장면의 의도를 아직도 기억하고 있지만 여기서 그것을 더 설명하는 것은 무리라고 생각한다.

제15장

대체로 진지하고 종교적인 성찰의 계기를 만들어 주는 이런 잡다한 사건들에서 나는 항상 소중한 벗 폰 클레텐베르크 부인에게로 돌아갔다. 부인 앞에서는 나의 격렬하고, 사방으로 분산되는 충동이나 성열도 잠시나마 진정되어서, 나는 누이동생 다음으로 누구보다도 부인에게 여러 가지 계획을 설명했다. 차츰 부인의 건강이 나빠지고 있는 것을 알았지만 나는 모른 척했다. 병과 더불어 오히려 쾌활함은 전보다 증가한 것 같았기 때문에 더욱 그랬다. 부인은 늘 우아하고 단정한 모습으로 창가의 소파에 앉아 내 여행 이야기나 낭독을 기분 좋게 들어 주었다. 때때로 나는 구경하고 온 지방에 관해 알기 쉽게 설명하기도 했다. 어느 날 저녁에 내가 또다시 여러 가지 일에 관해 이야기하는 동안 석양 속에서 부인과 그 주변이 마치 정화된 것처럼 보이는 것이었다. 나는 내 능력이 허용하는 한 그런 부인의 모습과 실내의 풍경을 한 폭의 그림으로 표현해 보고 싶은 충동을 느꼈다. 케르스팅[231]처럼 노련한 화가의 손이라면 아마 매우 우아한 그림이 되었을 것이다. 먼 곳에 있는 친구에게 그림을 보내면서 나는 해설이자 보충설명으로 다음과 같은 시 한 편을 덧붙였다.

---

231 괴테는 Georg Friedrich Kersting (1785~1847)의 〈수놓는 여인〉과 〈우아한 독자〉 등의 그림을 바이마르 궁정을 위해 구매했는데, 현재까지도 남아 있다.

보라, 이 마법의 거울 속
우리의 벗이 신의 날개 아래에,
꿈 하나를 얼마나 곱고 아름답게
고통 속에서 꿈꾸고 있는지를.

보라, 삶의 파도를 넘어서
벗이 저 너머로 건너가고 있음을.
너의 모습을 그녀와 견주어 보고
너희를 위해 고통당했던 신을 보라.

느껴보라, 바람의 살랑거림 속에서
내가 느꼈던 그것을.
열심히 이 그림을 그리는 동안
내가 느꼈던 바로 그것을.

전에도 그랬지만 이 시에서 나는 부인을 이방인, 타향인, 혹은 이교도로까지 취급했지만, 부인은 싫어하지 않았고, 이번의 시가 내가 이전에 사용하여 한 번도 성공하지 못한 기독교 용어를 사용했을 때보다도 더 좋았다고 말했다. 내가 부인에게 전도 회람을 읽어줄 때에도, 내가 전도사 말을 반박하며 속인들 편을 들면서, 전도 받기 이전이 그 후보다도 상태가 낫다고 말을 해도 부인은 내 이야기를 즐겁게 듣고만 있었다. 부인은 언제나 다정하고 온순했으며 나와 나의 구원에 관해 조금도 걱정하는 것 같지 않았다.

그러나 내가 점점 더 그 신앙에서 멀어져 간 것은 지나친 열성과

열정적 사랑으로 그것을 붙잡으려 한 까닭이었다. 형제회[232]에 다가
간 이후 그리스도 승리의 깃발 아래 모인 이 단체에 대한 나의 애정
은 더욱 두터워져 갔다. 모든 기성종교는 언제나 초기가 가장 매력적
이다. 그러므로 모든 것이 참신하고 직접 정신적으로 나타났던 사도
들의 시대가 아름답게 보이는 것이다. 형제회 역시 마법적인 무엇인
가를 가지고 있었는데, 초기의 상태를 보존해서 영구화한 것처럼 보
였다. 이 형제회는 그 기원은 오래된 것이지만 아직 한 번도 완성된
적이 없었다. 거친 이 세상을 보이지 않는 넝쿨 속에 파묻혀서 살아
온 것이다. 그런데 단 한 개의 싹이 한 분의 경건하고 탁월한 인물[233]
의 보호 아래 뿌리를 내리고 눈에 띄지 않는 우연한 시초에서 시작하
여 온 세상으로 퍼졌다. 여기에서 가장 중요한 점은 종교제도와 시민
제도가 분리될 수 없는 하나가 되어 전도자는 동시에 명령자가, 교부
는 동시에 재판관이 되었다는 점이다. 더욱 중요한 것은 종교상의 일
에 무한한 신임을 받는 성스런 교주가 속세의 일에 관여하게 되어서,
그의 답변은 전체적인 문제든 개별적인 문제든 결정권을 가져, 그것
이 숙명적인 것으로 순순히 받아들여진다는 점이었다. 적어도 이 형
제회가 외적으로 보여주는 아름다운 평화에는 사람을 매혹하는 힘
이 있었다. 그러나 다른 면에서 볼 때는 전도의 직무 때문에 인간에
내재하는 모든 활동력을 요구하고 있었다. 이젠부르크 백작의 대리
인 모리츠 참사관이 나를 끌고 갔었던 마리엔보른의 총회[234]에서 알

---

232 Brüdergemeinde: 15세기부터 있던 뵘 형제단을 1722년에 친첸도르프 백작이 재조
    직한 종교단체로 백작의 영지인 헤른후트가 그 중심지였기 때문에 헤른후트파 라고
    도 불린다.

233 Nikolaus Ludwig Graf v. Zinzendorf를 칭한다.

234 Wetterau에 있는 이곳 모임에 괴테는 1769년에 참석했다.

게 된 탁월한 인물들은 나의 경탄을 자아내게 했다.[235] 만약 그 사람들이 나를 그들의 교단 사람으로 만들려고 했다면 아마 성공했을 것이다. 나는 그들 교파의 역사, 교리, 유래, 형성에 관해서 빠져들었고, 거기에 관해 설명을 듣거나, 관심 있는 사람들과 이야기도 나눌 정도가 되었다. 그러나 나는 신자들이 클레텐부르크 부인과 나를 기독교도로 보지 않으려는 것을 눈치챘다. 이것이 처음에는 내 마음을 약간 불안하게 하였고, 후에는 이 교파에 대한 애착을 어느 정도 식게 하였다. 나는 너무도 완연한 근본적인 차이점을 느끼지 못하고 있었는데 어느 날 연구에 의해서가 아니라 오히려 우연에 의해서 그것을 파악하게 되었다. 형제회나 기타의 기독교 신자들과 나를 분리하고 있는 것은 교회가 바로 그것 때문에 수차 분열을 거듭한 것과 같은 이유에서였다. 일부의 사람들은, 인간은 본성이 타락으로 인하여 너무도 부패하여 뼛속까지 눈곱만큼의 선도 찾아볼 수 없으므로 자신의 힘을 완전히 단념하고 모든 것을 은총과 그 결과에 따라 기다려야 한다는 것이었다. 하지만 다른 사람들은 인간이 본성적으로 결함은 많지만, 본성의 내면에는 아직도 싹이 남아 있어서 하느님의 은총에 의해 생명을 얻게 되고 정신적인 행복감을 가진 유쾌한 나무로 자라날 수 있다고 보았다. 나는 입이나 펜으로는 그 반대편에 찬성을 표시하고 있었지만 나도 모르는 사이에 내적으로는 후자의 신념에 침식당해 있었다. 그러나 확실하지 않은 상태였으며 이 심각한 딜레마를 스스로 한 번도 입밖에 내본 적이 없었다. 그러다가 어느 날 우연히 이 착각에서 깨어나게 되었다. 하등의 죄가 안 된다고 생각한 이

---

235 지역위원 Johann Friedrich Moritz(1716~1771) 등을 말한다.

의견을 종교문제에 관한 어느 대화 중에 숨김없이 공표했다가 그로 인해 혹독한 징계설교를 듣게 되었을 때였다. 사람들은 반박하기를 그것이야말로 펠라기우스[236]의 사상으로, 해로운 이 교리가 다시 나타나는 것은 현대의 불행이라고 했다. 그 말에 나는 놀랐다. 나는 교회의 역사로 되돌아가 펠라기우스의 교리와 그 운명을 자세히 조사해 보았다. 그 결과 서로 일치하지 않는 두 사상이 수 세기에 걸쳐 우왕좌왕했으며, 어떤 것을 믿는 사람들이 더 능동적이고 더 수동적인가에 따라 그 교리가 신봉되거나 진파되었다는 사실을 알게 되었다.

지난 수년 동안 나는 끊임없이 힘을 단련시키기 위해 부단히 노력해 왔다. 나의 내면에서는 도덕적인 성숙을 위해 최선의 의지로 부단한 활동이 이루어지고 있었다. 이러한 노력이 이제는 정리되어 외부의 세계는 타인을 위해 사용하라고 요구하고 있었다. 이러한 요구를 나는 내면에 잘 받아들여야만 했다. 나는 모든 방면에서 자연을 따르고 있었고, 자연은 그 화려한 빛을 내게 드러내고 있었다. 나는 의무를 위해 의무를 다하려고 노력하는 성실하고 훌륭한 사람들을 알게 되었다. 그들이나 나 자신을 버릴 수는 없어 보였다. 결국, 나와 교리 간의 간격은 너무도 뚜렷하기 때문에 나는 형제회와 헤어지는 수밖에 없었다. 그러나 성서나 교회의 창건자들, 초기 신도들에 대한 애정은 나에게서 빼앗아 갈 수 없었다. 그래서 나를 위해서 개인의 용도를 위한 기독교를 만들어 역사를 열심히 연구하고, 내 의견에 동의한 사람들의 말을 기초로 기반을 닦고 육성해 보려는 생각마저 하게 되었다.

---

236 Pelagius: 4세기 스코틀랜드 태생의 성직자로 원죄를 부정하고 인간은 선하다는 주장을 했다.

나는 사랑으로 자신 속에 섭취한 것은 모두 문학 형식을 통해 구체화하기 때문에 어려서 대중 본을 읽고 강한 인상을 받았던 영원한 유대인 이야기를 서사적으로 취급하여 이것을 실마리로 종교사와 교회사의 여러 가지 중요한 문제를 마음껏 서술해 보고자 하는 묘한 착상을 하게 되었다.[237] 내가 이 이야기를 어떻게 구성했으며 그 속에 어떤 의미를 부여하고자 했는지를 지금부터 이야기해 보고자 한다.

예루살렘에 신발장수가 살고 있었는데 전해 내려오는 바로는 아하스베루스라는 사람이었다. 이 사람에다 나는 내가 아는 드레스덴의 구두장이[238]의 모습을 합쳤다. 이 인물에 같은 직업을 가졌던 한스 작스[239]의 재능과 유머를 부가한 다음 그리스도에 대한 사랑으로 그를 고상한 인물로 만들었다. 작업장을 활짝 열어 놓은 채 그는 지나가는 사람들과 이야기를 나누고 사람들에게 소크라테스식으로 격려의 말을 하기도 했다. 그래서 이웃 사람들과 다른 종족들까지도 그의 앞에서 발을 멈추기를 좋아했다. 바리새인, 사두개인들까지 그에게 말을 걸었으며, 구세주 자신도 제자들과 함께 그 집 앞에서 발걸음을 멈춘 적이 몇 번 있었을 것이다. 오로지 속세밖에 모르는 이 구두장이는 구세주에 대해서 특별한 호감을 느끼고 있었는데, 호감은 자신이 잘 이해할 수 없는 그 높은 분을 자신의 사고방식과 행동방식으로 바꾸려는 식으로 나타났다. 그래서 그는 그리스도에게 제발 명상을 집어치우고 게으름뱅이들과 온 나라를 돌아다니는 것도 집

---

237 이것은 작품화하지 못했다.

238 제8장을 참조할 것.

239 Hans Sachs (1494~1576): 뉘른베르트 태생의 구전시인이자 명가수(마이스터징어)로 원래의 직업은 제화공이었다.

어치우고 백성을 일터에서 황야로 유혹하지 말라고 말했다. 백성은 모이면 흥분하니 그래 봤자 좋을 것이 없다는 얘기였다.

그것에 대해 주께서는 자신의 높은 견해와 목적을 상징적으로 가르쳐 주려 했지만, 세속의 그 사람에게는 아무런 성과가 없었다. 그리스도가 점점 유명해져서 사회의 명사가 되자 구두장이는 더욱 날카롭고 과격하게 주장을 굽히지 않으면서 반드시 소동과 반란이 일어날 것이니 그리스도 자신의 의도는 아닐지라도 결국 스스로 그들의 우두머리로 불리게 될 것이라고 경고했다. 이 사건의 결과는 우리가 다 알다시피 그리스도가 체포되어 처형을 당하게 된 것인데, 이때 아하스베루스는 예수를 배반한 유다보다도 더 흥분하여 절망에 빠져 작업장으로 돌아와 통곡하면서 실패로 돌아간 자기 일에 관해서 이야기한다. 그 역시 다른 현명한 그리스도 신자들처럼 그리스도가 통치자인 동시에 백성의 우두머리로 나설 것을 굳게 믿고 있었기 때문에 여전히 주저하고 있는 그리스도를 억지로 행동으로 나서게 하려고 아직 행동을 취하고 못하고 있는 제사장들에게 폭력 행위를 선동한 것이다. 제자들 측에서도 무장하고 있었기 때문에 만약에 주님이 스스로 투항하여 그들을 비참하게 만들지 않았더라면 아마 만사는 잘 해결되었으리라는 얘기였다. 아하스베루스는 이 이야기를 하면서 조금도 마음을 진정할 수가 없었다. 하지만 그는 가련한 사도들을 더욱 슬프게 만들 뿐이었으며 결국 목매어 자살하는 길밖에는 도리가 없게 된다.

예수가 처형당하러 가는 길에 구두장이의 작업장 앞으로 끌려가고 있을 때 바로 그 자리에서 저 유명한 장면이 나타난다. 즉 수난자가 십자가의 무게에 눌려 쓰러지자 키레네의 시몬이 십자가를 지게 된 것이다. 여기에 아하스베루스가 나타난다. 완고한 사람들은 흔히 어떤 사람이 자신의 잘못으로 불행에 빠지는 것을 보면 동정을 하기는커녕 때에 맞지 않은 정의감에 불타 비난을 퍼부어 남의 불행을 배가시키는 법이다. 신발장수는 앞으로 나아가 전부터 자기가 해 오던 충고를 다시 되풀이하는데 그것은 무서운 비난으로 변해간다. 예수에 대한 애정에서 우러나온 것이기 때문에 마땅히 그럴 권리가 있다고 그는 생각했다. 수난자는 대답하지 않는다. 그리고 그 순간에 주를 사랑하는 베로니카가 주의 얼굴을 수건으로 가린다. 베로니카가 수건을 벗겨 높이 쳐들었을 때 아하스베루스는 거기서 주님의 모습을, 지금 수난을 당하고 있는 주가 아니라 장엄하게 변모하여 천국의 생명으로 빛나는 주의 모습을 보게 된다. 이러한 모습에 눈이 부셔 그는 시선을 돌린다. 그러자 그때 "너는 나의 이 모습을 다시 보게 될 때까지 지상을 방황하리라."라는 말이 들린다. 깜짝 놀란 그는 잠시 후 다시 정신을 차리게 되는데, 사람들은 모두 처형장으로 가버린 후였기 때문에 예루살렘의 거리는 황막하다. 불안과 그리움에 휩싸여 그는 방랑을 시작한다.

시가 끝났음에도 완성하지 못한 사건과 그의 방랑 부분에 대해서는 다른 기회에 쓰게 될 것이다. 처음 부분은 드문드문, 결말은 완전하게 써놓았지만, 나에게는 집중력도 이 사건에다 내가 생각한 내용을 집어넣을 시간도 없었다. 《베르터》를 쓰고 난 후 그 작품의 반응으로 어쩔 수 없이 시작된 새로운 시기가 전개되었기 때문에 나는 몇 개의 작품들을 내버려두고 있었다.

우리가 모두 짊어져야 하는 인간 공통의 운명은 정신적으로 일찍, 폭넓게 성숙한 사람에게는 어려운 짐이 된다. 우리는 부모나 친척들의 보호를 받고 자라고 형제 또는 친구들에게 의지하기도 하고 아는 사람들에게서 즐거움을, 애인에게서 행복감을 맛보기도 한다. 그러나 인간은 결국 마지막에는 자기 자신으로 돌아가게 되어 있다. 하느님 역시 인간의 신앙, 신뢰, 사랑에 언제나 대답해 주지는 않고, 특히 긴박한 순간에는 더욱 그렇다. 나는 어려서부터 도움이 필요한 순간인데도 사람들이 "의사야, 네 병부터 고쳐라!"[240]라고 소리치는 것을 들었고, 때로 비통한 생각에 잠겨 "나 혼자서 포도주를 짜는구나!"[241]라고 탄식한 적도 많았다. 나는 내 독립성의 근거를 찾아보았으며, 그 확실한 기반으로 나의 창조적 능력을 발견하게 되었다. 이 재능은 수년 전부터 한순간도 나를 떠난 적이 없었다. 낮에 눈으로 본 것이 밤중에 꿈으로 나타나는 적이 많았다. 그리고 다시 눈을 뜨면 완전히 새로운 것의 전체, 또는 과거 일의 일부가 눈앞에 나타나기도 했다. 대개 나는 모든 것을 이른 새벽에 썼다. 그러나 저녁이든 한밤중이든 술이나 사교로 생기가 돌게 되면 무엇이든 원하는 대로 쓸 수가 있었다. 특별한 계기만 있으면 언제든지 가능했다. 그리고 나의 타고난 이 재능을 생각해 볼 때 그것은 완전히 내 것으로, 외부에 의해 조장되거나 방해받는 것이 아니므로 나는 여기에다 내 전 존재의 기반을 세우고자 했다. 이런 생각[242]은 형상화되었으며 프로메테우스라는 과거의 신화적 인물이 내 머리에 떠올랐다. 프로메테우스는 신들에게서 벗어나 자신의 일터에서 하나의 세상을 만들

---

240 〈누가복음〉 4장 23절.

241 〈이사야서〉 63장 3절.

242 이 글을 쓸 당시 미완성 〈프로메테우스〉는 아직 출판되지 않았다. 그 일이 이루어진 것은 1819년이다.

려 한 인물이었다. 세상과 격리된 가운데서만 의미 있는 것을 창조할 수 있다는 것을 나도 충분히 느끼고 있었다. 많은 갈채를 받았던 내 작품들 역시 고독의 산물이었다. 반면 내가 세상과 더 폭넓은 관계를 맺은 후부터는 창작에 대한 능력이나 관심은 조금도 부족하지 않은데도 일이 진척되지 않았다. 산문이든 운문이든 내가 일정한 형식을 가지고 있지 않았기 때문에 새 작업은 대상에 따라 다시 처음부터 모색하고 시도하지 않으면 안 되는 까닭이었다. 이런 일에서는 남들의 도움은 거절하는 정도가 아니라 차단하지 않으면 안 되었으며, 심지어 나는 프로메테우스식으로 신들까지도 거부하지 않으면 안 되었다. 내 생각이나 성격도 단 하나만의 의향이 나머지 다른 것을 삼켜버리고 떼밀어 냈기 때문에 이런 일은 매우 자연스럽게 이루어졌다.

프로메테우스의 이야기는 마음속에서 생동하고 있었다. 과거의 거인적인 의상을 나는 내 취미대로 재단했으며 별로 오래 숙고하지도 않은 채 창작에 착수했다. 내 작품은 프로메테우스가 손수 인간을 만들어 미네르바의 도움으로 인간에게 생명을 불어넣어 제3의 왕국[243]을 세워 제우스나 그 외의 다른 신들에 맞서고자 한 충돌을 서술하는 것이었다. 세상을 현재 지배하고 있는 신들은 거인과 인간 사이에 끼어든, 바람직하지 않은 존재로 생각할 수도 있기 때문에 고통을 당할 근거가 충분한 셈이었다. 이 시의 독백[244]은 바로 이런 진기한 구상에서 쓰인 것으로, 레싱으로 하여금 사상과 감정의 중요한 문제에 관해 야코비에게 반기를 들도록 만들어 문학사에서 중요한 의

243 신과 거인족의 나라에 이은 인간의 시대를 의미한다.
244 독백 형식의 시 〈프로메테우스〉를 말한다.

미가 있게 되었다.[245] 이것이 도화선이 되어 존경받는 인물들의 내면 상황이 그 모습을 드러내어 폭로되었다. 그것은 고도의 지성을 가진 그들 사회에서는 아직 잠들어 있기 때문에 한 번도 의식화되지 못한 문제였다. 이 갈등은 너무도 큰 것이어서 그로 인해 발생한 우연한 사건으로 우리는 멘델스존 같은 훌륭한 인물을 잃게 되었다.[246]

이 문제에 관해서 철학적인, 더 나아가 종교적인 논의를 할 수도 있지만 원래 이것은 순전히 문학적인 주제일 뿐이다. 거인들은 다신교를 대변하는 것으로, 그것은 악마가 일신교를 대변하는 것과 마찬가지이다. 하지만 악마도 유일신도 문학상의 인물은 될 수 없다. 밀턴의 악마[247]는 훌륭하게 묘사되어 있지만, 더 높은 존재의 훌륭한 창조물을 파괴하려고 하는, 항상 예속적인 존재라는 단점이 있다. 반대로 프로메테우스는 더 높은 존재에 대항하며, 스스로 창조하고 제조할 수 있는 장점이 있다. 인간을 최고 지배자의 피조물이 아니라 오래된 종족의 후손으로 보고, 그만한 능력과 무게를 가진 중간인물에 의해 창조된 것으로 보는 것은 무척 아름답고 문학적으로도 어울리는 생각이다. 그리고 그것은 그리스 신화와 마찬가지로 신이나 인간에 대한 상징을 끝없이 풍부하게 제공한다.

그러나 거인처럼 어마어마하고 하늘을 뒤흔드는 것은 나의 창작

---

245 시 〈프로메테우스〉는 괴테도 알지 못하는 사이 1785년에 야코비의 《스피노자 학설에 관하여》에 발표되었는데, 이 글은 모제스 멘델스존과 레싱 간의 격렬한 논쟁을 일으키게 되었다.

246 멘델스존의 적수였던 J. J. 엥겔은 "라바터의 주장이 멘델스존의 목숨을 위태롭게 했고, 야코비의 글은 멘델스존의 죽음을 불러오게 한 그 다음번 이유가 된다."고 말한 적이 있다.

247 《실낙원》의 악마와 신의 싸움에 관해서 괴테는 쉴러에게 매우 상세한 서술을 한 바 있다. (1799년 7월 31일 자와 8월 3일 자 편지)

에 아무런 소재도 되지 못했다. 오히려 조용하고, 유연하고, 억누른 반항심, 상위의 힘을 인정하되 그들과 동등하게 되고자 하는 것을 묘사하는 것이 내게는 더 좋았다. 그런 종족의 용감한 인물들, 탄탈루스,[248] 익시온,[249] 시시포스[250] 등은 나에게는 성스런 인물들이었다. 그들은 신들의 사회에 받아들여졌지만 스스로 낮은 존재로 처신한 것이 아니라 거만한 손님으로 행동해 주인인 신들의 분노를 사서 처참하게 추방당했다. 나는 그들을 동정했다. 고대에도 그들은 비극적인 존재로 인정받았다. 나는 이들을 거대한 저항의 인물로 내 작품《이피게니에》의 배경으로 등장시켰는데, 이 작품이 가져온 좋은 반응은 어느 정도 그것의 효과로 볼 수 있다.

당시 나는 글쓰기와 그림을 계속 함께하고 있었다. 나는 친구들의 옆모습을 회색 종이에다 검정과 하얀색의 분필로 그렸다. 그리고 구술이나 낭독을 시킬 때면 필기자나 낭독자의 모습을 그 주변과 함께 그렸다. 그림은 실물과 상당히 비슷했고, 매우 환영을 받았다. 그런 장점은 아마추어들은 언제나 작품을 무료로 주기 때문이다. 그림이 불만스러우면 나는 언어와 운율 쪽으로 방향을 바꾸었는데 아무래도 나한테는 이쪽이 더 나은 것 같았다. 당시 내가 얼마나 즐겁고, 명랑하고, 신속하게 작품을 썼는지는 많은 시가 그것을 증명한다. 그 시들은 예술성과 자연성을 열정적으로 드러내는 것들로, 그것이 쓰인 순간 나와 내 친구들에게 새로운 용기를 북돋아 주었다.

---

248 Tantalus: 제우스와 한 식탁에 앉을 정도로 극진한 대우를 받았지만 오만으로 인해 지하 세계로 떨어졌다.

249 Ixikon: 신들과 같은 식탁에 앉아 헤라에게 집적대다가 큰 벌을 받았다.

250 Sisyphus: 신들을 조롱한 결과 계속 바위를 밀어 올리는 벌을 받았다.

이 무렵의 어느 날 일에 열중하여 햇빛을 차단한 내 방 안에 앉아 있었다. 방 안은 마치 적어도 겉으로는 화가의 작업실과 같았으며 더군다나 벽에다 제작 도중의 그림들을 못에 꽂거나 매달아 놓았기 때문에 대작을 작업 중인 것처럼 보일 정도였다. 그때 체격이 좋은 후리후리한 남자가 들어왔다. 처음에 나는 어둠 속에서 프리츠 야코비인가 했지만, 곧 실수를 깨닫고 낯선 사람에게 인사를 했다. 그의 솔직하면서도 점잖은 태도에는 어딘가 군대식 태도가 눈에 띄었다. 그는 자신의 이름을 폰 크네벨[251]이라고 했다. 몇 마디 주고받는 도중에 나는 그가 프러시아군에 복무하면서 꽤 오랫동안 베를린과 포츠담에 체류했고, 그 지방의 작가나 일반 독일 문학과 매우 활발한 유대를 가지고 있는 것을 알게 되었다. 그는 특히 람러를 좋아해서 그의 시 낭송 방식에도 능숙했다. 그는 당시 독일 사람들 사이에서 아직 이름이 알려지지 않고 있던 괴츠[252]의 전 작품을 알고 있었다. 그의 알선으로 괴츠의 《소녀의 섬》이 포츠담에서 인쇄되어 왕의 손에까지 들어가게 되었고 왕이 그 작품을 칭찬하기도 했다는 것이다.

이와 같은 독일 문학 전반에 관한 이야기를 끝마치자 그는 자기가 현재 바이마르에서, 특히 콘스탄틴 왕자[253] 밑에서 복무하고 있다는 말을 했다. 그곳의 상황에 관해서는 이미 좋은 소문을 많이 듣고 있었다. 그곳에서 온 낯선 사람들이 여기 와서 전하는 바로는 아말리아 왕비[254]

---

251 Karl Ludwig von Knebel (1744~1834): 작센 바이마르의 콘스탄틴 왕자의 가정교사로 바이마르에서 후에 괴테와 가까워져서 친하게 지냈다.

252 Joh. Nikolaus Götz (1721~1781): 아나크레온 풍의 시인.

253 Prinz Konstantin von Sachsen-Weimar (1758~1793): 카를 아우구스트 공의 동생.

254 Herzogin Amalia (1739~1807): 1759년부터 작센 바이마르의 군주였으나 1775년에 통치권을 아들 아우구스트에게 이양했다.

가 왕자들의 교육을 위해서 훌륭한 인물들을 초빙한다는 것, 예나 대학에서도 이 훌륭한 목적을 위하여 저명한 교수들을 궁정에 파견하고 있다는 것, 왕비가 예술을 후원할 뿐만 아니라 왕비 자신이 열심히, 그리고 철저하게 예술 활동을 하고 있다는 사실 등이었다. 우리는 또한 빌란트[255]가 특별한 총애를 받고 있으며 다른 지방 학자들의 글을 모은 《독일 메르쿠어》지가 그것을 출판한 이 도시의 명예에 많은 공헌을 하고 있다는 것도 알고 있었다. 독일에서 가장 훌륭한 극장 중의 하나가 그곳에 세워져 있는데, 거기서 일하는 배우나 작가들을 통해서 더욱 알려졌었다. 이런 아름다운 설비와 건물이 그 해 5월에 일어난 궁의 화재로 파괴되어 오랫동안 사용 중지될 위험에 처해 있지만, 황태자에 대한 덕망이 매우 크기 때문에 손상이 곧 복구되고 모든 희망이 곧 다 이루어지리라고 모두 생각하고 있었다. 나는 마치 구면처럼 그곳의 사람들과 사정에 대해서 물어보면서 더 자세히 알고 싶다고 했더니 이 손님은 매우 친절하게 그것은 아주 쉬운 일이라고 대답했다. 왜냐하면, 황태자가 동생인 콘스탄틴 왕자와 함께 지금 프랑크푸르트에 도착했는데 두 왕자 역시 나를 만나고 싶어 한다는 것이었다. 내가 왕자를 만나 이야기를 나누고 싶다고 했더니 손님은 말하기를 왕자들이 오래 체류하지 않으니까 어서 서둘러야 한다고 했다. 그 준비를 하기 위해서 나는 그를 부모님에게 데리고 갔다. 부모님은 그의 방문과 임무에 대해 놀랐으며 기쁜 마음으로 그와 이야기를 나누었다. 나는 이제 그 친구와 함께 젊은 왕자들에게로 달려

---

255 빌란트는 1772년부터 카를 아우구스트 왕자의 가정교사로 바이마르에 살면서 창작 활동에 더욱 전념하고 있었다. 《Deutscher Merkur》지는 1773년 1월 1일부터 바이마르에서 발행되고 있었다.

갔다. 그들은 나를 친절하게 맞아주었으며 황태자의 인솔자인 괴르츠 백작 역시 나를 만나는 것을 좋아하는 것 같았다. 거기에서도 문학적인 화제가 빠질 리 없었는데, 우연한 일이 실마리가 되어 대화는 매우 뜻깊고 유익한 것이 되었다.

책상 위에는 뫼저의 《애국적 공상》이 이제 막 제본되어 재단도 되지 않은 채 놓여 있었다. 다른 사람들이 별로 알지 못하는 것을 나는 이 책에 관해서 많이 알고 있었기 때문에 그 책에 관해서 이야기할 수 있는 유리한 입장이었다. 그것은 자신의 지위에서 과업을 이루어보려는 최선의 의지와 확고부동한 계획을 하는 황태자와 대화를 나누어 볼 수 있는 절호의 기회였다. 뫼저의 저술은 내용이나 그 의미로 보나 독일인 모두에게 흥미를 일으키는 것이었다. 일반적으로 독일 제국의 분열, 무정부 상태, 무기력함을 비난하는 것에 비해서 뫼저는 작은 나라로 분열된 상태야말로 다양한 각 지역의 위치나 상황에 따라 만들어진 요구에 부응하는 독특하고 개성적인 문화의 신장을 위해서 가장 바람직하다는 견해를 피력하고 있었다. 또한, 뫼저는 도시, 즉 오스나부르크의 대성당에서부터 베스트팔렌 구역에 걸쳐 논하면서 전체 독일 제국과의 관계를 논하고 있었다. 상황을 설명하면서 그는 과거와 현재를 연관 지어 현재를 과거로부터 설명했고, 그러한 추론을 통해서 변혁을 단행하는 것이 타당한지 아닌지를 규명하고 있었다. 그에 의하면 각각의 통치자들이 자기 지역의 상황이나 인접국, 또는 제국과의 관계를 잘 이해하고 현재와 미래를 판단하고자 한다면 자기가 있는 위치에서 이런 방식을 택하기만 하면 된다는 주장이었다.

이 기회에 오버작센 국과 니더작센 국의 차이에 관한 여러 가지가 화제에 올랐다. 자연산물에서부터 풍속, 법률, 습관 등이 태초부터 어떻게 다르게 발전되어 왔는가, 통치형태나 종교에 따라 이러한 것들이 어떻게 다른 방향으로 변해 갔는가 하는 것들도 화제에 올랐다. 우리는 양쪽의 차이를 더욱 명확하게 규명해 보려고 했다. 결국, 훌륭한 모범을 갖는다면 얼마나 편할까 하는 생각을 하게 되었는데, 모범을 그 내용이 아니라 그것이 만들어진 방법을 관찰하여 다양한 여러 경우에 그것에 적응하면 극히 편하게 판단을 내릴 수 있을 것이라는 결론이었다.

식사 중에도 이런 대화가 계속되었는데 이런 대화가 그들에게 나에 대한 과분한 선입견을 만들어주었다. 나는 그저 내가 아는 작품들을 화제로 삼거나 희곡이나 소설로 주의를 돌리게 하지 않고, 되저를 논하면서 재능을 그와 같이 실제 생활에서 출발하여 실생활 속에서 직접 유용하게 하는 저술가를 더 높이 평가하려 한 것뿐이었다. 나는 문학작품은 관습적이나 감각적인 것을 초월한 것이기 때문에 우회적으로, 또는 단지 우연에 의해서나 이익을 줄 수 있다고 말했다. 이런 대화를 나누고 있는 동안에 마치 《천일야화》의 이야기처럼 되고 말았다. 즉 중요한 얘기가 다른 얘기 속으로 들어가거나 덧붙여지기도 하고 어떤 테마는 시작되다가 그냥 넘어가기도 했다. 젊은 왕자들의 프랑크푸르트 체류가 단기간이었기 때문에 나는 마인츠까지 따라가서 그곳에서 며칠 함께 지내자는 제안을 받았다. 나는 물론 그것을 기꺼이 받아들였고 부모님께 그 소식을 전하기 위해서 기쁜 소식을 안고 집으로 달려갔다.

하지만 아버지는 그것을 좋아하지 않았다. 제국시민의 사고방식에 따라 아버지는 언제나 귀족들과는 소원한 관계였고, 주변의 귀족이나 영주들의 대리인들과 가깝게 지내고 있었지만, 결코 귀족이나 영주들과 개인적인 관계는 맺지 않았다. 궁정은 아버지의 조롱 대상이었으며 설령 누가 어떤 반박을 해도 반드시 재치 있고 재미있어야 했다. 우리가 아버지에게 주피터를 멀리하고 번개를 멀리하라는 말은 지당하지만, 번개의 경우 어디서 오는가보다는 번개가 어디로 치는지가 중요하다고 말을 해도 아버지는 상전들과 함께 먹으면 버찌도 맛이 없다는 속담을 들먹였다. 우리는 상스런 사람들과 한 소쿠리에서 같이 먹으면 맛이 없다는 말로 응수를 했다. 아버지는 이 말을 부인하지는 않았지만, 즉석에서 다른 속담을 끄집어내어 우리를 골탕먹이려고 했다. 대체로 격언이나 금언[256]은 백성들이 만들어 낸 것인데 백성은 복종해야 하는 계층이기 때문에 적어도 말이라도 마음대로 하고 싶어 했다. 반면 귀족들은 행동으로 대응할 수 있었다. 16세기의 문학은 거의 모두 교훈적인 것으로, 독일어에서는 아래에서 위에다 대고 하는 말에는 진지함이나 풍자가 항상 넘쳤다. 우리 젊은이들은 스스로 대단한 인물이라는 망상으로 귀족 편을 들면서 위에서 아래에 대고 하는 말들을 만들어내기도 했다. 그러한 말과 그 대구(對句) 중에서 몇 개를 적어볼까 한다.

A : 오랜 벼슬 생활, 오랜 지옥살이.

B : 쓸 만한 사람들은 거기 모여 불을 쬔다.

A : 나는 생긴 대로 내 맘대로 산다.

---

256 괴테는 격언이나 민담 모음집을 즐겨 읽었으며 거기에서 읽은 내용을 가지고 말장난하기를 좋아했다.

나한테 아무 도움도 필요 없다.

B : 도움을 왜 수치로 생각하나!

　　주고 싶으면 받기도 해라.

A : 신하들의 안타까운 꼴을 봐라.

　　가려워도 긁을 수가 없다.

B : 연설꾼이 백성에게 말할 때 보면

　　가렵지도 않은 곳을 마구 긁더라.

A : 시종의 신분을 택하는 것

　　그건 인생의 반을 잃는 것.

　　어떤 일에도 기억하라.

　　나머지 반생도 개판임을.

B : 군주에게 순종할 줄 아는 자는

　　오늘이든 내일이든 운수 대통.

　　하층민들과 어울리는 자는

　　평생 두고두고 고생길뿐.

A : 성 안에 보리가 피어도

　　아무 소용없는 일로 알라.

　　네 헛간에 쌓일 줄 알지만

　　어림없는 소리인 줄 알아라.

B : 보리가 꽃이 되면 여무는 것이

　　전부터 내려오는 관습이다.

우박이 농사를 망친다 해도
내년엔 다시 여물기 마련이다.

A : 네 마음대로 살려면
오막살이 짓고
처자와 어울려
막걸리 마시면서
소박한 음식이나 먹어라.
그러면 아무 탈이 없다.
B : 군주를 피할 생각인가?
말해봐, 어디로 피하려고?
그렇게 쫀쫀하게 살지 마라.
그래 봤자 마누라에게 쥐인 몸.
마누라는 멍청한 자식한테 쥐었으니
어차피 너는 집안에서 노예 신세.

오랜 비망록에서 이런 구절들을 찾아내다 보니 이런 식으로 재미있는 습작들이 수중에 많이 들어오게 되었다. 우리는 오랜 독일의 금언에 덧붙여 경험에서 진실성을 담고 있는 다른 격언들을 비교해보는 장난을 해보았다. 이런 것들을 발췌하면 인형극의 에필로그로 내놓을 재미있는 생각의 재료가 될 것 같았다.

그러나 아무리 반박해도 아버지는 생각을 굽히지 않았다. 아버지는 가장 강력한 논거를 대화의 끝까지 감추었다가 항상 마지막에 가서 볼테르와 프리드리히 2세의 사건[257]을 이야기하는 것이었다. 즉 어떻게 해서 큰 은총과 친밀함, 상호관계가 갑자기 사라지게 되었는가 하는 것, 그리고 비범한 작가이자 저술가인 볼테르가 어떻게 주재관 프라이타크[258]의 요청으로 시장인 피하르트[259]의 명령에 따라 프랑크푸르트의 군인들에게 체포되어 오랫동안 장미 여관에 구금되는 일을 우리가 구경하게 되었는가 하는 것이었다. 여기에 대해서는 여러 가지로 반박할 수 있고 특히 볼테르가 죄가 없지 않다고 할 수도 있지만 우리는 항상 자식의 도리로 지고 말았다.

이번 경우에도 그와 비슷한 식이었기 때문에 나는 어떻게 하면 좋을지 알 수가 없었다. 아버지는 나에게 이번 초청은 나를 함정에 빠뜨리기 위한 것이며 빌란트에 대해서 내가 했던 장난[260]에 대해 복수하기 위한 것이라는 얘기였다. 나는 우울증적 망상에서 기인하는 편견이 존경하는 나의 아버지를 불안하게 만들고 있는 것을 잘 알고 있었고 전혀 사실이 아니라는 확신을 가지고 있었지만 그래도 정면으로 아버지의 생각에 반대하는 행동은 하고 싶지 않았다. 그렇다고 해서 호의를 저버리지 않으면서 실례가 안 되도록 약속을 철회할 수 있는 구실도 찾아낼 수가 없었다. 이럴 때 항상 도움을 주던 클레텐부르크 부인은 유감스럽게도 병상에 누워 있었다. 나는 그 부

---

257 1750년부터 프리드리히 왕의 궁정에 머물던 볼테르는 그 관계가 무너져 1753년 프로이센을 떠나게 되었다. 그때 그는 왕의 시를 가지고 갔는데 이것이 불법으로 출판될 것을 걱정한 왕은 볼테르를 프랑크푸르트에 감금하고 돌려 달라고 요구했으나 볼테르는 거부했다.

258 Franz von Freitag: 프로이센 정부의 프랑크푸르트 주재 대표.

259 Johann Karl Fichard: 1753년 당시 프랑크푸르트 시장.

260 1774년에 발표한 희곡《신들, 영웅들, 빌란트》를 말하는데, 뒤에 설명이 이어진다.

인과 어머니를 훌륭한 조언자로 생각하고 있었기 때문에 두 사람을
충고와 실천이라고 부르고 있었다. 즉 클레텐부르크 부인이 명랑하
고 경건한 시선을 지상의 사물에 던지면 그 부인의 앞에서는 우리
같은 평범한 인간을 고통스럽게 만드는 모든 문제가 쉽사리 풀렸다.
부인은 대개 인생의 미궁을 위에서부터 내려다보았고 거기서 속박
을 받지 않았기 때문에 대개 올바른 길을 제시해 줄 수 있었다. 결정
된 뒤에는 어머니의 추진력과 실천력에 만사를 맡기는 수밖에 없었
다. 클레텐부르크 부인에게 직관이 도움되듯이 어머니에게는 신앙
이 도움되었다. 어머니는 어떤 경우에도 쾌활함을 잃지 않았기 때
문에 계획이나 희망을 실천하는 데 필요한 수단과 방법을 많이 가
지고 있었다. 이번에도 어머니는 의견을 들어보기 위해서 아픈 친구
에게 갔다 와야 했다. 의견이 내 편에 유리한 것이었기 때문에 어머
니는 아버지에게 허락을 부탁했다. 아버지는 못 미더워하면서 마지
못해 허락해 주었다.

　　그래서 나는 매우 추운 날, 약속한 시간에 마인츠에 도착했다. 나
는 젊은 왕자들과 그 수행원들로부터 초대에 걸맞은 다정한 환영을
받았다. 프랑크푸르트에서의 대화가 다시 생각나서 거기에서 시작
한 이야기가 다시 이곳에서 계속되었다. 그리고 최근의 독일 문학과
그 대담성이 화제가 되었을 때 극히 자연스럽게 저 유명한 희곡《신
들, 영웅들, 빌란트》가 화제에 오르게 되었다. 나는 곧 그들이 이 사
건을 다행히도 재미있고 유쾌한 것으로 생각하는 것을 알아차렸다.
그렇게 큰 인기를 끌고 있는 이 익살극이 어떻게 해서 쓰이게 되었
는지 알고 싶어 했기 때문에, 나는 우선 우리 진짜 오버 라인(라인 강
북부) 지방 사람들은 좋아하는 일이건 싫어하는 일이건 한계를 지

킬 줄 모른다는 말부터 시작하지 않을 수 없었다. 셰익스피어에 대한 존경심은 우리에게는 숭배에 가까울 정도였다. 그런데 단호한 성격의 빌란트가 셰익스피어 번역본의 주해에다 이 위대한 작가를 비난하는 말을 써서 자신과 독자들에게 흥미를 감소시키고 감동에 찬물을 끼얹은 것이다. 그것도 우리를 격분시키고, 우리 눈으로 볼 때 번역의 업적을 오히려 깎는 식으로 그렇게 해 놓았다. 시인으로 우리가 존경하는, 번역가로 많은 이익을 가져다준 빌란트가 비평가로는 변덕스럽고, 편협하고 불공정한 것처럼 보였다. 거기다, 우리의 우상인 그리스인들에 대해 호감을 느끼지 않았기 때문에 그에 대해 우리의 악감정은 더 날카롭게 되었다. 그리스의 신이나 영웅들은 도덕적 성격이 아니라 화려한 감성적인 성격을 가진 대상이며, 바로 그래서 예술가들로 하여금 그렇게 훌륭하게 형상화하도록 만들었다는 점은 널리 알려진 사실이었다. 그런데 빌란트는 그의 《알케스테》[261]에서 영웅과 반신(半神)들을 현대화시켰다. 거기에 대해서는 할 말이 없다. 왜냐하면, 문학의 전통은 자신의 목적이나 사고방식에 따라 개작하는 것은 완전히 개인의 자유인 까닭이다. 그러나 자신이 생각하는 오페라에 관해 그는 《메르쿠어》지에다 쓴 서간에서 그 취급방식을 너무도 편파적으로 강조하면서 그 이야기의 기초가 되는 소박하고 건전한 본성을 인정하지 않으려 했는데, 그것은 탁월한 고대 그리스인들과 그들의 고상한 예술양식에 대해 무책임하게 죄를 저지르는 것으로 보였다. 이런 불만을 우리는 친구들의 모임에서 자주 토론했는데, 이것을 희곡화하고 싶은 격렬한 감정에 휩쓸려 나는 어느

---

261 에우리피데스의 《알케스티스》를 모방한 빌란트의 가극.

일요일 오후에 좋은 부르군트 포도주를 한 병 옆에 놓고 전체를 지금 남아있는 형태로 앉은 자리에서 써버렸다. 그것을 나는 그곳에 있는 친구들에게 낭독했는데 대환영을 받았다. 원고를 나는 슈트라스부르크에 있는 렌츠에게 보냈다. 그 역시 감격한 모양으로 즉시 인쇄할 것을 주장했다. 몇 번 편지가 오고 간 뒤에 나는 동의했고 서둘러 슈트라스부르크에서 인쇄가 되었다. 훨씬 뒤에야 나는 그것이 렌츠가 나에게 해를 입히고 독자들에게 악평을 일으키게 할 속셈으로 만들어 낸 첫 번째 일이라는 것을 알게 되었다.

그래서 나는 새로운 후원자들에게 이 작품의 의도가 악의없는 것임을 나 자신이 알고 있는 한 솔직하게 알려주었다. 거기에 인신공격 같은 의도는 조금도 없었다는 것을 제대로 이해시키기 위해서 우리가 평상시에 얼마나 재미있고 무모하게 서로 놀리고 조롱하는가를 말해 주었다. 모두 기분이 명랑해진 것 같았다. 그들 모두 우리가 한 사람이라도 성공에 안주(安住)하지 않도록 서로 크게 걱정하고 있는 것에 대해서 경탄했다. 그들은 우리를 플리부스티어 해적단[262]에 비유했는데, 그들은 잠깐의 휴식이라도 그것 때문에 나약해지는 것이 두려워 절도와 약탈을 계속했으며 할 일이 없을 때에는 두목이 식탁 밑으로 피스톨을 발사해서 평화로울 때에도 부상과 고통이 끊이지 않도록 만들었다는 것이다. 이 문제에 관해 여러 가지 이야기가 오고 간 뒤 결국 나는 빌란트에게 우호적인 편지를 쓰도록 권유받았다. 나는 이 기회를 기쁘게 받아들였다. 그것은 그가 《메르쿠어》지를 통해서 청년들의 이런 장난에 대해서 매우 관대한 태도

---

262 17세기 서인도제도를 무대로 한 해적단.

를 보이고 있고, 문학논쟁에서는 흔히 그렇듯이 재미있는 결말을 지으려 하고 있기 때문이었다.

　마인츠에서 지낸 며칠 동안 참으로 즐거웠다. 새로 만난 사람들이 방문이나 연회로 외출할 때면 나는 수행원들과 남아서 여러 사람의 초상화를 그리거나 스케이트를 탔다. 얼어붙은 성곽의 개울이 스케이트를 타기에 매우 좋았다. 그곳에서 베풀어 준 호의를 가득 안고 나는 집으로 돌아왔다. 집에 들어서자마자 상세한 이야기를 털어놓고 즐겁게 보내려 했다. 그러나 넋을 잃은 것 같은 얼굴뿐이었다. 곧 나는 우리들의 벗 클레텐부르크 부인이 세상을 떠난 것을 알게 되었다.[263] 나는 굉장히 충격을 받았다. 왜냐하면, 당시야말로 부인이 필요한 까닭이었다. 사람들은 나를 위로하면서 부인이 행복한 일생에 따르는 경건한 죽음으로 끝을 맺었으며, 신앙에서 우러나오는 쾌활함을 임종 시까지 잃어버리지 않고 간직했다고 말했다. 그런데 한 가지 장애가 있어서 이야기를 마음껏 할 수 없었다. 그것은 아버지께서 이 자그마한 사건의 좋은 결실을 기뻐하지 않고 자신의 의견을 고집하면서 그런 것은 모두 상대방의 속임수이고 장차 나에게 무슨 나쁜 짓을 하려는 것이라고 주장한 것이다. 그래서 나는 이 이야기를 젊은 친구들에게 하지 않을 수 없었다. 그들은 내 이야기를 자세히 듣고 싶어 했다. 그런데 여기서도 물론 애정과 호의에서 나온 것이겠지만 나에게 매우 곤란한 일이 일어나게 된 것이다. 즉 얼마 안 가《프로메테우스와 그의 비평가들》[264]이라는 소책자가 희

---

263 1774년 12월 13일 사망했으며 괴테는 16일 장례식에 참석했다.

264 정확한 제목은《프로메테우스, 도이칼리온과 그의 비평가들 Prometheus, Deukalion und seine Rezensenten》(1775)로 하인리히 레오폴트 바그너의 작품이다. 여

곡의 형태로 발표되었는데, 거기에 인명(人名) 대신 작은 목판화를 대화 속에 삽입하거나 내 작품이나 그에 관련된 사건에 관해 공공연하게 의견을 발표한 비평가들을 우스꽝스러운 그림으로 그려서 장난한 것이다. 머리가 없는 알토나의 우편마차 마부[265]가 나팔을 불고 있는가 하면 여기에는 곰이 으르렁대고, 저기에는 거위가 요란하게 울어대고 있었다. 메르쿠어[266]도 잊지 않았다. 작업장에서 일하고 있는 창조자 프로메테우스를 야생동물과 가축들이 방해하고 있는데, 프로메테우스는 열심히 일만 계속하지만 대신 참을 수 없는 일에 대해서는 보고만 있지 않았다. 예기치 못한 이런 장난은 나를 놀라게 하였다. 왜냐하면, 문체나 분위기로 볼 때 친구 중의 한 사람이 한 일이 틀림없는데, 까닥하면 내가 그렇게 한 것으로 사람들이 오해하기에 십상인 때문이었다. 특히 불쾌했던 것은 프로메테우스가 나의 마인츠 체류와 그곳에서 오간 이야기, 나 이외에는 아무도 모르는 일들에 대해서 전부 다 누설한 것이었다. 이 사실은 글을 쓴 사람이 작가가 나와 아주 친한 사이로 그 사건이나 상황을 나한테서 들은 사람임을 증명하는 것이었다. 우리는 서로 의심하는 눈초리로 바라다보았다. 그리고 누구나 남을 의심했다. 미지의 작가는 교묘하게 숨어 있었다. 나는 그를 맹렬하게 비난했는데, 그것은 그렇게 호의적인 대접을 받고 뜻깊은 대화를 나누고 빌란트에게 친밀한 편지

기서는 프로메테우스(괴테)가 자신을 천재로 추앙하는 앵무새(출판업자 바이간트)에게 도이칼리온(작품《베르너》)를 주면서 작가의 이름을 밝히지 말라고 하는데, 바이간트가 약속을 깨고 이름을 밝힌다. 뒤이어 이 작품에 대한 동시대 비평가들의 비평이 시구로 인용되어 있고 거기에 대해서 프로메테우스가 대답하는 내용이다.

265 잡지 〈알토나의 제국 집배원〉을 상기시킨다.

266 빌란트가 발행하는 잡지 〈메르쿠어〉를 염두에 둔 것이다.

까지 썼는데 여기서 다시 의심 살만한 근거를 만들어 또다시 불쾌한 일을 당할 것이 매우 불쾌한 까닭이었다. 그러나 비밀은 그리 오래 계속되지 않았다. 내가 방 안을 왔다 갔다 하면서 그 글을 큰 소리로 낭독해 보니까 착상이나 표현에서 뚜렷하게 바그너의 목소리가 들렸다. 그가 장본인이었다. 내가 그것을 알아낸 것을 어머니에게 말하려고 아래층으로 내려가자 어머니는 이미 그것을 알고 있다고 말하는 것이었다. 그 글을 쓴 사람은 자기로서는 극히 선량하고 호의적인 의도에서 시작한 일이 나쁜 결과를 초래한 것을 몹시 걱정하면서 모든 것을 고백했으며, 신임을 악용한 그런 사람과는 다시 교제하지 않겠다고 천명한 나의 위협이 자기에게 실제로 일어나지 않도록 중개역을 해 달라고 어머니에게 부탁했다는 것이다. 나스스로 그것을 알아냈기 때문에 기분이 괜찮아진 것이 그에게는 다행이었다. 나의 직감을 증명할 기회를 준 것으로 그의 과실은 용서를 받았다. 그러나 독자들은 바그너가 그것을 썼고 나는 아무 관계도 없다는 것을 이해하려고 하지 않았다. 아무도 그가 그렇게 다방면에 재능이 있다고 믿으려 들지 않았다. 재능 있는 친구들 간에 오랫동안 농담하고 논의했던 것을 포착하고 파악해서 특별한 재주가 없는데도 잘 알려진 수법으로 그럴듯하게 표현하려면 특별한 재능이 필요한 까닭이었다. 결국, 나는 나의 어리석음뿐 아니라 친구들의 경솔함과 성급함에 대해서 이번에도, 그리고 그 뒤에도 계속 벌을 받지 않으면 안 되었다.

여러 가지로 서로 얽힌 상황이 기억나기 때문에 나는 몇 사람의 중요한 인물들에 관해서 언급하고자 한다. 그 사람들은 서로 다른 시기의 여행 중에 우리 집에 묵었거나 친절한 초대를 받았던 사람들이다. 그중에서는 클롭슈톡[267]이 제일 먼저다. 그전까지 나는 그와 몇 번 편지왕래를 하고 지냈는데 어느 날 그가 초대를 받아 칼스루에로 와서 며칠 체류할 것이라는 소식을 전해 왔다. 그는 언제 프리드베르크에 도착하니까 그곳으로 마중을 나와 달라고 했다. 나는 정각에 그곳에 갔다. 그러나 오는 길에 그가 우연히 붙들린 바람에 나는 2, 3일을 헛되이 기다리다가 집으로 돌아왔다. 얼마 안 되어 그가 찾아왔다. 그는 공연히 기다리게 한 일을 사과한 다음 마중 나왔던 나의 호의에 대해서 감사를 했다. 그는 키는 작지만, 체격이 좋았으며 태도가 진지하고 편안했다. 딱딱한 구석은 없었으며 대화는 정확하고 유쾌했다. 전체적으로 그 사람 앞에 있으면 외교관과 같이 있는 것 같았다. 그런 사람은 자신의 품위와 함께 자기가 모시고 있는 윗사람의 품위까지 갖추고 있으며, 자기의 이익과 더욱 중요한 군주의 이익이나 국가 전체의 이익을 도모하고, 어려운 처지에서도 무엇보다도 상대방에게 호감을 주게 하는 어려운 임무를 스스로 떠맡는 사람이었다. 클롭슈톡은 가치 있는 인물로, 더 높은 존재, 즉 종교, 도덕, 자유의 대변자로 행동하고 있었다. 사교가로서 그는 또한 다른 특성도 겸비하고 있었는데, 상대방이 이야기 듣기를 기대하거나 원하는 문제에 관해서 좀처럼 입을 열지 않는 것이 그것이었다. 그래서, 시나 문학에 관해 그에게서 거의 아무 말도 들을 수가 없었다. 그러나 나와 내 친구들이 열렬한 스케이트 애호가라는 사실을 알게 되자 그는 이 고상한 기술에 관해 광범위하게 얘기를 시작했다. 그는 이 기술에 관

---

267 괴테는 클롭슈톡의 《메시아》에서 강한 인상을 받았고 이후 계속 그에 대한 존경심을 갖고 있었다. 특히 스케이팅에 관한 클롭슈톡의 시는 육체의 느낌에 관한 표현에 관심을 끌게 해주었다.

해 철저하게 연구를 한 사람이었고, 해야만 하는 것, 해서는 안 되는 것에 관해 깊이 생각을 한 사람이었다. 우선 우리는 그의 친절한 지도를 받기 전에 우리의 잘못된 용어를 정정하지 않으면 안 되었다. 즉 우리는 고지독일어로 스케이트를 슐리트슈(Schlittschuh)라고 부르고 있었는데 이것은 작은 활목(滑木)을 신고 달린다는 뜻의 슐리트(Schlitt/썰매)에서 나온 것이 아니라 호메로스에 나오는 신들처럼 날개 달린 신발을 신고 대지로 변한 바다 위를 활보한다는 뜻으로 슈라이텐(schreiten/활보하다)라는 말에서 유래했다는 사실이 그것이었다. 그리고는 신발 이야기로 이야기가 이어졌다. 그는 높고 홈이 파인 스케이트는 좋지 않다고 하면서 빨리 달리는 데 적합한 스케이트화로 낮고 폭이 넓은 판판한 프리슬란트의 강철로 된 것을 권장했다. 그리고 그는 사람들이 연습할 때 흔히 하는 곡예에 대해서도 찬성하지 않았다. 그가 권하는 대로 나는 날이 길고 편편한 스케이트화를 마련했다. 약간 불편하기는 했지만, 이 스케이트화를 나는 오랫동안 신었다. 그는 또한 승마술과 말의 조련에 관해서도 아는 바가 많았고, 실제로 그런 것을 하기도 했다. 그는 자신이 전문가가 아니라 취미 삼아 하고 있는 일에 관해서는 솔직하게 이야기를 나누었지만, 본업에 관해서는 일부러 이야기를 피하고 있었다. 이 비상한 인물의 여러 가지 특징에 관해서 이야기하려면 그 밖에도 많은 이야기를 할 수 있겠지만, 나보다도 오래 그와 함께 생활해 온 사람들이 이미 이야기한 것이 많으므로 그럴 필요가 없을 것 같다. 다만 한 가지 보고 느낀 것만은 쓰지 않을 수가 없는데 그것은 천성적으로 비상한 재능의 혜택을 받았지만 협소하고 부적당한 활동무대에 갇히게 된 사람들은 대개 괴상한 습관을 지니는 법이며, 자신의 선천적 재능을 직접 활용할 수 없는 까닭에 그것을 괴상하고 이상한 방식으로 발휘하려 든다는 사실이다.

침머만[268] 역시 잠시 우리 집에 묵은 적이 있었다. 그는 체격이 크고 건장한 사람으로 성격이 과격하고 직선적이었다. 그러나 외모나 행동에서 매우 절제하는 사람이었기 때문에 교제에 숙련되고 사교적인 의사로 보였다. 그의 내부의 억제하기 힘든 성격은 글을 쓰거나 친밀하게 교제하는 경우에만 비정상적인 궤도를 드러냈다. 그와의 대화는 다방면이고 배울 점이 많았다. 그가 자신의 성품이나 업적에 대해서 지나칠 정도로 예민한 반응을 보이는 것만 너그럽게 여길 수 있다면 그와의 사귐만큼 바람직한 것은 찾아보기 힘들 정도였다. 나는 남들이 허세라고 하는 말에 전혀 감정을 상해본 적이 없으며 오히려 허세를 용인하는 입장이었고, 나에 대한 기쁨 역시 그가 숨김없이 드러냈기 때문에 그와 나는 잘 어울려 서로 존중하고 비판하기도 했다. 그는 철저하게 개방적이고 공개적이어서 단시일에 나는 그에게서 많은 것을 배웠다.

내가 이 인물을 감사한 마음과 호의를 가지고 철저히 판단해 볼때 그는 결코 허세를 부리는 사람이라고 말할 수 없다. 대체로 독일인들은 허세라는 단어를 너무 빈번하게 사용하고 있다. 이 단어는 원래는 비었다는 의미를 가진 것으로 이 단어가 정확하게 어울리는 경우는 무가치한 자아에 대한 기쁨, 또는 텅 빈 생존에 대한 만족감을 감출 수 없는 사람들이다. 침머만의 경우는 정반대였다. 그는 큰 업

---

268 Johann Georg Zimmermann (1728~1795): 베른 태생의 의사로 특히 《고독에 관하여》(1773)로 명성을 얻었다. 의사로서는 훌륭했으나 개인 생활에서는 심한 우울증에 시달렸다.

적을 이루었지만, 전혀 즐겁지 않았다. 자신의 천분을 마음속에 기뻐할 수 없는 사람, 천분을 발휘하고도 그 보답을 제대로 받지 못한 채 남들이 자신의 업적을 인정하고 정당하게 평가해 주는 것만을 고대하며 바라는 사람은 불행한 처지에 있는 것이다. 왜냐하면, 세상 사람들은 갈채를 아끼는 법이며 칭찬에 옹색하고 흔히 칭찬을 비난으로 바꾸는 수가 있는 까닭이다. 이 점을 고려하지 않고 대중 앞에 나타나는 사람은 불만밖에는 아무것도 기대하지 못한다. 그런 사람은 자기에게서 밖으로 드러나는 것을 과대평가는 아니라도 무조건 높게 평가하는 법인데, 우리가 받는 평가는 어느 것이나 조건부인 까닭이다. 그리고 모든 즐거움에 있어서와 마찬가지로 칭찬이나 갈채도 일종의 수용력이 필요하다. 이런 것을 침머만에게 적용해 보면 역시 만사는 당사자 자신에게 달렸다는 말을 인정하지 않을 수가 없다.

이런 변명을 인정하지 않는다면 이 괴상한 인물이 가진 또 다른 결점은 더욱 해명이 안 될 것이다. 왜냐하면, 이번에는 그의 결정 때문에 다른 사람의 행복이 파괴되고, 말살된 까닭이다. 그것은 자식들에 대한 태도였다. 그와 함께 여행 중인 딸[269]이 아버지가 근방을 구경하는 동안 우리 집에 머무르게 되었다. 나이는 16살 정도 되었다. 날씬하고 잘 자란 모습이었는데 매우 소박한 성격이었다. 단정한 용모였는데 거기에 감정이 조금이라도 담겨 있다면 훨씬 더 좋았을 것이다. 그러나 항상 그림자처럼 조용했고 말을 하는 적도 거의 없었다. 특히 아버지 앞에서는 전혀 입을 열지 않았다. 그러나 며칠 동안

---

269 딸 Katharine Zimmermann (1756~1781)을 말한다.

나의 모친과 지내는 동안 인정 깊은 부인의 명랑하고 애정에 찬 성격과 접하자 그녀는 모친의 발밑에 몸을 던지고 흉금을 터놓고 눈물을 흘리면서 자기를 우리 집에 남게 해달라고 애원하는 것이었다. 하녀도 좋고 노예라도 좋으니까 평생 이 집에 남아 있겠다, 부친과 함께 돌아가지만 않으면 된다고 말하면서 부친의 잔인함과 횡포는 남들이 도저히 이해할 수 없을 정도라고 말했다는 것이었다. 오빠[270]는 학대로 인해서 정신이상이 되고 말았으며, 자신이 고통을 오랫동안 참고 있는 것은 어느 집안이나 사정이 비슷할 것으로 생각했던 까닭이라는 것이었다. 그런데 이렇게 친절하고 명랑하고 편안한 분위기에 있고 보니 자신의 상황이 정말로 끔찍한 지옥으로 느껴진다는 것이었다. 모친은 매우 감동해서 이 열렬한 고백을 내게 전달하면서 만약 내가 그녀와 결혼할 결심만 있다면 우리 집에 두어도 좋다는 의사를 넌지시 암시하기까지 했다. "만약에 그녀가 고아라면 그 문제에 관해서 생각해 보고 상의해 볼 수도 있는 일이지만 그런 아버지가 장인이 되는 것은 참을 수가 없습니다."라고 나는 대답했다. 나의 어머니는 계속 그 선량한 처녀를 위해 몹시 애를 썼지만, 그 때문에 오히려 그녀의 불행은 더욱 심해져 갔다. 결국, 탈출구로 기숙사에 들어가게 되었지만, 그녀는 오래 살지 못했다.

당연히 비난을 받아야 할 이런 성격도 만약 그것이 공공연하게 화제에 오르지 않았더라면 나도 언급하지 않았을 것이다. 그가 세상을 떠난 뒤 말년에 그 자신과 타인을 괴롭혔던 불행한 우울증이 알려지게 되었다. 자식들에게 가한 잔인함 역시 우울증 탓이었는데,

---

270 Jakob Zimmmermann을 말한다.

그것은 일종의 발작, 계속되는 도덕적 살인이었다. 자식들을 희생시킨 뒤 그는 마지막으로 자기 자신에게 살인을 범했다. 우리는 건강하게 보인 그 사람이 한창나이에 이미 병이 들었다는 것, 유능한 의사로 많은 환자를 치료했고, 치료 중이던 그를 불치의 육체적인 결함이 계속 괴롭히고 있었다는 사실을 생각해 보려고 한다. 이 훌륭한 인물은 외적인 존경, 명성, 영광, 지위, 재산에도 불구하고 극히 비참한 일생을 보낸 것이다. 현재 남아 있는 출판물을 통해서 더 상세하게 알아본다면 그를 규탄하기보다는 오히려 가련하게 여기게 될 것이다.

이 훌륭한 인물이 내게 끼친 영향에 관해 더 자세한 내용을 내게 기대한다면 다시 한 번 전체적으로 그 시대를 상기해 보아야 한다. 우리가 살았던 시대는 요구의 시대라고 말할 수 있는데, 왜냐하면 당시에 우리는 자기 또는 타인에 대해서 그 이전에 아무도 이룩하지 못했던 것을 요구한 까닭이다. 사색적이고 감정적인 뛰어난 사람들은 자연이라는 직접적이며 독창적인 사상, 그리고 거기서 기인하는 행동이야말로 인간이 바랄 수 있는 최선의 것으로 그것을 획득하는 일이 결코 어려운 것이 아니라는 것을 깨닫기 시작했다. 그리하여 경험이라는 말이 일반적으로 해답의 실마리가 되었고, 누구나 있는 대로 눈을 크게 뜨게 되었다. 경험을 향해 달려가거나 경험할 기회를 가장 많이 가진 사람들은 역시 의사들이었다. 그리고 거기에는 모범으로 삼을 만한 하나의 별이 오래전부터 그들을 향해 빛을 발하고 있었다. 즉 히포크라테스라는 이름으로 우리에게 전해져 오고 있는 저술들은 인간이 세계를 어떻게 관찰해야 하는지, 그 결과를 자신을 개입시키지 않은 채 어떻게 전달하는지에 대한 모범이었다. 그러나 아무도 우리가 그리스 사람들처럼 사물을 보지 못하며 절대로 그들처럼 창작하거나 조각하거나 질병을 치료할 수 없다는 사실을 생각지 못하고 있었다. 우리가 그들에게서 배울 수 있다고 해도 그동안 우리는 나름대로 상당히 많은, 그리고 별로 순수하다고 할 수 없는 경험을 해 왔다. 그리고 경험이라는 것이 생각에 따라 만들어지는 경우도 많았다. 이런 점을 이해하고 식별하고 선택해야 하므로 우리는 또다시 엄청난 요구 앞에 서 있게 되었다. 우리는 각자 주위를 관찰하고 행동하면서 이미 남들이 발견했던 자연을 마치 처음 관찰하고 다루듯이 인식해야만 한다는 것이다. 이렇게 해야 비로소 진정하고 정당한 것만이 나타날 수 있다는 것이다. 그러나 학문은 박학, 박식하지 않으면 이루어질 수 없으며 실천은 경험과 기만 없이는 불가능한 것이기 때문에, 오용(誤用)을 적용(適用)과 구별하고 핵심을 외각보다 우위에 놓는 데 있어 심각한 갈등이 생겼다. 이때도 실용단계에서는 결국 천재에게 도움을 구해 그의 마술적인 천분에 따라 분쟁을 중재하고 여러 가지의 요구를 해결하는 것이 문제를 해결하는 첩경이라는 것을 알게 되었다. 그러는 동안 지성이 문제에 개입하게 되었다. 즉 일체의 선입견을 제거하고 미신을 타파하기 위해서 만사를 명석한 개념으로 이끌고 논리적인 형태로 표현해야만 했다. 뵈르하베[271]나 할러[272] 같은 탁월한 인물들이 실제로 전대미문의 일들을 해냈기 때문에 세상 사람들은 이제 그들의 제자나 후배들에게 더 많은 것을 요구할 권리가 있는 것처럼 생각하게 되었다. 사람들은 이제 길이 열렸다고 생각했지만 사실 세상의 일에서는 길이 문제가 되는

---

271 Hermann Boerhaave (1668~1738): 유명한 의사이며 화학자.

272 Albrecht von Haller (1708~1777): 자연과학자이며 의사, 저술가, 정치가.

것이 아니었다. 배가 헤쳐나간 물결은 배가 지나간 뒤에 곧 다시 모이듯이 탁월한 사람들이 오류를 헤치고 나간 뒤에도 오류는 다시 자연스럽게 몰려드는 법이다.

그런데 탁월한 침머만은 이러한 점을 조금도 이해하려 들지 않았다. 그는 이 세상이 온통 불합리하다는 것을 인정하지 않았다. 그는 정당치 못하다고 생각하는 모든 것에 대해서 격분하여 참지 못하고 덤벼들었다. 상대가 간호인이건 파라셀수스이건 점쟁이건 화학자건 상관이 없었다. 그는 계속 덤벼들었다. 숨이 끊어질 정도로 달려들다가 그는 자기가 짓밟았다고 생각한 히드라의 머리가 다시 멀쩡하게 목에서 솟아나와 이를 내미는 것을 보고는 깜짝 놀라는 것이었다.

그의 저술, 특히 《경험에 관하여》를 읽어 보면 이 탁월한 인물과 나 사이에서 어떠한 문제가 토의되었는지 한층 더 명확하게 알 수 있을 것이다. 그는 나보다도 나이가 스무 살이나 연상이었기 때문에 나에게 그만큼 더 강한 영향을 줄 수 있었다. 저명한 의사로서 그는 주로 상류계층에서 일하고 있었기 때문에 나약함이라든가 과도한 향락에서 연유하는 시대의 병을 항상 염두에 두고 있었다. 그리하여 의사로서의 그의 이야기는 마치 철학자나 문학하는 동료들의 이야기처럼 나를 자연으로 돌아가게 하였다.[273] 나는 그의 열정적인 개혁의지에 대해서는 완전히 동감할 수 없었다. 그와 헤어진 뒤에는 다시 내 본분으로 돌아왔으며 자연이 내게 부가한 재능을 적당히 응용했고, 인정하는 수밖에 별도리가 없는 것에 대해서는 적당하게 대항을

---

273 실험에 근거하는 현대 과학자들과는 달리 당시의 학자들은 화학을 범지학(汎知學)적 추리와 연계시키는 일종의 사상가들이었다.

하면서 다소간의 여유를 만드는 수밖에 없었다. 나는 내 영향력이 어디까지 미칠 수 있는가, 영향력이 나를 어디로 끌고 갈 것인가에 대해서는 생각해 보지 않았다.

마르슈린스에 큰 기숙사를 설립한 폰 잘리스[274] 역시 우리 집에 온 적이 있다. 그는 성실하고 명석한 인물로 우리의 작은 사교계의 천재적 분위기의 광적인 생활방식에는 속으로 괴상하게 생각하고 있는 것 같았다. 프랑스 남부 여행 도중에 우리를 방문했던 슐처[275] 역시 비슷한 느낌을 받은 것 같았다. 나를 염두에 두고 쓴 여행기의 한 구절은 적어도 그런 것을 암시하고 있다.

그러나 이렇게 유쾌하고 유익한 방문객 사이에는 거절하고 싶은 종류의 사람들도 끼어 있었다. 실제로 곤궁한 사람들이나 철면피한 사기꾼들이 그들의 긴박한 요구를 실제 또는 엉터리 친척 관계나 숙명 같은 것을 핑계로 해서 남을 잘 믿는 나에게 몰려들었다. 그들은 내게서 돈을 꾸어 가기도 하고 나로 하여금 남들한테서 돈을 빌리도록 만들기도 했다. 그 때문에 나는 부유한 친구들과 매우 불쾌한 관계에 놓이게 되기도 했다. 나는 이러한 철면피한 사람들을 까마귀밥이나 되라고 욕을 했다. 부친 역시 집이 깨끗하기를 바라는데 홍수가 문턱과 층계를 넘어들어오는 것을 보자 깜짝 놀랐다는 마술사 제자[276]의 처지에 놓인 것 같은 감정이었을 것이다. 왜냐하면, 좋은 일

---

274 Karl Ulysses von Salis (1728~1800): 스위스 귀족가문 태생으로 새로운 교육이념으로 교육기관을 창설했다.

275 Johann Georg Sulzer (1720~1779)는 여행기에서 프랑크푸르트에서 만난 청년 괴테를 천재라고 불렀다.

276 괴테의 발라드 〈마법사의 제자 Der Zauberlehrling〉을 말한다. 스승이 자리를 비우면서 물을 길어 나르는 일을 맡기자 마법사의 제자는 지팡이에 마법을 걸어 일을 시

도 정도가 지나쳐서 부친이 나를 위해 마련해 준 절제 있는 생활계획은 하나씩 어긋나고, 연기되고, 하루하루 기대와는 정반대의 모습으로 변했기 때문이었다. 레겐스부르크와 빈에 체류하는 일은 중단된 것이나 마찬가지였다. 단지 이탈리아 여행 도중에 그곳을 지나가면서 한번 구경하기로 되어 있었다. 그러나 한편에서는 실생활에 들어가는데 그렇게 우회할 필요가 없다는 친구들도 있었다. 그들 생각으로는 유리한 점이 많은 기회를 이용해서 고향에서 영구적으로 자리를 잡아야 한다는 것이었다. 왜냐하면, 처음에 외조부, 그 뒤 외숙부로 인해서 내가 시의원이 되는 길은 막혔지만[277] 그래도 고향에는 내가 요구할 수 있고, 정착해서 장래를 기대할 수 있는 시민을 위한 지위가 낮지 않다는 것이었다. 여러 가지 대리업을 할 수도 있고 주재관의 지위도 명예스러운 것이었다. 나는 이런 말을 듣고 바르다고 생각했으며 나 자신이 거기에 적합하다고 믿었다. 그러나 나는 그런 식으로 정신없이 일하면서 살도록 요구하는 생활방식이나 그런 일의 성격이 나에게 적합한지를 검토해 본 적이 없었다. 이러한 제안이나 계획과 함께 애정 문제가 첨가되어 아마 그것이 나에게 정착된 가정생활을 요구하고 앞서 결심을 촉진한 것 같았다.

전에 언급했던 젊은 남녀의 모임은 내 누이동생이 만든 것은 아니지만, 동생 덕으로 그대로 존속되고 있는 셈이었는데 동생이 결혼해서 떠나간 뒤에도 여전히 계속되고 있었다. 남녀들은 서로 계속 친

킨다. 빗자루를 멈추는 법을 모르는 제자가 빗자루를 두 동강 내는 바람에 집안이 온통 물바다가 된다.

277 외삼촌 Johann Jost Textor(1739~1792)가 시의회 배심원이 되었기 때문에 조카인 괴테는 시의원이 될 수 없었다.

해져서 일주일에 하루 저녁을 이 모임에서 지내는 것보다 더 즐거운 일은 없는 까닭이었다. 제6장에서 얘기한 바 있는, 그 진기한 연설가도 여러 운명을 겪은 후 더욱 능숙하고 짓궂게 되어 우리에게 돌아와 또다시 이 작은 왕국의 입법자가 되어 있었다. 그는 과거 게임의 속편으로 그 비슷한 것을 생각해 냈다. 즉 일주일마다 제비를 뽑아서 이번에는 전처럼 애인이 아니라 실질적 부부를 정하자는 것이었다. 애인에게 어떤 태도를 보여야 하는가는 이미 충분히 알고 있지만, 사교계에서 부부가 어떻게 행동해야 하는지 아직 모르고 있는데 이제는 나이도 들어가니 그런 것을 배워야 한다는 얘기였다. 거기에는 일반적인 규칙이 있는데 부부는 서로 남처럼 행동해야 하고 곁에 나란히 앉아도 안 되고 얘기를 많이 나누어도 안 되고 더구나 서로 애무한다든가 하는 일은 없어야 한다는 것이었다. 서로 의심이나 불쾌함을 자아내게 해서는 안 되고 그러면서도 아내와 무리 없이 결속되어 있음을 보여줄 때 그것이야말로 제일 칭찬을 받을 만하다는 것이었다.

부부를 결정하는 방법은 제비를 뽑아서 했는데 어울리지 않는 쌍이 서로 제비에 뽑히면 웃음이 터지고 놀리기도 했다. 그러고 나서 일반적인 결혼생활의 코미디가 매우 유머러스하게 시작되었는데, 매주 한 번씩 반복되었다.

매우 신기했던 일은 제비가 처음부터 두 번씩이나 나에게 같은 여성[278]을 짝지어 준 것이다. 그녀는 매우 훌륭한 여성으로 누구나 아내로 생각해 볼 만한 여성이었다. 모습은 아름답고 균형이 잡혔으며

---

278 Philipp Anselm Münch의 딸인 Susanne Magdalene Münch로 추정된다.

얼굴은 호감을 주었다. 거동에는 침착성이 있었고 육체도 정신도 건전하다는 것을 드러내고 있었다. 그녀는 변함이 없었다. 집안에서의 행동도 칭찬뿐이었다. 말이 많지는 않았지만 그 말 속에는 건전한 상식과 소박한 교양이 엿보였다. 그런 사람에게 친절과 존경으로 대하는 것은 매우 쉬운 일이었다. 나는 일반적으로 그런 태도를 보이는데 습관이 되어 있었지만, 이번에는 습관적인 호의가 사교적인 의무로 나에게 부가되어 있었다. 세 번째 제비가 또다시 우리 두 사람을 결합했을 때 장난꾸러기 입법자는 엄숙하게 이것은 하늘의 명령이니 절대로 이혼할 수 없다고 선언하였다. 우리는 서로 그것에 이의가 없으며, 상호 간에 이 공개적인 결혼생활의 의무를 성실히 수행했기 때문에 모범으로 칭송을 받을 정도였다. 그런데 일반 규칙에 의해 그날 밤에 부부로 맺어진 사람들은 몇 시간 동안 서로 당신으로 부르게 되어 있었기 때문에 우리는 이 다정한 호칭에 몇 주일째 습관이 되어서 평소에 길에서 서로 만나도 서로 당신이라는 말이 입에서 튀어나오게 되었다. 습관이란 이상한 것이어서 우리 두 사람은 이러한 관계가 날이 갈수록 자연스러운 것으로 생각되기 시작했다. 나에게 그녀는 날이 갈수록 소중하게 생각되기 시작했다. 나에 대한 그녀의 태도는 조용한 신뢰감을 나타내고 있었다. 만약에 곁에 목사가 있었다면 우리는 별 달리 생각해 볼 필요도 없이 그 자리에서 결혼했을 것이다.

이 사교모임에서는 매번 새로운 것을 낭독하게 되어 있었다. 그래서 나는 어느 날 저녁에 완전히 새로운 것으로 보마르세의 클라비고 회상록[279] 원본을 가지고 나타났다. 그것은 대단한 갈채를 받았으

---

279 《Quatriéme mémoire à consulter par P. A. Carton de Beaumarchais》(1774).

며 여러 가지 의견이 한없이 나왔다. 많은 논의가 오고 간 다음 내 사랑스러운 상대가 이렇게 말했다. "만약에 내가 당신의 아내가 아니라 상관이라면 그 회상록을 연극으로 개작하라고 부탁할 것 같아요. 제 생각에 그렇게 하는 것이 좋을 것 같아요." ─ "당신, 한번 두고 보시오."라고 나는 대답했다. "상관하고 아내가 한 사람이 될 수 있다는 사실을 당신에게 보여줄 것을 약속하는 바입니다. 오늘부터 일주일 뒤에 이 책의 내용을 희곡으로 만들어 오늘처럼 낭독해 드리겠습니다." 사람들은 그런 무모한 약속에 모두 놀랐다. 나는 당장 이 일에 착수했다. 이런 경우 흔히 착상이라고 부르는 일이 나에게는 순간적으로 가능한 까닭이었다. 그래서 명목상의 아내를 집에 바래다주면서 나는 침묵에 잠겼다. 그녀가 웬일이냐고 물었다. ─ "구상 중입니다."라고 나는 대답했다. "희곡을 구상 중인데 이미 상당이 진전되었어요. 당신을 사랑하는 마음에서 무슨 일이든 하고 싶은 것이 내 심정입니다." 그녀는 내 손을 잡았다. 나는 열렬한 키스를 해 주었다. 그녀가 말했다. "역할을 잊으시면 안 돼요. 부부간에 다정하게 굴지 않게 되어 있잖아요." ─ "멋대로들 정하라고 하지요."라고 내가 대답했다. "우리는 우리 식으로 지냅시다."

상당이 우회하긴 했지만, 집에 도착하기 전에 나는 이미 작품 구상을 상당히 마친 상태였다. 고백하는 말이지만, 너무 큰소리치는 것으로 보이지 않기 위해서 사실 한두 번 읽었을 때 나는 이 내용이 극으로, 무대에 올리기 적당한 것으로 생각한 것이 사실이다. 다만 앞서와 같은 자극이 없었더라면 이 작품 역시 다른 작품들과 함께 이세상에 나타나지 못했을 것이다. 이 작품을 내가 어떻게 각색했는지는 알려진 그대로이다. 나는 복수나 증오 또는 좁은 소견에서 고결한 인물에 맞서 그들을 파멸시키는 악당들 얘기는 싫증이 났기 때문에 카를로스를 통해서 진실한 우정을 갖춘 순결한 세계관을 정열, 애정, 외부의 압력과 맞서게 하고 그런 방식으로 비극화시키고자 했다. 원조인 셰익스피어식대로 나는 중요한 장면이나 진짜로 극적인 표현은 주저 없이 직역했다. 그리고 결말 부분에서는 어느 영국의 발라드의 마지막 부분을 빌렸다. 그리하여 금요일이 오기도 전에 이미 작품은 완성되었다. 내가 낭독을 효과적으로 잘하는 것은 누구나 인정하는 바였다. 나의 상관인 아내는 매우 기뻐했다. 우리 두 사람의 관계는 정신적인 자식이라도 생긴 것처럼 이 작품으로 인해서 긴밀하고 확고해졌다.

그런데 여기에서 처음으로 메피스토펠레스인 메크가 나에게 피해를 주었다. 내가 그 작품을 그에게 전해 주었더니 "그런 졸작은 다시 쓰지 말게. 그런 것은 다른 사람도 얼마든지 쓸 수가 있어."라는 대답이 온 것이다. 이 점은 그가 잘못 생각한 것이었다. 이미 포착된 것이라고 해서 언제나 그것을 능가해야 한다는 법은 없다. 상식의 범위를 벗어나지 않은 것 중에서도 훌륭한 것이 얼마든지 있을 수 있다. 만약에 조금만 격려를 받았더라면 나는 그런 작품은 당시 한 다스는 쓸 수 있었을 것이고 아마 그중에서 서너 편은 무대에 올려졌을 것이다. 공연작을 잘 선택할 줄 아는 연출자는 작품이 어떤 장점을 가졌는지 더 잘 알았을 것이다.

이런 비슷한 종류의 신 나는 장난을 통해서 우리의 이 이상스런 결혼놀이는 도시의 애깃거리까지는 아니라도 집안의 애깃거리가 되었으며, 우리 미녀들의 어머니들 귀에까지 재미있게 들리게 되었다. 내 어머니도 그런 우연한 일이 싫지는 않았다. 모친은 전부터 나와 묘한 관계가 된 그녀에게 호감을 느끼고 있었으며 그녀를 신뢰하고 있었기 때문에 그 처녀라면 좋은 아내, 좋은 며느리가 될 수 있다고 생각한 때문이었다. 내가 쓸모없는 일로 허송세월을 보내고 있는 것이 어머니에게는 유쾌한 일은 아니었다. 그리고 사실 어머니는 상당한 곤란을 겪고 있기도 했다. 밀려드는 손님들을 대접해야 하는 일이 어머니의 일인 까닭이었다. 문인들을 숙박시키는 대가는 대접을 받기 위해서 그들이 아들에게 보여주는 존경 이외에는 아무것도 없었다. 재산도 없는 그 많은 사람이 학문이나 창작을 위해서가 아니라 유흥을 위해서 모이는 것이 서로 간에, 그리고 결국 나에게 손해를 불러오게 한다는 것을 어머니는 잘 알고 있었다. 내가 쉽게 남에게 주기를 좋아하고 보증서기를 좋아하는 것을 어머니는 알고 있었다.

그래서 어머니는 전부터 아버지께서 계속 권했던 이탈리아 여행을 내가 떠나는 것이야말로 이런 모든 관계를 일시에 끊어버리는 가장 확실한 방법이라고 생각하게 되었다. 단지 넓은 세상에 나가서 새로운 위험에 다시 맞닥트리지 않도록 이미 인연이 닿은 두 사람 사이를 미리 굳게 맺어 놓아야 내가 여행에서 어서 고향으로 돌아오게 될 것으로 생각했다. 이런 계획을 어머니께서 단독으로 생각해 낸 것인지 고인(故人)이 된 친구[280]와 의논을 한 것인지는 알 수가 없다. 아무튼, 어머니의 행동은 심사숙고한 결과였다. 때때로 나는 여동생 코르넬리아의 결혼 이후 집안이 너무 적적하게 되었다는 말을 듣지 않을 수 없게 되었다. 내게는 누이동생이, 어머니에게는 조수가, 아버지에게는 제자가 필요했다. 그리고 이 일은 얘기로만 끝난 것도 아니

---

280 Susanne von Klettenberg.

었다. 어느 날 부모님께서 산책하는 도중에 우연히 그녀[281]를 만나자 그녀를 정원으로 안내하여 꽤 오랫동안 이야기를 나누게 되었다. 이 일에 관해서 저녁 식사 때 즐거운 대화가 오갔고 아버지께서는 여성에 관해 웬만큼 아는 부친의 눈으로 봐도 그녀에게는 여성이 갖추어야 할 덕목을 모두 갖추었다는 얘기를 하셨다.

그 후부터는 마치 손님이라도 맞을 채비를 하는 것처럼 2층에서 이것저것 준비가 시작되었다. 아마 천을 점검하고, 지금까지 소홀히 해온 살림도 손을 보기 시작했다. 그리고 언젠가는 어머니가 다락방에서 낡은 요람을 들여다보고 있을 때 내가 불쑥 나타나 어머니를 놀라게 한 적도 있었다. 그것은 호두나무로 만든 요람으로 상아와 흑단으로 장식된 것이었는데 어릴 적에 나를 눕혀서 흔들어 주던 것이었다. 내가 그런 그네식의 요람은 이제는 완전히 유행이 지나가서 요즘에는 아이를 예쁜 바구니 같은 데다 앉혀서 끈으로 어깨에 메어 마치 물건처럼 구경시키고 다닌다고 설명을 하자 어머니는 별로 마음에 들어 하지 않는 것 같았다.

아무튼, 새살림이 시작될 것 같은 전조가 자주 나타나기 시작했다. 나는 이 일에 그다지 상관을 안 했기 때문에, 모두 일생 지속할 가정의 형태를 미리 상상했고, 오랫동안 맛보지 못했던 평화가 우리 가정과 식구들 사이에 넘쳐났다.

---

281 Susanne Magdalene Münch라는 여성으로 추정된다.

제4부

신을 제외하고 신에게 맞설 자 없다

머리말

지금 하고 있는 것처럼 다양하게 진행되는 삶의 이야기를 다룰 때 일정한 사건을 알기 쉽고 읽기 쉽게 만들기 위해서는, 때에 따라서 시간상으로 얽힌 것을 서로 떼어놓거나 함께 모아 묶어 전체를 부분별로 나누어야 이야기 전체를 조망하고, 생각하면서 평가하고, 많은 것을 배울 수도 있게 된다.

이런 생각을 가지고 제4부를 시작하면서 이것을 내가 택한 방식의 구실로 삼으려 하니, 독자 여러분들은 다음과 같은 것을 염두에 두기 부탁한다. 즉 여기서 계속되는 이야기는 제3부의 끝과 바로 연결되는 것은 아니지만 전체적으로는 이야기의 줄거리를 차례로 이어나가 인물이나 사상, 또는 행동을 차례로 서술하고자 했다는 점이다.

제16장

흔히 불행이란 혼자서 찾아오는 것이 아니라고 하지만 행복 또한 마찬가지인 것 같다. 그렇게 되는 것이 운명인지 혹은 우리에게 서로 연관되는 일을 끌어당기는 힘이 있는지는 몰라도 우리의 생활에도 사건은 서로 조화된 방식으로 일어나는 것 같다.

적어도 이번에 나는 모든 것이 일치해서 외적인, 내적인 평화를 갖게 된 일을 경험했다. 외적인 평화는 사람들이 나를 위해서 생각하고 계획한 결과를 침착하게 기다리는 동안에 내게 주어졌지만, 내적인 평화는 내가 새로운 연구를 시작하면서 얻게 된 것이다.

오랫동안 나는 스피노자에 관해 생각하지 않고 있었다. 그러다가 이제 그에 대한 비판서적을 통해서 스피노자에게 다가가게 되었다. 나는 우리의 서재에서 이 독창적인 사상가를 신랄하게 공격하고 있는 책자를 발견했다.[01] 저자는 효과를 더욱 확실히 하기 위해서 제목 맞은편에 스피노자의 초상화를 넣고 거기에다 "Signum reprobationis in vultu gerens", 즉 그의 얼굴이 혐오스럽고 무식한 상이라고 썼다. 초상화를 들여다볼 때 이 점은 아무도 부인할 수 없었다. 그 동판화가 말할 수 없이 형편없는 것으로 삼류작인 까닭이었다. 나는 이 세상에는 마음에 들지 않는 대상을 일단 왜곡시켜 놓고

---

01 Johann Colerus의 《스피노자의 생애 Das Leben des Bened. von Spinoza》(1733)를
    말한다.

그 뒤에 그 사람을 괴물이라고 공격하는 사람이 있다는 생각을 했다.

하지만 그 책자는 나에게 아무런 인상도 남기지 않았다. 일반적으로 나는 논쟁을 즐기지 않는 편으로 어떤 사람이 어떻게 잘못 생각했는지를 다른 사람을 통해서 듣는 것보다는 오히려 본인한테서 직접 듣는 것이 낫다고 생각하는 까닭이었다. 아무튼 나는 호기심에서 벨의 사전[02]에서 '스피노자' 부분을 찾아보았다. 이 사전은 박학다식하고 날카로운 면에서는 값어치 있고 유용하지만, 험담과 장광설 때문에 우스꽝스럽고 해롭기까지 한 책이었다.

'스피노자' 부분은 나에게 불쾌함과 의아심만을 불러오게 했다. 우선 스피노자가 무신론자이며 그의 사상은 전혀 쓸모없다고 해 놓고는 다시 그가 조용히 사색하고 연구에 전념하는 사람, 선량한 국민, 솔직한 인간, 온화한 개인이라고 말하고 있었다. 이렇게 되면 "너희는 열매를 보고 그들을 알라!"라는 성경 구절은 완전히 잊어버린 셈이었다. 도대체 인간과 신을 기쁘게 하는 생활이 어떻게 썩어빠진 사상에서 나올 수가 있단 말인가?

그 탁월한 인물이 남겨 놓은 저술을 읽었을 때 내가 얼마나 마음이 가라앉고 명쾌해졌었는지 아직도 잘 기억하고 있다. 자세한 것은 기억나지 않지만, 그의 영향은 오랫동안 내게 남아 있었다. 그래서 나는 많은 영향을 준 다른 작품들을 급히 꺼내서 읽어 보았다. 그랬더니 전과 똑같은 평화로운 공기가 다시 나를 에워쌌다. 나는 독서에 다시 몰두하기 시작했고 자신을 돌이켜 보면서 세상을 이렇게 명료하게 바라본 적이 없다고 생각하게 되었다.

---

02 Pierre Bayle의 《역사와 비판 사전 Dictionaire historique et critique》.

이 문제에 관해서는 오늘날까지 너무나도 많은 논쟁이 있기 때문에 오해를 일으키고 싶지 않다. 나는 단지 사람들이 두려워하고 회피하려는 사고의 방식에 관한 문제만 몇 가지 이야기해 보고자 한다.

우리의 물질적 생활뿐만 아니라 공동의 생활, 풍속, 습관, 사교, 철학, 종교, 그리고 많은 우발적인 사건들은 한마디로 만사가 우리에게 체념[03]하는 수밖에 없다고 소리치고 있다. 내적인 특징을 우리는 행동으로 드러낼 수도 없다. 그리고 우리의 품성을 보완하기 위해서 외부로부터 무엇인가를 받아들이는 일 또한 수월하지 않다. 그와는 반대로 귀찮고 낯선 일들을 강요당하기만 한다. 우리는 노력해서 얻은 것, 긍정적으로 허락받은 것을 강탈당한다. 그리고 이런 것을 제대로 확인하기도 전에 우리는 처음에는 단계적으로, 나중에는 완전히 우리의 개성을 포기하게 된다. 그뿐만 아니라 이것에 대해 분개하는 경우 멸시를 당하기까지 한다. 술잔이 쓰면 쓸수록 단 것 같은 표정을 해야지 얼굴을 찡그려 봤자 무심한 표정으로 바라보고 있는 사람들의 마음만 심란하게 할 뿐이다.

그러나 이 어려운 과제를 풀도록 자연은 인간에게 풍부한 힘과 능력과 끈기를 주었다. 그러나 인간은 변덕스러워 도움이 되기도 한다. 이것 때문에 인간은 매 순간 다른 일에 착수할 수도 있고 하나씩 단념할 수도 있다. 이런 식으로 우리는 무의식중에 우리의 일생을 살아나 간다. 우리는 한 가지 일에 대한 열정을 다른 일에 대한 열정으로 대치시킨다. 즉 일, 애호, 사랑, 취미 같은 모든 일에 우리는 손을 대 보고는 결국 모든 것이 허망하다고 소리친다. 그리고 아무도 이

---

03 체념(Entsagung)은 노년기 괴테 문학의 중심이 된다. 이것은 포기와는 다른 것으로 절제와 가깝다고 할 수 있다.

그릇되고, 신을 모독하는 말에 놀라지도 않는다. 오히려 그것을 현명하며, 반박의 여지 없는 것으로 생각한다. 그렇다고 이런 견딜 수 없는 감정을 예감하고 일부분씩 체념하는 것을 피하고자 한꺼번에 전체를 체념하는 사람은 극소수다.

이들은 영원한 것, 필연적인 것, 원칙적인 것을 믿으며, 불멸의 관념을 모색하고 무상함을 바라보면서도 스스로 단념하지 않고 오히려 더욱더 강화된다. 그런데 그 안에는 어떤 초인적인 것이 내재해 있기 때문에 이런 사람들은 흔히 신과 인간을 부인하는 비인간으로 취급을 당하며 이들을 배신자나 절도범처럼 날조하는 일조차 일어난다.

스피노자에 대한 나의 신뢰감은 그가 내 마음속에 불러일으켰던 조용한 영향력에서 기원한 것이었다. 그에 대한 신뢰감은 내가 소중한 신비주의자들이 스피노자 철학으로 인해 비난을 당하고 라이프니츠까지도 그러한 비난에서 벗어나지 못했고 결국 뵈르하베[04]까지도 같은 혐의를 받고 신학에서 의학으로 바꾸지 않으면 안 되었다는 사실을 들었을 때 더욱더 깊어져 가기만 했다.

그러나 내가 스피노자의 저술에 공감해서 문자 그대로 이에 동조하고 있었다고 생각해서는 안 된다. 왜냐하면, 사람이란 타인을 이해할 수 없는 법이며 같은 말, 같은 글이라고 해도 사람에 따라 서로 다른 생각으로 끌고 갈 수 있다는 것을 나는 너무도 잘 알고 있는 까닭이었다. 《베르터》와 《파우스트》의 작가로서 나는 이미 이런 오해를 깊이 체험한 바 있다. 그리고 데카르트의 제자로서 수학과 유대

---

04 Hermann Boerhaave (1668~1738)

신학 연구를 통해 사상의 최고봉이 되어 오늘날까지도 온갖 철학 연구의 목표가 되고 있는 스피노자를 내가 완벽하게 이해하려는 자만심을 품고 있지 않다는 것을 독자는 믿을 것이다.

만약에 나의 〈영원한 유대인 Der ewige Jude〉이라는 시에서, 방황하는 유대인인 스피노자를 방문하여 중요한 사건으로 만들려 한 글이 남아 있다면 내가 스피노자에게서 얻은 수확도 분명하게 기술될 수 있었을 것이다. 그러나 나는 이 생각이 너무도 마음에 들어서 마음속에서 은근히 상상하면서 즐기느라 아무것도 쓰지를 못했다. 한때의 장난으로는 가치가 있는 것으로 여겨졌던 이 생각도 너무나 확대되자 결국 매력을 잃게 되었고 나도 귀찮은 생각이 들어서 더는 생각하지 않기로 했다. 그러나 스피노자와의 관계의 중요한 점이 그후 내 생활에 얼마나 큰 영향을 남겼는지는 될 수 있는 대로 간결하게나마 기술해 보고자 한다.

자연은 영원하고 필연적인 신성한 법칙에 따라 작동하고 있으며, 신조차 법칙의 그 어떤 것도 변경시킬 수 없다. 누구나 이 점에 관해서는 무의식이지만 일치되는 생각을 하고 있다. 만약에 어떠한 자연현상이 이성 또는 지성에 어긋나게 멋대로 행동할 때 우리가 얼마나 경악하는지를 생각해 보면 그 사실을 알 수가 있다.

이성이 동물에 나타난다면 우리는 묘한 감정에서 벗어날 수가 없을 것이다. 왜냐하면, 우리는 동물이 우리와 아주 가깝더라도 우리와는 무한한 간격을 두고 떨어져 있으며 필연의 지배를 받고 있는 것으로 생각하는 까닭이다. 따라서 동물들의 기관이란 아무리 교묘하게 만들어진 것이라고 하더라도 그 범위가 매우 한정적이기 때문에 완전히 기계적인 것에 불과하다고 말하는 사상가들을 비난할 수만은 없다.

식물을 보면 우리의 주장은 더욱 명백하게 증명된다. 미모사를 건드리면 그 날개 같은 잎을 한 장씩 접고 나중에는 그 줄기까지 마치 관절처럼 구부리는 것을 보고 우리는 얼마나 이상한 감정에 사로잡히게 되는지 모른다. 이 감정에 나는 아무런 명칭도 붙이려고 하지 않는다. 이 감정은 무초[05](舞草)를 관찰할 때에는 더욱더 고조되는데 이 꽃은 아무런 외부적인 이유도 없이 잎을 위아래로 움직여 그 자신과 우리들의 관념을 놀리는 것처럼 보인다. 만약에 이러한 능력이 바나나에 주어져서 바나나가 그 거창한 우산 같은 잎을 스스로 번갈아 아래위로 움직인다면 그것을 처음 보는 사람은 누구나 놀라서 뒤로 물러날 것이다. 이렇게 우리의 마음에는 우리 자신만의 우월감이 뿌리 박혀 있기 때문에 다른 것에게 그 우월의 일부분이라도 빼앗기는 것을 원치 않을뿐더러 다른 사람들에게 주어지는 것도 원치 않는다.

반대로 우리는 인간이 일반적인 도덕법칙에 반하여 조리에 맞지 않는 행동을 하고 자타의 이익을 돌보지 않는 몰상식한 행동을 하는 것을 볼 때에도 똑같은 경악감에 사로잡힌다. 그럴 때 느끼는 혐오감에서 벗어나기 위해서 우리는 그것을 즉시 비난 또는 증오심으로 바꾸고 실제이건 생각 속에서건 이런 인간에게서 벗어나려고 한다.

스피노자가 매우 강조해서 언명한 이런 대립을 나는 매우 기이하게도 나 자신에게 적용했다. 앞서 이야기한 내용은 다음에 말하려는 것을 한층 더 알기 쉽게 하기 위한 것에 불과하다.

나는 내 마음속에 깃들어 있는 문학적 재능을 자연에서 관찰하

---

05 hedysarum gyrans: 소리에 따라 움직이기 때문에 춤추는 나무라는 별명을 가지고 있다.

고 있었다. 특히, 나는 외적인 자연을 재능의 대상으로 보도록 훈련되었기 때문에 더욱더 그러했다. 이 문학적 재능의 구현은 워낙 어떤 동기에 의해 자극되고 규정되는 것이지만 무의식적으로, 또는 의지와는 어긋나는 경우 가장 훌륭하고 풍부하게 구현되었다.

들판과 숲을 떠돌며
노래를 휘파람으로 불면서
하루 종일 그렇게 보냈다.

밤중에 잠이 깰 때도 같은 경우가 있었다. 나도 어떤 선배[06]처럼 가죽조끼를 만들어 입어 암흑 속에서도 감각을 통해서 아무 생각 없이 마음속에 떠오르는 것을 그대로 옮겨 적을 수 있기를 바랐다. 나는 마음속으로 짧은 노래를 부르고 나서 그것을 뒤에 그대로 반복할 수 없는 것이 대부분이었다. 나는 책상 앞으로 달려가 종이가 비스듬히 놓여 있으면 바로 놓을 사이도 없이 그 노래를 처음부터 끝까지 대각선 방향으로 비스듬히 써내려간 적도 많았다. 그래서 나는 차라리 연필을 사용하는 경우가 더 많았는데 연필이 쓰기가 더 쉬운 까닭이었다. 펜을 사용하면 그 서걱거리는 소리와 잉크 튀기는 소리가 나를 몽유병자와도 같은 창작의 상태에서 깨워 마음을 어지럽혀 막 탄생하려고 하는 작품을 질식시켜 버리는 경우가 여러 번 있었던 까닭이다. 이러한 시에 대해서 나는 특별한 경외감을 가지고 있었는데 마치 암탉이 자신의 병아리들이 자기를 둘러싸고 삐악 대고

---

06 이탈리아의 시인 페트라르카를 의미한다.

있는 것을 바라보는 듯한 감정을 이 시들에 대해서 느끼기 때문이었다. 이러한 시들을 낭독할 때면 과거의 즐거움이 되살아났다. 그러나 나는 이러한 시들을 돈으로 바꾼다는 생각에 대해서는 혐오스럽게 생각하고 있었다.

이 기회에 훨씬 훗날에 일어난 일이기는 하지만 한 가지 사건을 생각해 보고자 한다. 창작물의 출판을 요구받고 있으면서도 내가 앞서와 같은 생각 때문에 그런 일을 도모할 생각을 못 하고 있는 동안 내가 주저하고 있는 것을 힘부르크[07]가 이용했다. 어느 날 나는 인쇄가 된 내 작품집 몇 부를 받았다. 나한테 부탁을 받은 적도 없는 이 출판업자는 뻔뻔스럽게도 나를 대중들에게 소개한 것을 오히려 자랑스러워하면서 만일 원한다면 베를린의 도자기를 보내 주겠다고 말했다. 베를린의 유대인들은 결혼 시에 왕립공장의 매상고를 올려주기 위해서 일정한 수량의 도자기를 사야만 했다. 뻔뻔스러운 저작권 침해자에게 대한 나의 멸시감은 이런 강도 행위에 대한 분노보다도 더 강했다. 그가 나의 소유권을 이용해서 상당한 이익을 취하고 있는 동안 나는 다음의 시[08]로 은근하게 그에게 복수했다.

달콤하게 꿈꾸며 보낸 시절의 귀한 보물들,
말라버린 꽃잎, 신성한 머리카락,
구겨진 베일, 접히고 색 바랜 리본,

---

07 Christian Friedrich Himburg(1733~1801): 베를린의 출판업자로 1775-76년에 3권 짜리 괴테 작품집을 발간하면서 헤르더의 글과 야코비의 시를 괴테의 작품으로 수록했다.

08 이 시는 힘부르크가 괴테 시집 제3판의 제4권을 출간하던 1779년에 쓰인 것으로 추정된다.

이제는 화덕의 연기로 사라진

흘러간 사랑의 슬픈 추억들을

염치없는 소시우스[09]가 모두 앗아갔네.

마치 시인의 작품과 명예를

유산으로 물려받은 듯 구는구나!

살아 있는 나에게 그의 짓거리가

차와 커피를 마실 때 즐거움을 주겠다고?

치워라, 도자기 잔과 과자 부스러기를!

힘부르크 일당에게 나는 죽은 몸이구나.

그러나 크고 작은 작품들을 힘들이지 않고 창작하게 하였던 그 자연은 여러 차례 오랫동안 휴식을 취했다. 오랫동안 나는 아무리 마음을 먹어도 아무것도 창작해 낼 수가 없어 답답하게 느낀 적도 있었다. 이러한 엄격한 대립에 대해서 다음과 같은 생각이 들기도 했다. 즉 한편으로는 나의 인간적, 이성적, 지성적 면모를 나나 다른 사람들의 필요와 이익을 위해 사용하되, 휴식시간은 지금껏 그래 왔고 더욱더 그 필요성이 강력히 요구되는 세속적인 일에 써서 내 힘을 온전히 다 쓰는 것이 내가 갈 길이 아닌가 하는 생각이었다. 매우 일상적인 생각에서부터 나온 이 생각은 내 본성이나 상황과 잘 어울리는 것 같았기 때문에 앞으로는 이렇게 행동하고 그것에 의해서 지금까지의 동요나 주저를 끝맺음하기로 했다. 현실적인 일에 대해서는 사람들에게 물질적인 보수를 요구할 수 있다는 점, 반면에 신성한 자

09 Sosii라고 불렸던 Sosius와 그의 형제는 호라티우스 시대의 로마 서적상이었다.

연의 선물인 재능은 성스러운 것으로서 계속 다른 사람들과 얼마든지 나누어 가질 수 있다는 생각은 무척 유쾌한 것이었다. 나는 그토록 필요하고 또 감탄해 마지않는 재능이 독일에서 법의 아무런 보호도 받지 못한다는 것을 인정하지 않을 수 없었을 때의 그 괴로움을 위와 같은 생각에서 구원을 받아 벗어나게 되었다. 왜냐하면, 저작권 침해가 용서받을 수 있는 일, 오히려 유쾌한 일로 생각되고 있는 것을 베를린뿐 아니라 훌륭한 정치로 칭송을 받고 있는 바덴의 태수, 또는 많은 희망을 걸 만한 요젭 황제까지 사정은 마찬가지였던 까닭이었다. 전자는 마크로트[10]를, 요젭 황제는 폰 트라트너[11]를 감싸면서 천재의 권리나 재산은 수공업자나 제조업자들도 얼마든지 맛보아도 좋다고 공언을 한 바 있다.

언젠가 이 문제에 관해서 우리를 방문한 바덴 사람에게 불평하자 그는 다음과 같은 이야기를 해 주었다. 태수의 부인은 활동적인 여성으로 제지공장도 세웠는데 상품이 아무 데도 팔 수 없을 정도로 질이 나빴다고 한다. 그때 출판업자 마크로트가 독일의 시인이나 산문작가의 작품을 그 종이에 인쇄해서 종이 가격을 조금이라도 올리자는 제안을 했다는 것이다. 그러자 사람들이 쌍수를 들어 이 제안을 받아들였다는 것이다.

이 좋지 않은 뒷공론을 우리는 꾸며낸 얘기라고 했지만, 아무튼 재미있어했다. 마크로트라는 이름은 당시에는 별명처럼 되어서 좋

---

10 Karl Friedrich von Baden은 출판업자 Karl Friedrich Macklot를 후원했는데, 마크로트는 괴테의 작품을 출판한 적이 있다.

11 Joseph 2세는 빈의 출판업자인 Johann Thomas von Trattner를 감쌌는데 von Trattner는 교과서와 기도서를 출판하던 인물로, 후에는 독일 작가들의 작품도 복제하여 치부했다.

지 않은 일에 갖다 붙이는 이름이 되었다. 철없는 청년이었던 나는 비열한 인간이 나의 재능으로 배를 불리고 있는 동안 몇 번이나 돈을 빌려 쓰지 않으면 안 되었지만 이런 재미있는 생각으로 충분히 보상을 받은 기분이었다.

　행복한 아이나 청년들은 일종의 도취상태 속을 거니는 것으로, 선량하고 순진한 그들은 주변의 상황을 느끼지도 못하고 그것을 인식조차 하지 못한다. 그들은 이 세상을 자신들이 만들어 낸 대상, 자신들이 점유해야 할 저장물로 보고 있다. 모든 것이 자기들의 것이고, 뜻대로 되지 않는 것이 없다고 생각한다. 이들이 방종한 생활에 빠지는 것은 조금도 이상하지 않다. 그러나 좀 더 나은 이들은 이러한 경향은 이런 열정을 도덕적인 열정으로 발전시키는데, 때에 따라서는 참된 또는 외견상 훌륭한 행실로 이끌려가지만 때로는 남들에게 이끌려 그들을 따라서 잘못된 길로 가기도 한다.

　우리가 이야기하는 이 청년도 그런 경우 중의 하나였다. 그는 사람들에게 기이한 사람으로 보이기도 했지만 많은 사람에게서 환영을 받기도 했다. 만나자마자 그가 어디에도 구속되지 않는 자유스런 마음을 가졌고, 대화에 있어 천진난만하며, 때로 행동이 신중하지 못하다는 것을 알 수 있었다. 마지막 성격에 관해서는 몇 가지 이야기가 있다.

　빽빽하게 집이 늘어선 유덴가쎄[12]에서 화재가 발생했다. 내가 항

---

12 1774년 5월 28일에 일어난 화재를 말하고 있다.

상 가진 친절한 마음씨에서 나는 실제 행동으로 돕고 싶어서 알맞게 차려입고 거기로 달려갔다. 알러하일리겐 가쎄부터 막혀 있어서 나는 그 길을 걸어서 갔다. 거기에서 많은 숫자의 사람들이 물을 나르느라고 정신없이 물이 가득한 양동이를 들고 밀려서 갔다가 빈 통을 들고 다시 돌아오는 것을 보았다. 나는 사람들이 골목길에 늘어서서 물통을 서로 주고받기만 하면 도움이 배가되리라는 것을 알았다. 물이 가득한 물통을 두 개 들고 서서 나는 다른 사람들을 오라고 불렀다. 그리고 온 사람들에게 물통을 넘겨주었다. 돌아가는 사람들은 다른 쪽에 줄을 섰다. 이 조치는 갈채를 받았다. 내가 조언을 해 주고 몸소 참가한 덕택이었다. 길 입구에서 화재 현장까지는 금방 빈틈없이 줄을 지어 일렬로 사람들이 늘어섰다. 그러나 여기에서 생겨난 쾌활함이 한창 신 나게 움직이고 있는 작업에다 유쾌한 기분을 일으키자 방종한 생각이 일어나서 장난해 보고 싶은 여유까지 생겼다. 형편없는 물건들을 짊어지고 나온 가련한 화재 피난민들은 일단 이 안전한 줄 속에 들어서기만 하면 끝까지 걸어가는 수밖에 별도리가 없었는데 이들은 무사하게 지나갈 수가 없었다. 장난꾸러기 아이들과 청년들이 그들에게 물을 끼얹었고 비참한 사람들한테 모욕을 주고 무례한 짓도 했다. 점잖게 설교를 하고 훈계도 했지만, 이 포악한 짓이 멈춰진 것은 별로 신경을 쓰지는 않았어도 훌륭하게 차려입었던 내 복장 탓이었던 것 같다.

호기심 많은 내 친구들이 몰려 왔다. 그들은 친구가 구두에다 비단 양말 차림으로—당시에는 모두 그렇게 하고 다녔다—궂은일을 하는 것을 보고 놀란 것 같았다. 나는 친구 몇을 그 일에 끌어들일 수 있었지만, 나머지는 웃으면서 고개를 저었다. 우리는 오랫동안 거기에 머물렀다. 자리를 뜨는 사람도 많지만 새로 합류하는 사람도 많은 까닭이었다. 구경하기 좋아하는 사람들이 자꾸 모여들어서 나의 착한 모험담은 두루 알려지게 되었다. 그런 이상한 묘안은 당시 거리의 화제가 되었다.

이런 행동의 기발함은 멋대로의 쾌활한 감정에서 나오는 것으로 잘못하면 경솔하다고 책잡힐 수 있다. 하지만 이것은 우리의 친구를 다시 한 번 별난 행동으로 사람들의 시선을 끌게 하였다.

어느 추운 겨울, 마인 강이 온통 얼음으로 뒤덮여 단단해졌다. 일로, 혹은 놀러 나온 신 나는 모임이 얼음판 위에서 일어났다. 넓은 스케이트장, 꽁꽁 얼어붙은 넓은 들판은 스케이트를 타는 무리로 가득 찼다. 나는 아침 일찍부터 거기에 끼어 있었다. 뒤늦게 어머니께서 구경삼아 마차로 오셨을 때에 얇게 입은 옷 때문에 속속들이 꽁꽁 얼어 있었다. 어머니는 빨간 우단 털외투를 입고 마차 안에 앉아 계셨는데, 그것은 가슴 부분이 단단한 금색 끈과 깃으로 묶여 아주 멋지게 보였다. "어머니, 외투 좀 저에게 주세요." 나는 곰곰이 생각해 보지 않고 얼떨결에 이렇게 말했다. "정말 너무도 추워요." 어머니는 조금도 주저하지 않았다. 나는 털 코트를 입었다. 그것은 무릎까지 내려오는 붉은색의 외투였는데 담비 털로 단을 대고 황금빛 장식이 달린 것으로 내 갈색 모자와 잘 어울렸다. 나는 이 외투를 입고 신 나게 달렸다. 그런데 매우 혼잡했기 때문에 나의 이 이상한 복장을 유심히 보는 사람은 아무도 없었다. 아니, 약간 문제는 되었는데 그것은 이 일이 나중에 진지하게, 또는 농담 속에서 몇 번이나 나의 비정상적인 예로 이야기된 까닭이었다.

이런 행복하고 경솔했던 행동의 추억은 그만두고 이제는 본론으로 들어가도록 하자.

어떤 재치 있는 프랑스인이[13] 다음과 같은 얘기를 한 적이 있었다. 머리 좋은 사람이 훌륭한 일을 해서 대중의 시선을 끌면 사람들은 그가 같은 일을 다시 반복하는 것을 방해하기 위해서 온갖 일을 다 한다는 것이다.

정말 맞는 말이다. 조용하고 세상과 동떨어진 청년 시절에 훌륭하고 재치 있는 일을 하면 칭찬을 받기는 하지만 독자성을 잃어버리게 된다. 사람들은 그의 개성에서부터 무엇인가를 끄집어내어 자기 것으로 만들려고 하므로 그 청년의 탁월한 재능은 흐트러지고 마는 법이다.

이런 의미에서 나는 초대를 많이 받았다. 아니 그것은 초대는 아니었다. 친구나 나를 아는 사람들이 나를 여기저기에 소개하려고 나선 것이다.

거의 객지 사람인 나는 가끔 불친절하게 거절한다고 해서 곰으로 알려졌으며 볼테르의 휴론족[14]이나 컴벌랜드의 서인도인,[15] 재능이 많은 자연아로 남들의 호기심을 모았으며 사람들은 여기저기에서 나를 만나보기 위해 열심히 애를 쓰고 있었다.

그중에서 어느 날 친구가 신교를 믿는 명망 있는 사업가[16]의 집

---

13 루소로 추정된다.

14 볼테르의 《자연아 L' Ingénu》에 나오는 주인공으로 인디언 사이에서 양육된 프랑스인.

15 Richard Cumberland의 희곡 《서 인도인 The West Indian》에 나오는 인물로 중앙아메리카에서 자란 유럽인.

16 괴테는 Schönemann 가문을 언급하는 것을 피하고 있다. Anne Elisabeth (Lili)는 대부

에서 저녁에 열리는 작은 연주회에 가자고 청해왔다. 상당히 늦은 시각이었지만 일을 불시에 처리하기 좋아하는 나는 평소 때처럼 단정한 차림으로 그를 따라 나섰다. 우리는 아래층에 있는 넓은 홀로 들어갔는데 원래는 거실인 것 같았다. 여러 사람이 모여 있었고 그랜드 피아노가 가운데 놓여 있었는데, 곧 그 집의 외동딸이 피아노 앞에 앉아 자신 있고 우아한 태도로 연주를 시작했다. 나는 그녀의 용모나 성격을 잘 볼 수 있도록 피아노의 한쪽 끝에 가서 서 있었다. 그녀의 태도에는 어린 티가 있었으나 연주를 하는 몸짓은 자연스럽고 경쾌했다.

소나타를 다 연주하고 나자 그녀는 피아노 끝에 있는 내 쪽으로 왔다. 이미 사중주가 시작되었기 때문에 우리는 얘기는 하지 않고 인사만 나누었다. 연주가 끝나자 나는 가까이 다가가서 만나게 되어 반갑다고 말하고, 그녀의 솜씨에 대해서 인사를 했다. 내 말에 대해서 그녀는 공손하게 답례를 한 뒤에 그녀는 자기 자리로, 나는 내 자리로 돌아갔다. 나는 그녀가 나를 유심히 바라보고 있으며 내가 많은 사람의 주목 대상이 되고 있는 것을 알 수 있었다. 멋지다는 것을 보여주고 싶었기 때문에 나는 이것을 참고 있었다. 그러는 동안 우리는 서로 훔쳐보았는데 내가 일종의 부드러운 매력에 매혹당했음을 부인할 수 없었다. 모인 사람들과 얘기를 나누고 여러 가지 일도 더 있었기 때문에 그 날 저녁에는 더는 가까워질 수가 없었다. 그러나 작별인사를 하자 그 어머니가 나를 알아보고 또다시 만나보고 싶다고 말하고 딸도 친절한 말로 찬성의 뜻을 표하자 나는 흐뭇한 기

호이자 은행가의 외동딸이었다.

분이 들었다. 나는 상당한 기간을 두어 재차 방문했고, 그때에도 쾌활하고 유익한 이야기를 주고받았다. 그러나 열정적인 관계가 생길 것 같지는 않았다.

한편 우리 집이 일단 손님에게 개방되자 양친이나 나에게 곤란한 일이 많이 생기게 되었다. 좀 더 숭고한 것에 눈을 두고 그것을 인식하고 촉진하며 될 수 있는 대로 모방하고자 하는 나의 경향은 이런 것으로 말미암아 발전할 수가 없었다. 선량한 사람들은 신앙심이 깊었고, 활동적인 사람들은 우매하거나 쓸모가 없었다. 전자는 나에게 아무런 도움도 되지 못했고 후자는 나의 마음을 어지럽게 했다. 그중에서 특이한 경우를 나를 열심히 적어 두었다.

1775년 초에 훗날 슈틸링이라고 불린 융[17]이 안과 분야의 중요한 치료를 위해서 니더라인에서 프랑크푸르트로 초빙되어 온다는 소식이 전해졌다. 나와 양친은 반갑게 그를 맞아 숙소를 제공했다.

레르스너[18] 씨는 노령의 훌륭한 인물로 영주 자손들의 교육과 훈육을 맡아보고 있는 분이었는데 궁중에서나 여행에서나 분별 있는 태도로 어디서나 존경을 받았다. 그러나 그는 오랫동안 불행히도 눈을 보지 못하고 있었다. 나을 수 있으리라는 희망을 완전히 버린 상태는 아니었다. 그런데 융은 2, 3년 전부터 용기와 믿음 있는 대담성을 가지고 니더라인에서 여러 번 백내장 수술에 성공해서 대단한 호평을 받고 있었다. 진지한 태도, 신뢰할 수 있는 성격, 순수한 신앙

---

17 Johann Heinrich Jung (1740~1817)은 자서전《하인리히 슈틸링의 생애 Heinrich Stillings Leben》(5권, 1806)로 널리 알려졌다.

18 Friedrich Maximilian von Lersner (1736-1804): 배석판사로 프랑크푸르트 시장을 역임했다.

심 등이 일반인들의 신용을 얻게 한 것이었다. 그의 평판은 여러 가지 경로로 점차 강의 상류 지역에까지 퍼지게 되었다. 그 치료에 실패한 프랑크푸르트의 어느 상인이 정색하고 반대를 했음에도 불구하고, 레르스너 씨나 주변 사람들은 총명한 의사의 충고를 받아들여 이 행운의 안과 의사를 초빙하기로 했다. 그렇게 성공을 많이 했는데 단 한 번 실패가 무슨 상관이냐는 생각이었다. 아무튼, 융은 왔다. 지금까지 자신이 받아왔던 보수보다도 훨씬 더 많은 보수에 마음이 끌린 것이다. 명성을 더욱더 높이기 위해서 자신만만하고 기쁨에 넘쳐서 온 것이었다. 그리고 우리는 그토록 선량하고 쾌활한 손님에게 행운이 깃들기를 바랐다.

몇 차례 임상조치를 한 뒤 드디어 양쪽 눈의 수술이 이루어졌다. 우리는 매우 긴장했다. 환자는 수술 뒤에 시력을 되찾았다고 했지만, 붕대로 다시 햇빛을 가렸다. 융은 원기가 없어 뵈고 무엇인가 마음에 걸린 것처럼 보였다. 내가 계속 살피자 실은 치료 결과에 걱정하고 있다는 대답이었다. 슈트라스부르크에서 직접 본 적도 있지만, 이 수술처럼 사실 간단한 것도 없는 것 같았다. 그리고 융 자신도 여러 번 성공한 바 있는 수술이었다. 무감각한 각막을 전혀 아프지 않게 절개하고 난 뒤에 조금만 압박을 가해도 흐릿한 수정체가 튀어나온다. 그렇게만 하면 환자는 물체를 볼 수 있게 되는 것이다. 그런 다음에는 완전히 회복되어 이 귀중한 기관을 자유롭게 쓸 수 있을 때까지 눈에 붕대를 하고 기다리기만 하면 되는 일이었다. 얼마나 많은 불쌍한 사람들이 융에 의해서 이 행복을 얻었고, 신의 축복과 보답이 위에서부터 이 은인의 머리 위에 쏟아지기를 기원했는지 모른다. 그리고 이제 보답은 부유한 환자를 통해서 그에게 주어지게 되어 있었다.

융은 고백하기를 이번에는 쉽게 잘 진행되지 않았다는 것이었다. 수정체가 튀어나오지 않아서 그것을 끌어냈으며 게다가 수정체가 붙어 있었기 때문에 떼어내지 않으면 안 되었는데 어느 정도 무리를 할 수밖에 없었다는 얘기였다. 그러나 환자는 두 눈을 동시에 수술하기로 굳게 작정하고 있었고 불상사가 생길 것이라고는 상상하지 못하고 있는 형편이었다. 그런데 이런 일에 닥치고 보니 마음을 가라앉힐 수도 깊이 생각해 볼 수도 없었다. 두 번째 수정체마저 스스로 튀어나오질 않아서 다시 무리하게 떼어 밀어내는 수밖에 없었다는 얘기였다.

그처럼 선량하고, 진지하고 경건한 사람이 그럴 때 얼마나 곤란했을지는 이루 말로 표현할 수 없을 정도였다. 그런 기분에 관해서는 일반적인 것밖에는 말할 수 없을 것이다.

스스로 도덕적 성숙에 힘쓰는 것이야말로 인간이 할 수 있는 가장 간단하고 할 만한 일이라고 생각된다. 이러한 것에 대한 욕구는 타고나는 것으로서 인간은 사회생활 가운데에서 상식과 사랑에 의해서 그렇게 하도록 인도되고 강요된다.

슈틸링은 도덕적이고 종교적인 사랑의 감정 속에서 살아왔다. 그는 남에게 마음을 전하고 남에게 호의 없이는 살아갈 수 없는 사람이었다. 그는 상호 간의 사랑을 요구했다. 남들이 자기를 몰라주면 그는 침묵했고, 자기를 알고 있는 사람이 자기를 사랑하지 않을 때에는 슬퍼했다. 그래서 자기 일을 중심으로 한 좁고 평화로운 직업 세계에 만족했으며 자신을 완성하려고 노력하고 있는 사람들 사이에 있을 때 행복했었다.

이런 사람들은 허영심을 멀리하는 일, 외적인 명예를 추구하는 야심을 버리는 일, 조심스럽게 이야기를 나누며 동료나 이웃들에게 한결같은 친절한 태도로 대하는 일 같은 것이 어렵지 않다.

하지만 이런 사람들의 정신의 밑바닥에는 어두운 면이 자리 잡은 경우가 왕왕 있는데 개성에 따라서 각기 형태가 다르다. 이들은 일이 생길 때는 과거의 경험을 매우 중요시하며 신이 직접 우리 일에 간섭을 한다고 생각하면서 만사를 초자연적인 숙명으로 생각한다.

이럴 경우 자신의 상황에 그대로 안주하려는 마음이 있고 한편으로는 뒤로부터 밀리거나 앞으로 끌려가고 싶은 마음도 있어서 행동에 있어 결단력이 부족하게 된다. 이런 경향은 잘 세웠던 계획이 실패로 돌아가거나 뜻하지 않은 일로 우연한 성공을 거두게 되는 경우 더욱 심해진다.

이러한 생활방식으로 면밀한 남성적인 태도는 위축되기 때문에 그런 상황으로 이끄는 방식 역시 위험스러운 것이다.

이런 심리의 사람들이 즐겨 말하는 것은 소위 각성 혹은 심경변화라는 것으로, 이런 것에 일종의 심리적 가치가 있음은 부정하고 싶지 않다. 이런 것은 학문상, 또는 문학상으로는 아페르시[19]라고 부르는 것으로 이것은 위대한 원리에 대한 인식이며 천재의 정신작용이다. 여기에 이르는 길은 직관이며 사고(思考)나 교육 또는 전수에 의한 것은 아니다. 신앙에 뿌리를 박아, 굽이치는 물결 한가운데에서도 자신을 확신하는 이것은 도덕적인 힘의 인식이다.

이러한 아페르시는 원래 무한을 향한 것으로 그것을 발견한 자에게는 최대의 기쁨을 선사한다. 이것을 확신하게 되는 데는 시간이

---

19 현실에서 신의 은총을 감지하는 체험을 일컫는다.

필요하지 않다. 그것은 완벽한 모습으로 나타나 순간 속에서 완성된다. 그러므로 다음과 같은 훌륭한 고대 프랑스의 옛 속담이 있다.

신이 하시는 일에,
시간은 필요 없다.

이러한 심경변화는 외부의 자극으로부터 돌발적으로 발생하는데, 사람들은 이것을 계시나 기적이라고 믿는다.

신뢰와 애정이 나를 진심으로 슈틸링과 맺어 놓았다. 나는 그의 생활에 좋고 행복한 영향을 끼쳤다. 그리고 그에게 일어난 일을 감사 가득한 착한 마음속에 간직한다는 것은 그의 성격에도 맞는 일이었다. 하지만 그와의 교제는 당시 나의 상황에서는 유쾌하지도 유익한 것도 아니었다. 물론 나는 인생의 수수께끼를 자기 나름대로 해석하거나 해결하는 자유를 누구에게나 인정하고 있었다. 그러나 모험과도 같은 인생행로에서 우리에게 닥쳐오는 합리적인 행운을 모두 신의 직접적인 섭리로 돌리는 일 같은 것은 지나치게 부당한 것으로 생각하고 있었다. 그리고 우리의 경솔함 또는 자만심에서 서두르거나 소홀히 처리하느라고 생기는 나쁘고 참기 어려운 일을 똑같이 신의 가르침으로 돌리는 것도 나에게는 이해하기가 곤란했다. 그래서 나는 이 선량한 인물의 말에 귀를 기울일 수는 있어도 그에게 만족을 줄 만한 대답은 할 수가 없었다. 그러나 나는 다른 여러 사람을 대할 때와 마찬가지로 그가 하는 대로 내버려 두었다. 그리고 누군가 너무나도 세속적으로 생각해서 그의 마음을 상하게 하는 일을 주저하지 않을 때는 언제나 그를 감싸주었다. 어떤 심술 맞은 사람이 언젠가 정색을 하고 "그래, 정말이지 만일 내가 융처럼 신과 통하고 있다면, 가장 고귀한 그분에게 돈을 달라 기도하지 않고, 많은 돈이 들어가고 수년 동안이나 채무로 시달릴 만한 실수를 하지 않도록 지혜와 충고를 달라고 기도할 거야."라고 말했을 때에도 그것이 그의 귀에 들어가지 않도록 해 주었다.

왜냐하면, 당시는 그런 농담이나 짓궂은 말을 할 때가 아닌 까닭이었다. 근심과 희망이 뒤엉킨 채 며칠이 지나갔다. 근심이 자라나고 희망은 희미해져 가더니 드디어는 완전히 사라지고 말았다. 참을성 많은 착한 환자의 눈은 염증을 일으켰다. 치료가 실패했다는 것은 의심할 여지가 없었다.

우리의 친구 융이 얼마나 비참한 상태에 빠졌는가는 이루 말로 할 수 없을 정도였다. 그는 최악의 내적인 절망과 맞서지 않으면 안 되었다. 이번 사건으로 해서 그는 모든 것을 잃어버리게 되었다. 첫째로 그는 다시 빛을 볼 수 있게 회복된 환자의 감사를 잃어버렸는데, 그것은 의사가 누릴 수 있는 가장 고귀한 것이었다. 다음으로 곤경에 빠져 있는 많은 사람의 신뢰를 잃어버렸고, 이번 수술의 실패로 가족을 곤경에 빠뜨리고 신용을 잃게 되었다. 우리는 결국 융의 불운한 드라마를 처음부터 끝까지 겪은 셈이었다. 그리고 충직한 융은 그 자신이 욕을 하는 친구 역할을 맡아버렸다. 그는 이번 재난을 지금까지의 과오에 대한 벌로 보려고 했다. 그는 우연히 생각해 낸 눈의 치료법을 하늘의 계시로 본 것이 경솔했다는 생각이 들었다. 그는 이 중요하기 그지없는 학문을 철저히 연구하지 않고 그 치료를 요행에 맡겼던 것에 대해 자신을 자책했다. 그는 악의에 찬 사람들이 뒤에서 수군대는 것 같은 생각이 들었으며 그것이 진실이 아닐까 하는 의혹이 생기기도 했다. 그리고 경건한 사람들을 위태롭게 만드는 경솔함, 우둔함, 자만심 때문에 자신이 죄를 짓게 되었다는 생각을 하면 할수록 더욱더 고통스럽기만 했다. 그럴 때면 그는 자제력을 잃었고 아무리 우리가 이해하려고 해도 결국 신의 뜻은 도저히 측량할 수가 없다는 이론상 극히 당연한 결론뿐이었다.

만약 내가 예전 습관대로 그의 정신 상황을 진지하고 친절하게 관찰하여 그것을 내 식으로 정리하지 않았더라면 진취적인 나의 쾌활한 기분은 더욱더 많이 상했을 것이다. 나로서는 나의 선량한 어머니께서 그렇게 염려하고 집안일을 돌보아 주었는데도 그런 식으로 좋지 않은 대가를 받게 된 것이 슬펐다. 그러나 어머니는 언제나 변함없이 용기를 잃지 않았다. 나는 아버지에 대해서도 죄송스러웠다. 아버지는 지금까지 엄격하게 지켜 온 위엄 있는 가풍을 나를 위해서 포기하고 낯선 사람, 같은 고향 사람, 다른 여행객들과 함께 식탁에 앉아 즐거운 얘기를 나누고 때로는 역설적인 담화까지도 나누셨다. 나도 여러 가지 논쟁거리나 굉장히 재미있는 얘기를 해서 유쾌한 웃음을 터뜨리게 하는 적이 많았다. 나는 무엇이든 논쟁하고자 하는 불손한 버릇이 있었다. 나는 의견을 고집하는 사람이 결국 우스꽝스럽게 보이게 될 때까지 고집을 꺾지 않았다. 그러나 마지막 수 주일 동안은 그런 것은 생각조차 할 수도 없었다. 왜냐하면, 이 대수술에서 그토록 불행을 당한 친구에게는 그가 성공했던 작은 수술이 가져온 행복하고도 유쾌한 일도 아무 소용이 없었으며 도저히 그 슬픈 기분을 다른 것으로 얼버무릴 수 없는 까닭이었다.

그러나 이런 일 중에서도 이젠부르크에서 온 눈먼 거지 유대인 노인은 우리를 웃겨 주었다. 그가 프랑크푸르트로 왔을 때에는 굉장히 비참한 지경이어서 거처할 곳도, 먹을 것도, 돌봐 줄 사람도 없었다. 그러나 동방의 강인한 체질이 그를 도왔다. 그는 완전하게 치료되었고 미친 듯이 기뻐했다. 수술이 아팠었느냐는 질문에 대해서 그는 과장해서 이렇게 대답했다. "만약 내 눈이 백만 개라면 매번 은화 반 냥을 내면서 하나씩 하나씩 다 수술하겠소이다." 그는 떠나갈 때에도 파르가쎄에서 요란을 떨었다. 구약성서에나 나올 것 같은 몸짓으로 그는 신에게 감사하고 주님과 그분이 세상에 보낸 명의(名醫)를 찬양했다. 이렇게 변화한 상가 지역을 지나 그는 다리 쪽으로 걸어갔다. 물건을 사고 있는 사람들과 상인들은 상점에서 뛰어 나와 그렇게 요란하게 경건하고 열정적으로 온 세상에 모습을 드러내고 있는 신앙심을 보고 놀랐다. 모두 감동했기 때문에 조금도 요구하거나 구걸하지 않았는데도 그는 여행에 들 비용을 충분히 얻어 갈 수 있었다.

이런 유쾌한 사건조차도 융 앞에서는 얘기할 수가 없었다. 마인 강 너머 모래로 덮인 고향에서 몹시 가난하게 지내고 있을 그 거지가 아주 행복한 사람으로 생각되지만, 강 이쪽 편에 있는 유복하고도 위엄 있는 융은 그가 기대했던 소중한 기쁨은 전혀 맛볼 수가 없게 된 까닭이었다.

그러므로 너그러운 환자가 일단 약속한 것이라고 예의 바르게 지급한 일천 굴덴의 돈을 받는다는 것은 우리의 선량한 융에게는 가슴 아픈 일이었다. 이 현금은 돌아가는 길에 빚 일부를 갚을 작정이었는데, 그 빚으로 말하자면 그의 처량하고 불운한 상황을 더욱더 암담하게 만드는 것이었다.

이렇게 해서 그는 쓸쓸히 우리와 헤어졌다. 돌아가고 있는 그에게는 근심 어린 아내의 슬픈 마중과 딸의 배우자를 잘못 고르지 않았나 생각할 수 있는, 너무도 착실한 사위의 그 많은 빚의 보증인이 되어준 장인 장모의 전과는 달라진 만남이 눈앞에 떠올랐다. 그가 행운을 타고 있던 시기에도 악의를 품고 있던 사람들의 조소와 멸시에 가득 찬 눈길을 이 집 저 집에서, 이 들창 저 들창에서 볼 것은 뻔한 일이었다. 부재중에 이미 줄어들었고, 이제 이 사건으로 뿌리까지 흔들리게 될 병원 형편을 생각하면 그는 너무나도 근심스러웠을 것이다.

이렇게 우리는 그를 떠나보냈다. 그러나 우리 쪽에서 보면 아주 희망이 없는 것은 아니었다. 초자연적인 도움을 믿는 그의 강인한 성격이 그의 친구들 사이에서 착실한 신뢰감을 얻게 될 것이 확실한 까닭이었다.

제17장

릴리[20]와 나와의 관계에 대해서 다시 이야기하려면 그녀의 어머니와 함께, 또는 둘이서 지낸 즐거웠던 많은 시간을 회상하지 않을 수 없다. 당시에 사람들은 나의 저서를 통해서 나를 인간 심리에 관해 통달한 사람으로 알고 있었다. 그래서 우리의 대화는 언제나 도덕적으로 관심을 끄는 것이었다.

서로 털어놓지 않고 어떻게 내면에 관해서 얘기를 나눌 수 있단 말인가? 결국, 얼마 안 가서 릴리는 조용한 시간에 자기의 어린 시절을 이야기하게 되었다. 그녀는 여러 가지 사교상의 편의와 사회적인 즐거움을 누리면서 살아왔다. 그녀는 형제들, 친척, 가까운 사람들에 관해서 이야기해 주었지만, 어머니만은 존경심으로 미지수로 남겨 두고 있었다.

아주 사소한 단점도 서로 얘기하였다. 그녀는 자기가 사람을 끄는 천분이 있음을 부인하지 않았으며 동시에 사람을 차버리는 일종의 버릇이 있었음도 고백하였다. 이런 이야기를 주고받는 동안 우리의 대화는 중요한 지점에 이르렀다. 즉 그녀가 그런 천분을 나한테도 써보았지만, 이번에는 자기 쪽에서 나한테 끌리고 있었기 때문에 이번에는 벌을 받은 것 같다는 얘기였다.

---

20 Anne Elisabeth Schönemann(1758~1817)을 말한다. 부유한 프랑크푸르트 은행가의 딸로 16살에 괴테를 만나 다음 해에 약혼했지만, 반년 후에 파혼하게 된다.

이런 고백은 실로 순진한 어린애 같은 성격에서 한 것이지만 그 고백을 통해서 그녀는 나를 완전히 자기 것으로 만들고 말았다.

서로 만나고 싶은 쌍방의 요구 또는 습관이 이제는 어쩔 수 없는 것이 되고 말았다. 그녀를 식구들과 함께 만날 결심을 하지 않는 한 나는 수많은 낮과 저녁, 그리고 밤늦도록 못 만나고 지낼 수밖에 없게 되었다.

나와 그녀의 관계는 사람과 사람의 관계, 아름답고 사랑스럽고 교양 있는 딸과의 관계였다. 전에 내가 가졌던 다른 여자와의 관계와 비슷한 것이지만 이번에는 좀 더 높은 수준이었다. 그러나 나는 외부의 사정, 사교계와의 얽힘과 설킴에 대해서는 고려하지 않고 있었다. 억누를 수 없는 그리움에 사로잡혀 나는 그녀 없이는, 그녀는 나 없이는 살 수 없게 되었다. 그러나 그녀의 주변 때문에 또는 주변 사람들의 영향으로 불쾌한 날과 헛된 시간을 보내게 된 적도 정말 많았다.

불쾌하게 끝이 난 모임도 있는데 나와 함께 뒤에 따라가기로 된 오빠가 늦장을 부리면서 악의인지 아닌지는 알 수 없지만, 시간을 질질 끄는 바람에 애써 계획을 세운 약속을 망친 적도 있었다. 그 밖에도 약속해 놓고 못 만난 일이나 초조함, 실망 또는 모든 그런 종류의 고민은 소설로 자세히 쓴다면 동정해 줄 만한 독자가 틀림없이 있을 것이지만 여기서는 생략하고자 한다. 그러나 이러한 사건에 생생한 실감을 주고 젊은이의 공감을 얻기 위해서 나는 몇 편의 시를 적어 보고자 한다. 이 시들은 이미 알려진 것이기는 하지만 여기서는 특히 더 인상 깊게 느껴질 것이다.

마음이여, 내 마음이여, 무슨 일이냐?
무엇이 너를 그다지도 괴롭히느냐?
얼마나 낯설고 새로운 삶인가!
이젠 너를 알아볼 수가 없다.
네가 사랑하던 것은 모두 사라졌다.
슬픔도 사라져 버렸다,
너의 열정과 평화도 사라졌다―
아, 너는 어쩌다 이렇게 되었느냐!

청춘의 꽃이,
그 사랑스러운 자태가,
진실하고 착한 그 눈길이
엄청난 힘으로 너를 사로잡은 것인가?
어서 그녀에게서 벗어나
도망가려고 하지만,
그 순간 나는 다시
그녀에게 돌아가고 만다.

끊으려 해도 끊을 수 없는
마술의 질긴 실로,
사랑스러운 제멋대로의 아가씨가
나를 강제로 묶어 놓았네.
그녀의 마술에 걸렸으니 나는
이제 그녀의 방식으로 살아야 해.

나는 너무도 많이 변하고 말았다!
사랑아! 사랑아! 나를 풀어다오!

어찌하여 그대는 나를 거부할 수 없게,
저 화려한 세계로 이끌고 가는가?
착한 청년인 나는 쓸쓸한 밤에도
너무나 행복하게 지내왔는데.

아무도 몰래 내 작은 방에
나는 달빛 속에 누웠다.
처절한 달빛에 휩싸인 채,
나는 서서히 잠이 들었다.

무한한 쾌락의 그 황금 같은
시간을 꿈꾸면서
나는 사랑스러운 그녀를 내 가슴에
깊이 품고 있었다.

불 밝힌 방 그대 곁에 나는
카드놀이에 잡혀 있는가?
참을 수 없는 얼굴들을 때로
마주 바라보면서?

들판에 피는 봄날의 꽃도

이제 내겐 아무 매력도 없다.

천사여, 그대 있는 곳에 사랑과 행복이,

그대 있는 그곳에 자연이 있다.

이런 시를 조심스럽게 낭독하거나 감정을 담아 노래 부르면 지나간 행복한 날의 향기가 다시 불어오는 것을 느낄 수 있을 것이다.

하지만 그 장엄하고 빛나던 모임과 이별하기 전에 몇 마디를 덧붙이려 한다. 특히 두 번째 시의 끝에는 설명을 첨가하려고 한다.

별로 갈아입지도 않는 소박한 집 안의 옷만 입는 것만 보다가 그녀가 유행하는 우아한 옷을 입고 황홀한 모습으로 나타난 것을 나는 보았다. 그러나 조금도 변함없는 그녀였다. 품위나 다정함은 다름없지만, 그녀의 매력은 전보다 훨씬 더 뛰어나 보였다. 아마도 그것은 그녀가 많은 사람을 대하고 있기 때문에 더욱더 쾌활하게 행동을 하고, 이 사람 저 사람에게 자신의 다양한 면을 보여줄 필요가 있었기 때문이었을 것이다. 나는 한편으로 낯선 사람들이 불편했지만, 한편으로는 그녀가 사교적인 재능을 갖고 있음을 알게 되고, 그녀가 더 광범위하고 일반적인 사교도 잘 할 수 있으리라고 생각하며 즐거워했다.

장식물로 둘러싸여 있는 그녀의 가슴은 속속들이 나에게 보여주었던 가슴이었으며, 나는 그녀의 가슴을 마치 내 가슴 속을 들여다보는 것처럼 꿰뚫어 볼 수 있었다. 그리고 입술 역시 전에 자신이 자라온 이야기를 나에게 해 주던 바로 그 입술이었다. 서로 주고받는 눈길, 그에 따르는 미소는 서로가 간직하고 있는 고귀한 이해심을 말해 주고 있었다. 나는 많은 사람 한가운데에서 그 비밀스러운 순진한 약속에 대해서 스스로 놀라고 있었다. 그 약속은 매우 인간적이고 자연스러운 것이었다.

다가온 봄날의 아름다운 야외에서의 자유가 이런 관계를 더욱 긴밀하게 만들어 주었다. 마인 강변의 오펜바흐는 도시로 변모하기 시작했으며 많은 가능성을 약속하고 있었다. 화려한 아름다운 건물들이 이미 들어 서 있었다. 식구들이 베른하르트 삼촌[21]이라고 불렀던 분이 제일 큰 집에서 살았는데 그 옆에는 넓은 공장 건물이 인접해 있었다. 젊고 활발하고 아름다운 성격을 가진 도르빌[22]이라는 사람은 그 맞은편에 살았다. 마인 강변까지 이어져 있는 정원이나 테라스는 사방으로 경치 좋은 곳으로 통하도록 길이 나 있어서 찾아오는 사람들이나 체류하는 사람들의 마음을 무척 즐겁게 만들어 주었다. 연인들에게는 그들의 감정에 어울리는 더 좋은 장소는 찾기 힘들 정도였다.

나는 요한 안드레[23] 씨 댁에 체류하고 있었다. 훗날 꽤 이름이 알려진 이 사람의 이름이 나온 김에 당시의 가극계에 관해 이야기하기 위해서 잠시 곁길로 들어가야 할 것 같다.

프랑크푸르트에서는 당시 마르샹[24]이 극장을 주관하고 있었는데 자신의 개성을 통해서 될 수 있는 대로 많은 업적을 올리려고 했다. 그는 한창나이의 잘 생기고 몸집이 크고 체격이 좋은 사람이었다. 편안하고 온화한 점이 그의 성격이었다. 그래서 무대 위에 그가 나타나

---

21 Nikolas Bernhard (1709~1780): 연초사업을 했다.

22 Jean Georg d' Orville: 릴리 쇠네만의 사촌.

23 Johann André(1741~1799): 1774년에 오펜바흐에 악보 및 음악출판사 설립했다.

24 Theobald Marchand (1741~1800): 프랑크푸르트 극장장 (1771~1777).

는 것을 보는 일은 유쾌한 일이었다. 그는 당시 가극을 공연하는 데 반드시 필요한 성량을 가지고 있었던 것 같다. 그는 크고 작은 프랑스의 가극들을 들여오는 일에 진력하고 있었다.

그레트리[25]의 가극 〈미녀와 야수〉에서 부친 역할이 그에게는 성공적이었다. 무대 뒤에서 나타나는 환상 속의 그의 모습은 표현력이 훌륭했다.

이런 종류의 가극 중 성공적이라고 할 수 있는 이 작품은 고급 수준의 것으로서 섬세한 감정을 사로잡을 수 있는 작품이었다. 그런데 한편으로는 사실주의의 악령이 가극 극장을 점령하고 있어 신분에 관한 가극, 수공업자 가극이 등장하기 시작하고 있었다. 《사냥꾼》,[26] 《통장수》[27] 그리고 내가 이름은 잘 기억할 수는 없는 그런 작품들이 앞을 다투어 나왔다. 안드레는 《옹기장수》[28]를 선택했다. 그는 가사를 손수 쓰고 자기가 쓴 가사에다 음악적 재능을 쏟아 넣었다.

나는 그의 집에 투숙하고 있었다. 나는 노련한 시인이며 작곡가인 이 사람에 관해 여기에 꼭 필요한 만큼만 이야기하고 넘어가려고 한다.

그는 활달한 재능을 가진 사람으로 워낙 기술자, 공장주로 오펜바흐에 정착한 사람이었다. 그는 성가대 지휘자와 아마추어 사이에

---

25 André Ernste Modeste Grilry (1741~1813): 프랑스의 작곡가로 "미녀와 야수 La Belle et la Bete"가 유명하다.

26 Weiße가 대본을 쓰고 Hiller가 작곡한 《사냥 Die Jagd》인데 괴테가 잘못 기억하고 있는 것으로 추측된다.

27 대본과 음악을 Nicolas Medard Audinot가 맡은 가극으로 원제목은 《통 제조공 Le tonnelier》으로 1773년 프랑크푸르트에서 초연되었다.

28 가극 《Töpfer》를 말한다.

서 우왕좌왕하다가 지휘자가 될 희망으로 음악에 완전히 발을 담그게 되었다. 아마추어로서 그는 작곡을 끝없이 반복하고 있었다.

당시 우리의 모임에 끼어서 활기를 주는 역할을 하는 사람 중에 목사 에발트[29]가 있다. 그는 모임에서 재치 있고 쾌활한 사람이지만 한편으로는 자신의 직무를 수행하는 데 필요한 연구도 게을리하지 않는 사람이었다. 그는 신학계에서 명망이 있는 사람이었다. 그는 명석하고 경위가 바르고 신뢰할 수 있는 사람으로 당시 우리 모임에서 없어서는 안 될 사람이었다.

릴리의 피아노 연주는 우리의 선량한 앙드레를 완전히 우리 모임에 끼도록 만들었다. 교습하거나 지휘하거나 공연을 하므로 그는 밤낮없이 시간이 별로 없었지만, 가족들과 함께 있지 않으면 사교 모임에 참석했다.

당시 새로 알려져서 독일인들이 환호하던 뷔르거의 《레노레》[30]를 그가 작곡했는데 그 곡을 즐겨 여러 번 연주하곤 했다.

자주, 그리고 신이 나서 낭독을 하던 나도 이 시를 기꺼이 낭독했다. 당시에는 사람들이 같은 것을 되풀이해도 지루해하지 않았다. 우리 두 사람 중에서 누구의 것을 들을지를 모임에서 선택하는 경우 그 결정은 나한테 유리한 경우가 많았다.

그것이야 어떻게 되든 이런 일은 연인들에게는 같이 있는 것을 연장할 뿐이었다. 우리는 끝을 몰랐다. 번갈아 가면서 두 사람이 부

---

29 Johann Ludwig Ewald(1747~1822): 오펜바흐의 신교목사로 1775년에 괴테가 쓴 원고를 소장하고 있다가 훗날(1793년) 출간했다.

30 Gottfried August Bürger(1747~64)는 독일 낭만주의 시대의 대표적인 발라드 시인으로 그의 《레노레 Lenore》(1773)는 독일 가곡사에서 큰 의미가 있다.

추기면 선량한 요한 앙드레는 끝없이 한밤중까지 음악을 계속하는 것이었다. 두 사람의 연인들은 그렇게 해서 귀중한 만남의 시간을 확보할 수가 있었다.

새벽에 집 밖으로 나서면 진짜 시골 공기는 아니지만 그래도 꽤 신선한 공기를 마실 수 있었다. 당시 이미 도시로도 부끄럽지 않은 화려한 건물들, 평평한 꽃밭이나 장식화단을 갖춘 전망 좋은 정원들, 강 건너 저쪽 기슭까지 보이는 강의 전망, 이른 아침부터 뗏목과 경쾌하게 생긴 시장(市場), 배와 작은 배들이 쉴 새 없이 움직이는 모습, 이렇게 조용하게 움직이는 세계는 감미롭고 부드러운 우리들의 감정과 서로 조화를 이루고 있었다. 외로운 물결과 갈대의 살랑대는 소리는 기분을 상쾌하게 해 주고 있었으며 그쪽을 향해 걸어가고 있는 사람에게 마음을 차분하게 만들어 주는 마력을 발휘하고 있었다. 아름다운 계절의 화창한 하늘이 만물을 뒤덮고 있었다. 매일 아침 이러한 경치에 둘러싸여 사랑하는 사람을 바라볼 수 있다는 것은 얼마나 즐거운 일이었는지 모른다.

진지한 독자에게는 이런 생활방식이 주책없고 경박한 것으로 보일지도 모르기 때문에 여기에서 연속적으로 쓴 사건들 사이에는 서로 만나지 못하고 며칠 또는 몇 주일이 지나간 적도 있으며 다른 약속이나 일도 있었고 때에 따라서는 참을 수 없을 정도의 지루함도 참고 견디지 않으면 안 되었다는 사실을 기억해 주기 바란다.

남자들도 여자들도 모두 자기 할 일에 열중하고 있었다. 나도 현재와 장래를 생각하면서 내가 할 일을 게을리하지 않았다. 나는 재능과 열정을 마음껏 발휘할 수 있는 시간이 충분히 있었다. 이른 아침 시간은 창작을 위해서 바치고 낮에는 세상일을 했는데, 극히 독자적인 방법으로 이 일을 처리했다. 부친은 철저하고 점잖은 법률가로 본인 재산의 관리나 가까운 친구들과의 연락 정도는 몸소 해결했다. 추밀 고문관이라는 입장 때문에 기업을 할 수는 없었지만, 부친은 친근한 사람들에게 법률상담 역할을 하고 있었다. 부친이 정리한 서류는 담당 변호사가 서명했는데 그 서명에 대해서는 매번 보수를 받았다.

부친의 활동은 내가 관여함으로써 더욱 활기를 띠게 되었다. 나는 부친께서 내게 일보다는 창작의 재능을 더 존중해서 문학연구나 창작에 충분한 시간을 내도록 한 것을 알고 있다. 부친은 비공식 변호사로 사건을 철저하고도 성실하게, 그러면서도 찬찬히 조심스럽게 연구했으며 함께 일할 때는 내게 일을 맡기시고 그 일을 내가 손쉽게 끝내는 것을 엄청난 기쁨으로 여기셨다. 한번은 부친께서 내가 만일 남이라면 나를 시기했을 것이라는 말까지 한 적이 있었다.

사무를 쉽게 하려고 서기[31] 한 사람을 두었었는데 그의 성격이나 인물은 잘하면 소설 한 권 쓸 수 있을 정도였다. 유익한 학창시절 몇 년 동안 그는 라틴어에 완전히 숙달하고 여러 가지 훌륭한 지식도 얻었지만, 방종한 대학생활 때문에 학업을 중단하고 말았다. 성치 못한 몸으로 그는 얼마 동안 생활을 연명하다가 훌륭한 필적과 계산능력 덕으로 신세가 조금 나아지게 되었다. 몇몇 변호사 밑에서 일을 돕다가 점점 여러 가지 법률상의 절차를 익혔는데 정직하고 정확한 덕에 그를 고용한 사람들의 호감을 사게 되었다. 그는 우리 집에 고용되어 모든 법률상의 일과 회계에 관한 일을 도왔다.

그는 우리 집에서 점점 확장되어 가는 사업을 도와 법률상의 사

---

31 Johann Wilhelm Liebholdt.

무뿐 아니라 많은 위탁, 주문, 수송에도 관여하여 우리를 도왔다. 그는 시청에서 통하는 갖가지 방법과 술책을 알고 있었다. 독자적으로 그는 양쪽 시장의 면담도 가능했고, 많은 새 시의원들을 그들이 처음 취임해서 일에 익숙지 못할 때부터 알고 있었기 때문에 그들의 신임도 받고 있었다. 그가 아는 시의원 중에는 배심원에까지 올라간 사람들도 있는 상황이었다. 이것은 일종의 세력이라고 할 수 있었는데 그는 이것을 자기 고용주를 위해 사용할 줄 알았다. 그의 건강이 무한정한 활동을 허락하지 않았는데도 그는 항상 위탁이나 주문을 성심껏 처리했다.

그와 함께 지내는 것은 불편하지 않았다. 몸은 마르고 이목구비가 뚜렷한 사람으로 태도에는 지나친 면도 없지는 않았지만 처리할 일에 대한 확고한 신념과 난처한 일도 시원스럽게 해결하는 명랑하고 친숙한 면모를 가지고 있었다. 그는 사십을 훨씬 넘은 것 같았다. 그리고 (앞서 말한 것을 다시 반복하는 셈이지만) 나는 그를 단편이라는 틀 속의 주축으로 만들지 않은 것을 아직도 후회하고 있다.

이 이야기로 진지한 독자들에게 어느 정도 만족을 주었으리라고 믿고 이제는 사랑과 우정이 아름다운 햇살 속에서 모습을 드러내고 있는 그 화려한 시절로 이야기를 다시 되돌려 보고자 한다.

온갖 머리를 짜내서 생일을 가지각색으로 즐겁게 축하한다는 것은 그런 관계에서는 당연한 일이었다. 목사 에발트의 생일에 나는 이런 시를 썼다.

사랑과 술로 뜨거워진
유쾌한 시간마다

함께 모여 우리

이 노래를 부르자!

신이 우리를 불러 모아

이 자리에 모이게 했으니

우리의 불길을 더욱 북돋우자,

신께서 불붙여준 불길이다.

이 노래는 오늘날까지도 남아서 즐거운 향연이 있어서 모이면 언제나 모임에서 부르고 있다. 후대에도 그렇게 계속되기를 바라고, 이것을 말하고, 노래 부르는 사람은 당시에 우리가 앞으로의 세상은 생각지도 않은 채 작은 모임 속에서 하나의 세계를 이루었던 것과 똑같은 기쁨과 만족을 느껴보라는 것이다.

모두 1775년 6월 23일 릴리의 열일곱 번째 생일축하연[32]은 특별히 성대하게 거행할 것으로 기대하고 있었다. 그녀는 정오에 오펜바흐로 오기로 되어 있었다. 내가 고백할 것은 친구들이 이번 축하연에는 습관적인 축하는 피하고 마음에서 우러나오는, 그녀에게 어울리는 환영과 오락을 준비했다는 사실이다.

이런 재미나는 의무에 열중해서 내가 즐거운 내일을 예고하는 듯한, 우리의 축하연에 유쾌하고 빛나는 모습을 약속하는 석양을 바라보고 있을 때 릴리의 동생인 게오르게가 나타났다. 거짓을 꾸밀 줄 모르는 이 소년은 급히 나타나더니 우리의 생일축하연에 문제가 생겼다고 말하는 것이었다. 이유는 몰라도 누이가 내일 정오에 오펜바

---

32 1775년 6월 23일 릴리의 생일에 괴테는 스위스에 있던 것으로 추정된다. 괴테는 아마
    도 오펜바흐에 있었던 다른 모임을 릴리의 생일로 혼동한 것 같다.

흐로 생일파티에 참석하러 올 수 없게 되었고, 저녁때나 올 수 있다고 말했다. 이것이 나나 우리 친구들한테 얼마나 속상한 일인지 잘 알고 있었기 때문에 그는 이것을 말하는 것을 나에게 맡긴다면서 이일로 일어날 수 있는 불쾌감을 완화하고 그것을 보완할 수 있을 만한 것을 찾아달라고 그녀가 나한테 부탁했다는 말을 전했다. 그렇게만 해 준다면 누나가 나에게 무한히 감사할 것이라는 얘기였다.

나는 한참 동안 아무 말도 않고 있었지만, 곧 정신을 차리고 마치 하늘에서 영감을 얻기라도 한 사람처럼 외쳤다. "어서 가 봐. 게오르게. 누나를 안심시키고 그 대신 저녁에는 꼭 오도록 말해줘. 이 일이 전화위복 되도록 내가 약속할게." 소년은 궁금해하면서 어떻게 하려는지 알고 싶어 했다. 그는 애인의 동생으로서 온갖 재주와 협박을 다 했지만 나는 결단코 그것을 가르쳐 주지 않았다.

그가 가고 난 뒤 나는 묘한 자기만족 속에서 방 안을 왔다 갔다 했다. 그리고 이 기회야말로 그녀의 심복으로서의 눈부신 솜씨를 보일 때라고 유쾌하고 밝은 기분으로 생각했다. 나는 축시에 어울리게 여러 장의 종이에다 아름다운 비단을 붙이고 급히 제목을 썼다.

그녀가 안 온다!

비통한 가정극. 오호, 슬프도다. 1775년 6월 13일 마인 강가 오펜바흐에서 극히 자연스럽게 공연될 예정. 줄거리는 아침부터 저녁까지의 사건.

장난삼아 쓴 이 극본은 초안도 사본도 남아 있지 않다. 나는 여러 번 그것에 관해 조회해보았지만 아무런 소식도 들은 바가 없다. 그래서 그것을 다시 정리해야 했는데 그것은 별로 어려운 일은 아니었다.

무대는 오펜바흐에 있는 도르빌의 저택과 정원이다. 사건은 하인들에 의해서 시작이 되는데 각자 자기 역을 연출하되 파티 준비를 하는 모습이 역력히 드러나야 한다. 아이들 역시 그 안에 자연스럽게 어울린다. 주인과 부인은 정해진 일을 하고 지시도 한다. 모두가 한창 일을 하고 있을 때 부지런한 이웃의 작곡가인 한스 앙드레가 나타나 피아노 앞에 앉아 모두를 불러 모아 방금 작곡한 축가를 들려주려 한다. 모든 사람이 그에게 모여들지만, 곧 급한 일을 하려고 다시 흩어진다. 이 사람이 저 사람을, 저 사람은 또 다른 사람을 부른다. 옆 사람이 필요한 까닭이다. 그러는 동안 정원사가 나타나자 관심은 정원과 분수로 쏠린다. 꽃다발, 아름다운 글귀가 쓰인 리본까지 빠짐없이 준비되어 있다.

이 즐거운 물건들의 주위에 사람들이 몰려 있을 때 심부름꾼 한 사람이 들어온다. 그는 이쪽저쪽을 오가는 일종의 중개인으로 이 중요한 역할을 맡게 되어 있었다. 팁을 많이 받았기 때문에 그는 대강 이 상황을 짐작하고 있다. 우편물을 가져왔다고 하면서 그가 한 잔의 포도주와 빵을 청한다. 몇 차례 장난스럽게 내놓지 않을 것처럼 굴다가 그가 속달편지를 내놓는다. 집 주인은 두 팔을 축 늘어뜨리고 편지는 땅바닥에 떨어진다. 그가 소리친다. "나를 식탁으로 데려가. 찬장 앞으로 말이야. 전부 쓸어버릴 거야!"

활달한 사람들의 재치 있는 행동은 무엇보다도 언어나 몸짓의 상징성에 있다. 거기에는 일종의 건달 말투 같은 것도 섞여 있어서 그것을 잘 아는 사람들을 유쾌하게 만들기도 하지만 알지 못하는 사람들은 끝내 의미를 모르게 되거나 거북하게 만들기도 했다.

릴리의 가장 애교 있는 특징은 쓸어버린다고 말할 때의 그 말투와 몸짓이었다. 그 말은 어떤 사람이 무언가 마음에 들지 않는 일을 이야기하거나 언급될 때 하는 말이었는데 특히 식탁에 앉아 있거나 근처에 평평한 물건이 있을 때 자주 그런 말을 했었다.

이것의 발단은 언젠가 식사를 할 때 릴리의 옆에 앉아 있던 낯선 사람이 무언가 당치 않은 말을 했을 때 그녀가 대단히 애교 있게 무례한 짓을 했던 일이었다. 릴리는 상냥한 얼굴빛을 조금도 변치 않은 채 오른손으로 식탁보를 쓸어 부드럽게 밀어내 손닿는 데에 있는 것을 모두 바닥으로 쓸어내 버렸다. 무엇이 떨어졌는지는 정확하게 알 수 없지만, 자신의 나이프, 포크, 빵, 소금 병을 밀어내고 옆 사람 것까지 그렇게 했다. 모두 놀랐다. 하인들이 달려오고 무슨 일인지 어리둥절할 뿐이었다. 단지 사정을 아는 몇 사람만은 그녀가 그 당치 않은 일을 그렇게 애교 있게 복수하여 해결한 것을 기뻐하고 있었다.

여기서 불쾌한 것을 물리치는 한 가지 상징적인 방법이 발견되었다. 하지만 그런 일은 활달하고 건실하고 귀엽고 착한 사람들한테는 있을 수 있지만, 교양 있는 사람들 사이에서는 결코 일어날 수 없는 일이었다. 오른손의 그 행동을 우리는 거부의 몸짓으로 우리에게도 허용했지만, 물건들을 정말로 쓸어버리는 일은 그 후 릴리 자신도 매우 조심스럽게, 격을 갖춰서 자신에게만 하도록 했다.

그래서 작가가 집 주인에게 우리에게는 아주 자연스러운 습관이 된, 쓸어버리겠다는 욕구를 몸짓으로 표현하도록 한 것은 심각한 것, 극적이었다. 그가 평평한 것 위에 있는 물건들을 모두 쓸어버리려고 하자 모두 그를 말리고 진정시키느라고 모두 야단들이다. 드디어 그가 지쳐서 소파에 쓰러진다.

"무슨 일입니까?" 사람들이 소리친다. "그녀가 병이라고 났나요? 누가 죽었나요?" — "읽어 봐. 어서 읽어봐."라고 도르빌이 소리친다. "저기 땅바닥에 편지가 있어." 사람들이 편지를 집어 들고 읽는다. **"그녀가 안 온다!"**

일이 일단 벌어지면 더 큰 일이 뒤 따르기 마련인데 그녀에게는 아무런 일도 없다고 한다. 아무런 사고도 없다고 한다. 식구 중에도 변을 당한 사람이 없다. 저녁에다 희망을 거는 수밖에 없다.

계속 음악에만 매달려 있던 앙드레가 달려와 사람들을 위로하고 스스로 마음도 달래고 있다. 에발트 목사 부부는 평소대로 나타났는데 불만스러워 보이지만 이성을 잃지 않았고, 기대에 어긋나 못마땅하지만 그래도 마음을 억제하고 있다. 하지만 남이 따라갈 수 없을 정도로 침착한 베른하르트 숙부가 훌륭한 아침 식사와 유쾌한 점심을 기대하면서 이곳에 나타나기 전까지는 만사가 뒤죽박죽이다. 그는 사태를 올바른 관점에서 관찰할 수 있는 유일한 사람으로, 사태를 진정시킬 수 있는 조리 있는 말로 모두를 진정시키는데 그것은 마치 그리스 비극에서 신이 등장해서 대단한 영웅들 간의 분규를 몇 마디 말로 해결하는 식이다.

이런 내용을 나는 밤늦게까지 써서 다음 날 아침 10시에 하인에게 이 속달우편을 오펜바흐에 가져다주도록 넘겨주었다.

눈을 뜨니 화창한 아침이었다. 나는 정오에 오펜바흐에 도착할 예정으로 떠날 채비를 했다.

떠들썩한 가운데 사람들은 나를 맞아들였다. 파티가 엉망이 된 눈치는 전혀 찾아볼 수 없었다. 사람들은 내가 쓴 것이 너무도 진짜 같다고 나를 비난했다. 하인들은 주인들과 함께 등장하는 것에 대해 기뻐하고 있었다. 절대 매수가 되지 않는 사실주의자인 아이들만은 이런 말은 하지 않겠다는 둥, 여기 쓰여 있는 것은 실제와는 다르다는 둥 억지를 부렸다. 내가 후식을 아이들에게 미리 나누어 주면서 달래자 아이들도 전처럼 나를 좋아하게 되었다. 계획보다는 덜 요란스럽지만, 기분 좋은 점심으로 우리들의 기분은 고조되었다. 그녀가 없었기 때문에 더욱더 열렬하게 맞아들일 태세가 되었다. 그녀는 와서 보고 자기가 없었는데도 이렇게 명랑하게 환영을 해 주고 즐겁게 지내고 있는 것을 보고 놀랐다. 사람들이 모든 것을 설명해 주고 말해주자 그녀는 그녀만의 독특한 사랑스럽고 달콤한 방식으로 나에게 감사를 표했다.

그녀를 위해 마련한 이 파티에 그녀가 참석하지 않은 것이 우연한 일이 아니고, 그것이 우리들의 관계에 대해서 이런 저런 얘기가 떠돌기 때문이었다는 것을 눈치채는 것은 특별히 예민하지 않아도 알 수 있는 일이었다. 그러나 그런 일은 우리의 감정이나 태도에 눈곱만큼도 영향을 끼치지 않았다.

그 계절에는 도시로부터 여러 종류의 사교적인 방문객이 그치지 않았다. 나는 오후 늦게야 그런 모임에 낀 적이 많았다. 릴리는 겉으로 보아서는 거기에 즐겨 어울리는 것 같았다. 나는 두세 시간밖에 나타나지 못하는 때도 잦았지만 릴리를 위해서 무엇인가 도움이 되었으면 하는 생각에서 크고 작은 일을 해결해 주고 부탁을 떠맡기도 했다. 이러한 봉사야말로 사람이 경험할 수 있는 가장 즐거운 일일 것이다. 막연하지만 연연히 전해져 내려오고 있는 과거 기사들의 로맨스가 잘 이해되는 것도 마찬가지다. 그녀가 나를 지배하고 있다는 일은 숨길 수 없는 일이었고, 그녀는 그것을 자랑스럽게 여겨 자랑할 만했다. 이런 일에는 정복자나 피정복자나 둘이 다 함께 자랑스럽게 생각하게 된다.

짧은 시간이지만 이렇게 자주 만나는 일은 효과가 매우 컸다. 요한 앙드레는 작곡해 놓은 것이 많았고 나 역시 남의 것이나 내 새 작품들을 가지고 갔다. 문학과 음악의 꽃이 비 오듯이 피부었다. 정말로 화려한 시절이었다. 모임에는 일종의 흥분감이 지배하고 있었고 한 번도 지루한 적이 없었다. 다른 사람들도 우리들의 감정과 모두 동조 되어 있었다. 애정과 열정이 대담하고 자연스럽게 그 모습을 드러내는 곳에서는 수줍음을 타는 사람들까지도 용기를 갖게 하여 왜 자기만 동등한 자신의 권리를 사양할 필요가 있겠느냐고 생각하는 까닭이다. 그래서 그때까지 다소라도 비밀로 해 왔던 관계들이 거리낌 없이 고조되는 적도 많았다. 아직은 비밀로 해야 할 사람들도 숨어서 마음껏 사랑했다.

여러 가지 일 때문에 낮 시간을 야외에서 그녀와 함께 지낼 수는 없었지만, 날씨가 좋은 날에는 밤에 몇 번 늦은 시각까지 야외에서 시간을 보낼 수가 있었다. 사랑에 빠진 사람들은 다음의 이야기를 충분히 이해할 수 있을 것이다.

우리는 "잠들었으나 마음은 깨어 있다"[33]라는 상황으로 낮이고 밤이고 항상 변함이 없었다. 대낮의 햇살도 사랑의 햇살과는 비교되지 않았고, 밤 역시 애정의 빛으로 밝은 대낮과도 같았다.

우리는 별이 총총한 밤에는 늦게까지 야외를 산책했다. 그녀와 친구들을 집집마다 다 데려다 주고 완전히 헤어지고 나서도 잠이

---

33 〈아가서〉 5장 2절. 괴테는 릴리와 연애하던 1775년경 〈아가서〉를 번역하고 있었다.

별로 오지 않으면 나는 새로 산책을 시작했다. 나는 온갖 생각과 희망에 잠긴 채 프랑크푸르트로 오는 국도를 걸었다. 별이 총총한 하늘 아래, 순수한 밤의 정막 한가운데에서 나는 벤치에 걸터앉았다.

아주 가까운 곳에서 들리는 설명하기 어려운 소리에 나는 귀를 기울이고 있었다. 그것은 달가닥거리는 소리도, 살랑대는 소리도 아니었다. 좀 더 자세히 들어 보니까 그것은 땅 아래에서 작은 동물이 움직이는 소리였다. 그것은 고슴도치나 족제비, 또는 그런 시각에 활동을 시작하는 동물들의 소리였다.

시내 쪽으로 걸어오다가 나는 뢰더베르크까지 오게 되었다. 거기에는 포도밭으로 올라가는 계단이 뿌연 빛깔 때문에 멀리서도 눈에 띄었다. 나는 계단을 올라가 주저앉아 잠이 들었다.

다시 눈을 떴을 때는 벌써 동이 트기 시작하고 있었다. 나는 성벽을 마주 보고 있었는데 그 성벽은 과거에는 방위 벽으로, 위에 있는 산을 방어하기 위해서 세운 것이었다. 눈앞에는 작센하우젠이 가로 놓여 있었고, 옅은 안개가 강줄기의 윤곽을 드러내고 있었다. 상쾌하고 명랑한 분위기였다.

나는 태양이 내 뒤에서 떠올라와 온 세상을 다 비추게 될 때까지 그곳에 서 있었다. 그곳은 내가 연인을 만나기로 한 곳이었다. 나는 천천히 아직도 그녀가 잠자고 있는 낙원으로 되돌아갔다.

그러나 그녀에 대한 사랑에서 업무의 범위를 더욱 넓히고 열심히 해나가고 있는 동안 나의 오펜바흐 방문은 점점 그 횟수가 줄어들게 되었으며 그로 인해 어느 정도 괴로운 처지에 놓이게 되었었다. 장래를 위해서 현재를 소홀히 하고 현재를 잃어버리는 듯한 느낌이었다.

그러다가 장래에 대한 희망이 점점 개선되어 가자 나는 이 희망을 실제 이상으로 가치 있는 것으로 생각하게 되었다. 그래서 나는 그런 공공연한 관계를 더는 불편하게 진행하지 않기 위해서 곧 무슨 결정을 해야 할 것으로 생각하게 되었다. 이럴 때 흔히 그렇듯이 그런 문제에 관해서 서로 얘기해 보지는 않았지만 우리는 서로 간의 만족스러운 감정이나 결코 헤어질 수 없다고 하는 확신, 서로 간의 굳은 신뢰 등이 나를 그렇게 심각하게 만들었다. 그래서 나는 이제는 질질 끄는 관계는 끝을 내야 하겠다고 결심을 하면서도 결국은 행복한 결과에 대한 확신도 없이 그런 관계에 빠지고 말았다. 어리석은 생각에 빠진 나는 거기에서 벗어나 보려고 점점 더 흥미도 없는 세속적인 일에 빠져들었다. 그러나 그것은 연인의 손에 이익과 만족을 전해 주기 위해 시작한 것뿐이었다.

많은 사람도 겪어 보았을 이런 묘한 상황에 내가 빠져 있었을 때 어떤 부인이 나타나 도움을 주게 되었는데 그녀는 사람들이나 상황에 관해서 낱낱이 알고 있었다. 델프[34]라는 이름의 이 부인은 언니와 함께 하이델베르크에서 자그마한 거래처를 운영하고 있었기 때문에 프랑크푸르트에 있는 좀 더 큰 거래처하고 여러 가지 일로 왕래가 있었다. 그녀는 릴리를 어렸을 적부터 알고 있었으며 사랑해 왔다. 부인은 개성 있는 여성으로 점잖은 남자 같은 모습을 한 채 항상 자신 있고 빠른 걸음으로 걸었다. 세상에 관여할 필요가 있었기 때문에 그녀는 어떤 의미에서는 세상을 잘 알고 있었다. 계략을 쓴다고는 할

---

34 Helena Dorothea Delph를 괴테는 1793년과 1797년에 방문한 적이 있다. 이 부인은 사업하면서 자주 프랑크푸르트에 참석했는데 모종의 정치 거래를 하고 있던 것으로 보인다.

수 없었지만, 상황을 오래도록 주시하다가 결정을 묵묵히 실행할 줄 아는 사람으로, 기회를 포착할 줄 아는 재능이 있어서 누군가가 의혹과 결심 사이에서 흔들리고 있는 것을 보거나 어떤 일을 결정해야 하는 경우 그녀가 가진 기질을 발휘했는데 이런 일의 계획을 수행하는 데 실패를 한 적이 별로 없었다. 기본적으로 그녀에게 이기적인 목적은 없었다. 일을 꾸미고, 성사시키고 특히 결혼을 성사시키는 것이 충분한 보상이었다. 그녀는 이미 오래전부터 우리들의 상황을 눈치채고, 결국 이 사랑을 돕기로 하고 성실하기는 하지만 제대로 추진력이 없는 이 계획을 후원해서 이 자그마한 로맨스를 이제는 끝내게 하겠다고 작정을 했다.

그 부인은 몇 년 전부터 릴리의 어머니와 가까운 사이였다. 우리 집에 왕래하게 된 것은 나를 통해서인데 부모님에게 좋은 인상을 주었다. 그런 솔직한 성품은 제국도시에서는 나쁘게 받아들여지지 않았으며, 사고력이라는 배경도 가진 까닭에 환영까지 받는 형편이었다. 그녀는 우리의 희망과 소원을 금방 파악했으며 이번 일에 능력을 발휘해 보는 것을 자신의 임무라고 생각했다. 결국, 부인은 부모님들과 교섭을 했다. 어떻게 그 일에 착수했으며 곤란한 점을 어떻게 해결했는지는 모르겠지만, 어느 날 저녁 그 부인은 우리에게 나타나 동의를 얻어냈다고 말하는 것이었다. "악수하세요"라고 그녀가 엄숙하게 명령조로 말했다. 나는 릴리와 마주 서서 손을 내밀었다. 릴리는 주저하지는 않고 천천히 손을 내밀었다. 깊게 숨을 들이마신 뒤 우리는 열렬히 포옹했다.

아름다운 나의 생애를 통해서 어쨌든 약혼자의 기분을 맛보게 된 것은 높은 곳에서 우리를 지배하는 분의 기이한 결정 덕택이었다.

이것이야말로 예의 바른 남성에게 있어서는 모든 추억 중에서 가장 즐거운 추억이라고 말할 수 있을 것이다. 말로 표현하기 힘든 그 감정을 다시 느껴 보는 일 역시 즐거운 일이다. 사정은 이제 전혀 달라졌다. 험악스럽고 서로 대립하던 일들이 이제는 없어졌고 완강했던 분열도 이제는 조정되었다. 억누르기 힘든 본성, 끊임없이 경고를 보내고 있는 이성, 폭군과도 같은 충동, 슬기로운 법칙 등 과거에 우리 사이에서 항상 충돌하고 있던 이 모든 것들이 이제는 친밀하게 융화되어 나타났다. 그리고 모든 사람이 축하하는 경건한 축제[35]에서는 과거에 금지되었던 일이 마땅히 해야 할 일이 되는가 하면 죄악시되던 일이 이제는 의무로 그 모습을 나타냈다.

그때부터 내 마음속에 일어난 일종의 변화에 대해서 사람들은 도덕적인 갈채로 받아들였다. 전에는 그녀가 아름답고, 우아하고 애교 있게 보였지만 이제는 고귀하고 소중한 대상으로 보이게 된 것이다. 그녀는 말하자면 이중적인 인물로, 그녀의 사랑스러움이나 우아함은 내 것으로 그것을 내가 느끼는 것은 과거와 마찬가지였지만 그녀 성격의 진가인 자신감이나 만사에 대한 확신 같은 것은 아직도 그녀의 것이었다. 나는 그것을 바라보고 그것을 통찰하는 동시에 그것을 일종의 재산으로, 내가 일생 그 이자 혜택을 볼 재산으로 기뻐하고 있었다.

어떤 상황의 절정에 오래 머물 수 없다는 얘기는 오래전부터 듣는 얘기지만 그것은 사실 근거도 있고 의미도 있는 말이다. 완전히 델프 부인이 만들어 놓은 양측 부모의 동의는 더는 형식을 밟을 필

---

35 릴리 쇠네만과의 약혼식은 1775년 4월에 거행되었다.

요도 없이 결정적인 것으로 인정되었다. 그런데 약혼은 형식적이지만 그런 형식적인 것이 현실이 되어 이제는 만사가 다 정리되었다고 믿는 순간 또 다른 위기가 닥치는 법이다. 외부세계는 무자비하며 그것은 당연한데, 그것은 외부세계가 완전히 제멋대로인 까닭이다. 정열에서 우러나오는 신념이 아무리 커도 그것이 현실의 장벽에 부딪혀 좌절하는 경우를 우리는 흔히 본다. 특히 근자에 와서 재산이 넉넉지 않은 젊은 부부는 그런 경우를 맞게 되고 밀월과 같은 시절을 갖지 못하는 수가 많다. 세상은 무지막지한 여러 요구조건으로 그들을 마구 위협하며, 그러한 요구가 충족되지 않을 때에는 젊은 부부를 어리석은 사람들로 만들어 놓는 까닭이다.

내가 목표를 달성하기 위해서 진지하게 생각해 놓은 방법은 일정한 수준에 도달하기 전까지는 일찍 완성할 수가 없었다. 그런데 이제 목표에 가까이 가면서 보니까 여기저기서 완전치 못한 것들이 나타나고 있었다.

너무도 간단하게 열정으로 생각해온 오산이 이제 그 완전한 모순을 서서히 드러내기 시작했다. 이제는 내 집, 나의 가정생활을 어느 정도 객관적으로 바라보게 되었다. 이 일이 며느리를 맞는 일이라는 생각은 근본적으로 했지만, 어떤 여성이 거기에 적당한지는 알 수 없었다.

우리는 제3부의 끝 부분에서 예절 있고, 사랑스럽고, 지성 있고, 아름답고, 부지런하며, 언제나 변함이 없고, 애정이 충만하고, 감정에 치우치지 않는 아가씨를 만났다. 그녀는 다 쌓아놓은 아치의 마무리 돌 같은 여자였다. 그런데 이제 조용히 마음을 비우고 생각해 보니 이번의 약혼녀에게 그런 역할을 부여하기 위해서는 아치를 새로 만들지 않으면 안 된다는 사실을 부인할 수가 없었다.

그동안 나는 이런 것을 확실하게 느끼지 못하고 있었으며 그녀 역시 마찬가지였다. 그런데 이제 우리의 가정을 살펴보고 그녀를 들어오게 하려니 그녀가 나한테 맞지 않는 것처럼 생각되었다. 그것은 릴리의 그룹에 들어갔을 때 유행하는 옷을 입은 신사들에게 뒤떨어지지 않기 위해서 내가 시시각각으로 옷을 갈아입지 않으면 안 되는 것과 마찬가지였다. 집안의 살림은 그렇게 할 수 없는 일이었다. 새로 지은 당당한 시민가정이 에스러운 복고풍의 분위기로 살림을 이끌어 나갈 수 없는 일이었다. 게다가 양친의 동의를 얻은 뒤에도 쌍방의 양친 사이에는 조금도 친밀한 관계가 성립되지 않았다. 가족관계도 없고 서로 종교도 습관도 달랐다. 사랑스러운 릴리가 어느 정도라도 자신의 생활방식을 계속하려 한다면 소박한 규모의 우리 집에서는 기회도, 여유도 없었다.

지금까지 이런 점을 도외시했던 것은 외부로부터 좋은 지위를 얻을 것 같은 전망이 보였기 때문에 그것이 나를 안심시키고 강하게 만들었던 까닭이었다. 활동적인 사람은 어디서나 발판을 닦을 수 있는데 능력과 재능이 신용을 얻는 까닭이다. 방향만 바꾸면 된다고 사람들은 생각했다. 끈질기게 노력하는 청년은 남들의 총애를 받을 것이고 천재는 무엇이든 다 잘할 수 있다 생각하지만, 실제로는 정해진 한 가지 일만을 할 수 있을 뿐이다.

독일의 사상계와 문학계는 당시 겨우 걸음마를 떼고 있었다. 사업가 중에는 현명한 사람들이 있어 이제 개화하기 시작하는 이 방면에서 유능한 개척자, 총명한 일꾼을 찾고 있었다. 릴리와의 관계를 통해 단원들을 알게 된 훌륭한 프리메이슨 결사단체 쪽에서도 나와의 접촉을 열심히 시도하고 있었다.[36] 독립심에서 나는 어떤 식의 연결도 거부했는데, 나중에 보니 그것은 어리석은 짓이었다. 이들은 좀더 높은 이상으로 결속되어 있었지만, 그들의 목표가 나와 근접해 있어서 내게도 유익할 수 있다는 것을 당시는 깨닫지 못했던 까닭이다.

다시 개별적인 얘기로 돌아가고자 한다.

프랑크푸르트 같은 도시에는 주재관이나 대리업같이 복합적인 일이 많아서 활동을 얼마든지 확대해 나갈 수가 있었다. 그런 자리가 내게도 나타났는데, 보기에 장점도 많고 명예로운 일로 보였다. 모두 내가 그런 일에 맞는다고도 했다. 앞서 세 사람이 삼위일체가 되어 일을 처리한다면 잘될 것이라는 얘기였다. 걱정은 집어치우고 유리한 것만 말해라, 열심히 일하다 보면 갈등은 전부 극복되는 법, 그러면 불가능한 일도 이루어지고 열정을 꺾을 필요도 없는 법.

―――――――――

평화시에는 최신의 뉴스를 신속하게 전하는 신문보다 더 재미있는 읽을거리가 없을 것이다. 평화롭고 유복한 시민은 그것을 통해서 당파심을 기르게 되는데 그것은 해로운 것이 아니다. 이 당파심은 완전하지 못한 우리 인간들로서는 거기에서 벗어날 수도, 또 그럴 필요도 없는 것이다. 사람들은 속 편하게 마치 내기를 할 때처럼 멋대로 흥미를 느끼기도 하고 쓸데없이 득실을 헤아려 보기도 하며 마치 연극을 구경할 때처럼 남의 행복과 불행에 열심히, 그러나 공상만으로 그치는 간섭을 하게 된다. 이러한 감정상의 간섭은 제멋대로이긴 하

36 괴테는 1780년에 바이마르에서 프리메이슨 결사대에 입단했다. 이 결사대는 1782년에 문을 닫았다가 1808년에 재창설되었다.

지만 그것은 도덕적인 기초에 뿌리를 둔 것이다. 우리는 어떤 경우에는 갈채를 받을 만한 일을 칭찬하기도 하지만 때에 따라서는 어마어마한 성공에 눈이 어두워서 비난해야 할 사람의 편을 드는 수도 있다. 당시에도 이런 예가 되는 일이 얼마든지 있었다.

프리드리히 2세는 자신의 힘으로 유럽과 세계의 운명을 쥐고 있는 듯이 보였고, 카타리나 여제는 유능한 충신들에게 활동의 여지를 주어 그들로 하여금 위력을 더욱 넓히게 하여 왕위를 훌륭하게 지키고 있었다.[37] 이들의 위력은 터키까지 뻗치게 되었는데 이교도가 몇천 명씩 전사해도 우리는 인간이 희생되고 있는 것으로 여기지 않았다. 그것은 터키가 우리에게 입힌 모욕에 대해서 멋대로 보복하는 데 익숙해 온 까닭이었다. 체스메 항에서 터키함대가 불타고 있다는 소식은 문명국에서는 기쁨의 축제를 일으키게 했다. 그리고 이 대사건의 실제 광경을 후대에 남기기 위해서 리보르노 정박항에서 전함을 폭파해서 창작을 위한 재료로 삼았을 때에는 모두 전승의 기분에 들떠 있었다.[38] 그러나 그 후 얼마 되지 않아서 북쪽의 젊은 왕[39]은 자신의 힘으로 정권의 고삐를 조이기 시작했다. 그가 억누른 귀족층은 동정을 받지 못했는데 일반적으로 귀족은 눈에 띄지 않게 활약을 하며 말이 적을수록 그만큼 더 안전한 까닭이었다. 이번의 경우 젊은 왕은

---

37 러시아의 여제 카타리나 2세는 1768~1774년에 걸친 터키와의 전쟁에서 큰 승리를 거두고 있었다.

38 괴테의 친구이며 화가인 Ph. Hackert는 체스메 해전의 그림을 위탁받았다. 그림 여섯 개중 다섯 개는 러시아 사람들의 마음에 들었으나 여섯 번째 그림(전함이 불타는 장면)은 마음에 들지 않았다. 이 그림을 생생하게 그리기 위해서 러시아의 장군 오를로 백작은 화가가 보는 앞에서 전함 한 대를 폭파했다.

39 Gustav 3세(1746~1792): 1771년 스웨덴 통치를 시작하면서 강력한 개혁정책을 폈다.

귀족층과의 균형을 맞추기 위해서 하류계층에 은혜를 베풀며 회유했기 때문에 사람들은 왕에 대해서 더욱더 우호적이었다.

온 국민 전체가 자유를 획득하려 하자 세계는 더욱더 큰 흥미를 갖게 된다. 전에도 이러한 식의 소규모의 구경거리가 사람들을 즐겁게 한 적이 있었다. 코르시카는 오랫동안 많은 사람의 관심의 표적이었다. 파올리[40]는 애국적인 계획이 좌절되어 독일을 거쳐 영국으로 건너가게 되었을 때 많은 사람의 동정을 샀다. 그는 잘 생기고 후리후리한 금발에 우아하고 친절한 사람이었다. 나는 그를 베트만[41]의 집에서 보았는데 그는 잠시 그곳에 체류하면서 자기를 보러 몰려오는 호기심 많은 사람을 쾌활하고 친절하게 맞이하고 있었다. 그런데 이제는 멀리 떨어진 대륙에서 비슷한 사건이 되풀이되고 있었다. 우리는 미국인들이 성공하기를 바라고 있었다.[42] 프랭클린과 워싱턴의 이름이 정치 및 군사 분야에서 빛을 발하기 시작하고 있었다. 그리고 프랑스의 우호적인 새로운 왕[43]이 여러 악습을 제거하고, 규율 있는 훌륭한 행정의 법을 고귀한 목적에만 사용할 것이며 횡포한 권력을 버리고 질서와 정의로만 정치하겠다는 훌륭한 의사를 표명했을 때에는 온 세상에 희망만이 넘치는 것 같았다. 믿기 잘하는 청년은 아름답고 화려한 미래가 자신과 동시대인들에게 약속된 것

---

40 Pasquale Pauli(1725~1807)는 군부의 지도자로서 제노바로 하여금 코르시카를 포기하고 프랑스에 매각시키려 했다. 섬 전체가 내란의 상태에 이르게 되자 파올리는 영국으로 피신했다.

41 Johann Philpp Bethmann (1715~1793): 사업가이며 프랑크푸르트의 황실고문관이었다.

42 미국에서는 1773년에는 보스턴에서 차(茶) 사건이 일어났고, 1774년에는 의회가 소집되었다. 1775년에 독립전쟁이 시작되었다.

43 루이 16세(1754~1793).

으로 생각했다.

그러나 이러한 사건에 관해서 나는 사회 일반이 갖는 관심밖에는 두지 못하고 있었다. 나나 내 주변 사람들은 신문이나 뉴스에 별다른 관심을 두고 있지 않았다. 우리의 관심은 인간을 아는 것으로, 인류 전체에 관해서는 무심한 편이었다.

내 고향 도시는 독일로 편입된 지 백 년 이상 지났고 독일의 평화로운 상태는 몇 차례의 전쟁과 동란이 있었음에도 불구하고 변함이 없었다. 황제에서부터 유대인에 이르기까지 여러 층이 있었지만, 그것이 사람들을 떼어 놓지 않고 결속시키고 있는 것으로 보이는 것은 흡족한 일이었다. 왕은 황제에게 종속되어 있었지만 그들의 선거권 및 거기에서 파생되는 특권은 황제에 맞서 일정한 균형을 이루고 있었다. 그리고 높은 귀족 중에는 왕의 서열에 올라서서, 그 특권을 고려해 볼 때 황제와 거의 동등한 권력이 있는 것으로 보이거나, 어떤 의미에서는 황제보다도 더 높은 권력을 가진 경우도 있었다. 종교계 출신의 선제후는 다른 사람들보다 우월해서 교권(敎權)제도의 산물로서 불가침의 명예로운 위치를 차지하는 까닭이었다.

이렇게 전통 있는 가문이 이 밖에도 각종의 재단, 기사단, 수도회, 조합, 교단에서 누리고 있는 특권을 생각해 보면 스스로 종속적이지만 한편으로는 동격이라고 생각하고 있는 이들 세력가의 집단이 매우 만족스럽게 질서 있는 세속의 활동을 하면서 나날을 보내면서 유난히 노력하지 않아도 후손에게 그들과 같은 안락한 생활을 하도록 준비를 하고 물려주기도 하는 것은 쉽게 상상이 된다. 이런 계층의 사람들에게는 정신적인 교양에도 부족함이 없었다. 이미 백년 전부터 군사 또는 상업상의 높은 수준의 교육이 상류사회와 사교계에 먼저 보급되었고, 문학과 철학을 통해서도 이들의 정신은 개화되고 발전되어 지금과 비교해도 손색없는 높은 수준으로 올려놓은 까닭이었다.

독일에서는 위에 말한 특권 있는 집단을 질투하거나 그들의 행복스런 사회적 이익을 못마땅하게 생각하는 사람이 별로 없었다. 중산계층은 마음껏 상업이나 학문에 몰두했으며 그것을 통해서, 또는 그런 것과 연계된 공업을 통해서 충분히 중요한 위치에까지 올라갈 수 있었다. 자유시(自由市)나 부분적인 자유시가 이러한 활동을 장려하고 있었다. 그래서 그런 곳에 사는 사람들은 편안한 기분으로 지내고 있었다. 부를 늘리고, 특히 법률이나 정치 분야에서 정신적 활동을 펼쳐 보려는 사람은 어디에서나 중대한 영향력을 끼칠 수가 있었다. 대심원이나 다른 자리에서도 귀족의 자리와 마주해서 학자가 자리를 잡았다. 한쪽의 자유스런 개괄적인 견해는 다른 쪽의 심오한 통찰과 협조가 잘 되었으며 생활에서도 서로 경쟁하는 흔적은 찾아볼 수 없었다. 귀족은 그가 독점하고 있는, 오랜 세월을 두고 신성시되어 온 특권에 만족하고 있었으며 시민은 이름에 귀족 칭호를 붙여 외관상으로 영달하는 것을 값어치 없는 것으로 생각했다. 사업가나 기술자는 더욱더 급속히 발전하는 나라들과 경쟁을 하기 위해서 할 일들이 많았다. 나날의 일상적인 불안을 제쳐 놓고 말한다면 전체적으로 정신없이 노력하던 시대라고 말할 수 있을 것이다. 그것은 과거에도 찾아볼 수 없고, 내적 외적인 변화에서 미래에도 그런 식으로 오래갈 수는 없는 시대였다.

이 시대에 상류계층에 대한 나의 위치는 유리한 것이었다. 《베르터》에서 두 계층이 접촉하는 데서 오는 불쾌한 일이 참기 어려운 것으로 표현되었지만, 그 소설의 다른 열정적인 부분을 고려해 본다면 거기에 특별한 직접적인 목적이 있지 않음을 분명히 느낄 수 있었을 것이다.

상류 계층에 대한 나의 입장은《괴츠 폰 베르리힝엔》으로 좋아졌다. 종래의 문학상 관례가 파손되긴 했어도 거기에는 이해가 갈 만하고 성실한 방식으로 과거 독일의 상황, 즉 불가침의 황제를 선두로 한 여러 계층과 기사(騎士) 계층이 표현되어 있었다. 총체적 무법의 상태에서 주인공인 기사는 법을 따르지는 않지만 나름대로 정의에 따라 행동하려 한 유일한 인물이고, 바로 그런 이유로 그는 어려운 상황에 부닥치게 된다. 이 복잡한 작품은 허무맹랑한 이야기가 아니라, 한두 군데가 약간 현대적이기는 하지만 어디까지나 활달한 생명감이 넘치는 작품이었다. 용감한 인물이 스스로, 그러니까 어느 정도는 자기 본위로 엮어간 자서전 비슷한 작품이었다.

그 가문은 아직도 번성하고 있었고, 프랑켄의 기사도에 대한 그들의 관계는 다른 많은 것과 함께 당시 다소 희박해지고 세력도 약해졌지만, 아직도 남아 있다.

이제 약스트 강, 약스트하우젠의 성채[44]도 문학적인 의미가 있게 되었다. 그리고 하일브론 시청처럼 거기에도 많은 방문객이 찾아가게 되었다.

내가 당대의 역사를 다른 관점에서 쓰려는 것은 널리 알려졌다. 그리고 그 시대로부터 훌륭하게 이어지고 있는 가문 중 많은 사람이 자신들의 조상도 똑같이 세상에 알려지기를 바라고 있었다.

---

44 희곡《괴츠》의 주인공이 머물던 곳.

국민에게 역사를 재미있게 잘 묘사해서 기억을 새롭게 불러일으키는 일은 모든 사람에게 기쁨을 주는 일이다. 그들은 조상의 덕에 대해서는 기뻐하며 결점에 대해서는 이젠 완전히 극복한 것으로 생각하고 미소를 짓는다. 그러므로 이런 식의 창작물은 많은 사람의 흥미와 갈채를 받게 된다. 그런 의미에서 나는 갖가지 효과 면에서 기쁨을 얻게 되었다.

그러나 나에게 찾아오거나 나에게 공감한 많은 청년 중에 귀족이 한 사람도 없었다는 것은 묘한 일이었다. 반면 나를 찾아오는 사람 중에는 삼십이 다 된 사람들이 많았다. 그들의 희망과 노력 속에는 국민의 한 사람으로 또는 인류의 한 사람으로서 자신을 진지하게 고양하려고 하는 벅찬 희망을 품은 사람들이었다.

당시에는 15세기부터 16세기에 걸친 시대에 관심이 쏠리고 흥미가 많았다. 울리히 폰 후텐의 작품이 내 손에 들어오게 되었는데 당시에 일어났던 일과 비슷한 일이 우리 시대에 여기서 다시 일어나는 것 같은 묘한 기분이 들었다.

울리히 폰 후텐이 빌리발트 피르크하이머[45]에게 보낸 편지를 여기에 소개하는 것이 적절한 일이라고 생각된다.

"행운은 우리에게 주었던 것을 대개 다시 빼앗아 간다. 그뿐만 아니라 외부 사람들과 관련된 것이 우연한 지배를 받는다는 것을 우리는 알고 있다. 그래도 나는 명성을 얻고 싶어 한다. 그래도 나는 명예를 얻고 싶고, 그것도 세상의 악감정 없이 가지고 싶다. 그것은 내가 명예

---

45 이 편지는 1826년 8월 10일 자 괴테의 일기에도 언급되고 있다.

에 대한 심한 갈증에, 가능한 한 높은 귀족의 지위를 갖고 싶은 까닭이다. 그런데 빌리발트, 내가 현재의 위치, 현재의 가문, 현재의 부모에게서 태어난 이상 스스로 노력하지 않으면서 귀족이 되려 한다면 그것은 어울리지 않는 일이 될 것이다. 나는 어마어마한 일을 계획하고 있다. 나는 더 높아지려고 생각한다. 그것은 내가 좀 더 고귀하고 화려한 계층으로 올라가겠다는 뜻이 아니다. 나는 다른 데서 샘을 찾아 거기서부터 특별한 귀족의 위치에 오를 것이며, 어리석은 상류층 인사들 사이에 끼어들어 조상으로부터 물려받은 것에 만족하는 것이 아니라 그런 보물에다가 내가 후손들에게 물려줄 만한 것을 더 첨가하고 싶다.

그러므로 나는 연구에서나 다른 업적에서도 현재 있는 그 대로에 만족하는 사람들에 대해서는 별로 높은 평가를 할 수가 없다. 왜냐하면, 이런 식의 자만심을 자네에게 고백한 바도 있지만 나는 그런 사람들하고는 다르기 때문이다. 한 가지 더 고백할 것은 비천한 출신에서 나보다도 더 훌륭한 신분으로 올라간 사람도 내가 질투하지 않는다는 점이다. 그리고 스스로 노력해서 출세한 하층계급 사람들을 언제나 언짢게 말하고 있는 나와 같은 계층 사람들의 의견에도 결코 찬성할 수 없다. 왜냐하면, 우리가 관심을 두지 않던 명망의 소재를 스스로 탈취하여 그것을 소유한 사람들은 그럴만한 충분한 권리가 있는 사람들인 까닭이다. 그들은 유피공(鞣皮工)이나 제혁공의 자손이었는지도 모른다. 그러나 그들은 우리가 겪었던 것 이상의 난관을 극복하고 목표에 도달한 것이다.

학식으로 유명해진 자를 멸시하는 무식한 인간은 바보일 뿐 아니라 불쌍한 인간, 아니 이 세상에서 가장 불쌍한 인간이라고 할 수 있다. 그런데 귀족들은 이러한 병적인 결함을 갖고 있어서 재능 있는 사람을 멸시한다. 우리가 등한시했던 것을 소유한 자들을 질투하는 것은 도대체 무엇인가? 왜 우리는 법률을 연구하지 않았는가? 훌륭한 학문, 우수한 기술을 왜 우리는 스스로 배우지 않았는가? 자, 이제 제화공, 유피공, 수레공들이 우리를 앞지르고 있다. 어째서 우리는 직분을 버리고 그렇게도 자유로운 연구를 하인들에게, 오욕에다 넘겼는가! 그건 수치스러운 일이다. 재능 있는 자, 부지런한 자들이 우리가 등한시해 온 귀족의 유산을 정당하게 자신의 소유로 만들고 노력을 통해서 이용하게 된 것은 정당한 일이다. 하층민들이 우리를 누르고 올라서는 것을 묵인하는 우리는 불쌍하기 이를 데 없는 인간들이다. 질투는 집어치우고 수치스럽게도 남들이 가지고 간 그것을 이제 우리가 찾아오도록 하자.

명성을 갈구하는 것은 훌륭한 것이며 훌륭한 것에 도달하고자 하는 모든 노력은 칭찬받을 만하다. 모든 계층이 나름대로 명예를 지키고 나름대로 자랑거리를 가졌으면 좋겠다. 조상의 초상화나 연연히 이어가는 족보를 멸시할 생각은 전혀 없다. 그러나 그런 것이 아무리 값어치가 있다고 해도 우리가 공적을 쌓아 그것을 자신의 것으로 만들지 않는 한 우리 자신의 것이라고는 말할 수 없다. 그리고 귀족이 그의 지위에 걸맞은 태도를 보이지 않는 한 그것은 지속할 수 없다. 그 자신은 무위도식하고 그를 위하여 훌륭한 모범을 보여준 조상에 비교도 안 될 모습으로 건달처럼 빈둥거리면서 기름지고 살찐 가장의 모습으로 조상의 모습을 보여 주려고 해 봤자 그것은 헛된 일이다. 나는 내 명예심과 성격에 관해서 길게, 하지만 솔직하게 자네에게 털어놓고 싶었다."

나는 이렇게 조리 있는 연설은 아니라도 소중한 친구들이나 친지들에게서 이와 마찬가지로 성실하고 설득력 있는 말을 들은 적이 많았다. 그리고 이런 말의 효과는 그들의 성실한 행동을 통해서 잘 증명이 되고 있었다. 누구든지 노력해서 각자 귀족이 되지 않으면 안 된다는 것이 신조처럼 되어 있었으며 그 아름다운 시절에 경쟁이 있었다고 말한다면 그것은 위에서 아래로 하는 경쟁이었다.

반면 우리에게는 우리대로의 요구가 있었다. 즉 자연으로부터 부여된 재능을 시민의 입장과 양립하는 한 자유롭고 정당하게 행사하는 것이었다.

왜냐하면, 나의 고향은 그 점에서는 별로 눈에 띄지 않는 독특한 위치에 있는 까닭이었다. 북쪽의 자유도시들이 발전된 상업에, 그리고 남쪽은 상업이 부진한 대신에 예술과 공업에 기초를 두었다면 프랑크푸르트 암 마인은 일종의 복합체였으며 상업, 자본, 부동산, 학문과 예술품 수집욕이 뒤얽혀 있는 것처럼 보였다. 종교계는 루터교의 신앙이 지배하고 있었고, 림푸르크 가문에서 주도하고 있는 '간종친회[46]'나 처음에는 클럽에 불과했던 프라우엔슈타인 협회[47]도 하층계급이 일으킨 소요에 대해 신중한 태도를 지켰다. 법률가나 그 외의 유산계급 및 유식 계급은 모두 시정에 참여할 자격이 있었고, 위기 시에 질서를 지킨 경우 수공업자도 지위가 달라지지는 못해도 시정에 참여할 수 있었다. 그 외에 법에 따른 견제기관이나 법으로 정해진 모든 제도, 또는 법에 따른 갖가지 기관이 많은 사람에게 활동무대를 제공하고 있었다. 그리고 상업이나 공업 역시 유리한 지리적

---

46 프랑크푸르트의 귀족 연합으로 시 참사원에서 여러 번 자리를 차지했다.

47 일종의 귀족 협회.

조건 때문에 아무런 장애도 없이 발전해 나가고 있었다.

높은 지위의 귀족은 시기를 받는 법 없이 거의 눈에 띄지 않는 상태에서 활약하고 있었으며, 그 뒤를 따르는 제2의 계층은 귀족보다 더욱더 부지런하지 않으면 안 되었으나 유복한 가정의 토대 위에서 법률 및 정치상의 지식을 통해서 세상의 인정을 받으려고 노력하고 있었다.

소위 개혁파 신도들은 다른 곳의 망명 신도들[48]과 마찬가지로 특별한 계층을 형성하고 있었는데 그들이 일요일이면 아름답게 꾸민 호사스런 마차를 타고 보켄하임[49]으로 예배 보러 가는 것을 보면 날씨가 좋든 궂든 걸어서 교회에 가야만 하는 시민들에게는 일종의 승리 행렬처럼 보였다.

가톨릭 교인들에 대해서는 사람들이 거의 관심을 두지 않았지만, 그들 역시 다른 두 교파가 획득한 이권을 가지고 있었다.

---

48 프랑스에서 피신해온 위그노 교인들을 말한다.
49 신교도들은 1788년까지는 프랑크푸르트 시내에서 예배가 허용되지 않았기 때문에 보켄하임에 있는 교회로 예배를 보러 갔다.

제18장

문학상의 문제로 되돌아가 그 당시 독일의 문학에서 큰 영향을 끼치고 있던 한 가지 상황을 설명해야겠다. 그 영향이 오늘날까지 문학의 전 역사에 영향을 끼치고 있을 뿐 아니라 앞으로도 계속 영향을 끼칠 것이기에 주목할 필요가 있다고 생각하는 까닭이다.

독일인들은 예로부터 운(韻)에 익숙했는데, 아주 단순한 방법으로 거의 철자만 헤아리면 되는 장점을 가진 때문이었다. 교육을 받은 사람들은 거의 본능적으로 철자의 감정과 의미에 관심을 기울였고 그런 경우 칭송을 받았는데, 시인들은 대개 그런 능력을 갖추고 있었다. 운은 시구에서 끝맺음을 표시하고 짧은 행에서는 더욱 작은 단락까지도 알아볼 수 있게 하므로 자연스럽게 교양을 쌓은 귀는 변화나 우아한 멋까지도 가려낼 수 있었다. 그런데 철자의 가치를 채 확인하지도, 확인이 힘들다는 사실도 고려하지 않은 채 갑자기 운을 없애버렸다. 클롭슈토크이 거기에 앞장섰다. 그가 어떤 일을 했고 무엇을 이루었는지는 널리 알려졌다. 하지만 누구나 이 일에서 불안감을 느꼈고, 모험하려 하지 않았다. 결국, 자연스러운 경향에 따라 산문시로 관심을 돌리게 되었고, 게스너의 아름다운 전원시는 여기에서 끝없는 가능성의 세계를 열어 주었다. 클롭슈토크은《헤르만의 전투 Hermanns Schlacht》의 대화 부분과《아담의 죽음 Adams Tod》을 산문으로 썼다. 또한, 시민 비극이나 드라마를 통해 감정이 넘치는 고상한 문체가 극장을 점령했고, 영국 작가의 영향을 받아서 독일에 퍼지게 된 오각(五脚)의 단장격[50] 역시 시를 산문으로 끌어내리게 하였다. 그러나 운율과 운에 대한 일반의 요구는 가라앉지 않았다. 람러[51]는 자기 작품에 있어 엄격했던 인물로 다른 사람들의 작품에 대해서도 그러한 엄격함을 고집했다. 그는 산문을 시로 바꾸면서 다른 사람들의 작품도 변조하고 수정했지만 별로 감사의 말을 듣지 못했고, 사태를 더욱 복잡하게 만들었을 뿐이었다. 가장 성공한 사람들은 철자의 가치를 고찰하여 전래의 운(韻)을 택해 자연스러운 취향에 따라 아직은 알려지지 않은 불확실한 법칙을 지켰던 사람들, 예를 들면 빌란트 같은 사람들이었다. 모방하기 어려운 상대지만 그는 오랫동안 평범한 시인들에게 표본이 되었다. 그러나 실제로 글을 쓰려면 항상 불안감이 남아 있어서 아주 뛰어난 사람이라도 누구든 순간적으로 당황하지 않는 사람이 없었다. 그래서 우리 문학의 진실로 천재적인 시대에도 각자 자기식으로 완벽하다고 할 수 있는 작품이 별로 생산되지 못하는 불행한 일이 벌어졌다. 이 점에서 그 시대는 유동적, 도전적이며 활발한 시대라고 할 수 있을지 몰라도 높이 살만한 시대도, 만족스러운 시대도 아니었다.

시의 발판이 될 토대를 찾아내고 자유롭게 호흡할 수 있는 요소를 찾아내기 위해서는 혼돈된 상태에서도 뛰어난 작품이 찬란하게 빛을 발하는 몇 세기 전으로 돌아가 볼 필요가 있었다. 그렇게 해

---

50 Iambus: 약강격, 혹은 단장격으로 불린다. 약한(짧은) 음절 하나에 강한(긴) 음절 하나가 따라 나오는 형태이다.

51 Karl Wilhelm Ramler (1725~1798): 교수, 무대 감독, 문학비평가.

서 사람들은 과거의 창작법과 친근해졌다. 민네쟁어[52]들은 너무 멀리 떨어져 있었다. 그러기 위해서는 언어를 공부해야 하는데, 그것은 우리가 해야 할 일이 아니었다. 우리는 삶을 원했지 배우는 것은 원치 않았다.

우리에겐 참 스승인 한스 작스[53]가 제일 가까웠다. 그는 진정 재능 있는 사람이었으며 기사들이나 궁정 사람들과는 달리 우리가 자랑으로 삼는 소박한 시민에 불과했다. 그 교훈적인 사실성이 마음에 들어서 우리는 쉬운 운율과 편안한 운을 여러 군데에 이용했다. 그 방식은 당대의 시에 비해 매우 편안해 보였기 때문에 우리는 그것을 항상 이용하고 있었다.

그런 곳에 관심과 노력을 해야 하는 중요한 작품들이 수년간, 또는 일생 잘못된 토대 위에서 경솔한 동기로 만들어진다면, 일시적인 여타의 창작물은 얼마나 멋대로 쓰이는가를 상상할 수 있다. 예를 들어 서간체의 글, 비유적인 시, 온갖 형태의 비방문이 그것으로, 이런 것과 우리는 안에서 싸웠고 싸울 거리를 찾아 밖으로 나섰다.

이미 인쇄된 것을 제외하고는 남아 있는 것이 많지 않지만 그런 것들은 어딘가 보존되어 있을 것이다. 짧은 주석을 단다면 생각하는 사람들에게는 그러한 글의 착안점이나 의도가 좀 더 확실해

---

52 중세 연애 시인들로, 보드머나 〈괴팅엔 숲의 시인 Göttinger Hein〉들은 이들에 관해 관심을 가졌지만, 괴테와 그 주변 시인들은 아직 별 관심을 두지 않고 있었다.

53 Hans Sachs(1494~1576): 평생 제화공으로 지내면서 시인으로서 6천여 편의 작품을 썼다. 대부분이 종교시였는데 계몽시인으로서 시민의 교양과 도덕의 함양에 노력했다.

질 것이다.

작품에 얼굴을 맞대고 남보다 열심히 몰두하는 사람은 이런 극단적인 글도 밑바닥에는 진지한 노력이 깃들어 있다는 것을 파악하게 될 것이다. 성실한 의지가 적당주의와 싸우고, 자연은 인습과, 재능은 형식과, 천재는 자기 자신과, 강한 힘은 유유함과, 미숙한 탁월함은 완숙된 평범함과 싸운다. 전체적인 행위들은 이후의 선전포고와 격렬한 전투를 마치 예고하는 전초전처럼 보일 거다. 자세히 들여다보면 이 싸움은 50년을 지나도 끝을 보지 못한 채 더 높은 영역에서 계속되고 있다.

나는 옛날 독일의 인형극과 무대극을 모방한 괴상한 광대극을 고안하여 거기에다《한스 부르스트의 결혼식 Hanswurts Hochzeit》이라는 제목을 붙였다. 그 내용은 다음과 같은 것이었다. 부모가 없는 부유한 농사꾼 한스부르스트는 성인이 되어 부유한 처녀 우르슬 브란디네와 결혼을 하고자 한다. 그의 후견인인 킬리안 브루스트플랙이나 처녀의 어머니인 우르셀 등은 모두 이 일에 만족한다. 오랜 계획과 애절한 소망이 드디어 이루어지고 달성된다. 거기에는 아무런 장애도 없다. 문제는 단지 결혼 준비와 거기에 동반되는 여러 가지 절차 때문에 결혼하려는 두 사람의 소망이 지연된다. 서곡으로 결혼 중개역이 나타나 상투적인 지루한 축사를 한 뒤에 다음과 같은 시를 읊는다.

결혼 피로연 장소는
황금이(蟲) 식당입니다.

장소의 통일이 파괴되었다는 비난을 피하고자 무대의 배경에다 이 음식점의 요란한 간판이 보이도록 했다. 하지만 축 위에서 회전할 수 있게 만들어 사방으로 돌려서 무대의 전면을 솜씨 있게 변화시킬 수 있었다.

제1막에서는 전면이 길 쪽을 향하고 있는데, 일광 확대경을 이용한 황금빛 간판이 보인다. 제2막은 정원을 보여주고 제3막은 숲을, 제4막은 근처에 있는 호수를 보여 준다. 호수가 가까이 있기 때문에 무대 장치인은 물보라를 무대 전체와 프롬프터석까지 뿌리느라고 어느 정도 고생을 감수해야만 한다.

그러나 이 정도를 가지고는 이 연극의 재미를 충분히 드러내지 못한다. 지독한 풍자의 정도가 광적(狂的)인 상태에 이를 정도인 까닭이다. 등장인물들은 모두가 독일 전래의 별명, 또는 욕을 이름으로 썼는데 이 이름이 개인의 성격 및 다른 사람과의 관계를 명시해 주고 있었다.

즐겁고 우습고 티 없는 내용, 재치 있는 장난이 아주 자연스럽게 나타나야 하지만 이 작품이 훌륭한 모임이나 가정에서 낭독되기를 바라기 때문에 극장공연의 관습처럼 등장인물들을 차례로 나열할 수도, 그들의 특징을 명확하게 드러내는 장면을 여기 여기에 상술하기는 힘들다.

편집자의 판단에 맡기고 여기에 시험 삼아 한 페이지만 수록해 보고자 한다.[54]

---

54 이 문장은 유작을 출판하면서 편집자가 넣은 글이지만 1883년의 초판부터 게재되어 있기 때문에 여기서도 함께 삽입되어 있다. 그다음 문장에서부터 작은 활자로 쓰인 맨 마지막 문장까지는 원본에 삽입된 것인지 아닌지 확실치 않은 상태로 남아 있다.

사촌 슈프트[55]는 가족관계로 보면 피로연에 참가할 권리가 있었다. 아무도 거기에 대해서 불평하는 사람은 없었다. 왜냐하면, 아무리 그가 불량배 생활을 하고 있다고 해도 죽지 않고 살아 있는 한 멋대로 그를 제외할 수는 없는 까닭이었다. 그리고 피로연이 있는 날 그에게 과거에 불만이 있었던 것을 기억할 사람은 없었다.

슐케[56] 씨의 경우는 일이 조금 걱정스러웠다. 그는 자기에게 유리할 때에는 가족에도 도움이 되었다. 반면 해가 되기도 했는데 아마 자신의 이익 때문이거나 혹은 그것이 편리하다고 생각했기 때문이었을 것이다. 다소라도 생각이 있는 사람들은 그의 참석에 찬동했으며 그를 제외하려는 몇몇 사람들의 말은 받아들여지지 않았다.

그런데 결정하기 힘든 제삼의 인물이 있었다. 그는 모임에서 얌전한 사람으로 다른 사람 못지않게 관대하고 친절하고 다방면에 쓸모가 많은 사람이지만 한 가지 결점을 가지고 있었는데, 남이 자기 이름을 부르는 것을 참지 못했다. 자기의 이름을 들으면 그는 흔히 북쪽 사람들이 발광이라고 부르는 엄청난 분노를 일으켜 좌우의 사람들을 죽일 듯이 위협하고, 그런 발작으로 때로는 남에게 피해를 주고 자신도 손해를 입었다. 이 연극의 제2막도 이 인물 때문에 결국 무서운 혼란으로 끝이 나게 된다.

그런데 도둑놈 같은 마크로트[57]를 이 기회에 훈계하는 것은 절대 놓칠 수 없는 일이었다. 그는 쓰레기 같은 물건을 팔러 돌아다녔는데,

---

55 불량배라는 뜻.

56 악한이라는 뜻.

57 Karl Friedrich Macklot라는 이름에서 Machlot를 Machlotur(라틴어 maculare: 인쇄기의 찌꺼기 때문에 더러워지고 못쓰게 되어 포장지나 파지로 밖에 쓰지 못하는 용지)로 놀리고 있다.

결혼식 준비 얘기를 듣자 거기서 실컷 얻어먹고 남의 비용으로 배 속을 채우려는 충동을 억제할 수가 없었다. 그가 오겠다고 하지만 킬리안 브루스트플랙은 요구를 검토해 보고 거절하는 수밖에 없었다. 왜냐하면, 다른 사람들이 저명인사들인데 그 점에서 이 신청자는 자격이 모자라는 까닭이었다. 마크로트는 자신도 남들 못지않게 유명하다는 것을 증명하려고 애를 쓴다. 그런데 엄격한 행사 진행자인 킬리안 브루스트플랙은 조금도 동요하지 않는다. 결국, 2막의 끝에야 무시무시한 발광에서 제정신이 돌아온 무명씨가 자기와 가까운 점이 많은 이 출판업자의 편을 들어 그 역시 다른 손님들 속에 끼게 된다.

그 무렵 슈톨베르크 백작 형제[58]가 온다고 알려왔다. 스위스 여행을 가는 중에 우리한테 들르기로 한 것이다. 나의 재능의 최초의 산물이 《괴팅엔 연간시집》에 실렸던 것이 계기가 되어, 나는 그들과 그리고 지금은 그 성격과 업적이 잘 알려진 젊은 사람들과 가까워질 수 있었다. 당시의 사람들은 우정이나 사랑에 대해서 기묘한 해석을 하고 있었다. 그들은 서로 흉금을 터놓고, 유익하지만 아직은 미숙한 내심을 털어놓는 것을 좋아했다. 신뢰라고 볼 수 있는 이러한 관계를 사람들은 사랑 또는 애정이라고 생각했다. 이 점에서 나 역시 남들처럼 자신을 기만하고 있었으며 그 때문에 여러 가지 고민을 하기도 했다. 당시에 뷔르거한테서 받은 편지 한 통을 아직도 가지고 있는데 그 편지를 보면 당시에 사람들 사이에는 도덕적인 미학 같은 것을 전

---

58 Christian Stolberg(1748~1821)와 Friedrich Leopold Stolberg(1750~1819): 〈괴팅엔 숲의 시인〉 그룹에 속한 시인들로 폭정에 비판하는 시를 즐겨 썼다.

혀 갖고 있지 않았음을 알 수가 있다. 각자가 흥분해 있었으며, 그러한 기분으로 행동하고 창작을 하면 된다고 생각했다.

백작 형제는 하우크비츠 백작[59]을 대동하고 왔다. 나는 그들에게 흉금을 터놓고 유쾌하고 예의 바르게 맞아들였다. 그들은 여관에 투숙했지만, 식사는 대개 우리 집에서 함께 했다. 최초의 만남은 매우 유쾌했지만, 곧 진기한 일이 일어나게 되었다.

나의 어머니는 약간 이상한 점이 있었다. 어머니는 거리낌 없고 솔직한 성격으로 자신을 중세의 인물로 생각하기를 좋아했다. 그래서 롬바르디아나 비잔틴 공주의 아야 부인[60]으로 상상하기를 좋아했다. 실제로 어머니는 아야 부인으로 불리기도 했다. 어머니는 그런 농담을 즐거워했으며 젊은 사람들의 공상에 함께 어울려 자신이 괴츠 폰 베르리힝겐의 아내와 닮았다고 믿을 정도였다.

그러나 이런 일은 오래 계속되지 못했다. 몇 번 함께 식사하고 나자 우리는 포도주 몇 병을 마시고 문학작품 속에 나타난 폭군에 대한 증오심이 발동해서 그런 폭군의 피는 마셔 없애야 한다고 기세를 올렸다. 부친은 미소를 지으며 고개를 저었다. 모친은 일생 폭군에 관해서는 이야기를 들은 적이 없었다. 그러나 고트프리트의 《연대기》[61] 속에서 그런 인간이 동판에 그려져 있는 것을 본 것이 생각났다. 캄

---

59 Christian August Haugwitz(1752~1831): 1792~1807년까지 프러시아 대신을 지냈기 때문에 당시에 널리 알려진 인물이었다.

60 Aja (이탈리아어 또는 스페인어): 여자가정교사.

61 《연대기 Chronik》에는 폭군 캄비세스가 술을 잔뜩 마신 다음에 자신이 얼마나 강한가를 보여주기 위해서 활과 화살을 가져오게 한 다음 프락사스페스의 아들의 심장을 쏜 다음 시체를 갈라 화살이 얼마나 정확하게 심장에 꽂혔는가를 보여주고 있다. 동판화는 두 장면으로 되어 있는데 하나는 소년이 나무에 묶여 있고 왕이 화살을 쏘는 장면이며, 다른 하나는 시체를 갈라놓고 왕이 의기양양해하는 장면이다.

비세스 왕이 어린아이의 심장을 명중시키고, 그 아이의 아버지 앞에서 자랑하는 그림이 어머니의 기억에 남아 있었다. 이야기가 점점 격렬해지자 모친은 그것을 좀 더 유쾌한 방향으로 돌리기 위해서 지하실로 내려갔다. 거기에는 오래된 포도주가 술통에 저장되어 있었다. 그것은 1706년 1719년, 1726년, 1748년의 산으로 어머니가 손수 감독하고 담가서 축제 같은 행사에만 사용하는 것이었다.

세공된 유리병에다 진한 포도주를 갖다 놓으면서 어머니는 이렇게 말했다. "여기 진짜 폭군의 피가 있습니다. 이것을 마셔요. 단 살인만은 이 집에서 용납이 안 됩니다."

"진짜 폭군의 피다!"라고 내가 소리쳤다. "이 이상의 폭군은 없다. 폭군의 심장의 피가 지금 여기 있다. 이것을 마십시다. 하지만 한 가지 조심합시다. 좋은 맛과 정기(精氣)로 술이 여러분들을 정복할지도 모릅니다. 포도나무는 천하의 폭군이니, 우리는 그것을 뿌리 뽑아야 합니다. 우리는 트라키아 사람 성 리쿠르고스[62]를 수호신으로 삼아서 숭배해야 합니다. 그는 경건한 일에 힘차게 착수했지만, 사람을 현혹하는 악마 바쿠스에게 현혹되어 파멸했지요. 그는 수난자의 선두에 설 만한 인물입니다. 포도는 극악한 폭군이며 동시에 위선자, 아첨꾼, 폭력배입니다. 이 피의 처음 몇 잔은 달고 맛이 있지만, 한 잔이 다음 잔을 끝없이 유혹합니다. 마치 끊어지는 것을 두려워하는 진주의 끈과도 같습니다."

내가 여기서 당시의 대화 대신에 과거의 저명한 역사가들처럼 꾸며낸 이야기를 삽입했으리라고 의심하는 사람이 있다면 속기사가

---

62 Lykurgus: 트라키아의 왕으로 박카스 숭배를 거부하고, 박카스를 추방했다. 후에 저주를 받아 미치고 말았다.

현장에서 이야기의 내용을 기록해서 우리에게 전해 주었다면 좋았으리라는 생각이 든다. 그랬더라면 내용은 이것과 같지만, 이야기의 줄기는 더 재미있고 매력이 있었을 것이다. 현재의 서술에는 전체적으로 자신감이 넘치고 능력과 재능을 어디에다 발산해야 좋을지 모르는 청년기의 요란한 재담과 혈기가 빠져있다.

프랑크푸르트라는 도시는 묘한 위치에 놓여 있어서, 끊임없이 왕래하는 여행객들이 세계 각 지방의 이야기를 하여 여행의 욕구를 자극했다. 나는 여러 차례 기회가 있을 때마다 여행하고 싶은 욕심이 있었지만 이제 내가 릴리와 헤어져 지낼 수 있는가를 시험해 볼 때가 되었고 일종의 불안감 때문에 일도 제대로 되지 않는 때였기 때문에 슈톨베르크 형제가 함께 스위스 여행을 권한 것은 다행스러운 일이었다. 부친도 찬성했고, 내가 그쪽으로 여행하는 것을 기쁘게 생각하시고 좋은 기회이니 이탈리아까지 돌아서 오는 것을 권했기 때문에 나는 급히 결정하고 짐을 꾸렸다. 몇 번 암시는 했지만, 작별은 하지 않은 채로 나는 릴리와 헤어졌다. 그녀가 마음속 깊은 곳에 살아 있기 때문에 헤어진다는 생각은 조금도 들지 않았다.

몇 시간 만에 나는 유쾌한 일행들과 함께 다름슈타트에 도착했다. 그곳 궁정에서는 아주 엄격하게 예의를 지켜야만 했는데, 하우크비츠 백작이 여기서는 우리를 안내하고 지휘했다. 그는 우리 중에서 나이가 제일 적었지만, 체격이 좋았고 우아하고 품위가 있고 부드럽고 친절한 용모를 하고 있었는데, 한결같고 마음이 따스하지만 다른 사람들과 비교하면 너무 심할 정도였다. 그는 다른 사람들이 여러 가지로 놀리고 별명을 붙이는 것을 참아야만 했다. 자연아(自然兒)로 행동해도 괜찮은 경우에는 상관없지만, 부득이 예의가 필요할 때에는 그가 백작답게 행동하는 기민성을 보여주어 만사를 노련하게 처리했기 때문에 우리는 최고의 평판까지는 아니지만 그래도 상당히 좋은 평판을 받고 그곳을 떠나 올 수 있었다.

그동안 나는 메르크의 집에서 시간을 보냈다. 그는 나의 여행계획을 메피스토펠레스답게 짓궂게 바라보았으며 그를 방문한 나의 동반자들을 가차 없는 시선으로 묘사했다. 그는 나름대로 나를 철저히 인식하고 있었다. 그가 이겨낼 수 없는 나의 소박한 유쾌함이 그에게는 고통스러운 일이었다. 계속 일이 되어가는 대로 내버려 두면서 살고, 되는대로 사는 것이 그에게는 끔찍스러운 일이었다. "자네가 그런 젊은이들과 함께 다니는 것은 어리석은 짓이야."라고 그는 소리쳤다. 그러면서 메르크는 그들은 평가했는데, 맞는 것도 있었지만, 완전히 다 맞는 얘기는 아니었다. 그는 도대체 호감이라는 것을 갖고 있지 않았다. 그래서 나는 내가 그를 능가한다고 생각했다. 아니, 그를 능가하는 것은 아니지만 나는 적어도 그의 시야 밖에 있는 여러 면모를 두루 볼 줄 알았다.

"자네는 저 사람들하고는 오래 지내지 못할 거야."라는 것이 그의 말의 결론이었다. 그리고 기억나는 것은 그가 뒤에 되풀이 한 묘한 말이었다. 나는 그 말을 마음속에 되풀이해 보았으며 그것은 인생에서 중요한 의미가 있다는 것을 발견했다. 그가 말했다. "자네가 노력해야 하는 일, 자네가 밀고 나가야 하는 방향은 현실에다 시의 형태를 부여하는 것이야. 다른 사람들이 소위 말하는 시적인 것, 즉 상상의 일에 현실성을 부여하려는데 그것은 아무 쓸모도 없는 일이지." 만약 이 두 가지 방식의 큰 차이점을 알고 그것을 확고하게 파악해서 응용할 수 있다면 수많은 일을 시원스럽게 해명할 수 있을 것이다.

불행하게도 우리 일행이 다름슈타트를 떠나기도 전에 메르크의 의견을 강력하게 뒷받침하는 사건이 일어났다.

사람이란 자연 상태로 살아야 한다는 생각에서 나온 당시의 몰상식한 일에는 야외에서, 노천에서 목욕하는 것이 있었다. 상당한 예절을 지키고 있었지만, 우리 친구들이 이런 몰지각한 일에 한몫을 하지 않을 수가 없었다. 강물이라고는 없는, 모래의 평지에 위치한 다름슈타트에는 주변에 못이 있었다. 나는 이 못에 대해서는 이번에 처음으로 알게 되었다. 원래가 흥분하기 쉽고 열광적인 행동을 하기 좋아하던 친구들은 이 연못에서 오아시스를 만난 셈이었다. 대낮에 젊은이들이 나체로 있는 것을 보는 것은 그 지방에서는 진기한 일이었다. 아무튼, 굉장한 추문이 일어나게 되었다. 메르크는 자기의 주장을 더욱 공고히 했다. 내가 우리의 출발을 재촉한 것은 부인하지 않겠다.

우리는 모두 선량하고 고상한 감정을 지니고 있었지만, 만하임으로 가는 도중에 의견이나 행동에는 서서히 차이점이 드러나기 시작했다. 레오폴트 슈톨베르크는 열정적으로 말하기를 진심으로 사랑했던 영국 여성과의 사랑을 단념할 수밖에 없게 되어 그런 이유로 이런 머나먼 여행을 계획했다는 것이었다. 모두 동정해서 그런 감정을 경험해 보지 않은 사람은 없다고 말했더니 그의 마음속에는 끝없는 청춘의 감정이 다시 솟구치는 것이었다. 자신의 열정, 고통, 그리고 애인의 아름다움과 그 내력에 견줄만한 것은 이 세상에 하나도 없다는 것이었다. 이러한 그의 주장을 우리 친한 친구들은 적당한 이야기로 진정시키려고 했지만 일은 더욱 악화하기만 할 뿐이었다. 드디어 하우크비츠 백작이나 나도 이 얘기는 중단시키는 것이 좋겠다는 생각을 하게 되었다. 만하임에 도착하여 우리는 훌륭한 여관의 깨끗한 방에 투숙했다. 포도주까지 곁들인 첫 번째 점심 후 레오폴드는 애인의 건강을 위해서 건배할 것을 요청했고, 우리는 매우 요란스럽게 건배를 했다. 술을 다 들이킨 그가 이렇게 소리쳤다. "이렇게 신성한 술잔으로 다시는 한 잔도 더 마셔서는 안 돼. 두 번 다시 건배한다면 그건 신성모독이야. 그러니까 이 잔을 부숴버리자!" 그러면서 그는 잔을 등 뒤로 벽에다 던졌다. 우리는 그가 하는 대로 따라서 했다. 나는 마치 메르크가 내 멱살을 잡는듯한 느낌이었다.

하지만 어린 시절부터의 청년기까지 이어온 내 생각은 선량한 친구들에 대해 절대로 원한을 품지 않는다는 것, 구김 없는 우정으로 불쾌할 수는 있어도 마음의 상처까지 받지는 않겠다는 생각이었다.

영국 여인에게 바쳐진 이 술잔 값 때문에 계산이 늘어나기는 했지만 우리는 서로 한패가 되어 새로운 세계로 들어가려고 힘차고 쾌활하게 카를스루에로 발걸음을 향했다. 거기에는 클롭슈톡이 있었는데, 그는 자신을 존경하는 제자들에게 옛날식의 도덕적 영향력을 끼치고 있었다. 그에 대해 나는 마음속으로부터 존경심을 가졌기 때문에 다른 사람들과 함께 궁정에 초대되었을 때는 신참자로 부끄럽지 않은 태도를 보였다. 거기서는 어느 정도 자연스럽고 조심스러운 태도를 보일 수밖에 없었다. 그곳을 통치하는 영주[63]는 영주들 중에서는 연배가 높은 축에 속했는데 탁월한 정치 방식으로 독일의 여러 영주로부터 많은 존경을 받았다. 그는 국가 경제에 관해서 이야기하기를 좋아했다. 영주 부인은 예술을 위시해 각 방면에 지식이 많

---

63 칼스루에의 영주는 Karl Friedrich von Baden였다.

앉는데 품위 있는 태도로 대화에 적극적으로 참여했다. 거기에 대해 우리는 고맙게 생각했었지만 터놓고, 부인의 형편없는 제지(製紙)사업이나 무단 복사업자인 마크로트에 대한 비호를 야유하지 않고는 견딜 수 없었다.

내게 중요한 것은 젊은 작센-바이마르 공[64]이 훌륭한 신부 혜센-다름슈타트의 루이제 공녀와 결혼식을 올리기 위해서 함께 이곳에 온 것이었다. 폰 모저[65] 내각 수반이 이 중요한 행사를 결정했고 궁내 대신인 괴르츠 백작[66]이 이 일을 종결짓기 위해서 이곳에 와 있었다. 이 두 사람의 고귀한 인물들과의 대화는 매우 즐거운 것이었다. 작별할 때 그분들은 나를 다시 바이마르에서 만날 수 있으면 기쁘겠다고 말했다.

클롭슈톡과는 몇 차례에 걸친 특별한 만남에서 그가 보여준 친절함을 통해 나는 그를 솔직하게 신뢰해도 좋겠다는 생각을 하게 되었다. 나는 그에게 최근에 쓴 《파우스트》[67] 몇 장면을 보여 주었는데 나중에 알게 된 바로는 그가 여느 때와 달리 다른 사람들에게 그 장면들을 칭찬하고 작품의 완성을 고대했다고 한다.

우리는 당시에 천재적이라고 불리던 안하무인격의 태도를 카를스루에처럼 점잖게, 말하자면 신성한 지방에서는 어느 정도 삼가고

---

64 바이마르의 카를 아우구스트 공을 지칭하는데 그는 1775년에 카를스루에에서 결혼했다.

65 Friedrich Carl Ludwig von Moser(1723~1798): 1772년부터 혜센 다름슈타트의 수상이었다.

66 Joannn Eustachius Götz (1737-1821).

67 소위 말하는 《초고 파우스트 Urfaust》이다.

있었다. 나는 옆길로 빠져 매부[68]가 지사(知事)를 하는 엠머딩엔으로 가기 위해서 일행과 헤어졌다. 누이동생[69]을 만나기 위한 이번의 행보는 나에게는 참으로 시련이었다. 나는 동생이 행복하지 못하다는 것을 알고 있었다. 그리고 그것은 누이동생의 잘못도, 그 남편의 잘못도, 그렇다고 상황 탓도 아니었다. 누이동생의 성격은 말로 표현하기 힘든 독특한 것이었다. 여기서는 전달할 수 있는 한도 내에서 그것을 대체로 설명해 보고자 한다.

동생은 아름다운 몸매를 가지고 있었지만, 얼굴은 그렇지 못했다. 친절함, 지성, 인정은 뚜렷하게 나타나 있었지만, 조화나 매력 같은 것은 부족했다.

게다가 머리를 얼굴에서 뒤로 빗어서 졸라매는 이상한 유행 때문에 튀어나온 이마는 동생의 도덕적, 정신적 성격을 잘 나타내기는 했지만 별로 좋지 않은 인상을 주었다. 만약 누이동생이 요즘 유행처럼 얼굴의 윗부분을 곱슬머리로 내리고 관자놀이나 양쪽 볼도 곱슬머리로 치장할 수 있었다면 거울에 비치는 자신의 모습을 볼 때에도 더 좋았을 것이며, 자신에게나 남에게나 마음에 들지 않게 보이는 것을 걱정할 필요가 없었으리라는 생각이 든다. 거기에다가 한 가지 더 불리한 것이, 피부가 깨끗한 적이 별로 없는 불행까지 덧붙여져서, 축제일이나 음악회나 무도회, 또는 초대를 받았을 때는 정말 운수 나쁘게도 눈에 띄는 것이었다.

이런 사정을 동생은 다른 훌륭한 개성을 더욱 발전시켜 나가면서 차츰 극복해 나갔다.

---

68 Johann Georg Schlosser (1739~1799).

69 괴테보다 한 살 연하인 코르넬리아는 1773년에 슐로서와 결혼, 1777년에 사망했다.

건실하며 굽히지 않는 성격, 인정을 주고받는 마음, 훌륭한 정신적 소양, 훌륭한 학식과 재능을 가지고 있었으며 수 개국 언어에 통달하고 필적이 좋았기 때문에 만약 용모에서 혜택만 입었더라면 당대의 가장 뛰어난 여성 중의 한 사람으로 손꼽혔을 것이다.

이 모든 것에다 또 하나의 이상한 점을 밝혀야 하겠다. 그것은 동생의 본성에는 육감적인 것이 전혀 없다는 점이었다. 누이동생은 나와 함께 자랐으며 그녀의 소원은 오직 그런 형제애 속에서 함께 사는 것이었다. 내가 대학에서 돌아온 후에도 우리는 항상 함께 지냈으며 마음속에서 사랑하고 생각하는 것, 느끼는 것, 상상하는 것, 우연한 사건에 대한 인상까지도 항상 똑같았다. 내가 베를라로 갔을 때 동생의 고독은 도저히 견딜 수 없는 것처럼 보였다. 이 선량한 처녀와 모르는 관계도, 싫어하는 사이도 아닌 내 친구 슐로서가 나를 대신하는 역할을 하게 되었다. 그런데 애석하게도 그의 마음속의 형제애가 애정으로 변하게 되었고 그것은 아마 엄격한 그의 성격으로 보아 최초의 진지한 연애였던 모양이었다. 여기서 잘 어울리고 부러워하는 부부가 탄생하게 되었다. 의미 없는 남자들의 수차에 걸친 의미 있는 청혼을 단연코 거절해 오던 누이동생은 그를 받아들이도록 마음을 정한 것 같다.

솔직히 말해서 누이동생의 일생에 관해 상상할 때면 나는 동생을 가정주부가 아니라 수도원장, 또는 어느 품위 있는 단체의 장으로 생각하기를 좋아했다. 동생은 그런 높은 지위에 필요한 모든 것을 다 갖추고 있었다. 반면에 동생은 속세에서 꼭 필요한 것은 갖추지 못했다. 여성들에게 동생은 특히 강한 감화를 주었다. 젊은 사람들은 동생에게 끌렸고, 탁월한 정신력에 지배당했다. 동생은 또한 선한 것, 인간적인 것에 대해서 그것이 아무리 이상한 것이라고 해도 잘못된 길로 빠지지 않는 한 보편적인 것으로 받아들인다는 점에서 나와 비슷했기 때문에 비범한 천성의 특징인 별난 성격을 동생 앞에서 감추거나 드러내기를 두려워할 필요가 없었다. 그래서 우리들의 관계는 전에 보았던 바와 같이 항상 다양하고 자유롭고 훌륭한 것이었다. 그리고 과한 것으로 기울어질 때면 그것을 제어하게 하였다. 젊은 여성과 예의 깊고 친밀하게 교제를 하다가도 결정적으로 속박 당하거나 한 사람에게 독점 당하는 관계에 빠지지 않는 나의 습관은 주로 누이동생의 덕택이었다. 이 글의 행간을 읽을 수 있는 현명한 독자는 내가 당시 엠머딩엔으로 갈 때의 그 심각한 감정을 추측할 수 있을 것이다.

잠시 머문 후 작별할 때 더욱더 내 마음을 무겁게 누르는 것은 누이동생이 나에게 엄숙하게 릴리와의 관계를 끊으라고 권한 것, 아니 명령한 것이었다. 동생은 약혼기간이 길어서 몹시 고통스러웠던 기억을 가지고 있었다. 성격이 치밀한 슐로서는 바덴 대공국에서 완전히 고용되고도 자신의 위치가 확고해질 때까지 동생과 약혼을 하지 않았었다. 그는 공식적인 약혼을 상당한 기간 미루었다. 거기에 관해 내 추측을 공개한다면 선량한 슐로서는 업무상의 수완은 훌륭했지만 심한 결백함 때문에 군주에게 아랫사람으로서, 대신(大臣)들에게 가까운 동료로서 별로 달갑지 않은 존재였던 것이 아닌가 싶다. 그는 자신이 원하고 간절히 바랐던 카를스루에에서의 지위는 얻지 못했다. 엠머딩엔에서 지사 자리가 나고 그가 그 자리에 즉시 임명되었을 때 나는 왜 그가 그때까지 지체하고 있었는지 알 수 있게 되었다. 이제 훌륭한 관직이 그의 수중에 들어오게 되어 그는 그 임무를 충분히 수행할 수 있음을 보여주었다. 독자적인 위치에서 자신의 신념에 따라 행동하며 남을 칭찬하거나 비난하는 것을 모두 자신이 책임지는 것은 그의 성격이나 행동방식에 완전히 적합해 보였다.

거기에는 아무런 반대도 있을 수 없었다. 누이동생은 당연히 그를 따라가야 했다. 동생이 원하던 도시가 아니고 그녀에게는 쓸쓸한 황야처럼 생각되는 지방이었어도 말이다. 저택은 넓고 지위에 어울리는 것이었으나 사교 면에서는 부족한 것이 많았다. 동생이 전에 사귀던 젊은 여성들 몇이 함께 따라갔다. 그리고 게록크[70] 집안에 다행히도 딸들이 많아서 서로 교대로 찾아왔기 때문에 쓸쓸하기는 해도 전부터 알고 지내던 교제를 적어도 하나는 계속 할 수가 있었다.

나에게 릴리와 헤어질 것을 당연히 열심히 권하여야 한다고 동생이 생각했던 것은 동생 자신의 이와 같은 상황과 경험에 기인한 것이었다. 누이동생은 자기가 그렇게 높게 평가하고 있는 릴리 같은 여성을 화려하지는 않다고 하더라도 활기 있게 움직이고 있는 생활에서 끌어내 비난할 것은 없는 가정이지만, 저명인사들과의 교제에는 적합지 못한 우리 가정에 끌어들여서 호인이지만 말이 없는 학자풍의 부친과 살림에 몹시 열중하는 모친, 특히 일을 끝내고 나서도 자질구레한 일을 하면서 자신이 키우고 선택한 젊은 사람들과 유쾌한 이야기를 나누면서 그런 것에 방해받는 것을 싫어하는 모친과 함께 지내게 하는 것은 가혹한 일이라고 생각했다.

한편으로 누이동생은 릴리의 입장을 나에게 명확하게 설명했다. 그것은 내가 편지나 사랑에 빠진 사람들이 흔히 하는 열정적인 고백

---

70 Johann Georg Gerock: 사업가로 1796년에 사망했다.

으로 모든 것을 동생에게 알렸기 때문이었다.

그러나 누이동생의 설명은 차츰 전망이 안 좋아지자 수다스러운 친구가 별생각 없이 쏙닥댄 것을 호의적으로 풀어서 말한 것에 불과했다.

동생이 나를 설득했노라고 곧 고백해야 했지만 나는 아무런 약속도 할 수 없었다. 나는 묘한 감정으로 그곳을 떠났는데 애정이 식은 것은 아니기 때문이었다. 왜냐하면, 희망의 여신이 떠나가려 해도 사랑의 천사는 더욱 완강하게 희망의 옷자락에 매달리는 까닭이었다.

그곳과 취리히 중간에서 확실히 기억하고 있는 또 하나의 장소는 샤프하우젠의 라인 폭포다. 이 엄청난 폭포는 우리가 들어가려고 하는 산간지방의 특색을 보여주는 첫 관문이었다. 여기서부터 우리는 차츰 험악해져 가는 산을 한 발자국씩 힘들여 올라가야만 했다.

슈벨트 산장의 문 앞에서 바라본 취리히 호수의 경치는 아직도 눈에 선하다. 문은 여관의 문을 말하는 것인데, 왜냐하면 나는 안으로 들어가지 않고, 라바터[71]에게 달려갔기 때문이다. 그가 맞이해준 것은 유쾌하고 마음에서 우러나오는 것이었다. 그야말로 다정했다고 말할 수 있다. 그의 모습은 친밀하고 인정 깊고 행복과 원기를 주는 것이었다. 그의 부인은 약간 이상하기는 했지만, 평화롭고 우아했다. 마치 그의 주위에 있는 다른 모든 것들처럼 그 모습은 그의 감각

---

71 Johann Caspar Lavater (1741~1801): 관상학자. 4권으로 된《인간의 인식과 인류애의 촉진에 대한 인상학 소고 Physiognomische Fragmente zur Beförderung der Menschenkenntnis und Menschenliebe》로 유럽 전역에서 명성을 얻었다. 1769년부터 취리히의 교회에서 부목사를 지내고 있었는데 1775년에 정 목사가 되었다.

이나 생활방식과 완전하게 일치하고 있었다. 끝없이 이어지는 다음 화제는 그의 《인상학》이었다. 이 독특한 저서의 제1부는, 내 생각이 틀림없다면 당시 이미 인쇄되었거나 아니면 적어도 완성단계에 있었다. 이것은 독창적이자 경험적인 작품, 조직적이자 총체적인 작품이라고 할 수 있다. 나는 이 저서와 묘한 관계에 있었다. 라바터는 온 세상을 공동연구자와 회원으로 삼으려고 했다. 이미 그는 라인 연안을 여행하며 많은 주요 인물들의 초상을 그리게 했다. 이 저서에 그들이 등장하게 함으로써 그들의 관심을 끌려 했다. 그는 예술가들에게도 같은 방식을 취했다. 그들 모두에게 자신의 저서에 넣을 그림을 보내달라고 했다. 그림들이 도착했으나 저서에 넣을 만한 것이 못되었다. 그는 동판화를 뜨게 했지만, 이것도 특징이 없었다. 그의 처지에서 본다면 대단한 노력을 들였다. 많은 금전을 들이고 온갖 노력을 들여 의미 있는 저서를 만들고자 준비하고 열성을 다하여 골상학에 몰두했다. 그 결과 이제는 한 권의 저서가 되었으니 이론적인 근거를 바탕으로 여러 가지 실례가 첨가된 관상학이 학문의 진가를 발휘해야 했지만, 그것이 말하고자 하는 알맹이가 아무것도 없었다. 많은 삽화가 비난받을 만한 것들이었고 부분적으로만 받아들일 수 있는 것, 칭찬을 받기는커녕 겨우 허용될 만한 것, 대부분 설명과는 맞지 않아 폐기될 만한 것들이었다. 발을 내딛기 전에 발판부터 마련하는 나에게 이것은 내게 주어진 일 중에서 가장 고통스러운 것이었다. 판단은 각자에게 일임하겠다. 원고와 원문에 삽입된 삽화본이 프랑크푸르트에 있는 나에게 왔다. 마음에 들지 않는 것은 전부 삭제하고 변경하여 마음에 드는 것을 삽입할 수 있는 권한이 나에게 주어졌지만 나는 그 권리를 최소한으로 행사했다. 다만 단 한 번, 정당하지 않게 그를 비난한 사람을 맹렬하게 비난하는 그의 논쟁을 삭제하고, 그 대신 자연을 읊은 시를 한 수 넣었다. 그래서 그는 나를 비난했지만, 후에 마음을 가라앉히고 내 방식을 인정해 주었다.

《인상학》네 권을 펼쳐 본 사람은 절대 후회하지 않을 것이고, 자세히 읽어본 사람은 우리의 모임이 얼마나 흥미 있었는지 생각하게 될 것이다. 그 속에 있는 삽화 대부분은 이미 그려져 있거나 동판으로 되어 있었다. 그것들을 앞에 놓고 평가하면서 우리는 쓸 수 없는 것도 어떻게 하면 교훈이 되는 것, 쓸 만한 것으로 이용할 수 있을까 열심히 생각했다.

라바터의 저서를 다시 들여다보면 우습고, 유쾌한 기분이 든다. 마치 전에 나를 화나게 만들어 내가 기쁨을 느끼지 못하게 된 지인(知人)의 그림자를 보는 것과 같은 기분이다.

그런데 그렇게 불완전한 것들이 어느 정도 정리가 될 수 있었던 것은 스케치 화가이자 동판 화가인 립스[72]의 훌륭한 재능이었다. 그는 사실을 자유로운 산문으로 구현해 내는 재능을 갖고 있었는데, 여기가 바로 그런 재능이 요청되는 곳이었다. 기이한 일을 하는 관상학자 밑에서 일을 하면서 그는 주인의 요구에 접근하고자 세심한 주의를 했다. 재능 있는 이 농부의 아들은 의무감 같은 것을 느꼈는데, 그것은 도시 출신의 성직자에게 진 일종의 빚 같은 것이었다. 그래서 자기 일에 최선을 다했다.

동료들과 다른 집에 체류한 나는 불쾌한 감정은 없었지만, 하루하루 그들에게서 멀어져 갔다. 아직도 시내에서 몇 가지 연락할 일이

---

72 Johann Heinrich Lips (1758~1817): 취리히의 동판화가로 괴테의 초상화를 여러 개 만들었다.

있지만, 시골로 함께 여행하는 일은 더는 없어졌다. 그들은 젊은 백작의 오만한 기분으로 라바터를 방문했다. 물론 노련한 관상학자의 눈에는 그들이 다른 사람들과는 다르게 보였다. 그는 그런 점을 나에게 이야기했다. 그리고 나는 레오폴드 스톨베르크에 대해 그가 한 말을 분명하게 기억하고 있다. "자네들이 나를 어떻게 생각하는지는 모르지만, 저 사람은 고결하고 탁월한 재능의 청년일세. 자네들은 그를 영웅처럼 헤라클레스처럼 말하지만 나는 아직 저 사람보다 더욱 부드럽고 유연한, 그리고 더 중요한 것은 젊으면서도 저런 판단력을 가진 사람을 본 일이 없네. 나는 아직 확실한 관상학적 견해를 갖지 못했지만, 자네들이나 다른 사람들의 모습은 한심스럽네."

라바터가 라인 강 하류 지역을 여행한 이래로 라바터와 그의 관상학 연구에 대한 관심은 매우 높아졌다. 많은 방문객이 그에게 몰려왔다. 그는 종교계와 학술계의 일인자로서 보이며, 낯선 사람들을 끌어당길 수 있는 사람이 되는 것에 당혹했다. 그래서 그는 질투와 불쾌감에서 벗어나고자 방문한 모든 사람에게 자기 이외의 다른 저명인들에게도 친절하고 존경하도록 말하고 격려했다.

그중에서도 노령의 보드머는 특별히 존경을 받았다. 우리는 젊은이로서 경의를 표하기 위해서 그를 방문해야 했다. 그는 호수 오른편에서 물이 리마트 강으로 몰려드는 고도(古都)의 상류층 언덕에 살고 있었다. 우리는 길을 가로질러서 점점 경사가 심해지는 골목길을 올라 성벽 뒤쪽의 언덕에 도달했다. 거기에는 요새와 옛 도시의 성벽 사이에 아늑한 주택이 모여 있었는데, 서로 붙어 있는 집들도 있고 따로 떨어져 있는 집들도 있었는데 상당히 전원 분위기가 났다. 거기에 보드머가 일생 산 집이 있었는데 사방이 트이고 기분이

상쾌한 곳이었다. 맑고 청명한 날씨에 들뜬 기분으로 우리는 그 집에 들어가기 전 주변을 바라보았다. 우리는 층계를 올라가 벽을 목재로 한 방으로 안내되었다. 중간 키의 활달한 노인이 우리를 맞이했다. 평소 젊은 방문객들에게 하는 말로 그가 인사를 하며 우리를 맞이했다. 우리를 다정하게 맞아주었고, 자신의 삶에서 마지막 작별을 연기하게 되어서, 그리고 서로 알게 되고 우리의 재능에 기뻐하고 우리의 장래에 행운을 빌 수 있게 되어 매우 고맙게 생각한다고 했다. 우리는 그가 시인으로 존경할 만한 사회의 일원이 되고, 고도로 발달한 도시의 근교에 살고 있고, 전원적인 주택을 소유하고, 고원의 맑은 공기 속에서 오랜 세월 이런 경치를 바라보며 살아온 그의 행복을 축복했다.

그의 집 창문으로 전망을 보고 싶다고 우리가 부탁한 것에 그의 기분이 나쁜 것 같지 않았다. 연중 가장 좋은 계절에 화창한 태양 아래 내다본 그 전망은 비할 바가 없었다. 큰 도시에서 계곡을 따라 이어진 풍경, 리마트강 건너의 작은 마을들, 저녁녘의 질펠트 들판의 비옥한 지역이 내다보였다. 뒤편 왼쪽에는 빛을 내며 넘실대는 취리히 호수의 수면 일부가 보이고, 끝없이 다양하게 변화해가는 산, 계곡, 구릉들이 있었다. 눈에 전부 담을 수 없는 다양한 모습이었다. 이런 경치에 황홀해진 우리는 푸르게 솟아있는 먼 산봉우리들을 동경 어린 마음으로 바라보며, 봉우리마다 이름을 붙여 주고 있었다.

그에게 오랫동안 일상사가 된 이 훌륭한 경치에 젊은이들이 매혹되었다는 사실이 그를 기분 좋게 만든 것 같았다. 이런 말이 어떨지 모르지만 그는 비꼬는 듯한 말투였는데, 그래도 우리는 절친한 친구가 되어 헤어졌다. 우리의 마음은 이미 푸른 봉우리를 잡아 보려는 동경으로 가득 차 있었다.

내가 이 노대가와 헤어지게 돼서야 비로소 그의 모습, 행동, 태도에 관해 내가 한마디도 언급하지 않은 것이 생각난다.

여행자들이 자기가 방문한 저명한 인물을 마치 인상착의를 설명할 때처럼 그려내려는 것은 적절하지 않다고 생각한다. 여행자가 소개받을 때 저명한 인물 앞으로 나서면서 관찰하는 것은 한순간에 지나지 않고, 더구나 그것도 자기 방식에 불과하다는 것을 사람들은 생각하지 않는다. 그래서 당사자는 실제로 또는 외견상 거만하다든지 혹은 겸손하다든지, 말이 적다든가 많다든가, 쾌활하든가 우울한 것으로 보이는 것이다. 그러나 이런 특수한 경우에 내가 변명하고 싶은 것은, 보드머란 고귀한 인물은 어떤 말로도 적절하고 충분한 인상을 그려낼 수 없다는 것이다. 다행히 그라프를 모방하여 바우제가 그린 초상화가 남아있다. 그것은 우리가 본 그의 모습을 완전하게 구현해 내고 있으며 더욱이 관조하며 관찰하는 그의 모습까지도 나타내고 있다.

기대하지 않은 것은 아니지만 특별한 즐거움이 취리히에서 나를 기다리고 있었다. 그곳에서 나의 젊은 친구 파사반트[73]를 만났다. 그는 내 고향의 명망 있는 신교 집안의 아들로 스위스에서 살고 있었다. 그곳은 장차 그가 목사로서 포교해야 할 곳이었다. 몸집이 크지는 않지만, 활동적인 체격이고, 용모, 모습 전체가 늠름하고 결단성 있음을 보여주고 있었다. 검은 머리와 수염, 생기 있는 눈, 전체적으로 공감을 주는 온건한 활동적인 성격을 보여 주었다.

---

73 Jakob Ludwig Passavant (1751~1827): 프랑크푸르트 출신의 신학자로 1774년 초부터 1775년 10월까지 취리히에서 라바터의 조수로 일했다.

서로 포옹하며 첫인사를 나누자마자 그는 작은 군(郡) 지역을 보러 가자고 제안했다. 그는 이미 그 지역을 아주 즐겁게 돌아다닌 적이 있어서 그 지역의 모습을 보여주어 나를 즐겁고 황홀하게 해주려고 했다.

내가 라바터와 목전에 닥친 중요한 문제들을 논하면서 두 사람이 공동으로 가진 일에 관해 이야기를 나누는 동안 흥이 난 나의 여행 동료들은 이미 여러 갈래로 돌아다니며 그들 방식대로 주변을 답사했다. 진정한 우정으로 나를 환대해 주었던 파사반트는 이런 기회를 통해서 나와 교제할 수 있는 전적인 권리를 얻었다고 생각했다. 그래서 일행이 없는 틈을 타서 나를 산으로 유혹하는 것이었다. 그 지역은 나도 조용히, 내 방식대로 오래 거닐면서 시간을 보내고 싶어 하던 곳이었다. 우리는 화창한 어느 날 배를 타고 멋진 호수로 갔다.

여기에 삽입하는 시가 행복했던 그 순간을 되살릴 수 있기 바란다.

> 이제 신선한 자양분, 새로운 피를
> 나는 탁 트인 세상에서 마신다.
> 나를 품 안에 안은 자연은
> 이다지도 신성하고 아름답구나!
> 파도는 노에 박자를 맞추며
> 우리의 쪽배를 흔들어주고
> 구름에 싸인 산들이
> 우리의 뱃길에 나타난다.

눈이여, 왜 내 눈은 내리깔리는가?
황금 같은 꿈이여, 다시 올 것인가?
사라져라, 네 꿈이여! 황금빛일지라도.
사랑과 삶이 여기에도 있다.

물결 위에 반짝이며
떠다니는 수많은 별,
옅은 안개는 멀리 솟은
산들을 삼키고
그늘진 물굽이에는
아침 바람이 날개를 펴고,
그리고 호수에는
익어가는 과일이 비친다.

우리는 리히터스빌에 도착했다. 그곳에서 라바터의 소개로 호츠 박사[74]를 만났다. 그는 매우 총명하고 친절한 의사로 그의 고향과 일대에서 대단한 존경을 받고 있었다. 이 사람을 묘사하려면 그를 설명해 주는 라바터의 《인상학》 한 구절[75]을 제시해 주는 것보다 더 나은 것이 없을 것이다.

아주 극진한 대우를 받고 다음 숙박지에 대한 흥미롭고 도움이 되는 이야기를 나누고 나서 우리는 뒤편의 산으로 올라갔다. 쉰델레

---

74 Johannes Hotz (또는 Hotze): 라바터의 친구로 의사.

75 《인상학》제2권 125쪽. "눈은 쾌활하고 고상하며 목표를 바라보는 듯하며 자유로운 사상과 자문을 주는 선량함이 담겨있고(……) 입가에는 자연스러운 쾌활함이 맴돈다."

기 계곡으로 다시 내려가면서 우리는 취리히 호수의 매혹적인 모습을 기억에 남기려고 다시 한 번 뒤돌아보았다.

당시의 내 기분이 어떤 것인가를 다음 시의 구절이 말해 주고 있다. 당시에 쓴 시가 비망록에 남아 있다.

> 사랑스러운 릴리, 나 그대를 사랑하지 않았다면,
> 이런 풍경이 엄청난 기쁨을 내게 주었을 거야!
> 하지만 릴리, 만약 그대를 사랑하지 않았다면,
> 행복이 있을까? 대체 무엇이 나의 행복일까?

이 짧은 시는 내 시집 속에 인쇄되는 것보다 여기 있는 것이 더욱 표현력을 얻고 있다.

그곳에서 마리아 아인지델른[76]으로 가는 험한 길도 우리의 흥취를 깰 수는 없었다. 호수 아래에서 우리가 보았던 순례자들이 기도와 노래를 하며 한결같은 행보로 우리를 따라왔다. 그들은 인사를 하며 지나갔다. 우리에게 경건한 자신들의 목표에 동참하도록 권하며 그들은 이 황량한 산간지방을 우아하면서도 독특한 분위기로 만들어 주었다. 순례자들의 행렬로 우리가 걸어가야 할 구부러진 좁은 산길이 생생하게 드러나 보여 그 뒤를 따라가는 것이 더욱 즐겁게 생각되었다. 로마 교회의 관습은 신교도들에게 매우 의미 있고 중대하지만, 그들은 여러 가지 관습을 만드는 일차적인 것, 내면적인 것, 세대를 거치면서도 지속하는 인간적인 것만을 핵심으로 파고들며 인정

---

76 당시에 성체축제일 행사가 그곳 수도원에서 있었던 것으로 알려졌다.

하려 한다. 그리고 바로 그 순간에는 외각이나 외피는 물론 나무 자체, 가지, 잎, 껍질, 뿌리는 관심 밖이다.

　이제 우리는 나무도 없는 황량한 계곡 속에 화려한 성당이 서 있는 것을 보게 되었다. 수도원은 넓고 상당한 규모였는데, 다양한 많은 사람을 어느 정도 넉넉하게 수용할 수 있는 작은 마을의 한가운데 있었다.

　성당 안의 작은 성당은 과거에는 성인들의 은거지였는데, 대리석을 붙여 예배당으로 알맞게 개조한 이런 작은 예배당은 처음 보는 새로운 것으로, 기둥을 벽으로, 둥근 천장을 지붕으로 만들어 놓았다. 도덕성과 경외심에서 나온 섬광이 언제나 밝고 꺼지지 않는 불꽃을 비추고 있었고, 신자의 무리가 이 불꽃에다 그들의 작은 촛불을 부치려고 갖은 고생을 해가며 이곳으로 순례를 온다는 것을 진지하게 성찰하도록 했다. 어떤 것이라도 최초의 싱자가 가장 심원한 감정과 확고한 신념 속에서 간직하고 체험한 것과 같은 빛과 열을 찾고자 하는 인간의 무한한 욕구를 나타내고 있었다. 우리는 귀중품 소장실로 안내되었는데, 풍부하고 시선을 끌 만한 곳으로 특히 성인과 교단 창시자들의 실물 크기의 거대한 흉상들이 우리의 눈을 놀라게 했다.

　그러나 다음에 열린 진열장의 광경은 전혀 다른 분위기를 만들어 주었다. 그 속에는 여기에 헌납되고 증정된 고대의 귀중품들이 들어 있었다. 뛰어난 명공의 손으로 만들어진 여러 가지 왕관이 나의 시선을 끌었는데, 그중에서도 한 개가 특히 나의 관심을 끌었다. 그것은 옛날에 여왕의 머리 위에 놓인 것과도 비슷한 것으로, 고대 양식의 톱니처럼 생긴 것이다. 참으로 정취가 넘치고 우아하며, 정성을 기울여 만든 점, 거기에 장식된 색색의 보석 배합이나 대조까지 너무나도 훌륭한 것이었다. 말하자면 이런 인상을 예술적으로 설명할 수는 없어도, 첫눈에 완벽하다고 말할 수 있었다.

예술을 이해는 못 해도 느끼게 되는 경우 마음이나 정신은 거기로 빨려 들어가 그 기쁨을 나누기 위해서 보석을 소유하고 싶어진다. 나는 그 왕관을 꺼낼 수 있는 허락을 청했다. 그리고 적당한 거리를 두고 들어 올렸을 때 그것을 릴리의 금발 위에 올려놓고 거울 앞으로 데리고 가서 그녀가 자신의 모습을 보고 기뻐하며 발산할 행복을 보고 싶다는 생각이 점점 유혹적으로 마음을 눌러 왔다. 그런 장면을 훌륭한 화가에게 그리게 하면 정말 재미있고 우아한 그림이 되리라고 나는 그 후에도 여러 번 생각했다. 이런 방식으로 신부와 새로운 나라를 얻은 젊은 왕이 된다는 것은 그렇게 해볼 만한 가치가 충분한 것으로 생각한다.

수도원이 소장하고 있는 것을 모두 볼 수 있도록 우리는 미술품, 골동품, 자연 진열실로 안내받았다. 나는 당시 그런 물건들의 가치를 인식하지 못했다. 탁월한 학문이기는 하지만 정신의 직관행위 앞에서 아름다운 지구표면의 인상을 훼손하는 지구 구조학은 아직 나의 마음을 끌지 못했으며, 공상적인 지질 구조학은 나를 그 미궁으로 끌어들이지 못했다. 그러나 우리를 안내해 주는 성직자가 화석에 주의를 기울이게 해 주었는데, 그것은 전문가들 사이에서 높이 평가되는 작은 멧돼지의 두개골이었고, 괴암 속에 있는 것이 눈에 띄었다. 검은색이라 그랬는지 그것은 늘 나의 상상에 남아 있다. 그것은 라퍼스빌 지역에서 발견된 것으로 그 지역은 태곳적부터 늪지대여서 후세를 위하여 이런 미라를 만들어 보존하는 데 적합한 곳이었다.

그러나 액자를 하고 유리 안에 넣은, 마리아의 승천을 생각나게 하는 마틴 쉔의 동판화는 전혀 다른 분위기로 나를 매혹했다. 완전한 예술품만이 대가의 예술을 이해할 수 있도록 해 주는 것이지만 그런 경우 우리는 모든 종류의 완전한 것에 감명을 받으면 그런 모습을 언제라도 되풀이해서 볼 수 있게 똑같은 것을 소유하고 싶은 욕망을 도저히 억제할 수가 없는 법이다. 따라서 내가 후일에 이 동판의 훌륭한 사본을 입수할 때까지 마음이 안정되지 않았던 사실을 여기서 이야기 못 할 까닭이 없다.

1775년 6월 16일, 여기서 처음으로 날짜를 기록하는데[77] 우리는 정말 걷기 힘든 길로 접어들었다. 험한 돌길을 걸어가야 했는데 너무도 쓸쓸하고 황량했다. 저녁 7시 45분 우리는 나란히 솟아 있는 두 개의 산봉우리 슈비츠 산정을 마주했다. 가고 있는 길에서 우리는 처음으로 눈을 보았다. 톱니처럼 생긴 건너편의 산정은 아직도 겨울에 휩싸여 있었다. 우리가 내려갈 끝없는 길을 소나무 원시림이 장엄하고 무섭도록 꽉 채우고 있었다. 잠시 휴식을 취한 후에 우리는 원기를 내서 발걸음을 서둘렀다. 절벽에서 절벽으로, 평지에서 평지로 경사가 가파른 오솔길을 뛰듯이 내려가 10시에는 슈비츠에 도착했다. 피곤했지만 우리는 원기 왕성했고, 쓰러질 것 같았지만 흥분된 상태였다. 허겁지겁 심한 갈증을 풀자 더욱 원기가 났다. 2년 전쯤에 《베르터》를 쓴 청년을 상상해 보라. 그리고 그 묘한 작품의 원고를 읽기만 해도 흥분하는 저 어린 청년을 상상해 보라. 이 두 사람은 무의식중에 일종의 자연 상태로 돌아가 과거의 정열을 생생히 기억하며

---

77 이하 괴테는 《스위스 여행일기》를 자료로 이용하고 있다.

현재의 정열에 파묻혀 실현되지 못할 계획을 상상하고 있었다. 자유로운 힘을 느끼면서 마음속에는 공상의 세계가 넘실거렸다. 일기에 "웃음과 환성이 밤이 깊도록 계속되었다."라고 쓰여 있지 않다면 나는 당시의 심정을 묘사하지 못할 것 같다.

17일 아침에는 슈비츠 산정을 창 앞에서 보았다. 거대한 모습의 이 불규칙한 자연의 피라미드에 구름이 뭉게뭉게 올라가고 있었다. 오후 한 시에 슈비츠를 출발해서 리기로 향했다. 두 시 라우에르츠 호수에 찬란한 햇빛이 나타났는데, 너무 황홀해서 아무것도 보이지 않았다. 노련한 두 아가씨가 노를 저어 주었다. 아늑한 정경이어서 우리는 그대로 내버려 두었다. 섬에 도착했는데 그곳에는 과거에 사나운 상전이 살았다고 한다. 하지만 이제는 폐허 사이에 은자(隱子)의 오두막이 한구석을 차지하고 있었다.

우리는 리기에 올라 일곱 시 반에 눈에 싸인 성모당에 도착했다. 그다음 예배당과 수도원을 지나 '춤 옥센' 여관에 들었다.

18일 일요일 아침 여관에서 본 예배당을 스케치했고, 12시에는 칼텐 바트, 혹은 세 자매의 샘[78]에 갔다. 2시 15분에 정상에 도착했다. 우리는 구름 속에 있었다. 이번에는 이중으로 속이 상했는데, 전망이 막히고 안개가 내려앉아 눅눅하기 때문이었다. 하지만 여기저기 틈이 갈라져 밝게 햇빛이 비치는 세계가 다양하게 변화하는 그림으로 다가오며 나타나는 것을 보았을 때, 우연히 마주치게 된 불운을 더는 후회하지 않게 되었다. 이제껏 보지도 못하던 것이었고, 두 번 다시 볼 수 없는 광경이기 때문이었다. 쉬지 않고 움직이는 구름

---

78 Drei-Schwestern-Brunnen: 전설에 의하면 태수의 구애를 피해 세 자매가 여기서 살았다고 한다.

덩이의 틈바구니에서 햇빛이 비치는 대지의 작은 구석, 좁다란 물줄기와 작은 호수를 보기 위해 불편한 그 장소에 오래도록 서 있었다.

저녁 여덟 시에 다시 여관 문으로 돌아온 우리는 구운 생선과 달걀, 포도주를 충분히 먹고 마셔 원기를 회복했다.

날이 저물고 밤이 깊어감에 따라 우리 귀엔 무언가 조화를 이룬 음향이 들려왔다. 그것은 예배당의 명랑한 종소리, 샘물이 솟아오르는 소리, 스쳐 가는 바람의 살랑 소리, 먼 곳에서 부는 뿔피리 소리였다. 참으로 상쾌하고 흐뭇하고 행복한 순간이었다.

19일 여섯 시 반에 처음엔 산을 올라 발트슈테터 호수로 내려갔고, 퓌츠나우로 가서 배로 게르자우로 갔다. 점심때 호숫가 여관에 도착, 두 시경에 삼 인의 텔[79]이 맹세를 했던 그뤼틀리 건너편으로 가서 그 영웅[80]이 배에서 뛰어서 내린 암석을 지났다. 그곳에는 그의 일생과 업적의 전설이 그림에 그려져 영원히 그의 명예를 전하고 있었다. 세 시에는 텔이 배를 탔던 플뤼엘렌에 이르렀고 네 시에는 그가 사과를 활로 쏘아 떨어뜨린 알트도르프에 도착했다.

시적인 이 전설의 실마리를 더듬으며 우리는 이 암벽의 미궁을 이리저리 돌아다녔다. 수면으로부터 깎아지른 듯이 솟아 있는 암벽은 말없이 우리 앞에 펼쳐져 있었다. 확고부동한 자세로 서 있었는데 마치 무대의 배경 같았다. 행복과 불행, 기쁨과 슬픔도 다만 그날의 프로그램 속의 등장인물들하고만 관련이 있었다.

하지만 그런 생각은 당시 청년들의 시야 밖에 있었다. 방금 지난

---

79 태수인 Melchior Schuhmacher의 암살결의를 한 세 사람, 즉 Hans Stadelmann, Kaspar Unternährer, Uli Dahinden을 뜻한다.

80 Wilhelm Tell을 지칭한다.

일은 곧 생각에서 사라지고, 앞에는 미래가 마치 그들이 탐험하려는 산처럼 아름답고 비밀스럽게 펼쳐져 있었다.

20일 우리는 암스테크로 향했다. 거기서 구운 생선을 정말 맛있게 요리해 줬다. 이제 로이스 강물이 가파른 암석 틈에서 솟아나오고 눈 녹은 깨끗한 물이 맑은 모래톱 위를 흘러내리는 이 거친 산야에서 나는 오랫동안 고대했던 기회를 얻어 흐르는 물에 몸을 담갔다.

세 시에 우리는 다시 출발했다. 짐 실은 말들이 한 떼 줄지어 우리 앞을 지나갔다. 우리는 그들과 함께 눈벌판을 지나갔는데, 그 후에 그 밑이 동굴로 비어있음을 알게 되었다. 거기에 겨울눈이 계곡에 쌓여 평소에는 길을 돌아야 하지만 지금은 굴 덕택에 지름길이 나 있었다. 밑으로 흐르는 물이 점점 구멍을 뚫어놓아 거기에 온화한 여름 공기로 인해 둥근 모양의 천장으로 녹아버려, 지금은 자연스럽게 걸린 둥근 다리처럼 양쪽을 이어주고 있다. 우리는 위에서 넓은 계곡으로 약간 모험을 하며 내려가서 신기한 자연 현상을 직접 눈으로 확인했다.

계속해서 올라가는 동안 소나무 숲이 계곡에 내려다보였다. 그 사이로 암벽 위로 물거품을 일으키며 흐르는 로이스 강물이 이따금 보였다.

일곱 시 반에 봐젠에 도착했다. 그곳에서 우리는 진하고 새콤한 롬바르디 적포도주로 원기를 돋우었는데, 자연이 포도에 만들어 주지 않은 성분을 물과 설탕을 부어서 보충해 주어야만 했다. 여관 주인이 아름다운 수정을 보여 주었다. 그러나 그 당시 나는 이런 자연물에 대한 연구에는 전혀 흥미가 없었기 때문에 아무리 가격이 싸도 그것으로 등산의 짐을 무겁게 할 생각이 없었다.

21일 여섯 시 반에 산에 올랐다. 바위는 점차 커지고 무시무시해 졌다. 토이펠스브뤼케가 보이는 악마 바위까지 이르는 길은 갈수록 힘이 들었다. 동행하는 친구는 쉬어가기를 원했다. 그는 내게 이 뜻 깊은 광경을 그릴 것을 간청했다. 윤곽은 제대로 되었지만 나는 어떤 것을 택하고 어떤 것을 빼놓을 수가 없었다. 이런 대상은 표현할 말이 없었다. 우리는 고생스럽게 앞으로 나아갔다. 어마어마한 원시의 자연은 점점 더 심해져서 평지는 산이 되고 저지(低地)는 계곡이 되었다. 안내자는 그렇게 나를 우르제른의 굴까지 데리고 갔다. 나는 약간 불쾌한 기분으로 그곳을 통과했다. 지금까지 본 것은 아주 숭고 한 것이었는데, 이 암흑은 모든 것을 무효로 만들었다.

그러나 이 짓궂은 안내자는 내가 그곳을 지나서 나왔을 때 틀림 없이 깜짝 놀라며 기뻐할 것으로 생각하고 있었다. 강물이 부드러운 거품을 내면서 산에 둘러싸여 있지만 평평한 데가 있어 마을이 있기 에도 충분할 만큼 넓은 계곡을 흘러가고 있었다. 깨끗한 우르제른의 마을과 교회가 우리 건너편의 평지에 놓여 있었고, 위쪽의 무성한 소 나무 숲은 위에서 내려오는 눈사태로부터 산속의 주민을 막아 주기 때문에 신성한 것으로 여겨지고 있었다. 강물을 따라 작은 버드나무 가 계곡의 푸른 목장을 장식하고 있었다. 우리는 여기서 오랫동안 보 지 못했던 초목을 보고 기뻐했다. 참으로 아늑한 기분이었다. 이 평 평한 길에서 원기가 다시 살아남을 느꼈다. 내 여행 동료는 매우 교 묘하게 안내해서 나를 놀라게 한 것을 매우 즐거워했다.

목장에는 유명한 우르제른 치즈가 있었다. 신이 난 청년들은 상 당한 양의 포도주를 듬뿍 마시고 더욱 기분을 냈으며 그들의 계획에 상상력으로 들뜨게 되었다.

22일 세 시 반에 우리는 숙소를 나와 평탄한 우르제른 계곡에서 돌이 많은 리비너 계곡으로 향했다. 이곳에서도 초목을 볼 수 없었다. 눈에 싸인 헐벗은 암석이나 이끼 긴 암석, 휘몰아치는 바람, 다가와서 휩쓸고 지나가는 구름, 폭포수의 소리, 가는 사람도 오는 사람도 보이지 않은 적막한 골짜기에 울리는 나귀의 방울 소리. 여기서는 동굴에 용이 살고 있다고 생각하기에 많은 상상력이 필요하지 않았다. 그렇지만 우리는 폭포 중에도 가장 아름다운 폭포, 가장 많은 그림의 소재를 제공해 주고 단면마다 장엄하고 변화무쌍한 폭포를 바라보면서 즐겁고 고조된 기분을 느꼈다. 그런 계절이면 눈이 녹아내려 물이 넘칠 정도로 늘어나 폭포는 구름에 휩싸이는가 하면 곧 다시 모습을 드러내기도 하여 우리를 한동안 그곳에 머물게 하였다.

  드디어 우리는 작은 안개 호수에 도착했다. 그렇게 부르고 싶은 이유는 호수가 대기의 선(線)과 거의 구별이 되지 않은 때문이었다. 곧 안갯속에 한 건물이 나타났는데, 순례자들의 숙박소[81]였다. 우리는 무엇보다도 손님을 잘 대접하는 이 숙소에 숙박하게 되어 매우 만족스러웠다.

---

81 카프친 수도사들이 머무는 이 수도원은 여행객들에게 침식을 제공하고 있었다.

제19장

우리를 마중 나온 강아지가 가볍게 짖어대자 나이는 지긋하지만 정
정해 보이는 부인이 현관으로 나와 우리를 친절하게 맞아 주었다. 신
부가 밀라노에 가서 부재중이지만 저녁에는 돌아올 것이라며 미안
해했다. 그리고 나서 별말도 없이 우리의 편의를 보아주고 필요한 것
을 돌봐 주었다. 우리를 따뜻하고 널찍한 방으로 안내해 주고, 빵과
치즈, 마실 만한 포도주를 내다 주었고, 푸짐한 저녁상을 약속했다.
우리는 낮에 본 놀라운 풍경에 관해 이야기를 나누었다. 친구는 만
사가 성공적이라고 말하면서, 시도 산문으로도 그 날의 인상을 표현
할 수 없을 정도라고 말했다. 짙은 어둠이 깔리기 시작했을 때 우리
가 기다리던 신부[82]가 들어왔다. 다정하고 기품 있는 태도로 우리에
게 인사를 하고는 식사를 준비 중인 부인에게 정성을 기울여 달라고
몇 마디 말했다. 이렇게 삭막한 산꼭대기에서 모든 사회와 인연을 끊
고 살아가는 것에 우리가 놀라움을 감추지 못하자, 그는 자신이 결코
사교를 단절한 것이 아니며 지금도 당신들이 방문해 주어 즐겁지 않
으냐고 대답했다. 그리고는 독일과 이탈리아 사이에 상품교역이 활
발한데 지속적인 이런 교역활동 때문에 일류 상인들과 관계를 맺고
있다고 했다. 그는 밀라노에 자주 내려가며, 가끔 루체른에도 간다고

---

82 Lorenzo 신부로 괴테는 1779년과 1797년의 스위스 여행 때 만났다.

했다. 이 도로의 우편사무를 관리하는 루체른의 점포들은 분기점인 이곳 산정의 일이나 상황, 사건 등에 관해 알아둘 필요가 있기 때문에 젊은이들을 보내오기도 한다는 것이다.

이런 이야기를 하는 동안 밤은 점점 깊어서 우리는 벽에 고정된, 침대라기보다는 선반 비슷한 비좁은 잠자리에서 조용히 하룻밤을 지내게 되었다.

아침 일찍 일어나보니 하늘은 훤히 트였지만, 그곳은 주변의 높은 산봉우리가 둘러싼 좁은 공간이었다. 나는 이탈리아 쪽으로 내려가는 산길에 앉아 아마추어식으로 그림을 그려보았으나 마음대로 그려지지 않았고 그림이라고 할 수도 없었다. 산봉우리의 측면은 흘러내린 눈으로 하얗게 고랑이 파이고 후면은 검게 보이는 그림이었다. 그러나 힘들여 노력하지 않아도 이 풍경은 내 기억 속에 사라지지 않고 남아있다.

길동무가 신이 나서 나에게 다가 와 말했다. "어제저녁 신부님의 말을 어떻게 생각하나? 자네도 나처럼 용 모양의 이 산정에서 내려가 우리를 매혹하는 저 지방으로 가고 싶은 생각은 없나? 이 계곡을 따라 걸어서 하산하는 것은 근사할 거야. 힘도 안 들고, 그리고 벨린초나에서 전망이 트일 때면 얼마나 통쾌하겠나! 신부의 말을 들으니 큰 호수의 섬들이 눈앞에 선하네. 카이슬러의 여행기[83] 이후 많은 것을 듣고 보았지만 나는 이 유혹을 억제할 수 없어. 자네도 그렇지 않은가?"라며 말을 계속했다. "자네 마침 좋은 위치에 앉아 있군. 전에 나도 한번 거기에 섰던 일이 있는데 아래로 내려갈 용기가 없었지.

---

83 Johann Georg Keyssler의 《최신 독일 여행 Neueste Reisen durch Teutschland, usa》(1751)을 말한다.

자, 주저하지 말고 앞장서게. 그리고 마이롤로에서 날 기다려 주게. 저 훌륭한 신부에게 작별인사를 하고 뒤처리를 한 다음에 나도 짐꾼과 함께 뒤따라가겠네."

"난 그런 즉흥적인 계획을 하지 않아."라고 내가 대답했다. "뭘 그리 복잡하게 생각하지!"라며 그는 목소리를 높였다. "밀라노에 갈만한 돈은 충분해. 꾸어 쓸 수도 있고. 우리의 대목장이 인연이 되어 상인 몇 명도 알고 있네." 그가 더욱 재촉했다. "떠나세!"라고 나는 말했다. "일단 떠날 준비부터 하지, 그런 다음에 결정하세."

이런 순간에 인간은 자기 안에서 확고부동한 것을 느끼지 못하고, 이전에 있었던 인상에 지배되고 결정되는 법이다. 롬바르디아와 이탈리아는 전연 미지의 땅이지만, 독일은 친숙하고 사랑스럽고, 정답고 친밀한 풍경이 가득하여 오랫동안 내 마음을 사로잡고 내 삶을 풍성하게 해 준 곳으로 나에게는 아직도 감히 그 경계선 밖으로 나갈 수 없는 거역할 수 없는 곳이었다. 내가 가장 행복했던 시절, 릴리에게서 받은 하트 모양의 금목걸이는 그녀가 달아준 그대로 지금도 따뜻하게 걸려 있었다. 나는 그것을 들고 입을 맞추었다. 그 순간 내 마음에서 우러나온 시를 여기 적어 보려 한다.

> 너 희미한 행복의 추억이여,
> 아직도 내 목에 걸려 있구나.
> 너는 우리 둘을 영혼의 끈으로 묶으려는가?
> 너는 짧았던 사랑의 순간을 연장하려는가?
>
> 릴리, 나는 당신에게서 달아난다!

하지만 이 끈에 묶인 채 낯선 지방을,

먼 계곡과 숲 속에서 헤매는구나.

아, 릴리의 마음은 쉽사리

내 마음에서 멀어지지 않는구나.

마치 실을 끊고

숲으로 도망간 새처럼 그는

감옥의 굴욕, 끊긴 실 한 오라기를

아직도 질질 끌고 다닌다.

그는 과거의 자유로운 새가 아니라

이미 누군가에 사로잡힌 몸이다.

나는 그 험한 자리를 벗어나려고, 그리고 등짐 진 심부름꾼을 데리고 온 친구가 나를 계곡으로 끌고 내려가지 않도록 자리에서 일어났다. 나는 그 경건한 신부에게 인사를 하고, 아무 말 없이 온 길을 돌아섰다. 약간 주저하면서 친구는 나를 따랐다. 나에 대한 사랑과 우애에도 불구하고 그는 약간의 거리를 두고 나를 따랐다. 드디어 웅대한 폭포에 이르렀을 때에야 한마음 한몸이 되어 이미 내린 결정이 최선의 훌륭한 결정이라고 생각하게 되었다.

이제 내려오는 길에 관해 한 가지만 말하고 싶은 것은, 무거운 짐을 싣고 온 일행과 불과 며칠 전에 아무 일 없이 함께 통과했던 눈(雪)의 가교가 완전히 녹아 무너져버렸다는 점이다. 그래서 우리는 호반을 지나 우회해야만 했다. 그리고 자연이 이루어 놓은 건축술의 거대한 흔적을 보면서 감탄했다.

친구는 이루어지지 않은 이탈리아 여행으로 인해 마음의 고통을 참을 수 없었던 모양이다. 그는 전부터 그 여행을 골똘히 생각해 왔고, 온갖 꾀를 다 써서 즉석에서 나를 놀래주고 싶었다. 그래서 돌아오는 길은 별로 유쾌하지 못했다. 하지만 나는 묵묵히 오솔길을 걸어가면서 오히려 더 끈기 있게, 시간이 흘러감에 따라 위축되어가는 거대한 느낌을 독특하고 세밀한 부분만이라도 우리의 정신 속에 담아두려고 노력했다.

여러 가지 신선하면서도 새로워진 느낌과 생각을 품고 우리는 피어발트슈테터 호수의 높은 산봉우리를 지나 퀴스나흐트에 도착했다. 그곳에서 육로로 여행을 계속하면서, 길가에 있는 텔 사당에 참배하여 용감하고 애국적인 인물로 온 세상의 찬양을 받고 있는 그의 억울한 죽음을 추모했다. 그리고 리기에서 내려다보아 잘 알고 있는 추크 호수를 건넜다. 추크에서 기억에 남는 것은 그곳 여관집 창문에 끼어 있던, 별로 크지는 않지만, 매우 아름다운 색유리였다. 그곳에서 우리는 알비스를 넘어 지일 계곡으로 들어갔다. 지일 계곡에서는 고독하게 지내고 있는 하노버 출신의 폰 린다우[84]를 방문했다. 전에 취리히에서 그가 동행을 청했을 때 다소 불친절하고 무례하게 거절했었는데, 당시의 불쾌감을 풀어주기 위해서였다. 거절 이유는 존경하는 파산트의 질투 어린 우정 때문으로, 내가 좋아하는 사람이었지만 그 때문에 동행하는 것이 거북해서 거절한 것이었다.

그러나 이같이 장대한 산을 떠나서 호수로, 다시 평화로워 보이는 도시로 내려가기 전에 그림을 그리고 스케치를 하여 그 지방에서

---

84 Heinrich Julius Freiherr von Landau: 감상주의와 질풍노도기의 대표적 인물로 사랑의 상처를 안고 함부르크를 떠나 스위스의 산골에서 은둔 생활을 했다.

무엇인가를 얻고자 한 것에 대해 말해야겠다. 풍경을 그림으로 보는 어릴 때부터의 내 습관은 자연 속에서 그림 같은 풍경을 보면 그것을 포착해서 그 순간을 보다 분명하게 기억에 남겨두도록 했다. 그러나 아직 단지 제한된 범위의 대상들에 대해서만 연습을 했기 때문에 장대한 자연의 세계에서는 곧 나의 역량이 부족함을 느꼈다. 내적인 충동과 조급함이 겹쳐 나로 하여금 어쩔 수 없이 하나의 묘한 수단을 연출케 했다. 즉 흥미 있는 대상을 잡아 간단히 종이 위에 윤곽을 그린 다음에 연필로는 도저히 그릴 수 없고 이루어낼 수 없는 것을 그 옆에 글로 자세하게 기록하였다. 이런 식으로 마음속에 완전하게 그려진 풍경은 훗날 시나 소설에서 어느 장면이 필요하게 되면 즉석에서 눈앞에 떠올라 마음대로 이용할 수 있었다.

취리히에 돌아와 보니 슈톨베르크 일행[85]은 이미 보이지 않았다. 이 도시에 체류하는 일이 묘한 일로 인해 단축된 것이었다.

가정의 속박에서 벗어나 여행하는 사람이 전혀 미지의 일, 완전히 자유로운 자연의 영역으로 들어간다고 생각하는 것은 당연한 일이다. 아직은 경찰에서 여권검사를 받을 필요가 없고, 세관 검사나 여러 가지 번거로운 일 때문에 집을 떠나면 고향에 있는 것보다도 더욱 속박이 많고 귀찮은 일을 생각해야 할 걱정이 없었던 당시에는 그런 망상을 갖기 쉬웠다. 자연 그대로의 자유를 실행하고자 하는 그 당시의 압도적인 경향을 생각해 본다면 혈기왕성한 청년들이 스위스야말로 그들의 신선한 젊은 기질을 전원시로 표현하기에 적합한

---

85 이 회상록을 쓸 때 괴테는 귀로 부분에 대해 기억이 흐려진 것 같다. 이 상황은 1775년 6월 26일의 일인데 당시 슈톨베르크 형제는 취리히에 있었다.

곳이라고 생각한 것은 이해할 수 있는 일이다. 게스너의 섬세한 시[86]나 그의 매력 있는 동판화는 그런 기분을 명백히 보여주는 것이었다.

사실 그런 시적인 표현을 위해서는 탁 트인 호수에서의 수영이 무엇보다도 제격이라고 생각한다. 그러나 이번 여행길에서 그런 자연 체험은 현대적인 풍습에 잘 맞지 않는 것 같아서 우리도 그런 것을 어느 정도 참고 있었다. 그러나 스위스에서 냇물이 졸졸 흘러나와 아래로 떨어지고 평지에 모여 점점 큰 호수가 만들어지는 모습을 보자 유혹을 참을 수가 없었다. 나 자신도 친구들과 한몸이 되어 맑은 호수에서 목욕했던 것을 부인하지 않는다. 될 수 있는 대로 다른 사람들의 시선이 닿지 않는 곳에서 하려고 했다. 하지만 나체는 먼 곳에서도 눈에 잘 띄는 것이며, 속으로는 구경하고 싶더라도 누구나 불쾌하게 여기는 법이다.

선량하고 허물없는 청년들은 시 속의 목동처럼 반나체가 되어 이교의 신같이 알몸의 모습을 아무렇지 않게 생각했지만, 사람들은 그런 짓을 하지 말라고 주의를 시켰다. 당신들은 원시적 자연 속에서 사는 것이 아니고, 이 나라에서는 중세부터 내려오는 오랜 제도와 관습을 지키는 것이 좋은 일이며 필요한 일이라는 것이었다. 그들은 부인하려 하지 않았다. 특히 제2의 자연으로 존중하고 있는 중세를 언급했기 때문이다. 그래서 그들은 햇살이 눈부시게 비치는 호반을 떠났지만, 산을 넘는 도중에 졸졸 흐르는 맑고 시원한 물을 만나게 되니 칠월 한더위에 그런 청량감을 참는 것이 불가능함을 알게 되었다. 긴 산행 중에 그들은 황량한 계곡에 도착했다. 그곳은 지일 강이 알

---

86 특히 Salomon Geßner의 《전원시 Idyllen》을 지칭한다.

비스 뒤에서 쏜살같이 흘러내려 취리히 아래 리마트 강으로 흘러들어 가는 곳이었다. 어느 쪽으로도 인가(人家)는 멀리 떨어져 있고 샛길에는 인적이 드물었기 때문에 옷을 벗어버리고 대담하게 물거품이 솟아오르는 물결에 들어가도 여기서는 아무 일도 없으리라고 생각되었다. 물속에 들어가자마자 비명이 나왔다. 물이 차고 기분이 상쾌하여 거칠고 흥분된 환호성을 올리지 않을 수 없었다. 이런 기쁨을 만끽하며 그들은 그늘진 외로운 바위를 전원시의 무대로 삼았다.

그런데 전부터 못마땅하게 생각하던 사람들이 슬그머니 그들 뒤를 따라왔는지, 혹은 이렇게 한적한 곳에서 시적인 소란을 일으키자 저절로 적대자들이 나타난 것인지는 몰라도 인기척이 없는 위쪽의 덤불에서 연달아 돌멩이가 날아왔다. 던지는 것이 여러 사람인지 두서넛인지, 우연인지 고의인지도 몰랐지만, 그들은 시원한 물에서 냉큼 올라와 옷을 찾는 것이 상책이라고 생각했다.

아무도 돌에 맞지는 않았다. 놀람과 불쾌한 감정이 그들이 받은 마음의 상처였다. 하지만 쾌활한 청년들인지라 그것도 쉽게 잊어버리고 말았다. 그런데 가장 불쾌한 결과를 당한 것은 라바터였다. 그가 대담 무쌍한 이 청년들을 친절하게 맞아서 그들과 함께 소풍하면서 규율이 확실한 문명화된 지방에서 그런 파렴치한 행동을 하는 야만적이고 예의 없고 이교도적 천성의 청년들에게 호의를 베푼 것이 재난을 초래한 것이다.

그러나 이 성직자 친구는 이런 사건을 다스리는데 요령이 좋아서 이번에도 잘 처리했다. 이 별똥별과도 같은 여행객들이 떠난 후 우리가 돌아왔을 때는 모든 것이 예전처럼 돌아가 있었다.

최근 다시 인쇄되어 나의 작품집 16권에 수록된 미완의 《베르터의 여행기)》[87]에서, 나는 스위스의 칭찬할 만한 질서와 공상에나 있을 법한 앞서와 같은 청년들의 자연생활에 대한 법적 제한을 대비시켜 기술하려고 했다. 그런데 사람들은 시인이 아무 생각 없이 말한 것을 곧 결정적인 의견, 교훈이 담긴 비난이라고 흔히 생각하기 때문에 스위스인들은 매우 언짢아했다. 그래서 나는 계속 쓰려던 계획을 포기했는데, 원래 그것은 베르터의 고뇌가 시작되는 시기까지의 그의 심경 변화를 어느 정도 설명할 작정이었다. 그렇게만 되었으면 이해심 많은 사람의 환영을 받을 것이 확실했다.

나는 취리히에 도착하여 대부분 시간을 혼자 보내고 있는 라바터의 손님이 되었다.《인상학》은 초상화가 잘된 것도 있고 잘못된 것도 있어서 이 훌륭한 분은 많은 짐을 지고 있었다. 우리는 이런 모든 일을 사정에 따라서 충분히 토론했고, 나는 고향에 돌아간 후에도 전과 같이 계속 협조할 것을 약속했다.

나로 하여금 그런 약속을 하게 한 것은 민첩한 이해력에 대한 청년기의 조건 없는 신뢰와 거기에 덧붙여진 온순한 순응의 감정이었다. 원래 라바터가 인상을 분류하는 방식은 내 성격에 맞지 않았다. 하지만 처음 그를 만났을 때 내가 받은 인상이 어느 정도 나와 그와의 관계를 결정했다. 내 마음속의 일반적인 호감은 청년기의 경솔함과 어울려 언제나 강한 영향을 미쳤고 나로 하여금 대상들을 어느 정도 막연한 분위기 속에서 관찰하도록 만들었다.

라바터의 정신은 참으로 당당했다. 그와 가까이할 때 사람들은 강렬한 영향을 받을 수밖에 없었으며 나도 역시 이마, 코, 눈, 입을

---

87 제목은《스위스에서 온 편지 Briefe aus der Schweiz》이다.

하나하나 관찰하여 그것의 관계와 균형을 생각하지 않을 수 없었다. 저 예언자가 이런 일을 어쩔 수 없이 하는 것은 자신이 아주 명쾌하게 직관한 것에 대한 해답을 해주어야 했기 때문이다. 나는 앞의 사람을 분석하여 그의 정신적 특징을 탐색하는 것은 일종의 음모, 스파이 같은 짓으로 생각했다. 오히려 나는 스스럼없이 자신을 드러내주는 그의 언사에 매달렸다. 라바터 옆에 있는 것이 어느 정도 불안했다는 것을 부정하지 않겠다. 왜냐하면, 그는 인상학적인 방법으로 우리의 특성을 파악하고, 담화할 때 약간의 통찰력만으로도 우리 생각의 핵심을 쉽게 알아차릴 수 있었기 때문이다.

내부의 통합을 충만하게 느끼는 사람은 당연히 분석할 권리를 가진다. 외부에 나타나는 개개의 부분으로 내부 전체의 이해를 시도하며 합법화하기 때문이다. 여기서 라바터가 취한 태도의 한 가지 예를 들어보자.

일요일 설교가 끝난 후 성직자인 그는 짧은 손잡이에 달린 우단 주머니를 나가는 사람들에게 일일이 내밀고 공손히 희사받을 의무가 있었다. 그래서 다음번 일요일에는 사람은 보지 않고 손만 관찰하여 그 사람의 모습을 알아내는 문제를 스스로 정했다. 그러나 손가락 형체뿐만 아니라 희사할 때의 손가락의 움직임도 그의 관찰에서 벗어나지 않았다. 그리고 그것에 관해서 여러 가지를 나에게 가르쳐주었다. 사람들의 묘사에 일가를 이루기 위해 노력하는 나에게 이런 이야기가 얼마나 유익하고 자극이 되었는지 모른다.

그 후 내 생애의 여러 시기에 친밀한 관계를 맺은 사람 중 가장 훌륭한 인물의 하나였던 그를 자주 생각했다. 그에 관한 언급들은 각기 다른 시기에 걸쳐서 쓰인 것들이다. 우리가 서로 추구해가는 방향이 달라 날이 갈수록 멀어지는 것은 어쩔 수 없는 일이었지만 그가 탁월한 인물이라는 것만은 확고부동한 사실이었다. 나는 여러 번 그를 생각했고. 서로 전혀 연관이 없는 것을 합쳐서 이 글을 쓰게 되었다. 이 글에 여기에 중복은 괜찮지만, 모순되는 점은 없었으면 한다.

라바터는 원래 현실적인 생각을 하는 사람으로, 도덕적 형태가 아닌 관념적인 것은 전혀 이해하지 못했다. 이점을 확실히 하면 이 기이하고 유별난 사람을 잘 이해할 수 있을 것이다.

그의 《영원에 대한 희망》[88]은 현실생활의 연속에 불과한데, 단지 상황이 우리에게 닥친 것보다 가벼울 뿐이다. 그의 인상학은 감각의 현실은 정신의 현실과 완전히 일치하며, 전자가 후자의 증거가 되고 스스로 후자를 표현한다는 확신에 근거하고 있다.

그는 예술의 이상과는 쉽사리 가까워질 수 없었다. 예술의 이상이 생명 있는 형체로 이루어질 수 없음을 그의 예리한 관찰이 너무도 명확히 간파한 때문이었다. 그것을 그는 동화나 괴물의 세계로 추방해 버렸다. 관념적인 것을 현실화하려는 끊임없는 그의 욕구는 드디어 그를 망상가로 불리게 하였다. 그러나 그는 자기만큼 절실하게 현실에 다가가려고 노력하는 사람은 아무도 없다고 굳게 믿고 있었기 때문에 자신의 행동이나 사고방식에서 결코 잘못을 발견할 수 없었다.

그 사람처럼 세상에서 인정을 받으려고 열심히 노력한 사람도 드물다. 그런 이유에서 그는 교사로 적합했다. 사람들의 정신적, 도덕적

---

88 《Aussichten in die Ewigkeit》(1768~1778년)은 4권으로 된 저서로 사후(死後)의 세계를 다루고 있다.

인 개선을 위해 노력했지만, 하지만 그것이 그의 궁극적 목표는 아니었다.

그리스도라는 인물을 실현하는 것이야말로 그에게는 가장 뜻있는 일이었다. 그리스도의 초상을 계속 그리게 하고 모사시키고 복사시키는 무의미한 일을 한 것도 이 때문이었다. 당연히 그를 만족하게 하는 것은 하나도 없었다.

그의 저서는 오늘날에도 이미 이해하기 힘들다. 그가 말하고자 한 것을 정확히 파악하는 것이 결코 쉬운 일이 아니기 때문이다. 라바터만큼 시대를 소재로, 동시대인들을 대상으로 글을 쓴 사람은 없었다. 그의 글은 제대로 된 신문 같아서, 당대의 사실에 관하여 특별한 설명이 필요하다. 또한, 특수한 계층의 언어로 서술되어 있기 때문에, 이해하려면 우선 그의 언어부터 알아야 한다. 그렇지 않으면 학식 있는 독자에게는 완전히 정신 나간 것, 몰취미한 것으로 보이는 것이 많을 것이다. 사실 이 점에서도 그는 생시에도 사후에도 상당히 많은 비난을 받았다.

예를 들면 우리가 희곡 쓰는 것을 그를 매우 화나게 하였다. 우리는 모든 사건을 희곡 형식으로 표현하고 다른 것을 인정하지 않으려 했는데,《폰티우스 필라투스》[89]에서 그는 흥분해서 성서보다 훌륭한 희곡작품은 없으며 특히 그리스도교의 수난사는 희곡 중의 희곡이라고 열심히 주장했다.

소책자의 그 부분, 아니 책자 전체에서 그는 산타 클라라의 아브라함 신부[90]와 매우 비슷하다. 순간적으로 감화를 주려는 사제는 그런

---

89 《Pontius Pilatus》(1782~85)는 4권으로 된 라바터의 저서이다.

90 Abraham von Santa Clara(1644~1709): 설교가로 많은 저서를 남겼는데 재치 있

태도에 빠지기 쉽기 때문이다. 그런 사람은 현실의 유행이나 인기, 언어와 용어를 잘 알아야 하는데, 그래야만 그런 것을 사용해서 자기 쪽으로 끌어오고자 하는 대중에 접근할 수 있기 때문이다.

많은 해석자가 성서를 문자 그대로 해석하듯이 라바터도 그리스도를 문자대로 파악했기 때문에 그 개념을 자기의 성격을 보완하는 데 사용해서 신인 동시에 인간인 그리스도와 자신의 개성이 하나가 되는 것을 이상으로 삼았고, 언젠가는 그리스도와 융합하고 일치하여 완전히 그리스도가 될 수 있다고 생각했다.

이렇게 성서를 문자 그대로 믿음으로써 그는 오늘날에도 옛날 같은 기적이 나타날 수 있다고 확신하게 되었다. 실제로 과거에 중대하고 긴박한 사건이 일어났을 때 열정적이고 맹렬한 기도로 순간적으로 무서운 재난에서 다행히 피한 적이 있기 때문에 이성의 어떤 냉철한 반박도 그를 좀처럼 움직일 수 없었다. 더욱이 그는 그리스도에 의해 다시 생명을 얻고 행복한 영원성을 약속받은 인류의 위대한 가치에 감동하였으며, 정신과 감정의 여러 가지 요구를 익히 알았고, 별이 뜬 하늘만 바라보아도 감각적으로 유혹당하는 무한의 세계 속에서 자신을 확장하려는 욕구를 체험하면서 《영원에 대한 희망》의 복안을 얻었던 것이었다. 하지만 당대 사람의 대부분은 그의 저서를 기이한 책으로만 생각할 뿐이었다.

이 같은 노력과 희망과 계획은 전부 자연이 그에게 부여한 인상학 재능에 의해 이루어졌다. 시금석이 그 표면의 흑색과 거칠고도 반들반들한 성질에 의해서 시험하는 금속과의 차이를 드러내는데 아주 적

는 표현에 능했다.

합한 것과 같이 그도 역시 자기가 가지고 있는 인간성의 순수한 개념과 예리하고 세밀한 관찰능력으로 인간의 특성을 인지하고 배우고 구별하고 심지어 표현하는 데 적절한 사람이었다. 이런 능력을 처음에는 자연적인 충동에서 피상적으로 우연한 기회에 활용했지만, 뒤에는 숙고하면서 의도적으로, 규제하면서 사용했다. 천부적인 재능에 근거한 재능은 마술이라도 가진 것처럼 보이는데, 왜냐하면 그 마술이나 작용을 개념으로는 처리할 수 없기 때문이다. 그리고 실제로 라바터의 개개인에 대한 통찰력은 우리가 따라갈 수 없었다. 그 사람과 친밀하게 여러 가지에 관해서 이야기하다 보면, 누구나 놀라기 마련이었다. 자연이 구별해 놓은 여러 가지 개성의 한계를 명백히 식별해 내는 이 사람 옆에서 생활하는 것은 두렵기까지 했다.

누구든 자기가 가지고 있는 것을 다른 사람에게 전해줄 수 있다고 생각한다. 라바터도 위대한 재능을 자기가 사용하는데 만족하지 않았고 남들한테서도 그것을 발견하고, 활성화하고 대중들에게 전해야 한다고 믿었다. 이 특이한 이론이 얼마나 무지몽매하고 악의에 찬 오해와 희롱과 비열한 조롱을 만들었는지는 아직도 몇몇 사람들의 기억에도 남아있을 것이다. 그렇게 된 데에는 그 탁월한 인물 자신도 전혀 책임이 없는 것은 아니었다. 왜냐하면, 그의 내면적인 본성의 통일은 고결한 도덕에 그 뿌리를 두고 있었지만, 철학적 사고나 예술적 재능이 부족했던 그는 다양한 활동을 외적으로 통일하지 못했기 때문이다. 그는 사상가도 시인도 아니었고, 엄격한 의미에서는 설교자도 아니었다. 그는 무엇인가를 체계를 세워서 파악하지 못했다. 그러나 개별적인 경우를 하나하나 정확하게 파악했고 그것을 대담하게 일일이 나열했다. 그의 대작인 인상학은 이런 것에 대한 좋은 예(例)

이자 증거였다. 자기 자신에 있어서는 도덕적 또는 감각적 인간의 개념이 하나의 완전한 것이었을지 모르지만, 이 개념을 밖으로 드러내는 데는 그가 실제 개개 인간을 이해하듯이 개개의 사실로밖에 나타낼 수가 없었다.

　바로 그 저서 자체가 왜 그렇게 예리한 인물이 유감스럽게도 일상적인 체험 속에서 방황했는지를, 그가 당대의 온갖 화가와 돌팔이들에게 의뢰하여 특색 없는 그림이나 동판에 믿을 수 없을 만큼 많은 돈을 소비하고도 결국에는 책의 이런저런 삽화들이 무의미하고, 무용하며, 정도의 차이는 있지만, 실패하게 되었는지를 보여준다. 그는 자신이나 타인의 판단력을 예리하게 만들었지만, 경험에다 공기와 빛을 만들지 못한 채 그것을 과도하게 쌓아 놓기만 했다. 그런 것을 내가 여러 번, 열심히 말했지만, 그는 결과를 향해 나아가지 못했다. 나중에 결과를 얻었다고 친구들에게 말했으나, 내가 보기에는 그렇지 못했다. 그것은 선이나 윤곽을 모은 것, 그가 말한 바로는 도덕적, 혹은 부도덕한 특징과 관련이 있는 혹이나 주근깨를 모은 것뿐이었다. 그중에는 놀랄 만한 말들도 있었다. 그러나 순서도 없고 모든 것이 우연에 의해 혼란된 상태여서 서론도 반증도 찾아볼 수가 없었다. 그의 다른 저서에도 역시 작가로서의 방법이나 예술 감각은 나타나 있지 않으며, 그 내용은 오히려 항상 사상이나 의도를 열정적으로 설명하는 것에 불과할 뿐, 전체를 아우를 수 없는 것은 극히 재치 있는 설명으로 보충하고 있을 뿐이었다.

　다음의 고찰도 그런 상황과 관련이 있기 때문에 여기에 삽입해도 좋을 것이다.

누구나 어느 정도 부정할 수만 있다면, 타인의 우월성을 인정하기 싫어하는 법이다. 그러나 천재의 재능은 결코 부정하기 어렵다. 당시의 일반적인 표현 방법인 천재[91]라는 말은 시인에게만 인정되었다. 그런데 이제는 다른 세계가 열린 것처럼 사람들이 의사, 장군, 정치가, 그리고 이론적, 실제적 방면에서 두각을 나타내는 사람에게도 천재를 요구하게 되었다. 이러한 요구를 언어로 표현한 것은 침머만[92]이었다. 라바터는 《인상학》에서 모든 종류의 정신적 재능이 일반적으로 넓은 범위에 분포되어 있음을 지적하지 않을 수 없었다. 천재라는 말이 일상적인 유행어가 된 것이다. 이런 말을 너무 자주 듣게 되자 천재란 무엇을 의미하는가를 생각하지 않고 일상적으로 어디에든 있는 것으로 생각되었다. 또 누구든지 다른 사람에게 천재성을 요구할 수 있게 되고 결국은 자신도 천재성을 가져야만 하는 것으로 믿었다. 훨씬 훗날에 이르러서야 비로소 천재성이란 행위와 동작으로 법칙과 규정을 부여하는 인간의 힘이라고 단언할 수 있게 되었다. 당시에는 기존 법칙을 초월하고, 전해 오는 규정을 타파하며 모든 구속을 벗어날 수 있다고 선언하는 정도면 충분했다. 그래서 천재가 되는 것은 쉬운 일이었으며, 언행에서의 이러한 남용이 규율에 맞는 생활을 하는 모든 사람으로 하여금 본성에 벗어난 그런 언행에 저항하게 한 것은 자연스러운 일이었다.

누군가 이유도 목적지도 없이 도보여행을 떠날 때 그것을 천재

---

91 천재라는 용어는 하만과 헤르더를 거쳐 1770년대에는 괴테를 위시한 젊은 세대에서 즐겨 사용되었다.

92 Johann Georg Zimmermann (1728~1795): 스위스의 의사, 사상가로, 의술에도 천재성이 있음을 언급했다.

여행이라고 불렀으며, 목적도 이익도 없는 엉뚱한 짓을 계획하면 그것은 천재의 장난이 되었다. 원기 왕성하며 참으로 유능한 청년들이 무절제한 상태에 빠졌다. 그리고 나이가 많아 분별은 있지만, 재능이나 원기가 부족한 사람들은 그런 실수를 고소해 하면서 대중들 앞에서 조소했다.

바로 이런 점에서 나는 나의 발전과 표현을 방해하고 있는 것이 의견을 달리하는 사람들의 반대라기보다 오히려 생각이 같은 사람들의 도움과 영향임을 깨달았다. 이 최고의 정신적 능력을 욕되게 하는 단어, 그것을 수식하는 것들, 문구 등은 무지한 대중 속에 맹목적으로 퍼져 갔고 지금도 종종 무식한 사람 입에 오르내리고 있으며 심지어는 사전에 들어가 있기도 하다. 천재란 말이 이처럼 오해를 받고 있어서 이 단어를 독일어에서 완전히 추방할 필요까지 생겼다.

다른 국민들보다 통속적인 것에 사로잡히기 쉬운 독일인에게는 만약 심오한 철학이 일어나 인간 정신의 최고의 것에 새롭게 의미를 부가하지 않았다면 가장 아름다운 언어의 꽃이자 형태로는 외국어지만 전 민족에 통용되는 천재란 말은 사라지고 말았을 것이다.

앞서 나는 독일 문학사와 풍속사에서 잊어서는 안 될 두 사람의 청년 시절에 대해 말했다.[93] 당시 그들은 동년배의 친구들과 함께 시대의 그릇된 사조에 현혹되어 과오를 범한 청년으로 우리에게 알려졌다. 그러나 이제는 당시 그들을 만난 라바터가 예리하게 통찰했듯

---

93 이하 동생 Friedrich Leopold Stolberg와 형 Christian Stolberg에 관한 글이다.

이, 그들의 자연 그대로의 모습과 본래의 성격을 올바르게 평가하고 존중하여 여기에 서술하는 것이 당연한 일일 것이다. 그리고 저 방대하고 값비싼 인상학 대작은 소수의 독자 외에는 입수하기가 어려울 것이므로, 나는 여기서 그 저서[94]의 제2권 제30장 244쪽을 주저하지 않고 인용하겠다.

"여기 우리 앞에 초상화와 실루엣으로 그려져 있는 젊은이들은 초상화를 그려달라고 화가 앞에 앉은 것처럼, 인상학 서술을 할 수 있도록 내 앞에 앉거나 선 최초의 사람들이다.

나는 이전에도 그들을 알고 있었다. 그들은 고귀한 청년들이다. 그리고 자연 그대로의 모습에 따라, 또 내가 가지고 있는 모든 지식을 다하여 그들의 성질을 관찰하고 기술하려 한다.

다음이 두 사람에 대한 기술이다.

첫째로 동생에 관해서

25살의 꽃 같은 청년을 보라! 가볍게 둥실 거리며 유영(遊泳)하는 듯한 탄력 있는 체구를! 누워 있거나 서 있지도 않고, 기대거나 날지도 않는다. 그는 부유(浮遊)하거나 유영한다. 쉬기에는 너무나 활기 있고, 꼿꼿이 서 있기에는 너무 유연하고, 날기에는 너무 무겁고 부드럽다. 땅에 닿지도 않고 부유(浮遊)한다. 그 전체의 윤곽 속에는 이완된

---

94 Johann Caspar Lavater: Physiognomische Fragmente zur Beförderung der Menschenkenntnis und Menschenliebe, Leipzig/ Winterhut 1775~1778.

선도 없고, 직선, 긴장된 선도 없으며, 튀어나오거나 휘어진 선도 없다. 이마에는 모나게 파인 곳도, 암석 같은 돌출도, 엄격함이나 딱딱함도 없으며, 돌진하는 포악성도 없고 위협적인 거만함도 없다. 강철 같은 용기도 없다. 탄력이 있어 움직이기는 쉽지만, 강철 같지는 않다. 확고한, 심오한 탐구심도 없다. 유유히 사고하거나, 총명한 사고력도 없다. 한 손에 저울을 꼭 쥐고 한 손에 검을 든 이론가가 아니며 시선이나 판단에 조금도 경직된 면이 없다. 그리고 매우 명철한 이해와 진리에 대한 때 묻지 않은 감수성을 가지고 있다. 언제나 내면적으로 느끼는 사람으로, 깊은 사색가는 아니다. 결코, 발명가도 아니고 신속하게 보고 인식하고 사랑하고 신속하게 진리를 파악하는 조숙한 인물도 아니다. 영원히 부유하는 자, 선견자(先見者)이며, 이상을 추구하는 자, 미화하는 자이다. 자신의 모든 이념에 형체를 부여하는 사람이고, 늘 자기가 원하는 것을 보는, 절반은 도취한 시인이다. 우울한 생각에 속을 태우거나 좌절하는 사람이 아니다. 기품 있고, 고결하고 힘찬 사람이다. 온화한, 태양을 갈망하는 마음으로 공중을 날고 상하(上下)를 돌아다니며, 위를 지향하고 땅에 떨어지지 않는다. 지구로 돌진하여 '바위가 많은 시냇물'에 잠기고 '천둥소리를 내는 바위 사이를' 소요(逍遙)하는 사람이다. 그의 눈에는 독수리 같은 눈동자가 없다. 그의 이마나 코에는 사자 같은 용맹도 없다. 그의 가슴에는 전쟁을 원하며 고함치는 말(馬)과 같은 결연함도 없다. 그러나 전체적으로 코끼리처럼 유유자적하는 부드러움이 넘친다…

날카롭지 않고 모나지 않은, 높은 코를 향해 불쑥 내민 윗입술은 취미가 다양하고 감정이 예민함을 보여준다. 얼굴 하부는 매우 육감적이고 게을러 주위가 부족함을 나타낸다. 얼굴의 옆모습 전체의 윤곽은 솔직함, 정직성, 인정이 나타나 있으나 동시에 유혹되기 쉬운 성격을, 자기 외에는 아무에게도 해를 끼치지 않는 선량하기는 하지만 분별없음을 보여준다. 입의 중앙선은 평온을 유지한 채 정직하며 일을 꾸미지 않고, 마음이 부드럽고 선량한 인간임을 보여준다. 입술이 움직일 때는 애정 있고, 다감하고 유혹적이며, 친절하고 고귀한 인간성을 나타낸다. 눈꺼풀의 곡선과 눈동자의 광채 속에 호메로스는 아니지만, 대신 호메로스에 대한 깊고 빠른 감식력과 이해력이 깃들어 있다. 서사 작가가 아니라, 송가 시인이다. 솟구치며 변모시키고, 고귀하게 하고, 형상화하며 부유하며 마술로 모든 것을 영웅적 형체로 변화시키고 모든 것을 산성화하는 천재이다. 이런 곡선을 가지고 반쯤 열린 눈꺼풀은 계획을 세워 창작하고 서서히 일하는 예술가보다는 감정이 날카로운 시인이며, 엄격한 도덕가보다는 사랑에 빠진 사람임을 드러낸다. ─ 이 청년의 전체 용모는 긴장감 없이 너무 벌어진 옆모습보다는 훨씬 애교 있고 매력이 있다. 얼굴 정면은 조금만 움직여도 정감이 있고 조심스러우며, 창조적이고 천성적으로 선량한 내면성의 소유자로 부정을 싫어하고 자유를 동경하고 활발한 생명력을 보여준다. 그 인상은 순간적이면서도 영속성을 가진다. 어떤 대상이든지 그와 가까운 관계에 놓이게 되면, 그의 뺨과 코가 빨갛게 된다. 명예에 관한 일일 때는, 처녀 같은 수치감이 번개 같은 속도로 그의 온몸에 번진다.

그의 안색은 모든 것을 만들어 내면서, 삼켜버리는 천재의 창백한 색도 아니고, 대담한 파괴자의 야성적인 붉은빛도 아니며, 수줍은 자의 우유색도 아니고, 건강한 자의 황색도 아니다. 끈기 있게 열심히 일하는 노동자의 갈색도 아니다. 그러나 흰색과 붉은색, 자주색이 그 사람 전체의 성격의 강약처럼 극히 교묘하게 풍부한 표정으로 혼합되었다. 전체 또는 각 부분의 정신은 자유다. 또한, 내밀고 잡아당기기 쉬운 탄력 있는 활동이다. 얼굴 정면 전체와 머리 부분에서는 관대하고 공명한 유쾌한 정신이 번뜩인다. 깨끗한 감정, 고상한 취미, 순결한 정신, 선량하고 고귀한 넋, 활발한 힘, 강약의 의식이 얼굴 속에 비치고 있기 때문에, 대담한 자아의식은 훌륭한 겸양 속에 융합하고, 타고 난 청년다운 허영심은 조금도 무리한 점이 없으며, 전체의 빛나는 안색의 그늘 속에 아름답게 가려져 있다. — 약간 흐린 빛깔의 머리, 길고 기묘한 체구, 부드럽고 흥겹게 나타나는 모습, 비틀거리는 걸음, 평평한 가슴, 희고 주름살 없는 이마, 기타 여러 특징이 그 사람 전체에 일종의 여성적인 느낌을 준다. 이것으로 인해 내면의 탄력을 부드럽게 하고, 고의로 타인의 마음을 손상하고 비열한 짓을 하는 것은 그의 감정 상 영원히 불가능하다. 동시에 활발하고 정열적인 이 시인은 자유와 해방에 대한 열망을 가지고 있으나, 스스로 확실하고 꼼꼼하고 인내력이 있는 실무가나 혹은 피비린내 나는 전장에서 불후의 이름을 남길 사람은 아니다. 이제 마지막이 되어서야 비로소, 가장 주목할 만한 특징에 대해 말하지 않았다는 것을 알게 되었다. 즉 어떤 허영도 돌아보지 않는 단순한 성격에 대해, 어린애 같은 감정에 대해, 자신의 고귀한 신분에 대한 무관심에 대해, 또 충고나 비난은 물론 공격이나 부당한 것까지도 받아들이고 인내하는 말할 수 없는 호인이라는 점에 관해 말을 하지 않았다는 사실이다.

하지만 그렇게도 순수한 인간성을 가지고 있는 훌륭한 사람에 대해, 그에게서 느끼고 알아차린 것을 어떻게 전부 말할 수 있겠는가!

형에 관하여

내가 동생에 대해 말한 대부분은 형에 대해서도 말할 수 있다. 내가 말하려는 것은 이렇다. 즉 형의 모습이나 성격은 동생과 비교할 때다부지며 덜 늘어져 있다. 동생은 길고 평평한데 형은 짧고 퍼진 느낌이며 둥근 맛이 있고 곡선이 많다. 전자는 이완되었고, 후자는 윤곽이 분명하다. 이마가 그렇고 코가 그렇고 가슴이 그렇다. 더욱 압축되었고 활기 있고, 넓이는 작지만 더한층 집중된 힘과 생명이 있다. 동생처럼 애교와 온후함이 있다. 특별히 솔직하다고 할 수 없고, 오히려 교활한 편이다. 그러나 근본에 있어, 그리고 실제로는 정직하다. 부정이나 악의를 싫어하고, 권모술수 같은 것과는 타협하지 않는 것이 동생과 같다. 횡포와 독재에 대해서도 용납하지 않는다. 고귀하고 선량하며 위대한 것에 대한 감정이 순수하고 더럽혀지지 않은 것도 같다. 우정과 자유가 있어야 하는 것도, 다정한 성질이나 청렴한 명예심도 같다. 선량하고 현명하고 허물이 없으며 힘이 있고 뭇 사람들의 높고 낮음에 대한 이해, 오해받는 사람들에 대한 공정한 태도도 같다. 그리고 분별없는 경솔한 성격도 같다. 아니, 엄밀히 말하면 같지 않다. 얼굴의 윤곽이 더욱 선명하며, 더욱 매혹적이고, 더욱 팽팽하다. 실무나 실제적인 일에서는 보다 내적이고 발전성이 있어서 적응력이 높다. 일하고자 하는 용기도 더욱 많다. 툭 튀어나와 둥글게 나타난 눈의 골격이 이런 것을 말해준다. 하지만 넘치는 풍성함이나 순수하고 고귀한 시인의 감정은 없다. 전자에 있었던 신속하고 쉬운 생산력도 없다. 그러나 내부 깊은 곳에는 정의와 열정이 충만해 있다. 상쾌한 아침 햇빛이 비치는 하늘을 날아가면서 모습을 만들어 내는 빛의 천재는 아니며, 오히려 내부에는 많은 힘이 있지만 표현되는 힘은 적은 듯하다. 힘차고 무서운 점에서는 우월하지만, 화려하고 세련된 점에서는 뒤떨어진다. 그러나 그의 글에는 색채도 매력도 부족하지 않다. 더 많은 기지와 쾌활함을 했고, 별난 호색가로, 이마, 코, 시선 등 모든 것이 아래를 향해 불쑥 튀어나왔다. 외부에서 모인 것이 아니고, 내부에서 솟아나온 것이며, 모든 것에 생기를 주는 독창적인 예지(叡智)를 보장한다. 말하자면 형은 모든 점에서 동생보다 돌출하고, 모가 나고 적극적이고 공격적이다. 어디에도 밋밋하고 느슨한 곳이 없다. 예외가 있다면 내려 보는 눈이다. 거기에는 이마나 코와 같이 욕정이 엿보인다. 모든 것의 축소판인 이마와 그리고 시선까지도 타고난 위대함, 강인함, 인간성의 욕구, 성실함, 단순함, 결단력을 보여준다."

그 후 나는 다름슈타트에서 메르크를 만나서 내가 어울리던 유쾌한 일행들과 헤어지게 될 것이라고 했던 그의 예언이 정확하게 맞았음을 인정했다. 나는 다시 프랑크푸르트로 돌아와 여러 사람의 환영을 받았다. 부친도 환영해 주었다. 그러나 내가 아이롤로로 내려가서 밀라노에 도착했다고 소식을 전해주지 못한 것을 말로 나타내지는 않았지만, 불만스러워 했음을 무언중에 알 수 있었다. 자연 그대로의 거친 암석, 안개호수, 용의 동굴에 관해서는 조금도 흥미를 느끼지 못하시는 것 같았다. 거기에 반대는 안 하셨지만, 아버지께서는 기회가 있을 때마다 나폴리를 구경하지 못한 사람은 사는 것이 아니라는 말을 비쳤다.

나는 릴리와 만나는 것을 피하지 않았고, 또 피할 수도 없었다. 우리 두 사람 사이는 아끼는 다정한 상태였다. 내가 없는 사이에 그녀는 나와 헤어져야 한다는 것을 확신하고 있었다. 또한, 내가 여행을 하면서 의도적으로 이곳에 없었던 것이 나의 입장을 분명하고도 충분하게 대변해 주는 것이었기 때문에 헤어지는 것이 더욱 필요한 일이고 바람직한 것으로 확신하고 있음을 알게 되었다. 그러나 시내든 시골이든 장소가 예전과 같은데다가 이전의 사정을 알고 있는 친구들은 헤어지긴 했지만 서로 사랑하고 있는 우리를 그대로 내버려두지 않았다. 그 상태는 어떤 의미에서는 반갑지만 반갑지 않은 고인들과 함께 지내게 된, 저승 못지않은 저주스런 상태였다.

지나간 날이 다시 돌아오는 듯한 순간도 있었으나, 이내 망령처럼 허무하게 사라져갔다.

호의적인 친구들이 나에게 알려준 것은 우리의 결합을 방해하는 모든 요소가 자리에서 논의되었는데 릴리가 나를 사랑하는 마음에서 주변 사정과 관계를 모두 끊어버리고 함께 아메리카로 갈 작정이라고 말했다는 것이다. 그곳은 당시 현실에 억눌려 있는 사람들에게 오늘날보다도 더 이상향(理想鄉)이었다.

하지만 나에게 희망을 안겨 줄 수도 있던 것이 오히려 그것을 억누르고 있었다. 릴리 집에서 겨우 수백 보 떨어진 아름다운 나의 부친 집은 멀리 떨어져 있는 바다 저편의 불확실한 환경보다는 더 견딜만한 상태였다. 그러나 그녀를 보면 모든 희망과 소망이 또다시 일어나 마음속에는 새로운 동요가 일어나는 것은 부인할 수가 없었다.

물론 누이동생의 명령은 안 된다는 것으로, 단호했다. 동생은 타고난 냉정한 마음을 가지고 사정을 분명하게 설명했을 뿐만 아니라,

고뇌를 느낄 만한 강한 어조의 편지로 언제나 똑같은 내용을 힘찬 어조로 전해왔다. "좋아요. 만일 피할 수만 있다면, 그것을 인내해야 만 합니다. 견디어내야 해요. 그런 일은 감내해야지 선택하면 안 됩 니다."라고 말하는 것이다. 이런 비참한 상태에서 수개월이 지나갔 다. 주위 사람들은 우리의 결혼에 반대했다. 나는 그녀의 마음속에 모든 장애를 극복하는 힘이 있음을 믿었고, 또 그것을 알고 있었다.

사랑하는 두 사람은 각자 자기의 입장을 자각하고, 단둘이만 만 나는 것을 피했다. 그러나 모임에서 만나게 되는 것을 관례상 피할 수가 없었다. 그럴 때면 나에게는 참을 수 없는 시련이었다. 고결한 마음의 소유자라면 그런 점을 인정해 줄 것이다. 내가 좀 더 자세한 이야기를 해야 할 때는 더욱 그랬다. 새로 알게 되어 새로운 애정이 싹틀 때면 과거의 일을 베일로 가려버리는 것이 연애하는 사람들의 마음이라는 것은 누구나 인정하는 것이다. 남녀의 마음의 끌림은 지 난 일을 무관심하게 만드는 법이고 번개처럼 순간적으로 나타나는 것이기 때문에 과거나 미래를 알려고 하지 않는 법이다. 내가 릴리 와 친해진 것은, 그녀의 어렸을 때의 이야기가 동기가 되었다. 즉 어 려서부터 사랑과 귀염을 받고 특히 손님들로 들끓는 집에서 낯선 사 람들의 마음을 끌었고, 비록 관계가 지속하고 연결되는 것은 아니지 만, 그런 것들이 그녀를 매우 즐겁게 해주었다는 얘기를 들었을 때 의 일이다.

진정한 연인들은 과거에 느꼈던 모든 것을 오직 현재의 행복을 준비하는 것으로, 자신들의 인생의 건물을 지어나갈 토대로 생각한 다. 과거의 애정은 먼동이 트면서 사라지는 밤의 유령처럼 생각되 는 법이다.

그러나 현실은 그렇지 못했다. 박람회 날이 왔다. 그리고 유령의 모습들이 실제로 나타났다. 상당한 가문의 거래처 사람들이 속속 모여들었다. 그들 중에는 이렇게 사랑스러운 딸과 어느 정도 관계를 끊거나 조금도 포기할 수 없다는 것이 분명해졌다. 젊은 청년들은 그래도 안면 몰수하고 나타나지 않고 친구로서 나타났다. 말하자면 일종의 은근한 태도를 보이면서 어떻게 해서든 더 심한 요구를 해내는 중년층의 사람들처럼 나타났다. 개중에는 상당한 재산을 가진 잘 생긴 남자들도 있었다.

나이가 지긋한 장년의 사람들이 보여준 거동은 도저히 참을 수 없는 것들이었다. 그들은 무례하게 손을 내미는가 하면 징그러울 정도로 친밀한 태도로 키스까지 하려고 했다. 릴리도 뺨을 거절하지 않았다. 적당한 선에서 여러 사람에게 만족을 주는 것은 자연스러운 일이었다. 그러나 그들이 주고받는 대화는 마음을 불안하게 했다. 배를 타고, 혹은 걸어서 소풍 갔던 일, 즐거웠던 여러 모험, 무도회나 저녁 산책, 우스꽝스러운 구혼자를 조롱하는 일 등, 여러 해 동안 얻어낸 것을 일시에 무너뜨리고 애인의 가슴에다 쓸데없는 질투의 분노만을 일으키는 것들이었다. 이런 속에서도 릴리는 친구를 소홀히 하지 않았고, 이쪽을 돌아볼 때는 서로의 입장에 적절하게 그리고 아주 부드럽게 표현할 줄 알고 있었다.

그러나 이 시기를 회상할 때면 참을 수 없는 고통에서 시를 생각하게 된다. 어느 정도는 정신적인 위안을 받는 상태가 되는 그런 시다.

〈릴리의 정원〉[95]은 아마도 이 시기의 작품일 것이다. 이 시를 여기에 삽입하지 않는 것은, 단순히 그 시가 당시의 다정다감한 마음을 표현하는 것이 아니라, 천재다운 정열로 불쾌한 감정을 고양하고 우스꽝스러운 괴로운 모습을 그려내면서 체념을 절망으로 바꾸는 욕구에 지나지 않기 때문이다.

오히려 다음의 시는 불행한 상태에 있으면서도 아름다운 면을 나타내 주고 있으므로 여기에 삽입해도 좋으리라고 생각한다.[96]

너희 달콤한 장미여, 시들어가는구나.

내 사랑은 너희를 꽃피우지 못했다.

아, 절망에 빠진 자,

슬픔으로 넋 나간 나를 위해 피어나라.

그 시절을 슬프게 회상한다.

천사여, 그대만을 생각하며

일찍 피어난 꽃봉오리들을 찾아서

새벽 나의 화원으로 가보던 그 시절을.

세상의 모든 꽃과 열매들을

그대의 발아래에 바쳤고

그대를 바라볼 때면

---

95 〈릴리의 정원 Lilies Park〉은 1775년 쓰였다.

96 이 시는 《에르빈과 엘미레 Erwin und Elmire, ein Schauspiel mit Gesang》에 삽입되어 있다.

가슴엔 희망이 용솟음쳤다.

달콤한 장미여, 시들어가는구나.
내 사랑은 너희를 꽃피우지 못했다.
아, 절망에 빠진 자,
슬픔으로 넋이 나간 나를 위해 피어나라.

가극《에르빈과 엘미레》는 골드스미스의《웨이크필드의 시골 목
사》의 담시(譚詩)에서 암시를 받은 것으로, 비슷한 운명이 우리 두 사
람을 기다리고 있는 줄은 꿈에도 생각지 못하던 행복한 시절에 우리
를 즐겁게 해 주었던 시였다.

나는 이미 그 당시의 시를 몇 편 인용했다. 그리고 바라건대 다만
그것이 모두 그대로 남기를 바란다. 행복했던 연애 시절에 지속적인
마음의 고통이, 근심되어 상승해가기도 하면서 시를 남긴 것이다. 조
금도 과장하는 법 없이 언제나 그때그때의 느낌을 나타낸 것이다. 축
제 때 읊은 사교적인 노래로부터 타인에게 선사하는 짧은 시에 이르
기까지 모든 것이 교양 있는 사람들의 공감을 얻은 생생한 것들이었
다. 처음에는 즐거운 것, 그다음에는 슬픈 것, 마지막에는 행복의 절
정이나 심연마저도 시가 되지 않은 것이 없었다.

처음에 마음에 들어서 며느리 삼고 싶었던 사람[97]을 집에 들여
놓는 것이 점점 어렵게 된 부친은 이와 같은 모든 나의 내적, 외적인
사건을 불쾌하게 느끼는 일이 많았다. 그럴 때면 모친이 매우 교묘

---

97 제15권 마지막 부분의 Susanne Magdalene Münch로 추정된다.

하고 적절하게 돌려댔다. 그러나 두 분이 은밀하게 공주라고 불렀던 그 아가씨는 조금도 부친의 마음을 끌지 못했다.

그러는 사이에 부친은 사업을 되어가는 대로 내버려 두고 조그만 법률사무에 열심히 매달렸다. 젊은 상담역인 나도 노련한 서기와 함께 부친 사무실에서 더욱 일의 범위를 확장해 나아갔다. 누구나 아는 것이지만 부재중인 사람은 소홀히 취급당하는 법인지라, 그들은 나에겐 가고 싶은 길을 가게하고 자신들의 기반을 더욱 확고하게 하려고 노력했다. 나로서는 어차피 성공하지 못할 분야였다.

다행히 아버지의 생각이나 소망은 내 생각과 일치했다. 부친은 나의 문학적 재능을 존중해 주었고, 초기 작품들의 명성을 진심으로 기뻐하며 새로운 작업과 장래의 계획에 대해서 여러 번 의견교환을 할 정도였다. 그러나 사교적인 장난이나 연애시 같은 것은 하나도 부친에게 알려서는 안 되었다.

《괴츠 폰 베르리힝엔》에서 나는 중요한 세계사의 상징을 내 방식대로 연출한 다음 국내사에서 그와 같은 전환기를 찾아보았다. 네덜란드의 반란이 주의를 끌었다. 《괴츠》는 유능한 한 인물을 그리고 있다. 그는 광기 속에서 멸망해 가는데, 무정부 시대에는 힘 있고 선량한 인간이 매우 중요한 역할을 할 수 있다는 생각이다. 《에그몬트》에서는 군건한 상황에서도 강력하고 계산에 능한 전제정치 앞에서는 무력하다는 것을 쓰려고 했다. 내가 이 작품을 어떻게 써야 할 것인지, 어떻게 쓰려고 하는가를 아주 열심히 이야기하려고 했기 때문에 부친은 매우 감동했고 이미 내 머릿속에서 완성된 것이니 작품이 되어 인쇄되어 찬탄을 받는 것을 보고 싶어 했다.

전에 릴리를 내 것으로 만들고 싶었을 때 나는 모든 활동을 시민적인 업무를 이해하고 실행하는 데 몰두했는데, 이번에는 나를 그녀와 떼어놓는 이 무서운 간격을 즐겁고 정감 있는 일로 메우게 되었다. 나는 본격적으로 《에그몬트》를 쓰기 시작했다. 이번에는 《괴츠 폰 베르리힝엔》의 초고처럼 순서를 세우지 않고, 서두를 쓰고 난 후 여러 가지 관계를 생각하지 않은 채 곧장 중요한 장면을 써내려갔다. 느릿느릿 작업하는 나의 일솜씨를 잘 아는 부친은 과장이 아니라 정말 밤낮으로 일을 독려해 주었다. 부친은 그렇게 쉽게 시작한 일이니 마찬가지로 쉽게 완성될 것으로 믿고 있었다.

제20장

내가 《에그몬트》를 쓰면서 그것으로 열정의 상태에서 진정되기 시작했을 때 유능한 예술가가 나타나 내가 이 괴로운 상황의 시간을 보내는 데 도움을 주었다. 전에도 종종 그랬지만 이번에도 나는 힘든 시간을 불확실하지만, 실질적인 교양을 쌓으면서 다른 방법으로는 도저히 얻을 수 없는 마음의 내밀한 평화를 얻게 되었다.

게오르그 멜히오르 크라우스[98]는 프랑크푸르트 태생으로 파리에서 교육을 받은 사람인데, 마침 짧은 여행을 마치고 북독일로 돌아와 나를 방문해 주었다. 나는 곧 그와 교제하고 싶은 충동과 필요를 느꼈다. 그는 쾌활한 성격의 도락자(道樂者)로, 경쾌하면서 즐거운 성격인 그의 재능을 키우는 데 파리는 적합한 곳이었다.

당시 파리는 독일 사람들이 체류하기 좋은 곳이었다. 그곳에서 필립 하케르트[99]는 명망을 얻어 유복한 생활을 하고 있었다. 풍경을 자연의 모습대로 구아슈[100]나 유화(油畵) 기법으로 그리는 독일식 방식에 충실한 것이 당시 프랑스 사람들이 하는 실용적 기법과 대조되

---

98 Georg Melchior Kraus: 동판화가로 괴테를 위시한 바이마르의 유명인들의 초상화를 만들었다.

99 Philipp Hackert (1737~1768): 1787년 나폴리에서 괴테를 알게 되어 그 후 그의 전기를 썼다.

100 Gouache:고무를 수채화 그림물감에 섞어 그림으로써 불투명 효과를 내는 회화 기법

어 그는 환영을 받았다. 동판 조각가로 명성을 얻은 빌레[101]도 독일인의 성공에 토대를 마련해 주었다. 이미 상당한 영향력을 행사하고 있는 그림[102] 역시 독일인들에게 적지 않은 도움이 되었다. 직접 자연을 보면서 그림을 그리기 위한 유쾌한 여행이 유행했는데, 그 결과 좋은 결실이 이미 나왔고, 앞으로 기대되는 상황이었다.

부셰[103]와 바토[104]는 천부적인 예술가로 비록 그들의 작품은 당시의 흐름이나 감각에는 뒤졌지만, 여전히 존경을 받고 있었다. 이 두 사람은 새로운 경향에 매력을 느끼며 장난삼아 습작을 그리며 활동하고 있었다. 그뢰츠[105]는 가정에 들어앉아 조용히 생활하면서 시민 생활의 모습을 그리기 좋아했는데, 자신의 작품에 도취하여 우아하고 경쾌한 화필을 애호했다.

크라우스는 이 모든 것을 자신의 재능 속에 받아들였다. 그는 계속되는 사교를 통해서 교양을 쌓았다. 그리고 우아하고 가정적이며 다정한 친목의 모임을 초상화로 그렸다. 깨끗한 윤곽, 강력한 터치, 부드러운 색채 등으로 보기에 정다운 느낌을 주는 그의 풍경화 역시 성공적이었다. 진한 먹으로 깔끔한 윤곽과 부드러운 색채를 보여주는 풍경화는 정다운 느낌을 주었다. 소박한 진실성이 내면의 감각을 만족하게 했는데, 그는 자연을 보면서 즉시 그림으로 만들어냈다.

그 자신이 쾌활한 성격의 사교가인 크라우스는 변함없는 명랑한 성격이었다. 어디서나 친절하면서 비굴하지 않고, 신중하면서 거만

---

101 Johann Georg Willet (1715~1808).

102 Friedrich Melchior Grimm (1723~1807).

103 Francois Boucher (1703~1770).

104 Antoine Watteau (1684~1721).

105 Jean-Baptiste Greuze (1725~1805).

하지 않은 그는 활동적이면서 동시에 유쾌한 사람으로 어디서나 무난해서 사랑받았다. 이런 재능과 성격을 타고 난 그는 얼마 안 되어 귀족사회에 들어가 라인 강가의 나사우 성의 폰 슈타인 남작에게 훌륭한 대접을 받았다. 그곳에서 재능과 용모가 뛰어난 남작의 딸[106]의 미술 지도를 맡아 그곳 사교계에 활기를 주었다.

이 훌륭한 따님이 폰 베르터른 백작과 결혼한 후, 부부는 크라우스를 튀링엔에 있는 그들의 넓은 영지로 데려갔다. 그래서 그는 종종 바이마르에도 오게 되었다. 그곳에서 그는 유명해지고 인정을 받았다. 그곳의 교양 있는 사람들은 그가 계속 머물러 줄 것을 원했다.

어디를 가든 활발하게 활동하는 그는 프랑크푸르트에 오자 그 때까지 수집단계에 머물렀던 미술에 대한 나의 취미를 실제 수련을 할 수 있는 단계로 끌어 주었다. 예술애호가에게는 전문가 옆에 있어 주는 것이 필요하다. 애호가는 전문가가 함께 있음으로써 그의 존재를 보완할 수 있고, 그의 소원은 전문가에 의해서 실현이 되기 때문이다.

나는 타고 난 재능에다 연습을 통해서 윤곽 스케치를 해낼 수 있게 되어, 눈앞에 보이는 자연을 쉽게 그림으로 그릴 수 있게 되었다. 그러나 나에게는 특출한 입체적 구성 능력이 없었고, 명암을 적절히 사용하여 윤곽에 실체를 부여하는 탁월한 능력도 없었다. 내가 묘사한 것은 형체의 흐릿한 예감이었고, 인물들은 단테의 지옥에 등장하는 둥실 거리는 음영과도 같아서 그림자가 없이 실체 대상의 그림자를 보고 놀라는 모습이었다.

---

106 Johanna Louise von Stein은 Jacob Friedemann von Werther와 결혼하여 바이마르 상류사회에서 중요한 위치를 차지했다.

라바터의 관상에 대한 선동 — 관상에 관해 깊이 생각할 뿐 아니라, 기교적으로 잘 되든 혹은 엉터리 초상을 그리든, 초상을 그리도록 강요하는 그의 열광적인 언사를 이렇게 부를 수 있을 것이다 — 덕택으로, 나는 친구들의 초상을 회색 종이 위에 검은 초크와 흰 초크로 그려야만 했다. 그림이 닮았다는 것은 알아낼 수 있었지만, 그것을 흐릿한 바탕에서 분명하게 드러나게 하려면 전문가 친구의 손이 필요했다.

여행에서 가지고 온 다양한 내용의 화첩을 들춰보면서 크라우스가 경치나 인물들을 설명할 때 가장 즐겨 이야기한 것은 바이마르 일대와 그 주변이었다. 나도 거기에 눈길이 끌렸다. 그렇게 많은 그림을 보여주면서, 그곳 사람들이 나를 만나고 싶다는 것을 누누이 설명하는 것을 들으면 젊은 사람의 기분이 나쁠 리 없기 때문이었다. 그는 그림으로 그린 그곳 사람들을 보여주면서 그들의 인사와 초대를 생기 있게 말해 주었다. 그중에서도 균형이 잘 잡힌 유화는 피아노 앞에 앉아 있는 악장 볼프[107]와 그 뒤에 서서 노래 부를 준비하고 있는 그의 부인을 그린 것이다. 화가는 이들 부부가 아주 친절하게 나를 맞이해 줄 것이라고 설명했다. 그의 스케치 중에는 뷔르겔[108] 부근의 산과 숲의 경치가 많았다. 그 경치 속에 선량한 어느 산림관은 자기보다는 귀여운 딸들[109]을 위해 험한 바위, 숲, 나무 사이에 다리를 놓고 난간을 만들어 다니기 쉬운 오솔길을 만들어 사교적

---

107 Ernst Wilhelm Wolf (1735~1792): 바이마르의 궁정악장

108 Brügel: 예나 근처의 마을

109 큰딸 Friedrike Elisabeth Caroline는 Bertuch와 결혼했고, 작은 딸인 Auguste Elisabeth Caroline은 Kraut과 결혼했다.

인 산책을 할 수 있게 해 놓았다는 것이다. 흰옷을 입은 부인들이 일행들과 아늑한 샛길에 있는 것이 보였다. 남자 중 젊은 사람은 확실히 베르투흐[110]였는데, 큰딸에게 마음을 쏟고 있었다. 둘째 남자를 크라우스로 생각하고, 동생에게 애정의 싹이 트고 있다고 상상해도 그른 것은 아니었다.

베르투흐는 빌란트의 제자였는데, 학식과 활동이 뛰어나 대공의 비서로 임명되었으며 장래가 촉망되는 인물이었다. 빌란트의 성실성, 쾌활함, 덕망은 많은 사람이 칭송했다. 문학과 시에 대한 그의 문장들은 상세히 알려졌으며, 《메르쿠어》 잡지가 전 독일에 끼친 영향도 입에 오르내렸다. 그 외에 문학, 정치, 사교 방면에서 많은 이름이 나타났다. 그런 의미로 무조이스,[111] 키름스,[112] 베렌디스[113]와 루데쿠스[114]의 이름이 등장했다. 여성계에선 볼프 부인, 코체부에 미망인[115]과 사랑스런 딸, 쾌활한 아들, 기타 여러 사람에 관해서 각각 특징을 잡아서 이야기해 주었다. 모두 다 문학과 미술 방면에서 신선하고도 활동적인 생활에 관한 것이었다.

---

110 Freidrich Justin Bertuch (1747~1822): 1775년 바이마르 대공의 비서가 되었다.

111 Johann Karl Musäus(1735~1787): 영국 작가 새뮤얼 리처드슨의 주인공 찰스 그랜디슨 경을 풍자한 소설 《그란디슨 2세 Grandison der Zweite》로 유명하다. 1763년 바이마르의 궁정 시종장이 되었으며, 1770년 바이마르 김나지움의 교수가 되었다.

112 Franz Kirms (1750~1826): 바이마르의 궁정비서관.

113 Hieronymus Dietrich Berendis (1719~1782): 바이마르 재정국의 고문.

114 Johannn August Ludecus (1742~1801): 궁정고문관.

115 Anna Christine Kotzbue (1736~1826): 1761년에 세상을 떠난 남편은 외교 고문관이었으며 딸 Amalie는 1778년 바이마르에서 결혼했고, 아들 August Kotzebue는 작가였다.

이리하여 젊은 대공[116]이 귀국한 후 해야 할 일들이 하나하나 이야기되었다. 그런 상황을 만들고 있는 것은 여성 후견인[117]이었지만, 중요 사항의 실행에 관한 것은 지방 정부의 의무로서 장래 통치자의 소신과 실행력에 위임되었다. 성내(城內) 화재로 인해서 폐허가 된 참담한 상태는 새로운 활동에 좋은 기회를 주는 듯했다. 휴업상태에 있는 일메나우 광산[118]은 상당한 비용을 들여 깊은 갱도를 수리하면 채굴이 가능하고, 약간 시대정신에 뒤져 유능한 교수를 잃어버릴 위기에 처한 예나 대학[119] 문제 같은 것도 고귀한 공동체 정신을 불러일으키고 있었다. 부흥기의 독일에서 각 방면에서 발전을 촉진할 수 있는 유능한 인물들이 물색되었다. 원기 왕성한 청년들에게는 장래의 희망을 이룰 수 있는 새로운 전망들이 나타났다. 젊은 왕비를 품위에 맞는 저택으로 모시지 못한 채 전혀 다른 목적으로 세워진 초라한 곳에 모신 것이 섭섭하게 생각되었지만, 에텔스부르크나 벨베데레의 전망 좋은 별장은 일단 위안도 되고 당시 필요하다고 생각하는 자연생활을 하면서 생산적이고 즐거운 활동을 할 수 있다는 희망을 주었다.

이 자서전이 진행되는 동안 여러분은 어린아이, 소년, 청년이 성장하면서 여러 길을 통해서 초감각적인 것에 접근해 가려고 노력하는 것을 보았다. 처음에는 자연종교에 마음이 끌렸고, 그 뒤 실제 종

---

116 Karl August는 1775년(18살)에 대공이 되었다.

117 대공비 Anna Amalia를 지칭한다.

118 일루메나우 광산 재건을 위해서 1777년에 광산위원회가 설립되었는데, 괴테는 여기에 큰 관심을 가졌다.

119 예나 대학은 작센 바이마르 공의 소유였으며, 괴테는 바이마르에 체류하는 동안 훌륭한 교수를 초빙하기 위해 노력하고 있었다.

교에 애정을 가지고 집착했다가 마침내 자신 안에 집중하여 자신의 힘을 시험하고 결국은 일반적인 신앙에 기꺼이 귀의하게 되었다. 이렇게 발전되어 가는 종교의 중간 단계에서 그는 방황하고, 모색하고, 주위를 돌아보는 동안 어느 곳에도 구속되지 않은 많은 것을 만났으며, 이 거대한 것, 파악할 수 없는 것에 대해서는 생각을 피하는 것이 더 좋겠다는 것을 차츰 알게 되었다. 자연 속에서 그는 생명의 유무나 영혼의 유무를 불문하고 존재의 실증을 발견했다고 생각했다. 그런데 그것은 모순으로만 모습을 드러낼 뿐, 언어는 물론이고 어떤 한 가지 개념으로 파악할 수 없었다. 비이성적으로 보이므로 신의 세계가 아니고, 지성이 없으니 인간의 세계도 아니고, 선을 행하니 악마의 세계도 아니고, 종종 남의 불행을 고소해하니 천사도 아니었다. 아무런 연속이 없으니 우연 같고, 인과관계를 보여주니 섭리 같은 것으로 보였다. 그것은 우리를 제약하는 모든 것에 침입하고, 우리의 생존 요소를 마음대로 처리하는 것 같았다. 그것은 시간을 축소하고 공간을 연장했다. 불가능한 것에만 있으려 하고, 가능한 것을 멸시하고 배척하는 듯했다. 모든 사물 속에 들어와서 그것들을 분리하고 혹은 결합하는 듯이 보이는 이 존재를, 나는 옛사람들이나 그런 것을 감지했던 사람들의 예에 따라서 "데몬적"[120]이라고 부르면서 내 방식대로 일정한 표상(表象) 뒤로 도주해서 이 무서운 존재에게서 벗어나려 했다.

　　내가 세심하게 연구했던 세계사의 단편적인 부분 중에서도 후일

---

120 데몬적(dämonisch): 데몬은 초자연적인 존재를 의미하는 그리스어의 다이몬에서 온 것으로 악령, 혹은 악마를 의미한다. 하지만 데몬적 이란 악마의 의미보다는 거역할 수 없는 불가사의하고 비밀스러운 운명적인 힘을 의미하는 경우가 많다.

네덜란드를 유명하게 만든 사건들이 눈에 띄었다. 나는 원전을 자세히 탐구하고 가능한 한 직접 사실을 확인하여 전체를 눈앞에 보듯이 상상해 보았다. 상황은 아주 극적으로 보였고, 중심인물로서 주변에 다른 인물들이 아주 적절하게 배치된 백작 에그몬트가 눈에 띄었다. 백작의 인간성과 기사로서의 위대함이 내 마음에 들었다. 그러나 내 목적을 위해서는 그 인물을 변형시켜서 지긋한 나이의 남자보다는 청년으로, 가장보다는 독신자로, 자유사상을 가지고 여러 상황에 속박된 인간보다는 구속되지 않은 인간으로 변형된 성격을 부여했다. 이렇게 머릿속에서 그를 젊게 만들고 모든 속박에서 해방한 후 나는 그에게 무한한 삶의 의욕과 자신에 대한 깊은 신뢰와 만인을 끌어당기는 천부적 능력을 부가했다. 그에게는 백성들의 호감, 통치자의 조용한 애정, 순수한 처녀의 숨김없는 사랑, 탁월한 정치가의 동정, 심지어는 최대 적수 아들의 마음까지도 끌어들일 수 있는 매력이 있었다.

이 영웅을 뛰어나게 만든 용맹성은 그의 전 존재가 뿌리내리고 있는 토대이자, 그것을 자라도록 해준 원천이다. 그는 위험을 모르며, 다가오는 엄청난 위험도 보지 못한다. 적에게 포위당하면 어떻게 해서든 돌파할 수 있지만, 정치적인 영역에 얽혀있는 교활한 책략은 돌파하기가 더 힘든 법이다. 데몬적인 것이 양측에서 책동하고, 그런 갈등 속에서 사랑스러운 것이 파멸하고 가증스러운 것이 승리한다. 그 뒤 모든 사람의 소망에 부응하게 될 제3의 것이 나타날 전망이 나타나게 되었는데 아마도 이것이 작품이 발표되었을 때는 그렇지 못했지만, 얼마 뒤 적절한 시기에 호평을 받게 하고 아직도 호평을 받게 한 것이 아닌가 싶다.[121] 언제 다시 내가 이런 말을 할 기회가 있을지 모르므로 여기서 나는 소중한 독자들을 위해, 뒤에서야 내가 확신을 하게 된 것에 관해 미리 이야기해두려 한다.

데몬적인 것은 유형무형의 모든 사물에 나타날 수 있으며, 동물에 아주 기이하게 나타나지만, 특히 인간과 신기한 관계가 있다. 세계의 도덕적 질서와는 대립하지 못하지만 상호 교차하는 힘을 형성하고 있어서, 하나는 날줄로 다른 하나는 씨줄로 생각할 수 있을 것이다. 이렇게 해서 생겨나는 현상들에는 무수한 이론이 있다. 모든 철학과 종교들이 산문 혹은 시를 통해서 이 수수께끼를 풀고 최후의 결정을 내리려고 노력했으며 또 앞으로도 지속해서 노력할 것이기 때문이다. 그러나 이 데몬적인 것이 가장 무섭게 나타나는 것은 어느 한 인간에게 그 위력을 나타낼 때이다. 나는 살아오는 동안 가까운 곳이나 혹은 먼 곳에서 그 예를 여러 번 볼 수 있었다.[122] 이런 종류의 인간은 그 정신에서나 특수한 재능에서나 반드시 가장 탁월한 인간은 아니며, 인정미를 느끼기도 어렵다. 그러나 어떤 무서운 힘이 그들로부터 흘러나와 도저히 믿을 수 없을 정도의 위력을 모든 생물, 모든 자연의 요소까지 끼친다. 그런 힘이 어디까지 미치는가를 누가 말할 수 있을까? 도덕의 힘을 모두 합쳐도 그들의 적은 될 수 없다. 이치에 밝은 사람들이 그것이 사람을 현혹하고 속이는 것으로 의심하게 해도 소용없다. 대중은 그들에게 끌려간다. 같은 시

121 《에그몬트》는 1788년에 출간되었는데, 1791년의 초연은 실패였다. 1796년 실러의 조언에 따라 수정된 재공연에서 좋은 평을 받았다.
122 여기서 이름을 거론하고 있지는 않지만, 나폴레옹과 카를 아우구스트 공을 지칭하고 있는 것으로 추측된다. 괴테는 파가니니 역시 여기 속하는 것으로 보았다.

대에 사는 사람들은 결코 그들과 필적할 만한 사람이 없으며, 그들과 싸움을 시작한 우주 자체 이외에는 그들을 이길 수 있는 것이 없다. 신을 제외하고 신에 대항할 자 없다는 거창한 격언이 이런 의미에서 생긴 것 같다.

더욱 높은 이런 관찰로부터 다시 나의 좁은 생활로 돌아가겠다. 나의 삶에도 데몬적인 모습을 한 이상한 사건들이 나타났다. 릴리 없이 살 수 없으므로 나는 고트하르트 산정에서 이탈리아를 등지고 집으로 돌아왔다. 서로 자기 것이 되어 오래도록 함께 살겠다는 희망 위에 쌓인 애정은 급격히 식는 법이 아니며, 오히려 마음에 품고 있을 정당한 소망이나 솔직한 희망을 관찰함으로써 더욱 커지는 법이다. 이런 경우 남자보다는 여자가 단념이 빠른 것은 사물의 본성상 당연한 일이다. 판도라의 자손인 아름다운 처녀들에게는 사람의 마음을 유혹하고 유인하며 애정보다는 반쯤 의도적인 본능에 의해서 마음이 들떠 남자들을 주위에 끌어모으지만, 실제로 그들은 종종 저 마술사의 제자처럼 숭배자가 모여드는 것을 보면 공포에 빠지는 부러운 능력이 있다. 그래서 최후에는 선택해야 하며, 한 사람이 뽑혀 신부를 집으로 데려가게 되는 것이다.

그러나 선택에서 방향을 결정하고 마음을 결정짓게 하는 것은 그야말로 우연이다! 나는 확신을 하고 릴리를 단념했지만, 사랑은 이 확신에 의혹을 제기했다. 릴리도 같은 의미로 나와 헤어졌으며, 나는 아름다운 기분전환 여행을 했다. 그런데 결과는 반대로 나타났다. 내가 여행을 하는 동안 나는 그녀와 떨어져 있다고 생각했지만 헤어졌다고 믿지 않았다. 추억과 희망과 소망이 교차했다. 이제 나는 돌아왔다. 자유로우며 기쁘게 맞이해 주는 애인과의 재회가 천국이라면 단지 이상만으로 작별한 두 사람의 재회는 참을 수 없는 연옥이요, 지옥의 앞뜰이었다. 릴리의 구역으로 돌아왔을 때 나는 우리의 관계를 방해했던 불화를 두 배로 느꼈다. 그녀 앞에 다시 나타났을 때, 그녀가 나를 생각하는 마음이 없어졌다는 것을 알고 나는 마음이 무거웠다. 그래서 나는 다시 도피할 결심을 했다. 때마침 잘된 일은 젊은 바이마르 대공 부부[123]가 카를스루에에서 프랑크푸르트로 와서 재차 초빙하면서 함께 바이마르로 가자고 한 것으로, 나에게는 너무도 바람직하였다. 대공 부부가 나에게 보여준 호의와 신임은 여전했고, 나는 그것에 대해 진심으로 감사했다. 처음 만났을 때부터 느낀 대공에 대한 신뢰감, 모습은 한번 보았을 뿐이지만 오래전부터 알고 있던 대공녀에 대한 존경심, 나에 대해 그렇게 관대했던 빌란트에게 개인적으로 친절을 표시하고 반은 무례에서 또 반은 우연히 범한 실례를 직접 용서받겠다는 소망, 이것만으로도 사랑의 열정이 식어버린 젊은이에게는 출발을 자극하고 결행케 하는 충분한 동기가 되었다. 게다가 나는 어디라도 릴리에게서 도망할 필요가 있었다. 부친이 매일 이야기해 준 예술과 자연의 화려한 천국을 연상하게 하는 남쪽이든, 훌륭한 인물들이 나를 초대한 북쪽이든 어디든 가야 했다.

젊은 대공 부부가 귀국 도중에 프랑크푸르트에 도착했다. 마이닝엔 공작[124] 일가도 와 있었다. 나는 대공과 젊은 공작들을 수행하

---

123 Carl August von Weimar(1757~1828)와 Luise von Hessen-Darmstdt의 결혼은 1775년 10월 3일에 카를스루에에서 거행되었다. 두 사람은 18살이었다. 괴테는 처음에 카를 아우구스트 공의 가정교사로 바이마르로 가게 된다. 대공은 자유주의 계몽 군주로 바이마르 궁정과 예나대학을 학문의 중심지로 키웠다. 1774년 괴테와 알게 된 뒤 평생 교분을 유지했으며, 헤르더, 셸링, 헤겔과 쉴러 등을 후원했다.

124 Charlotte Amalie von Sachsen-Meiningen (1730~1801) 일행을 말한다.

는 궁중고문관 폰 뒤르크하임[125]한테도 매우 친절한 환영을 받았다. 그러나 미숙한 청년에게는 기이한 사건이 있기 마련으로, 나는 오해로 인해 믿기 힘든, 그러면서도 상당히 우습고 낭패한 상황에 빠졌다. 바이마르의 대공 일행과 마이닝엔 공작 일행은 같은 숙소에 투숙 중이었다. 어느 날 나는 식사에 초대받았다. 내 마음은 바이마르 궁정으로 가득 차 있었고, 마이닝엔 측에 대해서는 그들이 나를 안중에 둘 것 같은 자신감이 없으므로 별로 관심을 쏟지 않았었다. 나는 의복을 단정히 하고 '뢰미쉐 카이저'로 갔으나, 바이마르 대공의 방에는 아무도 없었다. 마이닝엔 공작 측에 가 계시다기에 나는 그쪽으로 갔고 친절한 환영을 받았다. 아마 식사 전의 방문이거나 혹은 식사를 함께하는 것이겠지, 라고 생각하면서 어서 끝나기를 기다리고 있었다. 그런데 바이마르 대공의 수행원들이 갑자기 자리에서 일어났다. 나는 물론 거기에 따랐다. 그런데 그들이 방으로 돌아가지 않고, 층계를 내려가 마차에 타는 것이었다. 나는 길에 혼자 남게 되었다. 나는 얼른 현명하게 상황을 알아보고 결론을 내릴 생각은 않고 내 식대로 곧장 집으로 발길을 돌렸다. 집에서는 식후 후식을 들고 있었다. 모친은 가능한 한 위로를 해주었는데, 부친은 내내 고개를 저었다. 저녁때 모친이 내게 몰래 이야기해 준 것은, 내가 집을 떠난 후 부친께서는 내가 보통 때는 바보가 아닌데 상대방이 나를 놀리고 창피 주려고 하는 것을 모르는 것이 정말 이상하다고 하셨다고 한다. 그러나 이런 말로 나는 동요하지 않았다. 왜냐하면, 곧 폰 뒤르크하임을 만났기 때문이다. 그는 부드러운 태도로 농담하듯

---

125 Franz Christian Eckbrecht Dürckheim: 궁중고문관으로, 마이닝엔에서 왕자의 가정교사를 했다.

나를 비난하면서 해명을 요구하는 것이었다. 나는 그제야 꿈에서 깨어나서 나의 희망이나 기대와 어긋난 고마운 초대에 대해 감사하고 용서를 구했다.

이렇게 해서 그 친절한 제안에 대해 충분히 생각한 후 다음과 같이 약속했다. 대공의 신하 한 사람[126]이 슈트라스부르크에서 제작 중인 란다우식[127] 마차를 기다리느라고 카를스루에 남아있는데, 그가 일정한 날짜에 프랑크푸르트로 올 예정이니 내가 그와 함께 바이마르로 가는 것이었다. 젊은 대공 부부에게서 내가 받은 유쾌하고 정중한 인사와 신하들의 친절한 태도는 여행을 몹시 기다리게 하였다. 도로까지도 이번 여행을 위해 평탄해 보였다. 그런데 이번에도 우연에 의해 아주 간단한 일이 혼란스럽게 되고, 격렬한 열정으로 뒤죽박죽되어 거의 포기상태가 되었다. 왜냐하면, 나는 곳곳에 작별인사하고, 출발 날짜를 알리고, 부지런히 짐을 싸고, 아직 인쇄하지 않은 작품을 짐에 넣고 나서 앞서 말한 친구가 새 마차를 타고 와서 나를 새로운 지방, 새로운 환경으로 데려갈 시간을 기다리고 있었는데 약속한 시간 날짜가 그냥 지나가 버렸기 때문이다. 나는 두 번 작별하는 것을 피하고 몰려드는 손님들에게 둘러싸이는 것도 싫어서, 그 날 아침에 출발한 것으로 해 두었다. 그래서 집 안에, 아니 방 안에 갇히게 되는 묘한 상태에 놓이게 되었다. 고독하게 갇혀서 지내는 것도 나에게는 유익한 점이 있었기 때문에, 말하자면 그런 시간을 이용할 수 있었기 때문에 나는 《에그몬트》를 계속 써나가 완성할 수 있었다. 나는 이것을 부친에게 읽어 드렸다. 부친은 이 작품에 남다른 애착을

---

126 Johann August Alexander von Kalb (1747~1814)를 말한다.

127 4인용 여행마차

가지고 있어서, 그것이 완성되어 인쇄되기를 고대하고 있었다. 그로 인해 아들의 명성이 높아지는 것을 바라고 있었기 때문이다. 부친에 게는 위안과 새로운 만족이 필요했다. 왜냐하면, 마차가 오지 않는 것을 부친께서는 중대한 것으로 생각했기 때문이다. 부친은 이번 일을 또다시 꾸며낸 일쯤으로 생각하고, 새로 만드는 란다우식 마차를 믿지 않았으며, 뒤에 남아 있다는 신하를 가공의 인물로 생각한 것이다. 부친은 이런 것을 나에게 간접적으로 암시해주었지만 부친 자신이나 모친은 더욱 괴로웠다. 부친은 이 모든 것이 내가 결례를 저지른 결과 일어난 일로, 내가 원하는 명예 대신 면목 없이 버림을 받은 것, 내 마음을 손상하고 치욕을 주려는 궁중 사람들의 장난으로 생각했다. 처음에 나 자신은 굳게 믿었다. 친구나 낯선 사람들, 여러 가지 사교적인 바쁜 일에서 벗어나 혼자 지내는 시간이 기쁘기도 했다. 그래도 내심 불안이 없던 것은 아니지만《에그몬트》를 활기 있게 써나갔다. 그리고 이런 기분은 작품에 좋은 결과를 가져왔다. 이렇게 열정이 넘치는 작품은 열정이 부족한 사람은 쓸 수 없기 때문이다. 그렇게 일주일이 지나고, 또 얼마나 지났는지 모른다. 이제 이렇게 집에 틀어박힌 것이 답답하게 되었다. 오래전부터 자유를 만끽할 수 있는 하늘 아래서 사는 것이 습관이 들었고, 허물없이 부지런히 교제하던 친구들과 어울릴 수 있고, 헤어질 것을 예감하고는 있었지만 다가갈 수 있다는 가능성이 있기 때문에 애인 옆에 있다는 것이 강하게 나 자신을 억압하기 시작했고 이 모든 것들이 마음을 불안하게 했다. 그래서 내 비극이 가지고 있는 매력도 감퇴하고, 초조한 마음에서 시적인 창작력도 없어질 것 같았다. 이제 며칠 저녁 집에 더 지낸다는 것은 불가능할 정도였다. 나는 큰 외투를 둘러쓰고 시가지를 이리저리 돌아다니며 친구나 친지들의 집을 지나갔다. 릴리의 창문 가에도 들렀다. 그녀는 길모퉁이 저택의 아래층에 살고 있었다. 녹색 커튼이 내려져 있었으나, 등불은 평소의 장소에 놓여 있는 것을 알 수 있었다. 피아노 옆에서 노래를 부르고 있는 그녀의 목소리가 들려 나왔다. 그 노래는, 내가 그녀를 위해 가사를 쓴 지 일 년도 안 되는 〈나를 매혹시키는 그대〉[128]라는 곡이었다. 그녀가 보통 때보다 더욱 감동적으로 부른 것처럼 생각되었다. 한 마디 한 마디 명확하게 들을 수 있었다. 나는 밖으로 내민 들창에 될 수 있는 대로 귀를 가까이 들이댔다. 노래가 끝나고 커튼에 비치는 그림자로 보아 그녀가 자리에서 일어나 이리저리 걸어 다니는 모습이 보였으나, 두꺼운 커튼을 통해 그녀의 사랑스러운 모습을 제대로 알아보는 것은 헛된 일이었다. 떠나야겠다는 굳은 결심, 내가 나타나 그녀를 괴롭히지 말고 정말로 체념해야 한다는 굳은 결심과 만일 내가 다시 나타난다면 무슨 소동이 일어날지도 모른다는 생각이어서 그녀의 곁을 떠날 결심을 하게 했다.

또 며칠이 지나갔다. 카를스루에서는 마차가 지연되는 이유를 알리는 편지 한 통 없었기 때문에, 부친의 추측은 더욱 사실처럼 되었다. 나의 창작은 중단되었다. 그런데 부친은 내가 내심 불안해하는 동요된 상태에서 좋은 생각을 해냈다. 부친의 제안은 이번 일을 변경할 필요 없이 짐도 꾸렸으니 이탈리아에 갈 여비와 소개장을 써 줄 것이니 즉시 출발할 결심을 하라는 것이다. 매우 중대한 일이라 걱정이 되고 주저하기도 했지만 나는 드디어 결심했다. 일정한 기일 안

---

128 Ach, wie ziehst du mich unwiderstehlich!

에 마차도 소식도 오지 않으면 출발하기로 했다. 일단 하이델베르크로 가서 이번에는 스위스를 거치지 않고 그라우뷘덴이나 티롤을 지나서 알프스를 넘어갈 작정이었다.

자신도 잘못에 빠지기 쉬운 계획성 없는 젊은이가 정열적 노인의 착오로 인해 잘못된 길에 접어들 경우 기이한 일들이 일어나는 것은 당연한 일일 것이다. 하지만 청년이나 우리의 일반적인 삶은 전쟁을 끝내고 나서야 전술을 비로소 체득하게 되는 식이다. 순수한 사업상의 과정에서는 그런 우연은 쉽게 설명이 될 수 있겠지만, 우리는 오류를 가지고 자연의 진리에 배반하려고 한다. 그것은 마치 카드놀이에서 카드를 돌리기 전에 우연이 마음껏 작용할 수 있도록 섞는 것과 같다. 데몬적인 것이 즐거이 그런 것 속에서 움직이고 거기에 작용하는 요소도 바로 이런 데에서 생기는 것이다. 데몬적인 것의 접근을 예감하면 할수록 우리는 더욱더 못되게 우롱을 당하게 된다.

최후의 날이 지났다. 다음 날 아침에는 출발하기로 되어 있었다. 그런데 스위스에서 막 돌아온 친구 파사반트를 한 번 꼭 만나고 싶었다. 만일 내가 끝까지 비밀을 지켜서 우리 사이의 친교를 손상한다면, 그걸로 그가 정말로 화를 낼 것 같았다. 그래서 나는 어떤 모르는 사람을 통해서 그에게 밤에 일정한 장소에 나오도록 요청했다. 나는 외투를 뒤집어쓰고 그보다 먼저 나갔다. 그도 바로 나타났다. 그는 나오라는 것만으로도 놀랐는데, 그 장소에 나타난 사람을 보고는 더욱 놀랐다. 놀란 그만큼 기쁨은 컸고, 의논이나 상의는 할 여유가 없었다. 그는 나의 이탈리아 여행이 행복하기를 빌며 우리는 헤어졌다. 다음 날 일찍 나는 베르크슈트라세[129]를 걷고 있었다. 내가 하이델베르크로 간 이유는 여러 가지가 있다. 첫째는 상식적이었다. 왜냐하면, 그 친구가 카를스루에로부터 하이델베르크를 거쳐 온다는 말을 들었기 때문이다. 그래서 그곳에 도착하는 즉시 나는 역에 편지를 남겨 놓았다. 내가 묘사한 것과 같은 모습의 궁정신하가 통과하는 경우에 전해 달라는 내용이었다. 두 번째 이유는 감정적인 것으로, 릴리와의 과거 관계와 관련이 있었다. 우리의 사랑을 믿고 있던 사람, 엄숙한 약혼식 중개 역을 부모님들 앞에서 해 주었던 델프 부인이 거기에 살고 있었다. 내가 독일을 떠나기 전에 인내와 관용을 겸비한 그 친구분과 다시 한 번 행복했던 시절을 이야기할 수 있다면 더없이 행복할 것으로 생각한 때문이었다. 나는 따뜻한 환영을 받았으며 여러 가정에 소개되었다. 산림감독인 폰 브레데[130] 가정의 방문도 유쾌했다. 주인 부부는 예의 깊고, 친하기 쉬운 분들이었고, 딸 하나는 프리드리케를 닮았다. 때마침 포도 수확기라 날씨가 좋았으며 아름다운 라인 강, 네카 강의 계곡에서 알사스의 모든 정취가 마음속에 다시 솟아올랐다. 당시 나는 자신과 타인에 대해 신기한 체험을 했지만, 만사는 진행 중으로 아무런 삶의 결실도 보지 못했다. 내가 알게 된 무한한 세계는 오히려 나의 마음을 교란했다. 사교계에서 나는 여전했고, 오히려 더 친절하고 교제가 늘어난 것 같았다. 이 자유로운 하늘 아래 쾌활한 사람들 사이에서 나는 전과 같은 즐거움을 되찾았다. 그것은 젊은이에게는 언제나 새롭고 매력적이다. 아직 사라지지

---

129 Bergstrsse: 다름슈타르트에서 하이델베르크에 이르는 산록 지대.

130 Fridrich Joseph von Wrede: 팔츠 선제후국의 영지관리인이자 하이델베르크의 참사관.

않은 지난날의 사랑을 가슴에 간직하고 있던 나는 그것을 감추고 있었음에도 뜻하지 않은 동정을 자아냈고, 이내 그곳 사람들과 친해져서 없어서는 안 될 사람이 되었다. 그렇게 며칠 밤을 떠들어낸 후에 나는 여행을 계속하려는 것도 잊어버렸다. 델프 부인은 악의가 있는 사람이 아니었다. 그녀는 언제나 일거리를 갖고 있었고, 타인에게도 일을 시켜서 이런저런 목적을 달성할 수 있도록 해주는 사람이었다. 그녀는 나에게 진정한 우정을 가지고 있었다. 그리고 내가 자기 집에 머무는 동안 나의 체류를 위해 모든 편의를 주었다. 내가 출발하는 데 여러 가지 장애가 있기 때문에, 나를 될 수 있는 대로 오랫동안 그곳에 잡아 놓게 유혹하기는 더욱 쉬웠다. 내가 릴리에 대한 이야기로 말머리를 돌리면, 그녀는 기대하는 것만큼 즐거워하지도, 동정하지도 하지 않았다. 오히려 이럴 때에도 헤어지기로 한 것을 칭찬하고, 피할 수 없는 일은 단념하고 불가능한 일은 잊어버리고, 새롭게 생활의 취미를 찾는 것이 좋은 일이라고 말했다. 계획 세우기를 좋아하는 그녀는 이 일도 우연에 맡기려 하지 않았다. 부인은 나의 장래 계획을 이미 머릿속에 그리고 있었다. 그것을 생각하면 전에 나를 하이델베르크로 초대한 것도 겉보기와는 달리 어떤 의도가 숨어 있었던 것 같았다. 즉 선제후 카를 테오도르[131]는 예술과 학문을 위하여 공헌을 많이 한 사람인데, 아직 만하임에 살고 있다는 얘기였다. 궁정은 구교인데 시민은 신교이기 때문에, 신교 측에서 유력하고 유망한 인물들로 세력을 강화하려 한다는 것이다. 나는 이탈리아에 가서 예술에 대한 식견을 기르고 오면 되고, 그동안에 스스로 나를 위해

---

131 Kurfürst Karl Theodor von der Pfalz (1724~1799): 1777년에 바이에른의 선제후가 되었다.

노력하겠다고 했다. 그리고 나에 대해 싹트기 시작한 폰 브레데 양의 애정이 자라는지 혹은 식는지, 명문가와 결연하여 새로운 조국에서 나와 내 행복의 발판을 놓을 수 있을지의 여부는 내가 돌아올 때쯤이면 분명해질 것이라고 했다.

이런 모든 것을 나는 거절하지 않았다. 그러나 계획성 없는 나와 매사에 계획을 세워나가는 델프 부인과는 완전히 일치할 수가 없었다. 나는 그 순간의 호의를 기꺼이 받아들였으나 자나 깨나 릴리의 모습이 눈앞에 어려서, 나를 즐겁게 하고 내 마음을 끄는 모든 것과 뒤섞였다. 하지만 이내 내가 해야 할 여행이 중대한 것임을 생각하여 부드러우면서도 기품 있게 작별을 하고, 이삼일 안으로 여행을 계속할 결심을 했다.

델프 부인은 밤늦게까지 자신의 계획, 그리고 나를 위해서 하려는 일들을 자세히 이야기했다. 나는 그런 생각들에 대해서 감사할 수밖에 없었다. 하지만 나는 내가 궁정에서 얻게 될 위치를 통해서 일부 사람들이 세력을 강화하려는 것을 어렴풋이 알게 되었다. 우리는 한 시경에 헤어졌다. 나는 곧 깊은 잠이 들었다가 우편마차의 나팔 소리에 잠이 깼다. 마차는 집 앞에 섰다. 그러자 델프 부인이 등불과 편지 한 통을 가지고 침대 앞에 나타났다. "편지가 왔네요."라고 그녀는 외쳤다. "읽어봐요. 그리고 무슨 편지인가 말해 주세요. 틀림없이 바이마르 사람들한테서 온 거겠죠. 만일 초대장이라면, 승낙하지 말고, 우리가 나눈 이야기를 기억하세요." 나는 부인에게 등불을 청하고 15분 정도 혼자 있게 해달라고 했다. 그녀는 나를 떠나고 싶어 하지 않았다. 나는 편지를 뜯지 않고 한참 동안 앉아 있었다. 속달은 프랑크푸르트에서 온 것이었다. 봉인과 필적이 낯익은 것이었다. 그가 프랑크푸르트에 도착해서 나를 초대한다는 것이었다. 불신과 불확실한 탓으로 내가 너무 서두른 것이다. 왜 약속한 사람이 오는 것을 평상시처럼 조용히 기다리지 못했을까? 그 사람의 여정도 여러 가지 우연한 일로 늦어질 수도 있지 않은가? 나는 갑자기 눈이 뜨이는 것만 같았다. 지난날의 친절, 은총, 신뢰가 눈앞에 생생하게 떠올랐다. 나의 이상한 탈선이 부끄러웠다. 편지를 뜯어보았다. 모든 일이 자연스럽게 진행되고 있었다. 일행이 오지 않은 것은 우리가 그를 기다린 것처럼 그 역시 슈트라스부르크에서 올 마차를 시시각각으로 기다렸기 때문이었다. 그리고 용무 때문에 만하임을 거쳐 프랑크푸르트로 갔는데 내가 없는 것을 알고 깜짝 놀라서 속달을 보낸 것이다. 일이 잘못된 것이 밝혀졌으니 그는 내가 즉시 돌아오기를 바랐다. 나를 못 데리고 혼자 바이마르에 가서 창피를 당하고 싶지 않다는 것이었다.

지성과 감정이 모두 이쪽으로 기울었지만, 나의 새로운 방향도 대등한 무게를 주기도 했다. 부친은 나를 위해 훌륭한 여행 계획을 세웠고 조그만 안내서까지 들려주었다. 그것으로 매사를 준비하면 되고, 도착 장소마다 잘 이용할 수 있었다. 한가한 시간이면 무엇보다도 나에게는 그런 것이 낙이었다. 지난번 여행에서도 마차 안에서 그것만을 생각했다. 어려서부터 온갖 종류의 이야기와 그림으로 익숙한 이탈리아의 훌륭한 문물이 눈앞에 모여들었다. 이제 릴리와는 미련을 두지 않고 헤어졌기에 그런 것에 다가가는 것보다 더 바람직한 것은 없어 보였다.

그동안 나는 옷을 입었고 방을 왔다 갔다 했다. 진지해진 부인이 들어왔다. "어떻게 되는 건가요?" 하고 그녀가 말했다. 나는 대답했다. "델프 부인, 이제 아무 말도 하지 마십시오. 돌아가기로 했습니다. 이유는 혼자서 충분히 생각했습니다. 그것을 되풀이해보아야 아무 소용이 없습니다. 결국은 결심해야 하는데, 그런 결심을 본인 이외에 누가 하겠습니까?" 나는 흥분했고 그녀도 그랬다. 격정적인 장면이 벌어졌으나, 하인[132]에게 우편마차를 준비하도록 부탁함으로써 그런 분위기를 면했다. 어젯밤 모임에서 장난으로 한 작별이 사실로 변했다고 말하면서 여주인을 진정시키려고 했지만 헛수고였다. 이번 방문은 잠깐 인사하러 가는 것이고, 이탈리아 여행은 중지된 것이 아니며 이곳에 돌아오는 일도 포기하지 않았다고 말했지만 아무 소용이 없었다. 그녀는 아무 말도 들으려 하지 않았으며 이미 흥분해 있는 나를 더욱 불안하게 했다. 마차가 문 앞에 섰다. 짐을 실었다. 마부는 지루하다는 신호를 하고 있었다. 나는 뿌리쳤지만, 그녀는 여전히 나를 떠나보내려 하지 않았다. 그리고 당면한 모든 문제를 교묘하게 설명했다. 결국, 나는 흥분과 열정에 묻혀 에그몬트의 대사[133]를 외쳤다.

"자, 자! 그만해라! 눈에 보이지 않는 정령의 채찍을 받듯이, 시간을 끌고 가는 태양의 말(馬)은 우리 운명의 가벼운 마차를 끌고 달려간다. 우리는 기운을 내어 말고삐를 단단히 움켜쥐고 좌로 우로, 이 돌멩이 저 낭떠러지를 피해가며 수레를 모는 수밖에 없다. 어디로 가는지 누가 알겠는가? 어디서 왔는지도 기억하지 못하거늘."

---

132 괴테는 당시 Philipp Seidel(1755~1820)과 여행 중이었으며 자이델은 이탈리아 여행 시에도 비서로 괴테를 수행했다.
133 이하 《에그몬트》 2막 2장에 등장하는 대사이다.

괴테 연보

1749년   8월28일 마인 강변의 프랑크푸르트에서 출생. 아버지 요한 카스파 괴테
(1717-1782)는 황실 고문관, 어머니 엘리자베트(1731-1808)는 프랑크
푸르트 시장의 딸이었음.

1750년   누이동생 코르넬리아 탄생. 이어서 남동생 둘과 여동생 둘이 태어났으나
곧 사망했음.

1753년   힐머니에게서 크리스마스 선물로 인형극 무대를 선물 받음.

1757년   신년시를 썼음

1759년   프랑스군의 프랑크푸르트 점령. 군정관인 토랑 백작이 괴테의 집에 2년
간 머물렀고, 이때 괴테는 프랑스 문화와 예술에 큰 관심을 갖게 되었음.

1765년   10월에 라이프치히로 가서 대학 입학. 빙켈만의 저술과 레싱의 연극에
감명을 받음.

1766년   케트헨 쇤코프와의 사랑.

1768년   각혈로 학업을 중단하고 프랑크푸르트로 돌아옴.

1769년   희곡《공범자들 Die Mitschuldigen》완성.

1770년   슈트라스부르크 대학에서 법학 공부 계속. 그 곳에서 헤르더를 만남.
목사의 딸 프리드리케 브리온과의 사랑.

1771년   8월 귀향 후 변호사 개업.
희곡《괴츠Götz von Berlichingen》집필.

1772년   견습생으로 베츨라의 고등법원으로 감. 샤를로테 부프와의 사랑.
이 체험이 일부분《젊은 베르터의 고뇌 Die Leiden des jungen Werther》
로 승화됨.

1773년   《괴츠 Götz von Berlichingen》출간.《파우스트 Faust》에 착수.
질풍노도 시기의 대표적인 시 〈마호메트 Mahomet〉, 〈프로메테우스
Prometheus〉.

1774년	《젊은 베르터의 고뇌》완성. 희곡《클라비고 Clavigo》
1775년	은행가의 딸 릴리 쇠네만과 약혼, 파혼.
	희곡《스텔라 Stella》, 카를 아우구스트 대공의 가정교사로 바이마르로 이주.
1776년	바이마르 공국의 정사에 관여. 샤를로테 폰 슈타인과의 만남.
1778년	희곡《에그몬트 Egmont》집필.
1779년	대표적인 고전주의 극《이피게니에 Iphigenie auf Tauris》를 산문으로 완성.
1780년	《타소 Torquato Tasso》구상.《초고 파우스트 Urfaust》원고를 아우구스트 공 앞에서 낭독.
1782년	귀족 칭호를 받음. 부친 사망.《빌헬름 마이스터의 수업시대 Wilhelm Meisters Lehrjare》의 집필 시작.
1786년	이탈리아 여행.《이피게니에》를 운문으로 개작.
1787년	《에그몬트》완성.
1788년	바이마르로 귀환. 크리스티아네 불피우스와의 만남.
1789년	불피우스와의 사이에 아우구스트 탄생.
1792~1793년	보불전쟁.
1794년	쉴러와 잡지 〈호렌〉 발행.
1795년	《독일 피난민들의 대화 Unterhaltungen deutscher Ausgewanderten》출간.
1797년	서사시《헤르만과 도로테아 Hermann und Dorothea》.
1799년	희곡《사생아 Die natürliche Tochter》집필.
1805년	쉴러의 사망.
1806년	나폴레옹 군대의 바이마르 점령.
1807년	《빌헬름 마이스터의 편력시대 Wilhelm Meisters Wanderjahre》집필.
1808년	《파우스트》제1부 출간.《친화력 Die Wahlverwandtschaften》집필시작. 어머니 사망.
1810년	《색채론 Zur Farbenlehre》완성.
1811년	자서전《시와 진실 Dichtung und Wahrheit》1부 완성.
1812년	《시와 진실》제2부 집필.

1813년	《시와 진실》의 제3부,《이탈리아 기행 Italienische Reise》집필 시작.
1814년	《서동 시집 West-östlicher Divan》에 실리게 되는 시를 쓰기 시작.
1815년	바이마르의 재상이 됨.
1816년	아내의 사망,《이탈리아 기행》제1부 완성.
1819년	《서동 시집》출간.
1821년	《빌헬름 마이스터의 편력시대》출간.
1823년	훗날《괴테와의 대화 Gespräche mit Goethe》를 출간하는 에커만이 괴테의 조수가 됨.
1828년	아우구스트 공 사망.
1829년	《이탈리아 기행》완성
1830년	아들 아우구스트가 로마에서 사망.
1831년	《시와 진실》과《파우스트》제2부 완성.
1832년	3월22일 세상을 떠남.

후기

'시와 진실'로 소개된 이 자서전의 독일어 제목은 'Dichtung und Wahrheit'로, 멋없게 번역하자면 '문학과 사실'이 된다. 문학적인 허구와 역사적인 사실이 혼합되었다는 의미로 보이는데, 주목할 점은 순서가 '사실과 문학'이 아니고 '문학과 사실'이라는 점이다. 노년의 괴테가 어린 시절을 회상하고 있기 때문에 실제로 기억의 부정확성이 종종 지적되고 있기도 하지만 여기에 기술된 이야기는 역사적 사실성 여부에 앞서, 혹은 사실성을 넘어서서 예술화된 현실이라고 할 수 있다. 이 점에서 괴테의 이 자서전은 자서전이자 동시에 소설이다.

괴테가 1808년(59살)에 집필을 시작하여 세상 떠나기 1년 전인 1831년(82살)에 완성한 이 방대한 자서전은 1749년(출생)부터 1776년(27살)에 괴테가 카를 아우구스트 대공의 초빙으로 바이마르로 떠나기 직전까지의 기록으로, 80여 년 괴테의 삶에서 전반부인 3분의 1에 해당한다. 1774년에 《젊은 베르터의 고뇌》로 세상의 관심을 한 몸에 받고 릴리 쉐네만과 약혼과 파혼을 겪고 스위스를 여행한 뒤에 새로운 삶을 찾아 바이마르로 출발을 앞둔 지점에서 이 전기는 끝이 난다. 4개의 부(Teil)로 구성된 이 자서전은 각 부마다 다섯 개의 장(Buch)으로 구성되어, 전체가 20개의 장으로 이루어졌다.

제1부, 제1장에서 제5장까지는 소년 시절 이야기로, 괴테는 시장인 외할아버지, 개업하지 않은 변호사인 아버지, 쾌활한 생활인인 어머니, 놀이 친구인 여동생과 함께 유복한 가정에서 다양한 경로의 교육을 받으면서 촉망받는 소년으로 자라난다. 인형극과 연극을 좋아하던 소년은 '7년 전쟁' 동안 그의 집에 주둔하게 된 프랑스 군인 토랑 백작 덕에 미술에 큰 관심을 갖게 된다. 시인의 재능을 보이기 시작한 그는 그레트헨과 첫 사랑을 경험한다.

제2부, 제6장에서 제10장까지는 대학 시절 이야기로 아버지의 뜻에 따라 법학을 공부하기 위해서 라이프치히로 간 괴테는 자연과학(의학)에 깊은 관심을 가지고 미술과 철학(종교)의 세계에서 매력을 느낀다. 대학생 괴테는 고췌트, 빌란트, 겔러트 등의 당대 작가들에 관심을 가지고 시를 쓰지만, 곧 건강 악화로 고향 프랑크푸르트로 돌아와 클레텐부르크 부인을 통해 범신론적 경건과 신앙에 빠져든다. 건강이 회복된 그는 슈트라스부르크 대학에 들어가 법학 공부를 계속하면서 근교 제젠하임의 목사 딸 프리데리케를 사랑하게 된다.

제3부인 제11장에서 제15장까지는 데뷔 시절로, 괴테는 박사학위를 받고 고향에서 변호사 개업을 하지만 더욱 문학의 세계에 빠져든다. 고등법원의 수습생으로 베츨라로 간 그는 거기서 약혼자가 있는 샤를로테 부프를 만나 사랑하게 된다. 이 좌절된 사랑과 기존사회에 대한 청년다운 비판의식은 《젊은 베르터의 고뇌》로 문학화 된다. 여행을 통해 그는 건축(대성당)에 관한 깊은 관심을 갖게 되고, 희곡 《괴츠 폰 베를리힝엔》으로 작가로서의 위치를 굳힌다.

제4부인 제16장에서 제20까지는 청년 작가의 시대로 유명 작가가 된 괴테는 고향 프랑크푸르트의 명망가와 교류한다. 귀족가문의

딸 릴리 쉐네만과 약혼하지만 얼마 가지 못해 파혼하고, 스위스 여행 중에 인상학자인 라바터를 방문한다. 바이마르 궁정의 초빙을 받은 그가 한편으로는 희곡《에그몬트》에 전념하면서 바이마르로 출발 준비를 하는 데서 이 자서전은 끝이 난다. 바이마르 행과 더불어 괴테의 슈트룸 운트 드랑(질풍노도) 시대는 막을 내리게 된다.

참고로 바이마르로 간 괴테는 그 후 추밀 고문관이 되어 그곳 정사에 관여하게 되고 연상의 샤를로테 폰 슈타인 부인으로부터 균형과 절제의 미를 체득하게 된다. 그는 귀족 칭호를 받고 이탈리아를 여행하고 마흔이 다 되어서 크리스티아네 불피우스를 아내로 맞는다. 이른바 괴테의 고전주의 시대가 시작되는데,《에그몬트》,《이피게니에》,《토르콰토 타소》를 완성한 그는 독일 성장소설의 선구적 작품이자 최고의 소설로 평가되는《빌헬름 마이스터의 수업시대》를 1796년(47살)에 출간한다. 57살에야 크리스티아네와 정식 결혼을 한(그녀는 약 10년 뒤에 세상을 떠난다) 만년의 괴테는《파우스트 제1부》(1808년),《서동 시집》(1819년),《빌헬름 마이스터의 편력시대》(1821년)를 발표하고 1831년에《파우스트 제2부》를 완성, 그다음 해인 1832년에 세상을 떠났다.

이 자서전에서 우리는 괴테가 남달리 훌륭한 환경에서 출생했지만, 그의 뒤에는 아들의 교육과 성공을 위해 헌신한 아버지가 있음을 보게 된다. 아버지는 직접, 혹은 훌륭한 가정교사를 통해서 어린 괴테에게 영어와 이탈리아어, 고대 언어를 가르쳤고, 미술, 음악에서부터 승마, 스케이트에 이르기까지 폭넓은 교육을 했다. 그는 또한 아들의 시를 격려하고 출간하는 일에 앞장서기도 했다. 그런데 아버지의 교육열 못지않게 중요한 점은 괴테가 마치 커다란 호수처럼 항상 모든 것을 성공적으로 수용했다는 점이다. 괴테는 당대의 지식인, 귀족들뿐 아니라 유랑극단의 배우, 풍경화가, 직공 등과의 적극적인 교류를 통해서 놀랄 만큼 많은 것을 경험하고 받아들였다. 거기에는 인간에 대한 괴테의 깊은 신뢰와 긍정적인 세계관이 기초하고 있다.

그의 소설《빌헬름 마이스터》에서 구체화하고 있지만, 괴테에게 있어 인간은 정지된 존재가 아니라 계속 변화, 상승이 가능한 존재로, 단계적 상승과정에서 잘못은 불가피한 것이지만 그 모색이 진실한 것이라면 결과는 긍정적이라는 것이었다. 인간의 부단한 상승 의지에 자연의 놀라운 힘이 작용할 때 인간은 구원을 받게 된다고 그는 생각했다. 괴테는《수업시대》에 관해서 "전체적으로 인간이란 모든 어리석음과 혼란에도 불구하고 더 높은 손에 이끌려 행복한 목표에 도달한다는 것을 말하려 했다"고 말한 바 있다. 역자는 이 긍정적 인간관을 이 자서전의 근본정신으로 보고자 한다.

《시와 진실》은 고 강두식 교수의 번역으로 1975년에 을유문화사 세계문학 전집에서 처음 번역, 소개되었다. 약 30년이 지나 2006년에 박환덕 역(범우사)과 윤용호 역(종문화사)으로 재번역되었고, 2009년에 전영애/최민숙 공역으로 번역본이(민음사) 출간되었다. 이번의 번역본은 1992년에 시작되었지만 여러 사정으로 중단되었다가 2010년 역자의 퇴직 이후에 다시 시작하여 완성된 것이다. 정확성과 함께 읽기 쉽도록 번역하고자 노력했다. 각주는 주로 Erich Trunz의 주에다 때에 따라 역자 자신의 주를 첨가했다. 이 번역본은 앞서 모든 번역본에서 도움을 받았음을 밝힌다.

2014년 3월

박광자

제15장

형제교단에 접근/ 신교 죄 이론과의 대립/《영원한 유대인》/《프로메테우스》 드라마/ 크네벨의 방문과 카를 아우구스트와의 만남/ 궁정근무에 대한 찬반/ 바이마르와의 관계에 찬성하는 클레텐베르크 부인/《신, 영웅과 빌란트》/ 클레텐베르크 부인의 죽음/ 바그너의《프로메테우스와 그의 비평가들》/ 프랑크푸르트의 클롭슈톡/ 침머만과 그의 딸들/ 직업에 대한 모호한 구상/ '애인 정하기 게임'의 파트너/《클라비고》/ 여행 계획과 결혼 생각

제16장

스피노자와 그의 영향/ 자연으로서의 창작적 재능/ 복제업자/ 유대 골목 화재 진압 사건/ 어머니의 털외투 입고 스케이트 타기/ 릴리와의 첫 만남/ 융 슈틸링의 실패한 안과수술, 융의 종교 및 도덕관, 융의 종교적 도덕적 관점

제17장

릴리와 그녀의 사교 모임/ 오펜바흐의 봄/ 앙드레의 연주/ 아버지 및 서기와의 법률업무/ 생일기념 작《그녀는 오지 않는다》/ 야외에서 밤/ 약혼을 주선한 델프 부인/ 약혼남의 상황/ 직업과 가정상황을 고려한 미래 구상/ 독일의 정치적 사회적 상황/ 후텐이 피르크하이머에게 보낸 정신의 고상함에 관한 편지/ 프랑크푸르트의 사회 상황

제18장

운율과 리듬, 크니텔 시/《한스부르스트의 결혼식》/ 슈톨베르크 백작 형제의 방문/ 슈톨베르크 백작 형제와 스위스 여행, 내면의 차이/ 카를스루에 궁정과 바이마르의 카를 아우구스트 공작과의 재회/ 에멘딩겐의 여동생 코르넬리아 방문/ 릴리와의 결별을 촉구하는 코르넬리아/ 취리히의 라바터 방문과 그의《관상학》/ 보드머 방문/

시와 진실 2

초판 1쇄 인쇄 2014년 3월 5일

초판 1쇄 발행 2014년 3월 8일

지은이 요한 볼프강 폰 괴테

옮긴이 박광자

발행인 신현부

발행처 부북스

주소 100-835 서울시 중구 동호로17길 256-15 (신당동)

전화 02-2235-6041

팩스 02-2253-6042

이메일 boobooks@naver.com

ISBN 978-89-93785-65-4

ISBN 978-89-93785-07-4 (세트)

이 도서의 국립중앙도서관 출판시도서목록(CIP)은 서지정보유통지원시스템 홈페이지
(http://seoji.nl.go.kr)와 국가자료공동목록시스템(http://www.nl.go.kr/kolisnet)에서
이용하실 수 있습니다. (CIP제어번호 : CIP2014007470)